CIUDAD DE MUJERES

ELIZABETH
GILBERT

CIUDAD DE MUJERES

Traducción de
Laura Vidal

Título original: *City of Girls*

Primera edición: octubre de 2019

Diseño de cubierta: Grace Han

www.megustaleerenespanol.com

ISBN: 978-1-644730-96-6

Impreso en Estados Unidos – *Printed in USA*

Penguin
Random House
Grupo Editorial

A Margaret Cordi,
mis ojos, mis oídos, mi amiga querida

«Harás tonterías,
así que hazlas con entusiasmo».

Colette

Nueva York, abril de 2010

El otro día me llegó una carta de su hija.

Angela.

A lo largo de los años había pensado a menudo en Angela, pero aquella era solo la tercera vez que teníamos relación.

La primera fue cuando le hice su vestido de novia, en 1971.

La segunda cuando me escribió para contarme que su padre había muerto. Aquello fue en 1977.

Ahora me escribía para hacerme saber que su madre acababa de morir. No estoy segura de cómo esperaba Angela que me tomara yo semejante noticia. Podría habérsele ocurrido que me afectaría. Dicho esto, no creo que Angela obrara con mala intención. No es algo propio de ella. Es una buena persona. Y, lo que es más importante, es una persona interesante.

Pero sí me sorprendió y mucho saber que la madre de Angela había vivido tanto tiempo. Daba por hecho que había muerto hacía siglos. Como todo el mundo. (Aunque no sé por qué me sorprende la longevidad de nadie cuando yo me aferro a la vida igual que un percebe a la quilla de un barco. Seguro que no soy la única anciana que se tambalea por las calles de Nueva York, negándose en redondo a abandonar tanto esta vida como sus bienes inmuebles).

Pero lo que más me impactó fue la última línea de la carta de Angela.

«Vivian», escribía Angela, «ahora que mi madre ha fallecido, me pregunto si tendrías inconveniente en contarme qué fuiste tú para mi padre».

Veamos.

¿Qué fui yo para su padre?

Solo él podría haber contestado esa pregunta. Y, puesto que nunca quiso hablar de mí con su hija, no soy quién para contarle a Angela lo que fui para él.

Sí puedo, en cambio, explicarle lo que fue él para mí.

I

En el verano de 1940, cuando yo tenía diecinueve años y era idiota, mis padres me mandaron a vivir con mi tía Peg, que tenía una compañía de teatro en Nueva York.

Acababan de expulsarme de la Universidad de Vassar por no asistir a clase y, en consecuencia, suspender todas las asignaturas de primer curso. No era tan tonta como mis calificaciones me hacían parecer, pero aparentemente eso no sirve de mucho si no estudias. Cuando pienso en ello ahora, no logro recordar a qué dedicaba todas esas horas en las que debía haber estado en clase, pero, conociéndome, supongo que estaría de lo más preocupada por mi aspecto físico. (Sí recuerdo que aquel año intenté dominar la técnica del peinado pompadour, un estilo que, aunque de infinita importancia para mí y también bastante complicado, no era muy Vassar, que digamos).

Nunca terminé de encajar en Vassar, y eso que era un lugar muy variado. En la universidad había chicas y grupos de todo tipo, pero ninguno despertó mi curiosidad y tampoco me vi reflejada en ninguno. Aquel año estudiaban en Vassar activistas políticas que vestían severos pantalones negros y debatían sobre maneras de hacer la revolución internacional, pero la revolución internacional a mí no me interesaba. (Sigue sin interesarme, aunque sí tomé nota de los pantalones negros, que me resultaban misteriosamente *chic*, pero solo si los bolsillos no se abultaban). En Vassar también había chicas que eran estudiantes audaces y pioneras, destinadas a convertirse en médicas y abogadas mucho antes de que las mujeres hicieran esas cosas. Esas deberían haberme interesado, pero no fue así. (Para empezar, no conseguía distinguirlas. Todas llevaban las mismas faldas de lana sin forma que parecían hechas con un suéter viejo, lo que me deprimía).

Tampoco es que Vassar estuviera por completo desprovista de glamur. Había medievalistas sentimentales de ojos grandes bastante guapas, también chicas artísticas de melena larga y arrogante y alguna que otra joven de la alta sociedad que de perfil recordaba a un galgo italiano, pero no hice amistad con ninguna. Tenía la sensación de que en aquella universidad todas eran más inteligentes que yo. (No eran solo paranoias de juventud; hoy sigo convencida de ello).

Para ser sincera, no entendía qué hacía yo en la universidad, además de cumplir un destino que nadie se había molestado en explicarme. Desde muy pequeña me habían dicho que iría a Vassar, pero nadie me había dicho por qué. ¿Cuál era el propósito de todo aquello? ¿Exactamente qué se suponía que tenía que sacar yo de la experiencia? ¿Y por qué tenía que vivir en aquel cuartucho de una residencia estudiantil con una entusiasta futura activista?

En cualquier caso, para entonces estaba harta de estudiar. Ya me había pasado años en el colegio para señoritas Emma Willard en Troy, Nueva York, con su talentoso claustro femenino compuesto por graduadas de las Siete Escuelas Hermanas. ¿No era suficiente? Llevaba interna desde los doce años, quizá sentía que había saldado ya mi deuda con la sociedad. ¿Cuántos libros tiene que leer una persona para demostrar que es capaz de leer un libro? Yo ya sabía quién era Carlomagno, que me dejaran tranquila de una vez.

Además, al poco de empezar mi fatídico primer año en Vassar había descubierto un bar en Poughkeepsie que ofrecía cerveza barata y jazz en directo hasta altas horas de la noche. A continuación había encontrado la manera de escabullirme del campus para frecuentar dicho bar (mi astuto plan de huida incluía una ventana de retrete sin cerrar y una bicicleta escondida; créeme si te digo que era el azote de la supervisora de la residencia), lo que dificultaba mi absorción de las conjugaciones latinas a primera hora de la mañana debido a la resaca.

Y había más obstáculos.

Todos esos cigarrillos que tenía que fumarme, por ejemplo.

En resumen, que estaba ocupada.

En consecuencia, de una promoción de 362 brillantes mujeres jóvenes de Vassar, terminé en el puesto 361, un hecho que hizo que mi padre comentara, horrorizado: «Por el amor de Dios, ¿qué haría la número 362?» (resultó que enfermar de polio, la pobre). De manera que Vassar me mandó a casa —cosa lógica— y me pidió amablemente que no volviera.

Mi madre no tenía ni idea de qué hacer conmigo. Ni siquiera en las mejores circunstancias teníamos una buena relación. Ella era una amazona empedernida, y, puesto que yo ni era un caballo ni me fascinaba la hípica, nunca teníamos demasiado de qué hablar. Y ahora la había avergonzado tanto con mi fracaso académico que apenas soportaba tenerme delante. A diferencia de mí, a mi madre le había ido bastante bien en Vassar, faltaría más. (Promoción de 1915, graduada en Historia y Francés). Su legado —así como sus generosas donaciones— había asegurado mi admisión en aquella sagrada institución y ahora mira lo que había hecho. Cada vez que se cruzaba conmigo por los pasillos de casa me saludaba con una inclinación de cabeza, como si fuera del cuerpo diplomático. Educada pero fría.

Mi padre tampoco sabía qué hacer conmigo, claro que estaba atareado dirigiendo su mina de hematites y no expresó abiertamente su preocupación por el problema de su hija. Lo había decepcionado, eso seguro, pero tenía preocupaciones más importantes. Era un industrialista y un aislacionista, y la guerra que se recrudecía en Europa le hacía temer por el futuro de su negocio. Vamos, que tenía otras cosas en qué pensar.

En cuanto a mi hermano mayor, Walter, estaba triunfando en Princeton y no se ocupaba de mí salvo para expresar su desaprobación por mi comportamiento irresponsable. Walter no había sido irresponsable en su vida. En el internado, sus compañeros lo habían respetado tanto que su apodo era —y no me lo estoy inventando— «el Embajador». Ahora estudiaba ingeniería porque quería construir infraestructuras que ayudaran a personas de todo el mundo. (Sumemos a mi catálogo de pecados que, a diferencia de mi hermano, yo ni siquiera estaba muy segura de saber lo que era una «infraestructura»). Aunque Walter y yo nos llevábamos poco —solo dos años—, habíamos dejado de ser compañeros de juegos desde muy niños. Hacia los nueve años había guardado sus cosas de la infancia y entre esas cosas me encontraba yo. No formaba parte de su vida y yo lo sabía.

Mis amigas también seguían con sus vidas. Se iban a la universidad, empezaban a trabajar, se casaban, emprendían una existencia adulta. Cosas todas ellas que ni entendía ni me interesaban. Así que no había nadie que se preocupara por mí o con quien entretenerme. Estaba aburrida y apática. Mi aburrimiento se manifestaba en forma de punzadas, como el hambre. Me pasé las dos primeras semanas de junio lanzando una pelota de tenis contra la pared lateral del garaje y silbando *Little Brown Jug* una y otra vez hasta que mis padres se hartaron y me mandaron a Nueva York a vivir con mi tía, y lo cierto es que no se les puede culpar por ello.

De acuerdo, podría haberles preocupado que Nueva York me convirtiera en una comunista o en una drogadicta, pero nada podía ser peor que pasarte el resto de tu vida oyendo a tu hija lanzar una pelota de tenis contra una pared.

De manera que así es como llegué a la ciudad, Angela, y allí es donde empezó todo.

Me mandaron a Nueva York en tren, y menudo tren. El Empire State Express, con salida desde Utica. Un servicio de entrega de hija delincuente en acero cromado brillante. Me despedí cortésmente de mamá y papá y le entregué mi equipaje a un mozo de estación, lo que me hizo sentir importante. Me pasé el viaje en el vagón restaurante, sorbiendo leche malteada, comiendo peras en almíbar, fumando cigarrillos y hojeando revistas. Sabía que aquello era un destierro, pero... ¡qué elegante!

Porque entonces los trenes eran otra cosa, Angela.

Prometo hacer lo posible en estas páginas por no extenderme sobre lo mucho mejor que era todo en mis tiempos. De joven odiaba oír a las personas mayores quejarse así. («¡A nadie le importa! ¡A nadie le interesa tu edad dorada, vieja cotorra!»). Y para que estés tranquila: soy consciente de que muchas cosas no eran mejores en la década de 1940. Los desodorantes y el aire acondicionado eran una verdadera pena, por ejemplo, así que todo el mundo apestaba de lo lindo, sobre todo en verano. Y también teníamos a Hitler. Pero los trenes eran incuestionablemente mejores. ¿Cuándo fue la última vez que disfrutaste de una leche malteada y un cigarrillo en un tren?

Me subí al mío con un alegre vestido de rayón azul con estampado de alondras, encaje geométrico amarillo en el cuello, falda más bien estrecha y amplios bolsillos a la altura de las caderas. Me acuerdo tan bien de ese vestido, en primer lugar, porque jamás se me olvida lo que lleva nadie puesto, jamás, pero también porque me lo había hecho yo. Y qué trabajo tan espléndido. La caída —justo a media pantorrilla— era coqueta y efectiva. Recuerdo que le cosí unas hombreras extra al vestido en un intento desesperado por parecerme a Joan Crawford, aunque no estoy segura de si funcionó. Con el recatado sombrero cloche y el sencillo bolso azul, préstamo de mi madre (en el que llevaba cosméticos, cigarrillos y poco más), tenía más aspecto de mujer seductora que de lo que era en realidad: una muchacha virgen de diecinueve años camino de visitar a una familiar en Nueva York.

Acompañaban a esta joven virgen de diecinueve años a Nueva York dos maletas de gran tamaño, una llena de ropa, doblada con esmero y envuelta en papel de seda, y otra de telas, adornos y enseres de costura para poder hacerme más ropa. También viajaba conmigo una robusta caja que contenía mi máquina de coser, una criatura pesada e inmanejable, difícil de transportar. Pero era mi alma gemela, chiflada y hermosa, sin la cual no podía vivir.

Así que me la llevé.

Aquella máquina de coser —y todas las cosas que trajo después a mi vida— se la debía a la abuela Morris, así que hablemos de ella un momento.

Es posible que cuando leas la palabra «abuela» te venga a la cabeza la imagen de una dulce ancianita de pelo blanco. Esa no era mi abuela. Mi abuela era una mujer coqueta alta, apasionada, entrada en años, con pelo caoba teñido, que iba por la vida envuelta en una nube de perfume y de chismorreos y que vestía como un espectáculo circense.

Era la mujer más colorista del mundo, y aquí estoy usando «colorista» en la acepción más amplia del término. Mi abuela usaba vestidos de terciopelo martelé en elaborados colores, colores que no llamaba rosa, o borgoña o azul, como hacían las personas sin imaginación, sino «rosa ceniza» o «cordobán» o «della Robbia». A diferencia de la mayoría de las damas respetables de entonces, llevaba las orejas perforadas y tenía varios lujosos joyeros donde guardaba una cascada interminable de cadenas, pendientes y pulseras baratos y caros. Tenía un disfraz de automovilista para sus paseos vespertinos por la campiña y usaba unos sombreros tan gigantescos que en el teatro era necesario reservarles butaca propia. Le gustaban los gatitos y la cosmética comprada por correo; disfrutaba leyendo sobre asesinatos en periódicos sensacionalistas y era sabido que escribía poemas de amor. Pero, por encima de todo, a mi abuela la volvía loca el teatro. Veía todas las obras y representaciones que se hacían en la ciudad y también adoraba el cinematógrafo. Yo la acompañaba a menudo, puesto que teníamos los mismos gustos. (A la abuela Morris y a mí nos atraían las historias en las que chicas inocentes con vestidos vaporosos eran raptadas por hombres peligrosos tocados con siniestros sombreros y a continuación rescatadas por otros hombres de marcado mentón).

Como comprenderás, yo la adoraba.

En cambio, el resto de la familia no. A excepción de mí, todos se avergonzaban de la abuela. En especial su nuera (mi madre), que no era una persona frívola y que nunca dejó de poner mala cara a la abuela Morris, a la que se refirió en una ocasión como «esa eterna y fantasiosa adolescente».

No hace falta decir que mi madre no escribía poemas de amor.

La abuela Morris fue quien me enseñó a coser.

Era una costurera experta. (Le había enseñado a coser su abuela, que había logrado ascender de criada galesa emigrada a dama americana de posibles en solo una generación, gracias en gran medida a su inteligencia con la aguja). Mi abuela quería que yo también fuera una costurera experta. Así que cuando no estábamos masticando caramelos en el cinematógrafo o leyéndonos artículos de revista en voz alta la una a la otra sobre la trata de blancas, cosíamos. Y nos lo tomábamos en serio. A la abuela Morris no le daba miedo exigirme excelencia. Daba diez puntadas a una prenda y me hacía coser las diez siguientes, y, si las mías no estaban tan perfectas como las suyas, las deshacía y me obligaba a coserlas otra vez. Me enseñó a trabajar con telas tan imposibles como la blonda o el encaje, hasta que me atreví con cualquier tejido, por muy indómito que fuera. ¡Y la hechura! ¡Y el relleno! ¡Y la confección! Para cuando cumplí doce años, era capaz de coser un corsé (con sus ballenas y todo) como una auténtica profesional, aunque a excepción de la abuela Morris nadie ha usado un corsé de ballenas desde alrededor de 1910.

Por severa que pudiera ser mi abuela con la máquina de coser, nunca sufrí bajo su autoridad. Sus críticas me escocían, pero no me herían. Me fascinaba lo bastante la ropa como para querer aprender y sabía que solo buscaba mejorar mis aptitudes.

Sus alabanzas llegaban rara vez, pero alimentaban mis dedos. Me volví muy hábil.

Cuando cumplí los trece, la abuela Morris me compró la máquina de coser que más tarde me acompañaría a Nueva York en tren. Era una Singer 201 negra reluciente y tremendamente potente (cosía hasta cuero; ¡podría haberle hecho la tapicería a un Bugatti con aquella máquina!). Hasta hoy, no he tenido un regalo mejor. Me llevé la Singer al internado, donde me dio un enorme poder en aquella comunidad de niñas de papá en la que todas querían vestir bien pero no siempre tenían las destrezas necesarias para hacerlo. Una vez se corrió la voz de que sabía coser cualquier cosa —y así era—; las otras chicas del Emma Willard llamaban a mi puerta a todas horas para suplicarme que les sacara la cintura de una prenda, les cosiera un dobladillo o cogiera el vestido de los domingos de su hermana mayor de la temporada anterior y lo arreglara para que les quedara bien a ellas. Pasé aquellos años encorvada sobre la Singer igual que un artillero de cola, y mereció la pena. Me hice popular, que en realidad es lo único que importa en un internado. O en cualquier otro sitio.

Debo decir que el otro motivo por el que me enseñó a coser mi abuela es que yo tenía un cuerpo difícil. Desde muy pequeña siempre fui demasiado alta, demasiado desgarbada. La adolescencia llegó y se fue y yo crecí aún más. Durante años no tuve casi pecho y mi torso era interminable. Mis brazos y mis piernas parecían retoños de un árbol. Era imposible que me quedara bien nada comprado en una tienda, así que necesitaba ropa a medida. Y la abuela Morris —Dios la bendiga— me enseñó cómo vestirme de manera que mi estatura me favoreciera, en lugar de darme aspecto de ave zancuda.

Si doy la impresión de estar criticando mi aspecto físico, no es así. Me limito a hacer constar los datos referidos a mi figura: era larguirucha y alta y se acabó. Y si crees que ahora voy a hablarte de un patito feo que se va a la gran ciudad y descubre que, después de todo, es guapa, no te preocupes, esta historia no va de eso.

Siempre fui bonita, Angela.

Y te digo más, siempre supe que lo era.

Que fuera bonita explica sin duda que un atractivo hombre del vagón restaurante del Empire State Express me mirara sorber mi leche malteada y comer peras en almíbar.

Al final se me acercó y me pidió permiso para encenderme el cigarrillo. Accedí y empezó a coquetear. Me encantaba ser objeto de atención, pero no sabía cómo responder a su flirteo.

Así que me dediqué a mirar por la ventanilla y a simular estar absorta en mis pensamientos. Fruncí ligeramente el ceño, esperando ofrecer una imagen seria e intensa, aunque lo más probable es que pareciera simplemente miope y confusa.

Esta situación podría haber sido más incómoda de lo que suena, de no ser porque al cabo de un instante me distrajo mi reflejo en la ventanilla del tren y eso me mantuvo ocupada largo rato. (Perdóname, Angela, pero enamorarte de tu reflejo forma parte de lo que significa ser una joven bonita). Resultó que aquel apuesto desconocido no era tan interesante como la forma de mis cejas. No es solo que me interesara lo bien que me las había depilado —aunque ese hecho me cautivó por completo—, es que además daba la casualidad de que aquel verano estaba intentando aprender a arquear una sola ceja, como Vivien Leigh en *Lo que el viento se llevó*. Practicar este gesto requería concentración, como sin duda te imaginas. Así que entenderás que el tiempo volara y yo me perdiera por completo en mi imagen reflejada.

Cuando levanté la vista ya estábamos en la estación Grand Central, mi nueva vida estaba a punto de empezar y el hombre apuesto hacía rato que había desaparecido.

Pero no te preocupes, Angela, en esta historia salen muchos más hombres atractivos.

¡Ah!, y también tengo que decirte, por si te estabas preguntando qué fue de ella, que la abuela Morris murió alrededor de un año antes de que aquel tren me depositara en Nueva York. Nos dejó en agosto de 1939, pocas semanas antes de que yo empezara en Vassar. Su muerte no fue una sorpresa —su salud empeoraba cada año—, pero, aun así, la pérdida (de mi mejor amiga, mi mentora, mi confidente) me dejó destrozada.

¿Sabes qué, Angela? Ese dolor pudo tener algo que ver con mi pésimo rendimiento en el primer año de universidad.

Ahora que lo pienso, quizá no es que fuera una pésima estudiante. Quizá es que estaba triste.

Esto se me ha ocurrido ahora, mientras te escribo.

Hay que ver.

Lo que tarda una a veces en darse cuenta de las cosas.

2

El caso es que llegué a Nueva York sana y salva, una muchacha tan recién salida del cascarón que casi tenía yema en el pelo.

Se suponía que la tía Peg iba a ir a buscarme a Grand Central. Mis padres me habían informado de ello cuando me subí al tren en Utica, pero sin mencionar un plan concreto. No me habían dicho dónde tenía que esperarla. Tampoco me habían dado un número de teléfono al que llamar en caso de emergencia, ni una dirección a la que ir en caso de verme sola. Se suponía que «me encontraría con la tía Peg en la estación» y eso era todo.

Bien, la estación Grand Central, como su nombre indica, es grandiosa, y también el lugar perfecto para no encontrar a alguien, así que no es de sorprender que no localizara a la tía Peg a mi llegada. Esperé una eternidad en el andén con mi montaña de equipaje mirando la estación rebosante de personas, ninguna de las cuales tenía aspecto de ser la tía Peg.

No es que no supiera qué aspecto tenía la tía Peg. La había visto unas cuantas veces, aunque mi padre y ella no estaban unidos. (Es posible que esto sea un eufemismo. Mi padre desaprobaba a la tía Peg tanto como había desaprobado a la madre de ambos. Cada vez que el nombre de Peg salía a relucir durante la cena, mi padre resoplaba y decía: «¡Debe de ser maravilloso, andar por ahí divirtiéndose, viviendo en el país de las fantasías y gastando a manos llenas!», y yo pensaba: «Desde luego suena bien...»).

Peg había pasado unas cuantas Navidades con nosotros cuando yo era pequeña, pero no muchas, porque siempre estaba de gira con su compañía de teatro. El recuerdo más vívido que tengo de Peg fue cuando, con once años, pasé un día en Nueva York acompañando a mi padre en una visita de negocios. Peg me había llevado a patinar a Central Park. Me había llevado a conocer a Santa Claus. (Aunque ambas habíamos convenido en que yo ya era demasiado mayor para Santa Claus, no me lo habría perdido por nada del mundo y en mi fuero interno estaba emocionada por ir a conocerlo). También habíamos almorzado en un *smörgåsbord.* Aquel fue uno de los días más felices de mi vida. Mi padre y yo no nos habíamos quedado a dormir porque papá odiaba y desconfiaba de Nueva York, pero había sido un día glorioso, te lo aseguro. Mi tía me pareció una persona maravillosa. Me había tratado como si yo fuera una persona, no una niña, y para una niña de once años que no quiere ser vista como una niña eso lo significa todo.

Más recientemente, la tía Peg había vuelto a Clinton, su pueblo natal, para el funeral de la abuela Morris, su madre. Al día siguiente se había sentado a mi lado en el servicio religioso y me había cogido la mano con su zarpa grande y capaz. Ese gesto me había reconfortado y sorprendido al mismo tiempo (quizá te asombre saber que en mi familia no era habitual cogerse de la mano). Después del funeral, Peg me había abrazado con la fuerza de un leñador y yo me había abandonado en sus brazos, derramando las cataratas del Niágara por mis ojos. Olía a jabón de lavanda, a cigarrillos y a ginebra. Me aferré a ella igual que una trágica cría de koala. Pero no había podido pasar demasiado tiempo con ella después del funeral. Se volvió enseguida a la ciudad porque tenía que producir una función. Yo me quedé con la sensación de haber hecho el ridículo desmoronándome en sus brazos, por muy reconfortante que me hubiera resultado.

Después de todo, casi no la conocía.

De hecho, lo que sigue es la suma total de lo que sabía yo de mi tía Peg cuando llegué a Nueva York a los diecinueve años.

Sabía que mi tía Peg era propietaria de un teatro llamado Lily Playhouse, que se encontraba en algún punto de la zona del Midtown, en Manhattan.

Sabía que no se había propuesto dedicarse al teatro, sino que había llegado a esta profesión casi por casualidad.

Sabía que la tía Peg se había formado como enfermera de la Cruz Roja, cosa curiosa, y que había estado destinada en Francia durante la Primera Guerra Mundial.

Sabía que, en algún momento, Peg había descubierto que se le daba mejor entretener a soldados convalecientes que curarles las heridas. Descubrió que tenía un don para improvisar espectáculos teatrales baratos, ágiles, picantes y divertidos en hospitales de campaña y barracones. Las guerras son atroces, pero siempre enseñan algo; aquella guerra en particular enseñó a mí tía Peg cómo montar un espectáculo teatral.

Sabía que, después de la guerra, Peg había vivido en Londres durante una larga temporada trabajando en el teatro. Era productora de una revista en el West End cuando conoció a su futuro marido, Billy Buell, un oficial estadounidense guapo y seductor que también había decidido quedarse en Londres para abrirse camino en el teatro. Al igual que Peg, Billy era de «familia bien». La abuela Morris solía decir que la familia Buell era «asquerosamente rica». (Durante años me pregunté qué quería decir esa expresión. Mi abuela reverenciaba la riqueza; ¿cómo de grande tenía que ser para parecerle «asquerosa»? Un día por fin se lo pregunté y me contestó, como si aquello fuera una explicación: «Son de Newport, querida»). Pero Billy Buell, por muy de Newport que fuera, se parecía a Peg en que rechazaba la clase cultivada en la que había nacido. Prefería el polvo y el brillo del mundo del teatro al lustre y la represión de la buena sociedad. Además, era un donjuán. Le gustaba «divertirse», según mi abuela Morris, lo que era su manera educada de decir que le gustaba «beber, gastar dinero y seducir a mujeres».

Después de casarse, Billy y Peg volvieron a Estados Unidos. Juntos formaron una compañía de teatro ambulante. Se pasaron gran parte de la década de 1920 en la carretera con un pequeño grupo de artistas, actuando en graneros de todo el país. Billy escribía y protagonizaba los espectáculos de variedades. Peg los producía y dirigía. Nunca tuvieron grandes ambiciones. Se limitaban a pasarlo bien y a huir de las responsabilidades que entraña una vida adulta. Pero, a pesar de todos sus esfuerzos por no tener éxito, este les llegó por casualidad y los atrapó.

En 1930, con la Gran Depresión agudizándose y el país entero trémulo y asustado, mi tía y su marido, sin proponérselo, produjeron un éxito. Billy escribió una obra titulada *Su alegre aventura,* tan jovial y divertida que el público la devoró. *Su alegre aventura* era una opereta sobre una heredera y aristócrata británica que se enamora de un donjuán americano (interpretado por Billy Buell, naturalmente). Se trataba de un entretenimiento sin más, como todo lo que habían puesto en escena, pero resultó un éxito descomunal. En todo el país, mineros y granjeros ávidos de diversión se rascaban los bolsillos para poder ver *Su alegre aventura,* lo que convirtió una obrita sencilla y tonta en un triunfo de lo más rentable. La obra causó tanto revuelo y obtuvo tantas alabanzas en los periódicos locales, de hecho, que en 1931 Billy y Peg la llevaron a Nueva York, donde estuvo un año en cartel en un importante teatro de Broadway.

En 1932 MGM hizo la versión cinematográfica de *Su alegre aventura,* que Billy escribió, pero no protagonizó. (William Powell interpretó su papel. Para entonces Billy había decidido que la vida de escritor era más fácil que la de actor. Los escritores tienen sus propios horarios, no están a merced del público y no tienen que obedecer a un director). El éxito de *Su alegre aventura* inspiró una serie de lucrativas continuaciones *(Su alegre divorcio, Su alegre criatura, Su alegre safari),* que Hollywood estuvo haciendo durante unos cuantos años igual que hace salchichas una embutidora. El fenómeno *Su alegre...* hizo ganar bastante dinero a Billy y a Peg, pero también supuso el fin de su matrimonio. Billy se enamoró de Hollywood y nunca volvió. En cuanto a Peg, decidió cerrar la compañía ambulante y destinar su mitad de los derechos de autor a comprarse un teatro grande, viejo y destartalado en Nueva York: el Lily Playhouse.

Todo esto ocurrió alrededor de 1935.

Billy y Peg no llegaron a divorciarse de manera oficial. Y, aunque nunca pareció haber acritud entre ellos, a partir de 1935 no puede decirse que estuvieran «casados». No compartían ni hogar ni profesión y, por decisión de Peg, tampoco economía, lo que significaba que mi tía ya no tenía acceso a todo ese reluciente dinero de Newport. (La abuela Morris no entendía por qué quería su hija renunciar a la fortuna de Billy y la única explicación que, con evidente decepción, se le ocurría era: «Me temo que a Peg nunca le importó el dinero»). Tenía la teoría de que Peg y Billy no se habían divorciado legalmente porque eran «demasiado bohemios» para que les preocupara una cosa así. También era posible que se siguieran queriendo. Claro que el suyo era de esa clase de amor que crece cuando marido y mujer están separados por un continente entero. («No te rías», decía mi abuela. «Hay muchos matrimonios que funcionarían mejor así»).

Lo único que sé es que el tío Billy estuvo ausente durante toda mi infancia, al principio porque estaba de gira, después porque se había establecido en California. Tan ausente estaba, de hecho, que nunca llegué a conocerlo. Para mí Billy Buell era un mito, hecho de historias y fotografías. ¡Y qué fotografías e historias tan glamurosas! La abuela Morris y yo encontrábamos con frecuencia fotografías de Billy en las revistas de chismorreos de Hollywood o leíamos cosas de él en las columnas de cotilleos de Walter Winchell y Louella Parsons. Por ejemplo, nos quedamos extasiadas cuando descubrimos ¡que había sido invitado a la boda de Jeanette MacDonald y Gene Raymond! En la revista *Variety* salía una fotografía suya durante la recepción, de pie, justo detrás de la luminosa Jeanette MacDonald con su vestido de novia color rosa empolvado. En la fotografía, Billy hablaba con Ginger Rogers y su entonces marido Lew Ayres. Mi abuela me había señalado a Billy y dicho: «Ahí está, conquistando el país a base de coquetear, como de costumbre. ¡Y mira cómo le sonríe Ginger! Si yo fuera Lew Ayres, no le quitaría ojo a mi mujer».

Escudriñé la foto usando la lupa con montura de pedrería de mi abuela. Vi a un hombre rubio y apuesto con chaqueta de esmoquin que apoyaba una mano en el antebrazo de Ginger Rogers mientras esta, en efecto, lo miraba con ojos centelleantes de placer. Tenía más aspecto de estrella de cine que las estrellas de cine que lo rodeaban.

Me resultaba asombroso que aquella persona estuviera casada con mi tía Peg.

Sin duda Peg era maravillosa, pero muy poco atractiva. ¿Qué era lo que podía haber visto él en ella?

No había ni rastro de Peg.

Había pasado ya tanto tiempo, que renuncié oficialmente a encontrarme con ella en el andén. Dejé mi equipaje a un mozo de estación y deambulé entre la marea de humanidad apresurada que era Grand Central buscando a mi tía. Pensarás que me sentía nerviosa por encontrarme sola en Nueva York, sin un plan y sin acompañante, pero, por alguna razón, no era así. Estaba segura de que todo saldría bien. (Quizá sea un rasgo distintivo de las clases privilegiadas; hay jovencitas de buena familia que sencillamente no conciben la posibilidad de que no aparezca alguien pronto para rescatarlas).

Al final renuncié a deambular y me senté en un lugar bien visible cerca del vestíbulo principal de la estación a esperar mi salvación.

Hasta que, por fin, me encontraron.

Mi rescatadora resultó ser una mujer bajita de cabello plateado vestida con un recatado traje gris que se acercó a mí igual que se acerca un san bernardo a un esquiador perdido: con concentrada atención y el firme propósito de salvar una vida.

«Recatado» puede no ser una palabra lo bastante contundente para describir el traje que llevaba aquella mujer. Era un conjunto compuesto por una chaqueta cruzada y una falda rectangular como un ladrillo, de esas diseñadas para hacer pensar al mundo que las mujeres no tienen ni pecho ni cintura ni caderas. Tuve la impresión de que se trataba de una importación británica. Era un espanto. La mujer también llevaba gruesos zapatos Oxford negros de tacón bajo y un anticuado sombrero de lana cocida verde de esos que tanto gustan a las directoras de orfanatos. Era un estilo de mujer que yo conocía de mis años de internado: tenía aspecto de solterona que bebía Ovaltine para cenar y hacía gárgaras de agua salada para la vitalidad.

Era fea de los pies a la cabeza y, lo que era peor, era fea a propósito.

Aquel mazacote de señora se me acercó como quien cumple una misión, con el ceño fruncido y sosteniendo una fotografía desconcertantemente grande en un marco de plata. Miró la fotografía y a continuación me miró a mí.

—¿Eres Vivian Morris? —preguntó. Su acento seco me reveló que el traje de chaqueta cruzada no era lo único británico allí.

Admití que lo era.

—Has crecido —dijo.

Yo estaba perpleja. ¿Conocía a aquella mujer? ¿La había conocido de niña?

Al ver mi confusión, la desconocida me enseñó la fotografía enmarcada. Para mi desconcierto, resultó ser un retrato de mi familia de unos cuatro años antes. Era una fotografía que nos habíamos hecho en un estudio cuando mi madre decidió que, según sus propias palabras, «necesitábamos estar documentados de manera oficial» por una vez. Allí estaban mis padres, soportando la humillación de ser fotografiados por un trabajador cualquiera. Allí estaba mi hermano Walter, con aspecto pensativo y una mano en el hombro de mi madre. Y una versión más desgarbada y joven de mí, con un vestido marinero demasiado infantil para mi edad.

—Soy Olive Thompson —me anunció la mujer con una voz que indicaba que estaba acostumbrada a anunciar cosas—. Soy la secretaria de tu tía. No ha podido venir. Hemos tenido una emergencia en el teatro. Un pequeño incendio. Disculpa que te haya hecho esperar. Hace varias horas que he llegado, pero, como mi única pista para localizarte era esta fotografía, he tardado bastante. Como has podido comprobar.

Me entraron ganas de reír y me entran también ahora solo de recordarlo. La idea de aquella mujer impasible de mediana edad deambulando por la estación Grand Central con una fotografía gigante en un marco de plata que parecía haber sido arrancada a toda prisa de la pared de una persona rica (lo que era cierto) y escudriñando cada rostro tratando de encontrar uno que se correspondiera con el retrato de una niña hecho cuatro años antes me resultó retorcidamente divertida. ¿Cómo no me había fijado en ella?

Claro que a Olive Thompson aquello no parecía hacerle ninguna gracia.

Pronto descubriría que eso era algo típico de ella.

—Tus maletas —dijo—. Ve a recogerlas. Luego iremos en taxi al Lily. La última función ya ha empezado. Date prisa. Sin zarandajas.

Caminé obediente detrás de ella igual que un patito siguiendo a mamá pato.

Sin zarandajas.

Pensé: «¿Un pequeño incendio?», pero no me atreví a preguntar.

3

Uno solo se muda a Nueva York por primera vez una vez en la vida, Angela. Y es todo un acontecimiento.

Quizá esta idea no te resulte nada romántica, puesto que naciste en Nueva York. Quizá esta espléndida ciudad es algo a lo que no das importancia. O quizá la amas más que yo a tu manera inimaginablemente particular. De lo que no hay duda es de que eres afortunada por haber crecido aquí. Pero desconoces qué se siente al mudarse aquí y, por esa razón, te compadezco. Te has perdido una de las experiencias más hermosas de la vida.

¡Nueva York en 1940!

Nunca habrá una Nueva York como aquella. Con esto no pretendo insultar a las Nueva York que hubo antes de 1940 ni a las que vinieron después. Todas tienen su importancia. Pero se trata de una ciudad que renace a ojos de cada persona joven que llega a ella por primera vez. Así, aquella ciudad, aquel lugar que se creó de nuevo solo para mis ojos, nunca volverá a existir. Está preservada para siempre en mi memoria igual que una orquídea atrapada en un pisapapeles. Esa ciudad siempre será mi Nueva York ideal.

Tú podrás tener tu Nueva York ideal y otras personas tendrán otra. Pero aquella siempre será mía.

No había mucha distancia desde Grand Central hasta el Lily Playhouse —solo había que cruzar el centro en línea recta—, pero el taxista nos llevó por el corazón de Manhattan y esa es siempre la mejor manera de que un recién llegado sienta la energía de Nueva York. Estar allí me producía hormigueo y quería mirarlo todo al mismo tiempo. Pero entonces recordé mis buenos modales y durante un rato traté de entablar conversación con Olive. Olive, sin embargo, no era de esas personas que piensan que hay que llenar el aire de palabras, y sus peculiares respuestas solo suscitaban más preguntas, preguntas que, presentí, no tendría ganas de contestar.

—¿Cuánto tiempo lleva trabajando para mi tía? —pregunté.

—Desde que Moisés llevaba pañales.

Reflexioné sobre aquello unos instantes.

—¿Y cuáles son sus tareas en el teatro?

—Coger cosas que se caen antes de que lleguen al suelo y se hagan añicos.

Estuvimos un rato en silencio mientras yo asimilaba aquella información.

Lo intenté una vez más.

—¿Qué espectáculo hay hoy en el teatro?

—Es un musical. Se llama *La vida con mamá.*

—¡Ah! He oído hablar de él.

—De eso nada. Estás pensando en *La vida con papá.* Se representó en Broadway el año pasado. La nuestra se titula *La vida con mamá.* Y es un musical.

Me pregunté: ¿Es legal eso? ¿Se puede coger el título de un éxito de Broadway, cambiarle una palabra y hacerlo tuyo?

(La respuesta a esa pregunta, al menos en 1940 en el Lily Playhouse, era: por supuesto).

Pregunté:

—Pero ¿y si la gente saca entradas creyendo que son para *La vida con papá?*

Olive, sin entonación:

—Mala suerte.

Empezaba a sentirme joven, tonta y molesta, así que dejé de hablar. Durante el resto del trayecto en taxi me limité a mirar por la ventana. Ver discurrir la ciudad era de lo más entretenido. Mirara a donde mirara, había cosas maravillosas. Era última hora de una preciosa tarde de verano en el centro de Manhattan y no puede haber nada mejor que eso. Acababa de llover. El cielo estaba violeta y teatral. Vi atisbos de rascacielos acristalados, luces de neón y calles húmedas y brillantes. La gente trotaba, corría, paseaba y avanzaba a trompicones por las aceras. Cuando atravesamos Times Square, montañas de luces artificiales escupieron su lava de noticias calentitas y anuncios instantáneos. Pasajes comerciales, salas de baile-taxi —donde chicas jóvenes, las *taxi-girls,* bailaban con los clientes a cambio de dinero—, cinematógrafos, cafeterías y teatros se sucedían ante mis ojos, hipnotizándome.

Entramos en la calle Cuarenta y uno, entre las avenidas Octava y Novena. Por entonces no era una calle bonita, y sigue sin serlo. En aquella época no era más que una maraña de las escaleras de incendios de edificios más importantes que daban a las calles Cuarenta y Cuarenta y dos. Pero allí, en la mitad de aquella poco agraciada manzana, estaba el Lily Playhouse, el teatro de mi tía Peg, todo iluminado, con un letrero que decía *La vida con mamá.*

Aún me parece verlo. El Lily era una mole hecha en un estilo que hoy sé que es Art Nouveau, pero que entonces solo me pareció «imponente». Y, ay, amiga, te aseguro que aquel vestíbulo te convencía de que habías llegado a un sitio importante. Era solemne y oscuro: elaboradas molduras en madera, artesonado en el techo, azulejos rojo sangre y auténticas lámparas Tiffany. Cubrían las paredes cuadros amarillentos de ninfas de pechos desnudos retozando con grupos de sátiros y desde luego daba la impresión de que alguna de esas ninfas estaba a punto de meterse en un «apuro» si no se andaba con cuidado. Otros murales mostraban hombres musculosos de muslos heroicos luchando con monstruos marinos de una manera que parecía más erótica que violenta. (Daba la sensación de que los hombres musculosos no buscaban en realidad ganar el combate, no sé si me entiendes). Luego había otras pinturas de dríadas luchando con denuedo por salir de árboles, las tetas primero, mientras náyades chapoteaban en un río cercano salpicándose las unas a las otras en los torsos desnudos con un espíritu de lo más retozón. Por todas las columnas trepaban vides y glicinias (¡y lirios, por supuesto!) profusamente talladas. El efecto general era muy de prostíbulo. Me encantó.

—Te voy a llevar directa a la función —comentó Olive consultando su reloj—, que ya casi ha terminado, gracias a Dios.

Empujó las grandes puertas que conducían al teatro. Siento decir que Olive Thompson entraba en su lugar de trabajo con el aire de alguien que prefiere no tener que tocar nada de lo que haya en él; yo, en cambio, estaba deslumbrada. El interior del teatro era de lo más despampanante, una auténtica joya decadente: las dimensiones, las luces doradas, el escenario un poco hundido, las butacas con mala visibilidad, las robustas cortinas carmesí, el estrecho foso de la orquesta, el techo dorado, la araña del techo, brillante y amenazadora que no podías mirar sin pensar: «¿Y si se cae...?».

Era grandioso, era decrépito. El Lily me recordó a la abuela Morris, no solo porque a mi abuela le encantaban los teatros viejos y un poco ordinarios, como aquel, también porque ella había tenido ese mismo aspecto: vieja, recargada y orgullosa e impecablemente vestida de terciopelo pasado de moda.

Nos quedamos cerca de la pared del fondo, aunque había muchos asientos libres. De hecho, no me pareció que hubiera mucha más gente en el público que sobre el escenario. No fui la única en darme cuenta. Olive hizo un rápido recuento de cabezas, apuntó el número en una pequeña libreta que se sacó del bolsillo y suspiró.

En cuanto a lo que ocurría en el escenario, era vertiginoso. Tenía que ser el final de la función, porque pasaban muchas cosas al mismo tiempo. Al fondo del todo había una hilera de unos doce bailarines, chicos y chicas, que sonreían como posesos mientras levantaban las piernas hacia el techo polvoriento. En el centro, un joven apuesto y una enérgica muchacha bailaban claqué como si su vida dependiera de ello mientras cantaban a pleno pulmón sobre cómo todo iría bien a partir de ese momento, cariño, porque nos queremos. En el lado izquierdo del escenario había una falange de coristas cuyos vestidos y movimientos rozaban lo moralmente permisible, pero cuya contribución a la historia —fuera cual fuera esta— no estaba clara. Su función parecía ser estar allí con los brazos extendidos y girando despacio de manera que pudieras admirar las cualidades de amazona de sus cuerpos desde todos los ángulos posibles y sin prisa. Al otro lado del escenario, un hombre vestido de vagabundo hacía malabares con bolos.

Incluso para ser la apoteosis final, duró una eternidad. La orquesta atronaba, el cuerpo de baile aporreaba el suelo, la pareja feliz y jadeante no podía creerse lo maravillosas que estaban a punto de ser sus vidas, las coristas presumían despacio de sus siluetas, el malabarista sudaba y lanzaba bolos hasta que, de pronto, con un estruendo simultáneo de todos los instrumentos y un remolino de luz de candilejas y brazos levantados en el aire ¡terminó!

Aplausos.

No una lluvia de aplausos. Más bien una suave llovizna.

Olive no aplaudió. Yo lo hice educadamente, aunque mis aplausos sonaron solitarios allí, al fondo. La ovación no duró mucho. Los intérpretes tuvieron que abandonar el escenario medio en silencio, algo que nunca es bueno. El público se dirigió en ordenada fila a la salida, igual que trabajadores que se marchan a casa después de una jornada de trabajo. Porque eso es lo que eran.

—¿Crees que les ha gustado? —le pregunté a Olive.

—¿A quién?

—Al público.

—¿Al público? —Olive parpadeó como si nunca se le hubiera pasado por la cabeza preguntarse lo que opinaba el público de un espectáculo. Después de pensar unos instantes, dijo—: Tienes que entender, Vivian, que nuestros espectadores no llegan emocionados al Lily ni se marchan nunca eufóricos.

Por como lo dijo, tuve la impresión de que era algo que le parecía bien, o al menos de que lo tenía asumido.

—Ven —añadió—. Tu tía estará entre bastidores.

Y allá que fuimos, derechas al caos ajetreado y juguetón que siempre estalla entre bastidores cuando termina un espectáculo. Todo el mundo de un lado a otro, gritando, fumando, desnudándose. Los bailarines se encendían cigarrillos los unos a los otros y las coristas se quitaban sus tocados. Unos hombres en mono de trabajo cambiaban de sitio el atrezo, pero sin partirse el lomo, no fueran a cansarse. Había risas sonoras, histéricas, pero no porque hubiera nada especialmente divertido, solo porque aquellas eran gentes del espectáculo y siempre se comportan así.

Y allí estaba mi tía Peg, alta y robusta, con un portapapeles en la mano. Llevaba el pelo castaño y gris en una melena corta, descuidada, que le daba cierto parecido a Eleanor Roosevelt, pero con mejor mentón. Vestía una falda larga de sarga color salmón y lo que podía haber sido una camisa de hombre. También llevaba medias azules hasta la rodilla y mocasines color beis. Si esto suena a combinación nada a la moda, es que lo era. No se llevaba entonces, no se llevaría hoy y seguirá sin llevarse hasta que el sol explote. A ninguna mujer le ha favorecido nunca ir vestida con una falda de sarga color salmón, una camisa masculina azul, medias hasta los tobillos y mocasines.

Su apariencia desaliñada destacaba aún más descarnadamente por el hecho de que estaba hablando con dos coristas arrebatadoras. El espeso maquillaje les daba una suerte de glamur sobrenatural y tenían el pelo recogido en la coronilla en bucles brillantes. Llevaban batas de seda rosa encima de los trajes de corista y eran la encarnación más sexualmente explícita de una mujer que yo había visto jamás. Una de ellas era rubia, platino en realidad, con una silueta que habría hecho rechinar los dientes de desesperación a Jean Harlow. La otra era una castaña voluptuosa en cuya excepcional belleza había reparado yo antes, desde el fondo del teatro. (Aunque no tiene mérito alguno que reparara en lo despampanante que era esta mujer en particular; hasta un marciano se habría dado cuenta... desde Marte).

—¡Vivvie! —gritó Peg y su sonrisa iluminó mi mundo—. ¡Lo has conseguido, peque!

Nadie me había llamado nunca «peque», y, por alguna razón, me dieron ganas de correr a sus brazos y echarme a llorar. También me animaba que alguien me dijera que lo había conseguido, ¡era como si hubiera conseguido algo realmente! A decir verdad, lo único que había logrado era que me expulsaran de la universidad, que me echaran de casa de mis padres y, por último, perderme en Grand Central. Pero su alborozo al verme fue como un bálsamo. Sentí que era bienvenida. No solo bienvenida, me sentí querida.

—Ya has conocido a Olive, la responsable de este zoológico —dijo Peg—. Y esta es Gladys, nuestra jefa de bailarines.

La chica de pelo color platino sonrió, infló un globo con su goma de mascar hasta hacerlo estallar y dijo:

—¿Cómo te va?

—Y esta es Celia Ray, una de las coristas.

Celia alargó su brazo de sílfide y susurró:

—Un placer. Encantada de conocerte.

La voz de Celia era increíble. No era solo el marcado acento de Nueva York; era su timbre grave y áspero. Una corista con la voz de Lucky Luciano.

—¿Has cenado? —me preguntó la tía Peg—. ¿Estás muerta de hambre?

—No —contesté—. Muerta de hambre no diría. Pero tampoco he cenado.

—Entonces salimos. Vamos a tomar unos tragos y a ponernos al día.

Olive intervino:

—Todavía no han subido el equipaje de Vivian, Peg. Sus maletas siguen en el vestíbulo. Ha tenido un día muy largo y querrá asearse. Además, debemos dar instrucciones al reparto.

—Los chicos pueden subir el equipaje —dijo Peg—. Yo la veo de lo más aseada y los actores no necesitan instrucciones.

—El reparto siempre necesita instrucciones.

—Mañana lo solucionamos —fue la vaga respuesta que dio Peg, que no pareció satisfacer en absoluto a Olive—. No tengo ganas de hablar de trabajo. Me muero por comer algo y, lo que es peor, tengo muchísima sed. Así que vamos a salir, ¿no podemos?

Ahora parecía que la tía Peg estaba pidiendo permiso a Olive.

—Esta noche no, Peg —dijo Olive con firmeza—. Ha sido un día muy largo. La chica necesita descansar e instalarse. Bernadette ha hecho pastel de carne. Puedo preparar unos emparedados.

Peg pareció algo chafada, pero al minuto siguiente se animó de nuevo.

—¡Arriba, entonces! —dijo—. ¡Ven, Vivvie! ¡Vamos!

Esto es algo que aprendí de mi tía con el tiempo: cada vez que decía «¡Vamos!» significaba que todos los que anduvieran cerca estaban invitados. Peg siempre estaba rodeada de gente y no era nada exigente respecto a la compañía.

Por esa razón la reunión de aquella noche —que se celebró en el piso de arriba, en las dependencias habilitadas como vivienda en la parte superior del Lily Playhouse— nos incluyó no solo a la tía Peg, su secretaria, Olive, y a mí, sino también a Gladys y a Celia, las coristas. En el último momento se sumó un joven al que pescó la tía Peg cuando se dirigía hacia la entrada de artistas. Lo reconocí, era uno de los bailarines. Al verlo de cerca, me di cuenta de que aparentaba catorce años y tenía pinta de necesitar un plato de comida.

—Roland, sube a cenar con nosotras —dijo Peg.

El chico vaciló.

—Esto... No hace falta, Peg.

—No te preocupes, tesoro, tenemos comida de sobra. Bernadette ha hecho un montón de pastel de carne. Hay para todos.

Cuando Olive pareció ir a decir algo, Peg la hizo callar.

—Venga, Olive, no te hagas la gobernanta. Yo puedo compartir mi ración con Roland. Necesita engordar unos kilos y yo necesito perderlos, así que perfecto. Además, ahora mismo somos medio solventes, podemos permitirnos alimentar unas cuantas bocas más.

Fuimos detrás del escenario, donde una ancha escalera conducía al piso de arriba. Mientras subíamos yo no podía dejar de mirar a las dos coristas, Celia y Gladys. Nunca había visto bellezas como aquellas. En el internado había conocido a actrices de teatro, pero esto era distinto. Las actrices en Emma Willard tendían a ser chicas que no se lavaban el pelo jamás, llevaban gruesos leotardos negros y se creían Medea. No podía soportarlas. Pero Gladys y Celia no tenían nada que ver. Pertenecían a una especie distinta. Me fascinaban su glamur, su acento, su maquillaje, el movimiento de sus traseros enfundados en seda. En cuanto a Roland, se movía igual que ellas. También él era una criatura fluida, llena de ritmo. ¡Qué deprisa hablaban! Y qué manera tan encantadora de soltar breves chismorreos como si fueran trocitos de brillante confeti.

—¡Vive de su físico! —decía Gladys hablando de alguna chica.

—Ni siquiera de su físico —añadió Roland—. ¡De sus piernas!

—Pues con eso no le va a bastar —replicó Gladys.

—Para una temporada más sí —opinó Celia—. Quizá.

—Y el novio que tiene tampoco ayuda mucho.

—¡Ese cabeza de chorlito!

—Eso sí, el champán se lo bebe como si fuera agua.

—¡Debería plantarle cara y decírselo!

—Tampoco es que se muera por ella.

—¿Cuánto tiempo puede soportar una chica trabajando de acomodadora?

—Aunque el diamante ese que lleva es de lo más aparente.

—Debería ser más sensata.

—Debería buscarse un buen padrino.

¿Quiénes eran aquellas personas de las que estaban hablando? ¿Qué clase de vida era aquella que estaban dando a entender? ¿Y quién era aquella pobre chica de la que se hablaba en aquella escalera? ¿Cómo iba a dejar de ser una acomodadora de cinematógrafo si no empezaba a ser más sensata? ¿Quién le había dado el diamante? ¿Quién pagaba el champán que se bebía como si fuera agua? ¡Yo quería saber esas cosas! ¡Eran cosas importantes! ¿Y qué significaba lo de tener un buen padrino?

Nunca había deseado con tanta ansia conocer el final de una historia, y esa historia ni siquiera tenía argumento: solo constaba de personajes sin nombre, indicios de acción desbocada y una sensación de amenaza inminente. Mi corazón palpitaba de emoción, y el tuyo lo habría hecho de haber sido tú también una frívola jovencita de diecinueve años que nunca había tenido un pensamiento serio en su vida.

Llegamos a un rellano en penumbra y Peg abrió una puerta y nos hizo pasar a todos.

—Bienvenida a casa, peque —dijo.

Lo que la tía Peg llamaba «casa» eran las plantas tercera y cuarta del Lily Playhouse. Allí estaba la vivienda. El segundo piso del edificio, sabría yo después, lo ocupaban las oficinas. La planta baja era, por supuesto, el teatro, que ya te he descrito. Pero la tercera y la cuarta eran la «casa», y ahora estábamos en ella.

Enseguida me di cuenta de que la tía Peg no tenía talento para la decoración de interiores. Su gusto (si es que podía llamarse así) tendía a las antigüedades grandes y pasadas de moda, las sillas desparejadas y mucha confusión aparente sobre en qué lugar debía ir cada cosa. Vi que tenía la misma clase de cuadros oscuros y tristes en las paredes que mis padres (heredados de los mismos parientes, no cabía duda). Todos grabados descoloridos de caballos y retratos de viejos cuáqueros malhumorados. Había también grandes cantidades de objetos de plata y porcelana que me resultaban familiares: candelabros, juegos de té y cosas así, y algunos parecían valiosos, pero vete tú a saber. Nada tenía aspecto de ser usado ni valorado. (También había ceniceros en cada superficie y esos sí tenían aspecto de usados y valorados).

No quiero decir que el lugar fuera un cuchitril. No estaba sucio, solo desordenado. Atisbé el comedor de invitados o, más bien, lo que en cualquier otra casa habría sido el comedor de invitados, solo que en el centro de este había una mesa de pimpón. Y, lo que me resultó aún más curioso, la mesa de pimpón estaba justo debajo de una araña baja, lo que debía de dificultar jugar una partida.

Llegamos a una sala de estar de proporciones generosas, un espacio lo bastante amplio para atestarlo de muebles, pero en el que también había un piano de cola, arrimado de cualquier manera contra una pared.

—¿Quién quiere algo del bar? —preguntó la tía Peg mientras se dirigía al mueble bar de un rincón—. ¿Alguien quiere un martini? ¿Todos?

La sonora respuesta pareció ser: «¡Sí! ¡Todos!».

Bueno, casi todos. Olive rechazó la bebida y frunció el ceño mientras Peg servía los martinis. Daba la impresión de estar calculando el precio de cada cóctel hasta el último centavo, y es probable que así fuera.

Mi tía me ofreció un martini con la misma naturalidad que si lleváramos siglos bebiendo juntas. Qué delicia, me sentía de lo más adulta. Mis padres bebían (por supuesto que bebían; eran anglosajones blancos y protestantes), pero jamás conmigo. Beber siempre había sido para mí una afición clandestina. Pero al parecer eso había cambiado.

¡Salud!

—Te voy a enseñar tu habitación —dijo Olive.

La secretaria de Peg me condujo por un pasillo estrecho como una madriguera y abrió una de las puertas.

—Es el apartamento de tu tío Billy. Peg quiere que te alojes aquí de momento.

Me sorprendí.

—¿El tío Billy tiene un apartamento aquí?

Olive suspiró.

—Es prueba del persistente afecto de tu tía por su marido el hecho de que siga manteniendo estas habitaciones por si necesita un sitio donde alojarse cuando viene a la ciudad.

No creo que fueran imaginaciones mías el que Olive pronunciara las palabras «persistente afecto» con el tono en el que otra persona diría «pertinaz sarpullido».

Pues muchas gracias, tía Peg, porque el apartamento del tío Billy era una maravilla. No estaba tan atestado como las otras habitaciones que había visto, en absoluto. Este lugar tenía estilo. Había un saloncito con una chimenea y una bonita mesa lacada en negro sobre la que reposaba una máquina de escribir. Luego había un dormitorio, con ventanas que daban a la calle Cuarenta y uno, y la bonita cama de matrimonio era de acero cromado y madera oscura. Cubría el suelo una alfombra blanca inmaculada. Yo nunca había pisado una alfombra blanca. Más allá del dormitorio, había un vestidor de buen tamaño con un gran espejo cromado en la pared y un armario reluciente, dentro del cual no había ni una sola prenda de vestir. En un rincón del vestidor había un lavabo pequeño. El lugar estaba impoluto.

—Por desgracia, no tienes baño propio —dijo Olive mientras los hombres vestidos con mono depositaban mis baúles y mi máquina de coser en el vestidor—. Hay uno común cruzando el pasillo. Lo compartirás con Celia, que de momento está viviendo en el Lily. El señor Herbert y Benjamin viven en la otra ala. También comparten cuarto de baño.

Yo no sabía quiénes eran el señor Herbert y Benjamin, pero supuse que pronto me enteraría.

—¿Billy no va a necesitar el apartamento, Olive?

—Lo dudo mucho.

—¿Estás segurísima? Si alguna vez le hacen falta las habitaciones, puedo irme a otro sitio. Lo que quiero decir es que no necesito algo tan lujoso como esto...

Mentía. Necesitaba y deseaba aquel apartamento con toda mi alma y ya me imaginaba viviendo en él. Allí era donde me convertiría en una persona importante, lo había decidido.

—Tu tío lleva más de cuatro años sin venir a Nueva York, Vivian —dijo Olive dirigiéndome una de esas miradas penetrantes suyas, con esa facilidad tan inquietante que tenía para hacerte sentir como si estuviera viendo tus pensamientos en un rollo de película—. Creo que puedes instalarte aquí con cierta tranquilidad.

¡Qué alegría!

Saqué lo imprescindible de las maletas, me eché un poco de agua en la cara, me empolvé la nariz, me peiné, y de vuelta al caos y el bullicio del atestado cuarto de estar. De vuelta al mundo de Peg, con todas sus novedades y su ruido.

Olive fue a la cocina y trajo un pequeño pastel de carne servido sobre un lecho de lechuga de aspecto deplorable. Tal y como había dado a entender antes, aquello no iba a ser suficiente para que cenáramos todos los que estábamos allí. Sin embargo, al poco reapareció con embutidos y pan. También rescató medio pollo, un plato de encurtidos y recipientes con restos de comida china fría. Me fijé en que alguien había abierto una ventana y encendido un pequeño ventilador, que no mitigaba en lo más mínimo el sofocante calor estival.

—Comed, chicos —dijo Peg—. No os quedéis con hambre.

Gladys y Roland se abalanzaron sobre el pastel de carne igual que un par de braceros. Yo me serví un poco de *chop suey.* Celia no comió nada y se limitó a sentarse callada en uno de los sofás sosteniendo su copa de martini y su cigarrillo con un garbo que no había yo visto en mi vida.

—¿Qué tal ha ido la primera parte del espectáculo? —preguntó Olive—. Solo he visto el final.

—Bueno, resultó un poco *Rey Lear* —repuso Peg—. Pero solo un poco.

Olive frunció aún más el ceño.

—¿Por qué? ¿Qué pasó?

—No pasó nada en concreto —dijo Peg—. Es un espectáculo poco lucido, pero no es algo que deba preocuparnos. Siempre ha sido flojo. No parece que haya perjudicado seriamente a nadie del público. Todo el mundo salió del teatro por su propio pie. Además, la semana que viene cambiamos la programación, así que da igual.

—¿Y la taquilla? ¿De la primera función?

—Cuanto menos hablemos de eso, mejor —dijo Peg.

—Pero ¿cuánto hemos hecho de taquilla, Peg?

—No hagas preguntas cuyas respuestas no quieras saber, Olive.

—Pero es que voy a tener que saberlo. No podemos seguir con una afluencia como la de esta noche.

—¡Es encantador que lo llames afluencia! Las hemos contado y en la primera función había cuarenta y siete personas.

—¡Peg! ¡Eso no es suficiente!

—No sufras, Olive. En verano siempre flojea la cosa, acuérdate. Y el público es el que es. Si quisiéramos que viniera más gente ofreceríamos partidos de béisbol en lugar de obras de teatro. O invertiríamos en aire acondicionado. Así que vamos a concentrarnos en el número de los mares del Sur de la semana que viene. Podemos poner a los bailarines a ensayar mañana por la mañana y tenerlo preparado para el martes.

—Mañana por la mañana no —dijo Olive—. He alquilado el teatro para una clase de ballet infantil.

—Muy bien hecho, muchacha, tú siempre tan llena de recursos. Entonces mañana por la tarde.

—Mañana por la tarde tampoco. Lo he alquilado para una clase de natación.

Aquello pilló a Peg por sorpresa.

—¿Una clase de natación, has dicho?

—Es un programa del Ayuntamiento. Van a enseñar a nadar a niños del vecindario.

—¿A nadar? ¿Nos van a inundar el escenario, Olive?

—Pues claro que no. Se llama natación en seco. Dan las clases sin agua.

—¿Me estás diciendo que van a enseñar natación como si fuera un concepto teórico?

—Más o menos. Solo los rudimentos. Usan sillas. El Ayuntamiento lo paga.

—Vamos a hacer una cosa, Olive. ¿Qué tal si le dices a Gladys cuándo no tienes alquilado el teatro para bailes infantiles o clases de natación en seco para que pueda convocar un ensayo y empezar a trabajar en el número de los mares del Sur?

—El lunes por la tarde —repuso Olive.

—¡El lunes por la tarde, Gladys! —le dijo Peg a la corista—. ¿Lo has oído? ¿Podrás reunir a todo el mundo para el lunes por la tarde?

—De todas maneras, no me gusta ensayar por las mañanas —contestó Gladys, aunque no supe muy bien si aquello podía considerarse una respuesta.

—No tiene que ser muy difícil, Gladys —indicó Peg—. No es más que espectáculo de variedades. Invéntate algo, como haces siempre.

—¡Yo quiero estar en el número de los mares del Sur! —exclamó Roland.

—Todos quieren estar en el número de los mares del Sur —explicó Peg—. A los chicos les encanta actuar en estos números tan exóticos e internacionales, Vivian. Les chifla el vestuario. En lo que va de año, ya hemos hecho una obra de indios, una historia de doncellas chinas y otra de una bailarina española. El año pasado probamos con una historia de amor esquimal. El vestuario no era muy favorecedor, por decirlo suavemente. Las pieles, ya sabes. Demasiado gruesas. Y tampoco fueron nuestras mejores canciones. Rimamos «hielo» con «anhelo» tantas veces que acabamos con dolor de cabeza.

—¡Puedes ser una de las bailarinas de hula en el espectáculo de los mares del Sur, Roland! —dijo Gladys y rio.

—¡Pues tengo hermosura de sobra! —contestó Roland y simuló posar.

—Eso sin duda —estuvo de acuerdo Gladys—. Y eres tan menudo que cualquier día vas a salir volando. Tengo que estar atenta para no ponerte a mi lado en el escenario. A tu lado parezco una vaca gorda.

—Eso es porque has engordado, Gladys —observó Olive—. Debes vigilar lo que comes o pronto no te servirán los trajes.

—Lo que come una persona no tiene nada que ver con su figura —protestó Gladys mientras se servía otro trozo de pastel de carne—. Lo he leído en una revista. Lo que importa es la cantidad de café que bebes.

—Tú lo que tomas es demasiado alcohol —intervino Roland—. No sabes beber.

—¡Desde luego que no sé beber! —exclamó Gladys—. Eso lo sabe todo el mundo. Pero otra cosa te voy a decir: ¡no tendría la vida sexual que tengo si aguantara mejor el alcohol! Préstame tu barra de labios, Celia —le pidió a la otra corista, quien, en silencio, sacó una barra del bolsillo de su bata de seda y se la pasó. Gladys se pintó los labios del rojo más intenso que yo había visto en mi vida y a continuación besó a Roland en ambas mejillas, dejándole unas manchas grandes y visibles—.

Ya está, Roland. ¡Ahora eres la chica más bonita de la habitación!

A Roland no parecían importarle las bromas. Tenía cara de muñeca de porcelana y, en mi experta opinión, se depilaba las cejas. Me asombró que ni siquiera intentara comportarse de manera masculina. Cuando hablaba, movía las manos igual que una joven en su presentación en sociedad. ¡Ni siquiera se limpió el carmín de las mejillas! ¡Era casi como si quisiera parecer una mujer! (Perdona mi ingenuidad, Angela, pero por aquel entonces yo no había conocido a demasiados homosexuales. Por lo menos homosexuales hombres. Lesbianas, en cambio, sí que había visto. Después de todo, pasé un año en Vassar y ni siquiera yo estaba tan distraída como para no darme cuenta).

Peg dirigió su atención a mí.

—Bueno, Vivian Louise Morris, ¿qué te gustaría hacer con tu vida ahora que estás en Nueva York?

¿Qué quería hacer con mi vida? ¡Pues exactamente lo que estaba haciendo! Beber martinis con coristas, oír hablar de Broadway y escuchar a hurtadillas los chismorreos de chicos con aspecto de chica. ¡Quería oír hablar de la apasionante vida sexual de las personas!

Pero no podía decir ninguna de esas cosas. Así que, en un arranque de inspiración, contesté:

—Me gustaría dar vueltas por ahí. Empaparme de las cosas.

Para entonces todos me miraban. ¿Quizá esperaban que dijera algo más? ¿Qué esperaban?

—El problema es que no sé orientarme por la ciudad —añadí como una tonta.

La tía Peg respondió a esta tontería cogiendo una servilleta de papel de la mesa y dibujando un mapa aproximado de Manhattan. Me gustaría haberlo conservado, Angela. Era el mapa de la ciudad más encantador del mundo: una isla con forma de zanahoria torcida con un gran rectángulo oscuro en el centro que representaba Central Park; unas líneas onduladas e imprecisas que representaban los ríos Hudson y East; el signo de un dólar en la parte de abajo, que representaba Wall Street; una nota musical en la parte superior de la isla, que representaba Harlem, y una estrella justo en el centro que señalaba donde estábamos: Times Square. ¡El centro del mundo! ¡Bingo!

—Ya está —dijo—. Con esto ya puedes orientarte. Aquí es imposible perderte, peque. No tienes más que seguir los letreros de las calles. Están todas numeradas, más sencillo no puede ser. Tú recuerda solo que Manhattan es una isla. A la gente se le olvida. Si caminas mucho en cualquier dirección, terminas por encontrarte agua. Si llegas a un río, da la vuelta. Aprenderás a orientarte. Personas menos inteligentes que tú han conseguido desenvolverse por la ciudad.

—Incluso Gladys —apuntó Roland.

—Cuidadito, cielo —replicó Gladys—. Yo nací aquí.

—¡Gracias! —dije metiéndome la servilleta en el bolsillo—. Y, si me necesitáis en el teatro, estaré encantada de ayudar.

—¿Quieres ayudar? —Peg pareció sorprendida de oír aquello. Estaba claro que no había esperado gran cosa de mí. Por Dios, ¿qué le habían contado mis padres?—. Podrías ayudar a Olive en la oficina, si te gustan esas cosas. Me refiero al trabajo de oficina.

Olive palideció ante esa sugerencia y me temo que yo también. Tenía tantos deseos de trabajar con Olive como ella de trabajar conmigo.

—O en la taquilla —prosiguió Peg—. Podrías vender entradas. No tienes aptitudes musicales, ¿verdad? Me sorprendería que fuera así. No las tiene nadie de la familia.

—Sé coser —dije.

Debí de decirlo en voz baja porque nadie pareció darse cuenta de que había hablado.

—Peg, ¿por qué no matriculas a Vivian en la academia Katharine Gibbs para que aprenda mecanografía? —preguntó Olive.

Peg, Gladys y Celia gimieron al unísono.

—Olive siempre está intentando que nos matriculemos en la academia Katharine Gibbs para aprender a escribir a máquina —explicó Gladys. Se estremeció de forma teatral simulando horror, como si aprender a escribir a máquina fuera algo parecido a excavar rocas en un campo de trabajo de prisioneros de guerra.

—De la academia Katharine Gibbs salen jóvenes empleables —señaló Olive—. Toda mujer joven debería ser empleable.

—Pues yo no sé mecanografía y soy empleable —dijo Gladys—. Qué diablos, estoy empleada. ¡Soy empleada tuya!

—Una corista no puede considerarse una empleada, Gladys —replicó Olive—. Una corista es alguien que, en ocasiones, tiene trabajo. No es lo mismo. Tu campo profesional no ofrece seguridad. Una secretaria, en cambio, siempre encontrará empleo.

—No soy una simple corista —puntualizó Gladys con aire de orgullo herido—. Soy jefa del cuerpo de baile. Una jefa de bailarines siempre encuentra trabajo. Además, cuando me quede sin dinero, me casaré y punto.

—Nunca aprendas mecanografía, peque —me dijo Peg—. Y si lo haces, no se lo cuentes a nadie o te obligarán a pasarte la vida escribiendo a máquina. Tampoco aprendas taquigrafía, porque será el final. Una vez que pones un bloc de estenografía en la mano de una mujer, ya no lo suelta nunca.

De pronto, la maravillosa criatura que estaba en la otra punta de la habitación habló, por primera vez desde que habíamos subido.

—¿Has dicho que sabes coser? —preguntó Celia.

De nuevo, aquella voz grave y áspera me pilló por sorpresa. Además, ahora su dueña me miraba, lo que me resultó un poco intimidante. No quiero exagerar usando la palabra «intensa» al hablar de Celia, pero es inevitable; era de esas mujeres que resultan intensas incluso cuando no se lo proponen. Sostener esa mirada penetrante me resultó incómodo, así que me limité a asentir con la cabeza y decir mirando a Peg, con quien me sentía más segura:

—Sí, sé coser. Me enseñó la abuela Morris.

—¿Qué es lo que coses? —quiso saber Celia.

—Bueno, este vestido me lo he hecho yo.

Gladys chilló.

—¿Que te has hecho ese vestido?

Gladys y Roland corrieron hacia mí igual que hacían siempre las chicas cuando se enteraban de que me había hecho mi propio vestido. En cuestión de segundos estaban tocándome la ropa igual que dos adorables monitos.

—¿Esto lo has hecho tú? —exclamó Gladys.

—¿También los adornos? —preguntó Roland.

Quise decir: «Pero si no es nada», porque lo cierto era que, comparado con lo que era capaz de hacer, aquel vestidito, por muy elaborado que pareciera, era una insignificancia. Pero no quise parecer presuntuosa. Así que dije:

—Me hago toda mi ropa.

Celia volvió a hablar desde el otro lado de la habitación:

—¿Sabes hacer vestuario para teatro?

—Supongo que sí. Dependerá de qué tipo de vestuario, pero estoy segura de que sí.

La corista se puso de pie y dijo:

—¿Sabrías hacer algo como esto?

Dejó que la bata cayera al suelo dejando ver lo que llevaba debajo.

(Ya sé que suena muy teatral, lo de «dejó que la bata cayera al suelo», pero Celia era de esas chicas que no se quitan la ropa como el resto de los mortales; siempre la dejaba caer).

Tenía una silueta asombrosa, pero el vestido era de lo más sencillo: un dos piezas metálico, parecido a un bañador. Era de esas prendas pensadas para favorecer más desde quince metros de distancia que de cerca. Unos pantaloncitos cortos ajustados, de cintura alta y decorados con llamativas lentejuelas y un sujetador recubierto de un adorno chillón hecho de cuentas y plumas. Le quedaba bien, pero solo porque a Celia le habría quedado bien hasta un pijama de hospital. Para ser sincera, pensé que debía ceñirle mejor el cuerpo. Los tirantes estaban mal hechos.

—Podría —contesté—. Coser las cuentas me llevaría un tiempo, pero es lo único laborioso. El resto es sencillo. —Entonces tuve un arrebato de inspiración, igual que una bengala disparada al cielo nocturno—: Si hay una directora de vestuario igual puedo trabajar con ella. ¡Podría ser su ayudante!

Estallaron risas por toda la habitación.

—¡Directora de vestuario! —dijo Gladys—. ¿Dónde te crees que estamos? ¿En Paramount Pictures? ¿Te piensas que tenemos a Edith Head escondida en el sótano?

—Aquí las chicas se hacen su propio vestuario —explicó Peg—. Si no tenemos nada que les sirva en nuestro guardarropa (y nunca lo tenemos), deben traerlo ellas. Les cuesta dinero, pero así es como hemos hecho siempre las cosas. ¿De dónde es eso, Celia?

—Se lo compré a una chica. ¿Te acuerdas de Evelyn, de El Morocco? Se casó y se fue a vivir a Texas. Me pasó un baúl lleno de ropa. He tenido suerte.

—Desde luego que sí —dijo Roland—. Has tenido suerte de no coger gonorrea.

—Ya basta, Roland —le reprendió Gladys—. Evelyn era buena chica. Lo que pasa es que le tienes envidia porque se ha casado con un vaquero.

—Si quieres ayudar a las chicas con el vestuario, Vivian, estoy segura de que todos lo agradeceríamos —dijo Peg.

—¿Puedes hacerme algo para los mares del Sur? —me preguntó Gladys—. ¿Una falda hawaiana?

Aquello era como preguntarle a un chef si sabía preparar unas gachas.

—Claro —respondí—. Te la puedo hacer mañana.

—¿Y puedes hacerme una a mí? —preguntó Roland.

—No tengo presupuesto para vestuario nuevo —advirtió Olive—. No habíamos hablado de esto.

—Ay, Olive —dijo Peg—. Tú siempre tan agorera. Deja que los chicos se diviertan.

No pude evitar fijarme en que Celia no me había quitado ojo desde que empezamos a hablar de costura. Ser blanco de su mirada me resultaba aterrador y emocionante al mismo tiempo.

—¿Sabes una cosa? —dijo después de estudiarme con mayor atención—. Eres bonita.

Para ser sincera, la gente solía reparar en ese hecho antes. Pero ¿cómo culpar a Celia de no prestarme casi atención hasta aquel momento cuando era dueña de esa cara y de ese cuerpo?

—A decir verdad —añadió sonriendo por primera vez en la velada—, te pareces un poco a mí.

Que te quede clara una cosa, Angela. Eso no era verdad.

Celia Ray era una diosa, yo era una adolescente. Pero, a muy grandes rasgos, supongo que tenía parte de razón. Las dos éramos altas, morenas de piel clara y ojos castaños separados entre sí. Podríamos haber pasado por primas, si no hermanas. Desde luego por gemelas no. Sin duda nuestros cuerpos no tenían nada en común. Ella era un melocotón y yo un palo. Aun así, me sentí halagada. Hoy, sin embargo, sigo convencida de que Celia Ray se fijó en mí porque nos parecíamos un poquitín, y eso llamó su atención. Porque para Celia, vanidosa como era, mirarme debió de ser algo parecido a mirarse en un espejo (muy empañado y muy lejano), y a Celia no había espejo que no le gustara.

—Tú y yo deberíamos vestirnos iguales algún día y salir por ahí —continuó Celia con ese suave gruñido grave del Bronx que era también un ronroneo—. Seguro que nos metíamos en más de un lío.

Bien, a eso no supe qué responder, así que me limité a mirarla con la boca abierta como la colegiala de Emma Willard que había sido hasta hacía poco.

En cuanto a mi tía Peg, mi tutora legal en aquel momento, no lo olvidemos, oyó aquella invitación que sonaba de lo más ilícita y dijo:

—Eso suena muy bien, chicas.

Estaba en el mueble bar preparando otra ronda de martinis, pero entonces Olive puso fin a la velada. La temible secretaria del Lily Playhouse se puso de pie, juntó las manos y anunció:

—¡Ya está bien! ¡Como Peg no se vaya a la cama ahora mismo, mañana estará hecha una piltrafa!

—Desde luego, Olive, eres peor que un dolor de muelas.

—A la cama, Peg —dijo la imperturbable Olive estirándose la cintura del traje para dar más énfasis a sus palabras—. Ya.

La gente se dispersó. Nos dimos las buenas noches.

Fui hasta mi apartamento (¡mi apartamento!) y deshice algo más de equipaje. No conseguía concentrarme en la tarea, se había apoderado de mí una felicidad nerviosa.

Peg vino a verme cuando estaba colgando mis vestidos en el armario.

—¿Estás cómoda aquí? —preguntó paseando la vista por el apartamento inmaculado de Billy.

—Me encanta este sitio. Es precioso.

—Sí, Billy siempre exigía lo mejor.

—¿Puedo hacerte una pregunta, Peg?

—Por supuesto.

—¿Qué ha pasado con el incendio?

—¿Qué incendio, peque?

—Olive dijo que hoy había habido un pequeño incendio en el teatro. Me preguntaba si había pasado algo.

—¡Ah, eso! Unos decorados viejos que se incendiaron por accidente detrás del edificio. Tengo amigos en el departamento del cuerpo de bomberos, así que la cosa no ha pasado a mayores. Madre mía, ¿eso ha sido hoy? Ya se me había olvidado. —Peg se frotó los ojos—. Mira, peque, pronto comprobarás que la vida en el Lily Playhouse es una sucesión de pequeños incendios. Y, ahora, a dormir, u Olive hará que te detengan.

De manera que me fui a la cama, la primera vez que dormía en Nueva York y la primera vez también (aunque indudablemente no la última) que dormía en la cama de un hombre.

No recuerdo quién recogió las cosas de la cena.

Seguramente Olive.

4

A las dos semanas de llegar a Nueva York mi vida había cambiado por completo. Estos cambios incluían, pero no se limitaban a, la pérdida de la virginidad, una historia de lo más divertida que enseguida te contaré, Angela, si tienes la paciencia de seguir leyendo.

Porque antes quiero decir que el Lily Playhouse no se parecía a ninguno de los mundos que yo había habitado hasta entonces. Era la encarnación del glamur, la vida indómita, el caos y la diversión. En otras palabras, un mundo lleno de adultos que se comportaban como niños. Atrás habían quedado el orden y la disciplina que mi familia y los colegios habían intentado inculcarme hasta entonces. En el Lily nadie (a excepción de la siempre abnegada Olive) intentaba siquiera llevar un ritmo de vida respetable. Beber y salir de fiesta eran la costumbre. Las comidas se hacían a horas intempestivas. Se dormía hasta mediodía. Nadie empezaba a trabajar a una hora concreta, ni, ya puestos, dejaba de trabajar tampoco a una hora concreta. Los planes cambiaban todo el tiempo, los invitados venían y se iban sin presentaciones formales ni despedidas organizadas y nunca estaba claro quién tenía asignadas qué tareas.

Enseguida comprendí, para mi vertiginoso asombro, que no habría una figura de autoridad que vigilara mis idas y venidas. No tenía que responder ante nadie y no se esperaba nada de mí. Si quería ayudar con el vestuario podía, pero no se me asignó un empleo oficial. No había toque de queda, de noche no se pasaba lista. Tampoco había supervisoras; ni madres.

Era libre.

En teoría, claro, la tía Peg era responsable de mí. Éramos familia y le había sido confiado mi cuidado *in loco parentis*. Pero, por decirlo suavemente, no era nada sobreprotectora. De hecho, la tía Peg era la primera librepensadora que había conocido. Opinaba que las personas deben tomar sus propias decisiones sobre sus vidas, ¡habrase visto idea más descabellada!

El mundo de Peg era caótico y, sin embargo, funcionaba. A pesar del desorden, conseguía hacer dos funciones diarias en el Lily: una primera (que empezaba a las cinco y cuyo público eran mujeres y niños) y una nocturna (que empezaba a las ocho y que era algo más descarada, dirigida a un público más adulto y más masculino, sobre todo). Los domingos y los miércoles había además matinés. Los sábados a mediodía siempre había un espectáculo de magia gratuito para los niños del vecindario. Durante el día, Olive solía arreglárselas para alquilar el espacio para actividades vecinales, aunque dudo de que nadie pueda hacerse rico a base de clases de natación en seco.

Nuestro público procedía del barrio y por aquel entonces se trataba de un barrio en toda regla, compuesto en su mayoría de irlandeses e italianos, con algún que otro europeo del este católico y un buen número de familias judías. Los edificios de cuatro plantas que rodeaban el Lily estaban atestados de inmigrantes recién llegados, y cuando digo «atestados» me refiero a docenas de personas en un solo apartamento. Por ese motivo,

Peg trataba de que el lenguaje de los espectáculos fuera sencillo, para que lo entendieran estos recién incorporados a la lengua inglesa. El lenguaje sencillo también facilitaba la memorización de los papeles a los intérpretes, que no eran lo que se dice actores dramáticos de formación clásica.

Nuestros espectáculos no atraían a turistas, ni a críticos, tampoco a lo que podrían llamarse aficionados al teatro. Proporcionábamos diversión de clase trabajadora a las clases trabajadoras y punto. Peg insistía en que no nos engañáramos al respecto. («Prefiero hacer un buen espectáculo de cabaré que un mal Shakespeare», decía). Desde luego el Lily no tenía ninguna de las características que uno asociaría a un teatro de prestigio en Broadway. No hacíamos representaciones previas en ciudades de provincia, ni fiestas glamurosas las noches de estreno. No cerrábamos en agosto, como hacían muchas salas de Broadway. (Nuestros clientes no se iban de vacaciones, así que nosotros tampoco). Ni siquiera cerrábamos los lunes. Éramos algo parecido a lo que antes se llamaba «teatro de sesión continua», donde el entretenimiento se servía día tras día durante todo el año. Siempre que mantuviéramos el precio de las entradas similar al de los cines de las inmediaciones (que eran, junto a los billares y las apuestas ilegales, nuestros principales competidores por los dólares del vecindario), podíamos llegar a completar más o menos el aforo.

En el Lily no se hacía cabaré, pero muchas de nuestras coristas y bailarinas venían de ese mundo (y tenían el descaro de demostrarlo, benditas fueran). Tampoco hacíamos exactamente vodevil, más que nada porque, a aquellas alturas, el vodevil se había casi extinguido. Pero nuestras obras cómicas y chapuceras eran casi vodevil. De hecho, podría considerarse una exageración llamarlas obras. Sería más exacto decir que eran revistas, una sucesión improvisada de fragmentos de historias que eran más que nada excusas para que unos enamorados se reunieran y unas bailarinas lucieran sus piernas. (Nuestro campo era limitado, en cualquier caso, porque el Lily Playhouse solo tenía tres telones pintados. Esto significaba que la acción de todos nuestros espectáculos tenía que suceder en la esquina de una calle del siglo XIX, en un elegante salón de clase alta o en un trasatlántico).

Peg cambiaba el cartel cada pocas semanas, pero todas las revistas eran más o menos la misma, y ninguna resultaba memorable. (¿Cómo dices? ¿Que nunca has oído hablar de una obra titulada *Echando humo* sobre dos golfillos callejeros que se enamoran? ¡Pues claro que no! Solo estuvo dos semanas en cartel, antes de ser sustituida por una obra casi idéntica titulada *¡Coge ese barco!*, que, por supuesto, se desarrollaba en un trasatlántico).

—Si pudiera mejorar la fórmula, lo haría —me dijo Peg en una ocasión—. Pero el caso es que funciona.

La fórmula, para ser precisos, era esta:

Deleita (o al menos entretén) al público un rato (nunca más de cuarenta y cinco minutos) con algo parecido a una historia de amor. Debe estar protagonizada por unos enamorados jóvenes y guapos que sepan bailar claqué y cantar, pero a los que impide estar juntos un villano —a menudo un banquero, en ocasiones un gánster (misma idea, distinto vestuario)— que rechina los dientes y trata de destruir a nuestra querida pareja. Debe haber también una casquivana de generoso busto que haga ojitos al protagonista..., quien sin embargo solo tendrá ojos para su verdadero amor. Debe haber también un apuesto pretendiente que corteje a la chica para alejarla de su enamorado. Debe haber también un vagabundo borracho que ponga la nota cómica y que lleve una barba de pocos días pintada con un corcho quemado. El espectáculo incluía siempre al menos una balada romántica en la que, por lo general, la palabra «beso» rimaba con «embeleso». Y siempre terminaba con el número de las coristas bailando alineadas y levantando las piernas por encima de sus cabezas.

Aplausos, telón, y vuelta a empezar en la segunda función.

A los críticos de teatro se les daba de miedo no reparar en nuestra existencia, lo que seguramente redundaba en beneficio de todos.

Si doy la impresión de estar denigrando los espectáculos del Lily, no es así: me encantaban. Daría cualquier cosa por poder sentarme en las últimas filas de aquel viejo teatro que se caía a pedazos y ver otra vez alguno. Para mí no había nada mejor que aquellas revistas sencillas, alegres. Me hacían feliz. Estaban pensadas para hacer feliz a la gente sin que tuvieran que esforzarse demasiado por entender el argumento. Tal y como había aprendido Peg durante la Gran Guerra, cuando producía alegres números de música y baile para soldados que acababan de perder una extremidad, o tenían la garganta quemada por el gas mostaza: «A veces las personas necesitan pensar en otra cosa».

Nuestro trabajo consistía en darles esa otra cosa.

En cuanto al elenco, nuestros espectáculos siempre requerían ocho bailarines, cuatro chicos y cuatro chicas, y también cuatro coristas, pues eso era lo que esperaba el público. La gente venía al Lily para ver a las coristas. Si te estás preguntando cuál era la diferencia entre «bailarina» y «corista», la respuesta es: la altura. Las coristas tenían que medir al menos uno setenta y cinco. Eso sin los tacones ni los tocados de plumas. Y se esperaba de ellas que fueran más despampanantes que una bailarina normal y corriente.

Para complicar más las cosas, algunas coristas bailaban (por ejemplo, Gladys, que también era jefa de bailarines y preparaba las coreografías), pero las bailarinas nunca hacían de coristas porque no eran ni lo bastante altas ni lo bastante guapas y nunca lo serían. No existía maquillaje ni relleno creativo capaces de convertir a una bailarina moderadamente atractiva y de mediana estatura en las amazonas espectaculares que eran las coristas del Nueva York de mediados del siglo XX.

El Lily captaba a muchos intérpretes que iban de camino a la cima del éxito. Algunas de las chicas que empezaron su carrera profesional en el Lily se fueron después al Radio City Music Hall o al Diamond Horseshoe. Algunas incluso llegaron a ser cabezas de cartel. Pero las más de las veces, lo que hacíamos era recoger a bailarinas que regresaban de la cima del éxito. (No hay nada más valeroso ni conmovedor que una *rockette* entrada en años haciendo una audición para ser corista en un musical barato y estridente titulado *¡Coge ese barco!).*

Pero también teníamos un pequeño elenco estable que actuaba para el humilde público del Lily en una función tras otra. Gladys era una integrante esencial de la compañía. Se había inventado un baile llamado *«boggle-boggle»* que chiflaba al público, así que lo incluíamos en todas las representaciones. Y ¿cómo no les iba a chiflar si consistía en todas las chicas subidas al escenario meneando todas las partes del cuerpo imaginables?

«¡Boggle-boggle!», gritaba el público durante los bises, y las chicas no se hacían de rogar. A veces veíamos a niños del barrio haciendo el *boggle-boggle* por las aceras de camino a la escuela.

Digamos que fue nuestro legado cultural.

Me encantaría explicarte cómo lograba ser rentable el pequeño teatro de Peg, pero la verdad es que lo ignoro. (Podría ser como en ese viejo chiste sobre el secreto de amasar una pequeña fortuna en el negocio del espectáculo: empezar con una gran fortuna). Nunca llenábamos y los precios de las entradas eran ridículos. Además, aunque el Lily Playhouse era maravilloso, también era una auténtica reliquia arquitectónica carísima de mantener. Tenía goteras y grietas. La instalación eléctrica databa de la época de Edison, la fontanería era un arcano, la pintura estaba descascarillada y el tejado estaba hecho para días soleados sin lluvia y poco más. Mi tía Peg gastaba dinero en aquel viejo teatro en ruinas igual que una heredera benévola gasta dinero en un amante adicto al opio, es decir, de manera incesante, desesperada e inútil.

En cuanto a Olive, su trabajo era tratar de atajar el flujo de dinero. Una tarea igual de incesante, desesperada e inútil. (Todavía me parece oírla exclamar: «¡Esto no es un hotel francés!», cada vez que alguien se excedía con el agua caliente).

Olive siempre parecía cansada y con razón. Llevaba siendo la única persona adulta responsable del teatro desde 1917, cuando Peg y ella se conocieron. Pronto supe que Olive no bromeaba cuando decía que llevaba trabajando para Peg «desde que Moisés llevaba pañales». Igual que Peg, Olive había sido enfermera de la Cruz Roja durante la Gran Guerra, aunque se había formado en Gran Bretaña, por supuesto. Las dos mujeres se habían conocido en el frente, en Francia. Cuando terminó la guerra, Olive decidió abandonar la enfermería y siguió a su amiga al mundo del teatro... en el papel de sufrida secretaria de confianza.

Olive siempre andaba de un lado a otro del teatro dando órdenes, instrucciones y reprimendas a gran velocidad. Adoptaba la expresión hastiada y martirizada del buen perro pastor que tiene encomendado poner orden en un rebaño de ovejas indisciplinadas. Estaba llena de reglas. No se podía comer en el teatro («¡No queremos tener más ratas que público!»). Había que ensayar con «presteza». Los «invitados de los invitados» no se podían quedar a dormir. No se hacían reembolsos sin un recibo. Y la primera en cobrar debía ser siempre Hacienda.

Peg respetaba las reglas de su secretaria, pero de una forma de lo más abstracta, como alguien que ha perdido la fe, pero sigue teniendo en buena consideración las leyes eclesiásticas. En otras palabras, respetaba las reglas de Olive sin en realidad obedecerlas.

Los demás seguíamos el ejemplo de Peg, lo que quería decir que nadie obedecía las reglas de Olive, aunque en ocasiones simulábamos hacerlo.

Por eso Olive estaba siempre exhausta y nosotros nos comportábamos como niños.

Peg y Olive vivían en la cuarta planta del edificio del Lily, en apartamentos separados por una sala de estar común. En aquella cuarta planta había otros apartamentos que no estaban en uso cuando yo me instalé allí. (El propietario original los había hecho para sus amantes, pero ahora se reservaban, me explicó Peg, para «ovejas descarriadas de última hora y nómadas varios»).

Pero en el tercer piso, donde me instalé yo, era donde ocurría todo lo interesante. Allí era donde estaba el piano, por lo general cubierto de copas de cóctel medio vacías y ceniceros medio llenos. (En ocasiones Peg pasaba junto al piano, cogía la bebida que había dejado allí alguien y la apuraba de un trago. A eso lo llamaba «cobrarse dividendos»). En el tercer piso era donde todos comían, fumaban, bebían, se peleaban, trabajaban y vivían. Eran las verdaderas oficinas del Lily Playhouse.

Había un hombre llamado señor Herbert que también se alojaba en la tercera planta. Al señor Herbert me lo presentaron como «nuestro dramaturgo». Creaba los argumentos de los espectáculos y también escribía los chistes y los chascarrillos. Además, era director de escena y hacía las veces, me dijeron, de agente de prensa del Lily Playhouse.

—¿Qué hace exactamente un agente de prensa? —le pregunté en una ocasión.

—Ojalá lo supiera —me contestó.

Lo que es más interesante aún, era un abogado que tenía prohibido ejercer y amigo de Peg de toda la vida. Lo habían expulsado del colegio de abogados por estafar una cantidad de dinero considerable a un cliente. Peg no le tenía en cuenta el delito porque cuando lo cometió era alcohólico. «No puedes culpar a un hombre por lo que hace estando bebido», era su filosofía. («Todos tenemos nuestras flaquezas» era otro de los lemas de alguien que siempre daba segundas, terceras y cuartas oportunidades a los frágiles y los fracasados). En ocasiones, cuando nos encontrábamos en un aprieto y no disponíamos de algo mejor a mano, el señor Herbert hacía de vagabundo borracho en nuestras funciones y aportaba al papel un patetismo natural que te rompía el corazón.

Pero el señor Herbert era divertido. Su sentido del humor era ácido y negro, pero innegablemente divertido. Por las mañanas, cuando me levantaba a desayunar, siempre lo encontraba sentado a la mesa de la cocina con sus pantalones de traje demasiado grandes y una camiseta. Bebía una taza de café instantáneo y picoteaba una única y triste tortita. Suspiraba y fruncía el ceño encorvado sobre una libreta inventando chistes y frases para el próximo espectáculo. Cada mañana lo provocaba con un saludo cantarín solo para oír su deprimente respuesta, que siempre variaba.

—¡Buenos días, señor Herbert! —decía yo.

—Eso es discutible —podía contestar él.

Otro día:

—¡Buenos días, señor Herbert!

—Lo concedo a medias.

O:

—¡Buenos días, señor Herbert!

—No sé por qué lo dices.

O:

—¡Buenos días, señor Herbert!

—Me temo que tengo que disentir.

O, mi favorita:

—¡Buenos días, señor Herbert!

—¿Así que ahora te dedicas a la sátira?

También habitaba en la tercera planta un joven negro y atractivo llamado Benjamin Wilson, que escribía, componía y tocaba al piano las canciones del Lily. Benjamin era discreto y refinado y siempre vestía unos trajes maravillosos. Por lo general estaba sentado al piano de cola practicando una alegre melodía para un espectáculo nuevo o tocando jazz para su propio disfrute. En ocasiones tocaba himnos religiosos, pero solo cuando creía que no lo escuchaba nadie.

El padre de Benjamin era un respetado ministro de la Iglesia en Harlem y su madre la directora de una academia femenina de la calle Ciento treinta y dos. En otras palabras, pertenecía a la realeza de Harlem. Había sido educado para entrar en la Iglesia, pero el mundo del espectáculo lo había apartado de su vocación. Su familia ya no quería saber nada de él, porque estaba sucio de pecado. Aquel era un denominador común, supe después, a las personas que trabajaban en el Lily Playhouse. Peg acogía a un montón de refugiados en ese sentido.

Un poco como le ocurría a Roland, el bailarín, Benjamin tenía demasiado talento para trabajar en un teatro de mala muerte como el Lily. Pero Peg le daba alojamiento y comida gratis y sus obligaciones eran pocas, de modo que allí seguía.

Había una persona más viviendo en el Lily cuando llegué yo y la he dejado para el final porque fue la más importante para mí.

Esa persona era Celia. La corista. Mi diosa.

Olive me había dicho que Celia se alojaba con nosotros solo de manera temporal, hasta que «solucionara unos asuntos». La razón de que Celia necesitara un sitio donde vivir era que la habían echado hacía poco del Rehearsal Club, un hotel respetable y económico para mujeres en la calle Cincuenta y tres oeste, donde se alojaban muchas bailarinas y actrices de Broadway. Pero Celia no podía seguir viviendo en el Rehearsal porque la habían sorprendido con un hombre en su habitación. Así que Peg le había ofrecido alojarse en el Lily como solución temporal.

Yo tenía la sensación de que Olive desaprobaba el ofrecimiento, pero, claro, Olive desaprobaba casi todo lo que Peg ofrecía a las personas sin pedir dinero a cambio. En cualquier caso, el alojamiento gratuito no tenía nada de palaciego. La habitacioncita de Celia del final del pasillo era mucho más modesta que mis elegantes aposentos en el jamás utilizado *pied-à-terre* del tío Billy. El refugio de Celia era poco más que un armario escobero con un catre y un trocito de suelo por el que desperdigaba sus prendas de vestir. Tenía una ventana, pero daba a un callejón caluroso y maloliente. Celia no tenía alfombra, ni lavabo, ni espejo; tampoco tenía armario ni mucho menos una cama amplia y mullida como la mía.

Todo esto probablemente explique por qué Celia se instaló conmigo en mi segunda noche en el Lily. Lo hizo sin pedir permiso. No hubo discusión al respecto; ocurrió y ya está, y además cuando menos lo esperaba yo. En algún momento entre la medianoche y el amanecer del Día Dos de mi estancia en Nueva York, Celia se presentó en mi cuarto, me despertó con una fuerte sacudida en el hombro y farfulló borracha dos únicas palabras:

—Hazme sitio.

Así que le hice sitio. Me desplacé al otro lado de la cama y ella se dejó caer en mi colchón, me robó la almohada, envolvió con mi sábana su hermoso cuerpo y se quedó dormida en cuestión de segundos.

¡Qué emocionante!

Tan emocionante, de hecho, que no conseguí volver a dormirme. No me atrevía a moverme. Para empezar me había quedado sin almohada y me encontraba pegada a la pared, así que estaba incómoda. Pero lo más complicado era lo siguiente: ¿cuál es el protocolo cuando una corista borracha y vestida de pies a cabeza se acaba de desplomar en tu cama? No lo sabía muy bien. Así que me quedé quieta y en silencio, escuchando su respiración pausada, oliendo el aroma a cigarrillos y perfume en su pelo y preguntándome cómo haríamos para no sentirnos incómodas cuando llegara la mañana.

Celia se despertó a las siete de la mañana, cuando se hizo imposible no hacer caso a la luz que entraba a raudales por la ventana. Bostezó con languidez y se estiró a conciencia, ocupando más sitio aún en la cama. Todavía iba maquillada y vestida con el vestido escotado de la noche anterior. Era despampanante. Parecía un ángel caído a la tierra después de colarse por un agujero del suelo de un club nocturno del cielo.

—Hola, Vivvie —dijo pestañeando por la luz del sol—. Gracias por dejarme dormir en tu cama. Ese catre que me han dado es un suplicio. Ya no lo aguantaba más.

Para entonces yo ni siquiera estaba segura de que Celia supiera mi nombre, así que oírla usar el diminutivo cariñoso «Vivvie» me inundó de felicidad.

—No pasa nada —respondí—. Puedes dormir aquí siempre que quieras.

—¿De verdad? —dijo—. Maravilloso. Hoy mismo traigo mis cosas.

De manera que ahora tenía compañera de habitación. (Eso sí, me parecía estupendo. Me sentía honrada de que me hubiera elegido). Quería que aquel momento extraño, exótico, durara lo más posible, así que me atreví a dar conversación a Celia.

—Dime —pregunté—, ¿dónde estuviste anoche?

Pareció sorprenderle mi interés.

—En El Morocco —dijo—. Vi a John Rockefeller.

—¿En serio?

—Es un horror. Quería bailar conmigo, pero yo había ido con otros chicos.

—¿Con quién habías ido?

—Con nadie especial. Tipos de esos que no tienen intención de llevarme a su casa y presentarme a sus madres.

—¿Qué clase de tipos?

Celia se acomodó en la cama, encendió un pitillo y me contó todo sobre su velada. Me explicó que había salido con unos chicos judíos que se hacían pasar por gánsteres pero que luego se encontraron a unos gánsteres judíos de verdad, así que los impostores tuvieron que poner pies en polvorosa y ella terminó con un tipo que la había llevado a Brooklyn y luego pagado una limusina que la trajera de vuelta a casa. Me fascinó hasta el último detalle. Nos quedamos en la cama cerca de una hora más mientras me relataba —con esa inolvidable voz ronca suya— cada detalle de una velada en la vida de Celia Ray, corista de Nueva York.

Me lo bebí todo como si fuera agua de manantial.

Para el día siguiente todas las posesiones de Celia habían migrado a mi apartamento. Sus tubos de maquillaje y tarros de colcrén ocupaban ahora todas las superficies. Sus frascos de Elizabeth Arden competían por espacio en el elegante escritorio del tío Billy con sus polvos compactos de Helena Rubinstein. Mi lavabo estaba lleno de sus largos cabellos. Mi suelo se convirtió al instante en una maraña de sujetadores y redecillas, ligas y fajas. (¡Tenía ropa interior en cantidades prodigiosas!

Hablo en serio, los negligés de Celia Ray se «reproducían»). Sus sobaqueras usadas, empapadas de sudor, se escondían debajo de mi cama como si fueran ratoncitos. Sus pinzas de depilar me pellizcaban los pies cuando las pisaba.

Era escandaloso cómo se creía con derecho a todo. Se limpiaba el carmín con mis toallas. Me cogía los suéteres sin pedir permiso. Las fundas de almohada tenían manchas negras del rímel de Celia y las sábanas se teñían del naranja de su fondo de maquillaje. Y no había nada que no usara de cenicero, incluida en una ocasión y estando yo dentro, la bañera.

Por increíble que pueda parecer, nada de esto me importaba. Antes al contrario, quería que nunca se marchara. De haber tenido una compañera de habitación tan interesante en Vassar, habría permanecido en la universidad. Para mí, Celia Ray encarnaba la perfección. Era la síntesis de Nueva York, una rutilante amalgama de sofisticación y misterio. Estaba dispuesta a soportar cualquier nivel de mugre y desorden con tal de tener acceso a ella.

En cualquier caso, las dos estábamos encantadas de vivir juntas: yo disfrutaba de su glamur y ella de mi lavabo.

Nunca le pregunté a la tía Peg si le parecía bien que Celia se hubiera instalado conmigo en las habitaciones del tío Billy o que la corista pareciera tener la intención de quedarse a vivir en el Lily indefinidamente. Ahora que lo pienso, fue algo de pésima educación. Según las reglas básicas de cortesía, al menos tendría que haber consultado a mi anfitriona sobre el cambio. Pero estaba demasiado ensimismada para ser cortés, y, por supuesto, a Celia le ocurría lo mismo. Así que hicimos lo que nos dio la gana sin pensárnoslo dos veces.

Lo que es peor, jamás me preocupé por cómo ensuciaba Celia el apartamento porque sabía que la criada de la tía Peg,

Bernadette, se ocuparía de limpiarlo. Bernadette era una mujer callada y eficiente que venía al Lily seis días a la semana para limpiar lo que todos ensuciábamos. Fregaba la cocina y los cuartos de baños, enceraba los suelos, nos hacía la cena (en ocasiones nos la comíamos, en otras no y en otras convidábamos a diez personas sin avisar). También hacía la compra, llamaba al fontanero casi a diario y es probable que se ocupara de unas cien mil cosas más que jamás le agradecimos. Y además de todo eso, ahora tenía que limpiar lo que ensuciábamos Celia y yo, lo cual no parece demasiado justo.

Una vez oí a Olive comentar a un invitado:

—Bernadette es irlandesa, claro. Pero no de las violentas, por eso la tenemos.

Porque esa era la clase de cosas que se decían entonces, Angela.

Por desgracia, eso es todo lo que recuerdo de Bernadette.

La razón de que no recuerde ningún detalle sobre Bernadette es que por entonces yo no prestaba demasiada atención a las criadas. Estaba demasiado acostumbrada a verlas. Me resultaban invisibles. Que me sirvieran me parecía normal. ¿Y por qué razón? ¿Por qué era tan presuntuosa e insensible?

Porque era rica.

Hasta ahora no había usado esas palabras aquí, así que zanjemos el asunto de una vez. Yo era rica, Angela, y mimada. Me había criado durante la Gran Depresión, cierto, pero la crisis nunca afectó a mi familia de manera acuciante. Cuando el dólar cayó, pasamos de tener tres criadas, dos cocineras, una niñera, un jardinero y un chófer a tiempo completo a tener solo dos criadas, una cocinera y un chófer a media jornada. Así que, por decirlo suavemente, no cumplíamos los requisitos para recibir ayuda social.

Y, puesto que mi carísimo internado había asegurado que nunca conociera a nadie que no fuera como yo, pensaba que todo el mundo había crecido con una radio Zenith gigante en el cuarto de estar. Pensaba que todo el mundo tenía un poni. Pensaba que todos los hombres eran republicanos y que solo existían dos clases de mujeres: las que habían ido a Vassar y las que habían ido a Smith. (Mi madre fue a Vassar. La tía Peg fue a Smith un año antes de dejarlo para unirse a la Cruz Roja. Yo no sabía qué diferencia había entre Vassar y Smith, pero, por cómo hablaba mi madre, suponía que era crucial).

Desde luego, me creía que todo el mundo tenía criada. Durante toda mi vida alguien como Bernadette había cuidado siempre de mí. Cuando dejaba los platos sucios encima de la mesa, alguien los limpiaba. Mi cama siempre estaba hecha a la perfección. Toallas secas sustituían por arte de magia las húmedas. Zapatos que dejaba caer de cualquier manera en el suelo se colocaban sin que yo me diera cuenta. Detrás de todo aquello había una gran fuerza cósmica —constante e invisible como la gravedad e igual de aburrida en mi opinión— que ordenaba mi vida y se aseguraba de que tuviera siempre bragas limpias.

Así que es posible que no te sorprenda que te diga que no movía un dedo para ayudar en las tareas de la casa cuando me mudé al Lily Playhouse, ni siquiera en el apartamento que tan generosamente me había dejado la tía Peg. Jamás se me pasó por la cabeza echar una mano. Tampoco que no pudiera alojar a una corista en mi habitación como si fuera una mascota, solo porque me apetecía.

No entiendo cómo alguien no me estranguló.

A veces te encontrarás con personas de mi edad, Angela, que crecieron durante la Gran Depresión entre verdaderas penalidades. (Tu padre fue una de ellas, por supuesto). Pero como todos los que las rodeaban estaban igual, estas personas no suelen ser conscientes de haber pasado privaciones de niños.

A menudo los oirás decir: «¡Ni siquiera sabía que era pobre!».

A mí me sucedía lo contrario, Angela. No sabía que era rica.

5

Al cabo de una semana Celia y yo habíamos establecido una pequeña rutina. Cada noche después de la función se ponía un vestido de noche (por lo general algo que en otros círculos habría sido considerado lencería) y salía a pasar una velada de desenfreno y diversión. Mientras tanto yo cenaba tarde con la tía Peg, escuchaba la radio, cosía un poco, iba al cine o me acostaba sin dejar de desear estar haciendo algo más emocionante.

Después, a una hora intempestiva en plena noche, notaba el empujón en el hombro y la ya familiar orden de «hacer sitio». Le hacía sitio y Celia se desplomaba en la cama acaparando el espacio, las almohadas y las mantas. A veces se quedaba frita enseguida, pero otras noches permanecía despierta charlando, ebria, hasta que se dormía a mitad de una frase. En ocasiones me despertaba y me encontraba con que me había cogido la mano en sueños.

Por las mañanas remoloneábamos en la cama y me hablaba de los hombres con los que había estado. Los había que la llevaban a Harlem a bailar. Los que la llevaban al cinematógrafo a la sesión de medianoche. Los que la habían llevado a ver a Gene Krupa en el Paramount desde la primera fila. Los que le habían presentado a Maurice Chevalier. Los que la invitaban a comer langosta Thermidor y tarta Alaska. (No había nada que Celia no hiciera —o no hubiera hecho— a cambio de langosta Thermidor y tarta Alaska). Hablaba de estos hombres como si no le importaran, pero solo porque no le importaban. Una vez pagaban la cuenta, a menudo le costaba recordar sus nombres. Los usaba de manera muy parecida a como usaba mi crema de manos y mis medias: a capricho y con despreocupación.

—Una chica tiene que crearse sus propias oportunidades —solía decir.

En cuanto a la historia de su vida, pronto la conocí.

Nacida en el Bronx, la habían bautizado Maria Theresa Beneventi. Aunque con ese nombre nadie lo habría dicho, era italiana. O al menos su padre lo era. De él había heredado el pelo negro brillante y esos sublimes ojos negros. De su madre polaca había heredado el cutis pálido y la estatura.

Tenía solo un año de educación secundaria. Había abandonado los estudios a los catorce años después de una escandalosa aventura con un amigo de su padre. («Aventura» puede no ser la palabra adecuada para describir una relación sexual entre un hombre de cuarenta años y una chica de catorce, pero es la que usó Celia). Su «aventura» le costó ser expulsada de su casa y también un embarazo. Su pretendiente se había «hecho cargo» gentilmente de esta situación pagándole un aborto. Después del aborto, el enamorado no había querido seguir viéndola y había regresado a los brazos de su esposa y su familia, dejando a Maria Theresa Beneventi sola en el mundo, teniendo que salir adelante lo mejor que pudiera.

Durante un tiempo trabajó en una pastelería industrial, cuyo dueño le dio un empleo y le ofreció hospedaje a cambio de frecuentes «pes», un término que yo jamás había oído, pero que Celia me explicó que correspondía a «pajas». (Es la imagen que me viene a la cabeza, Angela, cada vez que oigo decir a alguien que en el pasado el mundo era más inocente. Pienso en Maria Theresa Beneventi de catorce años, recién salida de su primer aborto, sin un techo sobre su cabeza, masturbando al propietario de una pastelería industrial a cambio de un trabajo y un lugar donde dormir. Sí, amigos míos, qué tiempos aquellos).

La joven Maria Theresa descubrió pronto que podía ganar más dinero de bailarina en un baile-taxi que horneando panecillos para un pervertido. Se cambió el nombre a Celia Ray, se fue a vivir con otras bailarinas y comenzó su carrera profesional, que consistía en usar su físico despampanante para medrar. Empezó trabajando en la sala de baile Honeymoon Lane Danceland en la Séptima Avenida, donde dejaba que hombres la magrearan, sudaran pegados a ella y lloraran de soledad por cincuenta dólares a la semana, «propinas» aparte.

Se presentó a Miss Nueva York cuando tenía dieciséis años, pero perdió ante una chica que tocaba el vibráfono en traje de baño. Trabajó de modelo fotográfica, vendiendo de todo, desde comida para perros hasta cremas fungicidas. Y también había sido modelo de artistas, vendiendo su cuerpo desnudo durante horas en academias de arte y estudios de pintores. Sin haber aún cumplido los veinte, se casó con un saxofonista a quien había conocido brevemente cuando trabajaba en el guardarropa del Russian Tea Room. Pero los matrimonios con saxofonistas nunca funcionan y el de Celia no fue una excepción; cuando quiso darse cuenta ya estaba divorciada.

Nada más divorciarse, ella y una amiga se fueron a California con la intención de convertirse en estrellas de cine. Celia consiguió colarse en alguna audición, pero nunca logró un papel que tuviera texto. («Una vez me pagaron veinticinco dólares al día por interpretar a una chica muerta en una película de asesinatos», me dijo orgullosa nombrando una película de la que yo jamás había oído hablar). Celia dejó Los Ángeles unos años después, cuando se dio cuenta de que «había cuatro chicas en cada esquina con mejor cuerpo que yo y sin acento del Bronx».

Cuando volvió de Hollywood, Celia encontró trabajo de corista en el Stork Club. Allí conoció a Gladys, jefa de bailarines de Peg, que la reclutó para el Lily Playhouse. En 1940, cuando llegué yo, Celia llevaba casi dos años trabajando para mí tía Peg, el periodo de estabilidad más largo de toda su vida. El Lily no era un lugar glamuroso. Desde luego no era el Stork Club. Pero tal y como lo veía Celia, el trabajo era fácil, la paga estable y el teatro era propiedad de una mujer, lo que significaba que no tenía que pasarse los días dando esquinazo a algún «jefe grasiento con la mano larga». Además, sus obligaciones laborales concluían a las diez de la noche. Ello quería decir que cuando terminaba de bailar en el escenario del Lily, podía irse por ahí a bailar hasta la madrugada, a menudo en el Stork Club, pero ahora por diversión.

Ya me dirás qué es una vida así comparada con la de alguien que lo único que puede contar de sí misma es que tiene diecinueve años.

Para mi felicidad y mi sorpresa, Celia y yo nos hicimos amigas.

Hasta cierto punto, claro, Celia me tenía simpatía porque era su doncella. Incluso entonces yo me daba cuenta de que me consideraba su doncella, pero me daba igual. (Además, si entiendes algo de amistades entre chicas, sabrás que siempre hay una que hace el papel de doncella). Celia exigía un determinado grado de abnegada dedicación; por ejemplo, esperaba que le masajeara las pantorrillas cuando le dolían o que le diera una buena cepillada a su melena. O decía: «¡Ay, Vivvie, he vuelto a quedarme sin cigarrillos!», sabedora de que yo iría corriendo a comprarle otra cajetilla. («¡Eres un verdadero cielo, Vivvie!», decía mientras se guardaba los cigarrillos sin pagármelos).

Y sí, era vanidosa, tanto que, comparada con la suya, mi vanidad parecía cosa de aficionados. En serio, nunca he conocido a nadie que se ensimismara tanto ante su imagen en un espejo como Celia. Podía pasarse siglos recreada en su reflejo, casi trastornada por su belleza. Sé que parece que estoy exagerando, pero no es así. Te juro que una vez estuvo dos horas de reloj mirándose al espejo mientras decidía si, para evitar la papada, era mejor aplicarse la crema de cuello en sentido ascendente o descendente.

Pero también tenía una dulzura infantil. Por las mañanas era especialmente cariñosa. Cuando se despertaba en mi cama, resacosa y cansada, no era más que una niña que quiere acurrucarse y chismorrear. Me hablaba de sus sueños en la vida, sus sueños ambiciosos e imprecisos. Yo nunca entendí sus aspiraciones, porque detrás de ellas no había plan alguno. Su imaginación iba directa a la fama y las riquezas, sin que pareciera existir una ruta que condujera hasta ellas, aparte de seguir siendo igual de guapa y dar por hecho que el mundo terminaría por recompensarla por ello.

No era un gran plan, aunque, para ser justos, era más de lo que tenía yo respecto a mi vida.

Era feliz.

Supongo que puede decirse que me había convertido en la directora de vestuario del Lily Playhouse, pero solo porque nadie me impedía llamarme así y también porque nadie más quería el empleo.

La verdad sea dicha, trabajo había de sobra. Las coristas y los bailarines siempre necesitaban trajes nuevos y no podían sacarlos del ropero del Lily (un lugar angustiosamente húmedo e infestado de arañas, lleno de prendas más viejas y tiesas que el propio edificio). Además, las chicas nunca tenían un centavo, así que aprendí maneras inteligentes de improvisar. Aprendí a comprar telas baratas en el almacén textil y (todavía más baratas) en Orchard Street. Mejor aún, aprendí a rebuscar en las tiendas de ropa usada de la Novena Avenida y a hacer trajes con lo que encontraba. Resultó que se me daba de miedo coger unos harapos y convertirlos en algo fabuloso.

Mi tienda preferida era un almacén de ropa usada y artículos de mercería llamado Lowtsky's Used Emporium and Notions, en la esquina de la Novena Avenida con la calle Cuarenta y tres. Los Lowtsky eran judíos de Europa del este que habían vivido unos años en Francia trabajando en la industria del encaje antes de emigrar a Estados Unidos. A su llegada a este país se habían establecido en el Lower East Side, donde vendían harapos en una carretilla. Luego se mudaron a Hell's Kitchen y se convirtieron en clientes y proveedores de ropa usada. Ahora eran dueños de un edificio de tres plantas en el Midtown que estaba lleno de tesoros. No solo comerciaban con vestuario usado de los mundos del teatro, la danza y la ópera, también vendían vestidos de novia y, de vez en cuando, algún espectacular modelo de alta costura comprado en una subasta inmobiliaria del Upper East Side.

Me chiflaba aquel lugar.

En Lowtsky's compré una vez para Celia un vestido eduardiano del violeta más intenso del mundo. Era un trapo espantoso y Celia se horrorizó cuando se lo enseñé. Pero una vez le quité las mangas, le hice un escote en uve en la espalda, le abrí el cuello y le puse una banda gruesa de satén negro a modo de cinturón, aquel adefesio pasado de moda se transformó en un vestido de noche que daba a mi amiga el aspecto de amante de un millonario. Todas las mujeres del mundo suspirarían de envidia cuando Celia entrara en un sitio con aquel vestido... ¡y todo por el módico precio de dos dólares!

Cuando las otras chicas vieron lo que le había hecho a Celia, quisieron que les cosiera también a ellas vestidos especiales. Así que, igual que en el internado, pronto traspasé el umbral de la popularidad bajo los auspicios de mi vieja y leal Singer 201. Las chicas del Lily estaban siempre dándome cosas para arreglar, como vestidos sin cremallera o cremalleras sin vestidos y preguntándome si podía hacerlo. (Recuerdo que Gladys me dijo una vez: «Necesito vestuario nuevo, Vivvie. ¡Parezco el tío de alguien!»).

Quizá esto suena a que interpretaba el papel de la trágica solterona en un cuento de hadas, siempre trabajando e hilando mientras las chicas bonitas se iban al baile, pero tienes que entender lo afortunada que me sentía por relacionarme con aquellas coristas. De hecho, aquel intercambio me resultaba a mí más beneficioso que a ellas. Escuchar sus conversaciones constituía para mí una educación, la única que siempre había querido. Y puesto que siempre había alguien que requería mi talento para la costura, fue inevitable que las chicas terminaran congregándose alrededor de mí y de mi poderosa Singer. Mi apartamento pronto se convirtió en el lugar de reunión de la compañía, al menos para sus componentes femeninos. (Ayudó que mis habitaciones fueran más agradables que los mohosos camerinos del sótano y que estuvieran más cerca de la cocina).

Y así fue como un buen día, menos de dos semanas después de mi llegada al Lily, unas cuantas chicas se reunieron en mi habitación a fumar y verme coser. Yo estaba haciendo una sencilla esclavina para una corista llamada Jennie, una chica de Brooklyn vivaz y adorable con dientes mellados que caía bien a todo el mundo. Aquella noche tenía una cita y se había quejado de que no tenía nada que ponerse encima del vestido en caso de que bajara la temperatura. Le dije que le haría algo bonito, y en eso estaba. Era de esas tareas que no me suponían apenas esfuerzo pero que me ganarían para siempre el cariño de Jennie.

Fue ese día, un día como cualquier otro, como suele decirse, cuando las coristas se enteraron de que yo aún era virgen.

El tema salió a relucir aquella tarde porque las chicas estaban hablando de sexo. Claro que era de lo que hablaban siempre, cuando no lo hacían de ropa, dinero, dónde comer, cómo convertirse en estrella de cine, cómo casarse con una estrella de cine o si debían o no sacarse las muelas del juicio (como afirmaban que había hecho Marlene Dietrich, para tener pómulos más marcados).

Gladys, la jefa de bailarines, que estaba sentada al lado de Celia encima de un montón de ropa sucia de esta, me preguntó si tenía novio. Sus palabras exactas fueron:

—¿Tienes algún lío permanente con alguien?

Merece la pena señalar que aquella era la primera pregunta importante que me hacía alguna de las chicas sobre mi vida. (No hace falta decir que la fascinación que sentía yo por ellas no era recíproca). Lo único que lamenté fue no tener nada más interesante que contestar.

—No tengo novio, no —dije.

Gladys pareció alarmada.

—Pero si eres bonita —exclamó—. Habrás dejado a un novio en casa. ¡Seguro que tienes a un montón de hombres detrás!

Les expliqué que me había pasado la vida interna en colegios de chicas, así que no había tenido muchas ocasiones de conocer a chicos.

—Pero lo has hecho, ¿no? —preguntó Jennie, yendo al grano—. Has ido hasta el final alguna vez, ¿no?

—Nunca —respondí.

—¿Ni siquiera una vez? —me preguntó Gladys con los ojos como platos de asombro—. ¿Aunque fuera por accidente?

—Ni siquiera por accidente —dije mientras me preguntaba cómo podía alguien tener relaciones sexuales por accidente.

(No te preocupes, Angela, ahora ya lo sé. El sexo accidental es la cosa más fácil del mundo una vez coges la costumbre. Con los años he tenido sexo accidental un montón de veces, créeme, pero en aquel momento no era tan cosmopolita).

—¿Vas a misa? —preguntó Jennie, como si aquella fuera la única explicación posible a que yo siguiera siendo virgen a los diecinueve años—. ¿Te estás reservando?

—¡No! No me estoy reservando. Lo que pasa es que no me ha surgido la oportunidad.

Entonces todas parecieron preocupadas. Me miraban como si acabara de decir que todavía no había aprendido a cruzar la calle sola.

—Pero habrás hecho otras cosas con algún chico —dijo Celia.

—Te has besado, ¿no? —preguntó Jennie—. ¡Eso has tenido que hacerlo!

—Un poco —dije.

Era una respuesta sincera; mi experiencia sexual hasta aquel momento era mínima. En un baile del colegio Emma Willard —para el que habían fletado autobuses llenos de chicos del tipo con el que se esperaba que nos casáramos algún día— había dejado que un alumno del Hotchkiss School me tocara los pechos mientras bailábamos. (Al menos en la medida en que logró localizar los pechos, porque le llevó un buen rato). O quizá es demasiado generoso decir que le dejé que me tocara los pechos. Sería más justo decir que fue, me los cogió y yo no se lo impedí. Por un lado, no quería parecer descortés. Por otro, me resultó una experiencia interesante. Me habría gustado que continuara, pero el baile terminó y el chico se subió al autobús de vuelta a Hotchkiss antes de que pudiéramos hacer nada más.

También había besado a un hombre en un bar en Poughkeepsie, una de esas noches en que daba esquinazo a las supervisoras de Vassar y me iba en bicicleta al pueblo. Habíamos estado hablando de jazz (lo que equivale a decir que él había estado hablando de jazz y yo le había escuchado, porque en eso consiste hablar de jazz con un hombre) y, cuando quise darme cuenta, ¡zas! Me tenía pegada a la pared y estaba frotando su erección contra mi cadera. Me besó hasta que me temblaron los muslos de deseo. Pero, cuando me metió la mano entre las piernas, me resistí y me escabullí de sus brazos. Aquella noche volví en bicicleta al campus mareada y desasosegada, temiendo y deseando que aquel hombre estuviera siguiéndome.

Había querido más y al mismo tiempo no lo había querido.

Lo que tantas veces nos ocurre a las chicas.

¿Qué más había en mi currículum sexual? Con mi mejor amiga de la infancia, Betty, practicamos ejecuciones inexpertas de lo que llamábamos «besos románticos», pero también practicábamos «tener niños» metiéndonos almohadas debajo de la falda para parecer embarazadas, y este segundo experimento resultaba tan biológicamente convincente como el primero.

En una ocasión el ginecólogo de mi madre me examinó la vagina. A mi madre le preocupaba que, con catorce años, no tuviera aún la regla. El hombre estuvo un rato hurgándome ahí abajo —mientras mi madre miraba— y luego me dijo que tenía que comer más hígado. No fue una experiencia erótica para ninguno de los presentes.

También, entre los diez y los dieciocho años, me había enamorado unas doce veces de alguno de los amigos de mi hermano Walter. La ventaja de tener un hermano guapo y popular era que siempre iba rodeado de amigos guapos y populares. Pero los amigos de Walter siempre estaban demasiado hipnotizados con él —su cabecilla, el capitán de todos los equipos, el chico más admirado del pueblo— para fijarse en nadie más.

No era una completa ignorante. Me tocaba de vez en cuando, lo que me hacía sentir a un mismo tiempo electrizada y culpable, pero sabía que no era lo mismo que tener relaciones sexuales. (Digámoslo así: mis intentos por darme placer eran algo parecido a las lecciones de natación en seco). Y conocía los rudimentos de la sexualidad humana, al haber asistido a un seminario obligatorio en Vassar llamado «Higiene», una clase donde se nos enseñaba de todo sin contarnos nada. (Además de mostrarnos diagramas de ovarios y testículos, la profesora nos hizo la un tanto preocupante advertencia de que los lavados vaginales con el desinfectante Lysol no eran un método anticonceptivo ni moderno ni seguro, una imagen mental que me inquietó entonces y aún me inquieta ahora).

—Bueno, ¿y cuándo vas a hacerlo, entonces? —preguntó Jennie—. ¡Ya eres mayorcita!

—Lo que debes evitar —dijo Gladys— es conocer a un tipo que te guste de verdad y tener que darle la mala noticia de que eres virgen.

—Desde luego. A muchos hombres eso no les gusta —convino Celia.

—Exacto. No quieren esa responsabilidad —afirmó Gladys—. Y tampoco te interesa que tu primera vez sea con alguien que te guste.

—Desde luego. Porque ¿y si sale mal? —apuntó Jennie.

—¿Qué es lo que puede salir mal? —pregunté.

—¡Todo! —dijo Gladys—. No sabrás qué hay que hacer y puedes quedar como una tonta. ¡Y si te duele no querrás ponerte a gimotear en brazos de alguien que te gusta!

Aquello era lo opuesto a todo lo que hasta entonces me habían inculcado sobre el sexo. A mis amigas del colegio y a mí siempre nos habían dado a entender que un hombre nos preferiría vírgenes. Nos habían dado instrucciones de reservar nuestra flor para alguien que no solo nos gustara, sino de quien estuviéramos enamoradas. La situación ideal, aquello a lo que nos habían enseñado a aspirar, era tener relaciones sexuales con la misma persona durante toda tu vida y que esa persona fuera tu marido, al que habías conocido en el baile de fin de curso del Emma Willard.

¡Pero me habían informado mal! Aquellas chicas tenían otra opinión y sabían de qué hablaban. De pronto tuve una punzada de ansiedad al pensar en lo mayor que era ya. Por el amor del cielo, si había cumplido diecinueve años; ¿a qué me había estado dedicando? Y ya llevaba en Nueva York dos semanas enteras. ¿A qué esperaba?

—¿Es difícil hacerlo? —pregunté—. Me refiero a la primera vez.

—Pues claro que no, Vivvie, no seas tonta —repuso Gladys—. Es la cosa más fácil del mundo. En realidad no tienes que hacer nada. El hombre lo hará todo. Pero tienes que ponerte a ello, por lo menos.

—Sí, tiene que ponerse a ello —dijo Jennie con decisión.

En cambio, Celia me miraba con expresión preocupada.

—¿Quieres seguir siendo virgen, Vivvie? —me preguntó clavándome esa preciosa mirada suya. Y aunque fue como si me preguntara: «¿Quieres seguir siendo una niña ignorante, alguien que da lástima a este grupo de mujeres maduras y de mundo?», su intención era cariñosa. Creo que estaba protegiéndome, asegurándose de que no me empujaban a hacer algo contra mi voluntad.

Pero la realidad era que, de repente, yo no quería seguir siendo virgen. Ni un día más.

—No —contesté—. Quiero ponerme a ello.

—Pues estaremos encantadas de ayudarte, cariño —dijo Jennie.

—¿Estás con el mes ahora? —preguntó Gladys.

—No —respondí.

—Entonces podemos empezar ahora mismo. ¿A quién conocemos...? —se preguntó Gladys.

—Tiene que ser alguien agradable —comentó Jennie—. Alguien considerado.

—Un caballero —convino Gladys.

—No cualquier zoquete —dijo Jennie.

—Alguien que tome precauciones —puntualizó Gladys.

—Alguien que la trate bien —observó Jennie.

Celia dijo:

—Ya sé quién.

Y así fue como cobró forma el plan.

El doctor Harold Kellogg vivía en una elegante casa adosada cerca de Gramercy Park. Su mujer estaba fuera de la ciudad porque era sábado. (La señora Kellogg cogía el tren a Danbury todos los sábados para visitar a su madre, que vivía en el campo). De manera que la cita para la pérdida de mi virginidad se fijó a la nada romántica hora de las diez de la mañana del sábado.

El doctor y la señora Kellogg eran miembros respetados de la comunidad. Eran de la clase de personas con las que trataban mis padres. Fue una de las razones por las que Celia pensó que él sería bueno para mí, al pertenecer a la misma clase social. Los Kellogg tenían dos hijos en la Universidad de Columbia y ambos estudiaban Medicina. El doctor Kellogg era socio del club Metropolitan. En su tiempo libre le gustaba observar aves, coleccionar sellos y acostarse con coristas.

Pero el doctor Kellogg llevaba sus correrías con discreción. Un hombre de su reputación no podía permitirse que lo vieran por la ciudad con una joven cuya constitución le daba aspecto de mascarón de proa de un barco (algo que llamaría la atención), de manera que las coristas lo visitaban en su casa adosada... y siempre los sábados por la mañana, cuando su mujer no estaba. Las hacía pasar por la puerta de servicio, les ofrecía champán y se divertía con ellas en la intimidad de su habitación de invitados. El doctor Kellogg daba dinero a las chicas por su tiempo y por las molestias y a continuación las acompañaba a la puerta. Para la hora del almuerzo tenía que haber terminado todo, porque por la tarde recibía pacientes.

Todas las coristas del Lily conocían al doctor Kellogg. Se turnaban para visitarlo en función de cuál estuviera menos resacosa el sábado por la mañana o cuál anduviera «pelada» y necesitada de un dinerillo para la semana.

Cuando las chicas me explicaron los detalles del plan, exclamé escandalizada:

—¿Me estáis diciendo que el doctor Kellogg os paga por acostaros con él?

Gladys me miró sin dar crédito:

—Pero ¿qué te creías, Vivvie, que le íbamos a pagar nosotras a él?

Deja que te diga algo, Angela. Sé que existe una palabra para las mujeres que ofrecen favores sexuales a los hombres a cambio de dinero. De hecho, existen muchas palabras. Pero ninguna de las coristas con las que me relacioné en Nueva York en 1940 se describía a sí misma de esa manera, ni siquiera cuando aceptaban dinero de caballeros a cambio de favores sexuales. No podían ser prostitutas porque eran coristas. Se enorgullecían bastante de esa denominación, al haber trabajado duro para conseguirla, y era el único apelativo al que atendían. Lo que ocurría era esto: las coristas no ganaban mucho dinero y todos tenemos que salir adelante en este mundo de alguna manera (¡los zapatos son caros!), de manera que estas chicas habían ideado un «método alternativo» de ganar un dinerillo extra. Los doctores Kellogg de este mundo formaban parte de dicho método.

Ahora que lo pienso, ni siquiera estoy segura de que el doctor Kellogg viera a estas mujeres como prostitutas. Es más probable que las considerara sus «amigas», una designación idealista y hasta cierto punto engañosa, que sin duda le hacía sentirse mejor consigo mismo.

En otras palabras, a pesar de los indicios de que se practicaba el sexo por dinero (y te aseguro que así era), nadie estaba ejerciendo la prostitución. No era más que un arreglo peculiar que convenía a todas las partes interesadas. Ya sabes, a cada uno según sus capacidades, a cada uno según sus necesidades.

No sabes cómo me alegro de haber podido aclarar esto, Angela.

Para que no haya malentendidos.

—Lo que tienes que entender, Vivvie, es que es un soso —dijo Jennie—. Si te aburres, no pienses que acostarse con alguien va a ser siempre así.

—Pero es médico —señaló Celia—. Se portará bien con nuestra Vivvie. Eso es lo que importa esta vez.

(«¡Nuestra Vivvie!». Aquellas palabras eran música para mis oídos. ¡Me consideraban una de ellas!).

Para entonces era sábado por la mañana y estábamos las cuatro en una cafetería barata de la Tercera Avenida con la calle Dieciocho, a la sombra del ferrocarril elevado, esperando a que dieran las diez. Las chicas ya me habían enseñado la casa del doctor Kellogg y la entrada trasera, que estaba justo a la vuelta. Ahora estábamos bebiendo café y comiendo tortitas mientras las chicas me daban las emocionantes instrucciones de última hora. Era tempranísimo —y encima fin de semana— para que tres coristas estuvieran despiertas y espabiladas, pero ninguna había querido perderse aquello.

—Va a usar protección, Vivvie —dijo Gladys—. Siempre la usa, así que no tienes por qué preocuparte.

—Con protección no se disfruta tanto —explicó Jennie—, pero es necesaria.

Jamás había oído antes el término «protección», pero por el contexto supuse que sería una funda o un preservativo, un chisme sobre el que había aprendido durante mi seminario de Higiene en Vassar. (Incluso había tocado uno, que nos habíamos pasado las unas a las otras como si fuera un sapo muerto, diseccionado). Si significaba otra cosa, imaginé que pronto lo descubriría, pero no tenía intención de preguntarlo.

—Más adelante te conseguiremos un pesario —dijo Gladys—. Todas lo llevamos.

(Yo tampoco sabía lo que era aquello, hasta que más tarde deduje que era lo que mi profesora de Higiene llamaba «diafragma»).

—¡Yo ya no lo tengo! —comentó Jennie—. ¡Mi abuela me lo descubrió! Cuando me preguntó qué era le dije que servía para limpiar joyería fina y se lo quedó.

—¿Cómo que para limpiar joyería fina? —chilló Gladys.

—¡Bueno, algo tenía que decirle, Gladys!

—Pero es que no entiendo cómo se puede usar un pesario para limpiar joyas —insistió Gladys.

—Yo qué sé. ¡Pregúntaselo a mi abuela, que lo está usando!

—Y entonces, ¿ahora qué usas? —preguntó Gladys—. Como precaución, digo.

—Pues... ahora mismo nada... Porque mi abuela tiene mi pesario guardado en su joyero.

—¡Jennie! —exclamaron Gladys y Celia a la vez.

—Ya lo sé. Ya lo sé. Pero tengo cuidado.

—¡De eso nada! —replicó Gladys—. ¡Nunca lo tienes! Vivvie, no seas una tonta como Jennie. ¡Debes tener cuidado con estas cosas!

Celia metió la mano en su bolso y me dio algo envuelto en papel marrón. Lo abrí y encontré una toalla de mano blanca pequeña, cuidadosamente doblada y sin usar. Aún conservaba la etiqueta.

—Te he comprado esto —dijo Celia—. Es una toalla. Por si sangras.

—Gracias, Celia.

Se encogió de hombros, apartó la vista y, para mi sorpresa, se ruborizó.

—A veces se sangra. Te vendrá bien poder limpiarte.

—Eso. Porque además no vas a usar las toallas buenas de la señora Kellogg —señaló Gladys.

—Eso desde luego. ¡No toques nada que sea de la señora Kellogg! —dijo Jennie.

—¡Excepto a su marido! —chilló Gladys y las chicas rompieron de nuevo a reír.

—¡Huy! Son más de las diez, Vivvie —advirtió Celia—. Deberías irte.

Me esforcé por ponerme de pie, pero de pronto me sentí mareada. Volví a sentarme de golpe en el asiento corrido. Las piernas casi me habían cedido. No creía estar nerviosa, pero al parecer mi cuerpo tenía una opinión distinta.

—¿Estás bien, Vivvie? —preguntó Celia—. ¿Estás segura de que quieres hacer esto?

—Quiero hacerlo —contesté—. Estoy segura de quererlo.

—Mi sugerencia —dijo Gladys— es que no lo pienses demasiado. Yo nunca lo hago.

Me pareció un buen consejo. De manera que respiré hondo unas cuantas veces, tal y como me había enseñado mi madre a hacer antes de saltar con un caballo, me puse de pie y me dirigí a la puerta.

—¡Hasta luego, chicas! —dije con una alegría que me resultaba un poco surrealista.

—¡Te estaremos esperando aquí! —respondió Gladys.

—¡No tardarás mucho! —aseguró Jennie.

6

El doctor Kellogg me estaba esperando al otro lado de la puerta de servicio de su casa. Casi no me había dado tiempo a llamar, cuando la puerta se abrió y me hizo pasar.

—Bienvenida, bienvenida —dijo mirando a su alrededor para asegurarse de que no había vecinos espiando—. Cierra la puerta después de entrar, guapa.

Era un hombre de mediana estatura con una cara de facciones corrientes, cabello del color de los cabellos corrientes y vestido con uno de esos trajes con los que uno espera ver a un hombre respetable de mediana edad de su clase social. (Si esto suena a que se me ha olvidado por completo su aspecto físico, es porque se me ha olvidado. Era de esos hombres cuyo rostro olvidas incluso cuando lo tienes delante de ti y lo estás mirando).

—Vivian —dijo y me estrechó la mano—. Gracias por venir. Vamos arriba a prepararnos.

Hablaba como un médico. Igual que mi pediatra en Clinton. Podía haber estado allí para que me miraran una otitis. Aquello me resultaba tranquilizador e inmensamente absurdo al mismo tiempo. La risa empezó a subirme por la garganta, pero la reprimí.

Atravesamos su casa, que era respetable y elegante, pero nada memorable. Era probable que hubiera unas cien casas en las manzanas de alrededor decoradas de manera idéntica. Lo único que recuerdo son unos sofás tapizados en seda y con tapetes. Siempre he odiado los tapetes. Fuimos derechos al cuarto de invitados, donde había dos copas de champán esperando sobre una mesita. Las cortinas estaban echadas, supongo que para que pudiéramos simular que no eran las diez de la mañana, y cuando entramos cerró la puerta.

—Ponte cómoda en la cama, Vivian —dijo ofreciéndome una de las copas de champán.

Me senté con cuidado en el borde de la cama. Medio esperaba que se lavara las manos y se acercara a mí con un estetoscopio, pero lo que hizo fue coger una silla de madera de un rincón de la habitación y sentarse enfrente de mí. Apoyó los codos en las rodillas y se inclinó hacia delante como hacen aquellos cuyo trabajo es diagnosticar.

—Bueno, Vivian. Me ha dicho Gladys que eres virgen.

—Así es, doctor.

—No es necesario que me llames doctor. Somos amigos. Puedes llamarme Harold.

—Vaya, pues gracias, Harold —dije.

Y a partir de aquel momento, Angela, la situación se me hizo hilarante. El nerviosismo que había sentido desapareció y lo sustituyó una sensación de pura comedia. El sonido de mi voz diciendo: «Vaya, pues gracias, Harold», en aquel cuartito de invitados con su ridículo cubrecamas acolchado sintético verde menta (no recuerdo la cara del doctor Kellogg, pero mira por dónde aquella espantosa colcha no se me olvida) me pareció el colmo del absurdo. Allí estaba él, todo trajeado, y allí estaba yo, con mi vestido de rayón color amarillo pollito. Y si el doctor Kellogg no se había creído que yo fuera virgen antes de conocerme, aquel vestidito amarillo por sí solo tuvo que bastar para convencerlo.

Toda la situación era absurda. Él estaba acostumbrado a coristas y ahora le había tocado yo.

—Gladys me ha informado de que quieres... —se interrumpió para buscar la palabra adecuada— que te despojen de tu virginidad.

—Es correcto, Harold. Deseo que me la erradiquen.

(Hasta hoy creo que aquella fue la primera frase deliberadamente divertida que decía en mi vida, y el hecho de pronunciarla con expresión seria me produjo no poca satisfacción: «Que me la erradiquen». Fue genial).

El doctor Kellogg asintió con la cabeza; sería buen médico, pero no tenía sentido del humor.

—¿Por qué no te desnudas? —me dijo—. Yo también me voy a desnudar y empezamos.

No estaba segura de si debía quitármelo todo. Por lo general en la consulta del médico me dejaba puestas mis «prendas íntimas», como las llamaba mi madre. (Pero ¿por qué me había puesto a pensar en mi madre justo en aquel momento?). Claro que yo no iba a la consulta del médico para acostarme con él. Decidí sobre la marcha desnudarme por completo. No quería parecer una tonta remilgada. Me tumbé de espaldas sobre aquella repugnante colcha acrílica tal y como vine al mundo. Con los brazos a ambos lados del cuerpo y las piernas rígidas. La viva imagen de la tentación, vamos.

El doctor Kellogg se quedó en calzoncillos y camiseta interior. Aquello no me pareció justo. ¿Por qué a él se le permitía conservar algo de ropa y yo tenía que estar desnuda?

—Y ahora, si pudieras moverte unos centímetros, para hacerme sitio... —dijo—. Eso es... Así... Déjame verte.

Se tumbó a mi lado recostado sobre un codo y me miró. No odié tanto aquel momento como podrías pensar. Yo era una joven vanidosa y algo en mi interior encontraba normal que me miraran. Mi mayor preocupación respecto a mi apariencia era el busto o, para ser exactos, la casi total ausencia de él. En cambio, no pareció preocupar al doctor Kellogg, a pesar del hecho de que estaba acostumbrado a un cuerpo femenino muy distinto. De hecho, pareció encantado con todo lo que veían sus ojos.

—¡Pechos vírgenes! —exclamó maravillado—. ¡Que ningún hombre ha tocado aún!

(«Bueno», pensé, «yo no diría tanto». Si acaso no los había tocado ningún hombre adulto).

—Perdona si tengo las manos frías, Vivian —continuó—, pero voy a empezar a tocarte.

Tal y como había anunciado, empezó a tocarme. Primero el pecho izquierdo, a continuación el derecho, luego el izquierdo otra vez, y el derecho una vez más. Sí que tenía las manos frías, pero enseguida se le calentaron. Al principio sentí algo de pánico y mantuve los ojos cerrados, pero al cabo de un ratito la sensación fue más de: ¡Bueno, esto es interesante! ¡Allá vamos!

Llegados a un determinado punto, sin embargo, empezó a gustarme. Fue entonces cuando decidí abrir los ojos, porque no quería perderme nada. Supongo que quería ver mi cuerpo siendo profanado. (¡Ay, el narcisismo de la juventud!). Me miré y admiré mi esbelta cintura y la curva de mi cadera. Le había tomado prestada la cuchilla a Celia para afeitarme las piernas y mis muslos lucían tersos en la tenue luz. También mis pechos estaban bonitos bajo sus manos.

¡Unas manos de hombre! ¡En mis pechos desnudos! ¡Habrase visto!

Lo miré de reojo y me gustó lo que vi; tenía las mejillas enrojecidas y el ceño algo fruncido por la concentración. Respiraba sonoramente por la nariz y decidí que era una señal de que estaba logrando excitarlo. Y era agradable sentirme acariciada. Me gustaba el efecto de su tacto en mis pechos, la manera en que la piel se me ruborizaba y entraba en calor.

—Ahora me voy a meter un pecho en la boca —dijo—. Es un procedimiento habitual.

Deseé que no hubiera dicho aquello. Hizo que pareciera una intervención médica. A lo largo de los años yo había pensado mucho en el sexo, y en ninguna de mis fantasías mi amante había hablado como un médico en una visita a domicilio.

Se inclinó para meterse un pecho en la boca, tal y como había anunciado, algo que también me gustó. Me refiero a cuando dejó de hablar de ello. De hecho, nunca había experimentado nada tan delicioso. Cerré otra vez los ojos. Quería quedarme quieta y callada con la esperanza de que siguiera ofreciéndome aquella experiencia tan maravillosa. Pero la experiencia terminó de golpe, porque empezó de nuevo a hablar.

—Vamos a ir paso a paso y con cuidado, Vivian —dijo.

Que Dios me perdone, pero aquello sonó como si fuera a insertarme un termómetro rectal, una experiencia por la que había pasado en una ocasión de niña y en la que no quería pensar en aquel preciso momento.

—¿O prefieres que termine rápido, Vivian? —preguntó.

—¿Perdón? —dije.

—Bueno, imagino que debe de darte un poco de miedo acostarte con un hombre por primera vez. Igual prefieres quitártelo de en medio enseguida para ahorrarte incomodidad. ¿O prefieres que tarde un poco y te enseñe algunas cosas? ¿Por ejemplo algunas de las cosas que le gustan a la señora Kellogg?

Madre del amor hermoso, ¡lo último que quería yo era que me enseñara las cosas que le gustaban a la señora Kellogg! Pero lo cierto es que no sabía qué decir. Así que me limité a poner cara de tonta.

—A mediodía tengo pacientes —dijo de forma nada seductora. Parecía irritado con mi silencio—. Pero tenemos tiempo de improvisar algún preámbulo creativo, si estás interesada. Eso sí, tenemos que decidirlo pronto.

¿Qué se suponía que tenía que contestar a eso? ¿Cómo iba a saber yo lo que quería que hiciera? Eso de preámbulo creativo podía ser cualquier cosa. Me limité a pestañear.

—Mi patito está asustado —dijo, ablandándose.

Tuve ligeros deseos de matarlo por aquel tono tan condescendiente.

—No estoy asustada —contesté, y decía la verdad. No estaba asustada, solo perpleja. Había contado con ser seducida, pero todo estaba resultando de lo más metódico. ¿De verdad teníamos que negociar y debatir cada detalle?

—No pasa nada, patito mío —dijo—. No es la primera vez que hago esto. Eres muy tímida, ¿verdad? ¿Por qué no me dejas que te marque la ruta?

Deslizó la mano sobre mi vello púbico. Apoyó la palma en mi vulva. Mantuvo la mano abierta, como cuando le das un terrón de azúcar a un caballo y no quieres que te muerda. Empezó a acariciarme el monte de Venus. No era desagradable. De hecho, era bastante agradable. Cerré los ojos de nuevo y disfruté de aquella leve pero mágica oleada de placer.

—A la señora Kellogg le gusta que le haga esto —dijo y, de nuevo, tuve que dejar de experimentar placer para ponerme a pensar en la señora Kellogg y sus tapetes—. Le gusta cuando dibujo círculos en esta dirección... y luego círculos en esta otra dirección...

El problema, ahora lo vi con claridad, iba a ser que no se callaría un momento.

Me pregunté cómo podría hacer para que el doctor Kellogg dejara de hablar. No podía mandarlo callar en su propia casa, y mucho menos cuando me estaba haciendo el enorme favor de romperme el himen. Yo era una señorita bien educada, acostumbrada a tratar a hombres de autoridad con cierto respeto. Habría sido de lo más impropio de mí decir: «¿Te importaría cerrar el pico?».

Se me ocurrió que, tal vez, si le pedía que me besara, se callaría. Podría funcionar. Mantendría su boca ocupada, eso sin duda. Pero entonces tendría que besarlo yo a él y no estaba segura de querer algo así. Era difícil saber cuál de las dos cosas sería peor, si besarnos en silencio o no besarnos pero oír su molesta voz.

—¿Le gusta a tu conejito que lo acaricien? —susurró mientras aumentaba la presión en mi pubis—. ¿Está contento tu conejito?

—Harold —dije—, me preguntaba si podrías besarme.

Quizá no estoy siendo justa con el doctor Kellogg.

Era un hombre agradable y solo trataba de ayudarme, sin asustarme demasiado. Estoy convencida de que no quería hacerme daño. Quizá estaba aplicando el juramento hipocrático a la situación: «Primero, no hacer daño» y todo eso.

O quizá no era tan agradable. Lo cierto es que no tengo manera de saberlo, puesto que no volví a verlo. ¡Tampoco vamos a pintarlo como un héroe! Es posible que no estuviera intentando ayudarme, solo disfrutando de la emoción de desflorar a una joven virgen incómoda y núbil en su habitación de invitados mientras su mujer visitaba a su madre.

Desde luego no tuvo problemas para excitarse con la situación, como enseguida tuve ocasión de comprobar, cuando se separó de mí para ponerse «protección». Aquel era mi primer pene erecto y, por tanto, un momento estelar de mi vida, aunque no conseguí ver gran cosa. Esto se debió en parte a que el pene en cuestión estaba cubierto por un preservativo y tapado por la mano de su dueño. Pero, sobre todo, porque, antes de que pudiera darme cuenta, tenía a este tumbado encima de mí.

—Vivian —dijo—, he decidido que cuanto más deprisa entre, mejor será para ti. En este caso concreto, creo que es mejor no ir de forma gradual. Y ahora prepárate, porque te voy a penetrar.

Dicho y hecho.

Y así fue como pasó.

Dolió mucho menos de lo que me había temido. Esa fue la buena noticia. La mala, que también resultó menos placentero de lo que había esperado. Había albergado la esperanza de que el acto sexual fuera una versión aumentada de las sensaciones que había tenido cuando me besó los pechos o me acarició el pubis, pero no fue así. De hecho, el placer que pude haber experimentado hasta aquel momento, por leve que fuera, desapareció de manera bastante abrupta en cuanto estuvo dentro de mí y lo reemplazó algo muy potente e inoportuno. Tenerlo dentro fue como notar una presencia inconfundible sin saber si es buena o mala. Me recordó al dolor menstrual. Más que ninguna otra cosa, me resultó extraño.

Gimió y empujó y dijo entre dientes:

—He comprobado que la señora Kellogg prefiere que...

Pero no llegué a enterarme de cómo prefería copular la señora Kellogg porque empecé a besar de nuevo al doctor Kellogg. Había descubierto que los besos ayudaban a mantenerlo callado. Además, me daban algo que hacer mientras profanaban mi cuerpo. Como ya he dicho, yo no había besado mucho hasta el momento, pero enseguida deduje cómo se hacía. Es de esas destrezas que se adquieren a base de práctica, pero hice lo que pude. Resultó un poco complicado mantener nuestras bocas unidas mientras me embestía, pero yo tenía un gran incentivo: no quería volver a oír su voz.

En el último momento, sin embargo, se las arregló para decir una única palabra.

Apartó su cara de la mía y gritó: «¡Exquisito!». A continuación, arqueó la espalda, se estremeció con fuerza una vez más y eso fue todo.

Después se levantó y fue a otra habitación, supongo que a lavarse. Luego volvió y estuvo un ratito tumbado a mi lado. Me abrazó con fuerza diciendo: «Patito, patito, qué patito más bueno. No llores, patito».

Yo no estaba llorando, ni siquiera tenía ganas, pero no se dio cuenta.

Al poco se levantó y me pidió que por favor comprobara si había sangre en el cubrecama, porque se le había olvidado poner una sábana.

—No queremos que la señora Kellogg vea una mancha —explicó—. Se me ha olvidado, lo siento. Por lo general soy más cuidadoso. Esto sugiere cierta falta de prevención por mi parte, algo nada propio de mí.

—Ah —dije cogiendo mi bolso, agradecida por tener algo que hacer—. He traído una toalla.

Pero no había mancha. No había nada de sangre. (Supongo que todas esas clases de hípica de la infancia habían hecho el trabajo. ¡Gracias, mamá!). Para mi gran alivio, ni siquiera estaba muy dolorida.

—Bueno, Vivian —me aconsejó—, evita tomar un baño los próximos dos días porque podrías tener una infección. Puedes lavarte, pero solo con un poco de agua, sin estar a remojo. Si tienes algo de flujo o molestias, Gladys o Celia te dirán cómo hacerte un lavado con vinagre. Pero eres una chica fuerte y sana, de modo que no creo que tengas ningún problema. Lo has hecho muy bien. Estoy orgulloso de ti.

Por un momento pensé que iba a darme una piruleta.

Mientras nos vestíamos, el doctor Kellogg habló sobre el tiempo tan bueno que hacía. ¿Había visto las peonías en flor el mes pasado en Gramercy Park? No, respondí, no llevaba tanto tiempo en Nueva York. Bueno, me dijo, pues tenía que fijarme en las peonías el año siguiente, porque florecen durante muy poco tiempo y luego mueren. (Quizá esto parezca una alusión obvia a mi propia «flor efímera», pero no quiero atribuir al doctor Kellogg un talento inmerecido para la poesía o el dramatismo. Creo que le gustaban las peonías y punto).

—Déjame que te acompañe, patito —dijo antes de conducirme escaleras abajo, por la sala de estar llena de tapetes y hacia la puerta de servicio. Cuando pasamos por la cocina, cogió un sobre de la mesa y me lo ofreció.

—Como muestra de mi agradecimiento —dijo.

Sabía que era dinero y no lo pude soportar.

—Ay, no, Harold, no puedo aceptarlo —contesté.

—Tienes que hacerlo.

—No, no puedo. Es imposible.

—Pero es que insisto.

—Pero es que no debo.

Mi objeción, he de decirte, no se debía a que no quisiera ser vista como una prostituta. (¡No tengas tan buena opinión de mí!). Era más una cuestión de buenos modales profundamente inculcados. Verás, mis padres mandaban dinero todas las semanas y la tía Peg me lo daba los miércoles, así que era cierto que no necesitaba el dinero del señor Kellogg. Además, una voz puritana en mi interior me decía que no me había ganado aquel dinero. Yo no sabía mucho de sexo, pero estaba segura de que no había hecho pasar un gran rato a aquel hombre. Una chica que se tumba de espaldas con los brazos a los lados del cuerpo, sin moverse más que para atacarte con la boca cada vez que te pones a hablar no puede ser muy divertida en la cama, ¿no? Si me iban a pagar por practicar el sexo, al menos quería ganármelo.

—Vivian, exijo que lo aceptes —insistió.

—Harold, me niego.

—Vivian, por favor, no me montes un número —dijo. Frunció un poco el ceño y me tendió el sobre con ímpetu. Aquello fue lo más parecido a un momento de peligro o emoción que viví a manos del doctor Harold Kellogg.

—De acuerdo —cedí, y cogí el dinero.

(¿Qué me decís de eso, nobles antepasados? Dinero a cambio de sexo ¡y el día de mi estreno nada menos!).

—Eres una chiquilla preciosa —continuó—. Y, por favor, no te preocupes, tienes tiempo de sobra para que te crezcan esos pechos.

—Gracias, Harold —repuse.

—Beber diez tazas de suero de leche al día ayudará.

—Gracias, lo haré —respondí sin la más mínima intención de beberme diez tazas de suero de leche al día.

Me disponía a salir por la puerta cuando me asaltó una pregunta.

—Harold —dije—, ¿puedo preguntarte cuál es tu especialidad?

Había supuesto que sería ginecólogo o pediatra. Me inclinaba por la pediatría, pero quería zanjar mi propia apuesta.

—Soy veterinario, mi querida niña —contestó—. Por favor, da cariñosos recuerdos a Gladys y a Celia ¡y no te olvides de ir a ver las peonías el año que viene!

Corrí calle abajo, aullando de risa.

Volví a la cafetería donde estaban todas las chicas esperando y, antes de que les diera tiempo a decir nada, chillé:

—¿Un veterinario? ¿Me habéis mandado a un veterinario?

—¿Qué tal ha ido? —preguntó Gladys—. ¿Te ha dolido?

—¿Es veterinario? ¡Me dijisteis que era doctor!

—El doctor Kellogg es un doctor —dijo Jennie—. ¡Su propio nombre lo indica!

—¡Me siento como si me hubierais mandado a que me castraran!

Me dejé caer en el banco al lado de Celia, chocando con su cuerpo cálido con alivio. Estaba histérica. Temblaba de pies a cabeza. Me sentía indómita y liberada. Tenía la sensación de que mi vida acababa de estallar. Me sentía abrumada de emoción, de excitación y de asco, también de vergüenza y de orgullo y todo me resultaba de lo más desconcertante, pero también maravilloso. El efecto retardado era mucho más intenso de lo que había sido el acto en sí. No podía creerme lo que acababa de hacer. Mi audacia de aquella mañana —¡acostarme con un desconocido!— me parecía obra de otra persona, pero al mismo tiempo me sentía más fiel a mí misma que nunca.

Y entonces, cuando miré a mi alrededor a las coristas, me invadió una gratitud tan intensa que estuve a punto de llorar. Era maravilloso tener allí a las chicas. ¡Mis amigas! ¡Mis amigas de toda la vida! Unas amigas de toda la vida a las que había conocido solo dos semanas antes, excepto Jennie, a quien había conocido dos días atrás. ¡Cuánto las quería a todas! Me habían esperado. ¡Y se preocupaban por mí!

—Pero, entonces, ¿qué tal ha ido? —dijo Gladys.

—Ha ido bien. Ha ido bien.

Frente a mí había una pila de tortitas frías y a medio comer que habían sobrado de antes y la ataqué con un hambre casi violenta. Me temblaban las manos. Dios mío, en mi vida había estado tan hambrienta. Mi apetito era un pozo sin fondo. Bañé las tortitas con más sirope y me metí unas cuantas en la boca.

—¡Aunque no deja de parlotear sobre su mujer! —comenté entre bocado y bocado.

—¡Y cómo! —repuso Jennie—. Es un horror.

—Es un pelma —dijo Gladys—. Pero no es mala persona y eso es lo importante.

—Pero ¿te ha dolido? —preguntó Celia.

—¿Sabes qué? No me dolió —respondí—. Y ni siquiera me hizo falta la toalla.

—Tienes suerte —comentó Celia—. Tienes mucha suerte.

—No puedo decir que me divirtiera —proseguí—, pero tampoco que no fuera divertido. Solo me alegro de que haya terminado. Supongo que hay maneras peores de perder la virginidad.

—Todas las otras maneras son peores —aseveró Jennie—. Créeme, las he probado.

—Estoy muy orgullosa de ti, Vivvie —dijo Gladys—. Ya eres una mujer.

Levantó su taza de café para brindar por mí y la hice entrechocar con mi vaso de agua. Nunca una ceremonia de iniciación me resultó tan plena y satisfactoria como cuando Gladys, la jefa de bailarines, brindó conmigo.

—¿Cuánto te ha dado? —preguntó Jennie.

—¡Ah! —contesté—. ¡Casi se me olvida!

Metí la mano en mi bolso y saqué el sobre.

—Ábrelo tú —dije mientras se lo daba con mano temblorosa a Celia, quien lo rasgó, contó el dinero con dedos expertos y anunció:

—¡Cincuenta dólares!

—¡Cincuenta dólares! —chilló Jennie—. ¡Suelen ser veinte!

—¿En qué nos los vamos a gastar? —preguntó Gladys.

—Tenemos que hacer algo especial —señaló Jennie y sentí una oleada de alivio por el hecho de que las chicas consideraran que el dinero era de todas y no mío. Difuminaba la sensación de haber hecho algo mal, no sé si me explico. Y contribuía al espíritu de camaradería.

—Quiero ir a Coney Island —dijo Celia.

—No hay tiempo —repuso Gladys—. Tenemos que estar de vuelta en el Lily a las cuatro.

—Sí hay tiempo —replicó Celia—. Nos daremos prisa. Nos compramos unos perritos calientes, miramos un rato la playa y nos volvemos. Cogeremos un taxi. Tenemos dinero, ¿no?

De manera que fuimos en taxi a Coney Island con las ventanillas bajadas, fumando, riendo y sin parar de hablar. Era el día más caluroso del verano hasta el momento. El cielo estaba maravillosamente despejado. Yo iba encajada en el asiento trasero entre Celia y Gladys, mientras Jennie charlaba en el de delante con el conductor, quien en su vida se había visto en otra igual, con aquella colección de bellezas que se habían subido a su taxi.

—¡Menuda caja de bombones! —dijo.

—No sea usted fresco, señor mío —le respondió Jennie.

Pero me di cuenta de que le había gustado el piropo.

—¿No os sentís culpables a veces por la señora Kellogg? —le pregunté a Gladys con una pequeña punzada de preocupación por mis actos de aquella mañana—. Por acostaros con su marido, quiero decir. ¿Debería remorderme la conciencia?

—Bueno, una no puede andar siempre con remordimientos —contestó Gladys—. ¡O nos pasaríamos la vida preocupadas!

Y me temo que ahí se terminaron nuestras reflexiones morales. Asunto zanjado.

—La próxima vez, quiero que sea con alguien distinto —dije—. ¿Creéis que encontraré a alguien?

—Está chupado —repuso Celia.

Coney Island era todo brillo, color y diversión. La pasarela estaba tomada por ruidosas familias, parejas jóvenes y niños pegajosos comportándose de manera tan alocada como me sentía yo. Miramos los carteles de los monstruos de feria. Corrimos a la orilla del mar y nos remojamos los pies. Comimos manzanas de caramelo y sorbetes de limón. Nos fotografiamos con un forzudo. Compramos animales de peluche, postales y espejitos de mano de recuerdo. Le compré a Celia un bolsito coquetón de rafia con conchas cosidas y a las otras chicas gafas de sol. Luego pagué un taxi de vuelta al Midtown y todavía me sobraron nueve dólares del dinero del doctor Kellogg.

—¡Tienes para un filete en un restaurante! —dijo Jennie.

Llegamos al Lily Playhouse casi a la hora de la primera función. Olive estaba histérica pensando que podía no haber representación y cloqueaba en círculos, regañando a todo el mundo por su falta de «presteza». Pero las chicas se metieron en sus camerinos y salieron instantes después, como si sus cuerpos hubieran «segregado» por arte de magia lentejuelas, plumas de avestruz y glamur.

Mi tía Peg también estaba, por supuesto, y me preguntó con aire algo ausente si me había divertido aquel día.

—¡Desde luego! —contesté.

—Bien —dijo—. Tienes que divertirte, eres joven.

Celia me apretó la mano justo antes de salir a escena. Le cogí el brazo y me acerqué más a su belleza.

—¡Celia! —susurré—. ¡No me puedo creer que haya perdido hoy la virginidad!

—No la vas a echar de menos —dijo.

¿Y sabes qué?

Tenía toda la razón.

7

Y así empezó todo.

Ahora que me había iniciado, quería estar en continuo contacto con el sexo, y todo en Nueva York me resultaba sexual. Tal y como lo veía, tenía que recuperar todo el tiempo perdido. Había malgastado un montón de años aburriéndome y siendo aburrida y ahora me negaba a aburrirme o a ser aburrida durante una hora siquiera.

¡Y tenía tanto que aprender! Quería que Celia me enseñara todo lo que sabía, de hombres, de sexo, de Nueva York, de la vida, y accedió encantada. A partir de aquel momento dejé de ser la doncella de Celia (al menos dejé de ser solo la doncella) y me convertí en su cómplice. Celia ya no era la única que llegaba borracha de madrugada después de una noche de juerga en la ciudad; ahora llegábamos las dos borrachas de madrugada después de una noche de juerga en la ciudad.

Aquel verano salimos a buscar diversión armadas con pico y pala y nunca tuvimos el más mínimo problema para encontrarla. Si eres una chica guapa que busca diversión en una gran ciudad, no te será difícil encontrarla. Pero si sois dos chicas guapas buscando diversión, entonces la diversión os esperará en cada esquina, que era justo lo que queríamos. Celia y yo cultivamos una afición casi histérica por pasárnoslo bien. Teníamos un apetito desmesurado: no solo de chicos y hombres, también de comida, de cócteles, de bailes anárquicos y de esa música en directo que te da ganas de fumar demasiados cigarrillos y reír echando la cabeza atrás.

A veces las otras bailarinas o coristas se unían a nosotras al principio de la velada, pero rara vez conseguían seguirnos el ritmo a Celia y a mí. Si una decaía, la otra remontaba. En ocasiones tenía la sensación de que nos observábamos para ver qué se disponía a hacer la otra, pues por lo general no teníamos ni idea de lo que íbamos a hacer en cada momento, solo sabíamos que tenía que ser divertido. Más que ninguna otra cosa, creo, nos empujaba nuestro miedo común al aburrimiento. Cada día tenía cien horas y teníamos que llenarlas todas o de lo contrario moriríamos de tedio.

En esencia nuestra táctica aquel verano consistió en soltarnos la melena y hacer estragos, y lo hicimos con una energía inagotable que me sigue asombrando hoy.

Cuando pienso en el verano de 1940, Angela, nos veo a Celia Ray y a mí como dos puntos oscuros de lujuria navegando entre el neón y las sombras de la ciudad, en una búsqueda incesante de acción. Y cuando trato de recordar los detalles, todos parecen condensarse en una única, larga, tórrida y sudorosa noche.

En cuanto terminaba la función, Celia y yo nos enfundábamos unos vestidos de noche diminutos y nos echábamos a la calle impacientes, convencidas ya de que nos estábamos perdiendo algo vital y divertido. ¿Cómo podían haber empezado sin nosotras?

Siempre comenzábamos la velada en el Toots Shor's o en El Morocco, o en el Stork Club, pero no había manera de saber dónde nos sorprendería la madrugada. Si el Midtown se ponía aburrido o repetitivo, Celia y yo podíamos ir a Harlem en la línea A de tren para oír tocar a Count Basie o a tomar copas en el Red Rooster. O terminar tonteando con un grupo de alumnos de Yale en el Ritz o bailando con algún socialista en el Webster Hall, en el sur de Manhattan. La regla parecía ser: baila hasta caer desplomada y luego baila un poco más.

¡Íbamos a mil por hora! En ocasiones me sentía como si la propia ciudad me arrastrara, como si aquel río urbano salvaje de música, luces y juerga me engullera. En otras me parecía que éramos nosotras las que tirábamos de la ciudad porque, allí donde fuéramos, nos seguían. En el transcurso de esas veladas alcohólicas o bien nos reuníamos con hombres conocidos de Celia o conocíamos nuevos hombres. O las dos cosas. A veces besaba a tres hombres guapos uno detrás de otro y otras al mismo hombre guapo tres veces. En ocasiones era difícil saberlo.

Encontrar hombres nunca supuso un problema.

Ayudaba que Celia Ray irrumpiera en los locales como no he visto a nadie hacerlo. Primero lanzaba su belleza resplandeciente igual que arroja un soldado una granada a un nido de ametralladoras y a continuación entraba y evaluaba los destrozos. Bastaba su aparición para que la energía sexual del lugar se concentrara a su alrededor. Acto seguido se dedicaba a pasear por el local con cara de aburrimiento mortal —seduciendo de paso a todos los novios y maridos presentes— sin malgastar el más mínimo esfuerzo en sus conquistas.

Los hombres miraban a Celia Ray como si fuera una caja de palomitas caramelizadas y cacahuetes Cracker Jack y estuvieran deseando meter la mano para sacar la sorpresa que había siempre en su interior.

Ella, por su parte, los miraba como si fueran el revestimiento en madera de la pared.

Lo que los volvía aún más locos.

—Demuéstrame que sabes sonreír, preciosa —le dijo una vez un valiente desde el otro lado de la pista de baile.

—Demuéstrame que tienes un yate —contestó Celia en voz baja y le dio la espalda, aburrida.

Puesto que yo la acompañaba y puesto que ahora me parecía un poco a ella (al menos si la luz era tenue) —claro que no tenía ni la estatura ni el color de pelo de Celia, pero llevaba vestidos ceñidos como ella, me peinaba de manera parecida, imitaba su forma de caminar y me ponía algo de relleno en el busto para asemejarlo al suyo—, el efecto se duplicaba.

No me gusta presumir, Angela, pero éramos un dúo bastante imparable.

Bueno, en realidad sí me gusta presumir, así que deja que esta anciana disfrute de su momento de gloria: éramos despampanantes. Podíamos provocar un ataque de tortícolis a mesas enteras de hombres solo con pasar delante de ellos.

—Tenemos sed —decía Celia en el bar dirigiéndose a nadie en particular y al momento había cinco hombres ofreciéndonos cócteles, tres para ella y dos para mí. Y a los diez minutos nos los habíamos bebido.

¿De dónde sacábamos tanta energía?

Ah, sí, ahora me acuerdo. La sacábamos de ser jóvenes. Éramos turbinas de energía. Las mañanas eran duras, claro. Las resacas podían ser de lo más cruel. Pero si necesitaba una siesta durante el día siempre podía echármela entre bastidores, durante un ensayo o una función, tumbada sobre un montón de telones viejos. Una cabezada de diez minutos y estaba como nueva, preparada para conquistar la ciudad una vez más, en cuanto cesaran los aplausos.

Se puede vivir así cuando se tiene diecinueve años (o simulas tenerlos, como en el caso de Celia).

«Esas chicas van buscando jaleo», oí decir a una mujer mayor una noche en que bajábamos dando tumbos por una calle. Y no podía tener más razón. Lo que no entendía aquella mujer, sin embargo, era que jaleo era justo lo que queríamos.

¡Ay, nuestras necesidades juveniles!

Los deliciosamente ciegos anhelos de la juventud, que nos llevaban sin excepción al borde de precipicios o a quedarnos atrapadas en calles sin salida en las que habíamos entrado por voluntad propia.

No puedo decir que durante aquel verano de 1940 aprendiera a ser buena en la cama, aunque sí diré que me familiaricé bastante con el sexo.

Pero no, no me hice experta.

Para ser buena en la cama —algo que, para una mujer, equivale a aprender a disfrutar e incluso a dirigir el acto sexual de manera que consiga llegar al clímax—, hacen falta tiempo, paciencia y un amante considerado. Pasaría un tiempo antes de que yo tuviera acceso a algo tan refinado. Por el momento no era más que un loco baile de cifras ejecutado a una velocidad considerable. (Ni a Celia ni a mí nos gustaba quedarnos demasiado rato en un sitio o con un hombre, por miedo a estar perdiéndonos algo mejor que estuviera ocurriendo en el otro extremo de la ciudad).

Mi anhelo por la diversión y mi curiosidad por el sexo aquel verano me volvieron no solo insaciable, también receptiva. Así es como me veo cuando lo pienso ahora. Era receptiva a todo lo que tuviera la más mínima connotación erótica o ilícita. Era receptiva a las luces de neón en la oscuridad de una calle del Midtown. A los cócteles servidos en un coco del bar hawaiano del hotel Lexington. A que me ofrecieran entradas de primera fila para el boxeo o pases para clubes nocturnos que no tenían nombre. Era receptiva a cualquiera que supiera tocar un instrumento, o bailar con dosis razonables de garbo. Era receptiva a subirme en un coche con cualquiera que tuviera coche. A hombres que se me acercaban en un bar con dos combinados, diciendo: «Resulta que me sobra una copa. ¿Le importaría ayudarme, señorita?».

Por supuesto, lo haré encantada, señor.

¡Qué bien se me daba ayudar en situaciones así!

En nuestra defensa, debo decir que no nos acostamos con todos los hombres que conocimos aquel verano.

Pero sí con la mayoría.

La pregunta que solíamos hacernos Celia y yo no era tanto: «¿Con quién deberíamos acostarnos?», porque eso no parecía importar demasiado, sino: «¿Dónde lo vamos a hacer?».

La respuesta era: donde podamos.

Tuvimos relaciones sexuales en elegantes suites de hotel que pagaban hombres de negocios de fuera de la ciudad. Pero también en las cocinas (ya cerradas) de un pequeño club nocturno del East Side. En un transbordador en el que no sé cómo terminamos una noche, ya muy tarde, con las luces de los barcos a nuestro alrededor líquidas y desdibujadas. En el asiento trasero de taxis (sé que suena incómodo y, créeme, era incómodo, pero podía hacerse). En un cinematógrafo. En un camerino del sótano del Lily Playhouse. En un camerino del sótano del Diamond Horseshoe. En un camerino del sótano del Madison Square Garden. En Bryant Park, con la amenaza de que hubiera ratas correteando a nuestros pies. En callejones oscuros y tórridos junto a las esquinas en que se congregaban los taxis en el Midtown. En la azotea del Puck Building. En unas oficinas de Wall Street, donde solo podían oírnos los porteros de noche.

Borrachas, con los ojos haciendo chiribitas, la sangre salobre, descerebradas, ingrávidas, Celia y yo recorrimos Nueva York aquel verano impulsadas por descargas de electricidad pura. En lugar de caminar, volábamos. No había meta, solo una búsqueda incesante de lo auténtico. No nos perdimos nada, pero nos lo perdimos todo. Por ejemplo, vimos a Joe Louis entrenar para un combate y oímos cantar a Billie Holiday, pero no recuerdo los detalles de ninguna de las dos cosas. Estábamos demasiado pendientes de nosotras mismas para prestar atención a las maravillas que se nos brindaban. (Por ejemplo: la noche que vi cantar a Billie Holiday me vino el periodo y estaba de mal humor porque el chico que me gustaba acababa de marcharse con otra chica. Esa es mi reseña de la actuación de Billie Holiday).

Celia y yo bebíamos demasiado, nos encontrábamos con grupos de hombres jóvenes que también habían bebido demasiado y a continuación hacíamos exactamente lo que se esperaba de nosotras. Entrábamos en bares con chicos a los que habíamos conocido en otros bares y, una vez allí, empezábamos a coquetear con los chicos que habíamos descubierto en el nuevo bar. Provocábamos peleas y más de uno se llevaba una buena tunda, pero entonces Celia elegía de entre los supervivientes quién nos acompañaría al bar siguiente, donde de nuevo empezaría la gresca. Pasábamos de un grupo de hombres a otro, de los brazos de un hombre a los de otro. En una ocasión incluso nos intercambiamos a nuestros acompañantes en mitad de una cena.

—Quédate tú con este —me dijo Celia aquella noche delante de las narices del hombre que empezaba a aburrirla—. Voy al tocador. Mantenlo caliente.

—¡Pero es tu pareja! —exclamé mientras el hombre se acercaba a mí, obediente—. ¡Y tú eres mi amiga!

—Ay, Vivvie —contestó en un tono de cariño y de lástima—. ¡A una amiga como yo no vas a perderla solo por quitarle su pareja!

Aquel verano tuve poquísima relación con mi familia.

Lo último que quería era que supieran a lo que me dedicaba.

Mi madre me mandaba una nota semanal junto con mi asignación en la que me contaba las principales novedades. Mi padre se había hecho daño en el hombro jugando al golf. Mi hermano amenazaba con dejar Princeton al siguiente semestre y alistarse en la Marina porque quería servir a su país. Mi madre había ganado a esta u otra señora en este u otro torneo de tenis. Por mi parte, les mandaba a mis padres una postal cada semana contándoles cosas igual de rancias y poco informativas: que estaba bien, que trabajaba duro en el teatro. Que Nueva York era muy bonita y que gracias por el dinero. De vez en cuando añadía algún detalle inocuo, del tipo: «Justo el otro día tuve un almuerzo encantador en el Knickerbocker con la tía Peg».

Por supuesto no les dije a mis padres que hacía poco había ido al médico con mi amiga Celia, la corista, para que me pusieran un pesario ilegal. (Era ilegal porque entonces no estaba permitido que un médico le pusiera un dispositivo anticonceptivo a una mujer soltera, ¡por eso es tan útil tener amigos con contactos! La médica de Celia era una rusa lacónica que no hacía preguntas. Me dejó lista y equipada sin siquiera pestañear).

Tampoco les conté que había tenido un susto pensando que había cogido gonorrea (que luego resultó no ser más que una infección pélvica leve, gracias al cielo, aunque pasé una semana dolorida y asustada hasta que se aclaró todo). Ni que había temido estar embarazada (algo que luego se solucionó solo, gracias a Dios). Ni que me acostaba de manera asidua con un hombre llamado Kevin «Ribsy» O'Sullivan, que tenía un negocio de apuestas ilegales en Hell's Kitchen. (Por supuesto también me veía con otros hombres, igual de poco recomendables, pero sin un nombre tan jugoso).

Tampoco les dije que para entonces llevaba siempre preservativos en la cartera debido a que no quería más sustos con la gonorrea y a que, para una chica, toda precaución es poca. Ni que mis novios eran los que me procuraban los preservativos a modo de amable favor. (Porque verás, mamá, ¡solo los hombres pueden comprar preservativos en Nueva York!).

No, no les conté ninguna de estas cosas.

Sí les dije, sin embargo, que el lenguado que me había tomado en el Knickerbocker era excelente.

Lo cual es cierto. Era excelente.

Mientras tanto Celia y yo seguimos saliendo noche tras noche, metiéndonos en toda clase de líos, grandes y pequeños. El alcohol nos volvía alocadas y perezosas. Perdíamos la noción del tiempo, de los cócteles que habíamos bebido y nos olvidábamos del nombre de nuestros acompañantes. Bebíamos *gin fizzes* hasta que se nos olvidaba caminar. Una vez estábamos ebrias, se nos olvidaba velar por nuestra seguridad y otras personas —a menudo completos desconocidos— tenían que cuidarnos. («¡Tú no eres quién para decirle a una chica cómo vivir su vida!», recuerdo que le gritó una noche Celia a un amable caballero que solo intentaba cortésmente acompañarnos de vuelta al Lily sanas y salvas).

Había siempre un elemento de peligro en cómo nos lanzábamos al mundo Celia y yo. Estábamos abiertas a que sucediera cualquier cosa. De manera que podía sucedernos cualquier cosa. Y a menudo sucedía algo.

Verás, la cosa funcionaba así: el efecto que ejercía Celia en los hombres consistía en volverlos obedientes y serviles... hasta que dejaban de ser obedientes y serviles. Conseguía ponerlos a todos en formación delante de las dos, dispuestos a obedecer nuestras órdenes y satisfacer cada uno de nuestros deseos. Eran unos chicos encantadores y por lo general seguían siéndolo... hasta que a veces, de forma bastante repentina, cambiaban. Rebasábamos algún límite del deseo o la ira masculinos y entonces ya no había nada que hacer. Una vez rebasado ese límite, el efecto que tenía Celia en los hombres era volverlos salvajes. Podíamos estar divirtiéndonos, coqueteando y burlándonos y riendo y, al momento siguiente, cambiaba la energía y aparecía la amenaza no solo de sexo, también de violencia.

Una vez se producía ese cambio, no había nada que hacer.

Más que salir pitando.

La primera vez que ocurrió, Celia lo vio venir momentos antes y me echó de la habitación. Estábamos en la suite presidencial del hotel Biltmore, invitadas por tres hombres que habíamos conocido un rato antes en un baile en el Waldorf. Aquellos hombres llevaban mucho dinero encima y saltaba a la vista que se dedicaban a negocios turbios. (De tener que adivinar, diría que eran estafadores). Al principio estaban todos pendientes de Celia, tan considerados, tan agradecidos por sus atenciones, sudando nerviosos en su afán por complacer a la chica guapa y a su amiga. ¿Les apetece a las señoras otra botella de champán? ¿Les gustaría que pidiéramos unas patas de cangrejo al servicio de habitaciones? ¿Les gustaría a las señoras conocer la suite presidencial del Biltmore? ¿Las damas quieren la radio encendida o apagada?

Yo todavía era nueva en aquel juego, y me resultaba divertido que aquellos matones se mostraran tan serviles. Intimidados por nuestros encantos y todo eso. Me daban ganas de reírme de ellos, de sus flaquezas. ¡Qué fácil es controlar a los hombres!

Pero entonces, al poco de llegar a la suite presidencial, se produjo el cambio y Celia se encontró de pronto atrapada entre dos de aquellos tipos en el sofá y ya no tenían aspecto ni de serviles ni de débiles. No era algo concreto que estuvieran haciendo, fue más un cambio de tono, y me dio miedo. Algo había cambiado en sus rostros y no me gustó. El tercer hombre empezaba a mirarme y tampoco tenía pinta de querer seguir tonteando. La única manera que se me ocurre de describir el cambio en la habitación es esta: estás disfrutando de un almuerzo campestre encantador cuando de pronto llega un tornado. La presión atmosférica se desploma. El cielo se oscurece. Los pájaros dejan de cantar. Algo viene directo hacia ti.

—Vivvie —dijo Celia en el momento justo—, baja a comprarme cigarrillos.

—¿Ahora? —pregunté.

—Ve —ordenó—. Y no vuelvas.

Me dirigí hacia la puerta justo antes de que el tercer hombre me alcanzara y me avergüenza decir que la cerré y dejé a mi amiga dentro. La dejé porque me lo había ordenado, pero, aun así, me sentí fatal. A saber cuáles eran las intenciones de aquellos hombres y Celia estaba sola. Me había echado de la habitación porque no quería que viera lo que estaba a punto de ocurrir o porque no quería que me ocurriera también a mí. Fuera como fuera, me sentí como una niña pequeña, desterrada de aquel modo. También me daban miedo aquellos hombres, temía por Celia y me sentía excluida. Lo odié. Estuve caminando una hora por el vestíbulo del hotel, preguntándome si debía alertar al encargado. Pero ¿de qué lo iba a alertar?

Al final Celia bajó sola, sin que la acompañara ninguno de los hombres que tan solícitamente nos habían escoltado hasta el ascensor horas antes.

Me vio en el vestíbulo, vino a mi encuentro y dijo:

—Bueno, pues vaya una manera tan horrorosa de terminar una velada.

—¿Estás bien? —pregunté.

—Sí, muy bien —respondió. Se estiró el vestido—. ¿Estoy presentable?

Estaba tan guapa como siempre... solo que tenía un cardenal encima del ojo izquierdo.

—Estás ideal —repuse.

Se fijó en que le estaba mirando el ojo hinchado y dijo:

—No digas una palabra sobre esto, Vivvie. Gladys me lo arreglará. Es una experta tapando ojos a la funerala. ¿Hay algún taxi? Si un taxi tuviera la bondad de aparecer, lo cogería encantada.

Le encontré un taxi y volvimos a casa sin cruzar una palabra más.

¿Dejó traumatizada a Celia lo ocurrido aquella noche?

Cabría suponer que sí, ¿verdad?

Pero me avergüenza decir, Angela, que no lo sé. Jamás hablé con ella del asunto. Desde luego no vi en mi amiga indicio alguno de trauma. Claro que tampoco lo busqué. Ni siquiera habría sabido cómo. Tal vez confiaba en que aquel feo incidente desaparecería sin más (igual que el ojo a la funerala) si no lo mencionábamos. O pensaba que Celia estaba acostumbrada a ser asaltada así, debido a su difícil pasado (que Dios nos ayude, pero es posible).

Son muchas las preguntas que podría haber hecho a Celia aquella noche en el taxi (empezando por «¿De verdad que estás bien?»), pero no se las hice. Tampoco le di las gracias por haberme salvado de un ataque. Me daba vergüenza necesitar que me salvaran, que Celia me viera más inocente y frágil que ella. Hasta aquella noche yo me había hecho la ilusión de que Celia Ray y yo éramos idénticas, dos mujeres igual de mundanas y atrevidas a la conquista de la ciudad y en busca de diversión. Yo había coqueteado con el peligro, pero Celia lo conocía. Sabía cosas —cosas feas— que yo ignoraba. Sabía cosas que no quería que yo supiera.

Cuando pienso en ello ahora, Angela, me consterna darme cuenta de que esta clase de violencia resultaba entonces algo normal, y no solo a Celia, también a mí. (Por ejemplo, ¿cómo no me pregunté nunca por qué se le daba tan bien a Gladys disimular los ojos morados?). Supongo que nuestra actitud era: «Bueno, los hombres..., ya se sabe». Pero tienes que entender que esto ocurrió mucho antes de que hubiera cualquier debate público sobre esos temas tan feos, y tampoco los tocábamos en privado. De manera que aquella noche yo no le dije nada a Celia sobre lo que había vivido y ella tampoco me dijo nada a mí. Lo dejamos atrás.

Y la noche siguiente, cosa inexplicable, salimos de nuevo en busca de acción, pero con una diferencia: a partir de aquel momento yo no volvería a dejar sola a Celia, pasara lo que pasara. No permitiría que me echara de la habitación. Lo que hiciera Celia lo haría yo también. Lo que le ocurriera a Celia me ocurriría también a mí.

«Porque ya no soy una niña», me dije a mí misma, como hacen siempre los niños.

8

Por cierto, se avecinaba una guerra.

De hecho, ya había estallado, y era bastante seria. Claro que era lejos, en Europa, pero en Estados Unidos había un encendido debate sobre si debíamos o no entrar en ella.

No hace falta decir que yo no participé en ese debate. Pero era algo que ocurría a mi alrededor.

Quizá pienses que debería haberme dado cuenta antes de que se avecinaba una guerra, pero lo cierto es que aún no había reparado en ello. A ver, tienes que perdonarme por ser tan poquísimo observadora. En aquel verano de 1940 no era fácil pasar por alto el hecho de que el mundo estaba al borde de una guerra a gran escala, pero yo lo había conseguido. (En mi defensa debo decir que mis colegas y asociadas habían hecho lo mismo. No recuerdo a Celia, a Gladys o a Jennie hablar jamás de si Estados Unidos estaba preparado militarmente o de la necesidad acuciante de aumentar la flota). Si digo que la política no me interesaba me quedo corta. No me sabía el nombre de ni uno solo de los miembros de gabinete de Roosevelt, por ejemplo. Sí me sabía, en cambio, el nombre completo de la segunda esposa de Clark Gable, una tejana de la alta sociedad varias veces divorciada llamada Ria Franklin Prentiss Lucas Langham Gable, un auténtico trabalenguas que, al parecer, recordaré hasta el día que me muera.

Los alemanes habían invadido Holanda y Bélgica en mayo de 1940, pero para entonces yo estaba suspendiendo todos mis exámenes en Vassar y andaba de lo más distraída. (Sí recuerdo a mi padre diciendo que todo el jaleo habría terminado para finales del verano porque el ejército francés pronto expulsaría a los alemanes de vuelta a su país. Supuse que tenía razón porque parecía leer muchos periódicos).

Para cuando me mudé a Nueva York, hacia mediados de junio de 1940, los alemanes habían entrado en París. (Para que te fíes de las teorías de mi padre). Pero había demasiadas emociones en mi vida como para que siguiera de cerca los acontecimientos. Me interesaba mucho más lo que ocurría en Harlem o en el Village que lo que había pasado con la línea Maginot. Y para agosto, cuando la Luftwaffe empezó a bombardear objetivos británicos, yo estaba pasando mis calvarios particulares creyendo que tenía gonorrea primero y que estaba embarazada después, de modo que tampoco asimilé la información.

Se habla del pulso de la historia, pero yo casi nunca lo he oído, ni siquiera cuando lo he tenido atronándome los oídos.

De haber sido más sensata y haber estado más atenta, me habría dado cuenta de que Estados Unidos terminaría por sumarse al conflicto. Habría prestado más atención a la noticia de que mi hermano estaba pensando en alistarse en la Marina. Podría haberme preocupado lo que esa decisión iba a significar para el futuro de Walter... y para el de todos nosotros. Y podría haber caído en la cuenta de que algunos de los jóvenes tan divertidos con los que tonteaba todas las noches en Nueva York tenían la edad justa para ser enviados al frente cuando por fin Estados Unidos entrara en guerra. De haber sabido entonces lo que sé ahora: que muchos de aquellos hermosos muchachos pronto morirían en los campos de batalla de Europa o en los infiernos del Pacífico Sur, me habría acostado con un número mayor de ellos.

Si suena a que me estoy haciendo la graciosa, no es así.

Ojalá hubiera hecho más de todo con esos chicos. (No estoy segura de dónde habría encontrado el tiempo, claro, pero habría hecho todo lo posible por hacer un hueco en mi apretada agenda a cada uno de esos muchachos, muchos de los cuales terminarían destrozados, quemados, heridos, muertos).

Ojalá hubiera sabido lo que se avecinaba, Angela.

De verdad te lo digo.

Claro que había personas que sí estaban atentas a los acontecimientos. Olive seguía las noticias llegadas de su Inglaterra natal con especial preocupación. La inquietaba lo que estaba ocurriendo, aunque es cierto que a Olive todo la inquietaba, de manera que sus preocupaciones no nos afectaban demasiado. Cada mañana se sentaba a desayunar riñones y huevos y se leía hasta la última coma de información que lograba encontrar en la prensa. Leía *The New York Times*, *Barron's* y el *Herald Tribune* (aunque era de tendencias republicanas) y también los periódicos británicos cuando los conseguía. Incluso mi tía Peg (que solo acostumbraba a leer el *Post* por la información sobre béisbol) había empezado a seguir las noticias con mayor atención. Ya había vivido una guerra mundial y no quería vivir otra. Las lealtades de Peg a Europa serían siempre de hondo arraigo.

A lo largo de aquel verano, tanto Peg como Olive se fueron convenciendo cada vez más de que Estados Unidos debía unirse a la guerra. ¡Alguien tenía que ayudar a los británicos y rescatar a los franceses! Peg y Olive apoyaban por completo al presidente en los esfuerzos de este por recabar respaldo en el Congreso para entrar en acción.

Peg, traicionando a su clase social, siempre había admirado a Roosevelt. Esto me había escandalizado cuando me enteré; mi padre odiaba a Roosevelt y era un aislacionista vehemente. Sí, el bueno de mi padre era muy pro Lindbergh. Yo daba por hecho que todos mis familiares odiaban a Roosevelt. Pero aquello era Nueva York, donde las personas tenían opiniones distintas.

—¡Estoy hasta la coronilla de los nazis! —recuerdo haber oído gritar a Peg una mañana durante el desayuno mientras leía la prensa. Dio un puñetazo en la mesa en un ataque de ira—. ¡Ya está bien! ¡Hay que pararlos! ¿A qué esperamos?

Nunca había visto a Peg tan afectada por algo, por eso la escena se me quedó grabada. Su reacción me sacó por un instante de mi ensimismamiento y me hizo prestar atención: «¡Huy, si Peg está tan enfadada es que las cosas se están poniendo feas de verdad!».

Dicho esto, no estaba segura de qué quería Peg que hiciera yo respecto a los nazis.

Lo cierto era que yo jamás imaginé que aquella guerra —lejana e irritante— pudiera tener consecuencias reales hasta septiembre de 1940.

Que fue cuando Edna y Arthur Watson vinieron a vivir al Lily Playhouse.

9

Voy a dar por hecho, Angela, que nunca has oído hablar de Edna Parker Watson.

Probablemente eres demasiado joven para saber de su gran carrera teatral. En cualquier caso, siempre fue más conocida en Londres que en Nueva York.

Por mi parte, yo sí había oído hablar de Edna antes de conocerla, pero solo porque estaba casada con un guapo actor de cine británico llamado Arthur Watson, que hacía poco había interpretado al galán de una película británica de guerra de lo más cursi titulada *Las puertas del mediodía.* Había visto fotografías de ambos en las revistas, de manera que Edna me sonaba. Tiene bastante delito que conociera a Edna por su marido. Era, con mucho, la mejor intérprete de los dos y también muy superior como ser humano. Pero así son las cosas. Él era más guapo y, en este mundo frívolo, una cara bonita lo significa todo.

Tal vez habría ayudado que Edna hiciera cine. Quizá entonces habría sido más famosa en su época, e incluso se la recordaría ahora, como a Bette Davis o a Vivien Leigh, a cuya altura estaba. Pero Edna siempre se negó a actuar ante las cámaras. Y no fue por falta de oportunidades: Hollywood llamó a su puerta muchas veces, pero de alguna manera siempre logró resistirse a aquellas ofertas de superproducciones. Ni siquiera hizo teatro radiofónico, convencida de que la voz humana pierde algo fundamental cuando es grabada.

No, Edna Parker Watson era una actriz que solo hacía teatro y el problema con las actrices de teatro es que, una vez se mueren, caen en el olvido. Si nunca la viste en el escenario, entonces no puedes hacerte idea de su poder y su atractivo.

Sin embargo, era la actriz preferida de George Bernard Shaw. ¿Te da eso alguna pista? Es famosa su afirmación de que la interpretación de Edna Parker Watson de Juana de Arco había sido la definitiva. Escribió de ella: «Con ese rostro luminoso que asoma bajo la armadura... ¿Quién no querría seguirla a la batalla, aunque fuera solo por mirarla?».

No, ni siquiera eso explica quién fue Edna en realidad.

Con mis disculpas al señor Shaw, voy a intentar describirla con mis propias palabras.

Conocí a Edna y Arthur Watson la tercera semana de septiembre de 1940.

Su visita al Lily Playhouse, como la de la mayoría de los huéspedes que iban y venían, no fue lo que se dice planeada. Hubo en ella un elemento real de caos y de urgencia. Superior incluso a nuestro caos habitual.

Edna era una vieja conocida de Peg. Habían coincidido en Francia durante la Gran Guerra y se habían hecho amigas enseguida, aunque estuvieron muchos años sin verse. Entonces, a finales del verano de 1940, los Watson vinieron a Nueva York para que Edna ensayara una obra nueva con Alfred Lunt. Pero la financiación de esa producción se esfumó antes de que a nadie le diera tiempo a memorizar una sola línea, de manera que la obra nunca llegó a ver la luz. Sin embargo, antes de que los Watson pudieran embarcar de vuelta a casa, los alemanes empezaron a bombardear Gran Bretaña. A las pocas semanas de iniciados los ataques, el hogar de los Watson en Londres resultó arrasado por una bomba de la Luftwaffe. Destruido. Hasta los cimientos.

«Hecho añicos», es como lo describió la tía Peg.

De manera que Edna y Arthur estaban atrapados en Nueva York. Se alojaban en el hotel Sherry-Netherland, que no es mal lugar para ser un refugiado, pero no podían permitirse seguir allí, puesto que ninguno de los dos tenía trabajo. Eran artistas atrapados en Estados Unidos sin un empleo, sin un hogar al que regresar y sin un salvoconducto de vuelta a su asediado país.

Peg supo de sus apuros por los círculos teatrales y, por supuesto, les dijo a los Watson que podían alojarse en el Lily. Les prometió que podrían quedarse durante el tiempo que necesitaran. Les propuso que incluso los emplearía en alguno de los espectáculos si necesitaban ganar dinero y nos les importaba rebajarse a hacer revista.

¿Cómo podían los Watson rechazar una oferta así? ¿Dónde si no iban a ir?

De manera que se mudaron al Lily, y así fue como entraron en mi vida.

Los Watson llegaron en una de las primeras tardes frescas del otoño. Dio la casualidad de que yo estaba a la puerta del teatro hablando con Peg cuando su coche se detuvo. Acababa de volver de Lowtsky's y llevaba una bolsa llena de crinolinas que necesitaba para arreglar algunos de los «trajes» de las bailarinas. (Estábamos montando una obra titulada *¡A bailar, Jackie!* sobre un granuja callejero que es rescatado de la mala vida por una bailarina joven y bella. Me había sido encomendada la tarea de intentar que las musculosas bailarinas del Lily parecieran primeras figuras de una compañía de ballet clásico. Había hecho lo que había podido con el vestuario, pero las bailarinas seguían rasgando las faldas. Demasiado *boggle-boggle,* supongo. Así que había llegado el momento de hacer arreglos).

Cuando llegaron los Watson se armó un pequeño revuelo porque traían muchísimo equipaje. Dos coches seguían su taxi con el resto de los baúles y paquetes. Yo estaba en la acera y vi a Edna Parker Watson bajar del taxi como quien baja de una limusina. Menuda, pulcra, de caderas estrechas y poco pecho, llevaba el atuendo más elegante que jamás había visto yo en una mujer. Consistía en una chaqueta sastre cruzada de sarga azul pavo real, con dos hileras de botones dorados y cuello alto rematado por un galón. La combinaba con unos pantalones gris oscuro con algo de vuelo en el bajo y unos zapatos negros de punta que habrían podido parecer de hombre, de no ser por el pequeño tacón, elegante y muy femenino. Llevaba gafas de sol de montura de carey y el pelo corto y oscuro peinado en brillantes ondas. No iba maquillada, a excepción de los labios, que se había pintado de un tono rojo perfecto. Llevaba una sencilla boina negra ladeada sobre la cabeza con desenfadada naturalidad. Parecía una oficial diminuta del ejército más *chic* del mundo y a partir de aquel día mi concepto de la elegancia no volvería a ser el mismo.

Hasta que vi por primera vez a Edna yo había creído que las coristas de Nueva York con su brillo de lentejuelas eran el colmo del glamur. Pero de pronto todo (y a todos) lo que llevaba admirando aquel verano se me antojó ordinario y excesivo comparado con aquella mujer menuda con su elegante chaquetita, sus pantalones de corte perfecto y esos zapatos de hombre que no eran de hombre.

Acababa de descubrir el verdadero glamur. Y puedo decir, sin miedo a exagerar, que cada día de mi vida desde aquel momento he intentado emular el estilo de Edna Parker Watson.

Peg corrió al encuentro de Edna y la abrazó con fuerza.

—¡Edna! —exclamó haciéndola girar sobre sí misma—. ¡La gota de rocío de Drury Lane visitando mi humilde morada!

—¡Querida Peg! —dijo Edna—. ¡No has cambiado nada!—. Soltó a su amiga, dio un paso atrás y miró el Lily—. Pero ¿es tuyo, Peg? ¿El edificio entero?

—Por desgracia sí —contestó Peg—. ¿Te gustaría comprarlo?

—No tengo un penique a mi nombre, querida, de lo contrario claro que lo haría. Es encantador. Y mírate, ¡te has convertido en empresaria teatral! ¡En una magnate del espectáculo! La fachada me recuerda al viejo Hackney, es preciosa. Entiendo perfectamente que lo compraras.

—Sí, por supuesto, tuve que comprarlo —repuso Peg—. Porque de lo contrario podría haber tenido una vejez rica y cómoda y eso no le habría hecho ningún bien a nadie. Pero basta ya de hablar de mi estúpido teatro, Edna. ¡Estoy desolada con lo que le ha pasado a tu casa y con lo que le está pasando a la pobre Inglaterra!

—Querida Peg —dijo Edna y apoyó con delicadeza la palma de la mano en la mejilla de mi tía—. Es espantoso. Pero Arthur y yo estamos vivos. Y ahora, gracias a ti, tengo un techo sobre mi cabeza y eso es más de lo que pueden decir muchos.

—¿Y dónde está Arthur? —preguntó Peg—. ¡Estoy deseando verlo!

Pero yo ya lo había identificado. Arthur Watson era el hombre apuesto, de pelo oscuro y aspecto de estrella de cine y rostro estrecho y alargado que en aquel momento sonreía al taxista y le estrechaba la mano con exceso de entusiasmo. Era fornido y de anchas espaldas y mucho más alto de lo que parecía en pantalla, lo que es muy poco habitual entre los actores. Llevaba un puro entre los labios que, no sé por qué, parecía atrezo. Era el hombre más guapo que había visto yo de cerca, pero su atractivo tenía algo de artificial. El rizo descarado que le caía sobre la frente, por ejemplo, habría resultado mucho más atractivo de no parecer tan deliberado. (El problema del descaro, Angela, es que nunca debe parecer intencionado). La mejor manera que se me ocurre de describir a Arthur Watson es que tenía aspecto de actor. Un actor contratado para interpretar el papel de hombre guapo y fornido que estrecha la mano de un taxista.

Arthur vino hasta nosotras a grandes y ágiles zancadas y estrechó la mano a Peg con la misma energía que la del taxista.

—Señora Buell —dijo—. ¡Es usted muy generosa ofreciéndonos un lugar donde vivir!

—Lo hago encantada, Arthur —respondió Peg—. Adoro a tu mujer.

—¡Yo también la adoro! —exclamó Arthur y estrechó a Edna contra él tan fuerte que pareció que iba a hacerle daño, pero esta sonrió encantada.

—Y esta es mi sobrina, Vivian —me presentó Peg—. Lleva conmigo todo el verano aprendiendo desde abajo a dirigir una compañía teatral.

—¡La sobrina! —exclamó Edna como si llevara años oyendo maravillas de mí. Me dio un beso en cada mejilla y olí su aroma a gardenia—. Pero, mírate, Vivian, ¡si eres una preciosidad! Por favor, dime que no quieres ser actriz y que no vas a desperdiciar tu vida en el teatro... aunque desde luego eres lo bastante guapa para hacerlo.

Su sonrisa era demasiado cálida y sincera para el mundo del espectáculo. Me estaba dedicando toda su atención y me sedujo al instante.

—No —contesté—, no soy actriz. Pero me encanta vivir en el Lily con mi tía.

—Pues claro, cariño. Como que es maravillosa.

Arthur interrumpió para estrujarme la mano.

—¡Es un placer conocerte, Vivian! —dijo—. ¿Y hace cuánto tiempo que eres actriz?

Él no me sedujo tanto.

—Esto..., no soy actriz... —traté de puntualizar, pero Edna me puso la mano en el brazo y me susurró, como si fuéramos amigas íntimas—: No pasa nada, Vivian. A veces Arthur no presta la mayor de las atenciones, pero con el tiempo se irá enterando de todo.

—¡Vamos a tomar una copa en la galería! —propuso Peg—. El problema es que me olvidé de comprar una casa con galería, así que las copas las tomaremos en el salón cochambroso que hay encima del teatro, ¡pero podemos simular que estamos en la galería!

—Eres genial, Peg —dijo Edna—. ¡Te he echado mortalmente de menos!

Unos cuantos martinis después, era como si conociera a Edna Parker Watson de toda la vida.

Tenía la presencia más encantadora que he visto jamás iluminar una habitación. Era como la reina de las hadas, con su carita brillante y esos ojos grises danzarines. Nada en ella era lo que parecía. Era pálida, pero no daba la impresión de ser débil ni delicada. Era diminuta, con unos hombros estrechísimos y muy delgada, pero no frágil. Tenía una risa sonora y una manera resuelta de caminar que se contradecían con su tamaño y su palidez.

Supongo que podría decirse que era como una frágil huerfanita, pero sin el frágil.

Costaba trabajo identificar la fuente exacta de su belleza, porque sus facciones no eran perfectas, a diferencia de las de las mujeres con las que llevaba yo divirtiéndome todo el verano. Tenía el rostro bastante redondeado, sin esos pómulos marcados tan de moda entonces. Y no era joven. Debía de tener al menos cincuenta años y no intentaba ocultarlo. De lejos era difícil saber su edad (había interpretado a Julieta hasta bien entrados los cuarenta, tal y como sabría yo después, y resultado de lo más creíble), pero, si te fijabas, veías que tenía finas arrugas en la piel de alrededor de los ojos y que la línea de la mandíbula empezaba a desdibujársele. También había alguna cana en su melena corta y *chic.* Pero su espíritu era joven. Digamos que no resultaba en absoluto convincente en su papel de mujer de cincuenta años. O quizá es que su edad le daba igual y no dejaba traslucir preocupación alguna al respecto. El problema de muchas actrices mayores es que se niegan a dejar actuar a la naturaleza, pero, en el caso de Edna, la naturaleza no parecía tener especiales deseos de venganza, y ella tampoco parecía guardarle rencor.

Pero su principal don era la calidez. Disfrutaba de todo lo que veía y te hacía querer estar a su lado, para compartir su disfrute. Incluso el por lo general serio semblante de Olive se transmutó en una inusual expresión de placer cuando vio a Edna. Se abrazaron como viejas amigas... porque eso es lo que eran. Tal y como supe aquella noche, Edna, Peg y Olive se habían conocido en el frente francés, cuando Edna formaba parte de una compañía de teatro ambulante británica que actuaba para soldados heridos en combate, unos espectáculos que mi tía Peg y Olive ayudaban a producir.

—En algún lugar de este planeta —comentó Edna—, hay una fotografía de las tres en una ambulancia y daría cualquier cosa por volver a verla. ¡Qué jóvenes éramos! Y llevábamos esos uniformes tan horriblemente prácticos, sin cintura.

—Me acuerdo de esa fotografía —dijo Olive—. Salíamos llenas de barro.

—Siempre estábamos llenas de barro —repuso Edna—. Era la guerra. Nunca olvidaré el frío y la humedad. ¿Os acordáis de que tuve que hacerme un maquillaje con polvo de ladrillo y manteca? Estaba nerviosísima por tener que actuar delante de los soldados. Tenían unas heridas atroces. ¿Te acuerdas de lo que me dijiste, Peg, cuando te pregunté cómo iba a ponerme a bailar y a cantar delante de aquellos pobres chicos destrozados?

—Por fortuna, querida Edna —contestó Peg—, jamás recuerdo nada de lo que digo.

—Bueno, pues te lo recuerdo yo. Dijiste: «Canta más alto, Edna. Baila con más entusiasmo. Míralos a los ojos». Me dijiste: «No te atrevas a humillar a esos chicos tan valientes con tu compasión». Y eso hice. Canté alto y bailé con todas mis fuerzas y los miré a los ojos. No humillé a aquellos chicos tan valientes con mi compasión. Pero qué duro fue, Dios mío.

—Hiciste un gran trabajo —señaló Olive con aprobación.

—Las que hacíais un gran trabajo erais las enfermeras, Olive —replicó Edna—. Recuerdo que teníais disentería y sabañones y decíais: «Bueno, por lo menos no tenemos heridas de bayoneta infectadas, chicas. ¡Así que ánimo!». Erais unas auténticas heroínas. Sobre todo tú, Olive. Siempre que había una emergencia, allí estabas. Nunca se me olvidará.

Al recibir este elogio, el semblante de Olive se iluminó con una extraña expresión. Albricias, creo que se trataba de felicidad, nada menos.

—Edna se dedicaba a interpretar a Shakespeare para los muchachos —me explicó Peg—. Recuerdo que pensé que era una idea pésima. Creía que Shakespeare los mataría de aburrimiento, pero resulta que les encantó.

—Les encantó porque llevaban meses sin ver a una chica inglesa guapa —dijo Edna—. Recuerdo que uno gritó: «¡Esto es mejor que ir al burdel!», cuando terminé el monólogo de Ofelia y sigo pensando que es la mejor crítica que me han hecho en mi vida. Tú actuaste en esa función, Peg. Hiciste de Hamlet. Esas mallas te sentaban de miedo.

—No hice de Hamlet; solo leí el guion —replicó Peg—. Nunca he sabido actuar, Edna. Y detesto *Hamlet.* ¿Has visto alguna vez una representación de *Hamlet* que no te dé ganas de irte a casa y meter la cabeza en el horno? Yo no.

—Ah, pues a mí nuestro *Hamlet* me pareció muy bien —dijo Edna.

—Porque era una versión abreviada —observó Peg—. Que es la única versión que debería haber de las obras de Shakespeare.

—Aunque tu Hamlet era bastante alegre, si no recuerdo mal —señaló Edna—. Quizá el más alegre de la historia.

—¡Pero se supone que *Hamlet* no tiene que ser alegre! —intervino Arthur Watson con expresión perpleja.

Todos callamos. Fue un poco incómodo. Pronto descubriría que Arthur solía causar ese efecto cuando hablaba. Era capaz de poner fin de forma abrupta a la conversación más chispeante con solo abrir la boca.

Todos miramos a Edna para ver cómo reaccionaba al poco inteligente comentario de su marido. Pero le sonreía con cariño.

—Tienes razón, Arthur. *Hamlet* no suele considerarse una obra alegre. Pero Peg aportó su optimismo natural al papel y le dio color a la historia.

—Ah —dijo Arthur—. Bien por ella, entonces. Aunque no sé lo que habría opinado el señor Shakespeare al respecto.

Peg nos sacó del aprieto cambiando de tema.

—El señor Shakespeare se habría revuelto en su tumba, Edna, de haber sabido que se me permitía compartir un escenario con alguien como tú —comentó. A continuación se volvió hacia mí—. Lo que tienes que entender, peque, es que Edna es una de las grandes.

Edna sonrió.

—¡Tampoco soy tan alta, Peg!

—Edna —la corrigió Arthur—, creo que Peg se refiere a que eres muy buena actriz. No está hablando de tu estatura.

—Gracias por la aclaración, querido —le contestó Edna sin asomo de ironía o irritación—. Y gracias a ti por el cumplido, Peg.

Peg siguió hablando:

—Edna es la mejor actriz shakesperiana que conocerás jamás, Vivian. Siempre tuvo un talento especial para ello. Empezó desde la cuna. Dicen que era capaz de recitar los sonetos al revés antes de aprendérselos al derecho.

—Pues habría sido más fácil aprenderlos primero del derecho —murmuró Arthur.

—Muchas gracias, Peg —dijo Edna, por suerte haciendo caso omiso a Arthur—. Siempre has sido muy buena conmigo.

—Tendremos que buscarte una ocupación mientras estés aquí —declaró Peg dándose una palmada en la pierna para mayor énfasis—. Me encantaría que actuaras en una de nuestras horribles obras, pero están muy por debajo de tu talento.

—Nada está por debajo de mi talento, querida Peg. Recuerda que he interpretado a Ofelia con barro hasta las rodillas.

—Pero, Edna, es que no has visto nuestros espectáculos. Te harán echar de menos el barro. Y no puedo pagarte gran cosa; desde luego no lo que te mereces.

—Cualquier cosa es más de lo que podríamos ganar en Inglaterra... y eso si ir a Inglaterra fuera una opción.

—Me gustaría que consiguieras un papel en algún teatro de mayor prestigio —repuso Peg—. En Nueva York hay muchos, o eso dicen. Lo cierto es que jamás he pisado ninguno, pero tengo entendido que existen.

—Lo sé, pero la temporada ya ha empezado —replicó Edna—. A mediados de septiembre los repartos ya están cerrados. Y recuerda que aquí no soy tan conocida, querida. Mientras Lynn Fontanne y Ethel Barrymore sigan vivas, los mejores papeles de Broadway serán para ellas. Aun así, me encantará trabajar mientras estoy aquí... y sé que a Arthur también. Soy versátil, Peg, eso ya lo sabes. Puedo interpretar a una mujer más joven si me colocas al fondo del escenario y con la iluminación adecuada. Puedo hacer de judía, de gitana o de francesa. Y, si me apuras, hasta puedo hacer de chiquillo. Caramba, si hace falta Arthur y yo venderemos cacahuetes en la entrada. Vaciaremos ceniceros. Lo único que queremos es pagar nuestro alojamiento.

—Vamos a ver, Edna —declaró Arthur Watson solemne—. No creo que me guste mucho vaciar ceniceros.

Aquella tarde Edna vio las dos funciones de *¡A bailar, Jackie!* Y disfrutó con nuestro terrible espectáculo más que una niña campesina de doce años que va al teatro por primera vez.

—¡Es divertidísimo! —me dijo entusiasmada cuando los artistas abandonaron el escenario después de los últimos saludos—. Verás, Vivian, yo empecé haciendo este tipo de teatro. Mis padres eran cómicos y yo crecí con funciones como estas. Nací entre bastidores, cinco minutos antes de mi primera interpretación.

Insistió en ir a los camerinos a felicitar a todos los actores y bailarines. Algunos sabían quién era, pero la mayoría no. Para casi todos no era más que una mujer simpática que ensalzaba su trabajo, y eso les bastaba. Los intérpretes formaron un corro alrededor de Edna para empaparse de sus cumplidos.

Hice un aparte con Celia y le dije:

—Es Edna Parker Watson.

—Ah, ¿sí? —dijo Celia sin mostrarse nada impresionada.

—Es una actriz británica famosa. Está casada con Arthur Watson.

—¿Arthur Watson, el de *Las puertas del mediodía*?

—¡Sí! Van a vivir aquí. Han bombardeado su casa de Londres.

—Pero Arthur Watson es joven —dijo Celia con la vista fija en Edna—. ¿Cómo puede estar casado con ella?

—No lo sé —contesté—. Pero es fabulosa.

—Ya. —Celia no parecía muy convencida—. ¿A dónde vamos esta noche?

Por primera vez desde que conocía a Celia, no estuve segura de querer salir. Pensé que me apetecía pasar más tiempo con Edna. Solo por una noche.

—Quiero que la conozcas —dije—. Es famosa y me chifla cómo viste.

Así que llevé a Celia hasta Edna y se la presenté, orgullosa.

Es imposible saber cómo va a reaccionar una mujer cuando le presentan a una corista. Una corista vestida de corista es algo pensado para hacer sentir insignificantes a todas las demás mujeres. Hay que tener mucha seguridad en una misma para no sucumbir a la envidia, para no encogerse ni sentirse eclipsada en presencia de la belleza esplendorosa de una corista.

Pero Edna, la diminuta Edna, tenía esa confianza en sí misma.

—¡Eres espectacular! —le dijo a Celia cuando las presenté—. ¡Qué estatura! Y esa cara. Podrías ser la estrella del Folies Bergère, querida.

—Eso está en París —le expliqué a Celia, quien por suerte no reparó en mi tono condescendiente, concentrada como estaba en los cumplidos de que estaba siendo objeto.

—¿De dónde eres, Celia? —preguntó Edna ladeando la cabeza con curiosidad y dirigiendo toda su atención a mi amiga.

—Soy de aquí. De Nueva York —contestó Celia.

(Como si su acento pudiera haber sido de ningún otro sitio).

—He visto que bailas excepcionalmente bien para una chica de tu estatura. ¿Has estudiado ballet? Por tu postura se diría que te has formado de manera profesional.

—No —dijo Celia, que resplandecía de felicidad.

—¿Y sabes actuar? Seguro que la cámara te adora. Pareces una estrella de cine.

—Actúo un poco. —Y a continuación añadió (con un aire de suficiencia impropio de alguien que solo había hecho de cadáver en una película de serie B)—: No soy demasiado conocida.

—Bueno, pues no tardarás en serlo, si hay justicia en este mundo. Tú persevera, querida. Vas por el buen camino. Tienes una cara que parece hecha para estos tiempos.

No es difícil elogiar a alguien para ganarse sus afectos. Lo que es difícil es hacerlo bien. Todo el mundo le decía a Celia que era guapa, pero nadie le había dicho nunca que se movía como una bailarina de ballet. Nadie le había dicho que tenía una cara hecha para aquellos tiempos.

—¿Sabéis? Me acabo de dar cuenta de una cosa —dijo Edna—. Con tanta emoción, aún no he tenido tiempo de deshacer el equipaje. Me pregunto si me echaríais una mano, chicas.

—¡Claro! —respondió Celia entusiasmada con aspecto de no tener más de trece años.

Y, para mi asombro, en aquel instante la diosa se transformó en doncella.

Cuando llegamos al apartamento del cuarto piso que Edna compartiría con su marido nos encontramos con una montaña de baúles, paquetes y sombrereras en el suelo del cuarto de estar. Una avalancha de equipaje.

—Ay, Dios mío —dijo Edna—. Parece mucho, ¿verdad? Odio daros la lata, chicas, pero ¿nos ponemos manos a la obra?

Por mi parte lo estaba deseando. Me moría de ganas de ver su ropa. Tenía el presentimiento de que sería espléndida, y no me equivocaba. Deshacer el equipaje de Edna fue como una lección en el arte de saber vestir. Pronto entendí que en sus prendas no había nada aleatorio; todas estaban en consonancia con un estilo que definiría como un cruce entre el pequeño lord Fauntleroy y la anfitriona de un salón literario francés.

Desde luego tenía muchas chaquetas, que parecían ser el denominador común de su estilo. Eran todas variaciones de un mismo tema: entalladas, ceñidas y de corte un poco militar. Algunas llevaban remates de astracán; otras, adornos de satén. Algunas parecían elegantes chaquetas de montar, otras eran más informales. Todas llevaban botones dorados de diferentes diseños e iban forradas de sedas de los colores de las piedras preciosas.

—Me las hago a medida —me dijo cuando me sorprendió buscando etiquetas que me dieran información—. Hay un sastre indio en Londres que, con los años, ha aprendido mis gustos. Nunca se cansa de crear chaquetas nuevas para mí y yo nunca me canso de comprarlas.

Y luego estaban los pantalones, tantísimos pares. Algunos eran largos y sueltos, pero otros eran estrechos y parecían terminar por encima del tobillo. («Me acostumbré a usarlos cuando estudiaba baile», dijo de estos. «Todas las bailarinas de París llevaban pantalones así y resultaban de lo más *chic.* Solía llamarlas “la brigada de los tobillos esbeltos”»).

Aquellos pantalones fueron toda una revelación para mí. Nunca había sido demasiado partidaria de los pantalones de mujer hasta que vi lo bien que le sentaban a Edna. Ni siquiera la Garbo o la Hepburn me habían convencido de que una mujer podía ser femenina y glamurosa con pantalones, pero ver las prendas de Edna me hizo comprender de pronto que aquella era la única manera en que una mujer podía resultar femenina y glamurosa.

—Para diario prefiero los pantalones —explicó—. Soy menuda, pero tengo una zancada larga. Necesito poder moverme con libertad. Hace años un reportero escribió de mí que tenía un aire «seductoramente masculino» y desde entonces es mi piropo favorito. ¿Se os ocurre algo mejor?

Celia me miró perpleja, pero yo entendí a la perfección lo que Edna quería decir y me encantó la idea.

Entonces llegamos al baúl que contenía las blusas de Edna. Muchas de ellas llevaban delicadas chorreras o volantes a modo de adorno. La atención al detalle, entendí, es lo que permitía a una mujer llevar un traje y seguir pareciendo una mujer. Había una camisa de crepé de china de cuello alto en el rosa más suave que se pueda imaginar que me enamoró en cuanto la toqué. Entonces saqué otra color marfil de seda finísima, con diminutos botones de perla en el cuello y mangas minúsculas.

—¡Qué blusa tan impecable! —dije.

—Gracias por fijarte, Vivian. Tienes buen ojo. Esa blusita procede de la mismísima Coco Chanel. Me la regaló. Es rarísimo que Coco regale algo a nadie, debí de pillarla en un momento de debilidad. Igual había comido algo que le había sentado mal.

Celia y yo dimos un respingo y yo exclamé:

—¡Conoces a Coco Chanel!

—Nadie conoce a Coco, querida. Ella nunca lo permitiría. Pero sí puedo decir que nos hemos tratado. Fue hace años, cuando actuaba en París y vivía en el Quai Voltaire. En aquella época estaba estudiando francés, que es un buen idioma para una actriz porque te enseña a usar la boca.

Aquella era la combinación de palabras más elegante que había oído yo en mi vida.

—Pero ¿cómo es?

—¿Que cómo es Coco? —Edna hizo una pausa, cerró los ojos y pareció buscar las palabras adecuadas. Abrió los ojos y sonrió—: Coco Chanel es como una anguila escurridiza llena de talento, ambiciosa, inteligente, trabajadora y falta de cariño. Me da más miedo que Coco Chanel pueda conquistar el mundo que lo hagan Hitler o Mussolini. No, estoy de broma: es una persona estupenda. Coco solo es peligrosa cuando empieza a llamarte amiga. Pero es mucho más interesante de lo que estoy dando a entender. Chicas, ¿qué opináis de este sombrero?

De una sombrerera había sacado un sombrero de fieltro que parecía de hombre, pero no lo era en absoluto. Flexible, de color ciruela y adornado con una única pluma roja. Se lo puso y posó con él para nosotras mientras sonreía.

—Te queda de maravilla —dije—, pero no es como los sombreros que se llevan ahora.

—Gracias —repuso Edna—. No soporto los sombreros de moda ahora mismo. Me parece horrible un sombrero que sustituye la agradable simplicidad de las líneas por un amasijo de cosas puestas encima de la cabeza. Un fedora siempre te favorece si está hecho a tu medida. Llevar el sombrero equivocado me incomoda y me pone de malhumor. Y hay tantos sombreros equivocados... Pero, en fin, supongo que los sombrereros también tienen que ganarse la vida.

—Me encanta esto —comentó Celia sacando un fular de seda largo y amarillo y enrollándoselo alrededor de la cabeza.

—¡Muy bien, Celia! —la alabó Edna—. Eres de las poquísimas chicas a las que les queda bien un pañuelo a modo de turbante. ¡Qué suerte tienes! Si yo me lo pusiera así parecería un santón muerto. ¿Lo quieres? Te lo regalo.

—Caramba, ¡gracias! —dijo Celia y se paseó por la habitación en busca de un espejo.

—No sé ni por qué me compré ese pañuelo, chicas. Supongo que ese año estaban de moda los pañuelos amarillos.

¡Y he aquí una lección para vosotras! Lo importante de la moda es que no hay que seguirla siempre, por mucho que digan. Recordad que ninguna moda es obligatoria y que si te vistes solo con lo que se lleva parecerás una persona insegura. París está muy bien, pero no hay que hacer lo que se hace en París solo porque es París, ¿no os parece?

«¡No hay que hacer lo que se hace en París solo porque es París!».

Jamás olvidaré esas palabras. Aquel discurso fue para mí mucho más elocuente que cualquiera de los de Churchill.

Celia y yo empezamos a continuación a deshacer un baúl lleno de los artículos de baño y belleza más deliciosos que se pueda imaginar, productos de aseo personal que nos volvieron locas. Había aceites de baño con aroma a clavel, friegas de alcohol de lavanda, almohadillas perfumadas para aromatizar armarios y cajones y numerosos y tentadores frascos de lociones con instrucciones en francés. Todo de lo más embriagador. Nuestro exceso de entusiasmo me habría avergonzado en otras circunstancias, pero Edna parecía disfrutar de nuestros chillidos y grititos de placer. De hecho, parecía divertirse tanto como nosotras. Tuve la descabellada impresión de que a Edna le gustábamos. Es algo que me pareció curioso entonces y que sigue pareciéndomelo ahora. Las mujeres mayores no siempre disfrutan de la compañía de chicas jóvenes y guapas, por razones obvias. Pero Edna sí.

—Chicas —dijo—, ¡podría pasarme horas viéndoos disfrutar!

Y cómo disfrutamos. Nunca había visto un guardarropa igual. Edna incluso tenía una maleta llena solo de guantes, con cada par envuelto primorosamente en papel de seda.

—Nunca hay que comprar guantes baratos —nos instruyó—. En guantes no hay que ahorrar. Cada vez que tengáis que compraros unos guantes, debéis preguntaros si, de olvidar uno en el asiento trasero de un taxi, os sentiríais huérfanas. Si no es así, no los compréis. Solo hay que comprar guantes tan bonitos que perder uno de ellos te rompa el corazón.

En algún momento entró el marido de Edna, pero, a pesar de lo guapo que era, su presencia resultaba insignificante comparada con el exótico guardarropa de Edna. Esta le dio un beso en la mejilla y lo echó de allí diciendo:

—Los hombres no pueden pasar todavía, Arthur. Ve a tomarte una copa en alguna parte y entretente un rato mientras estas encantadoras chicas terminan. Luego te prometo que encontraré sitio para ti y para tu triste bolsa de lona.

Arthur puso cara enfurruñada, pero obedeció.

Cuando salió Celia dijo:

—¡Menudo bombón!

Pensé que Edna se ofendería, pero se limitó a reír.

—Sí que es, como dices tú, un bombón. Para seros sinceras, nunca he conocido a otro más guapo. Llevamos casados casi diez años y todavía no me he cansado de mirarlo.

—Pero es joven.

Habría querido darle una patada a Celia por su grosería, pero, de nuevo, a Edna no pareció importarle.

—Sí, querida Celia. Es joven, mucho más joven que yo, de hecho. Me atrevo a decir que es uno de mis grandes logros en la vida.

—Pero ¿no te preocupa? —insistió Celia—. Tiene que haber por ahí un montón de pimpollos queriendo echarle el guante.

—Los pimpollos no me preocupan, querida. También se marchitan.

—¡Oooh! —dijo Celia y su semblante se iluminó de admiración.

—Una vez has triunfado por ti misma —explicó Edna—, puedes darte el lujo de casarte con un hombre mucho más joven que tú. Es como una recompensa a tu duro trabajo. Cuando conocí a Arthur no era más que un muchacho, trabajaba de carpintero en una producción de una obra de Ibsen en la que yo actuaba, *Un enemigo del pueblo.* Yo hacía de la señora Stockmann, que es un papel de lo más aburrido. Pero conocer a Arthur animó las cosas mientras la obra estuvo en cartel, y así ha sido desde entonces. Lo quiero muchísimo, chicas. Claro que es mi tercer marido. El primer marido nunca es alguien como Arthur. El mío era funcionario y no me importa confesar que también hacía el amor como un funcionario. El segundo era director de teatro. Una equivocación que no pienso volver a cometer. Y ahora tengo a mi querido Arthur, tan guapo y al mismo tiempo tan de confianza. Mi regalo, hasta el fin de mis días. Lo quiero tanto que hasta adopté su apellido, aunque mis amigos del teatro me aconsejaron que no lo hiciera porque mi nombre ya era conocido. Veréis, nunca adopté los apellidos de mis anteriores maridos. Pero Edna Parker Watson suena muy bien, ¿no os parece? ¿Y qué me dices de ti, Celia? ¿Has tenido algún marido?

Quise decir: «Maridos ha tenido muchos, Edna, pero solo uno era suyo».

—Sí —dijo Celia—. Una vez tuve un marido. Tocaba el saxofón.

—Vaya por Dios. ¿Deduzco entonces que la cosa no duró mucho?

—Pues no, no duró.

Celia se trazó una línea imaginaria sobre la garganta, para indicar, supongo, la muerte del amor.

—¿Y qué hay de ti, Vivian? ¿Estás casada? ¿Comprometida?

—No —contesté.

—¿Hay alguien especial en tu vida?

—No hay nadie demasiado especial —repuse y hubo algo en mi manera de pronunciar la palabra «especial» que hizo reír a Edna.

—Pero alguien sí hay, entonces.

—Hay unos cuantos —dijo Celia y no pude evitar sonreír.

—¡Así se hace, Vivian! —Edna volvió a mirarme, esta vez con admiración—. ¡Cada vez te encuentro más interesante!

Más tarde —debía de ser ya pasada la medianoche—, Peg entró a ver cómo íbamos. Se instaló en una butaca con una copa en la mano y nos miró complacida mientras Celia y yo terminábamos de deshacer el equipaje de Edna.

—Demontre, Edna —dijo—. ¡Cuánta ropa tienes!

—Esto no es más que parte de la colección, Peg. Deberías ver el vestidor que tengo en casa. —Se interrumpió—. Ay, Dios mío, acabo de acordarme de que he perdido todo lo que tenía en casa. Mi contribución a la causa de la guerra, supongo. Es evidente que el señor Goering necesitaba destruir la colección de vestidos que me ha llevado más de treinta años reunir como parte de su plan de salvación de la raza aria. No sé muy bien para qué puede servirle, pero el mal ya está hecho.

Me maravilló el humor con que parecía tomarse la destrucción de su hogar. Lo mismo debió de ocurrirle a Peg, que dijo:

—Tengo que reconocer, Edna, que esperaba encontrarte más afectada por todo lo ocurrido.

—¡Pero, Peg, tú ya me conoces! ¿O se te ha olvidado lo bien que se me da adaptarme a las circunstancias? Una no puede llevar una vida tan improvisada como la mía si se encariña demasiado con las cosas materiales.

Peg sonrió.

—Gentes del espectáculo. Así son —me dijo mientras meneaba la cabeza con expresión admirada.

Celia acababa de sacar un vestido de crepé negro largo hasta el suelo, de cuello alto, mangas largas y un pequeño broche de perlas deliberadamente descentrado.

—Qué preciosidad —dijo.

—Sí que lo es, ¿verdad? —repuso Edna sosteniéndolo contra su cuerpo—. Aunque lo cierto es que con este vestido tengo una relación complicada. El negro puede ser el color más elegante, pero también el más triste, dependiendo del corte. Este vestido me lo he puesto solo una vez y me sentí igual que una viuda griega. Pero lo conservo por el adorno de perlas.

Me acerqué con mucho respeto al vestido.

—¿Puedo? —pregunté.

Edna me dio el vestido y lo extendí en el canapé antes de tocarlo aquí y allá para hacerme una idea más precisa.

—El problema no es el color —diagnostiqué—. El problema son las mangas. La tela de las mangas es más gruesa que la del cuerpo, ¿lo ves? Este vestido debería llevar mangas de gasa, o incluso debería ir sin mangas, que te iría mejor a ti, al ser tan menuda.

Edna estudió el vestido y a continuación me miró sorprendida.

—Me parece que tienes razón, Vivian.

—Te lo puedo arreglar, si estás dispuesta a confiármelo.

—Nuestra Vivvie cose como los ángeles —declaró Celia orgullosa.

—Es verdad —intervino Peg—. Es nuestra catedrática de costura particular.

—Hace el vestuario para los espectáculos —continuó Celia—. Los tutús que llevaban todas esta noche son suyos.

—¿De verdad? —dijo Edna más impresionada de lo que cabría esperar (hasta un gato puede hacer un tutú, Angela)—.

De manera que no solo eres bonita, también tienes talento. ¡Mira por dónde! Y luego dicen que no se puede tener todo en la vida.

Me encogí de hombros.

—Solo sé que puedo arreglar este vestido. También lo acortaría. Te quedaría mejor con un largo hasta media pantorrilla.

—Bueno, me parece que entiendes mucho más de ropa que yo —dijo Edna—, porque ya estaba resignada a relegar este pobre vestido al cajón de las prendas olvidadas. Y me he pasado la noche dándote lecciones de moda y de estilo cuando debería ser yo la que te escuche a ti. Así que dime, querida, ¿dónde aprendiste a entender tan bien un vestido?

No comprendo qué interés podía tener para una mujer de la categoría de Edna Parker Watson escuchar a una joven de diecinueve años parlotear sobre su abuela durante varias horas, pero el caso es que eso fue lo que ocurrió, y lo soportó con generosidad. Más que eso, escuchó cada palabra con gran atención.

En algún momento de mi monólogo, Celia abandonó la habitación. No volvería a verla hasta poco antes de la madrugada, cuando llegó tambaleándose a nuestra cama a la hora de siempre y con la borrachera de siempre. Peg también terminó disculpándose cuando Olive tocó con brusquedad a la puerta y le dijo que hacía tiempo que debía estar en la cama.

Así que Edna y yo terminamos solas, arrellanadas en el canapé de su nuevo apartamento en el Lily, charlando hasta el amanecer. La chica de buenos modales que había en mi interior me decía que no debía monopolizarla así, pero no lograba resistirme a la atención que me prestaba. Edna quiso saberlo todo sobre mi abuela y disfrutó con los pormenores de sus frivolidades y excentricidades. («¡Qué personaje! ¡Debería protagonizar una obra de teatro!»). Cada vez que intentaba pasar a un tema de conversación que no tuviera que ver conmigo, Edna me lo impedía. Tenía una curiosidad sincera por mi amor por la costura y se asombró cuando le dije que era capaz hasta de hacer un corsé de ballenas.

—¡Entonces has nacido para diseñadora de vestuario! —dijo—. La diferencia entre hacer ropa y diseñar vestuario es que los vestidos se cosen, pero el vestuario se crea. Hoy día hay muchas personas que saben coser, pero no muchas saben crear. El vestuario es una parte del atrezo de una función tan importante como los muebles y tiene que ser resistente. Nunca se sabe qué puede ocurrir durante una representación, así que debe estar pensado para cualquier eventualidad.

Le conté a Edna cómo mi abuela siempre encontraba defectos diminutos en los conjuntos que me hacía y me exigía que les pusiera remedio de inmediato. Yo solía decir: «¡Pero si nadie se va a dar cuenta!», pero la abuela Morris contestaba: «Eso no es verdad, Vivian. La gente se dará cuenta, lo que ocurre es que no sabrá cuál es el problema. Solo que hay algo que no está bien. No les des ocasión de hacerlo».

—¡Tenía razón! —señaló Edna—. Por eso pongo siempre tanto cuidado en mi vestuario. Odio cuando un director impaciente dice: «¡Nadie se va a dar cuenta!». Cielos, la de discusiones que he podido tener por ese motivo. Y siempre le contesto al director: «Si me colocas bajo los focos delante de un público de trescientas personas que van a estar mirándome durante dos horas, se darán cuenta de que hay un defecto. Verán defectos en mi pelo, en mi cutis, en mi voz y, por supuesto, también en mi vestuario». No es que los espectadores de teatro sean expertos en moda, Vivian, es que, en ese momento, una vez cautivos en sus butacas, no tienen otra cosa que hacer más que fijarse en tus defectos.

Pensé que había estado todo el verano manteniendo conversaciones adultas, debido a todo el tiempo que pasaba en compañía de un grupo de coristas con mucho mundo, pero que aquella era la primera conversación verdaderamente madura. Era una conversación sobre conocer un oficio, sobre profesionalidad y sobre estética. No había conocido a nadie (excepto a la abuela Morris, claro) que supiera más de costura que yo. Ni que le interesara tanto. Nadie entendía ni respetaba el arte que había en ello.

Podría haberme quedado un siglo o dos hablando con Edna de ropa y vestuario, pero por fin hizo su aparición Arthur Watson y exigió que se le permitiera irse a la «condenada» cama con su «condenada» mujer, y eso puso fin a la velada.

A la mañana siguiente, por primera vez en dos meses, no me desperté con resaca.

10

Para la semana siguiente, mi tía ya había empezado a crear un espectáculo nuevo que pudiera protagonizar Edna. Estaba decidida a dar un empleo a su amiga, y tenía que ser mejor que los que en aquel momento ofrecía el Lily Playhouse, porque no se puede poner a una de las grandes actrices de su tiempo a actuar en *¡A bailar, Jackie!*

En cuanto a Olive, por decirlo suavemente, no tenía claro que aquello fuera buena idea. A pesar de lo mucho que quería a Edna, opinaba que para el negocio no tenía sentido tratar de producir un espectáculo decente (o, para el caso, medio decente) en el Lily: sería estropear una fórmula que funcionaba.

—Nuestros espectadores son pocos, Peg —dijo—, y modestos. Pero son los que tenemos y nos son fieles. Nuestra obligación es serles fieles también. No podemos olvidarnos de ellos por una única obra, y mucho menos por una única actriz, porque pueden no volver. Nuestra tarea es dar un servicio a este vecindario. Y este vecindario no quiere Ibsen.

—Yo tampoco quiero Ibsen —replicó Peg—, pero odio ver a Edna ociosa y odio todavía más ponerla a actuar en una de nuestras obritas cansinas.

—Serán todo lo cansinas que quieras, pero nos sirven para pagar la luz, Peg. Y a duras penas. No hagas nada que ponga eso en peligro.

—Haríamos una comedia —insistió Peg—. Algo que le guste a nuestro público. Pero lo bastante inteligente para que sea digna de Edna.

Se volvió hacia el señor Herbert, sentado como de costumbre a la mesa del desayuno con su indumentaria a base de pantalones caídos y camiseta de tirantes mirando con tristeza a la nada.

—Señor Herbert —preguntó Peg—, ¿crees que serías capaz de escribir una obra que sea divertida e inteligente al mismo tiempo?

—No —respondió el señor Herbert sin levantar la vista.

—Bueno, ¿y en qué estás trabajando ahora mismo? ¿Cuál es el próximo espectáculo que tienes preparado?

—Se titula *Ciudad de mujeres* —contestó—. Te hablé de ella la semana pasada.

—La del bar clandestino —dijo Peg—. Ya me acuerdo. Con *flappers*, gánsteres y esas cosas. ¿De qué trataba exactamente?

El señor Herbert pareció ofendido y confuso al mismo tiempo.

—¿Que de qué trata? —preguntó. Se diría que nunca había pensado que las obras del Lily tuvieran que tratar de alguna cosa.

—Da igual —repuso Peg—. ¿Hay un papel que pueda interpretar Edna?

El señor Herbert pareció de nuevo ofendido y confuso.

—Pues no lo creo —dijo—. Tenemos a una chica ingenua, a un héroe y a un villano. No tenemos a una mujer mayor.

—¿Podría la chica ingenua tener una madre?

—Peg, es huérfana —le hizo notar el señor Herbert—. Eso no se puede cambiar.

Entendí lo que quería decir: la chica inocente tenía que ser huérfana. La historia no tendría sentido si no lo fuera. El público se rebelaría. Empezaría a tirar zapatos y ladrillos a los actores si la chica ingenua no fuera huérfana.

—¿Quién es el propietario del bar en la obra?

—El bar no tiene propietario.

—¿Y no podría tenerlo? ¿Y que fuera una mujer?

El señor Herbert se rascó la frente y dio la impresión de estar sobrepasado. Era como si la tía Peg acabara de pedirle que repintara el techo de la Capilla Sixtina.

—Una cosa así plantea todo tipo de problemas —dijo.

Olive intervino.

—Nadie se va a creer a Edna Parker Watson como dueña de un bar clandestino, Peg. ¿Por qué iba a ser inglesa la dueña de un bar de Nueva York?

A Peg se le borró la sonrisa.

—Demonios, es cierto, Olive. Es esa costumbre tuya de decir cosas sensatas. Me gustaría que no la tuvieras. —Peg estuvo en silencio un largo rato, concentrada. Hasta que, de pronto, exclamó—: Maldita sea, ojalá estuviera aquí Billy. Podría escribir algo fabuloso para Edna.

Aquello sí que despertó mi interés.

Por un lado, era la primera vez que oía maldecir a mi tía. Pero también era la primera vez que la oía pronunciar el nombre del marido del que vivía separada. Y no fui la única sorprendida al oír el nombre de Billy Buell. Olive y el señor Herbert se habían quedado como si alguien les hubiera vaciado en la cabeza un cubo lleno de hielo.

—Eso sí que no, Peg —dijo Olive—. No llames a Billy. Por favor, sé sensata.

—Puedo añadir el personaje que quieras —propuso el señor Herbert repentinamente colaborador—. Dime lo que necesitas y lo haré. Pues claro que el bar clandestino puede tener una dueña. Y puede ser inglesa.

—Billy quiere tanto a Edna... —Peg parecía estar hablando consigo misma—. Y la ha visto actuar. Sabrá cómo sacarle mejor provecho.

—No es buena idea que Billy participe en nada de lo que hacemos, Peg —insistió Olive en tono de advertencia.

—Voy a llamarlo. Solo para que me dé algunas ideas. Ese hombre es todo ideas.

—Son las cinco de la madrugada en la costa oeste —señaló el señor Herbert—. ¡No son horas de telefonear!

Era un espectáculo fascinante. No cabía duda de que el nivel de nerviosismo en la habitación había subido al máximo con la mera mención del nombre de Billy.

—Entonces lo llamaré por la tarde —replicó Peg—. Aunque tampoco es seguro que esté despierto para entonces.

—Peg, no, por favor —suplicó Olive hundida en lo que parecía una sombría desesperación.

—Solo para que me dé algunas ideas, Olive —dijo Peg—. ¿Qué tiene de malo una llamada de teléfono? Le necesito, Olive. Como he dicho, ese hombre es todo ideas.

Aquella noche, después de la función, Peg nos llevó a todos a cenar a Dinty Moore, en la calle Cuarenta y seis. Estaba triunfal. Había hablado con Billy aquella tarde y quería contarnos a todos su idea para una obra.

En la cena estábamos, además de mí, los Watson; el señor Herbert; Benjamin, el pianista (era la primera vez que lo veía fuera del teatro), y Celia, porque Celia y yo no nos separábamos.

—Escuchad —dijo Peg—, Billy ya lo ha resuelto todo. Al final vamos a hacer *Ciudad de mujeres* y se va a desarrollar durante la ley seca. Será una comedia, por supuesto. Edna, tú harás de dueña del bar clandestino. Pero para que la historia tenga sentido y sea divertida, Billy dice que tienes que ser una aristócrata, para que tu refinamiento natural no choque sobre el escenario. Tu personaje será una mujer de posibles que termina metida en el negocio del alcohol de contrabando más o menos por accidente. Lo que sugiere Billy es que tu marido murió y a continuación perdiste todo tu dinero en el desplome del mercado de valores. Entonces, para salir adelante, te dedicaste a destilar ginebra y montaste un casino en tu mansión. De ese modo, Edna, puedes conservar esa finura que te hace tan famosa y tan querida y al mismo tiempo participar en una revista cómica con coristas y bailarinas, que es lo que le gusta a nuestro público. Yo creo que es una idea genial. Billy dice que sería divertido si el club tuviera también un burdel.

Olive frunció el ceño.

—No me gusta la idea de que la obra se desarrolle en un burdel.

—¡A mí sí! —dijo Edna radiante de alegría—. ¡Me encanta todo! Seré la *madame* de un burdel y la dueña de un bar clandestino. ¡Qué maravilla! No os podéis imaginar qué bálsamo supondrá para mí hacer una comedia después de tanto tiempo. En las últimas cuatro obras que he hecho era o una mujer deshonrada que había asesinado a su marido, o una esposa abnegada cuyo marido había sido asesinado por una mujer deshonrada. Tanta tragedia resulta agotadora.

Peg sonreía de oreja a oreja.

—Podéis decir lo que queráis de Billy, pero es un genio.

Olive puso cara de querer decir muchas cosas de Billy, pero se las guardó.

Entonces Peg se dirigió a nuestro pianista.

—Benjamin, necesito que la música de este espectáculo sea excepcional. Edna tiene una espléndida voz de contralto y me gustaría que se la oiga como es debido en el Lily. Dale canciones que sean más rápidas que esas baladas sentimentales que por lo general te pido. O cópiale algo a Cole Porter, como has hecho alguna vez. Pero que sea bueno. Quiero que esta obra sea una sensación.

—Yo no copio a Cole Porter —puntualizó Benjamin—. Ni a él ni a nadie.

—Ah, ¿no? Pues siempre he pensado que sí, porque tu música suena parecidísima a la suya.

—Pues no sé muy bien cómo tomarme eso —dijo Benjamin.

Peg se encogió de hombros.

—Igual es Cole Porter el que te copia a ti, Benjamin. ¿Quién sabe? Lo que yo quiero es que me hagas unas melodías maravillosas. Y asegúrate de darle algo a Edna con lo que pueda lucirse.

Luego se volvió hacia Celia y dijo:

—Celia, ¿te gustaría hacer de chica ingenua?

El señor Herbert hizo ademán de intervenir, pero Peg lo hizo callar con un gesto de la mano.

—A ver, escuchadme todos. Esta chica ingenua va a ser distinta. No quiero que nuestra protagonista sea una pobre huerfanita de ojos como platos y vestida de blanco. Tal y como yo la veo, es una chica de lo más provocadora en su manera de andar y hablar, es decir, alguien como tú, Celia, pero que de alguna manera no ha perdido su pureza. Sensual, pero con un aire de inocencia.

—Una puta con corazón de oro —dijo Celia, que era más inteligente de lo que parecía.

—Exacto —confirmó Peg.

Edna le tocó el brazo a Celia.

—Digamos que tu personaje es una «pecadora».

—Lo puedo hacer muy bien. —Celia se sirvió otra chuleta de cerdo—. Señor Herbert, ¿cuántas líneas tengo?

—¡No lo sé! —contestó el señor Herbert con expresión cada vez más infeliz—. No sé cómo escribir una obra sobre una... «pecadora».

—Yo me puedo inventar cosas —dijo Celia hecha toda una dramaturga.

Peg se volvió hacia Edna.

—¿Sabes lo que me dijo Billy cuando le conté que estabas aquí, Edna? Dijo: «Vaya, qué envidia me da Nueva York ahora mismo».

—¿De verdad?

—De verdad. El muy coqueto. También dijo: «Ándate con ojo porque con Edna nunca se sabe lo que va a hacer sobre el escenario. Unas veces es excelente y otras perfecta».

A Edna se le iluminó la cara.

—Es encantador por su parte. Nadie como Billy para hacer que una mujer se sienta atractiva, y en ocasiones durante más de diez minutos consecutivos. Peg, quiero preguntarte una cosa: ¿tienes un papel para Arthur?

—Pues claro que lo tengo —contestó Peg y en aquel momento me di cuenta de que no era así. De hecho, saltaba a la vista que se había olvidado por completo de la existencia de Arthur. Pero allí estaba él, sentado con toda su belleza descerebrada, esperando un papel igual que espera un labrador retriever una pelota—. Pues claro que tengo un papel para Arthur —repitió Peg—. Quiero que haga... —vaciló, pero solo durante un brevísimo instante (tan breve que solo si conocías a Peg podrías haber reparado en que había vacilado)— de agente de policía. Sí, Arthur, quiero que hagas del policía que no hace más que intentar cerrar el bar y que está enamorado del personaje de Edna. ¿Crees que podrás imitar el acento americano?

—Puedo hacer cualquier acento —dijo Arthur ofendido y en ese instante supe que era incapaz de imitar el acento americano.

—¡Un policía! —Edna juntó las manos—. ¡Y que se enamora de mí, cariño! ¡Cómo lo vamos a pasar!

—Nadie me había dicho nada sobre un policía —dijo el señor Herbert.

—Eso sí que no, señor Herbert —repuso Peg—. El policía siempre ha estado en la obra.

—¿Qué obra?

—La que empezarás a escribir mañana en cuanto amanezca.

Por un momento pareció que al señor Herbert iba a darle un ataque de nervios.

—¿Voy a tener algún solo? —preguntó Arthur.

—Ah —dijo Peg. De nuevo hubo una mínima pausa—. Sí. Benjamin, asegúrate de que escribes una canción para Arthur tal y como hablamos. La canción del policía, por favor.

Benjamin le sostuvo la mirada a Peg y repitió con un ligerísimo tono de sarcasmo:

—La canción del policía.

—Exacto, Benjamin. Como ya hemos hablado.

—¿Te parece que copie algo de Gershwin?

Pero Peg ya había dirigido su atención a mí.

—¡Vestuario! —exclamó con alegría y casi no había terminado de pronunciar la palabra cuando Olive anunció:

—No va a haber presupuesto para vestuario.

A Peg se le borró la sonrisa.

—Porras, se me había olvidado.

—No pasa nada —dije—. Lo compraré todo en Lowtsky's. Los vestidos de las *flappers* son muy sencillos.

—Maravilloso, Vivian —contestó Peg—. Sé que lo harás muy bien.

—Pero con un presupuesto ajustado —añadió Olive.

—Muy ajustado —accedí—. Incluso usaré mi asignación mensual si hace falta.

Continuó la conversación y todos, a excepción del señor Herbert, se fueron entusiasmando y comenzaron a hacer sugerencias para la obra. Yo fui un momento al tocador y cuando salí estuve a punto de tropezarme con un apuesto joven de corbata ancha y expresión algo lobuna que me esperaba en el pasillo.

—Oye, tu amiga está cañón —dijo señalando a Celia con la cabeza—. Y tú también.

—Eso nos dicen —contesté sosteniéndole la mirada.

—¿Queréis veniros conmigo? —me preguntó saltándose los preliminares—. Tengo un amigo con coche.

Lo estudié con mayor atención. Tenía pinta de chico muy malo. Un lobo con malas intenciones. No era alguien que conviniera a una buena chica.

—Puede que sí —respondí, y era verdad—, pero antes tenemos que terminar una reunión con nuestros socios.

—¿Vuestros socios? —dijo desdeñoso mientras miraba hacia la mesa con su extraña y variada colección de personas: una corista de infarto, un hombre desaliñado de pelo blanco en mangas de camisa, una mujer de mediana edad alta y mal vestida, una mujer de mediana edad de poca estatura y físico vulgar, una mujer fina vestida con elegancia, un hombre llamativamente guapo con un perfil teatral y un joven negro con un traje de raya diplomática—. ¿A qué te dedicas, muñeca?

—Somos gentes de teatro —repuse.

Como si no saltara a la vista.

A la mañana siguiente me levanté temprano, como de costumbre, con la resaca habitual del verano de 1940. Me apestaba el pelo a sudor y a cigarrillos y mis extremidades estaban enredadas con las de Celia. (Al final habíamos salido con el lobo y su amigo —seguro que te has quedado estupefacta al leerlo— y había sido una noche agotadora. Me sentía como si acabaran de pescarme del canal Gowanus).

Me dirigí a la cocina, donde encontré al señor Herbert sentado con la frente apoyada en la mesa y las manos cruzadas cortésmente en el regazo, una postura nueva en él, un umbral aún más bajo de desaliento, me atrevería a decir.

—Buenos días, señor Herbert —le saludé.

—Quien tenga pruebas de ello que las presente —contestó sin despegar la frente de la mesa.

—¿Qué tal se encuentra hoy? —pregunté.

—Campante. Espléndido. Exaltado. Como un sultán en su palacio.

Seguía sin levantar la cabeza.

—¿Qué tal va el libreto?

—Ten compasión, Vivian. Deja de hacer preguntas.

A la mañana siguiente encontré al señor Herbert en idéntica postura y lo mismo ocurrió las mañanas sucesivas. No sabía que alguien pudiera estar tanto tiempo sentado con la frente apoyada en una mesa sin que le diera un aneurisma. No levantaba cabeza, ni en el sentido literal ni en el figurado. Mientras tanto, su cuaderno seguía intacto.

—¿Crees que lo conseguirá? —le pregunté a Peg.

—No es fácil escribir una obra, Vivian —respondió—. El problema es que le he pedido que escriba algo bueno, cosa que no ha hecho nunca. Lo he desconcertado. Pero míralo de esta manera. Durante la guerra los ingenieros del ejército británico siempre decían: «Se pueda o no se pueda, ¡nosotros podemos!». Así también es como funciona el teatro, Vivian. ¡Como la guerra! A menudo pido a las personas que hagan más de lo que son capaces... o al menos lo hacía, antes de volverme vieja y blanda. De modo que sí, tengo plena confianza en el señor Herbert.

Yo no la tenía.

Una noche que Celia y yo llegamos tarde y borrachas como de costumbre, tropezamos con un cuerpo tumbado en el suelo del salón. Celia dio un grito. Yo encendí la luz y vi que era el señor Herbert tumbado de espaldas en la alfombra, con la vista fija en el techo y las manos dobladas encima del pecho. Por un atroz momento pensé que estaba muerto. Entonces pestañeó.

—¡Señor Herbert! —exclamé—. ¿Qué está haciendo?

—Profetizando —contestó sin moverse.

—¿Profetizando el qué? —dije arrastrando las palabras.

—La fatalidad —respondió.

—Muy bien, pues que pase buena noche.

Apagué la luz.

—Espléndido —susurró y Celia y yo nos fuimos dando tumbos a nuestra habitación—. Eso voy a hacer.

Mientras el señor Herbert sufría, el resto nos pusimos a crear una obra para la que aún no teníamos libreto.

Peg y Benjamin ya habían empezado a trabajar en las canciones y se pasaban las tardes sentados al piano de cola probando melodías e ideas.

—Quiero que el personaje de Edna se llame señora Alabaster —dijo Peg—. Suena ostentoso y rima con un montón de palabras.

—Gánster, hámster, pollastre. O sastre, pillastre, desastre —dijo Benjamin—. Puedo hacerlo.

—Olive no te va a dejar usar «pollastre». Pero sé más ambicioso. En el primer número, cuando la señora Alabaster ha perdido toda su fortuna, que la canción tenga mucho texto, para demostrar lo fina que es. Usa palabras más complejas para la rima. Sollastre. Codaste. Olisqueaste.

—O el coro podría repetir una serie de preguntas sobre ella —sugirió Benjamin—. Como, por ejemplo: ¿Quién le preguntó? ¿Qué le pasó? ¿Quién la agarró?

—¡Oh, Dios mío! ¡La atacó!

—Ese gánster, qué desastre... Pobre señora Alabaster.

—La destrozó. La desplumó. Es más pobre que un pastor.

—Un momento, Peg. —De pronto Benjamin dejó de tocar—. Mi padre es pastor de la iglesia y no es pobre.

—No te pago para que levantes las manos de esas teclas, Benjamin. Tú sigue improvisando. Ya casi lo tenemos.

—No me pagas en cualquier caso —dijo Benjamin cruzándose de brazos—. ¡Llevas tres semanas sin pagarme! Y, por lo que sé, sin pagar a nadie.

—¿Es eso cierto? —preguntó Peg—. ¿Y de qué vives?

—De ilusión. Y de las sobras de tus cenas.

—¡Lo siento, peque! Hablaré con Olive. Pero en otro momento. Ahora empieza desde el principio, pero añadiendo eso que estabas tocando un día cuando entré y te dije que me gustaba. ¿Te acuerdas? Era domingo y estaban retransmitiendo el partido de los Giants por la radio.

—Ni siquiera sé de qué me estás hablando, Peg.

—Toca, Benjamin. Tú sigue tocando y llegaremos a ello. Después quiero que compongas una canción para Celia titulada *Algún día seré una buena chica.* ¿Crees que podrás componer una canción con ese título?

—Puedo componer cualquier cosa, si me das de comer y me pagas.

En cuanto a mí, estaba diseñando el vestuario del elenco, pero sobre todo el de Edna.

A Edna le preocupaba ser «engullida» por los vestidos sin cintura estilo años veinte que me había visto esbozar.

—Ese estilo de vestidos no me favorecía cuando era joven y bonita —dijo—, así que no creo que me vayan a favorecer ahora que estoy mayor y marchita. Tienes que ceñírmelos de alguna manera. Ya sé que no era la moda de la época, pero tendrás que falsearla. Además, ahora mi cintura se ha ensanchado más de lo que me gustaría. Que la ropa no me la resalte, por favor.

—Yo no veo que se haya ensanchado —repliqué, y era sincera.

—Pues así ha sido. Pero no te preocupes. La semana anterior al estreno me alimentaré de agua de arroz, pan tostado, aceite mineral y laxantes, como siempre. Adelgazaré. Pero de momento hazlos todos con escudetes, para que luego puedas meterme la cintura. Y, si voy a tener que bailar mucho, necesitaré costuras a prueba de bombas. Me estás entendiendo, ¿verdad, querida? No quiero que se me suelte nada a la vista de todos. Por suerte, aún cuento con buenas piernas, así que no tengas miedo de enseñarlas. ¿Qué más? Ah, sí, tengo los hombros más estrechos de lo que parecen. Y soy muy cuellicorta, así que ándate con cuidado, sobre todo si tienes intención de ponerme un sombrero más grande de lo habitual. Si me haces parecer un bulldog francés rechoncho, nunca te lo perdonaré, Vivian.

Cuánto respeto me inspiraba el conocimiento profundo que tenía aquella mujer de las particularidades de su físico. La mayoría de las mujeres no tiene ni idea de lo que les sienta bien y lo que no. Pero Edna era la perfección personalizada. Me di cuenta de que coser para ella iba a ser un curso en confección de vestuario teatral.

—Estás diseñando para el teatro, Vivian —me dijo—. Tienes que dar más importancia a la forma que al detalle. Recuerda que el espectador más cercano estará a diez pasos. Tienes que pensar en el conjunto. Colores vistosos, líneas limpias. El vestuario es paisaje, no retrato. Y quiero unos vestidos impecables, pero que tampoco sean la estrella de la función. No me hagas sombra, querida. ¿Me entiendes?

Claro que la entendía. Y cómo me gustó el tono de aquella conversación. Me encantaba estar con Edna. Para ser sincera, me estaba enamorando de ella. Casi había reemplazado a Celia como objeto de mi devoción incondicional. Celia seguía siendo fascinante, por supuesto, y aún salíamos juntas por la ciudad, pero ya no la necesitaba tanto. Edna tenía un grado de glamur y de refinamiento que me seducía más que cualquier cosa que pudiera ofrecerme Celia.

Diría que Edna era alguien que «hablaba mi mismo idioma», pero faltaría a la verdad, porque entonces yo aún no estaba tan versada en moda como ella. Sería más exacto decir que Edna Parker Watson fue la primera hablante nativa que conocí del lenguaje que ansiaba dominar. El lenguaje del arte de vestir.

Unos días más tarde llevé a Edna a Lowtsky's Used Emporium and Notions en busca de telas e ideas. Estaba un poco nerviosa por el hecho de llevar a alguien de gustos tan refinados a aquel abrumador bazar de ruido, telas y colores (para ser sincera, solo el olor habría bastado para disuadir a la mayoría de clientes exclusivos), pero Edna enseguida se entusiasmó con Lowtsky's como solo lo haría alguien que entiende de verdad de ropa y de tejidos. También le encantó la joven Marjorie Lowtsky, que nos saludó en la puerta con su habitual: «¿Qué os hace falta?».

Marjorie era la hija de los propietarios y, en el curso de mis compras de los últimos meses, había llegado a conocerla bien. Era una chica de catorce años alegre, enérgica y con cara de pan que siempre llevaba indumentarias de lo más excéntricas. Aquel día, por ejemplo, vestía el conjunto más disparatado que había visto en mi vida: zapatos de gruesas hebillas (como el colono de un dibujo infantil de Acción de Gracias), una capa de brocados dorados con casi medio metro de cola y un gorro de cocinero francés decorado con un enorme broche con un rubí de imitación. Debajo de todo eso llevaba el uniforme escolar. Estaba ridícula, como siempre, pero Marjorie Lowtsky no era ninguna payasa. El señor y la señora Lowtsky no hablaban inglés demasiado bien, de manera que Marjorie había sido la encargada de hablar por ellos desde su tierna infancia. A pesar de su juventud, conocía el negocio de ropa usada a la perfección y era capaz de tomar nota de pedidos y de amenazar en cuatro idiomas: ruso, francés, yiddish e inglés. Era una chica extraña, pero su ayuda se había convertido en algo esencial para mí.

—Necesitamos vestidos de los años veinte, Marjorie —dije—. Vestidos de los buenos. De señoras ricas.

—Entonces será mejor que empecéis por arriba. Por la Colección.

Lo que llamaban con cierta arrogancia la «Colección» era un rincón de la tercera planta donde los Lowtsky vendían sus hallazgos más especiales y preciados.

—Ahora mismo no tenemos presupuesto para la Colección.

—Así que buscáis vestidos de rica pero a precio de pobre.

Edna rio.

—Has entendido nuestras necesidades a la perfección, querida.

—Eso es, Marjorie —confirmé—. Hemos venido a rebuscar, no a gastar.

—Empezad por allí —dijo Marjorie señalando la parte trasera del edificio—. Lo que hay junto al muelle de carga es lo que ha llegado en los últimos días. Mamá ni siquiera lo ha mirado aún. Igual tenéis suerte.

Los contenedores de Lowtsky's no eran para pusilánimes. Eran enormes contenedores industriales de lavandería repletos de telas que los Lowtsky compraban y vendían al peso, desde monos viejos de trabajadores, ropa interior trágicamente sucia a restos de tapicerías, tela de paracaídas o blusas gastadas de seda pongé, pañuelos de encaje francés, pesadas cortinas o el preciado traje de cristianar en satén de tu tatarabuelo. Rebuscar en ellos era una labor ardua y sudorosa, un acto de fe. Tenías que creer que podía haber un tesoro entre toda aquella basura y tenías que buscarlo con convicción.

Edna, para mi gran admiración, enseguida se puso manos a la obra. Tuve la impresión de que era algo que ya había hecho antes. Hombro con hombro, contenedor tras contenedor, rebuscamos en silencio sin saber lo que buscábamos.

Al cabo de una hora más o menos, de pronto oí a Edna gritar: «¡Ajá!», y cuando levanté la mirada la vi agitar triunfal algo sobre su cabeza. Y tenía motivos para mostrarse exultante, porque su hallazgo resultó ser un vestido de noche estilo años veinte en chifón de seda rematado en terciopelo y adornado con perlas de cristal e hilo de oro.

—¡Pero bueno! —exclamé—. ¡Es perfecto para la señora Alabaster!

—Desde luego —dijo Edna—. Y mira qué maravilla. —Le dio la vuelta al cuello de la prenda para dejar a la vista la etiqueta original: «Lanvin, Paris»—. Apuesto a que alguien *très riche* compró este vestido en Francia hace veinte años y casi no se lo puso, a juzgar por su estado. Es exquisito. ¡Cómo centelleará en el escenario!

Al instante se nos unió Marjorie Lowtsky.

—¿Qué habéis encontrado, peques? —dijo la única verdadera peque que había allí.

—Ni se te ocurra, Marjorie —la advertí. Hablaba en broma, pero solo a medias porque de pronto temí que nos quitara el vestido para venderlo en la Colección del piso de arriba—. Las reglas son las reglas. Edna ha encontrado este vestido en los contenedores, sin hacer trampas.

Marjorie se encogió de hombros.

—En el amor y en la guerra todo vale —contestó—. Pero es un vestido bueno. Aseguraos de esconderlo bajo un montón de trapos cuando mamá os lo cobre. Si se entera de que lo he dejado escapar me asesina. Os voy a traer una bolsa y algunos retales para esconderlo.

—Ay, Marjorie. Gracias —dije—. Eres mi chica favorita.

—Tú y yo somos cómplices —respondió regalándome una sonrisa torcida—. Eso sí, cierra el pico. Supongo que no querrás que me despidan.

Mientras Marjorie se alejaba, Edna la miró con asombro.

—¿Acaba de decir esa niña que todo vale en el amor y en la guerra?

—Te dije que te iba a gustar Lowtsky's —repuse.

—¡Que si me gusta Lowtsky's! Y este vestido me vuelve loca. Y tú ¿qué has encontrado, querida?

Le di un delgado *negligé* de un tono fucsia intenso que hacía daño a los ojos. Lo cogió, se lo acercó al cuerpo e hizo una mueca de desagrado.

—No, querida. Yo esto no me lo puedo poner. El público sufrirá aún más que yo.

—No, Edna. No es para ti. Es para Celia —dije—. Para la escena de la seducción.

—Cielo santo. Claro que sí. Eso tiene más lógica. —Edna examinó con atención el *negligé* y negó con la cabeza—. Caramba. Vivian, como hagas subir a esa chica al escenario con esta cosa tan diminuta vamos a triunfar. Los hombres harán cola a la puerta. ¡Será mejor que empiece pronto con mi régimen de agua de arroz o de lo contrario nadie se fijará en mi triste figura!

11

Cumplí veinte años el 7 de octubre de 1940.

Celebré mi primer cumpleaños en Nueva York tal y como puedes suponer. Salí con las coristas. Nos camelamos a unos chicos ricos. Nos bebimos una hilera detrás de otra de cócteles que no pagamos; nos divertimos a más no poder y cuando quisimos darnos cuenta estábamos intentando llegar a casa antes de que saliera el sol con la sensación de nadar contracorriente en un sumidero.

Dormí lo que me parecieron ocho minutos y me desperté en mi habitación con una sensación de lo más extraña. Algo no encajaba. Tenía resaca, por supuesto —era posible incluso que siguiera borracha—, pero, aun así, había algo raro. Busqué a Celia para ver si estaba allí conmigo y mi mano rozó piel conocida. Así que por ese lado todo normal.

Solo que olía a humo.

A humo de pipa.

Me senté y al momento mi cabeza se arrepintió de esa decisión. Me recosté en la almohada, me atreví a tomar aire varias veces, pedí disculpas a mi cráneo por el ataque y lo intenté de nuevo, esta vez más despacio y de forma más respetuosa.

Mientras se me acostumbraban los ojos a la tenue luz de la mañana, distinguí una silueta sentada en una butaca al otro lado de la habitación. Una silueta masculina. Fumaba en pipa y nos miraba.

¿Había traído Celia compañía la noche anterior? ¿O yo?

Me entró el pánico. Celia y yo éramos unas libertinas, como ya he dejado claro, pero yo siempre había respetado lo bastante a Peg (o más bien temido a Olive) como para no permitir visitas masculinas en nuestro dormitorio en la planta superior del Lily. ¿Cómo había podido pasar aquello?

—Imagina mi alegría —dijo el desconocido mientras volvía a encender su pipa— al volver a casa y encontrarme a dos chicas en mi cama. Y las dos despampanantes. Es como ir a la nevera a por leche y encontrarte una botella de champán. O, para ser exactos, dos botellas de champán.

Mi cerebro seguía sin procesar la información.

Hasta que de pronto lo hizo.

—¿Tío Billy? —pregunté.

—Ah, ¿que eres mi sobrina? —se asombró el hombre y se echó a reír—. Maldición. Eso limita nuestras posibilidades de manera considerable. ¿Cómo te llamas, encanto?

—Soy Vivian Morris.

—Ahhhhh —dijo—. Ahora ya lo entiendo. Eres mi sobrina de verdad. Qué descorazonador. Supongo que a la familia no le parecería bien que te hiciera proposiciones indecentes. Es posible incluso que no me pareciera bien a mí. Con la edad me he vuelto un hombre de principios. Caramba, caramba. ¿La otra es sobrina mía, también? Espero que no. No tiene aspecto de ser sobrina de nadie.

—Esta es Celia —repuse señalando el cuerpo hermoso e inconsciente de Celia—. Mi amiga.

—Tu amiga íntima —observó el tío Billy en tono divertido—, a juzgar por cómo dormís. ¡Qué moderna, Vivian! Me parece excelente. No te preocupes, no se lo diré a tus padres. Aunque estoy seguro de que encontrarían la manera de echarme la culpa, si llegaran a enterarse.

Balbuceé:

—Si-siento lo de...

No sabía muy bien cómo terminar la frase. ¿Siento haberme apropiado de tu apartamento? ¿Siento haberme agenciado tu cama? ¿Siento que haya unas medias todavía húmedas que pusimos a secar delante de tu chimenea? ¿Siento las manchas anaranjadas de maquillaje que hemos dejado en tu alfombra blanca?

—No tiene importancia, no vivo aquí. El Lily es la niña de los ojos de Peg, no de los míos. Yo siempre me alojo en el Racquet and Tennis Club. Nunca he dejado de pagar los recibos, aunque Dios sabe que son caros. Pero se está más tranquilo y no tengo que dar cuentas a Olive.

—Pero estas habitaciones son tuyas.

—Solo de nombre, por cortesía de tu tía Peg. He venido a coger mi máquina de escribir, que, ahora que me doy cuenta, parece haber desaparecido.

—La metí en el armario de la ropa blanca, en el pasillo de fuera.

—Ah, ¿sí? Tú haz como si estuvieras en tu casa, niña.

—Lo siento... —empecé a decir, pero me interrumpió otra vez.

—Estoy bromeando. Puedes quedarte aquí. En cualquier caso, no vengo mucho por Nueva York. No me gusta el clima. Me irrita la garganta. Y es la mejor ciudad para echar a perder tu mejor par de zapatos blancos.

Tenía muchas preguntas, pero me impedían formularlas la boca seca y con sabor a rayos y una bruma alcohólica que envolvía mi cerebro. ¿Qué hacía allí el tío Billy? ¿Quién le había abierto la puerta? ¿Por qué iba vestido de esmoquin a aquella hora de la mañana? Y yo: ¿qué llevaba puesto? Al parecer solo unas bragas y que ni siquiera eran mías, sino de Celia. Entonces, ¿qué llevaba puesto ella? ¿Y dónde estaba mi vestido?

—Bueno, pues ya me he divertido un rato —dijo Billy—. He disfrutado de mi pequeña fantasía de tener a unos ángeles en mi cama. Pero acabo de caer en la cuenta de que eres familia mía y una menor. Así que te voy a dejar y voy a ver si encuentro café en este lugar. Tú también tienes aspecto de necesitar un café. Una cosa te digo: espero que esto de emborracharte y meterte en la cama con una mujer hermosa sea algo que haces todas las noches. No se me ocurre manera mejor de emplear el tiempo. Me haces sentirme muy orgulloso de ser tu tío. Nos vamos a llevar a las mil maravillas.

De camino a la puerta, preguntó:

—Por cierto, ¿a qué hora se levanta Peg?

—Por lo general hacia las siete —contesté.

—Excelente —dijo consultando su reloj—. Me muero de ganas de verla.

—Pero ¿cómo has llegado hasta aquí? —pregunté como una tonta.

Lo que quería decir era cómo había llegado hasta la habitación (una pregunta estúpida, porque sin duda la tía Peg se habría asegurado de que su marido, o exmarido, o lo que fuera, tuviera un juego de llaves). Pero se tomó la pregunta en sentido literal.

—Pues en el Twentieth Century Limited. Es la única manera cómoda de viajar de Los Ángeles a Nueva York, si te lo puedes permitir. El tren hizo una parada en Chicago para que se subieran algunos mandamases de la industria cárnica. Doris Day hizo todo el trayecto en mi vagón. Estuvimos jugando al gin rummy mientras cruzábamos las grandes llanuras. Doris es muy buena compañía. Una gran chica. Mucho más divertida de lo que te imaginas, dada su reputación de santurrona. Llegué anoche, fui directo al club, fui a hacerme la manicura y a cortarme el pelo, luego a visitar a unos vagos, maleantes y otras gentes de baja estofa antiguos amigos míos y luego aquí a coger mi máquina de escribir y saludar a la familia. Ponte una bata, niña, y acompáñame a ver si consigo que alguien de este tugurio me dé de desayunar. Te interesa ver lo que está a punto de pasar.

Una vez conseguí incorporarme y ponerme vertical, me dirigí a la cocina, donde me encontré a una pareja de lo más peculiar.

A un extremo de la mesa estaba el señor Herbert con sus tristes pantalones y camiseta de siempre, su pelo blanco revuelto y sin solución y su café instantáneo. Al otro estaba mi tío Billy, alto, esbelto, con un elegante esmoquin y bronceado por el sol californiano. Más que sentado, Billy parecía arrellanado, con expresión de relajado placer mientras disfrutaba de un whisky escocés en vaso alto. Se daba un aire a Errol Flynn. Eso sí, un Errol Flynn demasiado perezoso para batirse en duelo.

Dicho en pocas palabras: uno de los dos hombres tenía pinta de irse a trabajar a una mina de carbón, el otro a una cita con Rosalind Russell.

—Buenos días, señor Herbert —dije siguiendo nuestra costumbre.

—Me asombraría descubrir que de verdad lo son —contestó.

—No he encontrado el café y me sentía incapaz de tomarme uno instantáneo —explicó Billy—, así que he optado por el whisky. En tiempo de guerra, cualquier hoyo es trinchera. Igual te viene bien un sorbo, Vivian. Por tu aspecto diría que te duele la azotea.

—Estaré bien en cuanto me haya tomado un café —respondí no muy convencida.

—Me dice Peg que estás trabajando en un libreto —le comentó Billy al señor Herbert—. Me encantaría echarle un vistazo.

—No hay gran cosa que ver —repuso el señor Herbert mirando con tristeza el cuaderno de notas que tenía delante.

—¿Puedo? —preguntó Billy y cogió el cuaderno.

—Preferiría... Bueno, da igual —contestó el señor Herbert, un hombre que siempre se las arreglaba para ser derrotado antes incluso de la batalla.

Billy hojeó despacio el cuaderno del señor Herbert. El silencio era doloroso. El señor Herbert tenía la vista fija en el suelo.

—Esto parecen solo listas de chistes —dijo Billy—. Ni siquiera son chistes todos, solo frases divertidas. Y hay muchos dibujos de pájaros.

El señor Herbert se rindió, encogiendo los hombros.

—Si surgen ideas mejores, espero que se me informe.

—Por lo menos los pájaros no están mal. —Billy dejó el cuaderno en la mesa.

Tuve ganas de proteger al pobre señor Herbert, cuya reacción a las provocaciones de Billy era adoptar un semblante más torturado que de costumbre, así que dije:

—Señor Herbert, ¿conoce a Billy Buell? Es el marido de Peg.

Billy rio.

—No te preocupes, niña, Donald y yo nos conocemos desde hace años. De hecho, es mi abogado, o lo era, cuando aún le dejaban ejercer, y yo soy padrino de Donald Jr. O lo era. Donald está nervioso porque me he presentado sin avisar. No está seguro de cómo van a reaccionar en las altas esferas.

¡Donald! Jamás se me había pasado por la cabeza que el señor Herbert tuviera un nombre de pila.

Y hablando de las altas esferas, en aquel momento apareció Olive.

Se adentró dos pasos en la cocina, vio a Billy Buell, abrió la boca, la cerró y salió.

Después de su marcha nos quedamos callados un instante. Había sido toda una entrada... y toda una salida.

—Tenéis que disculpar a Olive —comentó por fin Billy—. No está acostumbrada a alegrarse tanto de ver a alguien.

El señor Herbert volvió a apoyar la frente en la mesa de la cocina y dijo literalmente:

—Ay, ay, ay.

—No te preocupes por Olive y por mí, Donald. Todo va a ir bien. Nos respetamos el uno al otro, lo que compensa la antipatía que nos profesamos. O, más bien, yo la respeto a ella. Así que al menos tenemos eso en común. La nuestra es una excelente relación basada en un largo historial de profundo, y abundante, respeto unilateral.

Billy sacó su pipa, encendió una cerilla con la uña del pulgar y se volvió hacia mí.

—¿Qué tal están tus padres, Vivian? —preguntó—. Tu madre y el bigotes. Siempre me gustaron. Bueno, me gustaba tu madre. Qué mujer tan impresionante. Siempre atenta a no decir nada agradable de nadie, aunque creo que en el fondo me tenía cariño. No se te ocurra preguntárselo, claro. El decoro la obligará a negarlo. Tu padre, en cambio, nunca me entusiasmó. Qué hombre tan estirado. Solía llamarle el Diácono, pero a sus espaldas, claro, para no resultar maleducado. Pero dime, ¿qué tal están?

—Están bien.

—¿Siguen casados?

Asentí con la cabeza, pero la pregunta me desconcertó. Jamás se me había ocurrido que mis padres pudieran no estar casados el uno con el otro.

—¿Nunca tienen aventuras tus padres?

—¿Mis padres? ¿Aventuras? ¡No!

—Pues entonces se aburrirán bastante, ¿no?

—Eh...

—¿Conoces California, Vivian? —preguntó cambiando de tema, para mi alivio.

—No.

—Pues deberías venir, te encantaría. Hacen el mejor zumo de naranja del mundo. Y el clima es espectacular. A gente de la costa este como nosotros nos va muy bien allí. Los californianos nos encuentran de lo más refinados. Nos dan el sol y la luna solo por aportarles un poco de caché. Les cuentas que has estudiado en un internado y que algún antepasado tuyo de Nueva Inglaterra viajó en el *Mayflower* y te miran como si fueras un Plantagenet. A ti, con ese acento aristocrático que tienes, te darían las llaves de la ciudad. Un hombre que juegue decentemente al tenis o al golf ya casi tiene asegurada una carrera profesional, a menos que beba demasiado.

Aquella conversación me estaba resultando demasiado vertiginosa para las siete de la mañana después de una noche de festejos. Me temo que me limité a mirar a Billy pestañeando, porque lo cierto es que me costaba seguirle.

Y además: ¿tenía yo acento aristocrático?

—¿Qué tal lo estás pasando en el Lily, Vivian? —preguntó—. ¿Has encontrado algo en qué ocuparte?

—Coso —dije—. Hago el vestuario.

—Chica lista. Con ese oficio siempre encontrarás trabajo en el teatro y nunca serás demasiado vieja para hacerlo. No quieras ser actriz. ¿Y qué me dices de tu hermosa amiga? ¿Es actriz?

—¿Celia? Es corista.

—Una profesión difícil. Algo tienen las coristas que siempre me parte el corazón. La juventud y la belleza tienen fecha de caducidad, niña. Aunque seas la chica más guapa del baile ahora mismo, siempre habrá diez bellezas nuevas a punto de llegar, más jóvenes, más lozanas. Y, mientras, las de más edad se marchitan antes de tiempo esperando a ser descubiertas. Pero tu amiga dejará huella mientras pueda. Destrozará a un hombre detrás de otro en una romántica ofensiva fúnebre y es posible que alguien le escriba canciones, o se suicide por ella, pero pronto habrá terminado todo. Si tiene suerte, se casará con algún rico carcamal..., un destino nada envidiable, por otra parte. Si tiene mucha suerte, el carcamal morirá en el campo de golf una tarde propicia y le dejará todo en herencia cuando aún sea lo bastante joven para disfrutarlo. Las chicas bonitas saben que todo terminará pronto. Intuyen lo provisionales que son las cosas. Así que espero que se esté divirtiendo, ahora que todavía es joven y bella. ¿Se está divirtiendo?

—Sí —dije—. Creo que sí.

No conocía a nadie que se divirtiera más que Celia.

—Bien. Espero que tú también. La gente te dirá que no derroches tu juventud en un exceso de diversión, pero se equivocan. La juventud es un tesoro irremplazable y la única cosa respetable que puede hacerse con un tesoro irremplazable es derrocharlo. Así que haz lo correcto con tu juventud, Vivian: dilapídala.

Entonces entró la tía Peg envuelta en su bata de franela a cuadros y el pelo apuntando en todas las direcciones.

—¡Pegsy! —exclamó Billy poniéndose en pie de un salto. El rostro se le iluminó de felicidad. No quedaba ni rastro de la indiferencia.

—Perdóneme, señor, pero no recuerdo su nombre —dijo Peg.

Pero también sonreía y al instante siguiente se estaban abrazando. No fue un abrazo de enamorados, diría yo, pero sí estrecho. Un abrazo de amor, o al menos de un sentimiento muy intenso. Se separaron y estuvieron unos instantes mirándose, cogidos el uno de los antebrazos del otro. Al verlos así, juntos, reparé por primera vez en algo de lo más inesperado: me di cuenta de que Peg era, a su manera, hermosa. Nunca me había dado cuenta. La cara le resplandecía tanto al mirar a Billy que la transformaba. (No era solo el reflejo de la hermosura de él). En presencia de Billy, parecía otra mujer. Atisbé en su cara la joven valiente que se había marchado a Francia durante la guerra. Vi a la aventurera que había vivido diez años en la carretera con una humilde compañía de teatro ambulante. No era solo que de pronto pareciera diez años más joven; también tenía aspecto de la chica más divertida de la ciudad.

—Se me ocurrió venir a verte, cariño —dijo Billy.

—Eso me ha dicho Olive. Podías haberme avisado.

—No quería molestarte. Ni que me disuadieras. Decidí que sería mejor si lo organizaba yo todo. Ahora tengo una secretaria que se ocupa de mis asuntos. Hizo todos los preparativos del viaje. Jean-Marie, se llama. Es lista, eficiente, abnegada. Te encantaría, Peg. Es la versión femenina de Olive.

Peg se separó de él.

—Por Dios, Billy, eres incorregible.

—No te enfades conmigo, estoy bromeando. Sabes que no puedo evitarlo. Es que estoy nervioso, Peg. Me da miedo que me eches, cariño, cuando acabo de llegar.

El señor Herbert se levantó de la mesa de la cocina, dijo: «Me voy a otra parte», y salió.

Peg ocupó su silla y dio un sorbo de su café instantáneo frío. Frunció el ceño, de manera que me levanté a prepararle una taza. Ni siquiera estaba segura de que debiera estar en la cocina en un momento tan delicado, pero entonces Peg dijo:

—Buenos días, Vivian. ¿Lo pasaste bien en tu celebración de cumpleaños?

—Demasiado bien, incluso —respondí.

—¿Y has conocido a tu tío Billy?

—Sí, hemos estado charlando.

—Vaya por Dios. No se te ocurra hacer caso de nada de lo que te diga.

—Peg —dijo Billy—, estás preciosa.

Peg se pasó una mano por la melena corta y sonrió, una sonrisa ancha que iluminó su cara llena de arrugas.

—Eso es todo un cumplido para una mujer como yo.

—No existe una mujer como tú. Lo he investigado y no existe.

—Billy —dijo Peg—. Déjalo ya.

—Nunca.

—¿Y qué te trae por aquí? ¿Te ha salido un trabajo en la ciudad?

—Nada de trabajo, estoy de permiso. No me pude resistir cuando me contaste que estaba aquí Edna y que estabas intentando montar un buen espectáculo para ella. Llevo sin ver a Edna desde 1919. Qué caramba, me encantaría verla. Adoro a esa mujer. Y cuando me dijiste que habías reclutado a Donald Herbert ni más ni menos para que escribiera el libreto, supe que tenía que venir a Nueva York a rescatarte.

—Gracias, es todo un detalle por tu parte. Pero si necesito que me rescaten, Billy, te lo haré saber. Te lo prometo. Serás la decimocuarta o decimoquinta persona a la que llame.

Billy sonrió.

—¡Al menos estoy en la lista!

Peg encendió un cigarrillo, me lo pasó y, a continuación, se encendió otro para ella.

—¿En qué estás trabajando en Hollywood?

—En mucho y en nada. A todo lo que escribo le estampan un flamante SIP, «sin interés probado». Una lata. Pero me pagan bien. Lo bastante para vivir con holgura. Para costearme mis modestos caprichos.

Peg rompió a reír.

—¡Modestos caprichos! Tus famosos modestos caprichos. Sí, Billy, eres la austeridad en persona. Un monje, casi.

—Soy un hombre de gustos humildes, ya lo sabes —aseguró Billy.

—Eso dicho por alguien que se presenta a desayunar vestido como si fueran a ordenarlo caballero. Dueño de una casa en Malibú. ¿Cuántas piscinas tienes ya?

—Ninguna. Uso la de Joan Fontaine.

—¿Y qué obtiene Joan a cambio?

—El placer de mi compañía.

—Por Dios, Billy, que está casada. Es la mujer de Brian. Un amigo tuyo.

—Me encantan las mujeres casadas, Peg, lo sabes. Sobre todo las felizmente casadas. Pero no te preocupes, Joan es solo una amiga. Brian Aherne no tiene nada que temer de alguien como yo.

No podía dejar de mirar a Peg y a Billy y de nuevo a Peg, mientras trataba de imaginarlos como pareja sentimental. Por su aspecto físico no parecían hechos el uno para el otro, pero su conversación era inteligente y aguda. Las provocaciones, los sobreentendidos, la plena atención que se prestaban el uno al otro. La intimidad entre ellos era más que evidente, pero ¿qué eran exactamente, dentro de esa intimidad? ¿Amantes? ¿Amigos? ¿Hermanos? ¿Rivales? A saber. Renuncié a descifrarlo y me limité a observar la electricidad entre ambos.

—Me gustaría disfrutar de tu compañía mientras estoy aquí, Pegsy —dijo Billy—. Ha pasado demasiado tiempo.

—¿Quién es ella? —preguntó Peg.

—¿Quién es quién?

—La mujer que acaba de dejarte y por la que te has vuelto de repente tan nostálgico y necesitado de mí. Venga, desembucha. ¿Cuál de tus últimas conquistas te ha roto el corazón?

—Es insultante. Te crees que me conoces muy bien.

Peg se limitó a mirarlo, esperando.

—Si de verdad quieres saberlo —dijo Billy—, se llamaba Camilla.

—Me atrevo a afirmar que era bailarina —comentó Peg.

—¡Ja, pues te equivocas! Era nadadora. Trabaja en un espectáculo acuático. Tuvimos una relación muy seria durante unas semanas, pero luego decidió cambiar de vida y ya no quiere nada conmigo.

Peg se echó a reír.

—Una relación muy seria durante unas semanas. Lo que hay que oír.

—Salgamos mientras estoy aquí, Pegsy. Los dos solos. Vámonos por ahí a dejar que unos cuantos músicos de jazz desperdicien su talento con nosotros. Vayamos a esos bares que nos gustaban, los que cierran a las ocho de la mañana. Ir sin ti no tiene gracia. Anoche estuve en El Morocco y lo encontré decepcionante, con la gente de siempre y las conversaciones de siempre.

Peg sonrió.

—Es una suerte que vivas en Hollywood, donde la conversación es mucho más variada e interesante. Pero no, Billy, no vamos a salir. Yo ya no tengo energía para esas cosas. Además, beber tanto no me sienta bien, ya lo sabes.

—¿En serio? ¿Me estás diciendo que Olive y tú no os emborracháis?

—Estás de broma, pero, ya que lo preguntas, te diré que no. Así es como funcionan ahora las cosas por aquí: yo intento emborracharme y Olive intenta impedirlo. Es un acuerdo que me beneficia. No estoy segura de lo que saca Olive de él, pero me alegra muchísimo de tenerla de perro guardián.

—Escucha, Peg, por lo menos déjame ayudarte con la obra. Sabes que esta colección de hojas está muy lejos de ser un libreto. —Billy tocó con un dedo de uña primorosa el triste cuaderno del señor Herbert—. Y sabes que Donald no va a conseguir convertirlo en un libreto por mucho que se esfuerce. De donde no hay, no se puede sacar. Así que déjame que le meta mano con mi máquina de escribir y mi lapicero azul. Sabes que puedo hacerlo. Hagamos una gran obra. Demos a Edna algo a la altura de su talento.

—Calla. —Peg se había tapado la cara con las manos.

—Venga, Peg. Arriésgate.

—Que te calles —insistió Peg—. Estoy intentado pensar con todas mis fuerzas.

Billy se calló y esperó.

—No puedo pagarte —dijo Peg por fin después de levantar la vista para mirarlo.

—Tengo mi propia fortuna, Peg. Siempre ha sido uno de mis talentos.

—No puedes quedarte con los derechos de lo que hagamos. Olive no lo permitiría.

—Te los puedes quedar, Peg. E incluso es posible que saques un buen pico de esta aventura. Si me dejas escribirte la obra y si es tan buena como creo que puede ser..., ganarás tanto dinero que tus antepasados no tendrán que volver a trabajar.

—Eso tendrás que ponerlo por escrito, lo de que no esperas hacer dinero con esto. Olive insistirá. Y se hará con mi presupuesto, no con el tuyo. No quiero volver a deberte dinero, esas cosas nunca terminan bien para mí. Esas tienen que ser las reglas, Billy. Es la única manera de que Olive te deje quedarte.

—¿No es tu teatro, Peg?

—En teoría sí, pero no puedo hacer nada sin Olive, Billy. Eso lo sabes. Es esencial aquí.

—Esencial pero pesadísima.

—Sí. Tú en cambio solo eres una de las dos cosas. A Olive la necesito. A ti no. Esa ha sido siempre la diferencia entre vosotros dos.

—¡Caramba con Olive! ¡Qué poderío! Nunca he entendido lo que ves en ella, aparte de que aparezca corriendo en cuanto necesitas cualquier cosa. Ese debe de ser su atractivo. Yo nunca he podido brindarte esa clase de lealtad, supongo. Es sólida como una roca, Olive. Pero no se fía de mí.

—Suscribo todo lo que has dicho.

—De verdad, Peg, no entiendo por qué no se fía de mí esa mujer. Soy un hombre muy, muy, pero que muy de fiar.

—Cuantos más «muys» añadas, Billy, menos de fiar suenas. Lo sabes, ¿verdad?

Billy rio.

—Lo sé. Pero, Peg, tú sabes que soy capaz de escribir ese libreto con la mano izquierda mientras juego al tenis con la derecha y hago bailar una pelota con la nariz igual que una foca amaestrada.

—Y sin derramar una gota de alcohol.

—Sin derramar una gota de «tu» alcohol —la corrigió Billy levantando su vaso—. Esto lo he cogido de tu mueble bar.

—A estas horas, mejor que lo hayas cogido tú y no yo.

—Quiero ver a Edna. ¿Está despierta?

—Se levanta más tarde. Déjala dormir. Su país está en guerra y ha perdido su casa y todas sus pertenencias. Se merece descansar.

—Entonces volveré luego. Me voy al club a ducharme y a echarme un rato y luego vengo y nos ponemos a trabajar. Oye, y gracias por regalar mi apartamento, casi se me olvida decírtelo. Tu sobrina y su amiga se han agenciado mi cama y sembrado de ropa interior esas habitaciones tan bonitas que nunca usé. Ahí dentro huele igual que si hubiera estallado una bomba en una perfumería.

—Lo siento —empecé a decir, pero los dos me hicieron un gesto con la mano para que me callara. Saltaba a la vista que les daba igual. Creo que yo también les daba igual, tan concentrados estaban el uno en el otro. Supe que era afortunada por presenciar una escena así. Se me ocurrió que, si cerraba la boca, podría seguir disfrutando de ella.

—Por cierto, ¿qué tal es el marido? —le preguntó Billy a Peg.

—¿El de Edna? Aparte de estúpido y sin talento, impecable. Diría que alarmantemente guapo.

—Eso ya lo sabía. Lo he visto actuar, si es que se le puede llamar actuar a eso. En *Las puertas del mediodía.* Tiene unos ojos tan expresivos como los de una vaca lechera, pero la bufanda de aviador le sentaba de maravilla. ¿Qué tal es en persona? ¿Le es fiel a Edna?

—No tengo motivos para sospechar lo contrario.

—Pues eso ya es algo, ¿no? —dijo Billy.

Peg sonrió.

—Y algo insólito, además. ¿Verdad, Billy? ¿Te imaginas? ¡Fidelidad! Pero sí, es algo. Y supongo que Edna podría haber elegido peor.

—Y es probable que lo haga algún día.

—El problema es que cree que es un gran actor.

—Pues no ha dado ninguna muestra de ello. Pero a lo que iba: ¿tenemos que incluirlo en la obra?

Peg sonrió, esta vez con tristeza.

—Me resulta un tanto desconcertante oírte usar la primera persona del plural.

—¿Y eso por qué? Me vuelve loco esa persona referida a ti y a mí.

—Hasta que deja de volverte loco y desapareces —dijo Peg—. ¿De verdad vas a participar en esto, Billy? ¿O cogerás el primer tren de vuelta a Los Ángeles en cuanto te aburras?

—Si me dejas, participaré. Seré bueno. Me comportaré como si estuviera en libertad condicional.

—Es que deberías estar en libertad condicional. Y sí, tenemos que darle un papel a Arthur Watson en la obra. Ya se te ocurrirá cuál. Es un hombre apuesto y no demasiado listo, así que dale un papel de hombre guapo, pero no demasiado listo. Tú eres quien me enseñó esa regla, Billy, la de que hay que apañárselas con lo que se tiene. ¿Qué me decías siempre cuando estábamos de gira? Decías: «Si no tenemos más que una señora gorda y una escalera de mano escribiré una obra que se titule *La señora gorda y la escalera de mano*».

—¡No me puedo creer que te acuerdes de eso! —dijo Billy—. Y, modestia aparte, creo que *La señora gorda y la escalera de mano* no es mal título para una obra de teatro.

—Modestia aparte, por supuesto.

Billy alargó una mano y cubrió con ella una mano de Peg y esta se lo permitió.

—Pegsy —dijo y esa única palabra y la manera en que la pronunció parecía contener décadas de amor.

—William —repuso ella y esa única palabra y la manera en que la pronunció parecía contener décadas de amor. Pero también de exasperación.

—¿Olive no se ha disgustado mucho con mi visita? —preguntó Billy.

Peg retiró la mano.

—Haznos un favor, Billy. No finjas que las cosas te importan. Te quiero, pero odio cuando haces como si te importaran.

—Una cosa te voy a decir —dijo Billy—. Me importan mucho más de lo que la gente cree.

12

A la semana de llegar, Billy Buell había escrito un libreto para *Ciudad de mujeres.*

Una semana es poquísimo tiempo para escribir un libreto, o eso me han dicho, pero Billy trabajó sin parar, sentado a la mesa de nuestra cocina envuelto en una nube de humo de pipa, aporreando sin interrupción su máquina de escribir hasta que estuvo terminado. Billy Buell tendría cosas malas, pero era un hombre que sabía producir palabras como churros. Tampoco parecía sufrir durante su racha creadora. Nada de crisis de inseguridad, nada de mesarse los cabellos. Apenas se detenía a pensar, o esa impresión daba. Se limitaba a sentarse con sus elegantes pantalones de ante, su jersey de cachemir blanco inmaculado y sus impolutos zapatos color crudo hechos a medida en Maxwell, Londres, tecleando tan tranquilo, como si una fuente divina e invisible le estuviera dictando.

—Tiene un talento brutal, ¿sabes? —me dijo Peg una tarde en que estábamos en el salón haciendo bocetos para el vestuario y oyendo a Billy teclear en la cocina—. Es de esos hombres que hacen que todo parezca fácil. Demonios, si hasta hace que parezca fácil hacer que las cosas resulten fáciles. Tiene siempre toneladas de ideas. El problema es que por lo general solo consigues que se siente a trabajar cuando su Rolls necesita un motor nuevo o cuando vuelve de unas vacaciones en Italia y comprueba que faltan unos cuantos dólares en su cuenta corriente. Un talento brutal, pero también una tendencia brutal a la holgazanería. Supongo que es consecuencia de pertenecer a las clases ociosas.

—Entonces, ¿cómo es que está trabajando tanto ahora? —pregunté.

—No sabría decirte —respondió Peg—. Quizá porque quiere mucho a Edna. O porque me quiere mucho a mí. O porque necesita algo de mí y todavía no sabemos lo que es. Es posible que se haya aburrido de California, o incluso que se sienta solo. En cualquier caso, no voy a indagar demasiado en sus motivos. Me alegra que esté haciendo el trabajo, pero lo importante es no contar con él en el futuro. Y cuando digo «futuro» me refiero a «mañana» o a «dentro de una hora», porque nunca se sabe cuándo va a aburrirse y desaparecer. A Billy no le gusta que cuenten con él. Si alguna vez quiero que me deje tranquila, me basta con decirle que lo necesito muchísimo para alguna cosa. Saldrá corriendo y no volveré a verlo en cuatro años.

El libreto estaba intacto el día que Billy tecleó la última palabra. No recuerdo verlo editarlo en ningún momento. Y no solo incluía los diálogos y las acotaciones, también las letras de las canciones a las que Billy quería que Benjamin pusiera música.

Era un buen libreto, o al menos eso me pareció con mi limitada experiencia. Pero incluso yo era capaz de ver que la escritura de Billy era brillante y divertida, ágil y optimista. Entendí por qué la 20th Century Fox lo mantenía en nómina y por qué Louella Parsons había escrito en una ocasión: «¡Todo lo que toca Billy Buell es un taquillazo! ¡Incluso en Europa!».

La versión de Billy de *Ciudad de mujeres* seguía siendo la historia de Elenora Alabaster, una viuda adinerada que pierde toda su fortuna en el desplome bursátil de 1929 y que para mantenerse a flote transforma su mansión en un casino y un burdel.

Pero Billy añadió otros personajes atractivos. Ahora la obra también incluía a la descomunalmente esnob hija de la señora Alabaster, Victoria (quien cantaría un tema cómico al principio de la obra titulado *Mi mamá es contrabandista).* También había un primo aristócrata cazafortunas y sin un centavo llegado de Inglaterra, interpretado por Arthur Watson, que quiere conseguir la mano de Victoria para así quedarse con la mansión familiar. («Arthur Watson no puede hacer de policía americano», le explicó Billy a Peg. «Nadie se lo creería. Tiene que ser un memo británico. Además, este papel le gustará más porque podrá lucir trajes caros y darse importancia»).

El galán sería un joven granuja al que la vida no ha sonreído llamado Bobby el Suertudo, que antes arreglaba los coches de la señora Alabaster, pero ahora la ayuda a montar un casino ilegal en su casa, a resultas de lo cual ambos se hacen asquerosamente ricos. La protagonista femenina es una corista despampanante llamada Daisy. Daisy tiene un cuerpo que quita el hipo, pero solo ambiciona casarse y tener una docena de hijos. (*Te voy a hacer unos patucos, pequeñín,* sería su número estelar, que interpretaría como si fuera un *striptease).* El papel, por supuesto, lo haría Celia Ray.

Al final de la obra, Daisy la corista termina con Bobby el Suertudo y los dos emprenden rumbo a Yonkers a tener una docena de hijos juntos. La hija esnob se enamora del gánster más duro de la ciudad, aprende a disparar una ametralladora y se dedica a robar bancos para costearse sus gustos caros. (Su número estelar es *Soy un diamante en bruto).* El primo chanchullero de Inglaterra es enviado de vuelta a su país sin heredar la mansión. Y la señora Alabaster se enamora del alcalde de la ciudad, un agente de la ley y el orden que se pasa toda la obra tratando de cerrar su local clandestino. Se casan y el alcalde dimite de su cargo para convertirse en barman. (El dueto final, que enlaza con el gran número final con todo el reparto, se titulaba *Que sea doble).*

También había otros papeles pequeños. Habría un personaje cómico de un borracho que se hace pasar por ciego para no tener que trabajar, pero que es un consumado jugador de póquer y carterista. (Billy convenció al señor Herbert de que interpretara el papel: «Si no eres capaz de escribir el libreto, Donald, ¡por lo menos actúa en la condenada función!»). También estaba la madre de la corista, una mujer de la calle que busca la fama *(Llamadme señora Casanova,* se titulaba su tema). Habría un banquero que trata de quedarse con la mansión. Y un amplio elenco de bailarines y cantantes, muchos más que los cuatro chicos y cuatro chicas de siempre (si Billy conseguía salirse con la suya) con objeto de convertir la obra en una producción más ambiciosa y dinámica.

A Peg le encantó el libreto.

—Soy una negada para la escritura —dijo—, pero reconozco una historia fabulosa cuando la veo y esta lo es.

A Edna también le encantó. Billy había transformado a la señora Alabaster de mera caricatura de una dama de sociedad en una mujer de ingenio, inteligencia e ironía. Edna tenía las frases más divertidas de la obra y salía en todas las escenas.

—¡Billy! —exclamó Edna después de leer el libreto por primera vez—. ¡Es una delicia, pero me estás malcriando! ¿Es que soy la única que habla en la obra?

—¿Por qué iba a sacarte del escenario ni un segundo? —le contestó Billy—. Ahora que tengo la oportunidad de trabajar con Edna Parker Watson, quiero que el mundo lo sepa.

—Eres un encanto —dijo Edna—, pero llevo mucho tiempo sin hacer comedia, Billy. Me temo que estoy un poco apolillada.

—El secreto de la comedia —replicó Billy— es huir del estilo cómico. No intentes ser divertida y lo serás. Haz eso que hacéis los británicos sin ningún esfuerzo y resultará espléndido. La comedia siempre es mejor cuando se hace sin darle importancia.

Era curioso ver interactuar a Edna y a Billy. Al parecer tenían una amistad genuina, basada no solo en las bromas y los juegos, sino en un respeto mutuo. Cada uno admiraba el talento del otro y se lo pasaban en grande. En su primera noche juntos, Billy le había dicho a Edna: «Desde la última vez que nos vimos, querida, han ocurrido pocas cosas de interés. Sentémonos a tomar una copa y a no hablar de ninguna de ellas».

A lo que Edna había contestado: «No hay nada de lo que me apetezca menos hablar y nadie con quien me apetezca menos hablar de ello».

En una ocasión Billy me dijo, delante de Edna:

—Eran muchos los hombres que habían tenido el honor de que Edna les rompiera el corazón cuando la conocí en Londres no hace mucho tiempo. Yo no fui uno de ellos, pero solo porque ya estaba enamorado de Peg. En su plenitud, Edna destrozaba a un hombre detrás de otro. Era un espectáculo digno de ver. Plutócratas, artistas, generales, políticos..., a todos los hacía pedacitos.

—De eso nada —protestó Edna con una sonrisa que parecía decir: «Así fue».

—Me encantaba verte romperle el corazón a un hombre, Edna —dijo Billy—. Lo hacías de maravilla. Rompías con ellos de una manera tan despiadada que quedaban debilitados para siempre, así que, cuando llegaba otra mujer, los tenía comiendo de su mano. Era un servicio a la humanidad. Sé que parece una muñequita, Vivian, pero que no te engañe. Has de saber que debajo de todas esas ropas tan estilosas hay una mujer de hierro.

—Eres un exagerado, Billy —dijo Edna.

Pero de nuevo, sonrió de una manera que sugería: «Sí, señor, tiene usted toda la razón».

Unas pocas semanas después estaba haciéndole una prueba a Edna en mi apartamento. El vestido que había diseñado era para el número de cierre. Edna quería que fuera sensacional, y yo también. «Hazme un vestido que me haga estar a la altura», habían sido sus instrucciones precisas y, perdona mi falta de modestia, pero lo había conseguido.

Se trataba de un vestido de noche hecho de dos capas de gasa de seda azul aguamarina cubiertas con una fina malla de estrás. (Había encontrado un rollo de la seda en Lowtsky's y me había gastado casi todos mis ahorros en él). El vestido relucía con cada movimiento, pero no de una manera vulgar, sino como luz reflejada en el agua. La seda se pegaba a la silueta de Edna, pero no demasiado (después de todo, había cumplido ya los cincuenta años) y le había hecho una abertura lateral que le permitiera bailar. El resultado era que Edna parecía la reina de las hadas dispuesta para una velada neoyorquina.

A Edna le encantó y estaba girando delante del espejo para captar cada destello y cada centelleo.

—Vivian, te juro que me has hecho parecer alta, aunque no entiendo cómo. Y este azul es tan juvenil... Me daba terror que me vistieras de negro y que dieran ganas de embalsamarme. Estoy impaciente por enseñarle este vestido a Billy. De todos los hombres que conozco, es el que más entiende de moda femenina. Le gustará tanto como a mí. Voy a decirte una cosa de tu tío, Vivian. Billy Buell es de esos pocos hombres que asegura querer a las mujeres y que de verdad lo hace.

—Celia dice que es un donjuán —comenté.

—Pues claro que es un donjuán, querida. ¿Qué hombre apuesto que se precie no lo es? Aunque Billy es especial. Hay por ahí un millón de donjuanes, pero no suelen disfrutar de la compañía femenina más allá de lo evidente. Un hombre que conquista a todas las mujeres que se le antojan, pero no valora a ninguna, es un hombre que debes evitar. En cambio, Billy aprecia de verdad a las mujeres, busque o no conquistarlas. Siempre nos hemos divertido mucho los dos. Disfruta tanto hablando de moda conmigo como tratando de seducirme. Y escribe los diálogos más deliciosos para mujeres, algo que pocos hombres consiguen. La mayoría de los dramaturgos son incapaces de escribir papeles femeninos que vayan más allá de seducir o lloriquear o ser fieles a sus maridos, y eso es un aburrimiento horroroso.

—Olive piensa que no es de fiar.

—En eso se equivoca. Puedes fiarte de Billy. Puedes estar segura de que siempre será él mismo. Lo que pasa es que a Olive no le gusta cómo es.

—¿Y cómo es?

Edna pensó antes de contestar.

—Libre —decidió—. No vas a conocer a muchas personas así, Vivian. Billy es una persona que hace lo que le viene en gana y eso me resulta de lo más refrescante. Olive es, por naturaleza, más cuadriculada, y demos gracias al cielo por ello, o aquí no funcionaría nada, pero eso le hace sospechar de cualquiera que sea libre. En cambio a mí me gusta la compañía de las personas libres. Me estimulan. La otra cosa mágica que tiene Billy, te diré, es que es guapísimo. Me encantan los hombres guapos, Vivian, como supongo habrás deducido. Siempre me resulta un placer estar en presencia de la hermosura de Billy. Eso sí, ¡ándate con ojo! Con ese encanto suyo, como te ponga en su punto de mira, eres pichón muerto.

Me pregunté si Billy habría puesto alguna vez a Edna en «su punto de mira», pero mis buenos modales me impidieron indagar. Sí me atreví en cambio a preguntar:

—¿Y Peg y Billy...?

Ni siquiera sabía muy bien cómo terminar la pregunta, pero Edna enseguida entendió por dónde iba.

—¿Me estás preguntando por la naturaleza de su relación? —Sonrió—. Lo único que puedo decirte es que se quieren. Siempre lo han hecho. Lo que ocurre es que son muy parecidos en cuanto a inteligencia y sentido del humor. Cuando eran jóvenes y estaban juntos echaban chispas. Si no estabas familiarizado con su clase de humor podía resultarte un poco intimidante, no sabías nunca muy bien cómo participar en la conversación. Billy adora a Peg y siempre lo ha hecho. Ahora bien, ser fiel a una única mujer sería demasiado pedir para un hombre como Billy Buell. Pero su corazón siempre ha sido de Peg. Y disfrutan mucho trabajando juntos, como pronto comprobarás. El único problema es que Billy tiene un imán especial para el caos y no estoy segura de que Peg busque caos a estas alturas de su vida. Ahora mismo lo que necesita es lealtad, más que diversión.

—Pero, entonces, ¿siguen casados? —pregunté.

Con lo que, en realidad, quería decir: ¿Siguen acostándose?

—¿Casados según qué criterio? —preguntó Edna mientras se cruzaba de brazos y me miraba con la cabeza ladeada. Cuando no contesté a la pregunta, sonrió de nuevo y dijo—: Hay matices, querida. A medida que cumplas años, descubrirás que en la vida casi todo son matices. Y odio decepcionarte, pero es mejor que lo aprendas ahora: la mayoría de los matrimonios no son ni el paraíso ni el infierno, sino algo parecido al purgatorio. Con todo y con eso, el amor hay que respetarlo y Billy y

Peg se quieren de verdad. Y ahora, si me arreglas este cinturón, querida, de manera que no se me marquen las costillas cada vez que levanto los brazos, te estaré siempre agradecida.

Puesto que el prestigio de Edna iba a elevar el tono de la obra, Billy estaba convencido de que el resto de la producción debía tener la misma calidad que su estrella. («El Lily Playhouse acaba de obtener su pedigrí oficial», fue como describió la situación. «La exhibición canina ha subido de categoría, chicos»). Nos dijo que todo lo que creáramos para *Ciudad de mujeres* tenía que ser muy superior a lo que estábamos habituados a crear.

Billy había visto unas cuantas representaciones de *¡A bailar, Jackie!* Y no disimuló su desdén por nuestra *troupe.*

—Son basura, cariño —le dijo a Peg.

—No me hagas la rosca —replicó ella—. O me creeré que estás intentando llevarme a la cama.

—Son basura de veinticuatro quilates y lo sabes.

—Dímelo a las claras, Billy. Deja de halagarme.

—Las coristas están bien porque no les hace falta otra cosa que ser guapas —dijo él—. Así que pueden quedarse. Pero los actores son un espanto. Vamos a necesitar a gente con talento. Las bailarinas son monas, y todas tienen aspecto de proceder de una mala familia, cosa que me gusta..., pero no saben mover los pies. Es insultante. Me encantan sus caritas de golfa, pero vamos a ponerlas al fondo y a traer algunas bailarinas de verdad para el proscenio, seis por lo menos. Ahora mismo, al único bailarín al que soporto ver en la parte delantera del escenario es a ese elfo, Roland. Es fantástico. Pero necesitamos que todos los demás sean de su calibre.

De hecho, Billy estaba tan impresionado con el carisma de Roland que en un principio había querido darle un número musical para él solo titulado *Quizá en la Marina,* una canción que simularía hablar de los deseos de un joven por alistarse para llevar una vida de aventura, pero sería en realidad una alusión en clave y velada a la más que evidente homosexualidad de Roland. («Estoy pensando en algo del tipo *You're the top*, de Cole Porter», nos había explicado Billy. «Ya sabéis, una canción que resulte un sugerente juego de palabras»). Pero Olive había rechazado la idea de plano.

—Vamos, Olive —le había suplicado Peg—. Déjanos hacerlo. Es divertido. Además, las mujeres y los niños del público no entenderán la alusión. Se supone que es una historia picante. Por una vez dejemos que la cosa se anime un poco.

—Es demasiada animación para el consumo público —había sido el veredicto de Olive y no se habló más. Roland se quedó sin canción.

Olive, he de decir, no estaba contenta con nada de aquello. Era la única persona del Lily que no se contagió de la excitación de Billy. El día en que este llegó, empezó a rezongar y ya no paró. Lo cierto era que la hosquedad de Olive empezaba a irritarme. La constante preocupación por cada centavo, la censura de todo lo que fuera sexualmente sugerente, la esclavitud de sus rígidas costumbres, la manera en que rechazaba cada idea brillante que proponía Billy, la constante obsesión por pequeñeces y la supresión general de toda diversión y entusiasmo... Resultaba cansino.

Por ponerte un ejemplo: Billy tenía planeado contratar a seis bailarines más para el espectáculo. Peg era partidaria, pero Olive calificó la idea de «mucho ruido para tan pocas nueces».

Cuando Billy argumentó que añadir seis bailarines haría más espectacular el *show,* Olive dijo:

—Seis bailarines más son dinero que no tenemos y no añadirán nada reseñable a la obra. Solo los salarios por los ensayos son cuarenta dólares a la semana. ¿Y queréis seis más? ¿De dónde sugerís que saque el dinero?

—No se puede ganar dinero sin gastarlo, Olive —le recordó Billy—. De todas formas, yo te lo adelanto.

—Esa idea me gusta aún menos —contestó Olive—. Y no me fío de ti. Recuerda lo que pasó en Kansas City en 1933.

—No me acuerdo de lo que pasó en Kansas City en 1933 —dijo Billy.

—Pues claro que no te acuerdas —intervino Peg—. Lo que pasó es que nos dejaste a Olive y a mí en la estacada. Habíamos alquilado un teatro enorme para ese gran espectáculo de música y danza que querías que produjera. Contrataste a docenas de intérpretes locales y lo pusiste todo a mi nombre antes de largarte a St. Tropez a un torneo de backgammon. Tuve que vaciar la cuenta corriente de la compañía para hacer frente a los pagos mientras tú y tu dinero anduvisteis desaparecidos durante nada menos que tres meses.

—Caray, Peg. Lo dices como si hubiera hecho algo malo.

—No te guardo rencor, por supuesto. —Peg sonrió sardónica—. Sé que siempre te ha encantado el backgammon. Pero Olive tiene razón. El Lily es solvente a duras penas. No podemos jugárnoslo todo con esta producción.

—En eso por supuesto estoy en desacuerdo contigo —dijo Billy—. Porque si, por una vez estáis dispuestas a jugároslo todo, puedo ayudaros a producir un espectáculo que la gente querrá ver. Cuando la gente quiere ver un espectáculo, se gana dinero. Después de todos estos años no me puedo creer que tenga que recordarte cómo funciona el negocio del teatro. Venga, Pegsy, no me dejes tirado ahora. Cuando un rescatador viene en tu ayuda no le lanzas flechas.

—El Lily no necesita que nadie lo rescate —dijo Olive.

—¡Pues claro que lo necesita, Olive! —replicó Billy—. ¡Mira a tu alrededor! Todo en este teatro necesita ser reparado y modernizado. ¡Pero si prácticamente seguís usando lámparas de gas! Tres cuartas partes de las butacas se quedan vacías cada noche. Necesitáis un éxito. Dejadme que os lo traiga. Con Edna aquí, tenemos la oportunidad. Pero no podemos racanear. Voy a traer a críticos. No podemos dejar que el resto de la producción parezca barata comparada con Edna. Vamos, Pegsy, no seas cobarde. Y recuerda que con esta obra no tendrás que trabajar tanto porque yo te ayudaré a dirigirla. Vamos, cariño, arriésgate. Puedes seguir produciendo tus funcioncitas de poca monta siempre al borde de la bancarrota o puedes hacer algo grande. Hagamos algo grande. Siempre fuiste una valiente cuando se trataba de invertir dinero. Intentémoslo una vez más.

Peg vaciló.

—Igual podemos contratar a cuatro bailarines más, ¿eh, Olive?

—No le dejes que te llene la cabeza de pájaros —contestó Olive—. No podemos permitírnoslo. Ni quiera podemos permitirnos dos bailarines. Tengo los libros de cuentas para probarlo.

—Te preocupas demasiado por el dinero, Olive —dijo Billy—. Siempre lo has hecho. El dinero no es lo más importante del mundo.

—Así habló William Ackerman Buell III de Newport, Rhode Island —repuso Peg.

—No empieces, Pegsy. Sabes que nunca me ha importado el dinero.

—Por supuesto que nunca te ha importado el dinero, Billy —dijo Olive—. Desde luego no cómo nos importa a quienes se nos olvidó nacer en una familia rica. El problema es que obligas a Peg a que no le importe el dinero tampoco. Así es como nos hemos metido en problemas en el pasado y no pienso dejar que vuelva a ocurrir.

—Siempre ha habido dinero de sobra para todos —rebatió Billy—. Deja der ser tan capitalista, Olive.

Peg se echó a reír y me susurró:

—Tu tío Billy va de socialista, peque. Pero, salvo el apartado del amor libre, no tengo claro que entienda sus principios.

—¿Tú qué opinas, Vivian? —preguntó Billy al reparar por primera vez en mi presencia.

Me incomodó mucho que me incluyeran en aquella conversación. Era un poco como oír discutir a mis padres, excepto que ahora había tres personas, lo que era desconcertante. Por supuesto que en los últimos meses había oído muchas veces a Peg y a Olive discutir por dinero, pero, con la presencia añadida de Billy, los ánimos se habían encendido. Una disputa entre Peg y Olive era algo que podía manejar, pero Billy era impredecible. A fin de cuentas, todo niño aprende a negociar con delicadeza entre dos adultos enfrentados, pero ¿entre tres? Aquello me sobrepasaba.

—Creo que todos tenéis parte de razón —dije.

Lo cual debió de ser una respuesta equivocada, porque provocó que todos se irritaran conmigo.

Al final acordaron contratar a cuatro bailarines más y que Billy los costearía. Fue una decisión que no contentó a nadie, algo que mi padre habría llamado una negociación satisfactoria. («Todos deben abandonar la mesa con la sensación de que el acuerdo los perjudica», me instruyó una vez mi padre solemne. «De esa manera puedes estar segura de que a nadie le han tomado el pelo y que nadie tiene ventaja sobre los demás»).

13

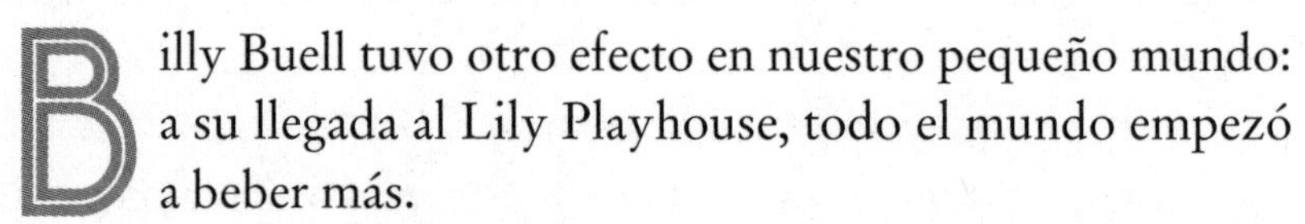

Billy Buell tuvo otro efecto en nuestro pequeño mundo: a su llegada al Lily Playhouse, todo el mundo empezó a beber más.

Pero muchísimo más.

Después de haber leído hasta aquí, Angela, quizá te preguntes cómo podíamos beber más de lo que ya bebíamos, pero el alcohol es lo que tiene. Siempre se puede beber más si de verdad quieres. En realidad es cuestión de disciplina.

La gran diferencia ahora era que la tía Peg bebía con nosotros. Si antes paraba a los pocos martinis y se iba a la cama a una hora razonable —siguiendo el estricto horario de Olive—, ahora Billy y ella salían juntos después de la función y se cogían una buena curda. Todas las noches sin excepción. Celia y yo a menudo nos uníamos a ellos para tomar unas copas antes de marcharnos a otra parte a divertirnos y meternos en líos.

Al principio me resultó incómodo deambular por la ciudad con una tía de mediana edad e indumentaria sencilla, pero la incomodidad desapareció en cuanto me di cuenta de la ventaja que podía suponer en un club nocturno, en especial cuando llevaba encima unas cuantas copas. Esto se debía en gran medida a que Peg conocía a toda la gente del espectáculo y todos la conocían a ella. Y, si no la conocían a ella, conocían a Billy y estaban deseando ponerse al día con él después de tantos años. Lo que quería decir que las bebidas llegaban a nuestra mesa en un abrir y cerrar de ojos..., por lo general acompañadas del dueño del establecimiento, quien a menudo se sentaba para chismorrear sobre Hollywood y Broadway.

Yo seguía pensando que Billy y Peg no hacían buena pareja. Él tan apuesto, con sus chaquetas blancas y pelo fijado hacia atrás y ella con un vestido de señora mayor de los almacenes B. Altman y sin maquillar, pero eran encantadores y, allí donde fueran, siempre terminaban siendo el centro de atención.

Y no se privaban de nada. Billy pedía filete de solomillo y champán (a menudo dejaba la mesa antes de que llegara el momento de comerse la carne, pero nunca se le olvidaba el champán) e invitaba a todos los presentes a unirse a nosotros. Hablaba sin parar de la obra que Peg y él estaban produciendo y del exitazo que iba a ser. (Tal y como me explicó, se trataba de una estrategia publicitaria; quería correr la voz de que *Ciudad de mujeres* estaba a punto de estrenarse y de que iba a ser buena: «Todavía no he conocido a un agente de prensa capaz de esparcir un rumor más deprisa que yo en un club nocturno»).

Era todo muy divertido, salvo por un pequeño detalle. Peg siempre intentaba ser responsable y volver pronto a casa y Billy siempre intentaba retenerla. Recuerdo una noche en el Algonquin en que Billy dijo:

—¿Quieres otra copa, esposa mía?

Entonces vi una expresión de verdadero dolor atravesar el rostro de Peg.

—No debería —dijo—. No me conviene, Billy. Déjame que recapacite un momento e intente ser sensata.

—No te he preguntado si deberías tomarte otra copa, Pegsy; te he preguntado si quieres una.

—Bueno, pues claro que la quiero. Siempre la quiero. Pero que no esté muy cargada, por favor.

—¿Quieres que ahorre tiempo y te pida tres poco cargadas a la vez?

—Solo una, William. Así es como me gusta vivir la vida ahora.

—A tu salud —dijo Billy levantado su copa para brindar y a continuación haciendo una seña al camarero—. Siempre que no dejen de llegar, creo que podré sobrevivir a una velada de cócteles poco cargados.

Aquella noche, Celia y yo nos separamos de Billy y Peg para correr nuestras propias aventuras. Cuando regresamos a casa a nuestra acostumbrada hora azul previa al amanecer, nos sobresaltó encontrar encendidas todas las luces del salón y una estampa de lo más peculiar. Peg estaba tendida en el sofá, vestida de pies a cabeza, inconsciente y roncando. Un brazo le tapaba la cara y se le había caído uno de los zapatos. Billy, todavía con su chaqueta de esmoquin blanca, dormitaba en una butaca vecina. La mesa entre ambos estaba cubierta de botellas vacías y ceniceros llenos.

Cuando entramos, Billy se despertó y dijo:

—Ah, hola, chicas.

Arrastraba las palabras y tenía los ojos rojos como cerezas silvestres.

—Perdón —contesté, también arrastrando las palabras—. No quería molestar.

—Es imposible que la molestes —comentó Billy moviendo el brazo en dirección al sofá—. Está como una cuba. No he conseguido que subiera el último tramo de escaleras. Chicas, igual podéis ayudarme.

Así que entre tres borrachos intentamos ayudar a una persona más borracha aún a subir al piso de arriba y meterse en la cama. Peg no era una mujer menuda, y nosotros no estábamos demasiado fuertes ni ágiles, así que no fue una operación sencilla. Nos las arreglamos para arrastrarla escaleras arriba como quien transporta una alfombra enrollada, dando tumbos hasta la puerta de los apartamentos del cuarto piso. Me temo que no dejamos de reír igual que marineros de permiso. También me temo que para Peg fue un viaje incómodo... O lo habría sido de haber estado consciente.

Entonces abrimos la puerta y nos encontramos a Olive, la última cara que quieres ver cuando vas como una cuba y te has portado muy mal.

A Olive le bastó una mirada para entender lo que ocurría. Aunque tampoco es que fuera difícil.

Supuse que se enfadaría, pero, en lugar de ello, cayó de rodillas y cogió la cabeza de Peg. Miró a Billy y su expresión era puro dolor.

—Olive —dijo este—, qué quieres que te diga. Ya sabes cómo son estas cosas.

—Por favor, que alguien me traiga una toalla húmeda —pidió Olive en voz baja—. Que esté fría.

—Me siento incapaz —dijo Celia mientras se dejaba caer al suelo con la espalda pegada a la pared.

Corrí al cuarto de baño y di vueltas hasta que logré dilucidar cómo encender una luz, coger una toalla, abrir el grifo, distinguir el agua caliente de la fría, empapar una toalla sin empaparme yo (en ese paso fracasé de forma estrepitosa) y salir.

Para cuando volví, Edna Parker Watson se había unido al grupo (llevando un encantador pijama de seda roja y una lujosa bata dorada, como no pude evitar comprobar) y estaba ayudando a Olive a llevar a Peg a su apartamento. Siento decir que ambas daban la impresión de haber hecho aquello antes.

Edna me cogió la toalla húmeda y la colocó sobre la frente de Peg.

—Vamos, Peg, despierta.

Billy se había apartado un poco y parecía incómodo. Estaba pálido y sudoroso. Por una vez, aparentaba la edad que tenía.

—Solo quería divertirse un poco —dijo con un hilo de voz.

Olive se incorporó y replicó, de nuevo en voz baja:

—Siempre le haces lo mismo. Siempre la espoleas cuando lo que necesita son riendas.

Por un momento Billy dio la impresión de ir a pedir disculpas, pero luego cometió el clásico error de borracho: no dar su brazo a torcer.

—Tampoco hace falta que te enfades. Se pondrá bien. Solo quería tomar un último trago en casa.

—Peg no es como tú —contestó Olive y habría jurado que tenía los ojos llenos de lágrimas—. Después de diez copas no puede parar. Nunca pudo.

—Será mejor que salgas, William —dijo Edna con tono suave—. Vosotras también, chicas.

Al día siguiente Peg se quedó en la cama hasta la tarde. Pero aparte de eso, todo siguió como de costumbre y nadie mencionó lo ocurrido.

Y a la noche siguiente Peg y Billy estaban de vuelta en el Algonquin invitando a todo el mundo a rondas.

14

Billy había sido tan audaz como para convocar audiciones para la obra, audiciones de verdad, anunciadas en los periódicos y todo, en busca de intérpretes de mejor calidad de los que por lo general tenía el Lily.

Se trataba de algo rabiosamente nuevo. Nunca habíamos tenido audiciones. El reparto de nuestros espectáculos se formaba corriendo la voz. Peg, Olive y Gladys conocían a actores del vecindario suficientes para formar un reparto sin necesidad de probar a nadie de fuera. Pero Billy quería intérpretes mejores de los que se podían encontrar dentro del perímetro de Hell's Kitchen, así que convocamos audiciones en toda regla.

Luego, durante un día entero, estuvo llegando al Lily una sucesión de esperanzados bailarines, cantantes, actores. Yo acompañé a Billy, Peg, Olive y Edna mientras examinaban a los aspirantes. Me resultó una experiencia de lo más angustiosa. Ver subidas a un escenario a todas aquellas personas que querían algo tanto, de manera tan intensa y manifiesta, me ponía nerviosa.

Hasta que empezó a aburrirme.

(Con el tiempo, todo puede llegar a aburrir, Angela, incluso asistir a escenas desgarradoras de vulnerabilidad al desnudo. Sobre todo cuando todos cantan la misma canción, hacen los mismos pasos de baile o repiten el mismo texto hora tras hora).

Primero vimos a los bailarines. Una chica bonita después de otra tratando de abrirse paso en nuestro cuerpo de baile con toda su energía. Eran tantas y tan variadas que la cabeza me daba vueltas. Una con rizos caoba. Otra de bonita melena rubia. Esta alta. Esa bajita. Aquella de grandes caderas que bufaba y resoplaba al bailar igual que un dragón. Una mujer demasiado mayor para ganarse la vida bailando pero que no había renunciado aún a sus sueños y esperanzas. Una muchacha de flequillo marcado tan solemne en sus esfuerzos que parecía desfilar en lugar de bailar. Todas ellas zapateando sin aliento y con todas sus fuerzas. Resoplando en un ardoroso ataque de claqué y optimismo. Levantando grandes nubes de motas de polvo en la luz de las candilejas. Estaban sudadas y eran ruidosas. En el caso de las bailarinas, su ambición no era solo visible, también audible.

Billy hizo un leve esfuerzo por interesar a Olive en el proceso de selección que resultó inútil. Al parecer nos estaba castigando a base de no prestar casi atención a lo que sucedía. De hecho, se dedicó a leer el editorial del *Herald Tribune.*

—Dime, Olive, ¿no te ha parecido atractiva esa señorita? —le preguntó después de que una chica muy bonita nos cantara una bonita canción.

—No. —Olive ni siquiera levantó la vista del periódico.

—Por supuesto que no, Olive —dijo Billy—. Qué aburrido sería si tú y yo tuviéramos siempre el mismo gusto en cuanto a mujeres.

—Me gusta aquella —comentó Edna señalando a una belleza menuda, de pelo azabache, que levantaba la pierna a la altura de la cabeza sobre el escenario con la facilidad con la que otra mujer sacudiría una toalla de baño—. No parece tan desesperada por gustar como las demás.

—Buena elección, Edna —repuso Billy—. A mí también me gusta. Pero ¿te das cuenta de que es idéntica a ti hace unos veinte años?

—Oh, cielos, es verdad que se parece un poco. Por eso me ha gustado, claro. ¡Menuda vieja aburrida y vanidosa estoy hecha!

—Bueno, a mí me gustaba cualquier chica con ese aspecto entonces y me sigue gustando ahora —dijo Billy—. Contratadla. De hecho, vamos a asegurarnos de que no escogemos a ninguna corista demasiado alta. Que todas tengan la estatura de la chica que acabamos de seleccionar. No quiero que empequeñezcan a Edna.

—Gracias, cariño —respondió Edna—. Es muy desagradable que la empequeñezcan a una.

Cuando llegó el momento de elegir al protagonista masculino, Bobby el Suertudo, el chico criado en las calles que enseña a la señora Alabaster a jugar y que termina casándose con la corista, recobré de manera milagrosa y repentina mi capacidad de atención. Y es que ahora teníamos un desfile de chicos guapos adornando el escenario con su presencia mientras interpretaban el tema que Billy y Benjamin ya habían compuesto para el papel. («En días acalorados / me gusta jugar a los dados. / Si mi muñeca me irrita / pues echo otra partidita»).

Todos los jóvenes me parecieron sensacionales. Claro que ya sabemos que entonces yo no era exigente en cuestión de hombres. Sin embargo, a Billy no lo convencía ninguno. A uno le faltaba estatura («Tiene que besar a Celia, por el amor de Dios, y no creo que Olive nos deje invertir en una escalera de mano»); otro resultaba demasiado americano («Nadie se va a creer a un muchacho del Medio Oeste alimentado a base de maíz haciendo de chico curtido en un barrio difícil de Nueva York»); este era demasiado afeminado («Ya tenemos en el reparto a un chico con aspecto de mujer»); otro demasiado entusiasta («A ver, amigos, que esto no es la escuela dominical»).

Y entonces, hacia el final del día, de entre bastidores salió un joven alto, desgarbado y de pelo oscuro vestido con un traje lustroso que le quedaba corto tanto de pierna como de mangas. Llevaba las manos metidas en los bolsillos y un sombrero de fieltro retirado de la cara. Mascaba chicle y no se molestó en disimularlo mientras se colocaba en su marca, bajo los focos. Sonreía como alguien que sabe dónde está escondido el dinero.

Benjamin empezó a tocar, pero el joven levantó una mano para interrumpirlo.

—A ver —dijo mirándonos—, ¿quién manda aquí?

Billy se enderezó un poco en su asiento al oír la voz del joven, que era de acento neoyorquino puro: nítida y altanera, la voz de alguien que sabe reírse de sí mismo.

—Ella —dijo Billy señalando a Olive.

Olive continuó leyendo el periódico.

—Es que me gustaría saber a quién tengo que impresionar. —El joven miró a Olive con atención—. Pero si es esa señora, más me vale irme a casa ahora mismo, ¿entienden lo que les digo?

Billy rio.

—Hijo, me gustas. Si sabes cantar, el papel es tuyo.

—Oh, sé cantar, señor. Por eso no se preocupe. También sé bailar. Lo que no quiero es perder mi tiempo cantando y bailando si no tengo que cantar y bailar. ¿Oye lo que le digo?

—En tal caso, me rectifico —contestó Billy—. El papel es tuyo, y punto.

Aquello sí interesó a Olive. Levantó la vista del periódico, alarmada.

—Todavía no le hemos oído —dijo Peg—. No sabemos si es buen actor.

—Confía en mí —respondió Billy—. Es perfecto. Me lo dice mi instinto.

—Enhorabuena, señor —dijo el chico—. Ha elegido usted bien. Señoras, no las decepcionaré.

Y así, Angela, fue como conocí a Anthony.

Me enamoré de Anthony Roccella, y no voy a andarme por las ramas simulando que no fue así. Y él también se enamoró de mí, a su manera y durante un tiempo, al menos. Lo mejor de todo es que me enamoré de él en solo unas pocas horas, lo cual es el colmo de la eficiencia. (Los jóvenes son capaces de hacer algo así, como sin duda sabes, sin dificultad. De hecho, el amor apasionado, que llega en forma de pequeñas ráfagas, es algo connatural a ellos. Lo único sorprendente es que no me ocurriera antes).

El secreto para enamorarse tan deprisa, claro está, es no conocer en absoluto a la persona. Basta con descubrir un rasgo que te excita y aferrarte a él con todas tus fuerzas, convencida de que será base suficiente para una devoción perdurable. A mí, lo que me excitaba de Anthony era su arrogancia. Por supuesto no fui la única en reparar en ella —al fin y al cabo, esa chulería fue lo que le procuró el papel en nuestra obra—, pero sí la única que se enamoró de ella.

Claro que había conocido a muchos hombres arrogantes desde mi llegada a la ciudad pocos meses antes (aquello era Nueva York, Angela; los hombres arrogantes aquí crecen debajo de las piedras), pero la arrogancia de Anthony tenía para mí un matiz especial: parecía genuina. A los chicos engreídos que había conocido hasta entonces les gustaba simular despreocupación, pero conservaban un aire de querer algo, aunque solo fuera sexo. En cambio, Anthony no parecía tener deseo o anhelo alguno. Nada lo afectaba. Ganara o perdiera, él seguía impertérrito. Si no obtenía lo que quería de una situación, se limitaba a alejarse con las manos en los bolsillos, impávido, a probar en otra parte. Cuando la vida le ofrecía algo, lo tomaba o lo dejaba.

Y eso me incluía a mí. Así que, como puedes imaginar, no me quedó otra elección que enamorarme de él como una tonta.

Anthony vivía en un cuarto piso en la calle Cuarenta y nueve oeste, entre las avenidas Octava y Novena. Vivía con su hermano mayor, Lorenzo, que era jefe de cocina del restaurante Latin Quarter, donde Anthony trabajaba de camarero cuando no actuaba. Su madre y su padre también habían vivido en aquel apartamento, me contó, pero ambos estaban muertos, una información que Anthony me comunicó sin sentimiento aparente de pérdida o de dolor. (Los padres, otra cosa que, para Anthony, la vida te daba o te quitaba, sin más).

Anthony había nacido y crecido en Hell's Kitchen. Era calle Cuarenta y nueve de la cabeza a los pies. Había crecido jugando al béisbol en esa misma calle y aprendido a cantar a solo unas manzanas de distancia, en la parroquia de Holy Cross. En los meses siguientes llegué a conocer esa calle a la perfección. Y sin duda llegué a conocer ese apartamento a la perfección; lo recuerdo con gran cariño, porque fue en la cama de Lorenzo, el hermano, donde tuve mi primer orgasmo. (Anthony no tenía cama propia, dormía en el sofá del cuarto de estar, pero nos apropiábamos de la de su hermano cuando este estaba trabajando. Por fortuna, Lorenzo tenía jornadas muy largas, lo que me daba amplias oportunidades de recibir placer de manos del joven Anthony).

Ya he dicho antes que una mujer necesita tiempo y paciencia y un amante atento para llegar a ser buena en la cama. Enamorarme de Anthony Roccella por fin me dio acceso a esos tres elementos.

Anthony y yo terminamos en la cama de Lorenzo la noche en que nos conocimos. Una vez concluidas las audiciones, subió a firmar el contrato y a que Billy le diera una copia del libreto. Cuando finalizaron los trámites, Anthony se fue. Pero a los pocos minutos Peg me pidió que saliera corriendo a buscarle para hablar del vestuario. Obedecí en el acto, faltaría más. Nunca he bajado tan deprisa las escaleras del Lily.

Encontré a Anthony en la acera, lo agarré del brazo y, sin aliento, me presenté.

Lo cierto era que no tenía gran cosa que decirle. El traje que había llevado a la audición serviría para la obra. De acuerdo, era un poco moderno, pero con los tirantes adecuados y una corbata ancha y de color chillón, daría el pego. Era lo bastante barato y lo bastante resultón para irle al pelo a Bobby el Suertudo. Y aunque puede que no fuera lo más diplomático del mundo, le dije a Anthony que el traje que llevaba puesto era perfecto para el papel precisamente por lo barato y lo resultón.

—¿Me estás llamando barato y resultón? —me preguntó con los ojos entornados de risa.

Tenía unos ojos de lo más atractivos, castaño oscuro y de mirada divertida. Tenía aspecto de pasarse la vida divertido. Al verlo de cerca me di cuenta de que era mayor de lo que parecía en el escenario: tenía menos de muchacho larguirucho y más de hombre joven y esbelto. Más cerca de los veintinueve que de los diecinueve. Pero su delgadez y sus andares despreocupados le hacían parecer mucho más joven.

—Es posible —dije—, pero ser barato y resultón no tiene nada de malo.

—Tú en cambio tienes pinta de chica rica —replicó y me miró de arriba abajo.

—¿Pero resultona? —pregunté.

—Mucho.

Nos miramos unos instantes. Fue un silencio en el que se dijeron muchas cosas, podría afirmarse incluso que hubo una conversación entera. Aquello fue coqueteo en su forma más pura, una conversación sin palabras. Coquetear es una serie de preguntas sin palabras que hace una persona a otra con los ojos. Y la respuesta a esas preguntas es siempre la misma palabra:

Quizá.

De manera que Anthony y yo estuvimos un buen rato mirándonos, haciendo preguntas sin hacerlas y contestándolas en silencio. Quizá, quizá, quizá. El silencio se prolongó tanto que se volvió incómodo. Llevada por mi obstinación, sin embargo, no hablé ni tampoco dejé de mirarle a los ojos. Al final se echó a reír y yo hice lo mismo.

—¿Cómo te llamas, preciosa? —preguntó.

—Vivian Morris.

—¿Estás libre esta noche, Vivian Morris?

—Quizá.

—¿Sí?

Me encogí de hombros.

Ladeó la cabeza y me miró con mayor atención, sin dejar de sonreír.

—¿Sí? —volvió a preguntar.

—Sí —decidí y ahí fue donde se terminaron los «quizá».

Pero entonces repitió la pregunta.

—¿Sí?

—¡Sí! —dije, pensando que era posible que no me hubiera oído.

—¿Sí? —dijo una vez más y entonces caí en la cuenta de que me estaba preguntando otra cosa. No estábamos hablando de ir al cine y a cenar. Me estaba preguntando si estaba libre *de verdad* aquella noche.

En un tono por completo distinto, dije:

—Sí.

Media hora después estábamos en la cama de su hermano.

Supe de inmediato que aquella no iba a ser la clase de experiencia sexual a la que estaba acostumbrada. En primer lugar, no estaba borracha ni él tampoco. Y no estábamos de pie en el guardarropa de un club nocturno, o revolcándonos con torpeza en el asiento trasero de un coche. Allí de torpeza no hubo nada. Anthony Roccella no tenía prisa. Y le gustaba hablar mientras trabajaba, pero no de esa manera tan espantosa del doctor Kellogg. Le gustaba hacer preguntas traviesas, cosa que me encantaba. Creo que lo que le gustaba era oírme decir «sí» una y otra vez, y yo estaba más que dispuesta a darle ese gusto.

—Sabes lo bonita que eres, ¿verdad? —me preguntó una vez hubo echado el pestillo a la puerta.

—Sí —dije.

—Ahora te vas a sentar conmigo en la cama, ¿a que sí?

—Sí.

—¿Sabes que ahora te voy a tener que besar por culpa de lo bonita que eres?

—Sí.

Y, por el amor del cielo, cómo besaba aquel chico. Con una mano a cada lado de mi cara, sus largos dedos rodeándome el cráneo, sujetándome mientras exploraba con cuidado mi boca. Esta parte del sexo, la de los besos, que siempre me ha encantado, se terminaba demasiado pronto según mi experiencia, pero Anthony no parecía considerarla un mero preliminar. Era la primera vez que me besaba alguien que obtenía tanto placer de ello como yo.

Después de un rato —un rato muy largo—, se apartó.

—Esto es lo que vamos a hacer, Vivian Morris. Me voy a quedar sentado en esta cama y tú te vas a poner de pie ahí, debajo de la luz, y te vas a quitar el vestido.

—Sí —dije. (Una vez empiezas a decirlo ya te sale solo).

Caminé hacia el centro de la habitación hasta quedarme, tal y como me había pedido, justo debajo de la bombilla del techo. Dejé que el vestido me cayera a los pies y salí de él disimulando mi nerviosismo levantando los brazos al aire y diciendo: «¡Tachán!». Sin embargo, en cuanto estuve sin vestido, Anthony se echó a reír y la vergüenza se apoderó de mí al pensar en lo delgada que estaba y en lo pequeños que tenía los pechos. Cuando me vio la cara, suavizó la risa y dijo:

—No, preciosa. No me estoy riendo de ti. Me río porque me gustas muchísimo. Eres una pizpireta y me resultas encantadora.

Se levantó y recogió mi vestido del suelo.

—¿Qué te parece si te vistes, preciosa?

—Vaya, perdón —contesté—. No pasa nada, no me importa.

Lo que decía no tenía ningún sentido, pero estaba pensando: «Se acabó, lo he estropeado».

—No, escúchame, nena. Vas a ponerte el vestido para mí y luego te pediré que vuelvas a quitártelo. Pero esta vez quiero que lo hagas muy despacio. No tengas tanta prisa.

—Estás loco.

—Solo quiero verte otra vez hacerlo. Vamos, nena. Llevo toda la vida esperando este momento. No corras.

—No llevas toda la vida esperando este momento.

Sonrió.

—No, tienes razón. No es verdad. Pero, ahora que ha llegado, me gusta. Así que ¿qué te parece si pruebas otra vez? Pero muy despacio.

Volvió a sentarse en la cama y yo me puse el vestido. Me acerqué y le dejé que me abrochara los botones de la espalda, cosa que hizo despacio y con cuidado. Por supuesto podría habérmelos abotonado yo misma, y a los pocos segundos estaría desabotonándomelos, pero quería que lo hiciera él. Te juro que la sensación de tener a aquel hombre abotonándome el vestido fue la más erótica e íntima que había vivido jamás..., aunque pronto sería superada.

Me giré y volví al centro de la habitación, ya vestida. Me ahuequé un poco el pelo. Nos sonreíamos como dos tontos.

—Ahora prueba otra vez —dijo—. Hazlo muy despacito. Como si yo no estuviera aquí.

Era la primera vez que alguien me miraba así. Y aunque muchos hombres me habían tocado en los últimos meses, casi ninguno me había contemplado. Le di la espalda simulando timidez. Aunque lo cierto es que estaba algo nerviosa. Nunca me había sentido tan desnuda ¡y eso que seguía vestida! Me llevé la mano a la espalda y empecé a desabotonarme el vestido. Permití que me cayera de los hombros, pero se me enganchó alrededor de la cintura. Lo dejé ahí. Me solté el sujetador y lo deslicé por los brazos. Lo dejé en una silla que había al lado. Luego me quedé quieta y le enseñé mi espalda desnuda. Notaba su mirada y era como si una descarga eléctrica me recorriera la espina dorsal. Estuve así largo rato, esperando a que dijera alguna cosa, pero no habló. Había algo excitante en no poder verle la cara, en no saber qué estaba haciendo a mi espalda, sentado en la cama. Hoy aún puedo evocar cómo era el aire en aquella habitación. Un aire fresco, limpio, otoñal.

Me di la vuelta poco a poco, pero sin levantar la vista. Seguía teniendo el vestido alrededor de la cintura y los pechos desnudos. Él continuó callado. Cerré los ojos y permití que me inspeccionara y contemplara. La electricidad de mi espina dorsal se había extendido ahora a la parte delantera de mi cuerpo.

La cabeza me daba vueltas. La idea de moverme o de hablar me resultaba inconcebible.

—Eso es —dijo por fin—. Esto es lo que yo quería. Ahora ya puedes venir aquí.

Me guio hasta la cama y me retiró el pelo de los ojos. Llegado ese momento, supuse que se abalanzaría más o menos sobre mis pechos y mi boca, pero ni se acercó. Su parsimonia me estaba volviendo un poco loca. Ni siquiera volvió a besarme. Se limitó a sonreír:

—Oye, Vivian Morris, tengo una gran idea. ¿Quieres oírla?

—Sí.

—Esto es lo que vamos a hacer. Te vas a tumbar en esta cama y me vas a dejar que te quite el resto de la ropa. Y luego vas a cerrar esos ojos tan bonitos que tienes. ¿Y sabes lo que voy a hacer yo entonces?

—No —dije.

—Te voy a enseñar cómo se hace esto.

Puede ser difícil para alguien de tu edad, Angela, entender lo radical que era el concepto de sexo oral para una joven de mi generación. Sabía lo que era una paja, claro (algo que había practicado unas cuantas veces, pero sin llegar a entender del todo), pero ¿que un hombre pusiera su boca en los genitales de una mujer? Eso no se hacía.

Rectifico. Estoy segura de que se hacía. A todas las generaciones les gusta pensar que han descubierto el sexo, pero estoy convencida de que en 1940 había personas más sofisticadas que yo que practicaban el *cunnilingus* por toda Nueva York, en especial en el Village. Pero yo nunca había oído hablar de ello. Dios sabe que aquel verano la flor de mi feminidad había experimentado todo tipo de cosas, pero esa en concreto no. Me habían acariciado, restregado y penetrado, y desde luego me habían manoseado y hurgado (madre mía, cómo les gustaba a los chicos hurgar, y vigorosamente, además), pero aquello nunca.

La boca de Anthony había terminado entre mis piernas sin yo casi darme cuenta y cuando de pronto entendí a donde se dirigía y con qué intenciones, me escandalicé hasta el punto de que dije: «¡Oh!», y me incorporé. Pero entonces él levantó uno de sus largos brazos, me puso la palma de la mano en el pecho y me obligó a tumbarme otra vez sin dejar de hacer en ningún momento lo que estaba haciendo.

—¡Oh! —repetí.

Entonces lo sentí. Se estaba generando una sensación ahí que yo ni siquiera sabía que fuera posible. Tomé la mayor bocanada de aire de toda mi vida y no estoy segura de haber vuelto a respirar durante los siguientes diez minutos. Sí creo que perdí la capacidad de ver y oír durante un rato y que es posible que algo se cortocircuitara en mi cerebro, algo que desde entonces nunca se ha recuperado del todo. Todo mi ser estaba asombrado. Me oía emitir sonidos propios de un animal, me temblaban las piernas de un modo incontrolable (aunque tampoco es que intentara controlarlas) y me agarraba la cara con las manos tan fuerte que las uñas dejaron hendiduras en toda la cabeza.

La intensidad creció.

Y después de eso creció aún más.

Entonces chillé como si me estuviera atropellando un tren y el largo brazo de Anthony subió de nuevo para ponerme una mano en la boca y se la mordí igual que muerde una bala un soldado herido.

Y luego ya fue el máximo, y prácticamente me morí.

Cuando terminó, yo estaba jadeante y riendo, incapaz de dejar de temblar. En cambio, Anthony Roccella se limitó a esbozar su sonrisa chula de siempre.

—Eso es, cariño —dijo el joven delgado a quien en ese momento amaba con todo mi corazón—. Así es como se hace.

Después de una experiencia así, una chica ya no vuelve a ser la misma. ¿Cómo va a serlo?

Lo extraordinario es que la noche de nuestro primer encuentro Anthony y yo no llegamos a practicar el sexo. Con esto quiero decir que no hubo coito. Tampoco le hice yo nada a Anthony para darle placer en pago por la poderosa revelación que me había hecho tener. Tampoco dio impresión de necesitarlo. No pareció molestarle en lo más mínimo que me quedara allí, inmovilizada, como si acabara de caerme de un avión.

De nuevo, eso era parte del encanto de Anthony Roccella, esa increíble parsimonia. Esa actitud de o lo tomas o lo dejas. Empezaba a entender el origen de la inmensa seguridad en sí mismo de Anthony Roccella. Ahora me resultaba lógico que aquel joven sin un centavo caminara como si fuera dueño de la ciudad. Porque, si eres alguien capaz de hacerle algo así a una mujer sin necesitar nada a cambio, ¿cómo no vas a tener una elevadísima opinión de ti mismo?

Después de abrazarme un rato y burlarse un poco de mí por haber chillado y gritado de placer, fue a la nevera y volvió con una cerveza para cada uno.

—Vas a necesitar un trago, Vivian Morris —dijo, y estaba en lo cierto.

Aquella noche ni siquiera se quitó la ropa.

Aquel chico me había hecho gozar hasta casi perder la consciencia y todo sin quitarse la chaqueta de su traje barato y resultón.

Por supuesto, a la noche siguiente estaba de vuelta allí dispuesta a retorcerme una vez más bajo el poder mágico de su boca. Y la noche después de esa también. Él, por su parte, continuó vestido de pies a cabeza sin pedir nada a cambio. La tercera noche por fin me atreví a preguntar:

—Pero ¿y tú? ¿No quieres...?

Sonrió.

—Ya llegaremos ahí, nena —dijo—. No te preocupes.

Y también sobre eso estaba en lo cierto. Llegamos, vaya que si llegamos. Eso sí, esperó hasta que yo no pude aguantar más.

No me importa confesarte, Angela, que esperó hasta que se lo supliqué.

La parte de suplicar fue un poco complicada, porque yo no sabía cómo se hacía algo así. ¿Qué clase de lenguaje usa una chica de buena familia para que la dejen acceder a ese innombrable órgano masculino que tanto desea?

«¿Tendrías la amabilidad...?».

«¿Si no es molestia...?».

Carecía de la terminología requerida para esa clase de conversación. Vale, había hecho un montón de cosas desvergonzadas y sucias desde mi llegada a Nueva York, pero en mi fuero interno seguía siendo una chica bien y las chicas bien no piden esa clase de cosas. En su mayor parte, lo que había hecho durante los últimos meses en Nueva York había sido permitir que me ocurrieran cosas desvergonzadas y sucias a manos de hombres que siempre tenían mucha prisa. Pero esto era distinto. Yo deseaba a Anthony y él no tenía prisa por darme lo que quería, lo que me hacía desearlo aún más.

Cuando llegó un punto en el que empecé a balbucear cosas del tipo: «¿Crees que algún día...?», interrumpía lo que estaba haciendo, se incorporaba hasta apoyarse en un codo, me sonreía y decía:

—¿Cómo dices?

—Si en algún momento quieres...

—¿Si en algún momento quiero qué, nena? Dilo.

Yo no decía nada (porque era incapaz) y entonces él sonreía aún más y decía:

—Lo siento, nena, no te oigo. Tienes que vocalizar.

Pero yo no podía decirlo, al menos no hasta que me enseñara cómo hacerlo.

—Hay algunas palabras que tienes que aprender, nena —me dijo una noche mientras jugueteaba conmigo en la cama—. Y no vamos a hacer nada más hasta que no te oiga decirlas.

Entonces me enseñó las palabras más feas que había oído en mi vida. Palabras que me hicieron ruborizar y retorcerme de vergüenza. Me obligó a repetirlas después de él y disfrutó con lo incómoda que me hacían sentir. A continuación, se dedicó otra vez a mi cuerpo y me dejó abierta de piernas y loca de deseo. Cuando llegué a ese punto de excitación en el que apenas podía respirar, se detuvo y encendió la luz.

—Esto es lo que vamos a hacer, Vivian Morris —dijo—. Me vas a mirar a los ojos y me vas a decir exactamente lo que quieres que te haga usando las palabras que acabo de enseñarte. Porque de lo contrario te vas a quedar con las ganas, preciosa.

Y que Dios me ayude, Angela, pero obedecí.

Lo miré a los ojos y le supliqué igual que una ramera barata.

Después de aquello estuve perdida.

Ahora que estaba encandilada con Anthony, lo último que me apetecía era salir con Celia a pescar desconocidos para una noche de emociones baratas, rápidas y exentas de placer. No quería hacer otra cosa que estar con él, clavada a la cama de su hermano Lorenzo, cada minuto libre que tuviera. Con esto estoy diciendo que, en cuanto apareció Anthony, planté a Celia casi sin darle explicaciones.

No sé si me echó de menos. Nunca dio muestras de ello. Tampoco se alejó de mí de manera perceptible. Siguió con su vida y era amable conmigo cada vez que coincidíamos (que solía ser en la cama, cuando ella volvía borracha a la hora de siempre). Si pienso en ello ahora, tengo la sensación de que no fui una amiga demasiado leal con Celia; de hecho la planté dos veces: primero por Edna y luego por Anthony. Pero quizá los jóvenes son animales salvajes en el sentido de que cambian de afectos y lealtades de manera caprichosa. Y Celia también podía ser caprichosa. Ahora me doy cuenta de que a los veinte años necesitaba siempre estar encandilada con alguien y que, al parecer, me daba igual quién. Cualquiera con más carisma que yo servía. (Y Nueva York estaba llena de personas más carismáticas que yo). Estaba aún tan indefinida como ser humano, era tan insegura, que siempre buscaba el apego a otra persona, dejarme atrapar por el magnetismo de otro. Pero está claro que solo tenía capacidad para encandilarme con una sola persona a la vez.

Y en aquel momento esa persona era Anthony.

Estaba loca de amor. Tonta de amor. No sabía estar sin él. Apenas podía concentrarme en mis tareas en el teatro porque me importaban un bledo. Creo que la única razón por la que seguí yendo al teatro es que Anthony pasaba varias horas allí ensayando todos los días, así que lo veía. Solo quería estar en su órbita. Lo esperaba después de cada ensayo como una auténtica boba, lo seguía a su camerino, corría a comprarle un emparedado de lengua en pan de centeno cada vez que se le antojaba uno. Presumía delante de quien quisiera oírme de que tenía novio y de que era amor para toda la vida.

Como tantas otras chicas tontas de la historia de la humanidad, estaba infectada de amor y de lujuria. Pero además estaba convencida de que Anthony Roccella había inventado las dos cosas.

Entonces un día tuve una conversación con Edna, mientras le probaba un sombrero nuevo para la función.

—Te noto despistada —dijo—. Este no es el color que habíamos decidido para la cinta.

—Ah, ¿no?

Se tocó la cinta en cuestión, que era rojo escarlata, y preguntó:

—¿Dirías que esto es verde esmeralda?

—Supongo que no —contesté.

—Es ese chico —afirmó Edna—. Te tiene sorbido el seso.

No pude evitar sonreír.

—Eso sin duda.

Edna sonrió, pero con indulgencia.

—Cuando estás con él, querida Vivian, has de saber que pareces una perrita en celo.

Recompensé su sinceridad clavándole sin querer un alfiler en el cuello.

—¡Lo siento mucho! —exclamé sin saber si lo decía por el alfiler o por parecer una perrita en celo.

Edna se limpió el puntito de sangre con su pañuelo y dijo:

—No te preocupes. No es la primera vez que me pinchan, querida, y es probable que lo tenga más que merecido. Pero escucha una cosa, tesoro, porque soy lo bastante mayor como para entrar en la categoría de reliquia arqueológica y sé algunas cosas de la vida. No es que no me alegre de tu afecto por Anthony. Es una delicia ver a una persona joven enamorarse por primera vez. La manera en que persigues a ese chico resulta encantadora.

—Es que es un sueño, Edna —dije—. Un sueño de carne y hueso.

—Pues claro, querida. Siempre lo son. Pero te voy a dar un pequeño consejo. Tú llévate a ese chico travieso a la cama, sácalo en tus memorias cuando seas famosa, pero hay algo que nunca debes hacer.

Pensé que iba a decir: «No te cases con él» o «No te quedes embarazada».

Pero no. La preocupación de Edna era otra.

—No dejes que esto eche a perder la obra —dijo.

—¿Perdón?

—Estamos en una fase de la producción, Vivian, en la que todos dependemos de que los demás demuestren un grado determinado de sensatez y profesionalidad. Puede que dé la impresión de que lo único que estamos haciendo aquí es pasar un buen rato, y sin duda es así. Pero hay mucho en juego. Tu tía lo está dando todo por esta obra: su corazón, su alma y también todo su dinero, y no queremos que se eche a perder. En eso consiste la solidaridad de las gentes del teatro, Vivian. En intentar no arruinar los espectáculos ni las vidas de los demás.

No entendía de qué me hablaba y la expresión de mi cara debió de delatarme, porque probó de nuevo.

—Lo que intento decirte, Vivian, es que, si vas a enamorarte de Anthony, adelante. ¿Quién va a culparte por querer darte esa alegría? Pero prométeme que seguirás con él mientras la obra esté en cartel. Es un buen actor, bastante superior a la media, y lo necesitamos en esta obra. No quiero trastornos. Si uno de los dos le rompe el corazón al otro, me arriesgo a perder no solo a un protagonista sorprendentemente bueno, también a una modista estupenda. Ahora mismo os necesito a los dos y os necesito en plenas facultades. Tu tía también.

Mi expresión debía de seguir siendo de completa estúpida, porque añadió:

—Voy a ser más explícita aún, Vivian. Tal y como solía decirme el peor de mis exmaridos, ese director tan horroroso: «Vive tu vida como quieras, pochola, pero no jodas el espectáculo».

15

Los ensayos de *Ciudad de mujeres* estaban en marcha y se había fijado el estreno para el 29 de noviembre de 1940. Empezaríamos las representaciones la semana después de Acción de Gracias, para captar al público que estuviera de vacaciones.

En líneas generales, la obra iba bien. La música era sensacional y el vestuario de primera, si se me permite decirlo. Lo mejor del espectáculo, por supuesto, era Anthony Roccella..., al menos en mi opinión. Mi novio cantaba, actuaba y bailaba como un campeón. (Había oído a Billy decir a Peg: «Es fácil encontrar chicas que bailen como los ángeles, y algunos chicos también. Pero conseguir a un hombre que baile como un hombre, eso no es fácil. Este chico ha cumplido todas mis expectativas»).

Pero es que además Anthony era un cómico nato, y resultaba de lo más convincente en el papel de delincuente avispado capaz de camelar a una dama vieja y rica para abrir un bar y un burdel en el salón de su mansión. Y las escenas que tenía con Celia eran fantásticas. Sobre el escenario hacían una gran pareja. Había un número en concreto en el que bailaban un tango mientras Anthony cantaba seductor a Celia sobre *Un rinconcito de Yonkers* que quería enseñarle. En su boca, el rincón de Yonkers sonaba a zona erógena del cuerpo de una mujer, y desde luego Celia reaccionaba como si así fuera. Era el momento más sensual de la obra. Cualquier mujer con sangre en las venas habría estado de acuerdo conmigo. O al menos eso pensaba yo.

Otros, por supuesto, habrían dicho que lo mejor de la obra era la interpretación de Edna Parker Watson y estoy segura de que tenían razón. Mi embeleso con Anthony no me impedía darme cuenta de que Edna era genial. Había ido mucho al teatro en mi vida, pero nunca había visto trabajar a una gran actriz. Las actrices que había conocido hasta entonces eran muñecas con un repertorio de cuatro o cinco expresiones faciales, a elegir: tristeza, miedo, ira, amor y felicidad, que iban rotando hasta que bajaba el telón. Edna, en cambio, sabía transmitir todos los matices de las emociones humanas. Era natural, era cálida, era majestuosa y capaz de hacer una escena de nueve maneras distintas en el espacio de una hora y que cada variación pareciera la ideal.

También era una actriz generosa. Su mera presencia en el escenario beneficiaba las otras interpretaciones. Sacaba lo mejor de cada uno. Durante los ensayos le gustaba mantenerse en segundo plano y dejar que otros actores brillaran, como iluminándolos mientras hacían su papel. Hay pocas grandes actrices así. Pero Edna siempre pensaba en los demás. Recuerdo que un día Celia llegó a los ensayos con pestañas postizas. Edna hizo un aparte con ella para advertirle que no se las pusiera para las representaciones porque proyectarían sombras sobre sus ojos y le darían aspecto «cadavérico, querida, algo que debes evitar en todo momento».

Una estrella más celosa no habría señalado algo así. Pero Edna nunca tenía celos.

Con el tiempo, Edna fue transformando a la señora Alabaster en un personaje más sutil de lo que sugería el libreto. Edna la transformó en una mujer con entendimiento, una mujer que sabía lo ridícula que había sido su vida cuando era rica, lo ridículo que era estar arruinada y lo ridículo que era montar un casino en su salón. Pero aun así era una mujer valiente que jugaba al juego de la vida y permitía que la vida jugara con ella. Era irónica, pero no fría. El resultado era una superviviente que no había perdido la capacidad de sentir.

Y cada vez que Edna cantaba su romántico número en solitario, una balada que llevaba por título *Creo que me voy a enamorar,* transportaba a todos los presentes a un estado de asombro. Daba igual cuántas veces la oyéramos cantar; todos dejábamos lo que estábamos haciendo y la escuchábamos. Edna no tenía una voz extraordinaria (podía vacilar una pizca en los agudos), pero cantaba con tal sentimiento que uno tenía que volverse y prestarle atención.

La canción hablaba de una mujer ya de cierta edad que decide entregarse al amor una vez más, a sabiendas de que es una insensatez. Cuando Billy escribió la letra no había sido su intención que resultara triste. Pienso que el objetivo inicial había sido crear algo ligero y divertido, del tipo: ¡Mirad qué monada, también las personas mayores se enamoran! Pero Edna pidió a Benjamin que le pusiera a la canción una música más lenta y en clave más sombría, y eso lo cambió todo. Ahora cuando llegaba a la última línea («Ya sé que soy nueva en esto, / pero voy a echar el resto. / Creo que me voy a enamorar»), tenías la sensación de que aquella mujer ya estaba enamorada y perdidamente, además. Sentías su miedo a lo que pudiera ocurrirle a su corazón, ahora que había perdido el control de sí misma. Pero también sentías su esperanza.

Dudo que hubiera una sola vez que Edna cantara esa canción en un ensayo en que no dejáramos todos lo que estábamos haciendo para aplaudir.

—Es la mejor, peque —me dijo un día Peg entre bastidores—. En Edna no hay trampa ni cartón. Por muchos años que cumplas, no olvides nunca que tuviste la suerte de ver a una verdadera maestra trabajando.

Arthur Watson, me temo, resultaba en cambio un actor algo más problemático.

El marido de Edna era un inútil. No sabía actuar —¡ni siquiera era capaz de memorizar su texto!— y desde luego no sabía cantar («Oírle cantar», diagnosticó Billy, «te hace experimentar la inusual sensación de envidiar a los sordos»). Su manera de bailar tenía todos los defectos que puede tener un baile que siga llamándose baile. Y era incapaz de moverse sobre el escenario sin aspecto de ir a tirar algo. Me pregunté cómo había podido trabajar de carpintero sin amputarse un brazo con su serrucho por accidente. Para ser justos, Arthur estaba guapo a rabiar con su traje de mañana, chistera y frac, pero es lo único bueno que puedo decir de él.

Cuando se hizo evidente que Arthur no podía con el papel, Billy redujo su texto todo lo posible, para que al pobre hombre le resultara más fácil terminar una frase. (Por ejemplo, Billy cambió la primera línea de Arthur de «Soy el primo tercero de tu difunto marido, Barchester Headley Wentworth, quinto conde de Addington» a «Soy tu primo de Inglaterra»). También eliminó el solo de Arthur. Incluso cortó el número de baile que tenía con Edna cuando intentaba seducir a la señora Alabaster.

«Esos dos bailan como si nunca los hubieran presentado», le dijo Billy a Peg antes de renunciar por completo a que tuvieran un número de baile juntos. «¿Cómo pueden estar casados?».

Edna se esforzaba por ayudar a su marido, pero a este no le gustaba que lo corrigieran y se ofendía acaloradamente ante cualquier intento de refinar su interpretación.

—¡Nunca entiendo lo que tratas de decirme, querida, y nunca lo haré! —le soltó una vez con desconsideración cuando Edna intentó explicarle por enésima vez la diferencia entre hacer mutis por la derecha y por la izquierda.

Lo que más nos desesperaba era que Arthur no dejaba ni un instante de silbar la música que salía del foso, incluso cuando estaba en el escenario y actuando. Nadie conseguía que parara.

Una tarde, por fin, Billy gritó:

—¡Arthur, tu personaje no puede oír esa música! ¡Es la obertura, por el amor de Dios!

—¡Pues claro que la oye! —dijo Arthur—. ¡Los condenados músicos están ahí mismo!

Aquello llevó al exasperado Billy a soltar una perorata sobre la diferencia que hay en el teatro entre música diegética (que pueden oír los personajes que están en el escenario) y extradiegética (que solo oye el público).

—¡A mí háblame en cristiano! —exigió Arthur.

De manera que Billy lo intentó de nuevo.

—Arthur, imagínate que estás viendo una película del oeste en la que sale John Wayne. Tenemos a John Wayne cruzando a caballo un altiplano y de pronto se pone a silbar el tema de la banda sonora de la película. ¿Te das cuenta de lo ridículo que quedaría?

—Es que no entiendo por qué uno no puede ponerse a silbar sin que se metan con él —rezongó Arthur.

(Más tarde le oí preguntar a uno de los bailarines: «¿Qué demonios es un altiplano?»).

Observaba a Edna y a Arthur Watson e intentaba con todas mis fuerzas imaginar cómo podía ella soportarlo.

La única explicación que se me ocurría era que Edna amaba de verdad la belleza, y no se podía negar que Arthur era guapo. (Era como Apolo, si Apolo fuera el carnicero de tu barrio, pero sí, era guapo). Esto tenía cierto sentido, puesto que no había nada en la vida de Edna que no fuera bello. Nunca he conocido a nadie a quien le importara más la estética. Nunca vi a Edna arreglada de una manera que no fuera exquisita y la veía a todas las horas del día y de la noche. (Ser de esas mujeres que están impecables hasta en el desayuno o en la intimidad de su dormitorio requiere esfuerzo y dedicación, pero así era Edna, siempre dispuesta a echarle horas).

Sus cosméticos eran bonitos. El diminuto monedero de seda con cordón en el que llevaba el dinero suelto era precioso. La manera en que leía su texto y cantaba sobre el escenario era preciosa. La forma en que doblaba sus guantes era preciosa. Era una conocedora y una transmisora de belleza pura en todas sus manifestaciones.

De hecho, creo que una de las razones por las que a Edna le gustaba tanto mi compañía y la de Celia era que también éramos bonitas. En lugar de vernos como la competencia, algo que habrían hecho muchas otras mujeres de su edad, nuestra compañía parecía beneficiarla y estimularla. Recuerdo un día en que las tres caminábamos por la calle, con Edna en el centro. De pronto nos cogió a las dos del brazo, nos sonrió y dijo:

—Cuando voy por la calle con dos jóvenes bellezas tan imponentes como vosotras me siento como una perla engastada entre dos rubíes perfectos.

Faltaba una semana para el estreno y estábamos todos enfermos. Todos habíamos cogido el mismo resfriado y la mitad de las coristas tenía conjuntivitis por compartir el rímel. (La otra mitad tenía ladillas por intercambiarse las partes de abajo de los trajes, algo que les había advertido cien veces que no hicieran). Peg quería dar a los intérpretes un día libre para que descansaran y se repusieran, pero Billy se negó en redondo. Seguía pensando que los diez primeros minutos de la obra eran «correosos», que no discurrían a un ritmo lo bastante ágil.

—No tenéis demasiado tiempo para meteros al público en el bolsillo, chicos —le dijo al elenco una tarde en que todos parecían arrastrarse por el número inicial—. Tenéis que conquistarlo desde el principio. No importa que el segundo acto sea bueno si el primero es lento. La gente no vuelve para el segundo acto si el primero los horroriza.

—Solo están cansados, Billy —señaló Peg.

Y lo estaban; la mayoría del reparto seguía haciendo dos funciones diarias, manteniendo el programa habitual del Lily hasta que llegara el gran estreno.

—Bueno, la comedia es dura —repuso Billy—. Hacer algo ligero es trabajo pesado. No puedo permitir que la cosa decaiga ahora.

Aquel día los obligó a repetir el primer número tres veces, y cada vez lo hicieron distinto y un poco peor. Los bailarines aguantaron el tirón, pero algunas de las chicas tenían cara de lamentar el día en que aceptaron el trabajo.

Durante los ensayos el teatro se había ensuciado muchísimo: estaba lleno de sillas plegables, humo de cigarrillos y vasos de papel con restos de café frío. Bernadette, la criada, intentaba limpiar, pero siempre había basura por todas partes. Un barullo y un hedor impresionantes. Todos estaban de malhumor, todos gritaban a todos. El glamur brillaba por su ausencia. Incluso las bailarinas más bonitas ofrecían un aspecto desaliñado con sus redecillas y turbantes varios, cara de agotamiento y labios agrietados por el catarro.

Una lluviosa tarde de la última semana de ensayos Billy salió a comprar emparedados para almorzar y volvió al teatro empapado y cargado con bolsas de comida mojadas.

—Dios, cómo odio Nueva York —exclamó sacudiendo el agua gélida de su chaqueta.

—Solo por curiosidad, Billy —dijo Edna—. ¿Qué estarías haciendo ahora mismo en Hollywood?

—¿Qué día es? ¿Martes? —preguntó Billy. Consultó su reloj, suspiró y añadió—: Ahora mismo estaría jugando al tenis con Dolores del Río.

—Qué bonito, pero ¿me has comprado cigarrillos? —preguntó Anthony en el instante exacto en que Arthur Watson abría uno de los bocadillos y decía: «¿Cómo? ¿No tiene mostaza?», y por un momento pensé que Billy iba a darles un puñetazo.

Peg había empezado a beber durante el día. No hasta el punto de emborracharse, pero me había fijado en que tenía siempre una petaca cerca y le daba sorbitos a menudo. Por poco que me preocupara entonces el consumo de alcohol, he de reconocer que me alarmé. Y hubo más ocasiones —varias por semana— en que me encontré a Peg inconsciente en el salón rodeada de botellas, pues no había conseguido llegar al dormitorio.

Lo que era peor, el alcohol no parecía relajar a Peg, sino que la ponía más tensa. Un día nos sorprendió a Anthony y a mí besándonos entre bastidores en pleno ensayo y, por primera vez desde que nos conocíamos, me gritó.

—Maldita sea, Vivian, ¿crees que podrás estar diez minutos sin abalanzarte sobre nuestro protagonista?

(¿La verdad? No podía. Pero aun así no era propio de Peg ser tan crítica, y sus palabras me hirieron).

Y luego llegó la bronca por las entradas.

Peg y Billy querían comprar talonarios de entradas que reflejaran los nuevos precios del Lily. Querían que los billetes fueran de gran tamaño y vivos colores y que dijeran *Ciudad de mujeres.* Olive quería usar los talonarios viejos (en lo que ponía tan solo ENTRADA) y también mantener los precios. Peg se opuso, insistente:

—No voy a cobrar lo mismo a la gente por ver a Edna Parker Watson que lo que cobro por uno de mis tontos espectáculos de vedetes.

Olive se opuso con más fuerza:

—Nuestro público no se puede permitir pagar cuatro dólares por una entrada de patio de butacas y nosotros no podemos permitirnos talonarios nuevos.

Peg:

—Si no pueden pagar cuatro dólares, que saquen una entrada de anfiteatro de tres dólares.

—Eso tampoco pueden permitírselo.

—Entonces es que igual ya no son nuestro público, Olive. Quizá ahora tengamos un público nuevo. Quizá por esta vez consigamos tener un público mejor.

—No trabajamos para las clases pudientes —dijo Olive—. Trabajamos para las clases trabajadoras. ¿Es que se te ha olvidado?

—Bueno, quizá a las clases trabajadoras de este vecindario les apetezca ver un espectáculo de calidad, Olive, por una vez en sus vidas. Quizá no les guste que se les trate como a personas pobres y sin gusto. Quizá piensen que merece la pena pagar un poco más por ver algo bueno. ¿Te has parado a pensar eso?

Las dos llevaban días discutiendo así, pero la cosa llegó a mayores una tarde en que Olive entró como una furia durante los ensayos e interrumpió a Peg mientras esta hablaba con una bailarina sobre un problema con la coreografía y anunció:

—Vengo de la imprenta. Imprimir las cinco mil entradas nuevas que quieres nos va a costar doscientos cincuenta dólares y me niego a pagarlos.

Peg se giró sobre sus talones y gritó:

—Maldita sea, Olive, ¿cuánto tengo que pagarte para que dejes de hablar de dinero de una vez por todas, joder?

Se hizo un silencio total. Todos se quedaron donde estaban, sin atreverse a moverse.

Es posible que recuerdes, Angela, el efecto tan potente que solía tener la palabra «joder» en nuestra sociedad, en el pasado, antes de que adultos y niños empezaran a decirla diez veces al día antes incluso del desayuno. Era, de hecho, una palabra muy potente. Oírla de la boca de una mujer respetable resultaba inaudito. Ni siquiera Celia la usaba. Ni Billy. (Yo sí, claro, pero solo en la intimidad de la cama del hermano de Anthony y solo porque me obligaba a decirla antes de acostarse conmigo... y seguía ruborizándome cada vez).

Pero ¿que alguien la gritara?

Yo nunca la había oído a voz en grito.

Por un instante me pregunté dónde habría aprendido aquella palabra mi encantadora tía Peg, aunque imagino que si has cuidado a soldados heridos en primera línea de una guerra de trincheras, lo más probable es que hayas oído de todo.

Olive seguía allí con la factura en la mano. Parecía humillada, lo que resultaba horrible de ver en una persona por lo común tan imponente. Se tapó la boca con la otra mano y se le llenaron los ojos de lágrimas.

Al momento siguiente la expresión de Peg era todo remordimiento.

—¡Olive, lo siento! Lo siento mucho. No quería decir algo así. Soy una bruta.

Dio un paso hacia su secretaria, pero Olive negó con la cabeza y se escabulló detrás del escenario. Peg corrió tras ella. El resto nos limitamos a mirarnos los unos a los otros. La atmósfera era tensa y sepulcral.

Edna fue la primera en recobrarse, lo que quizá era de esperar.

—Mi sugerencia, Billy —dijo con voz serena—, es que pidas al cuerpo de baile que empiece el número desde el principio. Creo que Ruby ya sabe dónde tiene que colocarse, ¿verdad, querida?

La bailarina menuda asintió en silencio.

—¿Desde el principio? —preguntó Billy, algo vacilante. Nunca lo había visto tan incómodo.

—Eso es —dijo Edna con su elegancia habitual—. Desde el principio. Y, Billy, si puedes por favor recordar a todos que se concentren en sus papeles y en lo que tienen que hacer, sería ideal. No olvidemos tampoco que el tono debe ser ligero. Sé que estáis todos cansados, pero podemos hacerlo. Tal y como estáis comprobando, amigos, hacer comedia puede ser muy duro.

El incidente de las entradas podría habérseme borrado de la memoria de no ser por otra cosa.

Aquella noche fui a casa de Anthony como de costumbre, preparada para recibir mi ración nocturna de desenfreno sensual. Pero su hermano Lorenzo tuvo la desfachatez de volver a casa del trabajo a medianoche, de manera que tuve que regresar al Lily sintiéndome bastante decepcionada y exiliada. También me irritaba que Anthony no me hubiera acompañado, pero así era él. Aquel chico tenía grandes cualidades, pero la caballerosidad no era una de ellas.

Vale, igual solo tenía una gran cualidad.

En cualquier caso, llegué al Lily nerviosa y aturullada y también es posible que llevara la blusa al revés. Al subir las escaleras al tercer piso oí música. Benjamin estaba al piano, tocando *Stardust* de la manera más melancólica, lenta y romántica que había oído en mi vida. Por muy antigua y cursi que fuera aquella canción ya incluso entonces, siempre ha sido una de mis favoritas. Abrí despacio la puerta del salón para no interrumpir. La única luz procedía de una lamparita sobre el piano. Allí estaba Benjamin, tocando con tanta suavidad que sus dedos apenas rozaban las teclas.

Y también allí, en el centro del salón en penumbra, estaban Peg y Olive. Bailaban. Era un baile lento, en realidad lo que hacían era mecerse abrazadas. Olive tenía la cara contra el pecho de Peg y Peg apoyaba la mejilla en la coronilla de Olive. Las dos tenían los ojos cerrados. Se aferraban la una a la otra, muy juntas, en un abrazo de silenciosa desesperación. Fuera cual fuera el mundo en el que estaban —fueran cuales fueran la época, los recuerdos o la historia que entretejían en su estrecho abrazo— era un mundo propio. Estaban juntas en alguna parte, pero no allí.

Las miré, incapaz de moverme e incapaz de comprender lo que veían mis ojos, pero al mismo tiempo incapaz de no comprenderlo.

Al cabo de un rato Benjamin levantó la vista y me vio. No sé cómo intuyó mi presencia. No dejó de tocar y su expresión no cambió, pero mantuvo sus ojos fijos en mí. Yo hice lo mismo, quizá buscando una explicación o una instrucción, pero no me ofreció ninguna. La mirada de Benjamin me mantenía pegada al umbral. Había algo en sus ojos que decía: «No des ni un paso más dentro de esta habitación».

No quería moverme por temor a hacer ruido y a que Peg u Olive repararan en mi presencia. No quería avergonzarlas ni humillarme a mí misma. Pero cuando sentí que la canción se terminaba no me quedó elección: tenía que escabullirme o de lo contrario me descubrirían.

De manera que retrocedí y cerré la puerta despacio al salir. Benjamin siguió mirándome sin pestañear mientras terminaba de tocar la canción, asegurándose de que me había ido antes de tocar la nostálgica nota final.

Pasé las dos horas siguientes en una cafetería de Times Square que abría toda la noche, sin saber muy bien cuándo sería seguro volver a casa. No sabía a dónde ir. No podía volver al apartamento de Anthony y seguía notando la intensidad de la mirada de Benjamin impidiéndome traspasar aquel umbral. «Ahora no, Vivian».

Nunca había estado fuera sola a aquella hora en la ciudad y me asustaba más de lo que me atrevía a reconocer. Me sentía perdida sin Celia ni Anthony ni Peg para hacerme de guías. El problema era que todavía no era una verdadera neoyorquina. Seguía siendo una turista. Uno no es neoyorquino hasta que no se desenvuelve solo por la ciudad.

De modo que me había metido en el local más iluminado que había encontrado, donde una camarera entrada en años y de aspecto cansado me llenaba una y otra vez la taza de café sin hacer comentarios y sin queja alguna. Miré a un marinero y a su novia discutir en una mesa frente a mí. Ambos estaban borrachos. Discutían sobre una tal Miriam. La chica sospechaba de Miriam; el marinero la defendía. Los dos argumentaban con vehemencia sus posturas respectivas. Yo a ratos creía al marinero y a ratos a la chica. Sentía que necesitaba ver qué aspecto tenía Miriam antes de emitir un veredicto sobre si el marinero había sido infiel a su enamorada.

¿Peg y Olive eran lesbianas?

Era imposible. Peg estaba casada. Y Olive era... Olive. El ser más asexuado sobre la faz de la tierra. Olive estaba hecha de bolas de alcanfor. Pero ¿qué otra explicación podía haber para dos mujeres de mediana edad abrazadas tan estrechamente en la penumbra mientras Benjamin tocaba para ellas la canción de amor más triste del mundo?

Sabía que aquel día habían discutido, pero ¿así es como se reconcilia una con su secretaria después de una discusión? Por entonces yo no estaba demasiado familiarizada con el mundo de los negocios, pero aquel abrazo no me parecía profesional. Tampoco algo propio de dos amigas. Yo compartía la cama con una mujer cada noche —y no con una mujer cualquiera, sino con una de las más hermosas de Nueva York— y no nos abrazábamos así.

Y si eran lesbianas... ¿desde cuándo? Olive trabajaba para Peg desde la Gran Guerra. Había conocido a Peg antes que Billy. ¿Se trataba esto de algo nuevo o siempre había sido así? ¿Quién lo sabía? ¿Estaría enterada Edna? ¿Lo sabía mi familia? ¿Lo sabía Billy?

Desde luego Benjamin sí. Lo único que le había molestado de la escena había sido mi presencia. ¿Tocaba a menudo el piano para ellas, para que pudieran bailar? ¿Qué ocurría detrás de las puertas cerradas de aquel teatro? ¿Y era aquella la verdadera razón de las disputas constantes y de la tensión entre Billy, Peg y Olive? ¿Acaso discutían en realidad no por dinero ni por la bebida ni por el control, sino por una rivalidad sexual? (Mi memoria retrocedió al día durante las audiciones en que Billy le dijo a Olive: «Qué aburrido sería si tú y yo tuviéramos siempre el mismo gusto en cuanto a mujeres»). ¿Era posible que Olive Thompson —la de los trajes de lana de corte recto, la santurrona, la del rictus perpetuo— fuera rival de Billy Buell?

¿Podía ser alguien rival de un hombre como Billy Buell?

Recordé cuando Edna dijo de Peg: «Ahora mismo lo que necesita es lealtad, más que diversión».

Bueno, Olive era leal. Eso había que reconocérselo. Y si no buscabas diversión, entonces habías llegado al sitio adecuado.

Me sentía incapaz de analizar nada de aquello.

Volví a casa alrededor de las dos y media.

Abrí despacio la puerta del salón, pero no había nadie. Todas las luces estaban apagadas. En parte era como si la escena nunca se hubiera producido, pero al mismo tiempo me pareció distinguir la sombra de las dos mujeres bailando en el centro de la habitación.

Me fui a la cama y a las pocas horas me despertó el calor ebrio de Celia al desplomarse a mi lado sobre el colchón.

—Celia —susurré cuando se hubo acomodado en la cama—. Tengo que preguntarte una cosa.

—Estoy durmiendo —contestó con voz pastosa.

Le clavé un dedo, la agité, la hice gemir y volverse y le dije, en voz más alta:

—Venga, Celia, es importante. Despierta. Escúchame. ¿Es mi tía Peg lesbiana?

—¿Ladran los perros? —respondió Celia y al instante siguiente dormía como un tronco.

16

e la crítica de Brooks Atkinson en el *New York Times*, 30 de noviembre de 1940:

> Puede que la obra carezca de verosimilitud, pero no de encanto. La escritura es ágil e inteligente y el reparto sobresale casi en su totalidad [...] Sin embargo, el gran aliciente de *Ciudad de mujeres* es la rara oportunidad de ver trabajar a Edna Parker Watson. Esta laureada intérprete británica posee un talento para la comedia que uno no habría esperado de tan ilustre actriz trágica. Ver a la señora Watson hacerse a un lado para observar el circo en que su personaje se encuentra una y otra vez es una maravilla. Sus reacciones son tan cómicas y sutiles que consigue salir triunfal con esta deliciosa pequeña sátira cuidadosamente doblada bajo el brazo.

La noche del estreno había sido aterradora... y tensa.

Billy había llenado el aforo con viejos amigos y chismosos, columnistas y exnovias, y todos los publicistas, críticos y periodistas que conocía de nombre o por su reputación. (Y conocía a todo el mundo). Peg y Olive se habían opuesto a esta idea y con vehemencia.

—No sé si estamos preparados para eso —dijo Peg y sonó igual que una mujer con un ataque de pánico al enterarse de que su marido ha invitado a su jefe a cenar esa noche y espera que prepare un menú perfecto en poco tiempo.

—Más nos vale estarlo —contestó Billy—. Estrenamos dentro de una semana.

—No quiero críticos en este teatro —declaró Olive—. No me gustan los críticos. Los críticos pueden ser hostiles.

—¿Crees por lo menos en nuestra obra? —preguntó Billy—. ¿Te gusta siquiera?

—No —contestó Olive—. Excepto algunos trozos.

—No puedo resistirme a preguntártelo, aunque sé que me voy a arrepentir. ¿Qué trozos?

Olive pensó con cuidado.

—Es posible que me guste la obertura.

Billy puso los ojos en blanco.

—Eres una tortura viviente, Olive. —A continuación se volvió hacia Peg—: Tenemos que arriesgarnos, cariño. Tenemos que hacer funcionar el boca a boca. No quiero ser la única persona importante entre el público la noche del estreno.

—Danos por lo menos una semana para pulir los fallitos —dijo Peg.

—Eso no va a cambiar nada, Pegsy. Si la obra resulta una calamidad, lo seguirá siendo dentro de una semana, con o sin fallitos. Así que averigüemos de una vez si hemos malgastado nuestro tiempo y nuestro dinero o no. Necesitamos a gente importante y de pasta en el público, o de lo contrario no llegaremos a ningún lado. Necesitamos que les encante la obra y también que la recomienden a sus amigos, así es como funciona esto. Olive no me deja gastar nada en publicidad, así que necesitamos armar el mayor jaleo que podamos. Cuanto antes comencemos a colgar el cartel de NO HAY BILLETES, antes dejará Olive de mirarme como si fuera un asesino, y no vamos a agotar las localidades a no ser que la gente se entere de que estamos aquí.

—Me parece una vulgaridad invitar a los amigos al lugar de trabajo —dijo Olive— y esperar que te hagan publicidad gratuita.

—Entonces, ¿cómo sugieres que avisemos a la gente del hecho de que vamos a estrenar, Olive? ¿Quieres que me plante en una esquina con un panel como un hombre anuncio?

La expresión de Olive daba a entender que no le parecía mala idea.

—Siempre y cuando el panel no diga: SE ACERCA EL FIN DEL MUNDO —dijo Peg, que no parecía convencida de que no fuera así.

—Pegsy —dijo Billy—, ¿qué ha sido de tu confianza? Va a ser un exitazo y lo sabes. Sabes que la obra es buena. Lo presientes, igual que yo.

Pero Peg seguía intranquila.

—A lo largo de los años me has dicho muchas veces que presentía algo. Y por lo general lo único que presentía era que me iban a vaciar la cartera.

—Pero ahora estoy a punto de llenártela, señora mía —dijo Billy—. Espera y verás.

De Heywood Broun, para el *New York Post:*

> Edna Parker Watson es desde hace tiempo una joya del teatro británico, pero después de ver *Ciudad de mujeres* uno desearía que hubiera venido antes a iluminar nuestros escenarios. Lo que podría haber sido una mera

> rareza se transforma en una maravillosa velada teatral gracias a la inteligencia y el ingenio poco comunes de la señora Watson a la hora de encarnar a una dama de sociedad venida a menos que debe convertirse en *madame* de burdel para salvar la mansión familiar...
>
> Las canciones de Benjamin Wilson son deliciosamente chispeantes y los bailarines se superan con cada número [...] El actor revelación Anthony Roccella echa humo en su papel de arrebatador Romeo urbano y la hipnótica carnalidad de Celia Ray pone el toque adulto al conjunto del espectáculo.

En los días previos al estreno Billy gastó dinero como loco, más incluso de lo habitual. Trajo a dos masajistas noruegas para los bailarines y las estrellas. (A Peg le escandalizó aquel dispendio, pero Billy dijo: «En Hollywood se hace siempre con las estrellas más nerviosas. Las tranquiliza mucho»). Hizo que viniera un médico al Lily y nos pusiera a todos inyecciones de vitamina C. Le dijo a Bernadette que se trajera a todos los primos que tuviera, y también a sus hijos, y entre todos limpiaron el teatro hasta dejarlo irreconocible. Contrató a hombres del vecindario para que lavaran con mangueras la fachada y se aseguraran de que todas las bombillas del gran letrero luminoso funcionaban y también cambió todos los filtros de los focos del escenario.

Para el ensayo general, trajo comida de Toots Shor's: caviar, pescado ahumado, emparedados, lo mejor de lo mejor. Contrató a un fotógrafo para que hiciera fotos publicitarias del reparto vestido y maquillado. Llenó el vestíbulo de grandes centros de orquídeas, que debieron de costar más que mi primer semestre en la universidad (y que seguramente también fueron mejor inversión). Trajo a una esteticién, una manicura y a una maquilladora para Edna y Celia.

El día del estreno reclutó a unos cuantos chiquillos y hombres desempleados del vecindario (a cincuenta centavos por cabeza, un buen sueldo, al menos para los niños), para que rondaran el teatro y dieran la impresión de que estaba a punto de ocurrir algo de lo más emocionante. Contrató al chiquillo más entusiasta de todos para que no dejara de gritar: «¡Agotadas todas las localidades!».

La víspera del estreno, Billy hizo regalos sorpresa a Edna, Peg y Olive, algo que, según dijo, traía buena suerte. A Edna le compró una fina pulsera de Cartier con la que acertó de pleno. Para Peg había una bonita billetera de cuero de Mark Cross. («Pronto la vas a necesitar, Pegsy», dijo con un guiño). En cuanto a Olive, le entregó con gesto solemne una caja elaboradamente envuelta y que contenía —según vimos después de que consiguiera quitarle todos los lazos y el papel— una botella de ginebra.

—Para tu uso particular —le dijo—. Así puedes anestesiarte del aburrimiento extremo que al parecer te produce esta obra.

De Dwight Miller, en el *New York World-Telegram:*

> Exhorto a los aficionados al teatro a que hagan caso omiso de las butacas hundidas y ajadas del Lily Playhouse, de la descascarillada pintura del techo que puede aterrizarles en el pelo cuando los bailarines zapatean sobre el escenario y también de los pésimos decorados y las luces parpadeantes. ¡Así es! ¡Los exhorto a que no hagan caso de las incomodidades y molestias y vayan hasta la Novena Avenida a ver a Edna Parker Watson en *Ciudad de mujeres!*

Llegó el gran día. El público entraba en el teatro y nosotros estábamos apiñados entre bastidores, el reparto vestido y maquillado, escuchando el ruido celestial de un aforo completo.

—Venid aquí —dijo Billy—. Este es vuestro momento.

Los actores y bailarines nerviosos y tensos formaron un círculo laxo alrededor de Billy. Yo me puse al lado de Anthony, orgullosa como nunca, cogida de su mano. Me besó con pasión y luego me soltó la mano y empezó a dar saltitos adelante y atrás y a golpear el aire con los puños como un boxeador antes de un combate.

Billy se sacó una petaca del bolsillo, dio un sorbo generoso y se la pasó a Peg, quien también bebió.

—No soy hombre de discursos —continuó Billy—, puesto que no se me da bien juntar palabras ni disfruto siendo el centro de atención. —El reparto rio con indulgencia—. Pero quiero deciros que lo que habéis hecho, en muy poco tiempo y con el presupuesto más ajustado del mundo, es teatro del bueno. Ahora mismo no hay nada en cartel en Broadway —y apuesto a que tampoco en Londres— mejor que el producto que vamos a ofrecer esta noche.

—No creo que ahora mismo haya nada en cartel en Londres, querido —replicó Edna sarcástica—. A excepción quizá de *Bomba va.*

El reparto volvió a reír.

—Gracias, Edna —repuso Billy—. Me has recordado que tengo que mencionarte. Escuchadme todos. Si en el escenario os ponéis nerviosos, mirad a Edna. A partir de este momento ella es vuestra capitana y no podríais estar en mejores manos. Edna es la actriz más serena con la que jamás tendréis el privilegio de trabajar. No hay nada que la altere. Así que dejad que su seguridad os guíe. Que verla tranquila os sirva para serenaros. Recordad que los espectadores se lo perdonan todo a un intérprete excepto que les haga sentir incómodos. Si os olvidáis del texto, seguid hablando, decid lo primero que se os venga a la cabeza, y Edna lo arreglará. Confiad en ella, lleva en esto desde los tiempos de la Armada Invencible. ¿A que sí, Edna?

—Desde antes incluso, creo —dijo Edna con una sonrisa.

Estaba incandescente con el *vintage* rojo de Lanvin pescado del contenedor de Lowtsky's. Se lo había arreglado con amoroso cuidado. Estaba muy orgullosa del vestuario que le había hecho para aquel papel. Su maquillaje también era exquisito. (No podía ser de otra manera). Seguía siendo ella, pero en una versión más vívida y majestuosa. Con la melena negra, corta y brillante y ese suntuoso vestido rojo parecía una laca china: inmaculada, barnizada y valiosísima.

—Una cosa más antes de dejaros en manos de vuestra excelente productora —prosiguió Billy—. Recordad que el público no ha venido aquí a odiaros. Ha venido a que le gustéis. Peg y yo hemos producido miles de espectáculos para públicos de lo más diversos y sé qué es lo que quieren los espectadores. Quieren enamorarse de vosotros. Así que os voy a dar el consejo de un experto en vodevil: si les demostráis vuestro amor, no podrán resistirse a corresponderlo. Así que mi consejo es que salgáis ahí fuera y derrochéis amor.

Hizo una pausa, se secó los ojos y volvió a hablar.

—Escuchadme —dijo—. Dejé de creer en Dios durante la Gran Guerra y vosotros habríais hecho lo mismo de haber visto lo que yo vi. Pero en ocasiones tengo recaídas, por lo general cuando me emborracho o me emociono demasiado, y ahora mismo me pasan las dos cosas, así que, perdonadme, pero lo voy a decir: inclinemos la cabeza y recemos.

No me lo podía creer, pero iba en serio.

Inclinamos la cabeza, Anthony volvió a cogerme la mano y sentí la emoción que me producía todo contacto con él, por leve que fuera. Alguien me cogió la otra mano y la apretó. Por lo familiar que me resultaba supe que era Celia.

Creo que no ha habido un momento más feliz en toda mi vida.

—Señor, sea cual sea tu naturaleza —dijo Billy—, ilumina con tu gracia a estos humildes actores. Ilumina con tu gracia este viejo y raído teatro. Ilumina con tu gracia a los que están ahí sentados fuera y haz que nos quieran. Ilumina con tu gracia esta pequeña empresa nuestra. Lo que vamos a hacer aquí esta noche no tiene importancia alguna en este mundo cruel, pero aun así lo vamos a hacer. Ayúdanos a que merezca la pena. Pedimos esto en tu nombre, sea cual sea, y con independencia de si creemos o no en ti, algo que la mayoría no hacemos. Amén.

—Amén —repetimos todos.

Billy dio otro sorbo de su petaca.

—¿Quieres añadir algo, Peg?

Mi tía Peg sonrió y por un momento pareció veinte años más joven.

—Solo que salgáis ahí, chicos —dijo—, y os dejéis la piel.

De Walter Winchell, para el *New York Daily Mirror:*

> Me da igual la obra en la que actúe Edna Parker Watson siempre y cuando salga ella. A su lado, todas esas que se creen actrices palidecen [...] Tiene aspecto de pertenecer a la realeza, pero sobre el escenario es una fiera [...] *Ciudad de mujeres* es una majadería hecha obra maestra, y si esto suena a crítica, creedme, amigos, no lo es. En estos tiempos oscuros a todos nos vendría bien algo de majadería [...]. Celia Ray —y mi más sincero abucheo a quienes la han tenido escondida todos estos años— es una picaruela iridiscente. De acuerdo, ninguna mujer querría dejarla a solas con su novio o su marido, pero ¿es eso una medida del talento de una futura estrella?

> [...] No os preocupéis, chicas, también hay algo jugoso para vosotras en este espectáculo. No hubo una sola mujer del público que no suspirara cada vez que salía a escena Anthony Roccella, que debería estar haciendo cine...
>
> Donald Herbert resulta tronchante como carterista ciego, ¡una definición que podría aplicarse a más de un político actual! En cuanto a Arthur Watson, es demasiado joven para su mujer, pero ella es demasiado buena en todo para él, de manera que apuesto a que esa es la clave de su matrimonio. Ignoro si es tan inexpresivo fuera del escenario como sobre él, pero si es así, ¡mi más sentido pésame a su adorable esposa!

Edna suscitó las primeras risas del público.

Acto I, escena I: La señora Alabaster está tomando el té con unas damas ricas. Mientras charlan y chismorrean de cosas sin importancia, menciona que a su marido lo atropelló un coche la noche anterior. Las damas se sorprenden muchísimo y una de ellas pregunta:

—¿Crítico?

—Eso siempre —contesta la señora Alabaster.

Se hace el silencio. Las damas se miran las unas a las otras, desconcertadas. La señora Alabaster le da vueltas a su té tranquilamente, con el dedo meñique levantado. A continuación, levanta la vista y dice, la viva imagen de la inocencia:

—Ah, disculpe, ¿se refiere a su estado? Ha muerto.

La audiencia estalló en carcajadas.

Entre bastidores, Billy le cogió la mano a mi tía y dijo:

—Los tenemos en el bolsillo, Pegsy.

De Thomas Lessig, en el *Morning Telegraph:*

> El *sex appeal* de alto voltaje de la señorita Celia Ray mantendrá a más de un caballero pegado a su butaca, pero el público que sepa lo que es bueno hará bien en no quitar ojo a Edna Parker Watson, una actriz de fama internacional que, en *Ciudad de mujeres,* hace por fin su presentación en Estados Unidos como la gran estrella que es.

Más tarde, siempre en el acto I, Bobby el Suertudo intenta convencer a la señora Alabaster de que empeñe sus objetos de valor para costear el bar clandestino.

—¡No puedo vender este reloj! —exclama ella mientras sostiene un gran reloj de oro con una bonita cadena—. ¡Se lo compré a mi marido!

—Pues su marido hizo un buen negocio. —Mi novio asiente con la cabeza a modo de aprobación.

Edna y Anthony decían sus diálogos como si estuvieran jugando a bádminton con las candilejas a modo de red. No fallaban un solo golpe.

—¡Pero mi padre me enseñó que nunca hay que mentir, engañar ni robar! —dice la señora Alabaster.

—También el mío. —Bobby el Suertudo se lleva una mano al corazón—. Mi padre me enseñó que el honor es todo lo que tiene un hombre, a no ser que surja la oportunidad de hacerte rico. Entonces puedes desplumar a tu hermano y vender a tu hermana a un prostíbulo.

—Un prostíbulo de calidad, espero —replica la señora Alabaster.

—¡Usted y yo nos vamos a entender muy bien! —exclama Bobby el Suertudo y a continuación ambos se lanzan a su dueto: *Somos dos condenados bribones.* ¡Y lo que tuvimos que pelear con Olive para que nos dejara usar la palabra «condenados» en la canción!

Aquel era mi momento favorito de la obra. Anthony tenía un solo de claqué con el que encendía el teatro como si fuera una bengala. Aún me parece ver su sonrisa depredadora bajo los focos, bailando como si quisiera excavar un agujero en el suelo de escenario. El público, la flor y nata de los aficionados al teatro neoyorquinos, marcaba el ritmo con los pies como una panda de pueblerinos. Sentía que me iba a explotar el corazón. Les encantaba Anthony. Sin embargo, bajo mi alegría por su éxito sentí también una punzada de temor: «Este chico se va a convertir en una estrella y voy a perderlo».

Pero cuando terminó el número y Anthony corrió entre bastidores y, todo sudoroso, me cogió, me llevó contra una pared y me besó apasionado y eufórico, olvidé mis temores por un momento.

—Soy el mejor —rugió—. ¿Has visto eso, nena? ¡Soy el mejor! ¡El mejor del mundo!

—¡Claro que lo eres! ¡El mejor del mundo! —exclamé, porque eso es lo que le dice una chica de veinte años a su novio cuando está perdidamente enamorada.

(Aunque, para ser justos con Anthony y conmigo, era bastante fabuloso).

Luego Celia hizo su *striptease*, cantando lastimera con ese acento ronco del Bronx sobre cómo anhelaba ser madre, y se metió al público en el bolsillo. Conseguía resultar adorable y pornográfica a la vez, algo nada sencillo. Para el final de su número, los espectadores aullaban y gritaban como borrachos en un cabaré. Y no solo había encandilado a los hombres. También oí vítores con voz femenina.

Entonces llegó el agradable zumbido del descanso, de los hombres fumando en el vestíbulo y el ajetreo satinado de las mujeres en el tocador. Billy me pidió que saliera a mezclarme con la gente y oír así sus comentarios sobre la obra.

—Lo haría yo —dijo—, pero hay demasiadas personas que me conocen. No quiero sus comentarios corteses, quiero sus reacciones sinceras. Busca reacciones sinceras.

—¿Qué tengo que buscar exactamente?

—Si están hablando de la obra, bueno. Si están hablando de dónde han aparcado el coche, malo. Sobre todo, busca indicios de orgullo. Cuando a los espectadores les gusta lo que están viendo, siempre parecen orgullosos de sí mismos. Como si la obra hubiera sido idea suya, los muy condenados. Sal ahí y dime si parecen orgullosos de sí mismos.

Me abrí paso entre la gente y examiné los rostros felices, alegres que me rodeaban. Todo el mundo tenía aspecto de rico, bien alimentado y satisfecho. Charlaban sin parar de la obra, de la silueta de Celia, del encanto de Edna, de los bailarines, de las canciones. Se repetían las frases divertidas los unos a los otros y volvían a reírse con ellas.

—Nunca he visto a personas tan orgullosas de sí mismas —informé a Billy.

—Bien —dijo—. Así es como debe ser.

Aleccionó de nuevo al reparto antes de que volviera a abrirse el telón.

—Lo importante ahora es cómo salga el público del teatro —dijo—. Si dejáis que la cosa decaiga en la segunda parte, olvidarán que les gustasteis alguna vez. Tenéis que volver a ganaros su estima. El número final no puede ser solo bueno; tiene que ser fantástico. ¡Echadle chispa, chicos!

Acto II, escena I: El alcalde, representante del orden, llega a casa de la señora Alabaster decidido a clausurar el casino ilegal y el burdel que, según los rumores, está regentando. Llega disfrazado, pero Bobby el Suertudo lo descubre y alerta de la situación. Las coristas se ponen uniformes de doncellas encima de sus leotardos de lentejuelas y los crupieres se disfrazan de lacayos. Los clientes simulan estar en la mansión para visitar los jardines y las mesas de juego se cubren con manteles de cuadros. El señor Herbert, en su papel de carterista ciego, coge cortés el abrigo del alcalde y aprovecha para agenciarse su billetera. La señora Alabaster invita al alcalde a tomar el té en la galería y, mientras lo acompaña, se esconde un puñado de fichas en el escote.

—Tiene usted una casa de lo más elegante, señora Alabaster —dice el alcalde mientras escudriña el lugar en busca de indicios de ilegalidad—. Exquisita. ¿Su familia llegó a Estados Unidos en el *Mayflower* o algo así?

—Cielos, no —responde Edna con acento aún más exagerado mientras se abanica con gracia con una baraja de póquer—. Mi familia siempre tuvo barco propio.

Hacia el final de la obra, cuando Edna canta su conmovedora balada *Creo que me voy a enamorar,* de tan silencioso, el teatro parecía vacío. Y cuando cantó la última nota, el público se puso en pie y la ovacionó. Edna tuvo que saludar cuatro veces después de aquella canción para que la función pudiera continuar. Yo conocía la expresión «éxito clamoroso», pero en ese momento entendí su significado literal.

Edna Parker Watson había causado sensación.

Cuando llegó el momento del gran número de apoteosis, *Que sea doble,* me fui poniendo cada vez más furiosa mientras perdía el hilo por estar pendiente de Arthur Watson. Intentaba seguir el ritmo del resto del reparto sin conseguirlo. Por fortuna al público no pareció molestarle demasiado y la orquesta ahogaba sus notas desafinadas. En cualquier caso, los espectadores se habían puesto a cantar y a dar palmas, coreando el estribillo: «¡Pecadoras, bebedoras, / a mis brazos venid todas!». El Lily Playhouse relucía con una pátina de alegría pura y colectiva.

Y así se terminó.

Tuvieron que salir una y otra vez a saludar. Inclinaciones y más inclinaciones. Ramos de flores lanzados al escenario. Hasta que por fin se encendieron las luces, los espectadores recogieron sus abrigos y se esfumaron.

Exhaustos, el reparto y el equipo técnico salimos al escenario vacío y permanecimos unos instantes en la polvareda que acabábamos de levantar, mudos de asombro por lo que habíamos sido capaces de hacer.

De Nichols T. Flint, del *New York Daily News:*

> El dramaturgo y director William Buell ha sido muy astuto dando a Edna Parker Watson un papel tan cómico. La señora Watson se entrega a esta obra edulcorada pero inteligente con el entusiasmo de una comediante nata. Y al hacerlo se reviste de gloria y hace crecer al reparto que la acompaña. No se puede pedir entretenimiento mejor, no en estos tiempos tan sombríos. Vayan a ver esta obra y olviden sus problemas. La señora Watson nos recuerda por qué deberíamos traer a más actores de Londres a Nueva York... ¡y quizá también por qué deberíamos retenerlos!

Pasamos el resto de la noche en Sardi's esperando las críticas y bebiendo como cubas. No hace falta decir que en el Lily no acostumbrábamos a ir a Sardi's a esperar las críticas, ni tampoco a que la crítica nos hiciera caso, pero aquel no había sido un estreno como los demás.

—Todo depende de lo que digan Atkinson y Winchell —nos informó Billy—. Si nos ganamos el beneplácito del más exigente y del más popular, entonces el éxito está asegurado.

—No sé ni quién es Atkinson —dijo Celia.

—Pues desde esta noche él sí sabe quién eres tú, cariño, eso te lo aseguro. No te ha quitado ojo.

—¿Es famoso? ¿Tiene dinero?

—Es periodista. No tiene dinero. Lo único que tiene es poder.

Entonces asistí a algo extraordinario. Olive se acercó a Billy con un martini en cada mano y le ofreció uno. Billy lo aceptó sorprendido, y su sorpresa aumentó cuando Olive levantó su copa para brindar con él.

—Has hecho un trabajo muy respetable con esta obra, William —dijo—. Muy respetable.

Billy rompió a reír.

—¡Muy respetable! ¡Viniendo de ti es el elogio más caluroso que puede recibir un director!

Edna fue la última en llegar. La habían asaltado en la salida de artistas admiradores deseosos de su autógrafo. Podría haberles dado esquinazo subiendo a su apartamento y esperando a que se fueran, pero quiso honrar al populacho con su presencia. Luego debió de darse un baño rápido y cambiarse de ropa, porque cuando entró su aspecto era limpio y fresco y llevaba un trajecito azul que tenía pinta de costar una fortuna (algo de lo que te dabas cuenta si sabías en qué fijarte, como era mi caso) y una estola de piel de zorro colocada sobre un hombro con naturalidad. De su brazo iba ese marido suyo tan guapo y tan tonto que había estado a punto de echar a perder nuestro número final con su incapacidad para el baile. Sonreía de oreja a oreja, como si fuera la estrella de la noche.

—¡La alabadísima Edna Parker Watson! —exclamó Billy y todos vitoreamos.

—Ten cuidado, Billy —dijo Edna—. Las alabanzas aún no han llegado. Arthur, querido, ¿me traerías el cóctel más helado que encuentres?

Arthur se fue en busca del bar y me pregunté si sería capaz de encontrar el camino de vuelta.

—Has causado sensación, Edna —dijo Peg.

—El mérito es todo vuestro —contestó Edna y miró a Billy y a Peg—. Vosotros sois los genios y los creadores. Yo no soy más que una humilde refugiada de guerra, agradecida por tener trabajo.

—Tengo ganas de pillarme una buena melopea, ahora mismo —declaró Peg—. No soporto la espera. ¿Cómo puedes estar tan tranquila, Edna?

—¿Y cómo sabes que no llevo ya una buena melopea?

—Esta noche debería ser sensata y vigilar lo que bebo —dijo Peg—. Aunque, pensándolo bien, no me apetece. Vivian, ¿te importa ir a buscar a Arthur y decirle que triplique el número de copas que le habíamos encargado?

Si consigue hacer la multiplicación, pensé.

Fui hacia el bar. Intentaba llamar la atención del barman, cuando una voz de hombre dijo:

—¿Me dejaría invitarla a una copa, señorita?

Me di la vuelta con una sonrisa coqueta y allí estaba mi hermano, Walter.

Tardé unos instantes en reconocerlo porque su presencia en Nueva York, en mi mundo, rodeada de mi gente, me resultaba incongruente. Además, nuestra similitud física me desconcertó. Su cara y la mía se parecían tanto que, por un confuso instante, pensé que había tropezado con un espejo.

¿Qué pintaba allí Walter?

—No pareces demasiado contenta de verme —observó con una sonrisa cauta.

Yo no sabía si estaba o no contenta. Lo que sí estaba era desorientada. Lo único en que podía pensar era en que algo malo había ocurrido. Quizá mis padres habían tenido noticia de mi comportamiento inmoral y habían enviado a mi hermano mayor en mi busca. Miré detrás de Walter para ver si lo acompañaban mis padres, lo que habría significado un adiós a todo lo bueno.

—No te pongas nerviosa, Vi —dijo Walter—. Estoy solo. —Fue como si me hubiera leído el pensamiento. Algo que no me tranquilizó demasiado—. He venido a ver tu función. Me ha gustado. Habéis hecho un gran trabajo.

—Pero ¿qué haces tú en Nueva York, Walter? —De pronto fui consciente de que mi vestido era demasiado escotado y de que tenía en el cuello restos de un chupetón.

—He dejado la universidad, Vi.

—¿Que has dejado Princeton?

—Sí.

—¿Lo sabe papá?

—Sí, lo sabe.

Nada de aquello tenía sentido. Yo era la delincuente de la familia, no Walter. Y ahora iba y dejaba Princeton. De pronto imaginé a mi hermano volviéndose loco, tirando por la borda todos sus años de buen comportamiento para venir a Nueva York y unirse a mí en un carnaval de alcohol y parranda, bailando hasta caer rendido en el Stork Club. ¡Quizá era yo la que le había dado mal ejemplo!

—Me he alistado en la Marina.

Ah. En qué estaría pensando.

—Empiezo la escuela de cadetes dentro de tres semanas, Vi. Voy a hacer la instrucción aquí, en Nueva York, junto al río, en el Upper West Side. La Marina tiene un buque de guerra retirado de servicio atracado en el Hudson y lo está usando de escuela. Ahora mismo andan escasos de oficiales y aceptan a cualquiera con dos años de universidad. Nos van a adiestrar en solo tres meses, Vi. Empiezo después de Navidad. Cuando me gradúe, seré alférez. En primavera zarparé e iré adonde me manden.

—¿Qué le ha parecido a papá que dejaras Princeton? —pregunté.

Me oía rara y poco natural. Lo inesperado de aquel encuentro seguía haciéndome sentir incómoda, pero me esforcé por conversar y simular que todo era de lo más normal, como si Walter y yo acostumbráramos a charlar en Sardi's cada semana.

—Está que trina —respondió Walter—. Pero no es decisión suya. Soy mayor de edad y dueño de mis actos. Llamé a Peg y le conté que venía a la ciudad. Me dijo que podía alojarme con ella unas semanas antes de que empiece la escuela de cadetes. Así puedo ver Nueva York, hacer turismo.

¿Que Walter se iba a alojar en el Lily? ¿Con nosotros, panda de degenerados?

—Pero no tenías por qué alistarte en la Marina —dije como una tonta.

(Tal y como yo lo veía, Angela, solo se hacían marinos chicos de clase trabajadora sin otras oportunidades para prosperar en la vida. Creo que incluso es algo que oí decir a mi padre en algún momento).

—Hay una guerra, Vi —replicó Walter—. Y Estados Unidos entrará en ella tarde o temprano.

—Pero tú no tienes por qué participar —insistí.

Me miró con una expresión de desconcierto mezclado con desaprobación.

—Es mi país, Vi. Pues claro que tengo que participar.

Llegaron fuertes vítores del otro lado del local. Acababa de entrar un repartidor de periódicos con un puñado de primeras ediciones.

Empezaban las alabanzas.

Y mira, Angela, he dejado mi preferida para el final.

De Kit Yardley, en el *New York Sun*, 30 de noviembre de 1940:

> Merece la pena ver *Ciudad de mujeres* aunque solo sea por disfrutar del vestuario de Edna Parker Watson, exquisito de los pies a la cabeza.

17

Teníamos un éxito entre manos.

En el espacio de una semana habíamos pasado de suplicar a personas que vinieran a ver nuestra obrita a informar de que no quedaban localidades. Para Navidad, tanto Peg como Billy habían recuperado todo el dinero invertido, y ahora se estaban llenando los bolsillos..., o eso decía Billy.

Cabría pensar que, con el éxito del espectáculo, habría disminuido la tensión entre Peg, Olive y Billy, pero no era así. Incluso con las buenas críticas y el cartel de agotadas todas las localidades que se colgaba cada noche, Olive se las arreglaba para estar preocupada por el dinero. (Su breve experimento celebratorio al parecer había terminado la noche del estreno).

Lo que le preocupaba a Olive —tal y como se empeñaba en recordarnos todos los días— era que todo éxito es efímero. Está muy bien, decía, ganar dinero con *Ciudad de mujeres* ahora mismo, pero ¿qué hará el Lily cuando la obra deje de estar en cartel? Habíamos perdido a nuestro público del barrio. Habíamos ahuyentado a las gentes de clase trabajadora a las que habíamos entretenido humildemente durante tantos años con nuestros nuevos precios y nuestra comedia cosmopolita. ¿Cómo podíamos estar seguros de recuperarlas una vez regresáramos a nuestra programación habitual? Porque, sin duda, eso haríamos tarde o temprano. Billy no iba a quedarse para siempre en Nueva York y tampoco había prometido escribirnos más obras de éxito. Y cuando a Edna la contratara una compañía de teatro mejor para una producción nueva —algo que estaba destinado a ocurrir—, nos quedaríamos sin *Ciudad de mujeres.* No podíamos pedir a alguien del prestigio de Edna que permaneciera en nuestro raído teatro para siempre. Y una vez se marchara, no podríamos permitirnos a actores de su calibre. La realidad era que toda aquella abundancia se apoyaba en el talento de una sola mujer, y eso es una manera muy precaria de llevar un negocio.

Eso decía Olive... un día detrás de otro. Cuánto pesimismo. Cuánto fatalismo. Era como una Casandra incansable, recordándonos sin parar que la catástrofe estaba a la vuelta de la esquina cuando todos estábamos ebrios de éxito.

—Ten cuidado, Olive —comentó Billy—. Asegúrate de no disfrutar ni un minuto de esta buena racha, y también de que nadie más lo haga.

Pero incluso yo sabía que Olive tenía razón en una cosa: el éxito de la obra se debía por entero a Edna, que nunca dejaba de estar extraordinaria. Veía la obra todos los días y puedo afirmar que se las arreglaba para renovar el papel de la señora Alabaster con cada representación. Hay actores que, una vez aciertan con el papel, congelan su interpretación y se limitan a repetir un determinado repertorio de expresiones y reacciones. Pero la señora Alabaster de Edna siempre parecía nueva. No recitaba su texto, sino que lo reinventaba, o esa era la impresión que daba. Y puesto que siempre actuaba con entusiasmo y con un tono distinto cada vez, el resto de los actores tenían que estar atentos y brillantes también.

Y sin duda Nueva York recompensó a Edna por su talento.

Edna había sido actriz toda su vida, pero con el éxito aplastante de *Ciudad de mujeres* se convirtió en una estrella.

La palabra «estrella», Angela, es una designación vital pero complicada, que solo el público puede conceder a un actor. Los críticos no pueden convertir a alguien en estrella. Los resultados de taquilla no pueden convertir a alguien en estrella. La mera excelencia no puede convertir a alguien en estrella. Alguien se convierte en estrella cuando la gente decide adorarte en masa. Cuando hay personas dispuestas a hacer horas de cola a la salida del teatro después de una función solo para verte un instante..., entonces eres una estrella. Cuando Judy Garland graba una versión de *Creo que me voy a enamorar*, pero todos los que han visto *Ciudad de mujeres* dicen que tu versión es mejor, entonces eres una estrella. Cuando Walter Winchell empieza a escribir chismorreos sobre ti en su columna cada semana, entonces eres una estrella.

Y luego estaba la mesa que le reservaban en Sardi's cada noche después de la función.

Y la noticia de que Helena Rubinstein iba a poner su nombre a una sombra de ojos (Edna's Alabaster).

Y el artículo de mil palabras en *Woman's Day* sobre dónde compraba los sombreros Edna Parker Watson.

Y los admiradores, que la inundaban de cartas en las que le preguntaban cosas como «Mi intento por forjarme una carrera en los escenarios quedó interrumpido por un revés económico de mi marido. ¿Consideraría usted la posibilidad de amadrinarme? Le sorprendería comprobar lo mucho que se parecen nuestros estilos de actuación».

Y luego estuvo aquella carta increíble (y de lo más atípica) de nada menos que Katharine Hepburn: «Mi queridísima Edna: Acabo de ver tu actuación y me ha chiflado, por lo que tendré que volver a verla tres o cuatro veces, ¡y luego me tiraré al río, porque nunca seré tan buena actriz como tú!».

Sé lo de estas cartas porque Edna me pidió que las leyera y las contestara por ella en vista de que tenía una bonita caligrafía. Era un trabajo que podía hacer con comodidad, ahora que no tenía que diseñar vestuario. Puesto que el Lily tenía la misma obra en cartel una semana tras otra, mis talentos no eran requeridos. Aparte de zurcir y de mantener el vestuario, se habían terminado mis obligaciones. Por esa razón, después del éxito de la obra, más o menos me convertí en secretaria personal de Edna.

Yo era la que rechazaba todas las invitaciones y peticiones. Quien organizó la sesión de fotos para *Vogue.* Quien hizo a un periodista del *Time* una visita guiada del Lily para un artículo titulado «Cómo se fabrica un éxito». Y fui yo quien acompañó a aquel terriblemente áspero crítico teatral Alexander Woollcott cuando escribió un perfil de Edna para *The New Yorker.* A todos nos inquietaba que la despedazara («Alec nunca se conforma con un mordisquito cuando puede hincar el diente hasta el fondo», dijo Peg), pero nuestras preocupaciones resultaron ser infundadas. Porque esto es lo que escribió Woollcott sobre Watson:

> Edna Parker Watson posee el rostro de una mujer que ha vivido su vida abrigando grandes sueños. Muchos de esos sueños se han hecho realidad, al parecer, puesto que no hay en su frente arrugas de preocupación o sufrimiento y le brillan los ojos como a alguien que siempre espera buenas noticias [...] Lo que posee ahora mismo esta actriz es algo que va más allá del sentimiento sincero, es un catálogo inagotable de *humanidad* [...] Es una artista demasiado efervescente para limitarse a Shakespeare y a Shaw, por eso acaba de prestar su talento a *Ciudad de mujeres,* el espectáculo más delirante y entretenido que

> hemos tenido en Nueva York en bastante tiempo [...] Verla convertirse en la señora Alabaster es como ver a la comedia transmutarse en arte [...] Cuando una admiradora sin aliento apostada junto a la salida de artistas le dio las gracias por venir por fin a Nueva York, la señora Watson contestó: «Bueno, querida, tampoco es que me lluevan las ofertas de trabajo ahora mismo». Si Broadway sabe lo que le conviene, esta situación pronto se verá remediada.

También Anthony se estaba haciendo famoso gracias a *Ciudad de mujeres.* Le habían ofrecido papeles en algunos seriales de radio, que podía grabar por las tardes y por tanto no interferían con los horarios de la representación. Asimismo lo habían contratado como voz e imagen de la Miles Tobacco Company («¿Por qué sufrir cuando puedes fumar?»). De manera que estaba ganando dinero por primera vez en su vida. Pero seguía sin mejorar su lugar de residencia.

Yo había empezado a presionarlo para que alquilara su propio apartamento. ¿Por qué una estrella en alza iba a compartir casa con su hermano en un viejo edificio de apartamentos que olía a aceite de cocina y a cebollas? Le insistía en que alquilara un apartamento mejor, con ascensor y portero, y quizá hasta un jardín trasero, y desde luego no en Hell's Kitchen. Pero él no quería ni oír hablar de ello. Ignoro por qué se resistía tanto a mudarse de aquel apartamento roñoso sin ascensor. Lo único que se me ocurre es que sospechara que yo estuviera intentando hacerle parecer un buen partido.

Que era justo lo que estaba haciendo.

El problema era que mi hermano ya conocía a Anthony y no hace falta decir que no le gustaba.

De haber podido ocultarle a Walter el hecho de que estaba saliendo con Anthony Roccella lo habría hecho. Pero Anthony y yo no disimulábamos nuestra lujuria y mi hermano era demasiado observador para pasarla por alto. Además, puesto que Walter se alojaba en el Lily, le resultaba fácil ver cómo era mi vida ahora. Lo presenció todo: el alcohol, los coqueteos constantes, las conversaciones a gritos, la depravación general de las gentes del teatro. Yo había tenido la esperanza de que Walter se uniera a la diversión (desde luego las coristas trataron más de una vez de camelarse a mi apuesto hermano), pero era demasiado formal para morder el anzuelo del placer. Sí, claro, se tomaba uno o dos cócteles, pero no estaba por la labor de «retozar». En lugar de unirse a nosotros, parecía supervisarnos.

Yo le habría pedido a Anthony que moderara sus atenciones carnales para conmigo y así no escandalizar a Walter, pero Anthony no era de esos hombres dispuestos a cambiar su conducta para hacer sentir mejor a nadie. De manera que mi novio continuó agarrándome, besándome y dándome palmadas en el trasero, estuviera o no Walter presente.

Mi hermano observó, juzgó y por fin emitió su veredicto condenatorio de mi novio: «Anthony no me parece un buen partido, Vi».

Y a partir de entonces no conseguí sacarme aquella expresión tan solemne, «un buen partido», de la cabeza. Debo decir que, hasta el momento, ni había pensado en casarme con Anthony ni estaba segura de ir a quererlo nunca. Pero de pronto, con la desaprobación de Walter como una espada de Damocles, empezó a importarme que mi novio no fuera visto como un buen partido. Me sentía insultada por la expresión, y quizá también algo espoleada. Tenía la sensación de que debía hacer frente a aquel problema y resolverlo.

Lavar un poco la imagen de mi hombre, tú ya me entiendes.

Con este fin, me temo, empecé a hacer sugerencias, no demasiado sutiles, a Anthony, sobre cómo mejorar su estatus en el mundo. ¿No se sentiría más adulto si no durmiera en un sofá? ¿No sería más atractivo si usara algo menos de brillantina en el pelo? ¿No parecería más refinado si no estuviera siempre mascando chicle? ¿Y si hablara de manera menos coloquial? Por ejemplo, cuando mi hermano le preguntó a Anthony si tenía alguna aspiración profesional fuera del mundo del espectáculo, Anthony había sonreído y dicho: «Ni pizca». ¿No había acaso una manera más refinada de responder a esa pregunta?

Anthony, que no tenía un pelo de tonto, se daba perfecta cuenta de lo que estaba haciendo y lo odiaba. Me acusó de intentar «enderezarlo» para contentar a mi hermano y no estaba dispuesto a permitirlo. Y todo esto desde luego no ayudó a que le tomara cariño a Walter.

En aquellas pocas semanas que Walter se alojó en el Lily, la tensión entre mi hermano y mi novio se podía cortar con un cuchillo. Era un problema de clase, de educación, de amenaza sexual, un problema de hermano frente a amante. Pero en parte también era un problema de pura rivalidad masculina. Ambos eran orgullosos y machistas, lo que hacía que cualquier habitación de Nueva York fuera demasiado pequeña para los dos.

La tensión alcanzó un punto crítico una noche en que unos cuantos fuimos a tomar unas copas en Sardi's después de la función. Anthony estaba manoseándome (para mi regocijo, por supuesto) en el bar, cuando sorprendió a Walter mirándolo con cara de perro. Cuando quise darme cuenta, se habían enzarzado.

—Tú quieres achantarme para que deje tranquila a tu hermanita, ¿verdad? —exigió saber Anthony acercándose a Walter—. Pues atrévete a intentarlo, capitán.

La manera en que Anthony sonreía a Walter, una sonrisa burlona, en realidad, tenía un inconfundible matiz de amenaza.

Por primera vez vi el lado pendenciero, de chico criado en Hell's Kitchen, de mi novio. También era la primera vez que a Anthony parecía importarle algo. Y en aquel momento lo que le importaba no era yo, sino el placer de propinar a mi hermano un puñetazo en la nariz.

Walter sostuvo la mirada a Anthony sin pestañear y contestó en voz baja:

—Si estás intentando decirme algo, chaval, será mejor que uses otra cosa que no sean palabras.

Vi como Anthony estudiaba a mi hermano, sus hombros de jugador de fútbol americano y su cuello de boxeador, y se lo pensaba mejor. Bajó la vista y retrocedió. Rio despreocupado y dijo:

—No busco gresca, capitán. Tranquilo.

Acto seguido recuperó su acostumbrada pose de indiferencia y se alejó.

Anthony había hecho bien en retroceder. Mi hermano Walter podía ser muchas cosas (un elitista, un puritano y un estirado de mil demonios), pero no era ni un pusilánime ni un cobarde.

Mi hermano podría haber mandado a mi novio a la acera de un mamporro.

Era algo que saltaba a la vista.

Al día siguiente Walter me llevó a comer al Colony para «una pequeña charla».

Yo sabía muy bien sobre qué (o, más bien, sobre quién) iba a ser la charla y me daba terror.

—Por favor, no les cuentes a mamá y a papá lo de Anthony —le supliqué a Walter en cuanto estuvimos en la mesa. Odiaba el mero hecho de tener que sacar el tema de mi novio, pero sabía que Walter lo iba a hacer, de manera que supuse que lo mejor sería suplicar piedad. Mi mayor temor era que informara de mis correrías a mis padres y que estos cayeran sobre mí y me cortaran las alas.

Walter tardó un rato en contestar.

—Quiero hacer lo correcto, Vi —dijo.

Por supuesto que sí. Walter siempre quería hacer lo correcto.

Esperé, sintiéndome como a menudo me sentía en presencia de Walter: igual que un niño pequeño en el despacho del director. ¡Dios, cómo deseé que fuera mi aliado! Pero nunca lo había sido. Ya de niño había sido incapaz de guardar un secreto o de conspirar conmigo contra los adultos. Siempre había sido una prolongación de mis padres. Siempre se había comportado conmigo más como un padre que como un igual. Y, lo que era peor, yo lo trataba como si así fuera.

Por fin dijo:

—No puedes llevar esta vida tan alocada para siempre, eso lo sabes.

—Sí, claro que lo sé —contesté, aunque, a decir verdad, mi plan era llevar aquella vida por siempre jamás.

—Hay un mundo real ahí fuera, Vi. En algún momento vas a tener que guardar los globos y las serpentinas y comportarte como una adulta.

—Eso sin duda —convine.

—Has tenido una buena educación. Eso debería tranquilizarme. Cuando llegue el momento, tu educación se impondrá. Ahora estás jugando a ser una bohemia, pero terminarás por sentar la cabeza y casarte con quien debes.

—Pues claro que sí. —Asentí como si ese fuera mi plan.

—Si no creyera que, en el fondo, eres una persona sensata, te mandaría de vuelta a Clinton ahora mismo.

—¡No te culpo! —dije dándole toda la razón—. Si no me considerara una persona sensata, me mandaría a mí misma de vuelta a Clinton ahora mismo.

Algo que no tenía demasiado sentido, pero pareció ablandarlo. Gracias a Dios, conocía a mi hermano lo bastante para saber que mi única esperanza de salvación era darle la razón en todo.

—Es un poco como cuando yo me fui a Delaware —dijo algo más apaciguado después de otro largo silencio.

Aquello me descolocó. ¿Delaware? Entonces recordé que el verano anterior mi hermano había pasado unas semanas en Delaware. Había trabajado en una central eléctrica, si no me equivocaba, aprendiendo de ingeniería.

—¡Pues claro! —dije—. ¡Delaware!

Quería animarlo a seguir por aquel derrotero más esperanzador, aunque no tenía ni idea de qué me estaba hablando.

—Algunas de las personas con las que estuve en Delaware eran bastante salvajes —dijo—. Pero ya sabes cómo son esas cosas. A veces te apetece mezclarte con gente que no ha sido educada igual que tú. Ampliar horizontes. Puede ayudarte a formarte como persona.

Menudo engreído.

Lo que me animó fue que sonriera.

Yo también sonreí. Traté de poner cara de alguien que está intentando ampliar sus horizontes y formarse como persona confraternizando con gente de clase social inferior. Algo difícil de conseguir con una sola expresión facial, pero me esforcé al máximo.

—Te estás divirtiendo sin más —decidió y pareció casi convencido de su diagnóstico—. No tiene nada de malo.

—Eso es, Walter. Me estoy divirtiendo. No tienes por qué preocuparte por mí.

Su expresión se ensombreció. Había cometido un error táctico. Le había llevado la contraria.

—Pues claro que tengo que preocuparme por ti, Vi, porque dentro de unos días empiezo en la escuela de cadetes. Voy a vivir en un buque en el norte de la ciudad y no podré estar pendiente de ti.

«Aleluya», pensé mientras asentía con expresión solemne.

—No me gusta el rumbo que está tomando tu vida —añadió—. Eso es lo que quería decirte. No me gusta nada.

—¡Créeme, lo entiendo! —respondí volviendo a mi estrategia inicial de absoluta sumisión.

—Dime que lo de ese tipo, Anthony, no es nada serio.

—Claro que no lo es —mentí.

—No has dejado que se propase contigo, ¿verdad?

Noté que me ponía colorada, pero no por recato, sino por la sensación de culpa. Aun así, me benefició. Debí de parecerle una chica inocente, avergonzada por que su hermano hubiera sacado a relucir el tema del sexo, aunque fuera de manera indirecta.

Walter también se sonrojó.

—Siento preguntarlo —dijo protegiendo lo que interpretó como ingenuidad—, pero tengo que saberlo.

—Lo entiendo —repuse—. Pero nunca lo... Jamás con esa clase de chico. Ni con ningún otro, Walter.

—Muy bien, entonces. Si lo dices, confiaré en ti. No les contaré nada a mamá y a papá sobre Anthony —contestó (por primera vez en el día respiré con tranquilidad)—. Pero tienes que prometerme una cosa.

—Lo que quieras.

—Si te metes en un lío con ese tipo me llamarás.

—Lo hare —le aseguré—. Pero no voy a meterme en ningún lío. Lo prometo.

De pronto Walter pareció mayor. No debía de ser fácil ser un joven responsable de veintidós años camino del frente. Que trata de cumplir con los deberes familiares y los patrióticos al mismo tiempo.

—Sé que pronto se te pasará lo de este Anthony, Vi. Pero prométeme que no vas a hacer tonterías. Sé que eres una chica lista. Que no harías ninguna insensatez. Tienes una cabeza demasiado bien amueblada para eso.

En aquel momento se me rompió un poco corazón al ver a mi hermano rebuscar en su imaginación prístina, tratando desesperadamente de pensar bien de mí.

18

Angela, no me apetece nada contarte la parte que viene ahora.

Creo que la he estado aplazando.

Porque la parte que viene ahora es dolorosa.

Déjame posponerla un poco más.

No, déjame que te la cuente de una vez.

Era finales de marzo de 1941.

Había sido un largo invierno. A principios de mes, una fortísima tormenta de nieve había enterrado Nueva York y la ciudad tardó semanas en salir a la superficie. Estábamos todos hartos de pasar frío. El Lily era un edificio viejo y lleno de corrientes de aire, te sorprenderá saber, y los camerinos eran más indicados para almacenar pieles que para cobijar a seres vivos.

Todos teníamos sabañones y calenturas. Las chicas estábamos deseando ponernos nuestros bonitos vestidos de primavera para lucir de nuevo figura en lugar de estar momificadas bajo abrigos, botas y bufandas. Había visto a algunas de nuestras bailarinas salir de fiesta con ropa interior larga debajo de los vestidos que después se quitaban a escondidas en los cuartos de baño de los clubes y volvían a ponerse también a escondidas finalizada la velada, antes de aventurarse al gélido aire de la noche. Créeme, una chica con vestido de seda y ropa interior larga no tiene nada de glamuroso. Yo llevaba todo el invierno cosiendo como una posesa, haciéndome vestidos de primavera, con la irracional esperanza de que, con un guardarropa más veraniego, el tiempo mejoraría.

Por fin, hacia finales de mes, el tiempo cambió y el frío remitió un poco.

Era uno de esos días claros, alegres de primavera en Nueva York que te hacen pensar que quizá ha llegado el verano. Yo no llevaba tiempo suficiente en la ciudad para no caer en la trampa (¡nunca te fíes del mes de marzo en Nueva York!), así que me concedí el placer de regocijarme por la aparición del sol.

Era lunes. El teatro estaba a oscuras. Con el correo de la mañana llegó una invitación para Edna. Una organización llamada Alianza Protectora de las Damas Británico-Americanas organizaba una gala benéfica aquella noche en el Waldorf. El dinero recaudado se destinaría a los esfuerzos de los grupos de presión que trabajaban para que Estados Unidos se uniera a la guerra.

Por apresurada que fuera la invitación, escribían los organizadores, ¿consideraría la señora Watson honrar el acto con su presencia? Su nombre aportaría gran prestigio al acontecimiento. Y, además, ¿sería la señora Watson tan amable de pedir a su pareja en el escenario, Anthony Roccella, que la acompañara? ¿Y querrían los dos interpretar su aclamado dueto de *Ciudad de mujeres* a modo de entretenimiento de las señoras invitadas?

Yo rechazaba la mayoría de las invitaciones que recibía Edna sin ni siquiera consultárselo. Las exigencias de su calendario de representaciones hacían casi imposible la vida social y apenas tenía energías suficientes para satisfacer las amplias exigencias del público. De modo que estuve a punto de declinar esta invitación también. Pero entonces me lo pensé dos veces. Si había una causa que le importaba a Edna era la campaña por involucrar a Estados Unidos en la guerra. La había oído hablar muchas noches con Olive precisamente sobre eso. Y la petición era modesta: una canción, un baile, una cena. Así que se la enseñé.

Edna decidió enseguida que asistiría. Aquel invierno atroz la tenía aburrida, dijo, y agradecía la oportunidad de salir un rato. ¡Y además haría cualquier cosa por ayudar a la pobre Inglaterra! Luego me pidió que llamara a Anthony y le preguntara si podía acompañarla a la gala y cantar a dúo con ella. Anthony accedió, lo que me sorprendió, aunque no del todo. (A Anthony le importaba un bledo la política —a su lado, incluso yo parecía Fiorello LaGuardia—, pero adoraba a Edna. Si no he mencionado antes que Anthony adoraba a Edna, por favor, perdóname. Sería tedioso hacer una lista exhaustiva de las personas que adoraban a Edna Parker Watson. Es mejor que des por hecho que eran todas).

—Pues claro que acompañaré a Edna, nena —dijo—. Lo pasaremos de miedo.

—No sabes cómo te lo agradezco, querida —me comentó Edna cuando le confirmé que Anthony sería su pareja aquella noche—. Juntos por fin derrotaremos a Hitler y encima estaremos de vuelta a la hora de irse a la cama.

Aquello debería haber sido todo.

Aquello debería haberse quedado en simple interacción, en la decisión inocente de dos artistas populares de asistir a un acto político sin mayor trascendencia, organizado por un grupo de mujeres de Manhattan adineradas y bienintencionadas que nada podían hacer para ganar la guerra en Europa.

Pero aquello no fue todo. Porque cuando estaba ayudando a Edna a vestirse para la velada entró su marido, Arthur. Arthur vio a Edna ponerse hecha un pincel y le preguntó dónde iba. Edna le explicó que iba a pasarse por el Waldorf para actuar en una pequeña gala benéfica a favor de Inglaterra. Arthur se enfurruñó. Le recordó a Edna que aquella noche iban a ir al cine juntos («¡Solo tenemos una noche libre a la semana, diantre!»). Edna se disculpó («¡Pero es por Inglaterra, querido!») y aquello pareció poner fin a la pequeña trifulca marital.

Sin embargo, cuando una hora después apareció Anthony a recoger a Edna y Arthur lo vio allí con su esmoquin (demasiado arreglado, en mi opinión), se enfadó otra vez.

—¿Qué hace este aquí? —preguntó mirando a Anthony con abierta desconfianza.

—Me va a acompañar a la gala, cariño —dijo Edna.

—¿Por qué te va a acompañar a la gala?

—Porque está invitado, cariño.

—No me habías dicho que esto era una cita.

—No es una cita, cariño. Es una actuación. Las organizadoras quieren que Anthony y yo interpretemos nuestro dueto.

—Entonces, ¿por qué no voy yo y hago un dueto contigo?

—Cariño, nosotros no tenemos dueto.

Anthony cometió la equivocación de reírse en aquel momento y Arthur se giró de nuevo hacia él.

—¿Te parece divertido llevar a la mujer de otro al Waldorf?

Con su diplomacia habitual, Anthony hizo un globo de goma de mascar, lo hizo estallar y contestó:

—La verdad es que sí.

Arthur lo miró como si fuera a darle un puñetazo, pero Edna se apresuró a interponerse entre ambos hombres y a apoyar su pequeña mano de uñas impecables en el ancho pecho de su marido.

—Arthur, cariño, sé razonable. Es un compromiso profesional y nada más.

—Así que profesional. ¿Vais a cobrar?

—Cariño, es una gala benéfica. Nadie cobra.

—¡Pues será benéfica, pero a mí no me beneficia en nada! —exclamó Arthur, y Anthony, una vez más con su exquisito tacto, rio.

Yo pregunté:

—Edna, ¿prefieres que Anthony y yo os esperemos fuera?

—Qué va, estoy bien aquí, nena —dijo Anthony.

—No, quedaos —nos indicó Edna—. Esto no tiene importancia. —Se volvió una vez más a su marido. La expresión cariñosa y paciente de antes había sido sustituida por otra más fría—. Arthur, voy a ir a ese acto y Anthony me va a acompañar. Cantaremos nuestro dueto a un público de damas inofensivas y de pelo gris, recaudaremos algo de dinero para Inglaterra y te veré a mi vuelta.

—¡Ya me estoy hartando de todo esto! —gritó Arthur—. ¡Ya es bastante malo que todos los periódicos de Nueva York se olviden de que soy tu marido, y ahora también lo olvidas tú! No vas a ir, ¿entendido? ¡Me niego!

—Habrase visto a este tipo —dijo Anthony, siempre tan colaborador.

—Mira quién fue a hablar —contraatacó Arthur—. ¡Con ese esmoquin pareces un camarero!

Anthony se encogió de hombros.

—Es que soy camarero, de vez en cuando. Al menos no necesito que una mujer me compre la ropa.

—¡Lárgate de aquí ahora mismo! —gritó Arthur a Anthony.

—De eso nada, amigo. Me ha invitado la señora. Ella es la que manda.

—¡Mi mujer no va a ninguna parte sin mí! —dijo Arthur, lo que era un poco absurdo, porque tal y como había comprobado yo en los últimos meses, Edna iba a muchísimos sitios sin él.

—No es de tu propiedad, amigo —replicó Anthony.

—Anthony, por favor —intervine acercándome para ponerle una mano en el brazo—. Vamos fuera. Esto no es asunto nuestro.

—Tú a mí no me mandas, niña —dijo Anthony. Se liberó de mi mano y me miró con desprecio.

Retrocedí como si me hubieran dado una patada. Nunca me había tratado así.

Edna nos miró a los tres sucesivamente.

—Parecéis niños pequeños —declaró con voz suave. Luego se enrolló otra sarta de perlas alrededor del cuello y cogió su sombrero, sus guantes y su bolso.

—Arthur, te veré aquí a las diez.

—¡De eso nada, maldita sea! —gritó Arthur—. ¡No pienso esperarte! ¡A ver qué te parece!

Edna lo ignoró.

—Vivian, gracias por ayudarme a vestirme —dijo—. Disfruta de tu noche libre. Vamos, Anthony.

Y Edna se marchó con mi novio dejándome a solas con su marido, tan conmocionado y amedrentado como yo.

Estoy convencida de que, si Anthony no me hubiera enseñado los dientes, habría quitado importancia al incidente, lo habría considerado una riña intrascendente entre Edna y su infantil y celoso marido. Lo habría visto como lo que era: un problema que no tenía nada que ver conmigo. Es probable que hubiera abandonado la habitación de inmediato y salido a tomar una copa con Peg y Billy.

Pero la reacción de Anthony me había conmocionado y era incapaz de moverme. ¿Qué había hecho yo para merecer esa agresividad? «Tú a mí no me mandas, niña». ¿Qué había querido decir con eso? ¿Y cuándo había querido yo mandar a Anthony? (Aparte de urgirlo todo el rato a que se mudara a otro apartamento, quiero decir. Y de pretender que vistiera y hablara de manera diferente. Y de animarlo a no usar tanto argot. Y de pedirle que se peinara de manera más conservadora. Y de intentar que no mascara chicle todo el rato. Y de discutir con él cuando lo veía coquetear con una bailarina. Pero ¿aparte de eso? ¡Pero si no le daba otra cosa que libertad!).

—Esa mujer me está destruyendo —dijo Arthur pocos momentos después de que Edna y Anthony salieran—. Es una destructora de hombres.

—¿Perdón? —contesté, una vez recuperé el habla.

—No deberías quitarle ojo a ese muerto de hambre de pelo grasiento tuyo, si es que le tienes aprecio. Se lo va a merendar. Le gustan jóvenes.

De nuevo, de no haber sido por el estallido de Anthony, no habría hecho caso de nada de lo que decía Arthur. El mundo tenía la costumbre colectiva de no prestar atención a nada de lo que dijera Arthur Watson. No sé cómo fui tan tonta.

—Edna no sería capaz... —Ni siquiera sabía cómo terminar la frase.

—Pues claro que es capaz —replicó Arthur—. Puedes estar segura. Siempre lo hace. Puedes estar muy segura. Es más, ya lo está haciendo, tonta, que pareces ciega.

Una nube de partículas negras pareció atravesar mi campo de visión.

¿Edna y Anthony?

Estaba mareada y busqué la silla a mi espalda.

—Voy a salir —dijo Arthur—. ¿Dónde está Celia?

No entendí la pregunta. ¿Qué tenía que ver Celia con nada de aquello?

—¿Dónde está Celia? —repetí.

—¿Está en tu habitación?

—Supongo.

—Pues entonces vamos a buscarla, maldita sea. Nos largamos de aquí. Venga, Vivian. Coge tus cosas.

¿Y qué hice?

Seguir a ese idiota.

¿Y por qué lo hice?

Porque era una niña tonta, Angela, y a aquella edad habría seguido hasta a una señal de tráfico.

Y así es como terminé aquella hermosa noche de falsa primavera con Celia Ray y Arthur Watson. Aunque luego resultó que no solo con ellos. También estuvimos con los nuevos e insólitos amigos de Celia: Brenda Frazier y Shipwreck («Naufragio») Kelly.

Angela, es posible que nunca hayas oído hablar de Brenda Frazier y Shipwreck Kelly. Al menos espero que así sea. Ya recibieron demasiada atención en su momento, cuando eran jóvenes y famosos. Durante un breve espacio de tiempo, en 1941, fueron una pareja muy popular. Brenda era una rica heredera que acababa de debutar en sociedad, Shipwreck era una estrella del fútbol americano. La prensa sensacionalista los seguía a todas partes. Walter Winchell acuñó la irritante palabra «celebutante» para referirse a Brenda.

Si te estás preguntando qué hacían estas personas tan finas en compañía de Celia Ray, te diré que lo mismo me pregunté yo en su momento. Pero no tardé en descubrirlo. Al parecer, la pareja más famosa de Nueva York había visto *Ciudad de mujeres,* les había encantado y habían adoptado a Celia a modo de accesorio, igual que se compraban un descapotable o un collar de diamantes, por puro capricho. Saltaba a la vista que llevaban semanas pasándoselo bien los tres. Yo me lo había perdido, claro, por estar siempre pegada a Anthony. Pero al parecer, mientras yo andaba distraída, Celia se había buscado unos nuevos mejores amigos.

No me puse celosa, claro.

Al menos no de manera que se me notara.

Aquella noche nos desplazamos en el opulento Packard descapotable color crema y personalizado de Shipwreck Kelly. Shipwreck conducía, Brenda iba en el asiento de delante y Arthur, Celia y yo en el trasero. Celia iba en medio.

Brenda Frazier me desagradó en cuanto la conocí. Se rumoreaba que era la chica más rica del mundo, así que te puedes imaginar lo mucho que me fascinó e intimidó algo así. ¿Cómo viste la chica más rica del mundo? No podía dejar de mirarla mientras trataba de imaginarlo todo, cautivada por ella a pesar de lo antipática que me resultaba.

Brenda era una morena muy guapa envuelta en capas de visón y que llevaba en el dedo anular un anillo de compromiso de diamantes del tamaño de un supositorio. Bajo todos aquellos visones muertos había una cantidad bastante abrumadora de tafetán negro y de lazos. Era como si se dirigiera a un baile o acabara de volver de uno. Tenía una cara blanca demasiado empolvada y labios rojo brillante. Llevaba el pelo peinado en tupidas ondas y un sombrerito de tres picos negro con un sencillo velo (la clase de cosas que Edna solía llamar despectivamente «Nido minúsculo en precario equilibrio sobre una gigantesca montaña de pelo»). No era mi estilo, pero no me quedaba más remedio que reconocerlo: tenía aspecto de chica rica. Brenda no hablaba demasiado, pero, cuando lo hacía, tenía un acento envarado de colegio bien que me ponía de los nervios. No dejaba de intentar convencer a Shipwreck de que subiera la capota del coche porque la brisa le estaba echando a perder el peinado. No parecía una persona divertida.

Tampoco me gustó Shipwreck Kelly. No me gustaban ni su apodo ni sus carrillos enrojecidos de perro pachón. No me gustaban sus ruidosas bromas. Era de esos hombres que te dan palmadas en la espalda. Nunca me han gustado las palmadas en la espalda.

No me gustaba nada que tanto Brenda como Shipwreck parecieran conocer bien a Celia y a Arthur. Lo que quiero decir es que parecían haberlos conocido juntos. Como si Celia y Arthur fueran pareja. Esto se hizo evidente cuando Shipwreck gritó al asiento trasero:

—Chicos, ¿queréis que volvamos a ese sitio de Harlem?

—No es noche de ir a Harlem —contestó Celia—. Hace demasiado frío.

—Bueno, ya sabes lo que dicen —intervino Arthur—. Cuando marzo mayea, mayo *marea.*

«Imbécil».

No pude evitar fijarme en que Arthur de repente estaba de un humor excelente, con un brazo rodeando con firmeza los hombros de Celia.

«¿Por qué tenía un brazo rodeando con firmeza los hombros de Celia?».

«¿Qué diablos estaba pasando allí?».

—Vamos a la Calle —dijo Brenda—. Tengo demasiado frío para ir hasta Harlem con la capota bajada.

Se refería a la calle Cincuenta y dos, conocida de todos. La calle del swing. La central del jazz.

—¿A Jimmy Ryan o al Famous Door? ¿O al Spotlite? —preguntó Shipwreck.

—El Spotlite —respondió Celia—. Toca Louis Prima.

Estaba decidido. Recorrimos solo once manzanas en aquel coche ridículamente caro, tiempo suficiente para que el Midtown entero nos viera y circulara la noticia de que Brenda Frazier y Shipwreck Kelly se dirigían a la calle Cincuenta y dos en su Packard descapotable, lo que provocó que hubiera una serie de fotógrafos esperando para retratarnos en cuanto pusimos un pie en la acera a la puerta del club.

(He de reconocer que esa parte me gustó).

Me emborraché en cuestión de minutos. Si crees que en aquella época los camareros se daban prisa en servir cócteles a chicas como Celia y yo, deberías haber visto a qué velocidad aparecían las bebidas delante de gente como Brenda Frazier.

No había cenado y estaba alterada por mi discusión con Anthony. (Tal y como yo lo veía, era la conflagración más grave de la edad moderna y me había dejado destrozada). El alcohol se me fue derecho a la cabeza. La banda aporreaba sus instrumentos, ruidosa y enérgicamente. Para cuando Louis Prima se acercó a nuestra mesa a presentar sus respetos, yo estaba cocida. Conocer a Louis Prima no podía darme más igual.

—¿Qué hay entre tú y Arthur? —le pregunté a Celia.

—Nada serio —dijo.

—¿Te estás acostando con él?

Se encogió de hombros.

—No te hagas la sueca, Celia.

La miré sopesar sus opciones y decidirse por la verdad.

—¿Entre tú y yo? Sí. Es un pelele, pero sí.

—Pero, Celia, está casado. Está casado con Edna. —Esto lo dije alzando un poco la voz y varias personas, me dio igual quiénes, nos miraron.

—Vamos fuera a tomar un poco el aire, las dos solas —propuso Celia.

Momentos después habíamos salido al gélido viento de marzo. Yo no llevaba abrigo. No era un cálido día de primavera, después de todo. Me había dejado engañar por el tiempo. Me había dejado engañar por todo.

—¿Y Edna? —pregunté.

—¿Qué pasa con Edna?

—Está enamorada de él.

—Le gustan los jovencitos. Siempre va acompañada de uno. Uno nuevo para cada estreno. Eso es lo que me ha dicho Arthur.

Jovencitos. Jovencitos como Anthony.

Al verme la cara, Celia dijo:

—¡Espabila! ¿Crees que tienen un matrimonio como Dios manda? ¿Te piensas que Edna se ha quitado de la circulación? Una gran estrella como ella, que además controla todo el dinero. ¿Con lo popular que es? ¿Te crees que se queda en casa a esperar a su juguetito? ¡Desde luego que no! Además, no es que le haya tocado la lotería con ese tipo, por guapo que sea. Tampoco él se sienta a esperarla. Son continentales, Vi. Es lo que hace todo el mundo allí.

—¿Allí dónde?

—En Europa —fue lo que respondió al tiempo que hacía un vago gesto en dirección a un lugar vasto y lejano donde las reglas eran distintas.

Aquello me dejó de piedra. Durante meses había sentido punzadas de celos cada vez que Anthony coqueteaba con las bonitas bailarinas, pero jamás se me había pasado por la cabeza sospechar de Edna. Edna Parker Watson era mi amiga, pero también una mujer mayor. ¿Por qué le interesaba mi Anthony? ¿Y por qué le interesaba ella a él? ¿Y qué pasaría ahora con mi bonita historia de amor? Mis pensamientos enfilaron senderos tortuosos de sufrimiento y preocupación. ¿Cómo podía haberme equivocado tanto con Edna? ¿Y con Anthony? Nunca había detectado el más mínimo indicio de nada. ¿Y cómo no me había dado cuenta de que mi amiga se estaba acostando con Arthur Watson? ¿Por qué no me lo había contado antes?

Entonces me vino a la cabeza la imagen de Peg y Olive bailando en el salón aquella noche al ritmo de *Stardust* y recordé mi sorpresa. ¿Qué más cosas no sabía? ¿Cuándo dejarían de sorprenderme las personas con su lujuria, con sus sórdidos secretos?

Edna me había llamado niña pequeña.

Así era como me sentía.

—Venga, Vivvie, no seas boba —dijo Celia al verme la cara. Me estrechó entre sus largos brazos. Justo cuando estaba a punto de abandonarme contra su pecho y dar rienda suelta a un llanto incontrolado, borracho y patético, oí una voz familiar e irritante a mi lado.

—He salido a ver cómo estáis —comentó Arthur Watson—. Si voy a hacer de acompañante de dos bellezas como vosotras por la ciudad, no os puedo dejar solas, ¿verdad?

Hice ademán de separarme de Celia, pero Arthur añadió:

—Oye, Vivian, no tienes que dejar lo que estabas haciendo solo porque esté yo.

Nos rodeó a las dos con los brazos. Ahora nuestro abrazo quedaba contenido dentro del suyo. Éramos mujeres altas, pero Arthur era un hombre grande y atlético y pudo estrecharnos a las dos con facilidad. Celia rio y también Arthur.

—Así está mejor —murmuró con la boca pegada a mi pelo—. ¿No os parece?

Y lo cierto era que sí, que en cierta manera sí estaba mejor.

Mucho mejor.

En primer lugar, se estaba calentito en sus brazos. Había estado muerta de frío en el viento gélido de la calle Cincuenta y dos sin abrigo. Me dolían los pies y las manos de frío (¡O quizá es que se me había ido toda la sangre a mi herido y roto corazón!). Pero ahora estaba calentita, al menos en parte. Tenía uno de los lados del cuerpo pegado al monumentalmente denso cuerpo de Arthur y el torso apretado contra el escandalosamente mullido pecho de Celia. Mi cara estaba presionada contra su cuello y me llegaba su familiar olor. La noté moverse cuando levantó la cara hacia Arthur y empezó a besarlo.

Cuando me di cuenta de que se estaban besando, hice un esfuerzo minúsculo —puramente cortés— por zafarme del abrazo de ambos. Pero solo minúsculo. Estaba comodísima allí, y me gustaba su contacto.

—Vivvie es como una gatita triste esta noche —le dijo Celia a Arthur, después de besarse un buen rato con pasión considerable pegados a mi oreja.

—¿Quién es una gatita triste? —dijo Arthur—. ¿Esta?

Y entonces me besó, sin soltarnos a ninguna de las dos.

Aquello sí que era un comportamiento peculiar. Yo había besado antes a novios de Celia, pero no con la cara de esta a menos de un centímetro de distancia. Y este no era un novio cualquiera, era Arthur Watson, al que detestaba bastante. Y a cuya mujer quería mucho. Pero cuya mujer estaba ahora con toda probabilidad acostándose con mi novio... Y si Anthony estaba en aquel momento usando su boca experta, haciéndole a Edna lo que podría haber estado haciéndome a mí...

No lo pude soportar.

Me subió un sollozo por la garganta. Separé mi boca de la de Arthur para coger aire y al instante siguiente los labios de Celia estaban en los míos.

—Ahora sí que nos entendemos —dijo Arthur.

En todos mis meses de aventuras sensuales, ni había besado a una chica ni se me había pasado por la cabeza hacerlo. Cabría pensar que, a aquellas alturas de mi viaje, habrían dejado de sorprenderme tanto los giros y caprichos de la vida, pero el beso de Celia me dejó atónita. Y me dejó aún más atónita cuando me besó con más pasión todavía.

Mi primera impresión fue que besar a Celia tenía mucho de desmesura. Todo en ella era desmesurado. La suavidad. Los labios. El calor que desprendía. Todo en ella era mullido y absorbente. Entre la suavísima boca y lo abundante de sus pechos y ese aroma floral tan familiar... me sentí sobrepasada. No se parecía en nada a besar a un hombre, ni siquiera a besar a Anthony, que sabía besar con una inusual ternura. Incluso el beso más tierno de un hombre resultaba áspero comparado con aquella experiencia con los labios de Celia. Aquello eran arenas movedizas de terciopelo. Imposible salir de ellas. ¿Quién en su sano juicio querría hacerlo?

Durante lo que me parecieron más o menos mil años seguí bajo aquella farola y dejé que me besara y le devolví el beso. Al mirarnos la una en los ay-tan-bonitos y ay-tan-parecidos ojos de la otra y besarnos los ay-tan-bonitos y ay-tan-parecidos labios de la otra, Celia Ray y yo habíamos alcanzado por fin el cénit absoluto de nuestro narcisismo total y compartido.

Entonces Arthur nos sacó del trance.

—Oíd, chicas. Siento interrumpir, pero ha llegado el momento de largarnos de aquí e ir a un bonito hotel que conozco —dijo.

Sonreía como un hombre que acaba de ganar una apuesta triple.

Y supongo que así era.

No es tan maravilloso como lo cuentan, Angela.

Sé que es la fantasía de muchas mujeres: terminar en la gran cama de un elegante hotel con un hombre guapo y una mujer hermosa para un rato de diversión. Pero, desde un punto de vista logístico, pronto comprobé que tres personas entregadas a actividades sexuales a un mismo tiempo pueden dar lugar a una situación tan problemática como ardua. Una nunca sabe muy bien en qué concentrarse, ¡son tantas las extremidades que organizar! Resultan frecuentes los: «Vaya, perdona, no te había visto». Justo cuando estás empezando a disfrutar de un momento agradable, viene alguien a interrumpirte. Y luego nunca sabes cuándo se ha terminado. Cuando consideras que ya estás satisfecha, descubres que hay alguien que todavía no lo está y, hala, vuelta a la refriega.

Claro que es posible que la experiencia hubiera sido más grata de no haber sido Arthur Watson el hombre en cuestión. Tenía práctica y vigor para la cópula, eso sin duda, pero era tan poco atractivo en la cama como fuera de ella y por idénticas razones. Siempre estaba mirándose o pensando en sí mismo, lo que resultaba irritante. Mi teoría es que Arthur tenía un aprecio profundo e intenso por su persona y por tanto buscaba posturas que resaltaran al máximo su musculatura y su belleza. Ni una sola vez dejé de tener la impresión de que estaba posando para nosotras o admirándose a sí mismo. (¡Imagínate qué cosa tan ridícula! Imagina estar en la cama con alguien como Celia Ray y una joven de veinte años como yo y prestar solo atención a tu cuerpo. ¡Qué hombre tan tonto!).

En cuanto a Celia, no sabía qué hacer con ella. Era mucha mujer para mí: volcánica en sus arranques de pasión y laberíntica en sus necesidades. Como un relámpago de muchos brazos. Tuve la impresión de no conocerla. Sí, llevaba durmiendo y acurrucándome con Celia en la misma cama casi un año, pero ahora tanto la cama como Celia eran muy distintas. Esta Celia era un país en el que nunca había estado, un idioma que no hablaba. No lograba encontrar a mi amiga oculta en aquella misteriosa mujer desconocida cuyos ojos nunca se abrían y cuyo cuerpo nunca dejaba de moverse, impulsado, al parecer, por algún feroz demonio sexual hecho a partes iguales de ira y frenesí.

Y en medio de todo aquello —en el mismísimo e incandescente centro—, nunca me había sentido tan sola.

Debo decir, Angela, que estuve a punto de echarme atrás a la puerta de la habitación del hotel. A punto. Pero entonces recordé la promesa que me había hecho a mí misma meses atrás, la de que nunca volvería a quedarme fuera de nada peligroso que estuviera haciendo Celia Ray.

De modo que, si ella se volvía loca, también lo haría yo.

Aunque la promesa me resultaba algo obsoleta e incluso desconcertante (a fin de cuentas, en los últimos meses habían cambiado muchas cosas, así pues ¿por qué me preocupaba seguir el ritmo de las aventuras de mi amiga?), me mantuve fiel a ella. Aguanté el tirón. Puedo decir, con toda la ironía del mundo, que aquello fue una manifestación de mi inmaduro sentido del honor.

Aunque es probable que tuviera otras razones.

Todavía recordaba a Anthony apartando con brusquedad mi mano de su brazo y diciéndome que no era de mi propiedad. Y llamándome «niña» con desdén.

Aún me parecía oír a Celia hablar del pacto matrimonial entre Edna y Arthur —«Son continentales, Vivvie»— y mirándome como si fuera la criatura más ingenua y digna de compasión que hubiera visto en su vida.

Todavía me parecía oír la voz de Edna llamándome «niña pequeña».

¿Quién quiere ser una niña pequeña?

De manera que seguí adelante. Me moví por esa cama, de una esquina del colchón a la otra, tratando de ser continental, tratando de no ser una «niña pequeña», buscando y tocando los soberbios cuerpos de Arthur y Celia para demostrarme algo a mí misma.

Pero todo el tiempo, en el único rincón de mi cerebro que no estaba borracho, o dolido, o excitado o idiotizado, supe con claridad cristalina que aquella decisión no me traería más que dolor.

Y vaya si fue así.

19

Lo que ocurrió después no es largo de contar.

Llegó un momento en que nuestra actividad cesó. Arthur, Celia y yo nos quedamos dormidos —o inconscientes— de inmediato. Pasado un buen rato (había perdido la noción del tiempo), me levanté y me vestí. Los dejé a los dos durmiendo en la habitación de hotel y recorrí a la carrera las once manzanas hasta casa, abrazando mi cuerpo tembloroso, casi sin ropa, en un esfuerzo inútil de entrar en calor a pesar del cruel viento de marzo.

Pasaba la medianoche cuando abrí la puerta del tercer piso del Lily Playhouse y entré corriendo.

Enseguida me di cuenta de que algo iba mal.

En primer lugar, estaban todas las luces encendidas.

En segundo, había personas allí, y me miraban.

Olive, Peg y Billy estaban sentados en el salón envueltos en una densa nube de humo de cigarrillo y de pipa. Los acompañaba un hombre que no reconocí.

—¡Aquí esta! —exclamó Olive poniéndose en pie de un salto—. Estábamos esperándote.

—Ya da igual —repuso Peg—. Es demasiado tarde. (No entendí aquello, pero tampoco hice demasiado caso del comentario. Me di cuenta de que Peg estaba muy borracha, de modo que no esperé que dijera nada sensato. Me preocupaba mucho más que Olive se hubiera quedado a esperarme y también la presencia de aquel desconocido).

—Hola —dije (porque ¿qué otra cosa iba a decir? Empezar por los preliminares siempre ayuda).

—Tenemos una emergencia, Vivian —me informó Olive.

Por lo calmada que estaba Olive, supe que algo muy terrible había ocurrido. Solo se ponía histérica por cosas sin importancia. Si estaba así de serena era porque había una crisis real.

Tuve que suponer que había muerto alguien.

¿Mis padres? ¿Mi hermano? ¿Anthony?

Me quedé allí con piernas temblorosas, apestando a sexo, esperando a que se abriera el suelo bajo mis pies, cosa que ocurrió a continuación, aunque no de la manera que había supuesto.

—Este señor es Stan Weinberg —dijo Olive presentándome al desconocido—. Un viejo amigo de Peg.

Como la chica bien educada que era, me acerqué cortés al hombre para estrecharle la mano. Pero el señor Weinberg se ruborizó y apartó la vista. Su evidente incomodidad ante mi presencia me hizo pararme en seco.

—Stan es editor de cierre en el *Mirror* —prosiguió Olive en el mismo tono de voz desconcertantemente inexpresivo—. Ha venido hace unas horas a traernos una mala noticia. Ha tenido la cortesía de hacernos saber que Walter Winchell va a publicar una primicia mañana por la tarde en su columna.

Se limitó a mirarme, como si aquella explicación bastara.

—¿Una primicia sobre qué? —pregunté.

—Sobre lo que ha pasado esta noche entre Arthur, Celia y tú.

—Pero... —Tartamudeé un poco y a continuación dije—: Pero ¿qué ha pasado?

Angela, te prometo que no me estaba haciendo la tonta. Por un momento de verdad no supe lo que había ocurrido. Era como si acabara de entrar en aquella escena y me sintiera ajena tanto a mí misma como a lo que se estaba contando allí. ¿Quiénes eran esas personas de las que todos hablaban? ¿Arthur, Vivian y Celia? ¿Qué tenían que ver conmigo?

—Vivian, tienen fotografías.

Aquello me devolvió a la realidad.

Presa del pánico, pensé: ¿había un fotógrafo en la habitación del hotel? Pero entonces recordé los besos que nos habíamos dado Celia, Arthur y yo en la calle Cincuenta y dos. Justo debajo de una farola. Perfectamente iluminados. A la vista de todos los fotógrafos de la prensa sensacionalista que se habían congregado a la puerta del Spotlite aquella noche con la esperanza de atisbar a Brenda Frazier y Shipwreck Kelly.

Menudo espectáculo debimos de ofrecerles.

Entonces reparé en el sobre marrón de gran tamaño en el regazo del señor Weinberg. Era de suponer que contuviera las fotos. Que Dios me ayudara.

—Hemos estado intentando pensar en cómo frenar esto, Vivian —dijo Olive.

—No hay manera de frenar esto. —Era la primera vez que Billy hablaba y, a juzgar por cómo arrastraba las palabras, también él estaba borracho—. Edna es famosa y Arthur Watson es su marido. Lo que convierte esto en noticia, niña, lisa y llanamente. ¡Y menuda noticia! Un hombre, un actor medio famoso, casado con una verdadera estrella, entrando en un hotel no con una, sino con dos mujeres, ninguna de las cuales es su esposa. Es noticia, querida. Algo tan jugoso no hay quien lo pare. Winchell se alimenta de trapos sucios como estos. ¡Dios, ese Winchell es un reptil! No lo soporto. Lo odio desde que me lo presentaron en los círculos del vodevil. No debí invitarlo a ver nuestra obra. Pobre Edna.

Edna. El sonido de su nombre me dolió hasta en las entrañas.

—¿Lo sabe Edna? —pregunté.

—Sí, Vivian —dijo Olive—. Edna lo sabe. Estaba aquí cuando llegó Stan con las fotos. Pero ya se ha ido a la cama.

Pensé que iba a vomitar.

—¿Y Anthony...?

—También lo sabe, Vivian. Se ha marchado ya a su casa.

Todos lo sabían. De manera que no había salvación posible por ninguna parte.

Olive continuó hablando:

—Pero ahora mismo Anthony y Edna son la menor de tus preocupaciones, si no te importa que te lo diga. Tienes un problema mucho mayor, Vivian. Stan nos ha dicho que te han identificado.

—¿Identificado?

—Sí, identificado. En el periódico saben quién eres. Alguien del club te reconoció. Esto quiere decir que tu nombre, tu nombre completo, se va a publicar en la columna de Winchell. Mi objetivo esta noche es impedir que eso ocurra.

Desesperada, busqué a Peg. No sé muy bien para qué. Quizá buscando consuelo o consejo de labios de mi tía. Pero Peg estaba recostada en el sofá con los ojos cerrados. Quise zarandearla y suplicarle que se ocupara de mí, que me salvara.

—No hay nada que hacer —dijo arrastrando las palabras.

Stan Weinberg asintió solemne con la cabeza. No levantó la vista de las manos, que tenía cerradas encima del espantosamente inocuo sobre marrón. Tenía aspecto de encargado de una funeraria que trata de conservar su dignidad y circunspección mientras a su alrededor una familia sufre y se desmorona.

—No podemos evitar que Winchell informe de los devaneos de Arthur, no —dijo Olive—. Y por supuesto cotilleará sobre Edna porque es una actriz famosa. Pero Vivian es tu sobrina, Peg. No podemos permitir que su nombre salga en los periódicos asociado a un escándalo así. Su nombre no es imprescindible para la noticia. Sería una catástrofe para la pobre. Si pudieras llamar a tus amigos del estudio, Billy, y pedirles que intervengan...

—Ya te he dicho diez veces que el estudio no puede ayudarnos en esto —contestó Billy—. En primer lugar, se trata de chismorreos de Nueva York, no de Hollywood. Aquí no tienen influencia. Y, aunque pudieran arreglarlo, no voy a jugar esa baza. ¿A quién quieres que llame? ¿Al mismísimo Zanuck? Quieres que lo saque de la cama a esta hora y le diga: «Hola, Daryl, ¿te importa ayudar a una sobrina de mi mujer que se ha metido en un lío?». Es posible que algún día necesite que Zanuck me haga un favor a mí. Así que no, no tengo capacidad de maniobra. Deja de portarte como una gallina clueca, Olive. Que pase lo que tenga que pasar. La cosa se pondrá fea unas semanas, pero luego se olvidará. Siempre es así. Todos sobrevivirán. No es más que un pequeño fuego de artificio en los periódicos. ¿A ti qué más te da?

—Yo lo arreglaré, lo prometo —dije como una idiota.

—No tiene arreglo —repuso Billy—. Y, quizá por una vez, harías mejor en mantener la boca cerrada. Ya has hecho bastante daño en una sola noche, niña.

—Peg —dijo Olive y fue hasta el sofá a zarandear a mi tía para despertarla—. Piensa. Tiene que ocurrírsete algo. Conoces a mucha gente.

Pero Peg se limitó a repetir:

—No hay nada que hacer.

Conseguí llegar hasta una silla y me senté. Había hecho algo muy malo que a la mañana siguiente aparecería en todas las páginas de cotilleos y no se podía impedir. Mi familia lo sabría. Mi hermano lo sabría. Todas las personas con las que había crecido y estudiado lo sabrían. Y Nueva York entera lo sabría.

Tal y como había dicho Olive, mi vida se había acabado.

Hasta el momento no había sido demasiado cuidadosa con mi vida, eso era cierto, pero no quería verla echada a perder. Por imprudente que hubiera resultado mi comportamiento en el último año, siempre había dado por hecho que algún día me reformaría y volvería a ser respetable (que mi «educación» se impondría, como había dicho mi hermano). Pero aquel grado de escándalo, con aquel grado de publicidad, descartaba para siempre toda respetabilidad posible.

Y luego estaba Edna. Que ya se había enterado. Sentí una nueva oleada de náuseas.

—¿Cómo se lo ha tomado Edna? —me atreví a preguntar, con una voz de lo más trémula.

Olive me miró con algo que parecía compasión, pero no contestó.

—¿Cómo crees que se lo ha tomado? —dijo Billy, que no era tan compasivo—. Esa mujer es dura como el acero, pero su corazón está hecho de una amalgama de los materiales más delicados que hay, de modo que sí, está bastante dolida, Vivian. De haber sido solo una muñeca comiéndole la cara a su marido, es posible que lo hubiera soportado, pero ¿dos? ¿Y que una de ella fueras tú? Así que ¿tú qué crees, Vivian? ¿Cómo crees que se siente?

Me tapé la cara con las manos.

Lo mejor que puedo hacer ahora, pensé, es no haber nacido.

—Estás adoptando una postura de lo más remilgada respecto a todo esto, William —oí decir a Olive en voz baja y con tono de advertencia—. Para un hombre con tu historial.

—Dios, cómo odio a ese Winchell. —Billy ignoró el comentario de Olive—. Y él también me odia a mí. Creo que me prendería fuego si pensara que así tendría posibilidad de cobrar el seguro.

—Llama al estudio, Billy —rogó de nuevo Olive—. Llámalos y pídeles que intervengan. Pueden conseguir lo que quieran.

—No. El estudio no puede hacer nada, Olive —repuso Billy—. No con algo tan suculento como esto. Estamos en 1941, no en 1931. Nadie tiene tanta influencia hoy en día. Winchell tiene más poder que el mismo presidente. Tú y yo podemos seguir discutiendo hasta Navidad, pero la respuesta siempre será la misma: no puedo hacer nada para ayudar y tampoco el estudio.

—No hay nada que hacer —dijo Peg de nuevo y suspiró, un suspiro profundo, enfermizo.

Me mecí atrás y adelante en la silla, con los ojos cerrados, con náuseas por el asco que me daba a mí misma y por el alcohol.

Los minutos pasaron, supongo. Siempre lo hacen.

Cuando levanté la vista, Olive entraba en la habitación con abrigo, sombrero y bolso. Supuse que había salido un momento sin que me diera cuenta. Stan Weinberg se había ido, dejando aquella horrible noticia como una pestilencia. Peg seguía desplomada en el sofá con la cabeza apoyada en la tapicería y murmurando alguna insensatez de vez en cuando.

—Vivian —dijo Olive—, necesito que te vistas con algo más recatado. Date prisa, por favor. Ponte uno de esos vestidos de flores que trajiste de Clinton. Y también un abrigo y un sombrero. Fuera hace frío. Vamos a salir. No sé a qué hora volveremos.

—¿Vamos a salir?

«¡Dios, aquella noche horrenda no tenía fin!».

—Vamos al Stork Club. Voy a localizar a Walter Winchell y a hablar con él de esto en persona.

Billy rio.

—¡Olive se va al Stork Club! ¡A exigir que el gran Winchell le conceda audiencia! ¡Esto sí que es grandioso! ¡No sabía ni que hubieras oído hablar del Stork Club, Olive! Me figuraba que pensabas que era una clínica de maternidad*.

Olive se limitó a contestar:

—Por favor, Billy, no dejes que Peg beba más esta noche. La necesitaremos despejada para arreglar todo este embrollo, en cuanto consigamos que vuelva en sí.

—Si es que no puede beber nada más —replicó Billy haciendo un gesto hacia su postrada mujer—. ¡Mírala!

—Vivian, date prisa —dijo Olive—. Ve a prepararte. Recuerda: eres una chica recatada, así que vístete como una. Y, de paso, péinate. Y quítate algo de maquillaje. Arréglate lo mejor que puedas. Y lávate bien las manos con mucho jabón. Hueles a burdel, y así no podemos ir a ninguna parte.

Me resulta increíble, Angela, darme cuenta de que muchas personas hoy día han olvidado a Walter Winchell. Hubo un tiempo en que fue el hombre más poderoso de los medios de comunicación estadounidenses, lo que lo convertía en uno de los hombres más poderosos del mundo. Escribía sobre los ricos y famosos, de acuerdo, pero él era igual de rico y de famoso. (En la mayoría de los casos incluso más). Su público lo adoraba y sus víctimas lo temían. Construía y destruía reputaciones a su antojo, igual que un niño que juega con castillos de arena. Había quien afirmaba incluso que estuvo detrás de la reelección de Roosevelt, porque Winchell (que era un firme partidario de que Estados

* *Stork* es «cigüeña» en inglés. *[N. de la T.]*

Unidos entrara en guerra y derrotara a Hitler) ordenó a sus seguidores que le votaran. Y millones de personas lo obedecieron.

Winchell llevaba mucho tiempo siendo famoso por no hacer otra cosa que vender trapos sucios sobre las personas y ser un escritor ingenioso. Mi abuela y yo solíamos leer sus columnas juntas, por supuesto. Nos bebíamos cada palabra. Lo sabía todo de todo el mundo. Tenía tentáculos por doquier.

En 1941 el Stork Club era prácticamente la oficina de Winchell. Todo el mundo lo sabía. Yo desde luego sí, porque lo había visto allí docenas de veces cuando salía con Celia a divertirme. Lo veía conceder audiencia instalado en el trono que siempre tenía reservado: la mesa 50. Allí estaba cada noche entre las once de la noche y las cinco de la madrugada. Allí era donde hacía su trabajo sucio. Allí era adonde los súbditos de su reino acudían arrastrándose como embajadores de Kublai Kan desde todos los rincones del imperio, para pedir favores, para ofrecerle los chismes que necesitaba para alimentar la monstruosa barriga de su columna periodística.

A Winchell le gustaba la compañía de guapas coristas (¿a quién no?), de manera que Celia se había sentado varias veces a su mesa. La conocía de nombre. A menudo bailaban, yo los había visto. (Por mucho que Billy dijera otra cosa, Winchell era un buen bailarín). Pero a pesar de todas las noches que había estado en el Stork, nunca me había atrevido a sentarme en la mesa de Winchell. En primer lugar, no era corista, ni actriz, ni heredera, de manera que no le interesaba. En segundo lugar, aquel hombre me daba un miedo atroz, y por entonces ni siquiera tenía motivos para temerle.

Ahora en cambio los tenía.

En el taxi, Olive y yo no hablamos. Yo estaba demasiado consumida por el miedo y la vergüenza para decir nada y Olive nunca fue aficionada a la cháchara. Quiero resaltar que su trato no fue en ningún momento vejatorio. No me administró rapapolvo alguno, y eso que motivos tenía. No. Aquella noche la actitud de Olive fue de lo más profesional. Era una mujer con una misión y toda su atención estaba puesta en la tarea que tenía entre manos. De haber estado yo en pleno uso de mis facultades, es posible que me hubiera conmovido y asombrado el hecho de que fuera Olive —no Peg, ni siquiera Billy— quien se arriesgara así por mí. Pero estaba demasiado desconsolada para reparar en ese acto de generosidad. Lo veía todo negro.

Lo único que me dijo Olive cuando bajábamos del taxi fue:

—No quiero que le dirijas una palabra a Winchell. Ni una sola. Estate guapa y callada. No tienes que hacer nada más. Sígueme.

Cuando llegamos a la entrada del Stork nos detuvieron dos porteros a quienes yo conocía bien, James y Nick. Ellos también me conocían, aunque al principio no se dieron cuenta. Me conocían como la chica glamurosa que siempre acompañaba a Celia Ray, y aquella noche mi aspecto no podía ser más diferente. No iba vestida para ir a bailar en el Stork. No llevaba un vestido de noche ni pieles, ni joyas prestadas de Celia. Por el contrario, y siguiendo las instrucciones sartoriales de Olive, que por fortuna había tenido la sensatez de seguir, llevaba el mismo trajecito sencillo con el que había hecho el viaje en tren a Nueva York muchos meses atrás. Y el abrigo bueno del colegio. Y la cara sin maquillar. Es probable que pareciera una quinceañera.

Pero además esa noche mi compañía era muy distinta (por decirlo suavemente) de aquella a la que estaban acostumbrados los porteros. En lugar de ir del brazo de la voluptuosa corista Celia Ray, me acompañaba una tal Olive Thompson, una dama de apariencia adusta con lentes de montura metálica y gastado abrigo marrón. Parecía una bibliotecaria de colegio. Parecía la madre de una bibliotecaria de colegio. Desde luego no teníamos aspecto de clientes que elevan el tono de un sitio como el Stork, de manera que tanto James como Nick levantaron las manos para cerrarnos el paso justo cuando Olive se disponía a entrar.

—Tenemos que ver al señor Winchell, por favor —anunció Olive con brusquedad—. Se trata de una emergencia.

—Lo siento, señora, pero el club está lleno y ya no admitimos más clientes esta noche.

Mentía, por supuesto. Si Celia y yo hubiéramos querido entrar, vestidas con nuestras mejores galas, esas puertas se habrían abierto tan rápido que se habrían desprendido de los goznes.

—¿Está el señor Sherman Billingsley aquí esta noche? —preguntó Olive, resuelta.

Los porteros se miraron. ¿De qué conocía aquella bibliotecaria poco agraciada a Sherman Billingsley, el dueño del club?

Olive aprovechó el momento de vacilación para insistir.

—Por favor, díganle al señor Billingsley que la gerente del Lily Playhouse ha venido a hablar con el señor Winchell y que es por un asunto grave. Díganle que vengo en nombre de su buena amiga Peg Buell. No tenemos mucho tiempo. Es referente a la posible publicación de estas fotografías.

Olive metió la mano en su modesto bolso de tartán y sacó mi perdición: el sobre marrón. Se lo dio a los porteros. Fue un gesto audaz, pero a grandes males, grandes remedios. Nick cogió el sobre, lo abrió, miró las fotografías y silbó por lo bajo. A continuación me miró a mí y de nuevo las fotos. Algo cambió en su expresión. Ahora sí me reconocía.

Me miró con la ceja arqueada y una sonrisa lasciva. Dijo:

—Hace tiempo que no te vemos por aquí, Vivian. Claro que ahora entiendo por qué. Has estado ocupada, ¿verdad?

Me moría de vergüenza, pero al mismo tiempo comprendí: «Esto es solo el principio».

—Voy a pedirle que tenga cuidado con cómo le habla a mi sobrina, señor —dijo Olive con una voz tan acerada que podría haber taladrado la caja de seguridad de un banco.

¿Mi sobrina?

¿Desde cuándo me llamaba Olive su sobrina?

Nick se disculpó, amedrentado. Pero Olive no había terminado.

—Jovencito, puede usted elegir entre llevarnos a ver al señor Billingsley, que dudo que apruebe el trato descortés que ha dispensado a dos personas que considera casi de la familia, o acompañarnos a la mesa del señor Winchell. Puede hacer una cosa o la otra, pero yo de aquí no me muevo. Mi sugerencia es que nos lleve a la mesa del señor Winchell porque allí es donde vamos a terminar esta noche, con independencia de lo que tardemos o de quién se quede hoy sin empleo por tratar de detenerme.

Es asombroso el miedo que les da siempre a los hombres jóvenes una mujer de mediana edad desaliñada y con voz enérgica, pero es cierto, los aterroriza. (Les recuerda demasiado a sus madres, o a las monjas, o a las profesoras de la escuela dominical, supongo. El trauma de todas esas regañinas y azotainas debe de tener raíces profundas).

James y Nick se miraron, luego miraron de nuevo a Olive y a continuación decidieron a la vez: «Que esta cacatúa haga lo que quiera».

Nos llevaron derechas a la mesa del señor Winchell.

Olive se sentó con el gran hombre, pero me hizo un gesto para que permaneciera de pie detrás de ella. Era como si estuviera usando su cuerpecillo achaparrado de escudo entre mi persona y el periodista más peligroso del mundo. O quizá solo quería tenerme lo bastante lejos de la conversación para que no hablara y echara a perder su estrategia.

Apartó el cenicero de Winchell y le colocó el sobre delante.

—He venido a hablar de esto.

Winchell abrió el sobre y desplegó las fotografías en abanico. Por primera vez pude verlas, aunque no estaba lo bastante cerca para apreciar los detalles. Pero allí estaban. Dos chicas y un hombre hechos un revoltijo. No hacían falta los detalles para comprender de qué se trataba.

Winchell se encogió de hombros.

—Ya las he visto. Las he comprado. No puedo ayudarla.

—Lo sé —dijo Olive—. Entiendo que va a publicarlas mañana en la edición de la tarde.

—A ver, señora, ¿se puede saber quién es usted?

—Me llamo Olive Thompson. Soy gerente del Lily Playhouse.

Podías ver el ábaco mental de Winchell hacer un cálculo rápido y llegar a la solución.

—El tugurio donde se representa *Ciudad de mujeres* —dijo y se encendió un nuevo cigarrillo con la brasa del anterior.

—Así es —confirmó Olive. (No se ofendió al oír la palabra «tugurio» referida a nuestro teatro, porque se trataba de algo difícil de discutir).

—Es un buen espectáculo —comentó Winchell—. Lo he puesto muy bien.

Pareció esperar palabras de agradecimiento, pero Olive no era de esas mujeres que reconocen méritos por las buenas, ni siquiera en una situación como aquella, en la que prácticamente se estaba arrodillando delante de Winchell.

—¿Quién es el conejito que se esconde detrás de usted? —preguntó Winchell.

—Es mi sobrina.

De manera que esa iba a ser la versión oficial.

—¿Y no debería estar ya en la cama? —dijo Winchell mirándome.

Nunca lo había visto tan de cerca y no me gustó un pelo. Era un hombre alto y anguloso de mediada la cuarentena, con piel rosa como de bebé y mandíbula nerviosa. Llevaba un traje azul marino (planchado con rayas marcadísimas) y camisa azul celeste de cuello abotonado, zapatos Oxford marrones y un elegante fedora de fieltro gris. Era rico y poderoso y lo aparentaba. No dejaba de mover las manos, pero cuando me miró sus pupilas estaban desconcertantemente fijas. Tenía mirada de depredador. Es posible que lo hubiera encontrado atractivo de haber podido dejar de preguntarme cuándo tenía intención de eviscerarme.

Un instante después, sin embargo, había apartado la vista de mí. No había conseguido interesarle. Me había ojeado y analizado deprisa —mujer, joven, sin contactos, sin interés— y me había descartado como alguien sin utilidad.

Olive puso el dedo sobre una de las fotografías que tenía delante.

—El caballero de las fotografías está casado con la estrella de nuestra función.

—Sé muy bien quién es ese tipo, señora. Arthur Watson. Un patán sin talento. Más tonto que un saco de pelo. Y a juzgar por las pruebas, se le da mejor correr detrás de unas faldas que actuar. Y su mujer le va a leer la cartilla a base de bien cuando vea estas fotografías.

—Ya las ha visto —dijo Olive.

Winchell no disimuló su irritación.

—Lo que me gustaría saber es cómo las ha visto usted. Estas fotografías son de mi propiedad. ¿Qué hace usted enseñándolas por toda la ciudad? ¿Qué pretende? ¿Vender entradas?

Olive no contestó y se limitó a mirar a Winchell con gran determinación.

Se acercó un camarero y preguntó si las señoras querían beber algo.

—No, gracias —dijo Olive—. Practicamos la moderación. (Una afirmación que cualquiera podría haber refutado con sólidas pruebas de haber estado lo bastante cerca para olerme el aliento).

—Si me está pidiendo que no publique las fotografías, olvídelo —dijo Winchell—. Son noticia y soy periodista. Si la noticia es cierta o interesante, no me queda otra elección que publicarla. Y lo que tenemos aquí es cierto e interesante. El marido de Edna Parker Watson divirtiéndose por ahí con dos mujeres de costumbres relajadas. ¿Qué quiere que haga, señora mía? ¿Que aparte la vista, pudoroso, mientras un famoso se da el lote con dos coristas en plena calle Cincuenta y dos? Como todo el mundo sabe, no me gusta publicar cosas sobre parejas casadas, pero si la gente es tan indiscreta respecto a sus indiscreciones, ¿qué quiere que haga yo?

Olive continuó desafiándolo con su mirada gélida.

—Lo que quiero es que se comporte con decencia.

—Desde luego, señora, es usted de lo que no hay. No se asusta con facilidad, ¿verdad? Creo que ya sé quién es. Trabaja usted para Billy y Peg Buell.

—Correcto.

—Es un milagro que ese teatro suyo siga en pie. ¿Cómo se las arreglan para tener espectadores después de tantos años? ¿Les pagan por ir? ¿Los sobornan?

—Los coaccionamos —dijo Olive—. Los coaccionamos proporcionándoles un excelente entretenimiento y ellos nos recompensan comprando entradas.

Winchell rio, tamborileó en la mesa con los dedos y ladeó la cabeza.

—Me gusta. A pesar de que trabaja para esa rata arrogante de Billy Buell. Tiene usted desparpajo. Me vendría muy bien como secretaria.

—Usted ya tiene una excelente secretaria, señor, la señorita Rose Bigman, para más señas. Una mujer a la que considero amiga. Dudo de que le parezca bien que me contrate usted.

Winchell volvió a reír.

—¡Sabe usted más de todo el mundo que yo! —Entonces su risa se desvaneció antes de llegarle a los ojos—. Mire, señora, no puedo hacer nada por usted. Siento lo de su actriz famosa y sus sentimientos, pero voy a publicar la noticia.

—No le estoy pidiendo que no la publique.

—Entonces, ¿qué quiere de mí? Ya le he ofrecido un trabajo. Ya le he ofrecido una copa.

—Es importante que no publique el nombre de esta muchacha en su periódico. —Olive señaló de nuevo una de las fotografías. Y ahí estaba yo, en una imagen tomada solo unas horas (y unos siglos) antes, con la cabeza echada hacia atrás en pleno arrebato de pasión.

—¿Por qué no debo nombrar a la chica?

—Porque es una persona inocente.

—Pues menuda forma de demostrarlo. —De nuevo la risa fría y húmeda.

—Publicar el nombre de esta pobre muchacha no aporta nada a la noticia —dijo Olive—. Los otros protagonistas de este escándalo son personas públicas, un actor y una corista. El público sabe sus nombres. Exponerse al escrutinio público es un riesgo que asumieron cuando decidieron dedicarse al mundo del espectáculo. La noticia los perjudicará, por supuesto, pero sobrevivirán a los daños. Son gajes de la fama. Pero esta jovencita de aquí —señaló de nuevo con el dedo la imagen de mi cara extasiada— no es más que una universitaria de buena familia. Esto le destrozará la vida. Si publica usted su nombre, la dejará sin futuro.

—Espere un momento, ¿es esta la chica? —Winchell me señaló. Tener su dedo apuntándome fue como que un verdugo te seleccione de entre una multitud.

—Así es —dijo Olive—. Mi sobrina. Es una buena chica. Estudia en Vassar.

(Aquí Olive estaba exagerando. Yo había ido a Vassar, sí, pero no creo que nadie pudiera acusarme nunca de haber «estudiado» en Vassar).

Winchell seguía con la vista fija en mí.

—¿Y por qué diablos no estás en la universidad, niña?

En aquel momento deseé estar. Tenía la sensación de que me iban a fallar las piernas y los pulmones. Nunca me había alegrado tanto de tener que estar callada. Me esforcé por poner cara de buena chica que estudia literatura en una universidad respetable y que no está borracha, un papel para el que aquella noche iba especialmente mal preparada.

—Está de visita en la ciudad —dijo Olive—. Viene de una localidad pequeña, de una buena familia. Hace poco se ha mezclado con malas compañías, algo que les ocurre con frecuencia a las buenas chicas. Cometió una equivocación, eso es todo.

—Y usted no quiere que la envíe al matadero.

—Correcto. Es lo que le pido que piense. Publique la noticia si hace falta, publique incluso las fotografías. Pero deje fuera el nombre de esta muchacha inocente.

Winchell volvió a ojear las fotografías. Señaló una en la que salía yo devorándole la cara a Celia y con el brazo enroscado igual que una serpiente alrededor del cuello de Arthur Watson.

—Inocentísima —dictaminó.

—La sedujeron —dijo Olive—. Cometió una equivocación. Puede pasarle a cualquier chica.

—¿Y cómo sugiere que siga comprándoles abrigos de visón a mi mujer y a mi hija si dejo de publicar chismes solo porque unas personas inocentes se equivocan?

—Me gusta el nombre de su hija —solté yo de pronto sin pensar.

El sonido de mi voz me sobresaltó. No había sido mi intención hablar. En absoluto. Pero las palabras habían salido de mi boca. Mi voz también sobresaltó a Winchell y a Olive. Olive se giró y me miró con expresión asesina mientras Winchell se echaba un poco hacia atrás, desconcertado.

—¿Cómo dices? —preguntó.

—No te hemos pedido tu opinión, Vivian —remarcó Olive.

—Silencio —le ordenó Winchell a Olive—. ¿Qué has dicho, niña?

—Me gusta el nombre de su hija —repetí incapaz de apartar mis ojos de los suyos—. Walda.

—¿Qué sabes tú de mi Walda? —quiso saber.

De haber estado yo espabilada, o de haber sido capaz de inventarme una historia interesante, es posible que hubiera contestado algo distinto, pero, presa del pánico, solo acerté a decir la verdad.

—Siempre me ha gustado su nombre. Verá, mi hermano se llama Walter, igual que usted. El padre de mi abuela también se llamaba Walter. Mi abuela fue quien eligió el nombre de mi hermano. Quería que continuara en la familia. Empezó a oírle a usted en la radio porque le gustaba su nombre. También leía sus columnas. Las leíamos juntas, en el *Graphic.* Walter era el nombre preferido de mi abuela. Se puso contentísima cuando usted llamó a sus hijos Walter y Walda. Obligó a mis padres a llamarme Vivian porque la letra uve es media uve doble, y por tanto se acercaba un poco a Walter. Pero después de que usted le pusiera Walda a su hija dijo que ojalá me llamara yo también Walda. Decía que era un nombre muy inteligente y un buen augurio. Le oíamos todo el tiempo en el *Lucky Strike Dance Hour.* Siempre le gustó su nombre. Ojalá yo me llamara Walda. Eso habría hecho feliz a mi abuela.

Me estaba quedando sin fuelle, se me acababan las frases caóticas. Pero además ¿de qué diablos estaba hablando?

—¿Se puede saber de dónde ha salido esta repipi? —bromeó Walter mientras me señalaba.

—No le haga ningún caso —dijo Olive—. Está nerviosa.

—A quien no le voy a hacer caso es a usted, señora. —Walter volvió a fijar su escalofriante atención en mi persona—. Tengo la impresión de haberte visto antes, niña. Tú has estado aquí, ¿verdad? Venías con Celia Ray, ¿no es así?

Asentí con la cabeza, derrotada. Vi a Olive desinflarse.

—Eso me parecía. Te presentas aquí esta noche con tu vestidito floreado de pastorcilla inocente, pero no es así como te recuerdo. Te he visto hacer toda clase de diabluras en este club. ¿Y ahora intentas convencerme de que eres una joven formal? ¡Hay que tener valor! Óiganme las dos, se les ve el plumero. Sé lo que buscan, me están haciendo la rosca y eso no lo soporto. —Entonces miró a Olive—: Lo único que no entiendo es a qué viene tanto interés por salvar a esta chica. Todos los que están ahora mismo en este club pueden atestiguar que no es una frágil doncella y si de algo estoy seguro es de que no es su sobrina. Pero vamos a ver, si ni siquiera son del mismo país. No hablan igual.

—Sí es mi sobrina —insistió Olive.

—Niña, ¿eres sobrina de esta señora? —me preguntó Winchell sin rodeos.

Me daba terror mentirle, pero no hacerlo me daba igual de terror. La solución que se me ocurrió fue exclamar: «¡Lo siento!», y romper a llorar.

—Por el amor de Dios, me están dando dolor de cabeza —dijo. Pero a continuación me dio su pañuelo y me ordenó—: Siéntate, niña. Me estás haciendo sentir mala persona. Solo me gusta ver llorar a coristas y vedetes a las que acabo de romper el corazón.

Encendió dos cigarrillos y me ofreció uno.

—¿O también en esto practicas la moderación? —dijo con una sonrisa cínica.

Acepté el cigarrillo agradecida y me tragué el humo de unas cuantas caladas ansiosas y trémulas.

—¿Cuántos años tienes? —preguntó.

—Veinte.

—Suficientes para tener más sentido común. Aunque eso es mucho pedir. Ahora escúchame: dices que me leías en *Graphic.* ¿No eres un poco joven para eso?

Asentí con la cabeza.

—Usted era el preferido de mi abuela. Me leía sus columnas cuando era pequeña.

—Así que era su preferido. ¿Y qué es lo que le gustaba de mí? Me refiero a aparte de mi bonito nombre, sobre el que ya nos has regalado un monólogo inolvidable.

No era una pregunta difícil. Conocía los gustos de mi abuela.

—Le encantaba su argot. Le encantaba cuando decía que un matrimonio estaba «cansado» en lugar de «casado». Le encantaba cuando se enzarzaba en polémicas. Le encantaban sus críticas de teatro. Decía que veía las obras y se las tomaba en serio, cosa que no hacía casi ningún otro crítico.

—¿Así que eso decía tu abuela? Bien por ella. ¿Y dónde está esa mujer tan inteligente?

—Murió —dije y estuve a punto de romper de nuevo a llorar.

—Qué pena. Odio perder a un lector fiel. ¿Y qué me dices de tu hermano, el que lleva mi nombre? Walter. ¿A qué se dedica?

No sé de dónde había sacado Walter Winchell la idea de que mi familia le había puesto su nombre a mi hermano por él, pero no tenía ninguna intención de sacarlo del error.

—Mi hermano Walter está en la Marina, señor. Formándose para oficial.

—¿Se ha alistado como voluntario?

—Sí, señor —contesté—. Ha dejado Princeton.

—Eso es lo que este país necesita —dijo Winchell—. Más jóvenes como él. Más jóvenes lo bastante valientes como para presentarse voluntarios para combatir a Hitler antes de que alguien les diga que tienen que hacerlo. ¿Es guapo?

—Sí, señor.

—Cómo no va a serlo, con ese nombre.

Se acercó el camarero para preguntarnos si queríamos algo y, llevada por la costumbre, estuve a puntito de pedirle un gin-fizz doble, pero tuve el sentido común de morderme la lengua. El camarero se llamaba Louie y le había besado en alguna ocasión. Por fortuna, no pareció reconocerme.

—Escuchen —dijo Walter—. Necesito que se larguen. Están quitando categoría a esta mesa. Ni siquiera sé cómo han conseguido colarse con esas pintas que llevan.

—Nos iremos en cuanto nos garantice que no sacará el nombre de Vivian en el periódico de mañana —dijo Olive, que era experta en presionar a la gente «solo un poquito más».

—Oiga, señora. Usted no es nadie para presentarse en la mesa 50 del Stork Club y decirme lo que tengo que hacer —saltó Winchell—. Yo no le debo nada. Esa es toda la garantía que le voy a dar.

Luego se volvió hacia mí.

—A partir de ahora me gustaría que empezaras a portarte bien, pero sé que no lo vas a hacer. No voy a retractarme de mi veredicto; has hecho una cosa muy fea, niña, y te han pillado. Es probable que hayas hecho muchas más cosas malas, solo que tuviste la suerte de que no te descubrieran. Bien, pues esta noche tu suerte se ha terminado. Enredarse con el zángano del marido de otra y con una tortillera ligera de cascos..., eso es impropio de una joven de buena familia. Conozco la naturaleza humana y sé que harás más tonterías en el futuro. Así que te voy a decir una cosa: si una supuestamente buena chica como tú piensa seguir zascandileando con esa buena pieza de Celia Ray, vas a tener que aprender a defenderte solita. Esta vieja bruja es como un dolor de muelas, pero demuestra mucha fortaleza saliendo a pelear por ti. No entiendo muy bien por qué se preocupa tanto por ti ni por qué te lo mereces. Pero a partir de hoy, niñita, pelea tus propias batallas. Y ahora fuera de mi vista las dos, dejen de estropearme la noche. Están ahuyentando a las personas importantes.

20

Al día siguiente, me escondí en mi habitación todo el tiempo que pude. Esperé a que Celia llegara a casa para hablar de lo ocurrido, pero no dio señales de vida. No había dormido y tenía los nervios a flor de piel. Era como si llevara miles de cascabeles sujetos al cerebro y sonaran todos a la vez. Me daba demasiado miedo encontrarme a nadie, en especial a Edna, para arriesgarme a ir a la cocina a desayunar, o a almorzar.

Por la tarde me escabullí del teatro para comprar el periódico y leer la columna de Winchell. Lo abrí allí mismo, junto al quiosco, desafiando al viento de marzo que quería llevarse volando mi mala noticia.

Allí estaba la fotografía de Arthur, Celia y yo abrazados, pero era imposible saber con certeza que se trataba de mí. (A media luz todas las morenas guapas se parecen). Las caras de Arthur y Celia, sin embargo, se distinguían con toda claridad. Supongo que porque eran los importantes.

Tragué saliva y me obligué a leer el artículo.

De Walter Winchell, en el *New York Daily Mirror*, edición vespertina, 25 de marzo de 1941.

> He aquí un ejemplo de conducta impropia y poco caballeresca por parte del «señor de Edna Parker Watson». ¿Qué mejor que dos coristas americanas para entrar en calor, avaricioso hijo de la pérfida Albión, si con una no basta? [...] Así es, sorprendimos a Arthur Watson a la puerta del Spotlite en amorosa actitud con su coprotagonista de *Ciudad de mujeres*, Celia Ray, y otra ciudadana de Lesbos de piernas largas [...] Es lo que yo llamo una bonita manera de pasar el rato, señor mío, ¡mientras tus compatriotas luchan y mueren para acabar con Hitler! [...] ¡Menudo escándalo se montó anoche en la acera! [...] Esperemos que estos tres estúpidos cupidos disfrutaran posando así para los fotógrafos, porque ¡cualquiera con dos dedos de frente sabe que nos encontramos ante un nuevo matrimonio del mundo del espectáculo a punto de Reno-varse!* [...] Es probable que Arthur Watson se llevara un buen rapapolvo de su mujer anoche [...] Qué desastre de día para los Watson. Más les valía haberse quedado en la cama [...] ¡Esto me lo ha dicho un pajarito!

«Ciudadana de Lesbos de piernas largas».
Pero no daba mi nombre.
Olive me había salvado.

Hacia las seis de la tarde llamaron a mi puerta. Era Peg, con el mismo aspecto verdoso y horrible que yo.

---

* En los años cuarenta, la ciudad de Reno, en Nevada, se convirtió en el destino preferido para los divorcios en Estados Unidos por la facilidad con la que se tramitaban. *[N. de la T.]*

Se sentó en la cama sin hacer.

—Mierda —dijo y dio la impresión de que lo decía muy en serio.

Estuvimos calladas largo rato.

—Vaya, peque, desde luego has montado una buena —dijo por fin.

—Lo siento muchísimo, Peg.

—Déjalo. No pienso soltarte ningún sermón. Pero no hay duda de que esto nos va a traer problemas, y de toda clase. Llevo despierta con Olive desde el amanecer intentando poner un poco de orden después de la hecatombe.

—De verdad que lo siento muchísimo.

—Ya te he dicho que lo dejes. Reserva las disculpas para otras personas, no las desperdicies conmigo. Pero sí tenemos que hablar de algunas cosas. En primer lugar, quiero que sepas que Celia está despedida.

¡Despedida! Era la primera vez que oía que despedían a alguien del Lily.

—Pero ¿dónde va a ir? —pregunté.

—A otro sitio. Aquí no puede seguir. Es *persona non grata.* Le he dicho que venga esta noche a recoger sus cosas durante la función. Voy a pedirte que no estés en la habitación cuando llegue. No quiero más números.

Celia se iba y ni siquiera me dejaban despedirme de ella. Pero ¿a dónde iba a ir? Yo sabía que no tenía ni un centavo. Ni un lugar donde vivir. Ni familia. Acabaría en la calle.

—Tenía que hacerlo —continuó Peg—. No puedo obligar a Edna a compartir escenario con esa chica. Y si no despido a Celia después de lo que ha pasado, el resto del reparto se me echaría encima. Están todos furiosos. Y no podemos arriesgarnos a algo así. De manera que Gladys sustituirá a Celia. No es tan buena, pero lo hará perfectamente. Ojalá pudiera despedir también a Arthur, pero Edna se niega. Es posible que al final termine por despedirlo ella misma, pero es su decisión. Ese hombre es una fuente de problemas, pero qué se le va a hacer. Edna lo quiere.

—¿Va a actuar Edna esta noche? —pregunté, asombrada.

—Pues claro. ¿Por qué no iba a hacerlo? Ella no ha hecho nada malo.

Aquello me escoció. Pero me asombraba saber que iba a hacer la función. Había pensado que quizá querría esconderse, irse a algún sanatorio o al menos encerrarse en una habitación a llorar. Hasta había considerado la posibilidad de que la obra se cancelara.

—No va a ser una noche agradable para ella —dijo Peg—. Por supuesto, todo el mundo ha leído la columna de Winchell. Habrá murmuraciones. El público la mirará ávido de sangre, esperando a verla flaquear y sucumbir. Pero Edna es una profesional y saldrá airosa de la situación. Ha decidido que es mejor pasarlo cuanto antes. Tenemos suerte de que sea tan fuerte. De tratarse de una persona menos resuelta, o no tan buena amiga, es probable que hubiera abandonado la obra y entonces ¿qué sería de nosotros? Por fortuna, sabe sobreponerse a las dificultades con dignidad y es lo que va a hacer.

Encendió un cigarrillo y continuó:

—Hoy también he tenido una charla con tu novio, Anthony. Quería dejar la obra. Dice que ya no se divierte. Que le estamos «dando la tabarra», sea eso lo que sea. En concreto ha dicho que le estás dando la tabarra tú. He conseguido convencerlo de que se quede, pero tenemos que subirle el sueldo y ha puesto como condición que dejes de «jugar con él». Porque has sido una «mala pécora». Dice que habéis terminado. No quiere que le digas ni hola. Estoy citando literalmente, Vivvie. Creo que el mensaje te ha quedado claro. No sé si será capaz de ofrecer una buena actuación esta noche, pero pronto lo comprobaremos. Olive tuvo una larga conversación con él esta mañana, para reconducir la situación. Lo mejor será que te mantengas lejos de él. A partir de ahora, haz como si no existiera.

Tuve ganas de vomitar. Celia exiliada. Anthony no quería volver a dirigirme la palabra. Y por mi culpa, Edna tendría que enfrentarse esa noche a un público que quería verla pasándolas canutas.

—Te lo voy a preguntar sin rodeos, Vivvie —añadió Peg—. ¿Cuánto tiempo llevas coqueteando con Arthur Watson?

—No lo he hecho. Solo anoche. Anoche fue la única vez.

Mi tía me estudió como tratando de decidir si decía o no la verdad. Luego cambió de opinión. Es posible que me creyera o que no. Quizá llegó a la conclusión de que, fuera como fuera, daba igual. En cuanto a mí, no tenía fuerzas para defenderme. Claro que tampoco tenía argumentos en mi defensa.

—¿Por qué lo hiciste? —Su tono era más de desconcierto que de reproche. Cuando tardé en contestar, dijo—: Da igual. La gente siempre lo hace por las mismas razones.

—Pensé que Edna se había liado con Anthony —repuse sintiéndome como una tonta.

—Eso no es verdad. Conozco a Edna y te aseguro que eso no es verdad. Nunca se ha portado así y nunca lo hará. Pero, aunque fuera cierto, no justificaría tu comportamiento, Vivvie.

—Lo siento muchísimo, Peg —repetí.

—La noticia va a salir en todos los periódicos, supongo que lo sabes. De todo el país. La va a publicar *Variety.* Y toda la prensa sensacionalista de Hollywood. También de Londres. Olive lleva toda la tarde atendiendo llamadas de periodistas a la caza de declaraciones. Hay fotógrafos en la entrada de artistas. Todo un varapalo para una mujer de la categoría de Edna.

—Peg, dime qué puedo hacer. Por favor.

—No puedes hacer nada —respondió—. Aparte de ser humilde, mantener la boca cerrada y confiar en que la gente sea magnánima contigo. Por cierto, me he enterado de que anoche Olive y tú fuisteis al Stork Club.

Asentí con la cabeza.

—No quiero ponerme melodramática, Vivvie, pero supongo que entiendes que Olive te ha salvado la vida.

—Lo entiendo.

—¿Te imaginas lo que habrían dicho tus padres de esto? ¿En la sociedad tan cerrada en la que vivís? ¿Tener esta clase de reputación, y encima con fotografías?

Lo imaginaba. Lo había imaginado, de hecho.

—No me parece demasiado justo, Vivvie. Todos van a tener que pagar el pato, Edna incluida, mientras tú te vas de rositas.

—Lo sé —dije—. Lo siento.

Peg suspiró.

—Bueno, una vez más Olive nos ha salvado. Ya he perdido la cuenta de la cantidad de veces que nos ha rescatado, que me ha rescatado a mí, todos estos años. Es la mujer más extraordinaria y honrada que he conocido. Espero que le hayas dado las gracias.

—Claro que sí —contesté, aunque no estaba segura de haberlo hecho.

—Me habría gustado haber ido anoche contigo y Olive, Vivvie. Pero al parecer no estaba en condiciones. Últimamente he tenido demasiadas noches como esa. De beber ginebra como si fuera agua. Ni siquiera recuerdo cómo llegué a casa. Pero, afrontémoslo, debería haber sido yo quien intercediera por ti ante Winchell, no Olive. Después de todo, tu tía soy yo. Era mi obligación como familia tuya. También habría estado bien que Billy te hubiera echado una mano, pero nunca se puede contar con él para que dé la cara por nadie. Claro que tampoco era responsabilidad suya. Era mía, y no estuve a la altura. Todo esto me pone enferma, peque. Debería haber estado más pendiente de ti todo este tiempo.

—No es culpa tuya —repliqué, y lo decía de corazón—. Yo soy la única responsable.

—Bueno, ahora ya es demasiado tarde para hacer nada. Y me parece que mi romance con la botella se ha terminado una vez más. Siempre ocurre lo mismo cuando Billy aparece por aquí cargado de diversión y de confeti. Empiezo a pasármelo en grande con él hasta que una mañana me levanto y me encuentro con que el mundo se ha ido al garete mientras yo estaba durmiendo la mona y Olive se mataba por arreglarlo todo sin que yo me enterase. No sé cuándo aprenderé.

No supe qué responder a aquello.

—Bueno, Vivvie, intenta no derrumbarte. Como suele decirse, no es el fin del mundo. Resulta difícil creerlo en un día como hoy, pero es la verdad. Hay cosas peores. Hay gente sin piernas.

—¿Estoy despedida?

Rio.

—¿Despedida de qué? ¡Si ni siquiera tienes un trabajo! —Consultó su reloj y se puso de pie—. Una cosa más. Edna no quiere verte hoy antes de la función. Gladys la ayudará a vestirse. Pero sí quiere hablar contigo cuanto termine. Me ha pedido que te diga que vayas a verla al camerino.

—Dios, mío, Peg —susurré. Las náuseas habían vuelto.

—Tarde o temprano tendrás que verla. Mejor que sea ya. No va a ser amable contigo, me atrevo a decir. Pero tiene derecho a hablar contigo, y, pase lo que pase, te lo mereces. Así que ve allí y discúlpate, si es que te deja. Reconoce lo que has hecho. Acepta tu castigo. Cuanto antes muerdas el polvo, antes podrás empezar a reconstruir tu vida. Te lo dice una experta.

Me quedé al fondo del teatro y vi la función desde las sombras, el lugar que me correspondía.

Si el público había ido aquella noche al Lily para ver a Edna Parker Watson retorcerse de vergüenza, entonces se marcharon a casa decepcionados. Porque no se retorció en ningún momento. Fijada al escenario igual que una mariposa a un insectario por la luz blanca y ardiente de las candilejas, escrutada por cientos de ojos, en boca de todos, objeto de escarnio, interpretó su papel dando lo mejor de sí. No dejó traslucir ni el más mínimo nerviosismo que pudiera alimentar a aquella turba sedienta de sangre. Su señora Alabaster resultó divertida, encantadora, relajada. Si acaso, Edna se movió aquella noche sobre el escenario con mayor templanza y elegancia que nunca. Transmitió total desenvoltura y su cara no reveló otra cosa que no fuera el placer que le producía formar parte de aquel espectáculo tan ligero y alegre.

El resto del reparto, en cambio, empezó visiblemente nervioso, entrando tarde y balbuceando su texto, hasta que la resuelta actuación de Edna terminó por corregir las suyas. Su fuerza gravitatoria fue lo que consiguió serenar a todos aquella noche. Qué la serenó a ella, no te lo puedo decir.

No creo que fueran imaginaciones mías que, en el primer acto, la actuación de Anthony tuviera un matiz más feroz que de costumbre. Más que Bobby el Suertudo parecía Bobby el Colérico, pero al final Edna también consiguió reconducirlo.

Mi amiga Gladys, enfundada en el papel y en el vestuario de Celia, hizo una buena interpretación y bailó de manera impecable. Le faltaba ese toque cómico y lánguido que tanto éxito había deparado a Celia, pero hizo su trabajo con habilidad y eso era lo que se le había pedido.

Arthur estuvo atroz, pero eso no era ninguna novedad. La única diferencia aquella noche fue que también su aspecto era atroz. Tenía unos feos círculos grises bajo los ojos y se pasó la mayor parte de la representación secándose el sudor de la nuca y mirando a su mujer con ojos de carnero degollado. Ni siquiera intentó disimular su malestar. Por fortuna su papel estaba tan recortado que no pasó tiempo suficiente sobre el escenario para echar a perder la función.

Aquella noche Edna hizo un cambio significativo en la representación. Cuando cantó su balada, cambió la puesta en escena. En lugar de dirigir su rostro y su voz a los cielos, como acostumbraba, se colocó en el borde del escenario. Cantó directamente a los espectadores, escudriñándolos, eligiendo a espectadores de entre el público y cantando para ellos, a ellos, en realidad. Los miró a los ojos y los desafió con la mirada mientras cantaba con el corazón. Nunca su voz sonó más rica, más desafiante («Esta vez sí, / va a ser mi fin, / pero creo que me voy a enamorar»).

Aquella noche cantó como si quisiera retar al público, espectador por espectador. Como si les dijera: «¿Qué pasa? ¿A ti nunca te han hecho daño? ¿Nunca te han roto el corazón? ¿Nunca te has arriesgado por amor?».

Para cuando terminó, el público lloraba; ella, en cambio, aguantó las ovaciones sin derramar una sola lágrima.

No he conocido a una mujer más fuerte.

Cuando llamé a la puerta del camerino, sentía la mano como si fuera un trozo de madera.

—Adelante —dijo Edna.

Era como si mi cabeza fuera de algodón. Tenía los oídos taponados e insensibles. La boca me sabía a harina de maíz con aroma a cigarrillos. Había pasado veinticuatro horas sin comer y no concebía volver a hacerlo nunca. Llevaba el mismo vestido que me había puesto para ir al Stork Club. No me había peinado en todo el día (me había sentido incapaz de enfrentarme a un espejo). Cosa extraña, las piernas parecían independientes del resto de mi cuerpo; no entendía cómo eran capaces de caminar. Por un instante, a la puerta del camerino, no lo fueron. Después me obligué a entrar igual que salta una persona al frío océano desde lo alto de un acantilado.

Edna estaba de pie delante del espejo, envuelta en un resplandor de bombillas. Tenía los brazos cruzados y su postura era relajada. Me estaba esperando. No se había cambiado, seguía llevando el sensacional vestido de noche que le había cosido yo para el número final tantos meses atrás. Seda azul centelleante y estrás.

Me coloqué delante de ella con la cabeza baja. Era unos treinta centímetros más baja que yo, pero en aquel momento me sentí como un ratoncito a sus pies.

—¿Por qué no empiezas tú? —dijo.

Veamos. Lo cierto era que no llevaba ningún discurso preparado.

Pero su invitación no tenía, en realidad, nada de invitación; era una orden. De manera que abrí la boca y empecé a balbucear frases rotas y desafortunadas al tuntún. Fue una retahíla de excusas dentro de una marea de disculpas lamentables. Súplicas de que me perdonara. Ofrecimientos de compensar mi comportamiento. Pero también cobardía y negación. («¡Solo ha sido una vez, Edna!»). Y, para mi vergüenza, he de reconocer que, en un momento determinado de mi discurso, cité a Arthur Watson diciendo que a su mujer «le gustan jovencitos».

Fui hilando una tontería detrás de otra y Edna me dejó enredarme sin interrumpirme ni contestar. Cuando terminé de farfullar, después de escupir una última pieza de cochambre verbal, volví a guardar silencio, sintiéndome como un guiñapo, mientras ella me miraba sin pestañear.

Por fin dijo con una voz inquietantemente apacible:

—Hay una cosa que no entiendes, Vivian, y es que no eres una persona interesante. Bonita sí, pero solo porque eres joven. La hermosura no tarda en marchitarse. Pero nunca serás una persona interesante. Te digo esto, Vivian, porque me parece que has estado viviendo en el convencimiento de que eres interesante, o de que tu vida tiene sentido. Pero no lo eres y no lo tiene. En otro tiempo pensé que tenías potencial para llegar a ser alguien interesante, pero me equivocaba. Tu tía Peg es una persona interesante. Olive Thompson es una persona interesante. Yo soy una persona interesante. Pero tú no. ¿Entiendes lo que te digo?

Asentí con la cabeza.

—Lo que eres, Vivian, es una persona de «esas». Para ser más concreta, eres una mujer de «esas». Una especie que abunda hasta el aburrimiento. ¿Crees que no he conocido a mujeres como tú? Las mujeres como tú siempre andaréis por ahí provocando, jugando a vuestros jueguecitos aburridos y vulgares, causando problemas aburridos y vulgares. Eres de esas mujeres incapaces de ser amigas de otra mujer, Vivian, porque se empeñan en jugar con juguetes que no son suyos. Las mujeres como tú a menudo se creen importantes porque tienen la capacidad de crear problemas y de arruinar la vida de los demás. Pero ni son importantes ni son interesantes.

Abrí la boca para hablar, preparada para farfullar alguna tontería inconexa más, pero Edna levantó una mano.

—Igual te interesa conservar la poca dignidad que te queda, querida, no añadiendo nada.

El hecho de que dijera esto con un asomo de sonrisa, con un levísimo atisbo de amabilidad incluso, fue lo que me destrozó.

—Hay otra cosa que debes saber, Vivian. Tu amiga Celia pasó tanto tiempo contigo porque creía que eras una aristócrata, pero no lo eres. Y tú pasaste tanto tiempo con Celia porque creías que era una estrella, pero no lo es. Celia nunca será una estrella de la misma manera que tú nunca serás una aristócrata. No sois más que dos chicas vulgares y corrientes. Dos chicas de «esas». Hay millones como vosotras.

Sentí que mi corazón se encogía más y más hasta no ser más que una bola arrugada de aluminio dentro del delicado puño de Edna.

—¿Te gustaría saber qué debes hacer ahora, Vivian, para dejar de ser una persona de «esas» y convertirte en una persona de verdad?

Debí de asentir con la cabeza.

—Te lo voy a decir, entonces. No puedes hacer nada. Por mucho que te esfuerces por dar sentido a tu vida, nunca lo conseguirás. Nunca llegarás a ser nada, Vivian. Jamás serás una persona con el más mínimo interés.

Sonrió con ternura.

—Y a no ser que me equivoque —concluyó—, lo más probable es que pronto estés de vuelta en casa de tus padres. Que es tu sitio. ¿Verdad, querida?

21

Pasé la siguiente hora metida en una pequeña cabina de teléfono de un rincón de la tienda de conveniencia de la esquina, tratando de hablar con mi hermano.

Estaba loca de angustia.

Podría haber llamado a Walter desde el teléfono del Lily, pero no quería que nadie me oyera y, en cualquier caso, estaba demasiado avergonzada para dejarme ver en el teatro. Así que corrí a la tienda.

Tenía en mi poder un número de teléfono del cuartel de la escuela de cadetes donde se alojaba Walter, en el Upper West Side. Me lo había dado para casos de emergencia. Bien, esto era una emergencia. Claro que también eran las once de la noche y no cogían el teléfono. Aquello no me disuadió. Seguí metiendo la moneda de veinticinco centavos en la ranura y escuchando el tono de llamada sonar sin fin al otro lado de la línea. Dejaba que sonara veinticinco veces, a continuación colgaba y volvía a empezar, el mismo número de teléfono y la misma moneda. Y todo ello entre sollozos e hipidos.

Se volvió hipnótico, marcar el número, contar las veces que sonaba, colgar, oír la moneda caer, volver a colocarla en la ranura, marcar, contar las veces que sonaba, colgar. Sollozar, gemir.

Entonces de pronto oí una voz al otro lado. Una voz furiosa.

—¿QUÉ? —me gritó alguien al oído—. ¿QUÉ PASA, maldita sea?

Casi se me cayó el teléfono. Había entrado en trance y se me había olvidado para qué sirven los teléfonos.

—Necesito hablar con Walter Morris —dije cuando reaccioné—. Por favor, señor, es una emergencia familiar.

El hombre al otro lado del teléfono farfulló una sarta de maldiciones («Asquerosa chiflada sin vergüenza»), además del previsible sermón sobre ¿pero tú sabes la hora que es? Pero su furia no era nada comparada con mi desesperación. Estaba interpretando a la perfección el papel de familiar histérico, exactamente lo que era. Mis sollozos se impusieron con facilidad a la ira de aquel desconocido. Sus gritos sobre protocolo no significaban nada para mí. Al final debió de darse cuenta de que las reglas no iban a servir en mi caso y se fue a buscar a mi hermano.

Esperé largo rato mientras metía más monedas en la ranura y trataba de sobreponerme, escuchando el sonido de mi respiración agitada en la estrecha cabina.

Y entonces, por fin, Walter.

—¿Qué ha pasado, Vi? —preguntó.

Al oír la voz de mi hermano me deshice de nuevo en mil añicos de niña pequeña. Y a continuación, entre oleadas de sollozos, se lo conté todo.

—Tienes que sacarme de aquí —le supliqué cuando terminé de hablar—. Tienes que llevarme a casa.

No sé cómo consiguió Walter organizarlo todo tan deprisa, y además en plena noche. No sabía cómo funcionaban esas cosas en el ejército, lo de cogerse un permiso y eso. Pero mi hermano era la persona con más recursos que conocía, así que se las arregló para solucionarlo. Yo sabía que lo haría. Walter podía arreglar cualquier cosa.

Mientras Walter se ocupaba de su parte del plan de huida (conseguir un permiso y tomar prestado un automóvil), yo me dediqué a hacer el equipaje, a meter ropa y zapatos en mis maletas y a guardar mi máquina de coser con dedos temblorosos. Luego escribí a Peg y a Olive una carta larga y manchada de lágrimas fustigándome y la dejé en la mesa de la cocina. No recuerdo todo lo que decía la carta, pero era bastante histérica. Ahora que lo pienso, preferiría haber escrito: «Gracias por cuidarme, lo siento, he sido una idiota» y nada más. Peg y Olive ya tenían bastantes problemas. Lo último que les faltaba era una estúpida carta mía de veintidós páginas confesando mis pecados.

Pero la recibieron, de todas formas.

Justo antes del amanecer, Walter llegó al Lily Playhouse para recogerme y llevarme a casa.

No venía solo. Mi hermano había conseguido un coche, sí, pero venía con truco. Para ser exactos, venía con conductor. Al volante iba un joven alto y flaco con el mismo uniforme que Walter. Un compañero de la escuela de cadetes. Un muchacho de aspecto italiano y fuerte acento de Brooklyn. Haría el viaje con nosotros. Al parecer, el viejo y destartalado Ford era suyo.

Me dio igual. Me daba igual quién estuviera o quién me viera hecha un guiñapo. Estaba desesperada. Necesitaba salir del Lily Playhouse enseguida, antes de que alguien se despertara y me viera la cara. No podía seguir viviendo bajo el mismo techo que Edna ni un minuto más. A su manera personal e impasible me había ordenado marcharme y yo lo había entendido a la perfección. Tenía que irme.

Cuanto antes.

«Sacadme de aquí» era lo único que me importaba.

Cruzamos el puente George Washington cuando salía el sol. No fui capaz de mirar el perfil de Nueva York alejarse a mi espalda. Aunque era yo la que abandonaba la ciudad, mi sensación era la opuesta, que la ciudad me abandonaba a mí. Había demostrado no ser de fiar, de manera que Nueva York dejaba de estar a mi alcance, igual que se le quita a un niño un objeto valioso de las manos.

Una vez hubimos cruzado el puente y estuvimos a salvo, fuera de la ciudad, Walter la emprendió conmigo. Nunca lo había visto tan enfadado. No era una persona dada a sacar genio, pero en aquella ocasión lo sacó y de qué manera. Me hizo saber que era una vergüenza para la familia. Me recordó todo lo que la vida me había dado y la alegría con la que lo había desperdiciado. Señaló que el dinero que habían invertido mis padres en mi educación y mi crianza había sido dinero malgastado, puesto que yo no era digna de sus regalos. Me dijo lo que les ocurría a las chicas como yo al cabo del tiempo, cómo primero nos utilizan, luego se cansan de nosotras y acaban dándonos un puntapié. Dijo que tenía suerte de no estar en la cárcel, embarazada o incluso muerta en una zanja después de cómo me había comportado. Me dijo que jamás encontraría un marido respetable porque ¿quién me querría después de conocer, aunque fuera un poco, mi pasado? Después de todos los indeseables con los que me había mezclado, yo también tenía algo de indeseable. Me comunicó que nunca debía contar a mis padres lo que había hecho en Nueva York ni el grado de calamidad que había causado. Aquello no era para protegerme a mí (yo no merecía protección), sino para protegerlos a ellos. Mamá y papá nunca se sobrepondrían si llegaban a conocer la degradación a que había llegado su hija. Dejó claro que era la última vez que me rescataba. Concluyó:

—Tienes suerte de que no te lleve directa a un reformatorio.

Todo esto lo dijo delante del joven que conducía el coche, como si fuera invisible o sordo o alguien sin importancia.

O como si yo fuera tan repugnante que a Walter le diera igual quién lo supiera.

De manera que Walter se despachó conmigo y el conductor se enteró de todos los detalles y yo me limité a aguantar el chaparrón sin decir palabra. Fue duro, sí, pero he de decir que, comparado con mi reciente confrontación con Edna, no fue tan terrible. (Por lo menos Walter tenía la deferencia de enfadarse; la inmutable sangre fría de Edna había sido denigrante. Prefería con mucho el fuego de Walter al hielo de ella).

Pero es que, además, a aquellas alturas yo era bastante inmune al dolor. Llevaba despierta treinta y seis horas. En el último día y medio me había emborrachado, había tenido relaciones sexuales, me habían aterrorizado, me habían denigrado, dejado y regañado. Había perdido a mi mejor amiga, a mi novio, a mi círculo, un trabajo que me encantaba, mi autoestima y Nueva York. Edna, una mujer a la que quería y admiraba, acaba de informarme de que no valía nada como ser humano y que nunca lo haría. Me había visto obligada a suplicar a mi hermano mayor que me salvara y a hacerle saber el ser indigno en que me había convertido. Había sido desenmascarada, abierta en canal y vaciada. No había gran cosa que pudiera decir Walter que ahondara en mi vergüenza o que me hiciera más daño.

Pero resultó que el conductor sí.

Porque al cabo de una hora, cuando Walter dejó de sermonearme un momento (imagino que para recuperar el aliento), el joven flaco al volante habló por primera vez. Dijo:

—Tiene que ser muy decepcionante para un tipo tan recto como tú, Walt, tener por hermana a una sucia putita.

Aquello me dolió.

Aquellas palabras no solo me escocieron. Me quemaron las entrañas, como si hubiera tragado ácido.

No es solo que no diera crédito a que el chico hubiera dicho eso; es que lo había dicho delante de las narices de mi hermano. ¿No había visto a mi hermano? ¿No se había fijado en el metro ochenta y siete que medía Walter Morris? ¿En sus músculos y en su presencia?

Con el corazón en la garganta, esperé a que Walter la emprendiera a puñetazos con aquel tipo, o al menos que le echara una bronca.

Pero Walter no dijo nada.

Al parecer, mi hermano no pensaba objetar la acusación. Porque estaba de acuerdo con ella.

Mientras seguíamos camino, aquellas palabras brutales resonaron y rebotaron en el estrecho espacio cerrado del coche... y también en el aún más pequeño y cerrado espacio de mi cabeza.

«Sucia putita, sucia putita, sucia putita...».

Las palabras terminaron por fundirse en un silencio aún más brutal que nos fue envolviendo igual que unas aguas oscuras.

Cerré los ojos y dejé que me engulleran.

Mis padres, a los que no habíamos avisado de nuestra llegada, se mostraron al principio entusiasmados de ver a Walter y después perplejos y preocupados por mi presencia y por el hecho de que mi hermano me acompañara. Pero Walter no les dio demasiadas explicaciones. Dijo que Vivian echaba de menos su casa, así que había decidido llevarla. No dijo más y yo tampoco añadí nada a la historia. Ni siquiera nos esforzamos por simular normalidad delante de nuestros confundidos padres.

—Pero ¿cuánto tiempo te vas a quedar, Walter? —quiso saber mi madre.

—Ni siquiera a cenar —contestó. Tenía que volver de inmediato a la ciudad, explicó, para no perder otro día de instrucción.

—¿Y cuánto tiempo se va a quedar Vivian?

—Eso depende de vosotros —dijo Walter y se encogió de hombros como si no pudiera importarle menos si me quedaba allí y por cuánto tiempo.

En otra clase de familia es posible que hubiera habido preguntas más insistentes. Pero deja que te explique la cultura en la que crecí, Angela, por si no has conocido a ningún anglosajón protestante. Tienes que entender que tenemos una regla de combate principal. Y es esta:

«De este tema no se volverá a hablar».

Los blancos anglosajones y protestantes podemos aplicar esa regla a cualquier cosa: desde un momento incómodo durante la cena al suicidio de un familiar.

No hacer más preguntas es el pan de cada día de mi familia.

De modo que cuando mis padres comprendieron que ni Walter ni yo íbamos a darles información sobre aquella misteriosa visita, en realidad aquella misteriosa entrega, dejaron de insistir.

En cuanto a mi hermano, me depositó en mi hogar natal, sacó mi equipaje del coche, besó a mi madre, estrechó la mano de mi padre y, sin decirme una palabra, volvió derecho a la ciudad para prepararse para una guerra distinta, más importante.

22

Lo que siguió fue un periodo de infelicidad turbia e imprecisa.

Un motor se había apagado dentro de mí y me había dejado apática. Mis acciones me habían fallado, de manera que dejé de actuar. Ahora que vivía en casa, permití que mis padres establecieran una rutina para mí y acepté sin rechistar todo lo que proponían.

Desayunaba con ellos, compartiendo café y periódicos, y ayudaba a mi madre a preparar sándwiches para el almuerzo. La cena (que cocinaba la criada, por supuesto) era a las cinco y media, seguida de la lectura de la prensa vespertina, juegos de cartas y oír la radio.

Mi padre sugirió que trabajara en su compañía y accedí. Me puso en la recepción, donde me dedicaba a cambiar papeles de sitio durante siete horas al día y a contestar el teléfono cuando nadie más podía hacerlo. Aprendí a archivar, más o menos. Deberían haberme detenido por hacerme pasar por una secretaria, pero al menos me daba algo en que ocupar el grueso de mis días y mi padre me pagaba un pequeño salario por mi «trabajo».

Papá y yo íbamos en su coche a trabajar cada mañana y volvíamos también juntos a casa por la tarde. Durante aquellos trayectos, la conversación de mi padre consistía en una arenga detrás de otra: que si Estados Unidos tenía que quedarse al margen de la guerra, que si Roosevelt era un pelele en manos de los sindicatos, que si los comunistas pronto se harían con el control del país... (Al bueno de papá siempre le dieron más miedo los comunistas que los fascistas). Yo oía sus palabras, pero no puedo decir que le escuchara.

Siempre estaba ausente. Algo horrible se paseaba dentro de mi cabeza con zapatos de suela gruesa, recordándome en todo momento que era una sucia putita.

Percibía la pequeñez de todo. Mi dormitorio de infancia con su camita de niña. Las vigas del techo, que eran demasiado bajas. El timbre metálico de la voz de mis padres conversando por las mañanas. El escaso número de coches en el aparcamiento de la iglesia los domingos. La tienda de alimentación del barrio, con su oferta limitada de siempre. La cafetería que cerraba a las dos de la tarde. Mi armario lleno de ropas de adolescente. Mis muñecas de infancia. Todo me oprimía y me llenaba de melancolía.

Cada palabra que salía de la radio me sonaba fantasmal y angustiosa. Las canciones alegres y las tristes me descorazonaban por igual. Las novelas radiofónicas apenas conseguían captar mi atención. En ocasiones oía la voz de Walter Winchell en las ondas, vociferando sus chismes o haciendo llamamientos apremiantes a la intervención en Europa. Se me encogía el estómago al oír su voz, pero entonces mi padre apagaba la radio y decía: «¡Ese hombre no descansará hasta que todo joven estadounidense de pro cruce el océano para morir a manos de los malditos alemanes!».

Cuando nos llegó el ejemplar de la revista *Life* a mediados de agosto, venía un artículo sobre el éxito en Nueva York de la obra *Ciudad de mujeres* que incluía fotos de la famosa actriz británica Edna Parker Watson. Estaba sensacional. Para el retrato principal se había puesto uno de los trajes que le había hecho yo el año anterior: un modelo gris oscuro con pliegues en la cintura y un cuello de tafetán rojo sangre de lo más *chic.* También salía una fotografía de Edna y Arthur paseando de la mano por Central Park. («Para la señora Watson, a pesar de su gran éxito profesional, no hay papel más valioso que el de esposa: "Hay muchas actrices que afirman estar casadas con su trabajo", dice la estilosa estrella. "Pero si me dan a elegir ¡yo prefiero estar casada con un hombre!"»).

En su momento, leer el artículo me hizo pensar en mi conciencia como un barco de remos podrido que se hunde en un estanque de barro. Pero cuando lo recuerdo ahora debo decir que me enfurece. Arthur Watson había salido impune de sus malas acciones y sus mentiras. Peg había desterrado a Celia y Edna me había desterrado a mí, pero a Arthur se le había permitido seguir con su encantadora vida y su encantadora mujer, como si no hubiera pasado nada.

Las sucias putitas habían sido puestas de patitas en la calle; al hombre se le había permitido quedarse.

Claro que entonces no fui consciente de la hipocresía.

En cambio ahora, vaya si lo soy.

Los sábados por la noche mis padres y yo íbamos al baile del club de campo. Me daba cuenta de que lo que siempre habíamos llamado con gran aspaviento «salón de baile» era en realidad un comedor de mediano tamaño con las sillas y mesas arrumbadas contra una pared. Tampoco los músicos eran ninguna maravilla. Mientras tanto, yo sabía que, en Nueva York, habrían abierto ya para el verano la azotea, llamada Viennese Roof, del St. Regis, y que nunca volvería a bailar allí.

En los bailes del club me dedicaba a hablar con viejos amigos y vecinos. Me esforzaba todo lo que podía. Algunos sabían que había estado viviendo en Nueva York y trataban de conversar sobre ello (¡«No entiendo cómo pueden querer vivir apelotonados los unos encima de los otros de esa manera!»). También me esforzaba por charlar con estas personas sobre sus casas en el lago, o sus dalias, o sus recetas de tarta de café, o cualquier cosa que pareciera importarles. No conseguía entender cómo podía importar nada a nadie. La música no cesaba. Yo bailaba con quien me lo pedía, pero sin distinguir a una pareja de otra.

Los fines de semana mi madre tenía concursos hípicos. La acompañaba cuando me lo pedía. Me sentaba en las gradas con manos frías y botas embarradas y miraba a los caballos dar vueltas y más vueltas por la pista mientras me preguntaba cómo era posible que alguien quisiera ocupar su tiempo de esa manera.

Mi madre recibía cartas periódicas de Walter, que ahora estaba destinado en un portaaviones en la costa de Norfolk, Virginia. Decía que la comida era mejor de lo que había esperado y que se llevaba bien con los chicos. Mandaba recuerdos a sus amigos de casa. Jamás mencionó mi nombre.

Aquella primavera también hubo una cantidad bastante insufrible de bodas a las que asistir. Antiguas compañeras de clase se casaban y se quedaban embarazadas. Y por ese orden, además, ¿te lo puedes creer? Un día me encontré con una amiga de la infancia caminando por la acera. Se llamaba Bess Farmer y también había estudiado en el Emma Willard. Ya tenía un hijo de un año, al que llevaba en un cochecito, y estaba otra vez embarazada. Bess era un encanto, una chica muy inteligente con una risa franca y talento para la natación. Se le habían dado muy bien las ciencias. Sería insultante y denigrante decir de Bess que no era más que un ama de casa. Pero al ver su cuerpo embarazado me entraron sudores.

Chicas con las que me había bañado desnuda en los arroyos detrás de nuestras casas cuando éramos niñas (tan delgadas, llenas de energía y asexuadas) eran ahora matronas regordetas supurando leche materna y rebosantes de hijos. No daba crédito.

Pero Bess parecía feliz.

En cuanto a mí, era una sucia putita.

Le había hecho algo innombrable a Edna Parker Watson. Traicionar a una persona que te ha ayudado y ha sido amable contigo..., no se puede caer más bajo.

Sobreviví a días agitados y a noches aún peores de sueño inquieto.

Hice todo lo que me dijeron y no causé problemas a nadie, pero no conseguí resolver el problema de cómo soportarme a mí misma.

Conocí a Jim Larsen por medio de mi padre.

Jim era un hombre serio y respetable de veintisiete años que trabajaba en la compañía minera de mi padre. Era agente de carga. Por si te interesa, un agente de carga se ocupa de los manifiestos, las facturas y los pedidos. También del envío de mercancías. Se le daban bien las matemáticas y usaba su destreza con los números para gestionar las complejidades de las tarifas de transporte, los gastos de almacén y el seguimiento de los fletes. (Acabo de escribir todas estas palabras, Angela, pero ni siquiera estoy segura de qué significan. Me aprendí estas frases cuando salía con Jim Larsen para poder explicar a la gente en qué consistía su trabajo).

Mi padre tenía una gran opinión de Jim, a pesar de sus orígenes humildes. Lo veía como un joven emprendedor en ascenso, una especie de versión en clase trabajadora de su hijo. Le gustaba que Jim hubiera empezado de maquinista, pero que, gracias a su constancia y sus méritos, se hubiera ganado enseguida un puesto de responsabilidad. Mi padre tenía la intención de nombrar a Jim director general de su negocio algún día, pues: «Ese chico es mejor contable que la mayoría de mis contables y mejor capataz que la mayoría de mis capataces».

Papá decía: «Jim Larsen no es un líder, pero es de esos hombres de confianza que todo líder quiere tener a su lado».

Jim era tan educado que pidió permiso a mi padre para salir conmigo antes de dirigirme la palabra. Mi padre accedió. De hecho, fue mi padre quien me comunicó que tenía una cita con Jim Larsen. Aquello fue antes de que yo supiera quién era Jim Larsen. Pero los dos lo habían decidido todo sin consultarme, así que les seguí la corriente.

En nuestra primera cita, Jim me llevó a tomar una copa de helado a la tienda de refrescos. Me miró despacio comérmela para comprobar que me satisfacía. Le preocupaba mi satisfacción, lo que es algo. No todos los hombres son así.

El fin de semana siguiente me llevó en coche al lago, donde paseamos y miramos los patos.

El fin de semana después de aquel fuimos a una feria del condado y me compró un cuadrito de un girasol cuando le dije que me gustaba. («Para que lo cuelgues en tu cuarto», dijo).

Lo estoy pintando más aburrido de lo que era.

No, no es verdad.

Jim era un hombre muy agradable, eso tengo que reconocerlo. (Pero, cuidado, Angela: cuando una mujer dice de un pretendiente «Qué hombre tan agradable», puedes estar segura de que no está enamorada). En cualquier caso, Jim era agradable. Y, para ser justos, era más que eso. Poseía una gran habilidad matemática, honradez y recursos. No tenía malicia, pero sí inteligencia. Y era atractivo, con ese físico «tan americano»: pelo rubio, ojos azules, buena forma física. Puesta a elegir, los hombres rubios y sinceros no son mis preferidos, pero desde luego la cara de Jim no tenía nada de malo. Cualquier mujer habría dicho que era guapo.

¡Socorro! Estoy intentando describirlo y casi no me acuerdo de él.

¿Qué más puedo decirte de Jim Larsen? Tocaba el banjo y cantaba en el coro de la iglesia. Trabajaba como censista a tiempo parcial y era bombero voluntario. Sabía arreglarlo todo, desde una puerta mosquitera a los raíles de la mina de hematites.

Jim conducía un Buick, un Buick que cambiaría algún día por un Cadillac, pero no antes de ganárselo y no antes de comprar una casa más grande para su madre, con quien vivía. La venerable madre de Jim era una viuda triste que olía a ungüentos y nunca se separaba de su Biblia. Pasaba los días espiando por la ventana a sus vecinos, esperando a que tuvieran un desliz y pecaran. Jim me dijo que la llamara «madre», de manera que lo hacía, aunque jamás me sentí cómoda en compañía de aquella mujer.

El padre de Jim llevaba años muerto, de manera que Jim cuidaba de su madre desde que iba al instituto. Su padre había sido un inmigrante noruego, un herrero que, más que engendrar a un hijo, lo había forjado hasta convertirlo en alguien de responsabilidad y honradez infalibles. Había realizado un buen trabajo haciendo un hombre de su hijo a edad temprana. Luego el padre había muerto y su hijo se había convertido en un verdadero adulto a los catorce años.

Yo parecía gustarle a Jim. Me encontraba divertida. No había tenido demasiado contacto con la ironía en su vida, pero mis pequeños chistes y gracias lo divertían.

Después de unas semanas de cortejo, empezó a besarme. Era agradable, pero no se tomó más libertades con mi cuerpo. Tampoco yo se lo pedí. No le buscaba, hambrienta, pero solo porque no tenía hambre de él. Había dejado de tener hambre de nada. Era como si toda mi pasión y mis ansias estuvieran guardadas en un cajón de algún lugar, un lugar muy lejano. Quizá en la estación Grand Central. Solo tenía fuerzas para seguir la corriente a Jim. Lo que él quisiera me parecía bien.

Era atento. Siempre me preguntaba si estaba cómoda con las distintas temperaturas de las habitaciones. Empezó a llamarme afectuosamente «Vi», pero solo después de pedirme permiso. (Me hizo sentir muy incómoda que eligiera sin saberlo el mismo apodo que usaba siempre mi hermano, pero no dije nada y le di permiso). Ayudó a mi madre a arreglar un obstáculo para caballos roto y mi madre se lo agradeció. Ayudó a mi padre a trasplantar unos rosales.

Jim empezó a venir a casa por las tardes a jugar a las cartas con mi familia. No resultaba desagradable. Sus visitas suponían un grato descanso de la radio o de los periódicos vespertinos. Yo era consciente de que mis padres estaban rompiendo un tabú social por mí; a saber, relacionarse con un empleado en su casa. Pero lo trataban con amabilidad. Había algo cálido y reconfortante en aquellas veladas.

A mi padre cada vez le gustaba más Jim.

—Ese Jim Larsen —decía— tiene la cabeza mejor amueblada de toda la ciudad.

En cuanto a mi madre, es probable que deseara que Jim tuviera una posición social mejor, pero ¿qué se le iba a hacer? Mi madre no se había casado ni por encima ni por debajo de su clase social, sino a la altura justa, pues mi padre tenía la misma edad, educación, riqueza y procedencia que ella. Estoy segura de que quería lo mismo para mí. Pero aceptó a Jim y, para mi madre, la aceptación siempre fue un sustituto del entusiasmo.

Jim no era arrebatador, pero a su manera podía resultar romántico. Un día en que íbamos en coche por el pueblo dijo:

—Cuando te llevo en el coche tengo la sensación de que todos los ojos me envidian.

¿De dónde habría sacado una frase así?, me pregunté. Era bonita, ¿verdad?

Cuando quise darme cuenta, estábamos prometidos.

No sé por qué accedí a casarme con Jim Larsen, Angela.

No, eso no es verdad.

Sí lo sé. Accedí a casarme con Jim Larsen porque me sentía sórdida y vil y él era íntegro y honrado. Pensé que quizá borraría mis malos actos con su buen nombre. (Una estrategia que jamás le ha funcionado a nadie, por cierto, y no será por que no dejen de intentarlo).

Y me gustaban algunas cosas de Jim. Me gustaba porque no se parecía a nadie de los que habían formado parte de mi vida el año anterior. No me recordaba a Nueva York. No me recordaba al Stork Club, o a Harlem, o a un bar cargado de humo de Greenwich Village. No me recordaba a Billy Buell, o a Celia Ray, o a Edna Parker Watson. De ninguna maldita manera me recordaba a Anthony Roccella. (Suspiro). Y, por encima de todo, no me recordaba a mí, una sucia putita.

Estando con Jim podía ser quien simulaba ser: una buena chica que trabajaba en el despacho de su padre y sin un pasado digno de mención. Me bastaba seguir la corriente a Jim y actuar como él para convertirme en la última persona del mundo en quien ocupar mis pensamientos, que era justo lo que quería.

Y así fue como me dejé llevar hacia el matrimonio, igual que un coche que patina en la grava y se sale de la carretera.

Para entonces era otoño de 1941. Nuestro plan era casarnos la primavera siguiente, cuando Jim tuviera ahorrado dinero suficiente para comprar una casa en la que pudiéramos vivir cómodamente con su madre. Me había regalado un pequeño anillo de compromiso que no era feo, pero cuando lo llevaba puesto no reconocía mi mano.

Ahora que estábamos prometidos, nuestra actividad sensual subió de intensidad. Cuando aparcábamos el Buick junto al lago, Jim me quitaba la camisa y se deleitaba con mis pechos, asegurándose siempre de no incomodarme. Nos tumbábamos juntos en el asiento trasero y nos restregábamos el uno contra el otro o, más bien, él se frotaba contra mí y yo le dejaba hacer. (No me atrevía a ser tan lanzada como para frotarme también contra él. Y tampoco es que me muriera de ganas).

—Ay, Vi —decía con embeleso—. Eres la chica más bonita del mundo entero.

Una noche el frotamiento se hizo más apasionado. Entonces Jim se separó de mí con considerable esfuerzo y se frotó la cara con las manos para serenarse.

—No quiero ir más allá hasta que estemos casados —dijo, una vez que pudo hablar de nuevo.

Yo tenía la falda enrollada alrededor de la cintura y los pechos desnudos en el fresco aire otoñal. Era consciente de que a él se le había acelerado el pulso y a mí no.

—No podría mirar a la cara a tu padre si no respetara tu virginidad hasta que seas mi esposa —dijo.

Se me escapó un gritito ahogado. Fue una reacción sincera y espontánea. Audible. La mera mención de mi «virginidad» me había sobresaltado. ¡No había pensado en eso! Aunque había estado representando el papel de joven pura, no se me había ocurrido que Jim creyera que lo fuera en el sentido estricto del término. Pero ¿cómo no lo iba a creer? ¿Qué indicios le había dado yo de ser otra cosa que no fuera pura?

Aquello iba a ser un problema. Jim acabaría por enterarse. Nos íbamos a casar y en la noche de bodas querría hacerme suya y entonces se enteraría. En cuanto tuviéramos relaciones sexuales por primera vez, sabría que no era mi primer visitante.

—¿Qué pasa, Vi? —preguntó—. ¿Qué te preocupa?

Angela, por aquel entonces yo no era muy de decir la verdad. Decir la verdad no era mi primer impulso en ninguna situación, y mucho menos en situaciones difíciles. He tardado muchos años en llegar a ser una persona sincera y conozco la razón: la verdad a menudo es aterradora. Una vez dejas entrar a la verdad en una habitación, es posible que esa habitación ya no vuelva a ser la misma.

Aun así, la dije.

—No soy virgen, Jim.

No sé por qué lo hice. Quizá porque me estaba entrando el pánico. Quizá porque no era lo bastante rápida como para inventarme una mentira plausible. O quizá porque hay un límite a la capacidad que tiene una persona de llevar una máscara de falsedad antes de que empiecen a asomar atisbos de su verdadero yo.

Me miró largo rato antes de preguntar:

—¿Qué quieres decir?

Por el amor de Dios, ¿qué creía que quería decir?

—No soy virgen, Jim —repetí, como si el problema fuera que no me había oído bien la primera vez.

Se sentó y miró al frente un buen rato, serenándose.

Me puse la blusa en silencio. Aquella no era la clase de conversación que una quiere tener con las tetas al aire.

—¿Por qué? —preguntó por fin, la expresión endurecida por el dolor y la afrenta—. ¿Por qué no eres virgen, Vi?

Fue en ese momento cuando me eché a llorar.

Angela, tengo que interrumpirme un momento para decirte algo.

Ahora soy una mujer mayor. Como tal, he llegado a esa edad en que no soporto el llanto de una chica joven. Me exaspera hasta lo indecible. Lo que menos soporto es el llanto de chicas jóvenes y bonitas, en especial si son chicas jóvenes y bonitas con dinero, que jamás han tenido que esforzarse ni trabajar en sus vidas y que por tanto se desmoronan al mínimo contratiempo. Hoy, cuando veo a una chica joven y bonita echarse a llorar a la primera de cambio, me dan ganas de estrangularla.

Pero desmoronarse es algo que todas las chicas jóvenes y bonitas parecen hacer de manera instintiva, y la razón es que funciona. Funciona igual que le funciona a un pulpo escabullirse en una nube de tinta: porque las lágrimas proporcionan una cortina de humo. Llorar a raudales puede cambiar el rumbo de una conversación difícil y alterar el curso de las consecuencias naturales. El motivo es que la mayoría de las personas (en especial si son hombres) odian ver llorar a una chica joven y bonita y se apresuran a consolarla olvidándose de lo que estaban hablando un momento antes. Como mínimo, una buena llantina crea una interrupción. Y con esa interrupción, la chica joven y bonita puede ganar algo de tiempo.

Quiero que sepas, Angela, que llegó un momento en mi vida en que dejé de hacer eso, dejé de reaccionar a las dificultades con un río de lágrimas. Porque no es nada digno. Hoy soy uno de esos huesos duros de roer que prefiere permanecer con los ojos secos e indefensa en la maleza hostil de la verdad a rebajarse ella y a los demás precipitándose en un mar de lágrimas manipuladoras.

Pero en el otoño de 1941 aún no me había convertido en esa mujer.

De manera que lloré y lloré en el asiento trasero del Buick de Jim Larsen, el llanto más adorable y copioso que puedas imaginar.

—¿Qué pasa, Vi? —La voz de Jim dejaba traslucir un matiz de desesperación. Nunca me había visto llorar. Al instante su conmoción se transformó en preocupación por mí—. ¿Por qué lloras, cariño?

Su amabilidad me hizo sollozar más fuerte.

«¡Qué bueno era él y qué mala era yo!».

Me estrechó en sus brazos y me suplicó que dejara de llorar. Y como en aquel momento no podía hablar y tampoco podía dejar de llorar, lo que hizo fue inventarse una historia para explicarse por qué no era virgen.

—Alguien te hizo algo horrible, ¿verdad, Vi? ¿Alguien de Nueva York?

«Verás, Jim, en Nueva York un montón de gente me hizo un montón de cosas, pero no puedo decir que ninguna fuera particularmente horrible».

Esa habría sido la respuesta apropiada y sincera. Pero no podía dársela, de manera que me limité a llorar en sus fuertes brazos y mis sollozos silenciosos le dieron tiempo de sobra para adornar la historia con sus propios detalles.

—Por eso dejaste la ciudad, ¿verdad? —dijo como si ahora lo viera claro por primera vez—. Porque alguien abusó de ti, ¿verdad? Por eso eres siempre tan apocada. Ay, Vi. Mi pobre niña.

Sollocé un poco más.

—Asiente con la cabeza si es verdad —me instó.

Madre mía, ¿cómo se sale de una situación así?

Pues no se sale. A no ser que seas capaz de decir la verdad, cosa que yo no podía. Al admitir que no era virgen ya me había jugado la carta de sinceridad de aquel año; no me quedaba otra en la baraja. Y, en cualquier caso, la versión de Jim era preferible a la mía.

Que Dios me perdone, pero asentí.

(Lo sé. Fue muy feo por mi parte. Y al escribirlo ahora me siento igual de mal que tú al leerlo. Pero no he venido aquí a mentirte, Angela. Quiero que sepas quién era yo entonces, y esto es lo que pasó).

—No te voy a hacer hablar de ello —dijo Jim acariciándome la cabeza mientras miraba a algún punto situado a media distancia.

Asentí entre lágrimas: «Sí, por favor, no me hagas hablar de ello».

El caso es que pareció aliviado de no tener que oír los detalles.

Me abrazó largo rato hasta que dejé de llorar. Luego me sonrió con valentía (y cierta vacilación también) y añadió:

—Todo va a salir bien, Vi. Estás a salvo. Quiero que sepas que nunca voy a tratarte como si estuvieras mancillada. Y no tienes que preocuparte porque no se lo voy a contar a nadie. Te quiero, Vi. Me casaré contigo a pesar de esto.

Sus palabras eran nobles, pero su expresión decía: «De alguna manera aprenderé a soportar esta repugnante atrocidad».

—Yo también te quiero, Jim —mentí y lo besé con algo que es posible que interpretara como gratitud y alivio.

Pero si quieres saber cuál es el momento de mi vida en que más sórdida y vil me he sentido, fue ese.

Llegó el invierno.

Los días se volvieron más cortos y fríos. El viaje al trabajo con mi padre lo hacíamos por la mañana y por la tarde en la más completa oscuridad.

Estaba tejiéndole un jersey a Jim para las Navidades. Desde mi vuelta a casa nueve meses antes no había desempaquetado mi máquina de coser —solo mirar la funda me ponía triste y de malhumor—, pero hacía poco que me había aficionado a calcetar. Era habilidosa con las manos y trabajar con lana gruesa me resultaba fácil. Había pedido por correo el patrón del clásico jersey noruego, con un dibujo azul y blanco de copos de nieve, y me ponía con él siempre que estaba sola. Jim se sentía orgulloso de su ascendencia noruega y pensé que un regalo que le recordara al país de su padre le haría ilusión. A la hora de tejer el jersey me esforcé en alcanzar el grado de excelencia que me habría exigido mi abuela, de modo que deshacía filas enteras cuando no me salían perfectas y las repetía una y otra vez. Sería mi primer jersey, sí, pero de calidad irreprochable.

Aparte de eso, no me dedicaba a gran cosa, excepto a ir donde me decían, archivar lo que necesitaba ser archivado (más o menos alfabéticamente) y hacer lo que hacía todo el mundo.

Aquel día era domingo, Jim y yo habíamos ido juntos a misa y luego a ver una matinée de *Dumbo.* Cuando salimos del cinematógrafo, en la calle no se hablaba de otra cosa: los japoneses acababan de atacar la flota estadounidense en Pearl Harbor.

Al día siguiente ya estábamos en guerra.

Jim no estaba obligado a alistarse. En primer lugar, era demasiado mayor para el reclutamiento obligatorio. En segundo, era responsable del sustento de una madre viuda. Y, por último, tenía un puesto de responsabilidad en la mina de hematites, que era crucial para el esfuerzo bélico. Así que tenía derecho a prórroga por distintas razones de haber querido recurrir a él.

Pero un hombre de la pasta de la que estaba hecho Jim Larsen no podía dejar que otros fueran a la guerra en su nombre. No era así como lo habían forjado. Así que el 9 de diciembre me hizo sentarme para hablar de ello. Estábamos solos en su casa —su madre había ido a comer con su hermana en un pueblo vecino— y me preguntó si podíamos tratar un asunto importante. Había decidido alistarse, dijo. Era su deber, dijo. No podría mirarse al espejo si no ayudaba a su país en aquella hora difícil, dijo.

Creo que esperaba que intentara hacerle cambiar de opinión, pero no fue así.

—Lo entiendo —repuse.

—Y hay otra cosa de la que deberíamos hablar. —Jim respiró hondo—. No quiero que te disgustes, Vi, pero lo he pensado mucho. Dadas las circunstancias, creo que deberíamos romper nuestro compromiso.

De nuevo me miró con atención, esperando que protestara.

—Sigue —dije.

—No puedo pedirte que me esperes, Vi. No estaría bien. No sé cuánto va a durar esta guerra ni qué será de mí. Puedo volver herido, o incluso no volver. Eres muy joven. No deberías renunciar a tu vida por mí.

Angela, déjame que te aclare unas cosas antes de seguir.

En primer lugar, yo no era muy joven. Tenía veintiún años, una edad que en aquella época casi equivalía a un carcamal. (En 1941, quedarse sin su anillo de compromiso no era ninguna broma para una mujer de veintiún años, créeme). En segundo lugar, muchas parejas de todo Estados Unidos estaban en idéntica situación que Jim y yo. Millones de muchachos estadounidenses zarparon rumbo a la guerra en los días siguientes a Pearl Harbor. Muchos de ellos, sin embargo, corrieron a casarse antes de partir. Muchas de estas carreras hacia el altar sin duda se debieron al impulso romántico, al miedo o al deseo de tener relaciones sexuales antes de enfrentarse a una posible muerte. O quizá a la preocupación por un embarazo, en el caso de las parejas que ya tenían relaciones sexuales. Es probable que algunas bodas fueran resultado de la urgencia por vivir al máximo en el mínimo tiempo posible. (Tu padre, Angela, fue uno de los muchos jóvenes estadounidenses que se casó a toda prisa con su novia del vecindario antes de entrar en combate. Pero eso tú ya lo sabes, claro).

Y había millones de muchachas estadounidenses deseosas de formalizar su relación con sus enamorados antes de que la guerra se llevara a todos los hombres. Incluso las hubo que decidieron casarse con jóvenes a los que apenas conocían en previsión de que murieran en combate y cobrar así una compensación de diez mil dólares por su muerte. (A estas chicas se las llamó «Allotment* Annies» y cuando oí hablar de ellas sentí cierto alivio al saber que había en el mundo seres aún peores que yo).

Lo que quiero decir es que la tendencia general de las personas en circunstancias así es casarse a toda prisa, no romper el dichoso compromiso. En todo Estados Unidos aquella semana muchachos y muchachas de mirada soñadora parecían seguir el mismo guion romántico: «¡Siempre te querré! ¡Voy a demostrarte mi amor casándome contigo ahora mismo! ¡Te querré toda la vida, pase lo que pase!».

En cambio, Jim no estaba diciendo eso. No estaba siguiendo el guion. Y yo tampoco.

Le pregunté:

—¿Quieres que te devuelva el anillo, Jim?

Puede que soñara —aunque lo dudo—, pero juraría que asomó a su cara una expresión de inmenso alivio. En aquel momento supe lo que estaba viendo. Tenía delante de mí a un hombre que acababa de darse cuenta de que había escapatoria, de que ya no estaba obligado a casarse con la chica deshonrada. Y sin perder su honor. Su gratitud fue evidente. La reacción duró solo un instante, pero la vi.

Entonces recuperó la compostura.

—Sabes que te querré siempre, Vi.

—Yo también te querré siempre a ti —dije, como correspondía.

Ahora sí que estábamos siguiendo el guion.

Deslicé el anillo de mi dedo y lo dejé con resolución en la palma de su mano abierta. Creo que él se sintió tan bien recuperando aquel anillo como yo quitándomelo.

---

* En inglés, *allotment* significa «asignación». *[N. de la T.]*

Y así fue como nos salvamos el uno del otro.

Verás, Angela, la historia no está tan ocupada moldeando países como para no moldear también los destinos de dos personas insignificantes. Entre las muchas enmiendas y transformaciones que traería a este planeta la Segunda Guerra Mundial estuvo este pequeño giro argumental: Jim Larsen y Vivian Morris tuvieron la fortuna de librarse de casarse.

Una hora después de romper nuestro compromiso, disfrutamos del sexo más liberador, memorable y agotador que te puedas imaginar.

Supongo que empecé yo.

Vale, lo reconozco. Rotundamente, lo empecé yo.

Cuando le devolví el anillo, Jim me regaló un tierno beso y un cálido abrazo. Los hombres tienen una manera de abrazar a una mujer que dice: «No quiero herir tus delicados sentimientos, cariño», y así es como me abrazó Jim. Pero mis delicados sentimientos no estaban heridos. En todo caso, me sentía como si me hubieran sacado un corcho del cráneo y estuviera estallando con una embriagadora sensación de libertad. Jim se iba y, lo que era aún mejor, ¡se iba por voluntad propia! Yo saldría de aquella situación libre de culpa y él también. (¡Pero sobre todo yo!). La amenaza había desaparecido. Ya no había nada que disimular, que enmascarar. A partir de aquel momento —sin el anillo en el dedo, con el compromiso roto y mi reputación intacta— no tenía nada que perder.

Me dio otro de esos besos de «siento que estés sufriendo, cariño» y no me avergüenza decir que respondí metiéndole la lengua tan dentro que es un milagro que no terminara lamiéndole la última de las cavidades del corazón.

Veamos, Jim era un buen hombre. Era un hombre de misa dominical. Respetuoso. Pero un hombre, al fin y al cabo, y, en cuanto cambié el interruptor a «el sexo está permitido», reaccionó. (No conozco a ningún hombre que no hubiera reaccionado, dijo ella modestamente). Y ¿quién sabe? Quizá también a él lo embriagaba la misma sensación de libertad que a mí. Solo sé que en cuestión de minutos me lo había llevado a base de empujones y tirones hasta su dormitorio y lo había colocado en su estrecha cama de madera de pino, donde pude proceder a arrancarle la ropa y desembarazarme de la mía con total frenesí.

He de decir que yo sabía bastante más del acto sexual que Jim. Eso quedó claro enseguida. Es posible que hubiera tenido relaciones sexuales alguna vez, pero desde luego en poca cantidad. Se movía por mi cuerpo como quien conduce un coche por un barrio que no conoce, despacio y con cuidado, nerviosamente atento a señales de tráfico e indicaciones. Así no íbamos a ninguna parte. Pronto se hizo evidente que yo tendría que ser la que condujera, por decirlo de algún modo. En Nueva York había aprendido alguna que otra cosa, y en un abrir y cerrar de ojos desempolvé mis antiguas destrezas y me coloqué al mando de la operación. Lo hice deprisa y sin hablar, demasiado deprisa para que Jim tuviera ocasión de cuestionarse lo que estaba ocurriendo.

Lo que te quiero decir, Angela, es que guie a aquel hombre como si fuera una mula. No quería darle la más mínima oportunidad de pensárselo dos veces o de frenarme. Estaba jadeante, estaba entusiasmado, estaba consumido de deseo y así lo mantuve todo el tiempo que pude. Y una cosa he de reconocer, tenía los hombros más bonitos que había visto en mi vida.

¡Dios, cuánto había echado de menos el sexo!

Nunca olvidaré cuando miré la cara tan de chico americano de Jim mientras cabalgaba encima de él como si no lo conociera y vi —casi escondida entre muestras de pasión y de abandono— una expresión de terror perplejo mientras me observaba con un asombro excitado, pero alarmado también. Sus ingenuos ojos azules parecían preguntar: «¿Quién eres?».

Si tuviera que adivinar, diría que mis ojos le respondieron: «No lo sé, amigo, pero tampoco es asunto tuyo».

Cuando terminamos, apenas podía mirarme ni dirigirme la palabra.

Es increíble lo poco que me importó.

Jim se marchó al día siguiente a hacer instrucción básica.

En cuanto a mí, me llenó de alegría saber tres semanas después de lo ocurrido que no estaba embarazada. Había sido una imprudente manteniendo relaciones sexuales sin ninguna clase de precaución, pero creo que mereció la pena.

En cuanto al jersey noruego que estaba tejiendo, lo terminé y se lo envié a mi hermano como regalo de Navidad. Walter estaba destinado en el Pacífico Sur, así que no sé muy bien de qué podía servirle un jersey de lana, pero me mandó una cortés nota de agradecimiento. Era la primera vez que se comunicaba conmigo desde aquel espantoso viaje de vuelta a Clinton. Así que fue una grata novedad. Un acercamiento de posturas, podría decirse.

Años después me enteré de que Jim Larsen había recibido la Cruz por Servicio Distinguido por demostrar gran valor y arriesgar su vida en combate con una fuerza enemiga. Con el tiempo se marchó a vivir a Nuevo México, se casó con una mujer rica y se hizo senador. Y eso que mi padre había dicho que nunca sería un líder.

Me alegré por él.

Al final a los dos nos fue bien.

¿Te das cuenta, Angela? Las guerras no siempre son malas para todo el mundo.

23

Después de la marcha de Jim recibí grandes muestras de compasión de mi familia y amigos. Todos supusieron que estaba destrozada por haberme quedado compuesta y sin novio. No era digna de su compasión, pero aun así la acepté. Era mejor que las acusaciones o la sospecha. Y desde luego era mucho mejor que tener que dar explicaciones.

A mi padre lo enfurecía que Jim hubiera abandonado su mina de hematites y a su hija (por este orden, eso sin duda). Mi madre estaba un poco decepcionada por que no fuera a casarme en abril, después de todo, pero tuve la impresión de que lo superaría. Aquel fin de semana tenía otras cosas que hacer, me dijo. Abril es un mes muy importante para los concursos hípicos en el norte del estado de Nueva York.

En cuanto a mí, me sentía como si acabara de despertar de un sueño narcótico. Ahora lo único que deseaba era encontrar algo interesante a que dedicarme. Por un momento pensé en preguntar a mis padres si podía volver a la universidad, pero en realidad no me hacía ilusión. No obstante, quería irme de Clinton. Sabía que no podía regresar a Nueva York, al haber quemado todas mis naves allí, pero había otras ciudades en el mundo. Se rumoreaba que Filadelfia y Boston estaban bien; quizá podría establecerme en una de ellas.

Tuve el sentido común suficiente para saber que, si quería ir a alguna parte, necesitaría dinero, de manera que saqué mi máquina de coser de su funda y monté un taller de costura en el cuarto de invitados de casa. Corrí la voz de que estaba disponible para hacer ropa a medida y arreglos. Pronto tuve trabajo. Se acercaba la temporada de bodas. La gente necesitaba vestidos, pero esa necesidad traía consigo problemas; en concreto, la escasez de tela. Ya no se podía importar ni encaje ni seda de calidad de Francia, pero además se consideraba poco patriótico gastar tanto dinero en un capricho de lujo como un vestido de novia. De manera que usé las habilidades rastreadoras que había perfeccionado en el Lily Playhouse para crear obras de arte con muy poco.

Una de mis amigas de infancia, una chica alegre llamada Madeleine, se casaba a finales de mayo. Su familia sufría penalidades desde el infarto de su padre el año anterior. No podría haberse permitido un vestido de novia en tiempos de paz, y mucho menos ahora. De manera que registramos juntas el desván de su casa familiar y le hice el modelo más romántico que te puedas imaginar con los vestidos de novia de sus dos abuelas, que desarmé y volví a ensamblar con un diseño por completo nuevo que llevaba una larga cola de encaje antiguo y todo. No fue un vestido sencillo de confeccionar (la seda vieja era muy frágil y tuve que manipularla como si fuera nitroglicerina), pero funcionó.

Madeleine me estaba tan agradecida que me nombró dama de honor. Para la boda me hice un trajecito entallado con chaqueta péplum usando una seda salvaje color verde que había heredado de mi abuela y guardado debajo de mi cama años atrás. (Desde que conocí a Edna Parker Watson procuraba usar trajes de chaqueta siempre que podía. Entre otras cosas, aquella mujer me había enseñado que un traje siempre te hace parecer más *chic* e importante que un vestido. También aprendí a no abusar de las joyas. «La mayoría de las veces», decía Edna, «las joyas son un intento por tapar una prenda de vestir mal elegida o que no sienta bien». Y sí, lo reconozco, no conseguía quitarme a Edna de la cabeza).

Tanto Madeleine como yo estábamos guapísimas. Era una chica popular y a su boda fue mucha gente. A partir de ahí me salieron muchas clientas. También tuve ocasión de besar a uno de los primos de Madeleine durante la recepción, en el jardín, apoyados contra una valla cubierta de madreselva.

Empezaba a sentirme yo misma otra vez.

Una tarde en que me apetecía emperifollarme, me puse unas gafas de sol que me había comprado muchos meses atrás en Nueva York solo porque Celia se había enamorado de ellas. Eran oscuras, con una montura negra gigante y tachonada de conchas diminutas. Me daban aspecto de enorme insecto de vacaciones en la playa, pero me chiflaban.

Encontrarme aquellas gafas me hizo añorar a Celia. Echaba de menos su espectacular belleza. Echaba de menos vestirnos juntas, maquillarnos juntas y conquistar Nueva York juntas. Echaba de menos la sensación de entrar en un club nocturno con ella y ver a todos los hombres jadear. (Qué demonios, Angela, ¡si hasta puede que siga echando de menos esa sensación, setenta años más tarde!). Dios bendito, me preguntaba, ¿qué habría sido de Celia? ¿Habría conseguido salir del atolladero? Deseaba que así fuera, pero me temía lo peor. Me temía que estuviera pasando las de Caín, sin dinero y abandonada.

Bajé de mi habitación con las absurdas gafas puestas. Mi madre se paró en seco cuando me vio.

—Por el amor del cielo, Vivian, ¿qué es eso?

—Se llama ir a la moda —le dije—. Estas monturas son el último grito en Nueva York.

—Pues no estoy muy segura de alegrarme de que una moda así me pille viva —replicó.

Aun así me las dejé puestas.

¿Cómo iba a explicarle que me las había puesto en honor de una camarada caída, perdida tras las líneas enemigas?

En junio le pregunté a mi padre si podía dejar de trabajar en su oficina. Ganaba el mismo dinero cosiendo que haciendo que archivaba papeles y atendía el teléfono, y me daba más satisfacción. Pero, lo que era aún mejor, tal y como le expliqué a mi padre, mis clientas me pagaban en efectivo, de manera que no tenía que declarar mis ingresos al gobierno. Aquello fue el argumento definitivo; me dio permiso. Mi padre era capaz de cualquier cosa con tal de engañar al gobierno.

Por primera vez en mi vida tenía dinero ahorrado.

No sabía qué hacer con él, pero lo tenía.

Tener dinero ahorrado no equivale a tener un plan, lo sé, pero hace sentir a una chica que un plan puede ser una posibilidad algún día.

Los días se alargaron.

A mediados de julio estaba cenando con mis padres cuando oímos un coche en el camino de entrada a la casa. Mi madre y mi padre levantaron la vista, sobresaltados, como siempre que algo alteraba lo más mínimo su rutina.

—Es la hora de cenar —dijo mi padre y consiguió convertir esas cinco palabras en una sombría advertencia del inminente colapso de la civilización.

Abrí la puerta. Era la tía Peg. Tenía la cara roja y sudorosa por el calor estival. Llevaba el atuendo más disparatado del mundo (camisa masculina de cuadros escoceses y cuello abotonado demasiado grande, pantalón de peto holgado de mezclilla y sombrero de paja con una pluma de pavo en el ala) y creo que nunca me he sentido más sorprendida ni más contenta de ver a nadie en toda mi vida. Tan sorprendida y contenta estaba que al principio se me olvidó avergonzarme de mí misma en su presencia. La eché los brazos al cuello con flagrante alborozo.

—¡Peque! —dijo con una sonrisa—. ¡Estás bárbara!

Mis padres se mostraron menos entusiastas ante la llegada de Peg, pero se adaptaron lo mejor que pudieron a tan inesperada circunstancia. Nuestra doncella puso otro plato en la mesa. Mi padre ofreció a Peg un cóctel, pero esta, para mi sorpresa, dijo que prefería té helado si no era demasiada molestia.

Peg se dejó caer en su silla, se secó la frente húmeda con una de nuestras servilletas de lino irlandés, nos miró y sonrió.

—Bueno, ¿y qué tal todo por las provincias?

—No sabía que tuvieras coche —dijo mi padre por toda respuesta.

—No tengo. Este es de un coreógrafo que conozco. Se ha ido a Martha's Vineyard en el Cadillac de su novio, así que me prestó este. Es un Chrysler. No anda mal, para ser un viejo cacharro. Estoy segura de que te dejaría dar una vuelta, si te apetece.

—¿Cómo has conseguido cupones de gasolina? —fue lo que preguntó mi padre a una hermana a la que no veía desde hacía más de dos años. (Quizá te preguntes si el interrogatorio era la modalidad de saludo que prefería a otra más convencional, pero mi padre tenía sus motivos. El racionamiento de gasolina se había introducido en el estado de Nueva York pocos meses antes y a mi padre se lo llevaban los demonios: «¡No se mataba a trabajar para vivir bajo un gobierno totalitario! ¿Qué sería lo siguiente? ¡Decirle a qué hora se tenía que ir a dormir!». Recé por que el tema del racionamiento de gasolina se agotara pronto).

—Conseguí reunir unos cupones a base de pequeños sobornos y de trabajarme el mercado negro. En la ciudad no es tan difícil conseguir cupones de gasolina. La gente no usa tanto el coche como aquí. —Entonces Peg se volvió hacia mi madre y le preguntó, con cariño—: Louise, ¿cómo estás?

—Estoy bien, Peg —dijo mi madre, que miraba a su cuñada con una expresión que calificaría no tanto de suspicaz como de cautelosa. (No la culpé. Que Peg estuviera en Clinton no tenía sentido. Ni era Navidad ni había muerto nadie)—. Y tú, ¿cómo estás?

—Haciendo honor a mi mala reputación, como siempre. Pero es agradable escapar un rato del ajetreo de la ciudad y venir aquí. Debería hacerlo más a menudo. Siento no haberos avisado de mi visita. Fue una decisión repentina. ¿Tus caballos están bien, Louise?

—Bastante bien. No ha habido demasiados concursos desde que empezó la guerra, claro. Y este calor tampoco ayuda. Pero están bien.

—¿Y qué te trae por aquí? —preguntó por fin mi padre.

No es que mi padre odiara a su hermana, pero sí la despreciaba bastante. Opinaba que no había hecho otra cosa en su vida que divertirse y ser una insensata (más o menos lo mismo que opinaba Walter de mí, ahora que lo pienso), y supongo que algo de razón tenía. Aun así, habría cabido esperar un recibimiento algo más cálido por su parte.

—Pues te lo voy a decir, Douglas. He venido a pedirle a Vivian que vuelva conmigo a Nueva York.

Al oír aquellas palabras, una puerta polvorienta y olvidada en el fondo de mi corazón se abrió de golpe y de ella salieron mil palomas blancas. Ni siquiera me atreví a hablar. Temía que, de abrir la boca, la invitación se evaporara.

—¿Por qué? —quiso saber mi padre.

—La necesito. El ejército me ha encargado que organice una serie de espectáculos a la hora del almuerzo para trabajadores del Astillero Naval de Brooklyn. Un poco de propaganda, números musicales, melodramas románticos y cosas por el estilo. Para levantar la moral y eso. Me faltan manos para llevar el teatro y el encargo del ejército al mismo tiempo. Vivian me sería de gran ayuda.

—Pero ¿qué sabe Vivian de melodramas románticos y cosas por el estilo? —preguntó mi madre.

—Más de lo que te imaginas —contestó Peg.

A Dios gracias, Peg no me miró cuando dijo aquello. Aun así el rubor empezó a subirme por el cuello.

—Pero es que acaba de instalarse aquí otra vez —repuso mi madre—. Y el año pasado nos echó mucho de menos en Nueva York. No le gustaba vivir en la ciudad.

—¿Que os echó de menos? —Ahora sí que Peg me miró a los ojos con un levísimo atisbo de sonrisa—. Así que eso fue lo que pasó.

El rubor me subió más aún por el cuello. Pero seguí sin atreverme a hablar.

—Mirad —dijo Peg—, no tiene que ser para siempre. Vivian puede volver a Clinton si echa de menos su casa otra vez. Pero ahora mismo estoy en un aprieto. Es dificilísimo encontrar trabajadores estos días. Todos los hombres se han ido. Incluso las coristas están trabajando en fábricas. Todos pueden pagar mejores sueldos que yo. Necesito ayuda. Ayuda de confianza.

La había dicho. Había dicho la palabra «confianza».

—A mí también me está costando encontrar trabajadores —comentó mi padre.

—¿Cómo? ¿Vivian está trabajando contigo? —preguntó Peg.

—No, pero sí lo hizo durante un tiempo y es posible que la necesite en algún momento. Creo que podría aprender mucho trabajando conmigo otra vez.

—¿Y siente Vivian inclinación por el sector de la minería?

—Es que me parece que has hecho un viaje muy largo solo para contratar a una trabajadora no cualificada. Podrías haber buscado a alguien en la ciudad. Claro que nunca he entendido por qué te resistes siempre a todo lo que podría facilitarte la vida.

—Vivian no es una trabajadora no cualificada —rebatió Peg—. Es una encargada de vestuario sensacional.

—¿Qué te hace decir eso?

—Décadas de exhaustivas investigaciones en el campo del teatro, Douglas.

—Ya. El campo del teatro.

—Me gustaría ir —dije tras encontrar por fin mi voz.

—¿Por qué? —me preguntó mi padre—. ¿Por qué quieres volver a una ciudad donde las personas viven unas encima de las otras y ni siquiera se ve la luz del día?

—Dijo el hombre que se ha pasado media vida metido en una mina —replicó Peg.

Te lo digo en serio, parecían dos niños pequeños. No me habría sorprendido verlos darse patadas por debajo de la mesa.

Pero ahora todos me miraban, esperando mi respuesta. ¿Por qué quería volver a Nueva York? ¿Cómo podía explicarlo? ¿Cómo explicar lo que significaba para mí aquel ofrecimiento comparado con la proposición de matrimonio que me había hecho Jim Larsen hacía poco? Era como explicar la diferencia entre el jarabe para la tos y el champán.

—Me gustaría volver a Nueva York —anuncié— porque quiero ampliar mis horizontes.

Esta frase la pronuncié con cierta soltura, o eso me pareció, y concitó la atención de todos. (Tengo que admitir que la frase «Quiero ampliar mis horizontes» la había oído hacía poco en una radionovela y se me había quedado grabada. Pero da lo mismo. En aquella situación funcionaba. Y además era verdad).

—Si te vas —dijo mi madre—, no te mantendremos. No podemos seguir dándote una asignación con la edad que tienes ya.

—No necesito una asignación. Me ganaré la vida.

La mera palabra «asignación» me avergonzaba. No quería volver a oírla en mi vida.

—Tendrás que buscarte un trabajo —dijo mi padre.

Peg miró a su hermano con asombro.

—Es increíble, Douglas. Nunca me escuchas. Te acabo de decir, en esta misma mesa, que tengo un trabajo para Vivian.

—Pero necesitará un empleo como Dios manda —repuso mi padre.

—Va a tener un empleo como Dios manda. Va a trabajar para la Marina de Estados Unidos, igual que su hermano. La Marina me ha dado presupuesto suficiente para contratar a alguien más. Será una empleada del gobierno.

Ahora era yo la que quería dar una patada a Peg por debajo de la mesa. Para mi padre había pocas combinaciones de palabras peores que «empleado del gobierno». Habría sido preferible que Peg hubiera dicho «ladrona de bancos».

—No te puedes pasar la vida yendo y viniendo de Nueva York —advirtió mi madre.

—No lo voy a hacer —prometí. Y vaya si lo decía en serio.

—No quiero que mi hija trabaje en el teatro —objetó mi padre.

Peg puso los ojos en blanco.

—Desde luego eso sería una verdadera desgracia.

—No me gusta Nueva York —dijo mi padre—. Es una ciudad llena de segundones.

—Eso sin duda —se apresuró a replicar Peg—. En Manhattan nunca ha vivido nadie que triunfara en nada.

A mi padre no debía de interesarle demasiado la discusión, porque el caso es que no insistió.

Para ser sincera, creo que mis padres estaban dispuestos a dejarme ir porque estaban cansados de tenerme allí. A sus ojos ya no había razón de que siguiera viviendo con ellos. Aquel era su hogar. Yo debería haberme marchado hacía tiempo, idealmente primero a la universidad para, a continuación, unirme para siempre a las filas de las mujeres casadas. Yo no procedía de una cultura en la que se anima a los hijos a que sigan viviendo en casa una vez pasada la infancia. (Y, si me paro a pensarlo, mis padres ni siquiera habían querido tenerme demasiado en casa cuando era niña, a juzgar por la cantidad de tiempo que pasé en internados y campamentos).

Mi padre solo necesitaba llevar la contraria a la tía Peg un rato más antes de dar su consentimiento.

—No tengo claro que Nueva York vaya a ser una buena influencia para Vivian —concluyó—. Odiaría ver a una hija mía convertida en simpatizante del Partido Demócrata.

—Yo por eso no me preocuparía —dijo Peg con una ancha sonrisa de satisfacción—. Me he estado informando. Resulta que en el partido anarquista no admiten a demócratas.

En defensa de mi madre, he de decir que aquella frase la hizo reír.

—Voy a ir —anuncié—. Tengo casi veintidós años. Clinton no tiene nada que ofrecerme. A partir de este momento, donde viva debería ser decisión mía.

—Tampoco te hagas la importante, Vivian —contestó mi madre—. No cumples los veintidós hasta octubre y nunca has tenido que pagarte nada. No tienes la menor idea de cómo funciona el mundo real.

Aun así, me di cuenta de que mi determinación la complacía. Después de todo mi madre era una mujer que se había pasado la vida a lomos de un caballo, saltando vallas y obstáculos.

Quizá pensaba que, cuando se enfrenta a las dificultades y obstáculos de la vida, una mujer tiene que saltar.

—Si te comprometes a esto —dijo mi padre—, esperamos que al menos no lo dejes a medias. En la vida uno no puede permitirse hacer menos de lo que ha prometido.

El corazón se me aceleró.

Aquel último y débil sermón de mi padre había sido su manera de decir que sí.

Peg y yo salimos para Nueva York a la mañana siguiente.

Tardamos siglos en llegar porque insistió en conducir aquel coche prestado a la patriótica y ahorrativa velocidad de cincuenta y cinco kilómetros por hora. Pero a mí me dio igual que tardáramos. La sensación de que me llevaran de vuelta a un lugar que amaba tanto —un lugar que nunca pensé que fuera a querer recibirme otra vez— era tan deliciosa que no me importaba estirarla. Para mí aquel viaje fue tan emocionante como subir a la montaña rusa de Coney Island. Estaba más ilusionada de lo que me había sentido en un año. Ilusionada y también nerviosa.

¿Qué me encontraría al llegar a Nueva York?

¿A quién me encontraría?

—Has tomado una gran decisión —dijo Peg en cuanto estuvimos en camino—. Bien por ti, peque.

—¿De verdad te hago falta en Nueva York, Peg?

Era una pregunta que no me había atrevido a hacer delante de mis padres.

Se encogió de hombros.

—No me vendrás mal. —Pero a continuación sonrió—. No, Vivian, es verdad que me haces falta. Con este encargo de la Marina he intentado abarcar más de lo que puedo. Habría venido antes a buscarte, pero quería esperar a que te serenaras. En mi opinión, siempre es importante tomarse un descanso después de una catástrofe. El año pasado viviste una experiencia muy dura. Supuse que necesitarías algo de tiempo para recuperarte.

La alusión a mi «catástrofe» hizo que me diera un vuelco el estómago.

—Respecto a eso, Peg... —empecé a decir.

—No hay nada más que hablar.

—Me arrepiento muchísimo de lo que hice.

—Pues claro que sí. Yo también me arrepiento de muchas de las cosas que he hecho. Todos tenemos algo de lo que arrepentirnos y eso es bueno, pero tampoco te obsesiones. Una de las ventajas de ser protestantes es que no se espera de nosotros que nos pasemos la vida haciendo acto de contrición. El tuyo fue un pecado venial, Vivian, no mortal.

—No sé qué significa eso.

—Yo tampoco estoy muy segura. Es algo que leí una vez. Lo que sí sé es que uno no sufre castigo eterno por los pecados de la carne. El castigo es en esta vida, como has tenido ocasión de aprender.

—Lo que me gustaría es no haber causado tantos problemas a todos.

—Es fácil ser sensato *a posteriori.* Pero ¿de qué sirve tener veinte años si no es para cometer grandes errores?

—¿Cometiste tú muchos errores a los veinte años?

—Pues claro que sí. No tan gordos como el tuyo, pero tuve mis momentos.

Me sonrió para hacerme ver que bromeaba. O quizá no bromeaba. Daba igual. Me había perdonado.

—Gracias por venir a buscarme, Peg.

—Bueno, te echaba de menos. Me gustas, peque, y una vez me gusta una persona, me gusta siempre. Es una de las reglas de mi vida.

Era la cosa más maravillosa que me había dicho nunca nadie y durante unos instantes me abandoné a su dulzor. Pero entonces recordé que no todos eran tan indulgentes como Peg y, poco a poco, el dulzor se agrió.

—Me preocupa ver a Edna —dije por fin.

Peg pareció sorprendida.

—¿Y por qué ibas a ver a Edna?

—¿Cómo no voy a verla? La veré en el Lily.

—Peque, Edna ya no está en el Lily. Ahora mismo está ensayando *Como gustéis* en el Mansfield. Arthur y ella dejaron el Lily la primavera pasada. Ahora viven en el Savoy. ¿No lo sabías?

—Pero ¿y qué ha pasado con *Ciudad de mujeres*?

—Oh, cielos. Así que no estás enterada de nada.

—¿De qué me tenía que haber enterado?

—En marzo Billy recibió una oferta para llevarse *Ciudad de mujeres* al Morosco Theatre. Aceptó, desmontó la obra y se la llevó.

—¿Que desmontó la obra?

—Así es.

—¿Se la llevó? ¿Se la quitó al Lily?

—Bueno, la obra la había escrito y dirigido él, así que técnicamente era suya. En cualquier caso, ese fue su argumento. Aunque yo tampoco se lo discutí. Era una discusión que no podía ganar.

—Pero ¿y qué ha sido de...? —No fui capaz de terminar la pregunta.

¿Qué ha sido de todo y de todos? Es lo que habría preguntado.

—¿Que qué ha sido? —dijo Peg—. Bueno, así es como funciona Billy, peque. Para él era un buen negocio. Ya conoces el Morosco. Tiene capacidad para mil personas, así que gana más dinero. Edna se fue con él, claro. La obra estuvo en cartel unos meses hasta que Edna se cansó de ella. Ahora ha vuelto a hacer Shakespeare. La han sustituido por Helen Hayes, sin demasiado éxito, en mi opinión. Me gusta Helen, no me malinterpretes. Tiene todo lo que tiene Edna... excepto «eso» que tiene Edna y nadie más. Es posible que Gertrude Lawrence le hubiera hecho justicia... Tiene su propia versión de «eso», pero no está en Nueva York. En realidad nadie puede hacer lo que hace Edna. Pero siguen llenando todas las noches y a Billy le sale el dinero por las orejas.

No sabía ni qué decir. Estaba consternada.

—Alegra esa cara, peque —me animó Peg—. Es como si te hubieras caído de un guindo.

—Pero ¿qué pasa con el Lily? ¿Y contigo y con Olive?

—Seguimos como siempre. Saliendo adelante como podemos. Hemos vuelto a nuestro repertorio de siempre y estamos intentando recuperar al público del barrio. Es más difícil, ahora que estamos en guerra y la mitad de la población está en el frente. Últimamente no tenemos más que niños y abuelas. Por eso acepté el encargo de los astilleros. Necesitamos los ingresos. Olive tenía razón desde el principio, claro. Sabía que nos quedaríamos a dos velas en cuanto Billy decidiera recoger sus juguetes y largarse. Supongo que yo también lo sabía. Con Billy las cosas son siempre así. Y, por supuesto, se llevó a nuestros mejores intérpretes. Gladys se fue con él. Jennie y Roland también.

Todo esto lo dijo con la mayor serenidad. Como si la traición y la bancarrota fueran la cosa más normal del mundo.

—¿Y qué ha pasado con Benjamin? —pregunté.

—Por desgracia lo llamaron a filas. De eso no puedo culpar a Billy. Pero ¿te imaginas a Benjamin en el ejército? ¿Esas manos con tanto talento sosteniendo un arma? Qué desperdicio. Estoy furiosa por él.

—¿Y el señor Herbert?

—Sigue conmigo. El señor Herbert y Olive nunca me abandonarán.

—Pero de Celia no sabéis nada, ¿verdad?

En realidad no era una pregunta, pues ya sabía la respuesta.

—De Celia no sabemos nada —confirmó Peg—. Pero seguro que está bien. A ese gato le quedan todavía seis vidas, créeme. Aunque sí te voy a decir una cosa. —Peg cambió de tema y me quedó claro que el destino de Celia Ray no le importaba gran cosa—. Billy tenía razón. Dijo que montaríamos un éxito juntos y así fue. ¡Lo conseguimos! Olive nunca creyó en *Ciudad de mujeres.* Pensaba que sería un desastre, pero se equivocaba y mucho. Yo acerté al arriesgarme con Billy. Y mientras duró, fue divertidísimo.

Mientras me decía esto, miré su perfil en busca de indicios de alteración o dolor, pero no había ninguno.

Volvió la cabeza, se dio cuenta de que la miraba y rio.

—Intenta no parecer tan conmocionada, Vivian. Se te pone cara de tonta.

—¡Pero Billy te prometió los derechos de la obra! ¡Yo estaba allí! Le oí decirlo en la cocina la mañana en que llegó al Lily.

—Billy promete muchas cosas. El caso es que se las arregló para no ponerlo nunca por escrito.

—No me puedo creer que te hiciera algo así —protesté.

—Mira, peque, yo ya sabía cómo era Billy y, aun así, lo invité a venir. No me arrepiento. Fue toda una aventura. La vida te enseñará que no hay que tomarse las cosas tan en serio, querida. El mundo no para de cambiar. Aprende a aceptarlo. Las personas hacen promesas y luego las rompen. Una obra tiene buenas críticas y luego deja de representarse. Un matrimonio parece sólido y un día la pareja se divorcia. Durante un tiempo no hay guerra y entonces estalla una nueva. Si te disgustas por cada cosa acabas convertida en una persona tonta y desgraciada. ¿Y de qué sirve eso? Pero basta ya de hablar de Billy. ¿Qué tal año has pasado? ¿Dónde estabas cuando lo de Pearl Harbor?

—En el cine. Viendo *Dumbo.* ¿Tú dónde estabas?

—En el Polo Grounds, viendo fútbol americano. El último partido de la temporada de los Giants. Entonces, de pronto, en la segunda parte empiezan a decir unas cosas rarísimas, a pedir a todo el personal militar que se presente en las oficinas centrales. Enseguida supe que pasaba algo malo. Pero ahí fue cuando se lesionó Sonny Franck y me distraje. Claro que Sonny Franck no tiene culpa de nada. Aunque es un jugador de primera. Qué día tan trágico. ¿Estabas en el cine con ese chico con el que te prometiste? ¿Cómo se llamaba?

—Jim Larsen. ¿Cómo sabes que estuve prometida?

—Me lo contó tu madre anoche, mientras hacías el equipaje. Por lo que me dijo, me pareció que te habías librado de una buena. Creo que hasta tu madre estaba aliviada, aunque es difícil saber lo que piensa de verdad. Tiene la impresión de que no te gustaba demasiado ese chico.

Aquello me sorprendió. Mi madre y yo no habíamos tenido jamás una conversación íntima sobre Jim. Ni sobre ninguna otra cosa, en realidad. ¿Cómo lo había sabido?

—Era un hombre agradable —dije, sin convicción.

—Pues me alegro mucho. Ponle una medalla, si quieres, pero no te cases con un hombre solo porque sea agradable. E intenta acostumbrarte a no prometerte sin ton ni son, Vivvie. Como te descuides puedes terminar casada. En cualquier caso, ¿por qué le dijiste que sí?

—No sabía qué otra cosa hacer con mi vida. Como he dicho, era una persona agradable.

—Hay demasiadas chicas que se casan por esa misma razón. Yo les diría que se buscaran otra ocupación. ¡Por favor, señoras, búsquense un pasatiempo!

—¿Por qué te casaste tú? —pregunté.

—Porque me gustaba, Vivvie. Billy me gustaba mucho. Es la única razón para casarse con alguien, estar enamorada o que te guste. Y me sigue gustando, ¿sabes? La semana pasada, sin ir más lejos, estuve cenando con él.

—¿De verdad?

—Pues claro que sí. Mira, entiendo que ahora mismo estés disgustada con Billy; mucha gente lo está, pero ¿recuerdas lo que te dije antes, lo de esa regla que tengo en la vida?

Cuando no contesté, porque no me acordaba, me refrescó la memoria:

—Cuando me gusta una persona una vez, me gusta ya para siempre.

—Ah, es verdad.

Pero seguía sin estar convencida.

Volvió a sonreír.

—¿Qué pasa, Vivvie? ¿Piensas que esa regla solo sirve en tu caso?

Cuando llegamos a Nueva York, anochecía.

Era el 15 de julio de 1942.

La ciudad se alzaba orgullosa y sólida sobre su nido de granito, encajada entre sus dos oscuros ríos. Los múltiples rascacielos centelleaban como columnas de luciérnagas en el aterciopelado cielo estival. Cruzamos el puente silencioso e imponente —ancho y largo como el ala de un cóndor— y entramos en la ciudad. Este lugar denso. Lleno de significado. La metrópolis más grande que ha existido jamás... O al menos así es como lo he visto yo siempre.

Estaba desbordada de admiración.

Echaría raíces allí y nunca más me marcharía.

24

la mañana siguiente me desperté en la antigua habitación de Billy otra vez. Sola. Ni Celia, ni resaca ni desastres.

Tuve que reconocerlo: me gustó tener la cama para mí sola.

Estuve un rato escuchando los sonidos del Lily Playhouse mientras se preparaba para un nuevo día. Sonidos que nunca pensé que volvería a oír. Alguien debía de estar llenando una bañera, porque las cañerías protestaban con estruendo. Ya sonaban dos teléfonos, uno en el piso de arriba y otro abajo, en las oficinas. Me sentía tan feliz que la cabeza me daba vueltas.

Me puse la bata y fui a hacer café. Encontré al señor Herbert sentado a la mesa de la cocina igual que siempre, en camiseta, con la vista fija en su cuaderno, bebiendo café instantáneo e inventando chistes para el próximo espectáculo.

—¡Buenos días, señor Herbert! —dije.

Me miró y, para mi asombro, sonrió.

—Veo que la han readmitido, señorita Morris —respondió—. Me alegro.

Para las doce del mediodía ya estaba en el Astillero Naval de Brooklyn con Peg y Olive oriéntandome acerca del trabajo que teníamos entre manos.

Habíamos cogido el metro desde el Midtown hasta la estación de la calle York y después un tranvía. Durante los tres años siguientes haría ese mismo trayecto casi cada día y bajo todo tipo de condiciones atmosféricas. Compartiría ese trayecto con decenas de miles de otros trabajadores, cambiando turnos igual que un mecanismo de relojería. El viaje se haría tedioso y en ocasiones extenuante hasta la desesperación. Pero aquel primer día todo era nuevo y yo estaba emocionada. Vestía un vistoso traje lila (aunque jamás volvería a ponerme algo tan bonito para ir a aquel lugar sucio y grasiento) y llevaba la melena limpia y con movimiento. Tenía los papeles en orden de manera que pudieran reclutarme oficialmente como empleada de la Marina (Oficina de Astilleros y Muelles, Clasificación: Trabajadora cualificada). El empleo venía con un salario de setenta centavos la hora, toda una fortuna para una chica de mi edad. Incluso me dieron unas gafas de seguridad, y eso que mis ojos nunca estuvieron expuestos a nada peligroso que no fueran las brasas del cigarrillo de Peg, que volaban y me daban en la cara.

Aquel sería mi primer trabajo de verdad, si no cuentas lo que hice en las oficinas de mi padre en Clinton, y no deberías.

La idea de ver a Olive me había puesto nerviosa. Seguía muy avergonzada por mi mal comportamiento y por que hubiera tenido que rescatarme de las garras de Walter Winchell. Temía que me reprendiera o me mirara con desdén. Aquella mañana tuve mi primer momento a solas con ella. Bajábamos por la escalera con Peg, de camino a la puerta para ir a Brooklyn. Peg tuvo que subir corriendo a coger su termo, de modo que Olive y yo nos quedamos un minuto las dos solas, en el rellano entre las plantas segunda y tercera del teatro. Decidí que era mi oportunidad para disculparme y para agradecerle haberme salvado tan galantemente.

—Olive —empecé a decir—, tengo una gran deuda contigo...

—Ay, Vivian —me interrumpió—. No me seas ñoña.

Y eso fue todo.

Teníamos un trabajo que hacer y no había tiempo para zarandajas.

Nuestro trabajo concreto era este:

El ejército nos había encargado montar dos espectáculos diarios en el Astillero Naval de Brooklyn, en una bulliciosa cafetería situada en la misma bahía de Wallabout. Tienes que entender, Angela, que el astillero naval era gigantesco, el más activo del mundo, con más de ochenta hectáreas de edificios y casi cien mil empleados trabajando veinticuatro horas al día durante los años de la guerra. En el astillero había más de cuarenta cafeterías y nosotras estábamos a cargo de la «diversión y educación» de solo una. Nuestra cafetería era la número 24, pero todo el mundo la llamaba Sammy. (Nunca tuve muy claro por qué. Quizá porque servían muchos sándwiches. O porque el cocinero jefe se llamaba señor Samuelson). Sammy alimentaba a miles de personas al día; servía montañas de comida reblandecida y poco suculenta a trabajadores apáticos y cansados.

Nuestra tarea era entretener a estos extenuados trabajadores mientras comían. Pero éramos algo más que animadoras, también éramos propagandistas. La Marina nos usaba para informar y motivar. Teníamos que mantener a todo el mundo furioso y enfervorizado contra Hitler e Hirohito (matamos a Hitler tantas veces y en tal variedad de números cómicos que me extraña que el hombre no tuviera pesadillas sobre nosotros en Alemania). Pero también teníamos que mantener a los trabajadores preocupados por el bienestar de nuestros muchachos en ultramar, recordarles que cada vez que flojeaban en su trabajo estaban poniendo en peligro a marineros estadounidenses. Teníamos que advertirles de que había espías por todas partes y de que «lenguas flojas hunden flotas». Teníamos que dar clases de seguridad y boletines informativos. Y además de todo eso, teníamos que tratar con censores del ejército que a menudo se sentaban en primera fila durante las actuaciones para asegurarse de que no nos desviábamos de la doctrina establecida. (Mi censor preferido era un hombre genial llamado señor Gershon. Pasé mucho tiempo con él y llegué a ser casi de su familia. Me invitó al bar mitzvá de su hijo).

Toda esta información había que transmitirla a los trabajadores en treinta minutos, dos veces al día.

Durante tres años.

Y el material debía ser siempre nuevo y divertido, de lo contrario el público podía arrojarnos comida. («Qué alegría estar de nuevo en la brecha», dijo Peg feliz la primera vez que el público nos abucheó, y creo que lo decía de corazón). Era un trabajo imposible, ingrato y extenuante y la Marina nos daba muy poco con lo que trabajar para hacer nuestro «teatro». En la parte delantera de la cafetería había un pequeño escenario, una plataforma, en realidad, de madera de pino sin barnizar. No teníamos ni telón ni iluminación y nuestra «orquesta» se limitaba a un piano de pared barato tocado por una lugareña diminuta, la señora Levinson, quien (cosa incomprensible) golpeaba las teclas con tal fuerza que la música se oía desde la calle Sands. Nuestro atrezo eran cajas de verduras y nuestro «camerino», un rincón al fondo de la cocina, al lado de donde trabajaba el friegaplatos. En cuanto a los actores, no eran lo que se dice la flor y nata. Casi todas las gentes del espectáculo neoyorquinas estaban, bien en el frente, bien trabajando en las fábricas.

Esto significaba que solo podíamos reclutar lo que Olive llamó, sin demasiada amabilidad, «perdidos y lisiados». (A lo que Peg replicó, sin demasiada amabilidad tampoco: «¿En qué se diferencia eso de cualquier otra compañía teatral?»).

De manera que improvisábamos. Teníamos a hombres de sesenta años haciendo de jóvenes galanes. Teníamos a mujeres de mediana edad y entradas en carnes haciendo de muchachas ingenuas, o de chicos. No podíamos pagar a los actores ni de lejos lo que ganaban trabajando en la industria de guerra, de manera que la Marina no dejaba de robarnos actores y bailarines. Un día teníamos a una bonita muchacha cantando en el escenario y al día siguiente nos la encontrábamos comiendo en Sammy a la hora del almuerzo, con un pañuelo en la cabeza y vestida con un mono de trabajo. Una llave inglesa en el bolsillo y un generoso cheque en camino. Es difícil conseguir que una chica vuelva a las candilejas una vez ha visto un cheque lleno de ceros. Pero es que además nosotros ni siquiera teníamos candilejas.

Crear el vestuario era, por supuesto, mi cometido principal, aunque también escribí algún que otro guion e incluso la letra de alguna canción. Mi trabajo nunca había sido tan difícil. No tenía presupuesto y, debido a la guerra, los materiales escaseaban en todo el país. No solo las telas; tampoco había botones, cremalleras ni corchetes. Desarrollé una inventiva impresionante. En mi momento de máximo esplendor, hice una casaca para el rey Víctor Manuel III de Italia usando un damasco estampado en dos tonos que había arrancado de la tapicería de un sofá putrefacto que había encontrado una mañana en la esquina de la Décima Avenida con la calle Cuarenta y cuatro esperando a ser llevado al vertedero. (No voy a decir que la prenda oliera bien, pero nuestro rey tenía aspecto de rey y eso ya es mucho, habida cuenta de que lo interpretaba un anciano de pecho hundido que hasta una hora antes de la representación había estado cocinando alubias en las cocinas de Sammy).

Ni que decir tiene, me hice asidua del Lowtsky's Used Emporium and Notions, más incluso que antes de la guerra. Marjorie Lowtsky, que ahora iba al instituto, se convirtió en mi socia. En realidad me solucionaba la vida. Lowtsky's había firmado un contrato para vender telas y retales al ejército, así que ya no tenía tanto volumen ni variedad de donde elegir, pero con todo seguía siendo la mejor baza de toda la ciudad. Así que yo le daba a Marjorie una pequeña parte de mi salario y ella seleccionaba y me guardaba los mejores materiales. Lo cierto es que no podría haber hecho mi trabajo sin su ayuda. A pesar de la diferencia de edad, nos cogimos verdadero cariño la una a la otra a medida que se alargaba la guerra y pronto pasé a considerarla una amiga..., si bien un tanto peculiar.

Todavía recuerdo la primera vez que fumé un cigarrillo a medias con Marjorie. Yo estaba en el muelle de carga del almacén de sus padres en lo más crudo del invierno, haciendo un descanso entre contenedor y contenedor.

—¿Me das una calada? —dijo una voz a mi lado.

Bajé la vista y allí estaba la pequeña Marjorie Lowtsky, con sus escasos cuarenta y cinco kilos, envuelta en uno de esos absurdos abrigos gigantes de mapache que se ponían los chicos de las fraternidades universitarias para ir a los partidos de futbol en la década de 1920. En la cabeza llevaba un sombrero de la policía montada del Canadá.

—No pienso darte un cigarrillo —dije—. ¡No tienes más que dieciséis años!

—Exacto —replicó—. Llevo diez años fumando.

Divertida, cedí a su petición y le pasé el cigarrillo. Inhaló con una soltura impresionante y comentó:

—Esta guerra no me satisface, Vivian. —Miraba hacia el callejón con un aire de hastío vital que me resultó cómico—. Me tiene descontenta.

—Así que estás descontenta. —Me esforcé por no sonreír—. Pues entonces deberías hacer algo al respecto. Escríbele cuatro cosas a tu congresista. Ve a hablar con el presidente. Pon fin a esta situación de una vez por todas.

—Es que he esperado tanto tiempo a hacerme mayor, y ahora no hay nada por lo que merezca la pena ser mayor —afirmó—. No hay más que guerra y más guerra, trabajo y más trabajo. Resulta agotador.

—Pronto terminará todo —respondí, aunque no estaba muy segura.

Dio una larga calada y dijo, en un tono de voz muy distinto:

—Mis familiares de Europa lo están pasando muy mal. Hitler no va a descansar hasta que se haya librado del último de ellos. Mamá ya ni siquiera sabe dónde están sus hermanas, ni sus sobrinos. Mi padre se pasa el día al teléfono con las embajadas intentando traer a su familia. Muchas veces tengo que hacerles de intérprete. Pero no tiene pinta de que vayan a poder salir de allí.

—Ay, Marjorie, lo siento mucho. Es terrible.

No sabía qué más decir. Parecía una situación demasiado dolorosa para una chica que aún va al instituto. Quise abrazarla, pero Marjorie no era de esas personas a las que les gustan los abrazos.

—Me ha decepcionado todo el mundo —concluyó después de un largo silencio.

—¿Quién exactamente? —Pensé que se refería a los nazis.

—Los adultos —repuso—. Todos. ¿Cómo han dejado que el mundo se les vaya de las manos de esta manera?

—No lo sé, cariño. Pero no estoy segura de que nadie ahí fuera sepa muy bien lo que hace.

—No parece, no —dijo con teatral desdén mientras tiraba la colilla al callejón—. Y por eso tengo tantas ganas de hacerme mayor. Para dejar de estar a merced de personas que no tienen ni idea de lo que hacen. Creo que cuanto antes pueda controlarlo todo, mejor será mi vida.

—Me parece un plan estupendo, Marjorie —contesté—. Aunque yo nunca he tenido un plan de vida, así que no sé gran cosa al respecto. Pero da la impresión de que lo tienes todo pensado.

—¿No tienes un plan de vida? —Marjorie me miró horrorizada—. ¿Y cómo sales adelante?

—Caramba, Marjorie, ¡hablas igual que mi madre!

—Bueno, es que si no tienes un plan de vida, Vivian, ¡entonces alguien tendrá que hacerte de madre!

No pude evitar reír.

—Deja de sermonearme, mico. Tengo edad para ser tu niñera.

—¡Ja! Mis padres nunca me dejarían con alguien tan irresponsable.

—Bueno. No digo que no tuvieran razón.

—Estoy de broma —respondió—. Lo sabes, ¿verdad? Sabes que siempre me has gustado.

—¿Lo dices en serio? Así que siempre te he gustado. Desde que estabas en... ¿octavo curso?

—Anda, dame otro cigarrillo —me pidió—. Para después.

—No debería —dije, pero aun así le di unos cuantos—. Eso sí, que tu madre no se entere de que te los suministro yo.

—¿Desde cuándo tienen que enterarse mis padres de lo que hago? —preguntó aquella adolescente extraña. Escondió los cigarrillos en los pliegues de su enorme abrigo de piel y me guiñó el ojo—. Y ahora, dime qué has venido a buscar hoy y te conseguiré todo lo que necesitas.

Nueva York era ahora un lugar diferente del de mi primera visita.

La frivolidad había desaparecido, a no ser que se tratara de frivolidad útil y patriótica, como bailar con soldados y marineros en la Stage Door Canteen. Sobre la ciudad pesaba un aire de gravedad. A cada momento temíamos que nos atacaran o invadieran, convencidos de que los alemanes bombardearían la ciudad hasta convertirla en escombros, como habían hecho con Londres. Había toques de queda obligatorios. Unas cuantas noches, incluso, las autoridades apagaron las luces de Times Square y la Gran Avenida Blanca se convirtió en un oscuro coágulo que brillaba espeso y negro en la noche igual que un charco de mercurio. Todos iban uniformados, listos para servir a su país. Hasta el señor Herbert se hizo vigilante antiaéreo voluntario y por las noches se paseaba por el barrio con un casco blanco y una banda roja en el brazo que le habían dado en el Ayuntamiento. (Siempre que salía por la puerta, Peg decía: «Querido señor Hitler, por favor no lance bombas hasta que el señor Herbert haya terminado de alertar a todos los vecinos. Cordialmente, Pegsy Buell»).

Lo que más recuerdo de los años de guerra es una persistente sensación de aspereza. En Nueva York no sufrimos tanto como sufrieron personas de otras partes del mundo, pero ya nada era lo mismo: no había mantequilla, ni cortes de carne buenos, ni maquillaje de calidad, ni modas venidas de Europa. Nada era delicado. Nada era exquisito. La guerra era un gran coloso hambriento que lo exigía todo de nosotros, no solo nuestro tiempo y nuestro esfuerzo, también el aceite de cocina, el caucho, el metal, el papel, el carbón. No nos dejaba más que sobras. Me lavaba los dientes con bicarbonato. Trataba mi último par de medias con tal cuidado que parecían dos niños prematuros. (Y cuando por fin murieron, a mediados de 1943, desistí y empecé a vestir solo pantalones). Estaba tan ocupada (y además empezó a ser difícil comprar champú), que me corté el pelo (he de reconocer que con un estilo muy parecido al de la melena corta y *chic* de Edna Parker Watson) y desde entonces no he vuelto a llevarlo largo.

Durante la guerra me convertí por fin en neoyorquina. Aprendí a orientarme en la ciudad. Abrí una cuenta corriente y me saqué un carné de la biblioteca. Tenía un zapatero de confianza (y lo necesitaba debido a la escasez de cuero) y también un dentista. Me hice amiga de mis compañeros de trabajo en el astillero y comíamos juntos en el Cumberland Diner después de nuestro turno. (Me enorgullecía pagar mi parte después de aquellas comidas, cuando el señor Gershon decía: «Amigos, toca pasar la gorra»). También durante la guerra aprendí a estar cómoda sentada sola en un bar o un restaurante. Para muchas mujeres se trata de algo extrañamente difícil, pero yo me hice experta. (El secreto está en llevarte un libro o un periódico, sentarte en la mesa que esté más cerca de la ventana y pedir algo de beber en cuanto te sientas). Una vez me acostumbré, descubrí que comer sola junto a una ventana en un restaurante tranquilo es uno de los grandes placeres ocultos de la vida.

Le compré una bicicleta por tres dólares a un chico en Hell's Kitchen y esta adquisición amplió mi mundo de manera considerable. La libertad de movimiento lo es todo, aprendí. Quería saber cómo salir enseguida de Nueva York en caso de ataque. Recorrí toda la ciudad en bicicleta —era un medio de transporte barato y eficaz para hacer recados—, aunque en mi fuero interno también me creía capaz de escapar en ella de la Luftwaffe en caso de necesidad. Esto me daba cierta sensación ilusoria de seguridad.

Me hice exploradora de mi amplio entorno urbano. Merodeé por toda la ciudad y a las horas más intempestivas. Me gustaba sobre todo pasear de noche y atisbar por las ventanas a desconocidos viviendo sus vidas. Eran todos de edades diferentes, de razas diferentes. Algunas personas descansaban, otras trabajaban. Algunas estaban solas, otras celebraban algo en ruidosa compañía. Nunca me cansé de pasar de una escena a otra. Disfrutaba de la sensación de ser una pequeña mota de humanidad en un gran océano de almas.

Cuando era más joven había querido estar en el centro de la acción de Nueva York, pero poco a poco fui dándome cuenta de que no hay un único centro. El centro está en todas partes, allí donde hay gente que vive sus vidas. Es una ciudad con un millón de centros.

Y darme cuenta de eso resultó aún más mágico.

Durante la guerra no busqué la compañía de hombres.

En primer lugar, eran difíciles de encontrar; casi todos estaban sirviendo en ultramar. En segundo, no me tentaba esa clase de diversión. En consonancia con el nuevo espíritu de austeridad y sacrificio que envolvía Nueva York, poco menos que me guardé mi deseo sexual entre 1942 y 1945 igual que se tapan los muebles buenos con sábanas cuando se va uno de vacaciones. (Solo que yo no estaba de vacaciones; no hacía otra cosa que trabajar). Pronto me acostumbré a desplazarme por la ciudad sin compañía masculina. Me olvidé de que las chicas decentes van siempre del brazo de un hombre por la noche. Era una norma que ahora se antojaba arcaica y, además, imposible de cumplir.

Simplemente no había hombres suficientes, Angela.

Ni brazos suficientes.

Una tarde de principios de 1944 iba en bicicleta por el Midtown cuando vi a mi antiguo novio Anthony Roccella salir de unos billares. Ver su cara me sorprendió, aunque debería haber sabido que terminaría por encontrármelo algún día. Como te dirá cualquier neoyorquino, en las aceras de esta ciudad tarde o temprano te encuentras a todo el mundo. Por ese motivo Nueva York es una ciudad pésima para tener enemigos.

Anthony estaba igual. El pelo fijado con brillantina, goma de mascar en la boca, sonrisa arrogante. No iba uniformado, algo inusual para un hombre de su edad y con buena salud. Seguro que se las había arreglado para escurrir el bulto y no alistarse. (Cómo no). Lo acompañaba una chica, bajita, mona, rubia. Al verlo, mi corazón bailó una rumba. Fue el primer hombre que veía en años que me hizo sentir de nuevo deseo, pero era lógico. Me detuve a solo unos pasos de él y lo miré. Algo en mi interior quería que me viera. Pero no lo hizo. O sí, pero no me reconoció. (Con el pelo corto y en pantalones ya no me parecía a la chica que había conocido). La última posibilidad, claro, es que me reconociera y decidiera hacerse el loco.

Aquella noche me consumí de soledad. También de deseo sexual, no te voy a engañar. Aunque le puse solución. Por fortuna había aprendido cómo se hace. (Todas las mujeres deberían).

En cuanto a Anthony, jamás volví a verlo ni a oír su nombre. Walter Winchell había predicho que llegaría a ser una estrella de cine. Pero no lo consiguió.

Aunque quién sabe. Es posible que ni se molestara en intentarlo.

Pocas semanas después, uno de nuestros actores me invitó a una gala benéfica a favor de los huérfanos de guerra en el hotel Savoy. Iban a tocar Harry James y su orquesta, lo que era un aliciente divertido, así que me sobrepuse al cansancio y fui. Me quedé solo un rato porque no conocía a nadie y no había hombres de aspecto interesante con los que bailar. Decidí que sería más divertido irme a casa a dormir. Pero, justo cuando salía, me tropecé con Edna Parker Watson.

—Disculpe —farfullé, pero al instante siguiente mi cerebro procesó que se trataba de ella.

Había olvidado que vivía en el Savoy. Jamás habría ido de haberlo recordado.

Levantó la vista y me sostuvo la mirada. Llevaba un traje ligero de tela gabardina marrón con una coqueta blusa color mandarina. En el hombro, una estola gris de conejo. Como siempre, su aspecto era impecable.

—Está disculpadísima —dijo con una sonrisa cortés.

Esta vez no había duda de que me habían identificado. Sabía muy bien quién era yo. Conocía lo bastante bien la cara de Edna para detectar una leve y fugaz alteración bajo su máscara de calma inflexible.

Durante casi cuatro años había estado preguntándome qué le diría si alguna vez se cruzaban nuestros caminos. Pero ahora lo único que me salió fue decir «Edna» y tocarle el brazo.

—Lo siento mucho —dijo—, pero me parece que no nos conocemos.

Y se alejó.

Cuando somos jóvenes, Angela, podemos ser tan ilusos como para creer que el tiempo termina por cerrar las heridas y que, tarde o temprano, todo se soluciona. Pero al hacernos mayores aprendemos esta triste verdad: algunas cosas no tienen arreglo. Algunas equivocaciones no las remedia nada, ni el paso del tiempo ni nuestros deseos más fervientes.

Esa es, en mi opinión, la lección más dura de todas.

Pasada una cierta edad vamos por este mundo en cuerpos hechos de secretos y de arrepentimiento, de dolor y de viejas heridas abiertas. Nuestros corazones están apenados y maltrechos por todo este sufrimiento y, sin embargo, nos las arreglamos para salir adelante.

25

Era finales de 1944. Había cumplido veinticuatro años. Seguía trabajando sin parar en el astillero naval. No recuerdo haberme cogido un solo día libre. Estaba ahorrando un buen dinero de mi salario, pero me sentía exhausta y, en cualquier caso, no había nada en qué gastarlo. Ya casi ni tenía fuerzas para jugar al gin rummy con Peg y Olive por las noches. En más de una ocasión me quedé dormida en el trayecto de vuelta y me desperté en Harlem.

Todo el mundo estaba extenuado.

Dormir se convirtió en un artículo de lujo que todos ansiaban, pero nadie tenía.

Sabíamos que estábamos ganando la guerra —se hablaba sin parar del vapuleo que estábamos dando a los alemanes y a los japoneses—, pero no sabíamos cuándo acabaría todo. Lo que, por supuesto, no disuadía a nadie de darle sin parar a la lengua difundiendo rumores inútiles y especulaciones.

La guerra terminaría para Acción de Gracias, decían todos.

Para Navidad, decían todos.

Pero llegó 1945 y la guerra no había terminado.

En el teatro de la cafetería Sammy seguíamos matando a Hitler doce veces por semana en nuestros espectáculos de propaganda, pero no parecía tener ningún efecto en él.

No os preocupéis, decía todo el mundo. Para finales de febrero habrá concluido todo.

A principios de marzo mis padres recibieron una carta de mi hermano escrita en un portaaviones desde algún punto del Pacífico en la que decía: «Pronto os llegarán noticias de la rendición. Estoy convencido».

Fue la última vez que supimos de él.

Angela, sé que conoces mejor que nadie la historia del *USS Franklin*. Pero me avergüenza admitir que yo ni siquiera sabía cómo se llamaba el barco de mi hermano cuando nos enteramos de que el 19 de marzo de 1945 el ataque de un piloto kamikaze había matado a Walter y a ochocientos hombres más. Siempre tan responsable, Walter nunca había mencionado el nombre del buque en su correspondencia, por si las cartas caían en manos enemigas y se revelaban secretos de Estado. Yo solo sabía que estaba a bordo de un gran portaaviones en algún punto de Asia y que nos había prometido que la guerra acabaría pronto.

Fue mi madre quien recibió la noticia de su muerte. Estaba montando a caballo en un prado junto a nuestra casa cuando vio un automóvil viejo y negro con una puerta blanca enfilar a gran velocidad el camino de entrada. Pasó a su lado demasiado rápido para un sendero de grava. Era algo inusual; las gentes de campo saben que no se debe correr por caminos de grava cuando hay caballos cerca. Pero mi madre reconoció el coche. Era de Mike Roemer, el telegrafista de la Western Union. Mi madre dejó lo que estaba haciendo y miró a Mike y a su mujer bajar del coche y llamar a su puerta.

Los Roemer no eran de la clase de personas con las que mi madre se relacionara. No había motivo alguno para que llamaran a la puerta de los Morris excepto uno: había llegado un telegrama y su contenido era tan funesto que el telegrafista había decidido que debía comunicar la noticia en persona... y acompañado de su mujer, cuyo cometido, imagino, sería brindar consuelo femenino a la desventurada familia.

Mi madre vio todo eso y supo lo que había ocurrido.

Siempre me he preguntado si en aquel instante sintió el impulso de hacer dar la vuelta a su caballo y galopar como alma que lleva el diablo en dirección contraria, de huir corriendo de la terrible noticia. Pero mi madre no era de esas personas. Lo que hizo fue caminar despacio hasta la casa con el caballo detrás. Más tarde me dijo que no le había parecido prudente ir sobre un animal en un momento tan emotivo. Me parece verla, pisando con cuidado, guiando el caballo con esa meticulosidad tan suya. Sabía lo que la esperaba a la puerta de su casa y no tenía prisa por ir a su encuentro. Hasta que no le entregaran ese telegrama, su hijo seguiría vivo.

Los Roemer podían esperar. Y lo hicieron.

Para cuando mi madre llegó a la puerta de nuestra casa, la señora Roemer, con lágrimas en las mejillas, tenía los brazos abiertos, preparada para darle un abrazo.

No hace falta decir que mi madre lo rechazó.

Mis padres ni siquiera hicieron un funeral por Walter.

En primer lugar, no había un cuerpo al que enterrar. El telegrama nos notificaba que el teniente Walter Morris había recibido sepultura en el mar con todos los honores. El telegrama también nos pedía que no divulgáramos el nombre del barco de Walter ni su posición a amigos y familiares, para evitar así «ayudar al enemigo» de manera involuntaria, como si nuestros vecinos en Clinton, Nueva York, fueran saboteadores y espías.

Mi madre no quería un funeral sin cuerpo. Le resultaba demasiado macabro. Y mi padre estaba demasiado roto de ira y de dolor para llorar a su hijo en público. Había protestado amargamente contra la participación de Estados Unidos en la guerra y también se había opuesto a que Walter se alistara. Ahora se negó a organizar una ceremonia para honrar el hecho de que el gobierno le hubiera robado su tesoro más preciado.

Fui a casa y pasé una semana con ellos. Hice lo que pude por mis padres, pero apenas me dirigieron la palabra. Les pregunté si querían que me quedara con ellos en Clinton —y lo habría hecho—, pero me miraron como si fuera una desconocida. ¿De qué podía servirles que me quedara en Clinton? A decir verdad, tuve la impresión de que no me querían allí, siendo testigo de su dolor. Mi presencia solo parecía servir para recordarles que su hijo había muerto.

Si alguna vez pensaron que les habían arrebatado el hijo equivocado, que el hijo mejor y más noble había muerto mientras que la peor seguía con vida, se lo perdono. En ocasiones yo también lo pensé.

Una vez me fui, pudieron replegarse de nuevo en su silencio.

No hace falta que te diga que no volvieron a ser los mismos.

La muerte de Walter me conmocionó profundamente.

Te juro, Angela, que ni por un segundo se me pasó por la cabeza que mi hermano pudiera resultar herido o muerto en aquella guerra. Esto puede parecer estúpido o ingenuo, pero si hubieras conocido a Walter entenderías mi convencimiento. Siempre fue tan competente, tan poderoso. Tenía excelentes instintos. Durante todos los años en que fue atleta, jamás se había lesionado. Incluso entre sus compañeros tenía un estatus casi mítico. Era imposible que le pasara nada.

Pero no solo eso. Tampoco me preocupaba nadie que estuviera bajo su mando, aunque a él sí. (La única inquietud que dejaba traslucir Walter en sus cartas se refería a la seguridad y la moral de sus hombres). Pensaba que todos los que estuvieran a las órdenes de Walter Morris estaban a salvo. Él se ocuparía de que fuera así.

Pero el problema, claro, era que Walter no estaba al mando. Sí, para entonces ya era teniente, pero el barco no estaba a su cargo. El mando lo tenía el capitán Leslie Gehres. El problema fue el capitán.

Pero todo esto tú ya lo sabes, ¿verdad, Angela?

O al menos eso supongo.

Lo siento, cariño, pero no sé cuánto te contó tu padre de todo esto.

Peg y yo organizamos nuestra propia ceremonia en recuerdo de Walter en Nueva York, en la pequeña iglesia metodista que había junto al Lily Playhouse. El ministro había hecho amistad con Peg a lo largo de los años y accedió a oficiar un breve servicio religioso por mi hermano, aunque no hubiera restos mortales. Fuimos muy pocos, pero para mí era importante que se hiciera algo en nombre de Walter, y Peg se había dado cuenta de ello.

Peg y Olive estuvieron, por supuesto, flanqueándome como los pilares que eran de mi vida. También el señor Herbert. Billy no vino porque un año antes había regresado a Hollywood, cuando su producción de *Ciudad de mujeres* dejó por fin de estar en cartel. El señor Gershon, mi censor de la Marina, vino. La pianista de la cafetería Sammy, la señora Levinson, también. La familia Lowtsky acudió al completo. («Nunca he visto tantos judíos en una iglesia metodista», dijo Marjorie al inspeccionar la sala. Aquello me hizo reír. Gracias, Marjorie). También fueron algunos viejos amigos de Peg. Edna y Arthur Watson no. Supongo que no debería haberme sorprendido, aunque reconozco que pensé que era posible que Edna quisiera mostrar su apoyo al menos a Peg.

El coro cantó *His Eye Is on the Sparrow* y no pude dejar de llorar. La muerte de Walter me producía una sensación de aturdido desamparo, no tanto por el hermano que había perdido, sino por el que nunca había tenido. Excepto unos pocos recuerdos alegres de infancia, soleados, de los dos montando en poni (¿y cómo saber si los recuerdos no eran engañosos?), no tenía reminiscencias emotivas de aquella personalidad imponente con quien se suponía que había compartido mi juventud. Quizá si mis padres hubieran esperado menos de él, si le hubieran dejado ser un niño normal y corriente en lugar de «el vástago», con los años nos habríamos hecho amigos, o confidentes. Pero no pudo ser. Y ahora Walter se había ido para siempre.

Lloré toda la noche, pero al día siguiente volví al trabajo.

Era algo que muchas personas tuvieron que hacer aquellos años.

Llorábamos, Angela, y luego nos poníamos a trabajar.

El 12 de abril de 1945 murió Franklin Delano Roosevelt.

Para mí fue como perder a otro miembro de la familia. Apenas recordaba haber tenido otro presidente. Con independencia de lo que opinara de él mi padre, yo lo quería. Era muy querido. Desde luego por todos los neoyorquinos.

El estado de ánimo en los astilleros al día siguiente era sombrío. En la cafetería Sammy, colgué crespones en el escenario (en realidad eran cortinas para el oscurecimiento) y pedí a nuestros actores que leyeran fragmentos de los discursos de Roosevelt. Al final del acto, uno de los trabajadores metalúrgicos, un hombre caribeño de piel oscura y barba blanca, se puso en pie y empezó a cantar *The Battle Hymn of the Republic.* Tenía una voz como la de Paul Robeson. El resto permanecimos en silencio mientras la canción de aquel hombre hacía retemblar las paredes de tristeza y de duelo.

El presidente Truman juró su cargo con discreción, sin fasto alguno.

Todos trabajamos más duro.

Pero la guerra no terminaba.

El 28 de abril de 1945, la mole calcinada y retorcida del portaaviones de mi hermano entró en el Astillero Naval de Brooklyn sin necesidad de remolque. El *USS Franklin* se las había arreglado para recorrer medio mundo, tullido y derrengado, cruzar el canal de Panamá pilotado por una tripulación en cuadro y llegar a nuestro «hospital». Dos tercios de la tripulación estaban muertos, desaparecidos o heridos.

Recibimos al *Franklin* una banda militar, que tocó una marcha fúnebre, Peg y yo.

Hicimos el saludo militar mientras mirábamos cómo aquel buque herido, que para mí era el ataúd de mi hermano, volvía a casa para ser reparado. Pero incluso yo me di cuenta, al ver aquel montón de acero ennegrecido y reventado, de que no tenía arreglo.

El 7 de mayo de 1945 Alemania por fin se rindió.

Pero los japoneses resistían, y lo hacían con determinación.

Aquella semana la señora Levinson y yo escribimos una canción para nuestros trabajadores titulada *Ya solo queda uno.*

Continuamos trabajando.

El 20 de junio de 1945 el *Queen Mary* atracó en el puerto de Nueva York con catorce mil soldados estadounidenses que volvían de Europa. Peg y yo fuimos a recibirlos al muelle 90, en el Upper West Side. Peg había hecho un cartel en el reverso de un trozo de decorado que decía: «¡Eh, TÚ! ¡Bienvenido a CASA!».

—¿A quién estás dando la bienvenida exactamente? —le pregunté.

—A todos y cada uno —dijo.

Al principio dudé si unirme a ella. La idea de ver a miles de jóvenes volver a casa y que ninguno fuera Walter me resultaba demasiado triste. Pero Peg insistió.

—Te vendrá bien —predijo—. Y, lo que es más importante, les vendrá bien a ellos. Necesitan ver nuestras caras.

Al final me alegré de haber ido. Me alegré mucho.

Era un delicioso día de verano. Para entonces yo ya llevaba viviendo más de tres años en Nueva York, pero seguía sin ser inmune a su belleza en una perfecta tarde de cielo azul como aquella, uno de esos días suaves y cálidos en los que no puedes evitar sentir que toda la ciudad te quiere y no desea otra cosa que tu felicidad.

Los marineros y soldados (¡y enfermeras!) recorrieron el muelle en una marea de ovaciones. Los recibió una gran multitud exaltada, de la cual Peg y yo constituimos una pequeña pero entusiasta delegación. Nos turnamos para hacer ondear el letrero y vitoreamos hasta quedar roncas. En el muelle, la banda tocaba versiones ruidosas de las canciones más populares de aquel año. Los soldados lanzaban globos al aire y pronto me di cuenta de que no eran globos, sino preservativos inflados. (No fui la única en darme cuenta; cuando las madres que me rodeaban intentaron evitar que sus hijos los cogieran no pude contener la risa).

Un marinero desgarbado y de ojos somnolientos se detuvo al pasar y me miró de arriba abajo.

Sonrió y dijo, con marcado acento sureño:

—Oye, preciosa, ¿y cómo dices que se llama esta ciudad?

Le devolví la sonrisa.

—La llamamos Nueva York, marinero.

Señaló unas grúas al otro lado del muelle. Dijo:

—Pues supongo que no estará mal, cuando la terminen.

Y a continuación me pasó la mano por la cintura y me besó, igual que en esa fotografía tan famosa que seguro que has visto de Times Square el día de la victoria contra Japón. (Lo de besarse fue una costumbre muy extendida aquel año). Claro que lo que no podrás ver en la fotografía es la reacción de la chica. Siempre me he preguntado qué sentiría cuando le dieron aquel beso. Supongo que nunca lo sabremos. Pero sí puedo decirte lo que sentí yo sobre mi beso, que fue largo, experto y bastante apasionado.

Pues me gustó, Angela.

Me gustó de verdad. Le devolví el beso al marinero, pero entonces, y sin venir a cuento, me eché a llorar y ya no pude parar. Enterré la cara en su cuello, me aferré a él y lo bañé en lágrimas. Lloré por mi hermano y por todos los hombres jóvenes que no volverían. Lloré por todas las chicas que habían perdido a sus enamorados y su juventud. Lloré porque habíamos entregado demasiados años a esta guerra infernal y eterna. Lloré porque estaba agotada, caramba. Lloré porque echaba de menos besar a chicos —¡y quería besar a muchos!—, pero estaba hecha un vejestorio de veinticuatro años ¿y qué sería de mí? Lloré porque hacía un día precioso y el sol brillaba y todo era magnífico y nada era justo.

Aquello no era lo que había esperado el marinero, estoy segura, cuando me cogió en sus brazos. Pero supo estar a la altura de la ocasión.

—Cariño —me dijo al oído—, ya no tienes que llorar más. Somos los afortunados.

Me abrazó con fuerza y dejó que siguiera llorando hasta recobrar la compostura. Entonces me soltó, sonrió y dijo:

—Y ahora ¿qué te parece si repetimos?

Y volvió a besarme.

Pasarían tres meses antes de que los japoneses se rindieran.

Pero en mi cabeza —en mi recuerdo brumoso, color melocotón de aquel día de verano— la guerra terminó en aquel preciso instante.

26

Déjame que te cuente, Angela, con la mayor brevedad posible, los veinte años siguientes de mi vida.

Me quedé en Nueva York (por supuesto que me quedé, ¿dónde iba a ir?), pero la ciudad ya no era la misma. Habían cambiado muchas cosas y muy deprisa. La tía Peg me había advertido de esta inevitabilidad ya en 1945. Había dicho: «Todo cambia después de una guerra. Lo he visto antes. Si somos inteligentes, estaremos preparados para adaptarnos».

No se equivocaba.

La Nueva York de posguerra era una criatura rica, hambrienta, impaciente y en expansión, sobre todo el Midtown, donde se derruyeron barrios enteros de casas de piedra arenisca y comercios para hacer sitio a complejos de oficinas y modernos edificios de apartamentos. Allí por donde pisaras había escombros, casi como si, después de todo, la ciudad hubiera sido bombardeada. En los años siguientes, muchos de los locales glamurosos que solía frecuentar con Celia Ray cerraron y fueron reemplazados por edificios corporativos de veinte plantas. El Spotlite cerró. El Downbeat Club cerró.

El Stork Club cerró. Muchísimos teatros cerraron. Los en otro tiempo centelleantes barrios parecían ahora bocas extrañas y rotas, a las que faltaban la mitad de los dientes y tenían alguno nuevo y de brillo falso incrustado de forma arbitraria.

Pero el cambio mayor de todos ocurrió en 1950, al menos en nuestro pequeño círculo. El Lily Playhouse cerró.

Bueno, no cerró. Fue demolido. Nuestra hermosa, destartalada y decrépita fortaleza en forma de teatro fue destruida por el Ayuntamiento aquel año para hacer sitio a la Terminal de Autobuses de la Autoridad Portuaria. De hecho, todo el barrio fue derruido. Cada teatro, iglesia, casa, restaurante, bar, lavandería china, sala de billares, floristería, tienda de tatuajes y escuela dentro del perímetro de la que, con el tiempo, sería considerada la terminal de autobuses más fea del mundo, desapareció. También lo hizo Lowtsky's Used Emporium and Notions.

Todo quedó reducido a polvo ante nuestros propios ojos.

Al menos el Ayuntamiento se portó bien con Peg. Le ofrecieron cincuenta y cinco mil dólares por el edificio, lo que era un buen pellizco en aquella época en que la mayoría de nuestros vecinos vivían con cuatro mil dólares al año. Yo quise que lo peleara, pero Peg dijo:

—No hay nada que pelear aquí.

—Es que no me puedo creer que te resignes a una cosa así —me lamenté.

—No tienes ni idea de las cosas a las que soy capaz de resignarme, peque.

Peg tenía más razón que un santo, por cierto, en lo de que no había nada que pelear. Al apropiarse del barrio, el Ayuntamiento estaba ejerciendo un derecho cívico llamado «poder de condena», algo tan siniestro e irrevocable como suena. Yo me llevé un buen berrinche, pero Peg dijo:

—Si quieres resistirte al cambio es cosa tuya, Vivian. Cuando algo se acaba, hay que aceptarlo. Y, en cualquier caso, los días de esplendor del Lily han quedado ya muy atrás.

—Eso no es cierto, Peg —corrigió Olive—. El Lily nunca conoció el esplendor.

A su manera, las dos tenían razón. Llevábamos desde la guerra sobreviviendo con dificultad, ganando apenas un sustento. Nuestros espectáculos tenían menos público que nunca y nuestros mejores talentos no habían regresado después de la guerra. (Por ejemplo, Benjamin, nuestro compositor, había elegido quedarse en Europa y se había establecido en Lyon con una francesa propietaria de un club nocturno. Nos encantaba leer sus cartas. Le iba de maravilla como empresario y director de una banda, pero echábamos mucho de menos su música). Y, lo que era peor, nos habíamos quedado desfasados respecto al público del barrio. Ahora las personas tenían gustos más refinados, incluso en Hell's Kitchen. La guerra había abierto el mundo de par en par y llenado el aire de ideas y gustos nuevos. Nuestras obritas ya resultaban algo trasnochadas cuando yo llegué a la ciudad por primera vez, pero ahora parecían directamente salidas del Pleistoceno. Nadie quería ver ya números musicales sensibleros propios del vodevil.

De manera que sí, por leve que fuera la gloria que tuvo alguna vez nuestro teatro, para 1950 se había esfumado.

Aun así, me resultó doloroso.

Ojalá me gustaran las terminales de autobuses tanto como me gustaba el Lily Playhouse.

Cuando llegó el día de la demolición, Peg insistió en estar presente. («No hay que tener miedo de estas cosas, Vivian», dijo. «Hay que enfrentarse a ellas»). De manera que aquel día fatídico acompañé a Peg y a Olive y miré cómo derribaban el Lily. No estuve tan estoica como ellas. Ver una bola de demolición apuntar a tu hogar y tu pasado —al lugar donde de verdad naciste como persona— requiere un grado de fortaleza que yo aún no poseía. No pude evitar desmoronarme.

La peor parte no fue cuando se desplomó la fachada del edificio, sino cuando demolieron la pared del vestíbulo interior. De pronto se vio el escenario como nunca debía haberse visto: desnudo y expuesto a un sol de invierno cruel e impasible. Sus carencias quedaron a la vista de todos.

Pero Peg lo soportó con entereza. Ni se inmutó. Aquella mujer parecía hecha de hierro. Cuando la bola de demolición hubo cubierto su cupo de destrucción por el día, me sonrió y dijo:

—Te voy a decir una cosa, Vivian: no me arrepiento de nada. Cuando era joven estaba convencida de que una vida dedicada al teatro sería de lo más divertida. Y, que Dios me perdone, peque, pero así ha sido.

Con el dinero de la indemnización, Peg y Olive se compraron un bonito apartamento en Sutton Place. A Peg incluso le sobraron fondos para pagar una especie de pensión de jubilación al señor Herbert, quien se marchó a Virginia a vivir con su hija.

A Peg y a Olive les gustaba su nueva vida. Olive consiguió trabajo en un instituto del barrio como secretaria del director, un empleo que le iba como anillo al dedo. A Peg la contrató el mismo instituto para que colaborara en el departamento de teatro. Parecían contentas con los cambios. El edificio donde estaba el apartamento (nuevecito, he de decir) incluso tenía ascensor, lo que les facilitaba las cosas, pues se hacían mayores. También tenían un portero con el que Peg podía hablar de béisbol. («¡Los únicos porteros que había tenido hasta ahora eran los vagabundos que dormían debajo del proscenio del Lily!», bromeaba).

Trabajadoras como eran, las dos mujeres se adaptaron. Desde luego no se quejaron. Aun así, me resulta doloroso que el Lily Playhouse fuera derruido en 1950, el mismo año en que Peg y Olive se compraron un televisor para su apartamento. Era evidente que la edad dorada del teatro había terminado. Claro que Peg ya lo había visto venir.

—La televisión terminará por echarnos a todos de la ciudad —predijo la primera vez que vio un televisor funcionando.

—¿Cómo lo sabes? —pregunté.

—Porque incluso a mí me gusta más que el teatro —fue su respuesta sincera.

En cuanto a mí, la muerte del Lily Playhouse me dejó sin hogar y sin empleo. También sin una familia con quien compartir mis días. No podía irme a vivir con Peg y Olive. No a mi edad. Habría sido embarazoso. Tenía que crearme una vida propia. Pero era una mujer de veintinueve años, soltera, sin estudios universitarios; así pues ¿qué clase de vida sería?

Encontrar un sustento no me preocupaba demasiado. Tenía ahorrada una buena cantidad y sabía trabajar. A aquellas alturas había aprendido que mientras tuviera mi máquina de coser, mis tijeras de modista, una cinta de medir al cuello y un alfiletero de muñeca siempre podría ganarme la vida. Pero la pregunta era, ¿qué clase de existencia llevaría ahora?

Al final, me salvó Marjorie Lowtsky.

Para 1950, Marjorie Lowtsky y yo nos habíamos hecho amigas íntimas.

Formábamos una pareja extraña, pero Marjorie nunca había dejado de velar por mí —rescatando tesoros de los contenedores sin fondo de Lowtsky's— y, por mi parte, había disfrutado viendo a aquella niña crecer hasta convertirse en una joven carismática y fascinante. Tenía algo muy especial. Claro que Marjorie siempre había sido especial, pero después de la guerra floreció y se transformó en una fuerza creadora de energía atómica. Seguía vistiendo de forma delirante: un día parecía un bandido mexicano y al siguiente una geisha, pero había madurado como persona. Había estudiado en una escuela de arte en Parsons mientras seguía viviendo con sus padres y llevando el negocio familiar y al mismo tiempo se sacaba un dinerillo extra como dibujante. Había trabajado varios años en Bonwit Teller, haciendo románticas ilustraciones de moda para sus anuncios de prensa. También hacía diagramas para revistas médicas y, en una ocasión memorable, una agencia de viajes le encargó las ilustraciones de una guía de Baltimore que llevaba el trágico título de *¡Así que vienes a Baltimore!* De manera que Marjorie sabía hacer de todo y siempre andaba de un lado para otro.

Se había convertido en una mujer joven que no solo era creativa, excéntrica y trabajadora, también audaz y despierta. Y cuando el Ayuntamiento anunció que iba a demoler nuestro barrio y los padres de Marjorie decidieron aceptar la indemnización e irse a vivir a Queens, de pronto mi querida Marjorie se encontró en la misma situación que yo: sin hogar y sin empleo. En lugar de lamentarse, me hizo una proposición sencilla y bien pensada. Sugirió que uniéramos nuestras fuerzas viviendo y trabajando juntas.

Su plan —porque tengo que reconocer que todo el mérito fue suyo— era este: vestidos de novia.

Su propuesta exacta fue la siguiente:

—Todo el mundo se está casando, Vivian, y tenemos que hacer algo al respecto.

Me había llevado a almorzar al Automat para hablarme de su idea. Era el verano de 1950. La Terminal de Autobuses de la Autoridad Portuaria era inevitable y nuestro pequeño mundo se desmoronaba. Pero Marjorie (que aquel día iba vestida como una campesina peruana, con cinco capas superpuestas de chalecos y faldas bordadas) resplandecía de determinación e ilusión.

—¿Y qué sugieres que haga yo con las personas que se van a casar? —pregunté—. ¿Que les pida que no lo hagan?

—No, que las ayudes. Si las ayudamos, podemos sacar beneficio. Mira, he estado toda la semana en Bonwit Teller haciendo bocetos en el departamento de novias. Y escuchando. Las vendedoras dicen que no dan abasto con los encargos. Y también llevo toda la semana oyendo a las clientas quejarse de la falta de variedad. Nadie quiere casarse con el mismo vestido de novia que las demás, pero no hay tanto donde elegir. El otro día oí a una chica decir que, de saber coser, se haría su propio vestido de novia, solo para que fuera único.

—¿Quieres que enseñe a esas chicas a hacerse sus vestidos de novia? —pregunté—. La mayoría no sabe ni coser un paño de cocina.

—No, lo que digo es que nosotras deberíamos hacer vestidos de novia.

—Ya hay demasiadas personas haciendo vestidos de novia ahora mismo, Marjorie. Hay toda una industria.

—Sí, pero los nuestros pueden ser más bonitos. Yo haría los bocetos y tú los coserías. Entendemos de telas más que nadie, ¿no es cierto? Y nuestro truco sería hacer vestidos nuevos aprovechando viejos. Tú y yo sabemos que la seda y el satén de antes son mucho mejores que los que se importan ahora. Con mis contactos puedo localizar satén y seda por toda la ciudad, qué caramba, si hasta puedo importarlos de Francia; ahora mismo lo venden todo del hambre que están pasando, y tú puedes usar las telas para hacer vestidos mucho mejores que los que se venden en Bonwit Teller. Te he visto quitar el encaje a manteles para hacer vestuario de teatro. ¿No podrías hacer lo mismo para adornos y velos de novia? Podríamos crear modelos únicos para chicas que no quieren ir igual que las que compran en grandes almacenes. Nuestros vestidos no serían algo industrial; serían modelos únicos. Clásicos. Tú podrías hacerlo, ¿no es cierto?

—Ninguna novia quiere casarse con un vestido usado —señalé.

Pero en cuanto pronuncié esas palabras recordé a mi amiga Madeleine, en Clinton, al principio de la guerra. Madeleine, a quien le había hecho un vestido deshaciendo los de seda de sus dos abuelas y combinándolos en un solo diseño. El resultado había sido espectacular.

Al ver que empezaba a entenderla, Marjorie dijo:

—Así es como lo veo: abrimos una *boutique.* Usaremos tu buen gusto para que el lugar quede refinado y exclusivo. Tendremos que decir que todos los materiales son importados de París. A la gente le encanta eso. Estarán dispuestos a comprar cualquier cosa si les dices que viene de París. No será una completa mentira, porque algunas cosas sí vendrán de Francia. Claro que lo harán en contenedores llenos de retales, pero eso no tiene por qué saberlo nadie. Yo seleccionaré los tesoros y tú los convertirás en tesoros más valiosos todavía.

—¿Me estás hablando de abrir una tienda?

—Una *boutique,* Vivian. Por favor, tesoro, acostúmbrate a usar la palabra. Los judíos tienen tiendas; nosotras tendremos una *boutique.*

—Pero tú eres judía.

—*Boutique,* Vivian, *boutique.* Practica conmigo. *Boutique.* Que te salga de manera natural.

—¿Dónde quieres hacerlo? —pregunté.

—Cerca de Gramercy Park —dijo—. Ese barrio siempre será elegante. Me gustaría ver al Ayuntamiento intentando demoler precisamente esas casas. Eso es lo que vamos a vender, la idea de elegancia, de elegancia clásica. Quiero que se llame L'Atelier. Le he echado el ojo a un edificio. Mis padres me han dicho que me darían la mitad de la indemnización del Ayuntamiento cuando derriben Lowtsky's, y más les vale, porque he trabajado allí igual que un estibador desde que era una niña de pecho. El dinero me dará justo para comprar el sitio que he estado viendo.

Veía la velocidad a la que funcionaban sus pensamientos y, a decir verdad, me dio un poco de miedo. Iba muy deprisa.

—El edificio que me gusta está en la calle Dieciocho, a una manzana del parque —continuó—. Tres pisos, con local con puerta a la calle. Arriba hay dos apartamentos. Es pequeño, pero tiene encanto. Podría pasar por una *boutique* de una de esas callecitas de París. Es la sensación que queremos transmitir. No está en mal estado. Encontraré quien nos lo arregle. Tú puedes vivir en el piso de arriba; ya sabes cuánto odio subir escaleras. Te va a gustar..., tu apartamento tiene una claraboya. Dos, en realidad.

—¿Quieres que compremos un edificio, Marjorie?

—No, tesoro. Lo quiero comprar yo. Sé cuánto dinero tienes en el banco. Y no te ofendas, Vivian, pero tú no podrías permitirte una casa en Paramus, no digamos ya en Manhattan. Lo que sí puedes permitirte es una participación en el negocio, así que en eso iremos a medias. Pero yo seré quien compre el edificio. Me costará hasta el último centavo que tengo, pero estoy dispuesta a jugármelo todo. Puedes estar segura de que lo que no voy a hacer es vivir de alquiler. ¿Qué soy? ¿Una inmigrante?

—Pues sí —dije—. Eres una inmigrante.

—Pues lo sea o no, los minoristas que ganan dinero en esta ciudad lo hacen porque tienen propiedades, no porque vendan ropa. Pregunta a la familia Saks; lo saben muy bien. Pregunta a la familia Gimbel; también lo saben. Aunque nosotras también ganaremos dinero vendiendo ropa gracias a tu considerable talento y al mío. De manera que sí, Vivian, en conclusión: quiero comprarme un edificio. Quiero que diseñes vestidos de novia, quiero que llevemos juntas una *boutique* y quiero que las dos vivamos encima de ella. Ese es el plan. Vayámonos a vivir y a trabajar juntas. Tampoco es que tengamos ningún plan mejor, ¿no te parece? Así que dime que sí.

Consideré atenta y seriamente la propuesta por espacio de unos tres segundos y a continuación respondí:

—Claro. Hagámoslo.

Si te estás preguntando si esta decisión resultó ser un tremendo error, Angela, no lo fue. De hecho, puedo contarte ahora mismo cómo resultó todo. Marjorie y yo estuvimos décadas haciendo unos vestidos de novia sublimes; ganamos suficiente dinero para vivir sin estrecheces; nos cuidamos la una a la otra como si fuéramos familia y hoy yo sigo viviendo en ese edificio. (Sé que soy mayor, pero no te preocupes; todavía puedo subir las escaleras).

Unir mi destino al de Marjorie Lowtsky y asociarme con ella es lo mejor que he hecho en mi vida.

En ocasiones la realidad es que otras personas tienen ideas mejores sobre qué debes hacer con tu vida que tú misma.

Dicho todo esto, no fue fácil.

Al igual que el vestuario de teatro, los vestidos de novia no se cosen, sino que se construyen. Tienen que ser espectaculares, de manera que hacer uno requiere un esfuerzo espectacular. Los míos eran especialmente complicados porque no partía de telas nuevas, a estrenar. Es más difícil hacer un vestido a partir de uno viejo (o, en mi caso, de varios vestidos viejos), porque primero hay que desarmar este último y a continuación las opciones se ven limitadas por la cantidad de tela aprovechable. Además de lo cual trabajaba con materiales envejecidos y frágiles —sedas y satenes antiguos y telarañas de encaje añejo—, lo que me obligaba a ser de lo más cuidadosa.

Marjorie me traía montones de trajes de novia y de cristianar rescatados de Dios sabe dónde y yo los revisaba a conciencia para ver con cuáles podía trabajar. A menudo las telas amarilleaban o tenían manchas en el corpiño. (¡Jamás hay que darle una copa de vino tinto a una novia!). Así que mi primera tarea era sumergir la prenda en agua helada y vinagre. Si había una mancha que no conseguía quitar, tenía que cortarla y calcular qué extensión de tela podía aprovechar. También podía dar la vuelta al trozo sucio y usarlo de forro. A menudo me sentía como un cortador de diamantes que trata de conservar la mayor cantidad posible de material original y eliminar los defectos.

Luego estaba la cuestión de crear un vestido que fuera único. Según como se mire, un vestido de novia es un vestido, y, como tal, consta de tres sencillos ingredientes: un corpiño, una falda y unas mangas. Pero con los años, con solo esos tres ingredientes confeccioné miles de vestidos distintos. Tuve que hacerlo, porque ninguna novia quiere parecerse a otra.

De manera que era un trabajo exigente, sí, tanto desde el punto de vista físico como creativo. Con el tiempo tuve ayudantes y eso facilitó algo las cosas, pero nunca encontré a nadie que pudiera hacer lo que hacía yo. Y puesto que no concebía crear un vestido de L'Atelier que no fuera impecable, dediqué muchas horas a asegurarme de que cada modelo era perfecto. Si una novia decía, en la víspera de su boda, que quería más perlas en el corpiño, o menos encaje, entonces era yo la que se quedaba despierta hasta medianoche haciendo los cambios. Un trabajo tan minucioso requiere la paciencia de un monje. Tienes que estar convencida de que lo que estás creando es sagrado.

Por fortuna, yo lo creía.

Claro que la mayor dificultad de hacer vestidos de novia reside en cómo tratar a las clientas.

Después de años de ofrecer mis servicios a muchas novias, me familiaricé al detalle con las sutilezas relativas a la familia, el dinero y el poder, pero, sobre todo, aprendí a entender el miedo. Aprendí que las chicas que están a punto de casarse siempre están asustadas. Tienen miedo de no querer bastante a sus prometidos o de quererlos demasiado. Tienen miedo del sexo que las espera o del sexo que van a dejar atrás. Tienen miedo de que el día de su boda se tuerza. Tienen miedo de ser el centro de cientos de miradas... y también de que no las mire nadie porque llevan el vestido equivocado o porque la dama de honor es más guapa que ellas.

Reconozco, Angela, que, vistas en perspectiva, no son preocupaciones de gran importancia. Acabábamos de salir de una guerra mundial con millones de muertos y millones de vidas destrozadas. Está claro que, en comparación, el nerviosismo de una novia no es ningún cataclismo. Pero el miedo es el miedo y supone una fuente de ansiedad para las personas que lo padecen. Con el tiempo comprendí que una de mis tareas era aliviar en la medida de lo posible el nerviosismo y el temor de estas muchachas. Más que ninguna otra cosa, por tanto, lo que aprendí en mis años en L'Atelier fue a ayudar a mujeres asustadas, a plegarme a sus necesidades y a satisfacer sus deseos.

Este aprendizaje empezó en cuanto abrimos el negocio.

La primera semana de vida de la *boutique* entró una joven con el anuncio que habíamos puesto en *The New York Times* en la mano. (Era un dibujo de Marjorie de dos invitadas a una boda admirando a la espigada novia. Una de ellas dice: «¡Qué vestido tan poético! ¿Se lo han hecho en París?». La otra contesta: «¡Pues casi! ¡Se lo han hecho en L'Atelier, que tiene los mejores vestidos de novia!»).

Me di cuenta de que la chica estaba nerviosa. Le serví un vaso de agua y le enseñé muestras de los vestidos en los que estaba trabajando. Enseguida se interesó por una montaña de merengue, un vestido que se asemejaba a una esponjosa nube de verano. De hecho, era idéntico al vestido que llevaba la esbeltísima novia de nuestro anuncio. La chica tocó su vestido soñado y su cara adoptó una expresión de anhelo. Se me cayó el alma a los pies. Sabía que aquella prenda no era la indicada para ella. Era demasiado baja y tenía demasiadas curvas; parecería un malvavisco.

—¿Puedo probármelo? —preguntó.

Pero yo no podía permitirlo. Si se veía en el espejo con aquel vestido, se daría cuenta de lo ridícula que estaba y saldría de mi *boutique* para nunca volver. Y había algo peor aún. Perder la venta no era lo que más me importaba; sabía que verse en el espejo con aquel vestido heriría, y mucho, los sentimientos de la chica, y quería ahorrarle ese dolor.

—Tesoro —respondí con toda la amabilidad de que fui capaz—, eres una chica preciosa. Y creo que ese vestido te va a decepcionar amargamente.

Le cambió la cara. A continuación, enderezó los hombros y dijo, con valentía:

—Ya sé por qué. Es porque soy demasiado baja, ¿verdad? Y estoy rellenita. Lo sabía. Voy a parecer una tonta el día de mi boda.

Hubo algo de aquel momento que me fue directo al corazón. Nada como la vulnerabilidad de una chica insegura en una tienda de vestidos de novia para hacerte tomar conciencia de lo dolorosa que es la vida a veces. Al instante me llené de preocupación por aquella chica y decidí que no quería verla sufrir un minuto más.

Por favor, recuerda que hasta aquel momento yo no había trabajado con civiles. Había estado años cosiendo para bailarinas y actrices profesionales. No estaba acostumbrada a chicas normales, de aspecto corriente, con todas sus inseguridades y complejos. Muchas de las mujeres para las que había trabajado estaban locamente enamoradas (y con razón) de sus cuerpos y deseando mostrarlos. Estaba acostumbrada a mujeres que se quitaban la ropa y se ponían a bailar frente al espejo encantadas de la vida, no a mujeres a quienes ver su imagen reflejada hacía dar un respingo.

Había olvidado que no todas las chicas son vanidosas.

Lo que aquella chica me enseñó en mi *boutique* fue que el negocio de los vestidos de novia iba a ser muy diferente del mundo del espectáculo. Porque aquella personita que tenía delante no era una corista de formas espléndidas; era una mujer normal que quería estar espléndida el día de su boda y no sabía cómo conseguirlo.

Pero yo sí.

Sabía que necesitaba un vestido que fuera ceñido y sencillo, de forma que no desapareciera dentro de él. Sabía que el vestido tenía que ser de satén reforzado con crepé, de modo que la envolviera, pero no se le pegara al cuerpo. Tampoco podía ser de un blanco vívido, debido a su tez algo rojiza. No, su vestido tenía que ser de un tono más suave, más cremoso, que le diera un aspecto más terso a la piel. Sabía que le iría mejor una sencilla corona de flores en lugar de un velo largo que, de nuevo, la ocultaría de la vista. Sabía que necesitaba mangas tres cuartos que dejaran al descubierto sus bonitas muñecas y manos. ¡Nada de guantes! Además, solo con mirarla vestida con ropa de calle supe a qué altura tenía la cintura (que no coincidía con el cinturón del traje que llevaba) y que el vestido tendría que caerle desde el talle, para crear la ilusión de silueta en forma de guitarra. Y me daba cuenta de que era tan recatada —tan despiadadamente insegura y autocrítica— que no soportaría mostrar el más mínimo escote. En cambio, los tobillos... Esos sí se podían enseñar y lo haríamos. Sabía muy bien cómo tenía que vestirla.

—Ay, cariño —dije, y literalmente la tomé bajó mi ala protectora—. No te preocupes. Vamos a tratarte muy bien. Te prometo que vas a ser una novia espectacular.

Y lo fue.

Te voy a decir una cosa, Angela: llegué a querer a todas las chicas para las que trabajé en L'Atelier. A todas y cada una de ellas. Fue una de las grandes sorpresas de mi vida, el cariño y el instinto protector que sentí a raudales por todas las novias a las que vestí. Incluso cuando eran exigentes e histéricas, me encariñé con ellas. Y cuando no eran tan guapas, yo las vi guapas.

Marjorie y yo habíamos empezado este negocio, en primer lugar, para ganar dinero. Mi segundo motivo había sido practicar mi oficio, que hasta el momento siempre me había procurado satisfacción. Una tercera razón fue que, por entonces, no se me ocurría qué otra cosa hacer con mi vida. Pero jamás se me habría pasado por la cabeza el beneficio principal que obtendría: el cariño y la ternura intensos que me invadían cada vez que una nueva novia cruzaba mi umbral y ponía la ilusión de su vida en mis manos.

En otras palabras, L'Atelier me dio amor.

No podía haber sido de otra manera, compréndelo.

Eran todas tan jóvenes, estaban tan asustadas y eran tan adorables.

27

La gran ironía, por supuesto, es que ni Marjorie ni yo estábamos casadas.

Los años que tuvimos L'Atelier los pasamos sepultadas bajo vestidos de novia, ayudando a miles de chicas a prepararse para sus desposorios, pero nadie se casó con nosotras y nosotras no nos casamos con nadie. Existe un dicho: «Siempre dama de honor, nunca la novia». Pero ¡es que nosotras ni siquiera fuimos damas de honor! Como mucho, Marjorie y yo fuimos cuidadoras de novias.

El problema estribaba en que las dos éramos demasiado raras. Al menos ese era el diagnóstico que hacíamos nosotras de la situación: demasiado raras para ser novias. (Ese podría ser el eslogan de nuestro siguiente negocio, decíamos a menudo en broma).

La extrañeza de Marjorie saltaba a la vista. Estaba como una cabra. No era solo su manera de vestir (aunque sus elecciones sartoriales no podían ser más chocantes); también sus aficiones. Siempre estaba dando clases de caligrafía oriental o haciendo ejercicios de respiración en el templo budista de la calle Noventa y cuatro. O aprendiendo a hacer yogur casero y consiguiendo de paso que todo nuestro edificio oliera a yogur. Le gustaba el arte vanguardista y oía una música andina que suponía todo un desafío (al menos para mis oídos). Se presentó voluntaria para que la hipnotizaran unos estudiantes de psicología y también se psicoanalizó. Leía el tarot y el I Ching y también runas. Iba a ver a un curandero chino que la trataba masajeándole los pies, algo de lo que no paraba de hablar con gran entusiasmo, por muchas veces que le suplicara yo que dejara de hablar de sus pies a la gente. Siempre estaba haciendo alguna dieta de moda, no necesariamente para adelgazar, sino para estar más sana o ser más espiritual. Recuerdo que estuvo un verano sin comer otra cosa que melocotones en conserva, que, según había leído, eran buenos para la respiración. Luego vinieron los sándwiches de brotes de soja y germen de trigo.

Nadie quiere casarse con una chica rara que se alimenta de sándwiches de brotes de soja y germen de trigo.

Y yo también era rara, por qué no reconocerlo.

Por ejemplo, también vestía de manera excéntrica. Durante la guerra me había acostumbrado a llevar pantalones y ahora no me ponía otra cosa. Me gustaba la libertad que me daban para desplazarme en bicicleta por la ciudad, pero había algo más: me gustaba vestir prendas que parecieran de hombre. Pensaba (y lo sigo pensando) que una mujer siempre está más elegante y *chic* con un traje de caballero. En los años de posguerra seguía siendo difícil encontrarlos de lana de calidad, pero descubrí que si compraba trajes de calidad usados —estoy hablando de diseños de Savile Row de las décadas de 1920 y 1930—, me los podía arreglar y hacerme conjuntos que me daban un aire, o eso me gustaba pensar, a Greta Garbo.

Debo decir que después de la guerra las mujeres no vestían así. Sí, claro, en la década de 1940 una mujer podía llevar un traje de corte masculino. Se consideraba casi patriótico. Pero, una vez terminadas las hostilidades, la feminidad regresó y con ganas. Hacia 1947, el mundo de la moda estaba dominado por Christian Dior y sus decadentes vestidos New Look, con sus cinturas ceñidas, faldas voluminosas, pechos apuntando hacia arriba y hombros redondeados. El New Look estaba pensado para demostrar al mundo que la escasez de los tiempos de guerra había acabado y ahora podíamos derrochar toda la seda y toda la pasamanería que quisiéramos solo para resultar femeninas y coquetas. Para hacer un vestido estilo New Look podían ser necesarios hasta veintidós metros de tela. Imagínate bajar de un taxi cargada con eso.

Lo odiaba. En primer lugar, no tenía una de esas siluetas que quitan el hipo a las que sientan bien esos vestidos. A mis piernas largas, torso delgado y pechos pequeños les favorecían más los pantalones y las blusas. Y luego estaba la parte práctica. Un vestido así no me dejaba trabajar. Pasaba gran parte de la jornada laboral en el suelo: arrodillada delante de patrones y gateando alrededor de las mujeres a las que estaba probando. Necesitaba pantalones y zapato plano para tener libertad de movimientos.

De manera que rechacé las tendencias del momento y creé mi propio estilo, tal y como me había enseñado Edna Parker Watson. Aquello me convirtió en un bicho raro. No tan raro como Marjorie, claro, pero, aun así, distinto. Lo que sí comprobé es que mi uniforme de pantalón y chaqueta funcionaba bien a la hora de atender a clientes femeninas. Mi pelo corto también me daba ventaja psicológica. Al masculinizar mi aspecto, transmitía a las jóvenes novias (y a sus madres) que no era una amenaza ni una rival. Esto era importante, porque yo era una mujer atractiva y para la profesión que ejercía no convenía serlo demasiado. Incluso en la intimidad del vestuario, una nunca debe eclipsar a la novia. Aquellas chicas no querían ver a una mujer sensual a su espalda mientras eligen el vestido más importante de sus vidas; querían un sastre discreto y respetuoso, vestido de negro y listo para servirlas. De manera que me convertí en ese sastre discreto y respetuoso, y de buena gana, además.

Otra cosa que me hacía rara era lo mucho que había llegado a valorar mi independencia. No ha habido un momento en Estados Unidos más obsesionado con el matrimonio que la década de 1950, pero descubrí que, sencillamente, no me interesaba. Eso me convertía en una aberración, en una pervertida casi. Pero las penalidades de los años de la guerra me habían convertido en una persona llena de recursos y segura de sí misma, y montar un negocio con Marjorie me había llenado de determinación, así que es posible que ya no creyera necesitar a un hombre para muchas cosas. (En realidad, si he de ser sincera, solo lo necesitaba para una).

Había descubierto que me gustaba vivir sola en mi encantador apartamento encima de la *boutique*. Me gustaba mi pequeño hogar, con sus dos alegres claraboyas, su dormitorio minúsculo (con vistas a un magnolio de la calle trasera) y su cocinita color cereza que yo misma había pintado. Una vez me hube instalado en mi propio espacio, enseguida desarrollé toda una serie de hábitos estrafalarios, como, por ejemplo, echar la ceniza de los cigarrillos en la maceta del alféizar de la cocina, levantarme en plena noche y encender todas las luces para ponerme a leer una novela de misterio o desayunar espaguetis fríos. Me gustaba caminar por la casa sin hacer ruido, siempre en pantuflas, para que los zapatos no ensuciaran la moqueta. Me gustaba guardar la fruta, no de cualquier manera, en un cuenco, sino sobre la encimera reluciente de la cocina, en una hilera dispuesta a mi gusto. De haberme dicho alguien que un hombre iba a instalarse en mi bonito apartamento lo habría vivido como una invasión de mi hogar.

Además, había empezado a pensar que el matrimonio no era, después de todo, ninguna ganga para las mujeres. Cuando miraba a las mujeres que conocía y que llevaban casadas más de cinco o diez años, me daba cuenta de que no envidiaba a ninguna. Una vez el amor perdía intensidad, aquellas mujeres parecían vivir solo para servir a sus maridos. (Podían hacerlo con alegría o con amargura, pero el caso es que estaban a su servicio).

Y debo decir que tampoco los maridos parecían encantados con semejante situación.

No me habría cambiado por ninguno de ellos.

Vale, vale, lo reconozco. Tampoco me pidió matrimonio nadie.

Nadie desde Jim Larsen, claro.

Creo que en 1957 escapé por los pelos de una proposición de matrimonio de un financiero entrado en años que trabajaba en Brown Brothers Harriman, un banco privado de Wall Street envuelto en silenciosa discreción y escandalosa riqueza. Era un templo del dinero y Roger Alderman, uno de sus sumos sacerdotes. Para que te hagas una idea, tenía un hidroavión. (¿Para qué quiere nadie un hidroavión? ¿Sería un espía? ¿Tenía que transportar provisiones a sus tropas destacadas en una isla? Era ridículo). A su favor diré que vestía unos trajes divinos y los hombres atractivos con un traje a medida recién planchado siempre me han seducido bastante.

Tanto me gustaban sus trajes, de hecho, que me dejé cortejar por este hombre durante más de un año, a pesar de que cada vez que buscaba en mi corazón indicios de amor por Roger Alderman no encontraba ni rastro. Entonces, un día se puso a hablar de la clase de casa en la que le gustaría vivir en New

Rochelle, si algún día nos decidíamos a salir de aquella ciudad inhabitable. Fue entonces cuando volví a mis cabales. (No es que New Rochelle tenga nada de malo, excepto que estoy segura de que no sería capaz de vivir allí un solo día sin tener deseos de estrangularme con mis propias manos).

Poco tiempo después puse fin cortésmente a la relación.

Pero sí disfruté del sexo con Roger mientras duró. No era el más excitante ni el más creativo del mundo, pero funcionaba. Me «hacía flotar», como solíamos decir Celia y yo. Siempre me ha asombrado, Angela, la facilidad con la que puedo convencer a mi cuerpo de que se libere y se «despegue» durante el acto sexual, incluso con el hombre menos atractivo del mundo. Claro que Roger atractivo tenía de sobra. De hecho, era bastante agraciado (y aunque en ocasiones desearía no ser tan susceptible a la belleza, me temo que no tiene solución: lo soy). Pero mi corazón no sentía nada por él. Aun así, mi cuerpo agradecía nuestros encuentros. De hecho, con los años había comprobado que siempre era capaz de alcanzar la apoteosis final en la cama, no solo con Roger Alderman, sino con cualquier persona. Por mucha indiferencia que hubiera en mi cabeza y en mi corazón hacia un hombre, mi cuerpo siempre reaccionaba con entusiasmo y placer.

Y cuando habíamos terminado, lo que quería es que el hombre se marchara a su casa.

Quizá sea momento de hacer una pausa y explicar que cuando terminó la guerra retomé mi actividad sexual, y con considerable entusiasmo, además. A pesar del retrato que estoy pintando de mí misma en los años cincuenta de solterona vestida de hombre, de pelo corto y costumbres solitarias, que te quede clara una cosa: que no quisiera casarme no significa que no quisiera tener vida sexual.

Además, seguía siendo bastante bonita. (El pelo corto siempre me ha favorecido horrores, Angela, para qué te voy a mentir).

Lo cierto es que salí de la guerra con más hambre de sexo que nunca. Estaba cansada de privaciones, para que me entiendas. Aquellos tres ásperos años de duro trabajo en el astillero naval (que además fueron tres años de celibato) habían dejado mi cuerpo no solo cansado, también insatisfecho. Después de la guerra tenía la sensación de que mi cuerpo no estaba hecho para una existencia así. No estaba hecho solo para trabajar, dormir y volver a trabajar al día siguiente, sin momentos de placer ni de emoción. Tenía que haber algo más en la vida que trabajo y más trabajo.

De manera que, con la paz mundial, regresaron también mis apetitos. Es más, al haber madurado, comprobé que mis apetitos se habían vuelto más específicos, curiosos y seguros. Quería explorar. Me fascinaban las diferencias entre la lujuria de un hombre y otro, las maneras tan curiosas que tenían de expresarse en la cama. No me cansaba de la profunda intimidad de descubrir quién es tímido en la cama y quién no. (Pista: nunca es como te esperas). Me conmovían los sorprendentes sonidos que emitían los hombres en los momentos de abandono. Me intrigaba la interminable variedad de sus fantasías. Me encantaba la manera en que un hombre desplegaba toda su artillería al seducirme, para, al momento siguiente, desarmarme con su ternura y su inseguridad.

Pero ahora también tenía otras normas de conducta. O, más bien, una: me negaba a tener relaciones sexuales con un hombre casado. Estoy segura, Angela, de que no necesitas que te expliqué por qué. (Pero en caso de que lo necesites, esta es la razón: después de la catástrofe con Edna Parker Watson me negaba en redondo a que mi vida sexual hiciera daño a otra mujer).

Ni siquiera me acosté con un hombre que afirmara estar divorciándose porque ¿cómo saberlo con seguridad? He conocido a muchos hombres que siempre parecían estar divorciándose, pero que nunca lo conseguían. En una ocasión cené con un hombre que, a los postres, me confesó que estaba casado, pero que no contaba porque era su cuarta esposa y ¿acaso se puede considerar eso un matrimonio?

Hasta cierto punto entendí lo que me quería decir. Pero, aun así, mi respuesta fue no.

Si te estás preguntando de dónde sacaba a los hombres, Angela, he de informarte de que en la historia de la humanidad una mujer nunca ha tenido problemas para encontrar a un hombre que quiera acostarse con ella siempre que se lo ponga «fácil».

De modo que, en líneas generales, encontraba hombres por todas partes. Pero, si quieres detalles, te diré que a la mayoría los conocía en el bar del hotel Grosvenor, en la esquina de la Quinta Avenida y la calle Diez. Siempre me había gustado el Grosvenor. Era viejo, señorial y discreto, elegante pero no hasta el punto de resultar incómodo. El bar tenía unas cuantas mesas con mantel blanco cerca de la ventana. Me gustaba ir a última hora de la tarde, después de una larga jornada cosiendo, y sentarme en una de esas mesas junto a la ventana a leer un libro y disfrutar de un martini.

Nueve de cada diez veces lo único que hacía era leer, tomarme el martini y relajarme. Pero, de cuando en cuando, un huésped masculino del hotel me invitaba a una copa. Entonces, y en función de cómo fueran las cosas, podía ocurrir algo entre los dos.

Por regla general, enseguida sabía si el caballero era alguien con quien me interesaba hablar. Una vez me había decidido, me gustaba ir al grano. Nunca he sido de jugar con los hombres ni de hacerme la remilgada. Además, si quieres que te diga la verdad, las conversaciones a menudo me aburrían. No sabes cuánto fanfarroneaban los hombres durante la posguerra, Angela. Era un horror. Los estadounidenses no solo habían ganado la guerra; habían ganado el mundo y se sentían de lo más orgullosos al respecto. Y les gustaba hablar de ello. Me hice toda una experta en atajar la conversación siendo sexualmente directa. («Te encuentro atractivo. ¿Quieres que vayamos a algún sitio donde podamos estar solos?»). También me gustaba asistir a la sorpresa y el alborozo del hombre cuando una mujer agraciada les hacía una proposición tan descarada. Se les iluminaba la cara. Siempre me ha encantado ese momento. Era como si hubieras llevado la Navidad a un orfanato.

El barman del Grosvenor se llamaba Bobby y siempre fue de lo más cortés conmigo. Cada vez que me veía salir en dirección a los ascensores con un hombre al que había conocido una hora antes, Bobby inclinaba la cabeza con discreción sobre el periódico y fingía no darse cuenta de nada. Bajo su impecable uniforme y sus modales profesionales, Bobby también tenía mucho de bohemio. Vivía en el Village y cada verano se marchaba dos semanas a los Catskills para pintar acuarelas o pasear desnudo en un lugar de retiro artístico para «naturistas». No hace falta que te diga que Bobby no era de los que juzgan a los demás. Y, si en alguna ocasión un hombre me importunaba, Bobby intervenía y le pedía que por favor dejara tranquila a la señora. Adoraba a Bobby y es probable que hubiera tenido una aventura con él en algún momento, pero me hacía más falta de centinela que de amante.

En cuanto a los hombres con los que subía a las habitaciones, después de nuestra aventura de una noche rara vez los volvía a ver.

Me gustaba abandonar su cama antes de que empezaran a contarme cosas de sí mismos que no me interesaba saber.

Si te estás preguntando si me enamoré de algunos de esos caballeros, Angela, la respuesta es no. Tuve amantes, pero no enamorados. Algunos de esos amantes se convirtieron en novios, y, para mi fortuna, unos pocos de esos novios terminaron siendo amigos (el mejor desenlace posible). Pero ninguno llegó a adentrarse en el terreno de lo que podría llamarse «amor verdadero». Quizá es que no lo buscaba. O tal vez me libré. Nada te descabala más la vida que el amor verdadero. Al menos esa es mi experiencia.

Claro que a menudo les cogía cariño. Durante un tiempo tuve una aventura divertida con un pintor húngaro joven, muy joven, al que conocí en una exposición de arte en el Park Avenue Armory. Se llamaba Botond y era un corderito. Me lo llevé a mi apartamento la noche que lo conocí y, justo cuando estábamos a punto de hacerlo, me dijo que no necesitaba usar preservativo porque «eres una mujer agradable y estoy seguro de que también limpia». Me senté en la cama, encendí la luz y le dije a aquel muchacho que casi habría podido ser mi hijo: «Botond, escúchame. Soy una mujer agradable. Pero tengo que decirte una cosa que nunca debes olvidar: si una mujer está dispuesta a acostarse contigo a la hora de conocerte, significa que lo ha hecho antes. Así que siempre, siempre, usa preservativo».

¡El encantador Botond, con sus mofletes y su pésimo corte de pelo!

Y luego estaba Hugh, un viudo callado y de expresión amable que entró un día con su hija para comprarle un vestido de novia. Lo encontré tan adorable y atractivo que cuando hube terminado el encargo le di mi número de teléfono particular, diciéndole:

—Por favor, llámame cuando quieras que pasemos una noche juntos.

Me di cuenta de que le había hecho sentir incómodo ¡pero no quería que se me escapara!

Alrededor de dos años después recibí una llamada un sábado por la tarde. ¡Era Hugh! Una vez se hubo presentado de nuevo, tartamudeando, nervioso, quedó claro que no tenía ni idea de cómo continuar la conversación. Sonriendo para mí, lo rescaté lo más deprisa que pude.

—Hugh —le dije—, me encanta saber de ti. Y no tienes por qué sentirte incómodo. Te pedí que me llamaras cuando quisieras. ¿Por qué no vienes a casa ahora mismo?

Si te estás preguntando si alguno de estos hombres se enamoró alguna vez de mí, te diré que sí. Pero siempre conseguí quitarles la idea de la cabeza. Para un hombre que acaba de tener una experiencia sexual satisfactoria, es fácil creerse enamorado. Y a mí, a aquellas alturas, el sexo se me daba bien, Angela. Desde luego, práctica no me faltaba. (Tal y como le dije en una ocasión a Marjorie: «Las únicas dos cosas que se me han dado bien en esta vida son el sexo y la costura». A lo que respondió: «Bueno, tesoro, al menos elegiste bien con cuál de las dos ganarte un sustento»). Cuando los hombres empezaban a ponerme ojitos, me limitaba a explicarles que no estaban enamorados de mí, sino del acto sexual en sí, y por lo general se tranquilizaban.

Si te estás preguntando si corrí alguna vez peligro físico durante mis encuentros nocturnos con todos estos hombres extraños y desconocidos, la única respuesta sincera es sí. Pero eso no me detuvo. Tuve todo el cuidado que pude, pero, a la hora de elegir a mis hombres, tenía que confiar en mi instinto. En ocasiones elegí mal. Esas cosas pasan. Hubo ocasiones en que, una vez se cerró la puerta, las cosas se pusieron más salvajes y peligrosas de lo que yo habría querido. No muchas, pero sí algunas. Cuando eso ocurrió, capeé el temporal igual que un marinero veterano. No sé explicarlo de otra manera. Y aunque de cuando en cuando pasé una noche desagradable, los daños no fueron nunca irreparables. Y la amenaza de peligro tampoco me disuadió nunca. Eran riesgos que estaba dispuesta a asumir. Para mí era más importante sentirme libre que segura.

Si te estás preguntando si tuve alguna vez crisis de conciencia respecto a mi promiscuidad, puedo contestarte, con toda sinceridad, que no. Sabía que mi comportamiento me convertía en alguien fuera de lo corriente —porque no se parecía al comportamiento de otras mujeres—, pero no pensé nunca que me hiciera depravada.

Aunque hubo un tiempo en que sí me consideré depravada. Durante los años de sequía de la guerra seguía muy avergonzada por el incidente con Edna Parker Watson y las palabras «sucia putita» nunca se me iban del todo de la cabeza. Pero para cuando terminó la guerra había dejado todo eso atrás. Creo que el hecho de que mataran a Walter y el doloroso convencimiento de que había muerto sin haber disfrutado de la vida tuvieron algo que ver. La guerra me había hecho comprender que la vida es tan peligrosa como efímera, y que por tanto no tiene sentido privarte de placeres o de aventuras mientras estás en este mundo.

Podría haber dedicado el resto de mi existencia a demostrar que era una buena chica, pero eso habría sido traicionar a mi verdadero yo. Me consideraba una buena persona, no una buena chica. Y mis apetitos eran los que eran. De modo que renuncié a la idea de privarme de lo que de verdad quería. Y a continuación busqué mi propio disfrute. Mientras me mantuviera lejos de hombres casados, me pareció que no hacía daño a nadie.

Y, en todo caso, en la vida de una mujer llega un momento en que se cansa de sentirse culpable todo el rato.

A partir de ese momento, es libre de convertirse en quien de verdad es.

28

En cuanto a amistades femeninas, tenía muchas.

Por supuesto, Marjorie era mi mejor amiga, y Peg y Olive siempre serían familia. Pero Marjorie y yo teníamos relación con muchas otras mujeres.

Estaba Marty, estudiante de doctorado en literatura en la Universidad de Nueva York, inteligente y divertida, a la que conocimos un día en un concierto gratuito en Rutherford Place. Estaba Karen, recepcionista del Museo de Arte Moderno, que quería ser pintora y había estudiado en Parsons con Marjorie. Estaba Rowan, que era ginecóloga, algo que todas encontrábamos admirable, y útil. Estaba Susan, una profesora de primaria apasionada de la danza contemporánea. Estaba Callie, dueña de la floristería de la esquina. Estaba Anita, que había nacido rica y nunca trabajó en nada, pero nos consiguió una llave pirata a Gramercy Park y por ello le estuvimos eternamente agradecidas.

También hubo mujeres que entraron y salieron de mi vida. En ocasiones Marjorie y yo perdíamos una amiga cuando se casaba. En otras ganábamos una que se acababa de divorciar. Había mujeres que se iban a vivir fuera de la ciudad y otras que venían a vivir a ella. Las mareas de la vida que suben y bajan. Los círculos de amistad crecían, luego se encogían, y volvían a crecer.

Pero nuestro lugar de reunión fue siempre el mismo: nuestra azotea de la calle Dieciocho, a la que accedíamos por la escalera de incendios que había junto a la ventana de mi dormitorio. Marjorie y yo subimos unas cuantas hamacas baratas y organizábamos veladas con amigas siempre que hacía buen tiempo. Un verano tras otro, nuestro grupito de mujeres se sentaba bajo lo más parecido que hay a un cielo estrellado en Nueva York a fumar cigarrillos, beber vino barato, oír música en un transistor y contarnos nuestras preocupaciones, grandes y pequeñas.

Durante una ola de calor asfixiante en agosto, Marjorie se las arregló para subir un gran ventilador de pie que, por medio de un alargador industrial, enchufó a mi cocina. A ojos de las demás aquello la convirtió en un genio a la altura de Leonardo da Vinci. Podíamos sentarnos en la brisa artificial del ventilador, levantarnos la camisa para refrescarnos los pechos y simular que estábamos en una playa exótica.

Esos son mis recuerdos más felices de la década de 1950.

En la azotea de mi *boutique*, aprendí esta verdad: cuando las mujeres se reúnen sin la presencia de hombres no tienen que ser nada en particular; pueden sencillamente ser.

Entonces, en 1955, Marjorie se quedó embarazada.

Siempre temí ser yo la que se quedara embarazada —era obvio que tenía más papeletas—, pero le tocó a la pobre Marjorie.

El culpable fue un profesor de arte mayor y casado, con quien tenía una aventura desde hacía años. (Aunque Marjorie habría dicho que la culpable era ella por desperdiciar tantos años de su vida con un hombre casado que no hacía más que prometerle que dejaría a su mujer por ella, a condición de que «dejara de ser tan judía»).

Una noche en que nos habíamos reunido unas cuantas amigas en la azotea nos lo contó.

—¿Estás segura? —preguntó Rowan, la ginecóloga—. ¿Quieres venir a mi consulta para hacerte una prueba?

—No necesito una prueba —contestó Marjorie—. Hace mucho que no tengo el periodo.

—¿Cuánto es mucho? —dijo Rowan.

—Bueno, siempre he sido irregular, pero puede que tres meses.

Las mujeres siempre se sumen en un silencio tenso cuando se enteran de que una de las suyas se ha quedado embarazada. Es un asunto de extrema gravedad. Supe que ninguna queríamos decir nada hasta que Marjorie no nos contara más. Queríamos saber qué plan tenía, para poder apoyarla, fuera el que fuera. Pero se limitó a permanecer ahí sentada, en silencio, tras arrojar la bomba, y no añadió más información.

Por fin pregunté:

—¿Y qué dice George al respecto?

George, naturalmente, era el profesor de arte casado y antisemita al que al parecer le encantaba acostarse con chicas judías.

—¿Por qué dais por hecho que es suyo? —bromeó.

Todas sabíamos que era de George. No podía ser de otro. Por supuesto que era suyo. Marjorie llevaba prendada de él desde que era una alumna de ojos como platos en sus clases de escultura europea moderna, muchos años atrás.

—No se lo he contado —dijo Marjorie a continuación—. Creo que no se lo voy a contar. Voy a dejar de verlo y ya está. A cortar de raíz. Por lo menos ya tengo una buena excusa para dejar de acostarme con George.

Rowan fue directa al grano.

—¿Has pensado en abortar?

—No, no puedo hacerlo. Lo que quiero decir es que quizá habría querido, pero ya es demasiado tarde.

Se encendió otro cigarrillo y dio otro sorbo de vino... Porque así se vivían los embarazos en la década de 1950.

—He localizado un sitio en Canadá —continuó—. Es una especie de hogar para madres solteras, pero más lujoso que la mayoría. Con habitación individual y esas cosas. Tengo entendido que las clientas son algo mayores. Mujeres acomodadas. He pensado irme allí las últimas semanas, cuando ya no pueda ocultarlo. Le diré a la gente que me voy de vacaciones... Aunque en mi vida me he cogido vacaciones, así que nadie me va a creer, pero no se me ocurre otra cosa. Me han dicho incluso que pueden entregar al niño a una familia judía, aunque no tengo ni idea de cómo van a dar con una familia judía en Canadá. En cualquier caso, ya sabéis que la religión me importa poco. Siempre que le encuentren un buen hogar. Cuesta un ojo de la cara, pero lo puedo pagar. Usaré el dinero de París.

Era muy propio de Marjorie resolver el problema ella sola antes de pedir ayuda a sus amigas, y sin duda era un plan sólido. Pero se me encogió el corazón. Llevábamos años ahorrando para viajar juntas a París. Nuestro plan era, en cuanto hubiéramos reunido dinero suficiente, cerrar la *boutique* el mes de agosto entero y zarpar hacia Francia en el *Queen Elizabeth.* Era el sueño de las dos. Y ya casi teníamos todo el dinero reunido. Habíamos trabajado durante años sin apenas tomarnos un fin de semana libre. Y ahora esto.

Enseguida supe que la acompañaría a Canadá. Podíamos cerrar L'Atelier durante el tiempo que fuera necesario. Fuera donde fuera Marjorie, yo iría con ella. Estaría a su lado durante el nacimiento de su hijo. Me gastaría mi parte del dinero de París en comprar un coche. Lo que hiciera falta.

Acerqué mi silla a la de Marjorie y le cogí la mano.

—Suena muy sensato, tesoro —dije—. Yo estaré contigo.

—Sí que suena sensato, ¿verdad? —Marjorie dio otra calada a su cigarrillo y miró a sus amigas dispuestas en círculo. Todas teníamos la misma expresión de cariño, compasión y cierta alarma.

Entonces ocurrió algo de lo más inesperado. De pronto Marjorie me sonrió, una sonrisa algo desquiciada y torcida.

—Al infierno con todo —exclamó—. Creo que no voy a ir a Canadá. Dios mío, Vivian, debo de haber perdido el juicio, pero lo acabo de decidir. Tengo un plan mejor. Bueno, no es un plan mejor, solo distinto. Voy a tener el niño.

—¿Que vas a tener el niño? —preguntó Karen, estupefacta.

—¿Y qué pasa con George? —quiso saber Anita.

Marjorie levantó el mentón en un gesto propio de la luchadora que había sido siempre.

—No necesito al apestoso de George. Vivian y yo vamos a criar a este niño. ¿A que sí, Vivian?

Lo pensé durante un segundo. Conocía a mi amiga. Una vez había tomado una decisión, no había nada que hacer. Se las arreglaría para que saliera bien. Y yo la ayudaría, como siempre.

Así que una vez más le dije a Marjorie Lowtsky:

—Claro. Hagámoslo.

Y, una vez más, mi vida cambió por completo.

Así que eso hicimos, Angela.

Tuvimos un niño.

Y ese niño fue nuestro hermoso, difícil y tierno pequeño Nathan.

Fue duro desde el principio.

Marjorie no tuvo un mal embarazo, pero el parto en sí pareció salido de una película de terror. Terminaron por hacerle una cesárea, pero después de pasar dieciocho horas de parto. La operación fue una escabechina y luego Marjorie no dejaba de sangrar y hubo un momento en que su vida corrió peligro. Durante la cesárea le hicieron un corte al niño con el escalpelo y estuvieron a punto de sacarle un ojo. Luego Marjorie contrajo una infección y pasó casi cuatro semanas ingresada.

Sigo convencida de que la mala atención hospitalaria se debió al hecho de que Nathan era lo que llamaban «hijo natural» (un eufemismo cortésmente siniestro de la terminología de los años cincuenta para «bastardo»). Como resultado de ello, los médicos no prestaron demasiada atención a Marjorie durante el parto y tampoco las enfermeras fueron muy amables.

Nuestras amigas fueron las que cuidaron de Marjorie durante la convalecencia. La familia de Marjorie, por la misma razón que las enfermeras, no quiso tener mucho que ver con el niño. Esto puede sonar de lo más cruel (y lo fue), pero no te imaginas el estigma que suponía entonces para una mujer tener un hijo fuera del matrimonio, incluso en una ciudad liberal como Nueva York. Incluso para una mujer adulta como Marjorie, que llevaba un negocio y era propietaria de un edificio, estar embarazada sin un marido era deshonroso.

Fue una valiente, es lo que te quiero decir. Y estaba sola. Así que fuimos las amigas las que tuvimos que cuidar de Marjorie y de su hijo lo mejor que pudimos. Fue una suerte contar con tantos refuerzos. Yo no podía estar todo el día con Marjorie en el hospital, porque debía cuidar del niño mientras ella se recuperaba. Aquello también tuvo mucho de película de terror, puesto que no sabía ni lo que hacía. No había crecido con niños pequeños y nunca había querido tener hijos. Carecía de instinto y de aptitudes. Para empeorar las cosas, no me había molestado en aprender gran cosa sobre cuidados infantiles mientas Marjorie estaba embarazada. Ni siquiera sabía cómo se les daba de comer. Y, en cualquier caso, que Nathan fuera mi responsabilidad nunca había sido el plan. El plan era que sería hijo de Marjorie y que yo trabajaría el doble para mantenernos a los tres. Pero durante aquel primer mes estuvo a mi cargo y siento decir que mis cuidados fueron de lo menos expertos.

Pero es que, además, Nathan no era fácil. Tenía cólicos y poco peso y darle el biberón era una lucha. Tenía costra láctea e irritación del pañal severas («Un desastre por arriba y por abajo», decía Marjorie) y yo no conseguía que se le fuera ninguna de las dos cosas. Nuestras ayudantes de L'Atelier llevaban la tienda lo mejor que podían, pero era junio, temporada de bodas, así que yo tenía que estar al menos de vez en cuando, porque de lo contrario el negocio no funcionaba. También debía ocuparme del trabajo de Marjorie mientras estaba fuera. Pero cada vez que soltaba a Nathan para atender mis obligaciones, chillaba hasta que volvía a cogerlo en brazos.

La madre de una de mis futuras novias me vio desbordada con el niño una mañana y me dio el nombre de una mujer italiana mayor que había ayudado a su hija cuando tuvo gemelos. El nombre de la nodriza era Palma y resultó ser san Miguel y todos los ángeles en uno. Palma fue niñera de Nathan muchos años y nos salvó la vida, sobre todo durante aquel primer año tan brutal. Pero Palma era cara. De hecho, todo lo relacionado con Nathan era caro. Fue enfermizo de recién nacido, cuando tenía meses y después, de niño. Juro que durante sus cinco primeros años de vida pasó más tiempo en la consulta del médico que en casa. Tuvo todas las enfermedades que pueden tener los niños pequeños. Sufría problemas respiratorios y hubo de tomar penicilina, lo que le ponía mal el estómago y te impedía darle de comer, lo que a su vez causaba nuevos problemas.

Marjorie y yo debíamos trabajar aún más duro para pagar las facturas ahora que éramos tres y uno estaba siempre enfermo. Así que eso hicimos.

No te creerías la cantidad de vestidos de novia que hicimos en aquellos años. Gracias a Dios había más bodas que nunca.

No volvimos a hablar de ir a París.

Pasó el tiempo y Nathan se hizo mayor, pero no mucho más grande. Era una cosita esmirriada, adorable por lo afectuoso, dulce y tierno, pero también nervioso y asustadizo. Y siempre estaba enfermo.

Cuánto lo queríamos. Era imposible no hacerlo, porque era amoroso. No había personita más buena. Jamás se metía en líos ni desobedecía. El problema era su fragilidad. Quizá lo protegimos demasiado. Estoy casi segura de que lo protegimos demasiado. Que quede clara una cosa: aquel niño creció en una *boutique* de novias rodeado de hordas de mujeres (tanto clientas como empleadas) más que dispuestas a consentirle sus miedos y su tendencia a pegarse a nuestras faldas. («Madre mía, Vivian, este niño va a ser un afeminado», me dijo Marjorie en una ocasión en que vio a su hijo dar vueltas delante de un espejo con un velo de novia. Puede sonar cruel, pero, para ser justa con Marjorie, era difícil imaginar a Nathan de mayor siendo otra cosa que afeminado. Siempre decíamos en broma que Olive era la única presencia masculina en su vida).

Cuando Nathan estaba a punto de cumplir cinco años supimos que no podía ir a una escuela pública. Pesaba unos once kilos —y eso siendo generosos— y la presencia de otros niños lo asustaba. No era de esos chicos que juegan al béisbol en la calle, se suben a los árboles, tiran piedras y se desuellan las rodillas. Le gustaban los rompecabezas. Le gustaba mirar libros, pero que no dieran demasiado miedo. (*Los robinsones suizos:* le daba miedo. *Blancanieves:* le daba miedo. *Abran paso a los patitos:* ese estaba bien). Nathan era uno de esos niños al que habrían avasallado en una escuela pública de Nueva York. Lo imaginamos molido a palos por los matones de la ciudad y no lo pudimos soportar. Así que lo matriculamos en el Friends Seminary (por el módico precio de dos mil dólares al año), para que los amables cuáqueros se quedaran con nuestro dinero ganado a base de esfuerzo a cambio de enseñar a nuestro niño a no ser violento, algo que en ningún caso habría ocurrido.

Enseñamos a Nathan a decir, cada vez que los otros niños le preguntaban dónde estaba su padre: «A mi papá lo mataron en la guerra», algo que ni siquiera tenía sentido porque Nathan nació en 1956. Pero decidimos que los niños del jardín de infancia eran demasiado tontos para hacer los cálculos y que aquella respuesta los mantendría a raya un tiempo. Ya se nos ocurriría otra cosa para cuando Nathan se hiciera mayor.

Un soleado día de invierno, cuando Nathan tenía unos seis años, Marjorie y yo estábamos con él en Gramercy Park. Yo cosía pedrería a un corpiño y Marjorie intentaba leer *The New York Review of Books,* a pesar de que el viento no hacía más que levantarle las hojas. Marjorie llevaba puesto un poncho (de una desconcertante tela a cuadros violeta y mostaza) y unas estrafalarias babuchas turcas con las puntas curvadas hacia arriba. Se había enrollado en la cabeza un pañuelo de seda blanca de aviador. Parecía un maestro artesano de la Edad Media con dolor de muelas.

En un momento determinado, las dos dejamos lo que estábamos haciendo para mirar a Nathan. Estaba dibujando con cuidado monigotes con tiza en el camino. Pero entonces unas palomas —unas palomas de lo más inocentes que picoteaban la tierra tan panchas a unos metros de donde se encontraba Nathan— lo asustaron. Dejó de dibujar y se quedó tieso. Vimos cómo abría los ojos de par en par, aterrorizado.

Marjorie dijo por lo bajo:

—Míralo. Si es que le da miedo todo.

—Pues sí —contesté, porque era verdad. A Nathan le daba miedo todo.

—No puedo ni bañarlo sin que piense que voy a ahogarlo —continuó Marjorie—. ¿Dónde ha oído que haya madres que ahogan a sus hijos? ¿De dónde ha sacado una idea semejante? Tú nunca has intentado ahogarlo en la bañera, ¿verdad Vivian?

—Estoy casi segura de que no. Pero ya sabes cómo me pongo cuando me enfado...

Mi intención era hacerla reír, pero no funcionó.

—No sé qué va a ser de este niño —dijo con cara de profunda preocupación—. Le da miedo hasta su gorro rojo. Creo que es por el color. Esta mañana he intentado ponérselo y se ha echado a llorar. He tenido que ponerle el azul. ¿Sabes una cosa, Vivian? Me ha arruinado la vida.

—Pero, bueno, Marjorie, no digas eso —repuse riendo.

—Es que es verdad, Vivian. Lo ha echado todo a perder. Reconozcámoslo. Tendría que haberme ido a Canadá y haberlo dado en adopción. Así ahora tendríamos dinero, y yo algo de libertad. Podría dormir las noches de un tirón sin oírlo toser. No se me habría considerado una mujer echada a perder, con un hijo bastardo. No estaría tan cansada. Igual hasta tendría tiempo para pintar. No habría perdido mi silueta. Incluso es posible que tuviera un novio. Lo voy a decir sin pelos en la lengua: no debería haber tenido a este niño.

—¡Marjorie, para! No hablas en serio.

Pero Marjorie no había terminado.

—Sí lo digo en serio, Vivian. Ha sido la peor decisión que he tomado en mi vida. No me lo puedes negar. Nadie puede.

Estaba empezando a preocuparme muchísimo, cuando añadió:

—El único problema es que lo quiero tanto que es insoportable. Quiero decir... Míralo.

Y allí estaba. Allí estaba aquel frágil niñito tratando de mantenerse lo más alejado posible de todas las palomas (algo nada fácil en un parque de Nueva York). Allí estaba nuestro pequeño Nathan, con su mono de nieve, sus labios agrietados por el frío y las mejillas rojas por un eccema. Allí estaba su carita dulce y angulosa, mirando a su alrededor en busca de alguien que lo protegiera de unos pájaros de trescientos gramos de peso que no sabían ni que estaba allí. Era perfecto. Estaba hecho de cristal. Era una calamidad pequeña y flaca y yo lo adoraba.

Miré a Marjorie y me di cuenta de que lloraba. Esto era importante, porque nunca había visto llorar a Marjorie. (Esa siempre había sido mi especialidad). Nunca la había visto tan triste ni tan cansada. Dijo:

—¿Crees que el padre de Nathan lo reclamará algún día, si alguna vez deja de parecer tan judío?

Le di un puñetazo en el brazo.

—¡Ya está bien, Marjorie!

—Es que estoy agotada, Vivian. Pero quiero tanto a ese niño que a veces creo que me voy a romper en dos. ¿Es ese el secreto? ¿Es así como consiguen que las madres echen a perder sus vidas por sus hijos? ¿Engañándolas para que los quieran tanto?

—Puede. No es una mala estrategia.

Estuvimos un rato más mirando a Nathan mientras se enfrentaba al espectro en retirada de las inofensivas e indiferentes palomas.

—Oye, no olvides que mi hijo también te ha destrozado la vida a ti —dijo Marjorie después de un largo silencio.

Me encogí de hombros.

—Un poco sí, claro. Pero yo que tú no me preocuparía. Tampoco es que tuviera nada más importante que hacer.

Pasaron los años.

La ciudad siguió cambiando. El Midtown de Manhattan se volvió un lugar marchito, mohoso, siniestro y vil. Empezamos a evitar Times Square y sus alrededores. Eran una letrina.

En 1963 Walter Winchell se quedó sin su columna del periódico.

La muerte empezó a rondar a mis conocidos.

En 1964 el tío Billy murió en Hollywood de un repentino ataque al corazón mientras cenaba con una vedete en el hotel Beverly Hills. Todos tuvimos que reconocer que era la muerte que Billy Buell habría querido. («Se marchó flotando en un río de champán», fue como lo describió Peg).

Solo diez meses después murió mi padre. Me temo que la suya no fue una muerte tan apacible. Mientras conducía de vuelta a casa desde el club de campo una tarde, encontró hielo en la carretera y chocó con un árbol. Sobrevivió unos días, pero murió por complicaciones de una operación de urgencia de la columna vertebral.

Mi padre murió enfadado. Ya no era un magnate de la industria; llevaba años sin serlo. Después de la guerra había perdido su mina de hematites. Se enzarzó en una batalla tan feroz contra los sindicatos que llevó la compañía a la bancarrota al gastarse casi toda su fortuna en litigar con sus trabajadores. Su política de negociaciones había sido de tierra quemada: «Si no puedo controlar este negocio, entonces no lo hará nadie». Murió sin perdonar al gobierno estadounidense por haber enviado a su hijo a la guerra, ni a los sindicatos por haberle arrebatado su negocio, ni al mundo moderno por haber socavado poco a poco todas y cada una de sus preciadas, cerriles y anticuadas creencias.

Al funeral fuimos todos: Peg, Olive, Marjorie, Nathan y yo. Mi madre contempló con mudo horror el espectáculo de Marjorie con sus extrañas indumentarias y su extraño hijo. Con los años, mi madre se había convertido en una mujer profundamente infeliz y no reaccionó ante las muestras de afecto de ninguno de nosotros. No nos quería allí.

Nos quedamos solo una noche y regresamos a la ciudad en cuanto pudimos.

En cualquier caso, Nueva York era mi hogar entonces. Llevaba años siéndolo.

Pasó más tiempo.

Llegada una cierta edad, Angela, el tiempo parece caerte en la cabeza igual que la lluvia en un mes de marzo: siempre te sorprende la cantidad en que puede acumularse y la velocidad.

Una noche de 1964 estaba viendo a Jack Paar en la televisión. Solo prestaba atención a medias, puesto que estaba ocupada descosiendo un antiguo vestido de novia belga sin destruir sus antiquísimas fibras. Entonces llegaron los anuncios y oí una voz de mujer que me resultó familiar: ronca, seca y sarcástica. La voz aguardentosa de una auténtica neoyorquina. Cuando quise darme cuenta, tenía un nudo en la garganta.

Miré la pantalla y atisbé a una mujer rechoncha de pelo castaño y busto generoso explicando a gritos con un simpático acento del Bronx sus problemas con la cera para suelos. («Como si no tuviera bastante con los revoltosos de mis hijos, ¿ahora también me toca aguantar suelos pegajosos?»). Por su aspecto, podría haber sido cualquier mujer castaña de mediana edad. Pero habría reconocido esa voz en cualquier parte. ¡Era Celia Ray!

A lo largo de los años había pensado muchas veces en Celia: con sentimiento de culpa, con curiosidad, con preocupación. Solo se me ocurrían desenlaces tristes para su vida. En mis fantasías más sombrías, la historia era la siguiente: después de ser desterrada del Lily Playhouse, Celia había llevado una vida de perdición y ruina. Quizá había muerto en las calles, maltratada por un hombre de aquellos que manejaba con tanta facilidad. Otras veces la veía convertida en una prostituta entrada en años. En ocasiones me cruzaba con una mujer borracha de mediana edad por la calle con aspecto (no hay otra manera de decirlo) «barato» y me preguntaba si no sería Celia. ¿Se había teñido tanto el pelo de rubio que se le había quedado quebradizo y anaranjado? ¿Podía ser aquella mujer encaramada a unos tacones con piernas desnudas y venosas? ¿O aquella otra, la de las manchas amoratadas bajo los ojos? ¿O aquella que rebuscaba en la basura? ¿Era suyo aquel carmín rojo en una boca flácida?

Pero me había equivocado. Celia estaba bien. Mejor que bien: ¡anunciaba cera para suelos en la televisión! Caramba con la terca, resuelta y pequeña superviviente. Seguía peleando por su sitio bajo los focos.

No volví a ver el anuncio y nunca intenté localizar a Celia. No quería entrometerme en su vida y fui lo bastante sensata como para saber que ya no tendríamos nada en común. En realidad, nunca lo habíamos tenido. Con escándalo o sin él, creo que nuestra amistad siempre estuvo destinada a ser efímera, la colisión entre dos chicas vanidosas que se encuentran en la cima de su belleza y la sima de su inteligencia y que se utilizan la una a la otra para medrar y volver locos a los hombres. Eso era todo lo que había habido entre nosotras, y estaba muy bien. No había hecho falta nada más. Más tarde en mi vida había encontrado amistades femeninas más profundas y enriquecedoras y deseé que a Celia le hubiera ocurrido lo mismo.

Así que no, nunca la busqué.

Pero no te puedes imaginar la felicidad y el orgullo que sentí al oír su voz atronando en mi televisor aquella noche.

Me dieron ganas de aplaudir.

¡Un cuarto de siglo después, señoras y señores, Celia Ray seguía en el mundo del espectáculo!

29

A finales del verano de 1965 mi tía Peg recibió una curiosa carta.

Era del administrador del Astillero Naval de Brooklyn. La carta explicaba que el astillero cerraba para siempre. La ciudad estaba cambiando y la Marina había decidido que ya no era viable mantener una industria de construcción naval en un área urbana tan cara. Antes de cerrar, sin embargo, el astillero iba a organizar una reunión conmemorativa y abriría sus puertas para honrar a todos los trabajadores de Brooklyn que habían faenado allí tan heroicamente durante la Segunda Guerra Mundial. Y puesto que era el vigésimo aniversario del final de la guerra, una celebración así resultaba de lo más apropiada.

La oficina del administrador había revisado sus archivos y encontrado el nombre de Peg en unos documentos de la época, en los que figuraba como «empresaria independiente del mundo del espectáculo». Habían logrado localizarla mediante los registros fiscales municipales y se preguntaban si la señora Buell estaría dispuesta a producir un pequeño espectáculo conmemorativo el día de la reunión para homenajear a los trabajadores de tiempos de guerra. Querían algo evocador, unos veinte minutos de música y baile al estilo de los números que se hacían en los viejos tiempos.

Nada le habría gustado más a Peg que aceptar el encargo. El problema era que ya no gozaba de buena salud. Ese cuerpo alto y grande suyo empezaba a deteriorarse. Tenía enfisema —algo nada sorprendente después de fumar como un carretero toda su vida— y también artritis, además de estar perdiendo visión. Tal y como lo explicaba ella: «Dice el médico que no estoy demasiado mal, peque, pero tampoco demasiado bien».

Pocos años antes se había jubilado de su empleo en el instituto por razones de salud y ya apenas salía. Marjorie, Nathan y yo cenábamos con Peg y Olive varias noches a la semana, pero aquello era lo máximo que aguantaba Peg en términos de vida social. La mayoría de las noches las pasaba echada en el sofá con los ojos cerrados y concentrada en respirar, mientras Olive le leía las páginas de deportes. Así que, por desgracia, Peg no iba a poder producir un espectáculo conmemorativo en el astillero naval.

Pero yo sí.

Resultó ser más sencillo de lo que había pensado... y mucho más divertido.

En los viejos tiempos había ayudado a crear muchos números cómicos y supongo que no había perdido la habilidad. Contraté a algunos alumnos de teatro del instituto de Olive como actores y bailarines. Susan (mi amiga apasionada de la danza contemporánea) se ofreció a hacer la coreografía, aunque no tenía que ser nada complicada. Tomé prestado al organista de la iglesia de mi calle y juntos compusimos unas cuantas canciones fáciles y cursis. Y, por supuesto, hice el vestuario, que también fue de lo más sencillo: pantalones de peto y monos tanto para los chicos como para las chicas. Añadí unos cuantos pañuelos rojos para que se los ataran las chicas a la cabeza y los chicos alrededor del cuello y *voilà:* ya eran todos empleados de fábrica de la década de 1940.

El 18 de septiembre de 1965 trasladamos nuestros bártulos al viejo y destartalado astillero y nos preparamos para la función. Hacía una mañana soleada y ventosa y no dejaban de llegar ráfagas procedentes del mar que se llevaban los sombreros de la gente. Pero había un número aceptable de espectadores y se respiraba esa atmósfera carnavalesca propia de las festividades. Una banda de la Marina tocaba viejos éxitos y un grupo de mujeres voluntarias servía galletas y un refrigerio. Un puñado de oficiales de la Marina de alta graduación hablaron de cómo habíamos ganado aquella guerra y cómo ganaríamos todas las guerras futuras hasta el fin de los tiempos. La primera mujer que obtuvo permiso para trabajar de soldadora en el astillero durante la guerra dio un discurso breve y atropellado en una voz mucho más tímida de lo que cabría esperar de una mujer de sus logros. Y una niña de diez años con rodillas despellejadas cantó el himno nacional con un vestido que ni le serviría al verano siguiente ni la abrigaba ahora.

Entonces llegó el momento de nuestro pequeño *show.*

El administrador de los astilleros me había pedido que me presentara y explicara nuestro número. No me vuelve loca hablar en público, pero conseguí salir medianamente airosa del aprieto. Les dije a los espectadores quién era y cuál había sido mi función en los astilleros durante la guerra. Conté un chiste sobre lo pésimo de la comida que servía la cafetería Sammy que despertó risas aisladas de quienes lo recordaban. Agradecí a los veteranos del público su servicio al país y a las familias de Brooklyn su sacrificio. Dije que mi hermano había sido oficial de la Marina y que había muerto en los últimos días de la guerra. (Había temido no ser capaz de guardar la compostura durante esta parte, pero lo conseguí). A continuación, expliqué que íbamos a recrear un número de propaganda típico, que confiaba que levantara la moral del público tanto como había hecho con la de los trabajadores durante sus descansos para almorzar.

El número que había escrito trataba de un día típico en los astilleros de Brooklyn donde se construían buques de guerra. Los chicos del instituto vestidos con monos interpretaban a los trabajadores que cantaban y bailaban alegres mientras aportaban su granito de arena a la construcción de un mundo en democracia. En un guiño al barrio, había salpicado el guion de diálogos en una jerga que confiaba que recordaran los antiguos trabajadores de los astilleros.

—¡Abran paso al coche del general! —gritaba una de mis jóvenes actrices empujando una carretilla.

—¡Nada de refunfuñar! —le gritaba otra chica a un personaje que se quejaba de las largas jornadas y de la suciedad.

Al gerente de la fábrica lo llamé Mr. Goldbricker (señor Gandul), algo que sabía que entenderían todos los viejos trabajadores, pues era el apelativo preferido en los astilleros para referirse a los que intentaban holgazanear en el trabajo.

De acuerdo, aquello no era lo que se dice Tennessee Williams, pero al público pareció gustarle. Lo que es más, el grupo de teatro del instituto se estaba divirtiendo. Para mí, sin embargo, la mejor parte fue ver al pequeño Nathan —mi tesoro, mi niñito querido de solo diez años— sentado en primera fila con su madre viendo el espectáculo con tal expresión de admiración y asombro que parecía que estaba en el circo.

El gran final era un número musical titulado «¡Sin tiempo para café!», que hablaba de lo importante que había sido en los astilleros seguir un rígido horario. La canción incluía la pegadiza estrofa: «¡Mire usté: ni leche ni café. / Con el racionamiento, desayunar es un tormento!». (No me gusta presumir, pero esos versos tan resultones los escribí yo sola, así que hazte a un lado, Cole Porter).

Acto seguido matamos a Hitler, el espectáculo terminó y todos tan contentos.

Mientras reuníamos el equipo y la utilería antes de subir al autobús escolar que habíamos tomado prestado para el día se me acercó un agente uniformado.

—¿Puedo hablar un momento con usted, señora? —preguntó.

—Claro —contesté—. Perdón por haber aparcado aquí, enseguida nos vamos.

—¿Puede apartarse del vehículo, por favor?

Su expresión era de lo más seria, así que me preocupé. ¿Qué habíamos hecho mal? ¿Acaso no debíamos haber montado un escenario? Había dado por hecho que se habían pedido los permisos pertinentes.

Le seguí hasta su coche patrulla; al llegar se apoyó contra la puerta y me miró con expresión seria.

—Cuando habló usted antes —empezó—, ¿he oído mal o ha dicho que se llama Vivian Morris?

Su acento dejaba claro que era de Brooklyn. A juzgar por su manera de hablar, podía haber nacido en aquel trozo de suelo en el que estábamos.

—Sí, señor.

—¿Ha dicho que su hermano murió en la guerra?

—Eso he dicho, sí.

El agente se quitó la gorra y se pasó una mano por el pelo. Le temblaban las manos. Me pregunté si no sería un veterano de guerra también. Desde luego tenía la edad. En ocasiones se mostraban temblorosos. Lo estudié con más atención. Era un hombre alto de mediada la cuarentena. Dolorosamente flaco. Piel olivácea y grandes ojos castaños, que oscurecían aún más unas ojeras marcadas y arrugas de preocupación en la frente. Entonces vi lo que parecían ser antiguas quemaduras que le subían por el lado derecho del cuello. Hebras de cicatrices retorcidas en nudos de piel roja, rosa y amarillenta. Eso me confirmó que era un veterano. Intuí que iba a oír una historia sobre la guerra y que sería triste.

Pero cuando habló me dejó estupefacta.

—Su hermano era Walter Morris, ¿verdad? —preguntó.

Entonces fui yo la que se echó a temblar. Casi se me doblaron las rodillas. En mi discurso no había mencionado el nombre de Walter.

Antes de que me diera tiempo a hablar, el agente continuó:

—Conocí a su hermano, señora. Estuve a sus órdenes en el *Franklin.*

Me llevé una mano a la boca para reprimir el sollozo involuntario que me subía por la garganta.

—¿Conoció usted a Walter? —A pesar de mis esfuerzos por controlar la voz, las palabras me salieron entrecortadas—. ¿Estaba usted allí?

No dije nada más, pero quedó claro que él entendió a qué me refería. Le estaba preguntando: «¿Estaba usted allí el 19 de marzo de 1945? ¿Estaba usted allí cuando un piloto kamikaze estrelló su caza contra la cubierta de vuelo del *USS Franklin* haciendo detonar los almacenes de combustible, incendiando los aviones a bordo y convirtiendo el buque en una bomba? ¿Estaba allí cuando mi hermano y otros ochocientos hombres murieron? ¿Estaba usted allí cuando dieron sepultura a mi hermano en el mar?».

Asintió varias veces con una inclinación nerviosa y abrupta de la cabeza.

Sí. Estaba allí.

Di orden a mis ojos de no volver a mirar las quemaduras del cuello de aquel hombre.

Pero, maldición, mis ojos volvieron a posarse justo ahí de todas formas.

Aparté la vista. Ahora ya no sabía dónde mirar.

Al verme tan incómoda, el nerviosismo del hombre aumentó. Su expresión era casi de pánico. Parecía consternado. O bien lo aterraba darme aquel disgusto, o bien estaba liberándose de su pesadilla. Quizá las dos cosas. Cuando me di cuenta de ello, me recobré, respiré hondo y me dispuse a intentar tranquilizar a ese buen hombre. A fin de cuentas, ¿qué era mi dolor comparado con todo lo que había vivido él?

—Gracias por contármelo —dije algo más serena—. Siento haber reaccionado así. Es que, después de tantos años, oír el nombre de mi hermano me ha conmocionado. Pero es un honor conocerlo.

Le puse una mano en el brazo para darle un pequeño apretón de gratitud. Dio un respingo, como si le hubiera atacado. Retiré la mano, pero despacio. Me recordaba a uno de esos caballos que tan bien se le daban a mi madre, nerviosos, agitados. Caballos miedosos y difíciles que solo ella sabía tratar. De forma instintiva di un pequeño paso atrás y dejé caer los brazos a ambos lados del cuerpo. Quería demostrarle que no debía sentirse amenazado.

Probé con otra táctica.

—¿Cómo te llamas, marinero? —pregunté con voz más amable, casi provocadora.

—Frank Grecco.

No me tendió la mano, así que yo tampoco lo hice.

—¿Conocías bien a mi hermano, Frank?

Asintió con la cabeza una vez más. El mismo cabeceo nervioso de antes.

—Los dos éramos oficiales en la cubierta de vuelo. Walter era el jefe de mi división. Además, los dos éramos oficiales de reserva y habíamos hecho la instrucción juntos. Al principio nos dieron destinos distintos, pero hacia el final de la guerra terminamos en el mismo buque. Para entonces él tenía más graduación que yo.

—Ah, entiendo.

No estaba muy segura de que así fuera, pero no quería que dejara de hablar. Allí delante tenía a alguien que había conocido a mi hermano. Quería saberlo todo de aquel hombre.

—¿Eres de por aquí, Frank? —pregunté. Por su acento, sabía cuál iba a ser la respuesta, pero estaba intentando facilitarle las cosas en la medida de lo posible. Empezaría por las preguntas sencillas.

De nuevo el cabeceo nervioso.

—Del sur de Brooklyn.

—¿Y mi hermano y tú erais buenos amigos?

Hizo una mueca.

—Señorita Morris, tengo que decirle una cosa. —El hombre uniformado se quitó de nuevo la gorra y se pasó los dedos trémulos por el pelo—. No me reconoce, ¿verdad?

—¿Por qué iba a reconocerlo?

—Porque yo la conozco y usted a mí también. Por favor, no se vaya.

—¿Por qué iba a irme, en nombre del cielo?

—Porque nos conocimos en 1941 —dijo—. Yo conducía el coche que la llevó de vuelta a casa de sus padres.

El pasado volvió rugiendo igual que un dragón que despierta de un sueño profundo. Su calor y su potencia me aturdieron. Ante mis ojos desfilaron, en vertiginosa sucesión, las caras de Edna, Arthur, Celia, Winchell. Me vi a mí misma de joven en el asiento trasero de aquel Ford desvencijado, humillada y hundida.

Aquel era el conductor.

Aquel era el tipo que me había llamado «sucia putita» delante de las narices de mi hermano.

—Señora —dijo y ahora era él quien me cogía del brazo—, por favor, no se vaya.

—Deje de decir eso. —La voz me salió destemplada. ¿Por qué no dejaba de repetir eso si yo no pensaba irme a ninguna parte? Lo único que quería era que dejara de decir eso.

Pero volvió a hacerlo.

—Por favor, señora, no se vaya. Necesito hablar con usted.

Negué con la cabeza.

—No puedo...

—Tiene que entenderme... No sabe cómo lo siento —dijo.

—¿Le importaría soltarme el brazo?

—Lo siento —repitió, pero me soltó el brazo.

¿Qué sentí?

Repulsión. Repulsión pura.

Sin embargo no habría podido decir si era repulsión hacia mí o hacia él. Pero, fuera lo que fuera, brotaba de un manantial recóndito de vergüenza que creía enterrado tiempo atrás.

Odiaba a aquel tipo. Sí, eso era lo que sentía: odio.

—De joven yo era un estúpido —dijo—. No sabía comportarme.

—De verdad que tengo que irme.

—Por favor, no se vaya, Vivian.

Hablaba cada vez más alto, cosa que me ponía nerviosa. Pero que me llamara por mi nombre fue aún peor. Odié que supiera mi nombre. Odié que me hubiera visto antes sobre el escenario y que hubiera sabido quién era yo desde el principio, que conociera tantas cosas de mí. Odié que me hubiera visto emocionarme al hablar de mi hermano. Odié que probablemente hubiera conocido a mi hermano mejor que yo. Odié que Walter me hubiera atacado delante de él. Odié que aquel hombre me hubiera llamado una vez «sucia putita». ¿Cómo se atrevía a abordarme así después de tantos años? La furia y el asco se mezclaron y fortalecieron algo en mi interior. Tenía que salir de allí enseguida.

—Me espera un autobús lleno de estudiantes —dije.

Empecé a alejarme.

—¡Tengo que hablar con usted, Vivian! —me llamó—. ¡Por favor!

Pero me subí al autobús y lo dejé allí junto a su coche patrulla con la gorra en la mano igual que un mendigo pidiendo limosna.

Y así fue, Angela, como oficialmente conocí a tu padre.

No sé cómo, pero aquel día me las arreglé para hacer todas las cosas que tenía que hacer.

Dejé a los chicos en el instituto y ayudé a descargar los decorados. Devolvimos el autocar al aparcamiento. Marjorie y yo volvimos caminando a casa con Nathan, que no dejaba de parlotear sobre lo mucho que le había gustado el espectáculo y cómo quería trabajar en los astilleros navales cuando fuera mayor.

Por supuesto Marjorie se dio cuenta de que yo estaba disgustada. No dejaba de mirarme de reojo por encima de la cabeza de Nathan. Pero yo me limité a asentir para darle a entender que no me pasaba nada. Algo que era mentira.

Luego, en cuanto me liberé, me fui derecha a casa de la tía Peg.

Nunca le había hablado a nadie de aquel viaje en coche a Clinton en 1941.

Nadie sabía que mi hermano me había puesto de vuelta y media, que me había aniquilado con sus reproches y dejado que su repulsión lloviera sobre mí a cántaros. Desde luego no le había hablado a nadie de la doble humillación que había supuesto este ataque en presencia de un testigo, un desconocido, que a continuación había añadido su toque de gracia personal a mi castigo llamándome «sucia putita». Nadie sabía que Walter no me había rescatado de Nueva York, sino soltado como una bolsa de basura a la puerta de la casa de mis padres, demasiado asqueado por mi comportamiento para mirarme a la cara un segundo más de lo imprescindible.

Pero ahora corrí a Sutton Place a contárselo todo a Peg.

Encontré a mi tía echada en su sofá, algo habitual aquellos días, dedicada a fumar y a toser alternativamente. Estaba oyendo por la radio un partido de los Yankees. En cuanto entré, me informó de que era el día de Mickey Mantle en el estadio, que le estaban rindiendo homenaje por sus quince estelares años en el béisbol. De hecho, cuando llegué al apartamento y empecé a hablar, Peg levantó la mano: estaba interviniendo Joe DiMaggio y no quería que lo interrumpiera.

—Un poco de respeto, Vivian —dijo muy seria.

De manera que cerré la boca y la dejé disfrutar su momento. Sabía que le habría gustado estar en el estadio, pero no se encontraba lo bastante fuerte para tan extenuante desplazamiento. Pero la cara de Peg era todo emoción y embeleso mientras escuchaba a DiMaggio rendir homenaje a Mantle. Para cuando terminó el discurso, le rodaban lagrimones por las mejillas. (Peg era capaz de soportar cualquier cosa —guerra, catástrofes, fracaso, muerte de un familiar, un marido infiel, la demolición de su querido teatro— sin derramar una lágrima, pero los grandes momentos de la historia del deporte siempre la hacían llorar).

A menudo me he preguntado si nuestra conversación habría sido distinta de no tener Peg las emociones tan a flor de piel por los Yankees. Es imposible saberlo. Sí me dio la impresión de que la irritó tener que apagar la radio una vez DiMaggio terminó de hablar y prestarme atención, pero era una persona generosa, de manera que lo hizo. Se secó los ojos y se sonó la nariz. Tosió un poco más. Se encendió otro cigarrillo. A continuación escuchó con total concentración el relato de mi infortunio.

Cuando iba por la mitad de mi odisea, entró Olive. Había salido a hacer la compra. Me interrumpí para ayudarla a colocar la comida y entonces Peg dijo:

—Vivvie, empieza otra vez por el principio. Cuéntale a Olive todo lo que me has contado a mí.

No me hizo demasiada ilusión. Con los años había aprendido a querer a Olive Thompson, pero nunca habría sido mi primera elección cuando necesitaba un hombro sobre el que llorar. Olive no era lo que se dice un corazón comprensivo rebosante de compasión. Pero el caso es que estaba allí y que Peg y ella, con los años, se habían convertido en lo más parecido a unos padres que tenía yo.

Al verme vacilar, Peg insistió:

—Cuéntaselo, Vivvie. Confía en mí. A Olive se le dan estas cosas mejor que a nadie.

De manera que rebobiné y empecé de nuevo mi relato. El viaje en coche en 1941, mi humillación a manos de Walter, el conductor que me llamó «sucia putita», los oscuros días de vergüenza y destierro en el norte del estado de Nueva York y ahora el reencuentro con el conductor, un agente de policía con cicatrices que había estado a bordo del *Franklin*. Que había conocido a mi hermano. Que lo sabía todo.

Las mujeres me escucharon con atención. Y cuando llegué al final continuaron atentas, como si esperaran que la historia prosiguiera.

—Y luego ¿qué pasó? —preguntó Peg cuando se dio cuenta de que había dejado de hablar.

—Nada. Después de eso me fui.

—¿Cómo que te fuiste?

—No quería hablar con él. No quería verlo.

—Vivian, conocía a tu hermano. Estuvo en el *Franklin.* Por cómo lo has descrito parece que resultó herido de gravedad durante el ataque. ¿Y no quisiste hablar con él?

—Me hizo daño —alegué.

—¿Cómo que te hizo daño? ¿Hirió tus sentimientos hace veinticinco años y por eso lo plantaste? ¿A alguien que conoció a tu hermano? ¿A un veterano de guerra?

—Aquel viaje en coche fue lo peor que me ha pasado en la vida, Peg —repliqué.

—¡No me digas! —saltó Peg—. ¿Y no se te ocurrió preguntarle a aquel hombre qué era lo peor que le había pasado en la vida a él?

Se estaba alterando de una manera impropia de ella. No era eso lo que había esperado encontrarme. Había ido en busca de consuelo, y en lugar de eso me estaban regañando. Empezaba a sentirme tonta y avergonzada.

—Da igual —zanjé—. No tiene importancia. No debería haber venido a molestaros.

—No seas estúpida, claro que tiene importancia.

Nunca me había hablado con tanta dureza.

—No debería haber sacado el tema —dije—. No te he dejado oír el partido... y estás molesta. Siento haberme presentado sin avisar.

—Me importa un cuerno el maldito partido, Vivian.

—Perdona. Es que me he disgustado y necesitaba contárselo a alguien.

—¿Así que estás disgustada? ¿Dejas plantado a un veterano herido y te presentas aquí porque necesitas hablar de la vida tan difícil que has tenido?

—Por Dios, Peg... No te pongas así conmigo. Olvídalo y ya está. Olvídate de lo que te he contado.

—¿Cómo me voy a olvidar?

Le sobrevino uno de sus feos y violentos ataques de tos. Sus pulmones sonaron doloridos y frágiles. Se enderezó, Olive le dio unos golpecitos en la espalda. Luego le encendió otro cigarrillo a Peg, quien procedió a dar las caladas más profundas posibles intercaladas con nuevos ataques de tos.

Se recompuso. Tonta de mí, pensé que iba a disculparse por haber sido tan mezquina conmigo. Pero en lugar de eso dijo:

—Mira, peque. Me rindo. No entiendo qué pretendes sacar de esta situación. Ahora mismo no te entiendo en absoluto. Me has decepcionado una barbaridad.

En la vida me había dicho algo así. Ni siquiera muchos años atrás, cuando traicioné a su amiga y estuve a punto de dar al traste con su espectáculo de éxito.

Entonces se volvió hacia Olive y dijo:

—No sé. ¿Tú qué piensas, jefa?

Olive estuvo unos instantes callada con las manos juntas en el regazo y la vista fija en el suelo. Escuché la respiración fatigada de Peg y el ruido que hacía la persiana al otro lado de la habitación, agitada por la brisa. No estaba segura de querer saber qué pensaba Olive. Pero así estaban las cosas.

Al cabo de unos minutos Olive me miró. Su expresión era solemne, como de costumbre. Pero mientras la veía elegir las palabras me di cuenta de que lo hacía con cuidado, como si no quisiera causarme un daño innecesario.

—El territorio del honor es doloroso, Vivian —dijo.

Esperé a que añadiera algo más, pero no fue así.

Peg empezó a reír... y también a toser.

—Muchas gracias por tu aportación, Olive. Eso lo aclara todo.

Seguimos calladas un buen rato. Me levanté y cogí uno de los cigarrillos de Peg, aunque unas semanas antes había dejado de fumar. O casi.

—El territorio del honor es doloroso —continuó Olive por fin, como si no hubiera oído a Peg—. Es lo que me enseñó mi padre cuando era joven. Me enseñó que el territorio del honor no es un lugar donde puedan jugar los niños. Porque los niños no tienen honor, ni se espera de ellos que lo tengan porque les resulta demasiado difícil. Demasiado doloroso. Pero para hacerse adulto uno debe entrar en el territorio del honor. A partir de entonces uno contrae toda clase de obligaciones. Tendrá que estar atento a sus principios. Se le exigirán sacrificios. Se le juzgará. Si cometes equivocaciones, tendrás que responsabilizarte de ellas. Habrá momentos en que tengas que dejar a un lado tus impulsos y tomar decisiones que otra persona, una persona sin honor, no tomaría. Esos momentos pueden resultar dolorosos, por eso el territorio del honor es doloroso. ¿Me entiendes?

Asentí con la cabeza. Entendía las palabras. Pero no tenía ni idea de qué tenía aquello que ver con Walter, con Frank Grecco y conmigo. Aun así, escuché a Olive. Tenía la impresión de que sus palabras cobrarían sentido más tarde, una vez tuviera tiempo de reflexionar sobre ellas. Así que, como decía, la escuché. Era el discurso más largo que jamás había oído pronunciar a Olive, de manera que sabía que el momento era importante. De hecho, creo que nunca he escuchado a nadie con tanta atención.

—Por supuesto entrar en el territorio del honor no es obligatorio —continuó Olive—. Si te resulta demasiado duro, siempre puedes abandonarlo y seguir siendo una niña. Pero si quieres ser una persona cabal, me temo que es el único camino. Claro que puede resultar doloroso.

Olive volvió las manos en el regazo para mostrar las palmas.

—Mi padre me enseñó todo esto en mi juventud. Resume todo lo que sé. Trato de aplicarlo a mi vida. No siempre lo consigo, pero lo intento. Si crees que puede servirte de algo, Vivian, me encantará que lo uses.

Tardé más de una semana en ponerme en contacto con él.

Lo difícil no fue localizarlo, esa parte fue sencilla. El hermano mayor del portero de Peg era capitán de policía y no tardó nada en confirmar que había un agente Francis Grecco destinado en la comisaría número 76 de Brooklyn. Me dieron el teléfono de recepción y problema resuelto.

La parte difícil fue descolgar el teléfono.

Siempre lo es.

Debo reconocer que, las primeras veces que llamé, colgué en cuanto contestaron. Al día siguiente me persuadí de no volver a llamar. Lo mismo ocurrió los días sucesivos. Cuando reuní valor para intentarlo de nuevo y no colgar, me dijeron que el agente Grecco no estaba. Estaba patrullando. ¿Quería dejar un recado? No.

En los días siguientes lo intenté un par de veces más, siempre con el mismo resultado. Estaba patrullando. Estaba claro que el agente Grecco no tenía un trabajo de oficina. Al final, accedí a dejarle recado. Di mi nombre y el número de teléfono de L'Atelier. (Dejé que sus compañeros se preguntaran por qué una mujer nerviosa que tenía una tienda de vestidos de novia lo llamaba con tanta insistencia).

Menos de una hora después, sonó el teléfono y era él.

Nos saludamos con torpeza. Le dije que me gustaría verlo en persona y si le parecía bien la idea. Dijo que sí. Le pregunté si prefería que fuera yo a Brooklyn o viniera él a Manhattan. Dijo que le venía bien vernos en Manhattan; tenía coche y le gustaba conducir. Le pregunté cuándo estaba libre. Dijo que estaría libre aquella misma tarde. Sugerí encontrarnos en Pete's Tavern a las cinco. Vaciló, y a continuación dijo:

—Perdona, Vivian, pero no me encuentro cómodo en restaurantes.

No estaba segura de lo que quería decir, pero no quería ponerlo en un apuro. Contesté:

—¿Qué te parece si nos vemos en Stuyvesant Square, entonces? En el lado oeste del parque. ¿Te va mejor?

Dijo que le iba mejor.

—Junto a la fuente —precisé, y accedió.

De acuerdo, junto a la fuente.

No sabía cómo abordar aquella situación. La verdad era que no tenía ganas de volverlo a ver, Angela. Pero las palabras de Olive no se me iban de la cabeza: «Puedes seguir siendo una niña...».

Los niños huyen de los problemas. Los niños se esconden.

Yo no quería seguir siendo una niña.

No podía evitar recordar cuando Olive me salvó de Walter Winchell. Ahora me daba cuenta de que, en 1941, había acudido en mi rescate precisamente porque sabía que yo seguía siendo una niña. Se daba cuenta de que no estaba preparada aún para responsabilizarme de mis actos. Cuando Olive le dijo a Winchell que yo era una inocente a la que habían seducido no había sido una estratagema, lo había dicho en serio. Olive me había visto como yo era de verdad: una chica inmadura y sin formar. Necesitaba un adulto que se preocupara por mí y me salvara y Olive había sido mi defensora. Se había adentrado en el territorio del honor por mí.

Pero entonces yo era joven. Ya no. A esto tendría que enfrentarme sola. Sin embargo, ¿qué haría un adulto, una persona formada, una persona de honor en esas circunstancias?

Dar la cara, supongo. Pelear sus batallas, como había dicho Winchell. Tal vez perdonar a alguien.

Pero ¿cómo?

Entonces recordé lo que me había dicho Peg años atrás, sobre los ingenieros del ejército británico durante la Gran Guerra, que solían decir: ««Se pueda o no se pueda, ¡nosotros podemos!».

Tarde o temprano a todos nos toca hacer algo que no se puede hacer.

Ese es el territorio doloroso, Angela.

Y también lo que me hizo descolgar el teléfono.

Tu padre ya estaba en el parque cuando llegué, Angela. Y yo llegué pronto, solo había tenido que andar tres manzanas.

Caminaba de un lado a otro junto a la fuente. Estoy segura de que recuerdas esa costumbre suya. Iba vestido de paisano: pantalones de lana marrón, camisa de sport de nailon azul claro y una chaqueta Harrington verde oscura. Todo le quedaba grande. Estaba angustiosamente flaco.

Me acerqué a él.

—Hola.

—Hola —dijo.

No sabía si debía darle la mano. Él tampoco parecía seguro del protocolo a seguir, así que nos metimos las manos en los bolsillos. Nunca he visto a un hombre tan incómodo.

Señalé un banco y pregunté:

—¿Te apetece que nos sentemos y hablemos un rato?

Me sentí tonta, como si estuviera ofreciéndole una silla en mi casa en lugar de en un parque público.

—No se me da bien estar sentado —respondió—. ¿Te importa que caminemos?

—Claro que no.

Empezamos a recorrer el perímetro del parque bajo los tilos y los álamos. Su zancada era grande, pero no me importó porque la mía también lo es.

—Frank —dije—, quiero disculparme por salir corriendo de aquella manera el otro día.

—No, el que tiene que disculparse soy yo.

—No, debería haberme quedado a oír lo que querías decirme. Es lo que una persona madura habría hecho. Pero tienes que entender... Encontrarme contigo después de tantos años me alteró.

—Sabía que te irías en cuanto descubrieras quién era. E hiciste bien.

—Mira, Frank, aquello pasó hace mucho tiempo.

—Era un imbécil —dijo. Se detuvo y se volvió a mirarme—. ¿Quién demonios me creía para hablarte así?

—Ya da igual.

—No tenía ningún derecho. Era un chaval de lo más estúpido.

—Ya que quieres hablar de ello —repuse—, te diré que por entonces yo también era una estúpida. Sin duda la chica más estúpida de Nueva York aquella semana. No sé si recuerdas los detalles de la situación en la que me encontraba.

Mi intención era quitar hierro al asunto, pero Frank solo quería hablar en serio.

—Lo único que buscaba era impresionar a tu hermano, Vivian, tienes que creerme. Hasta aquel día jamás me había dirigido la palabra, ni siquiera sabía quién era yo. ¿Y por qué iba a hablar conmigo un tipo tan popular como él? Entonces, de repente, viene a verme en plena noche: «Frank, necesito tu coche». Yo era el único de la escuela de cadetes que tenía coche. Tu hermano lo sabía. Lo sabía todo el mundo. Los compañeros siempre me lo estaban pidiendo prestado. Pero la cosa es que el coche no era mío, Vivian. Era de mi padre. Me dejaba usarlo, pero no prestárselo a nadie. Así que allí estoy, en plena noche, hablando por primera vez en mi vida con Walter Morris, un tipo al que admiro de corazón y diciéndole que no puedo prestarle el coche de mi padre. Cuando se lo explico sigo aún medio dormido y además tampoco sé para qué lo quiere.

A medida que Frank seguía hablando, su acento se hacía más pronunciado. Era como si, al retroceder en el tiempo, estuviera adentrándose en sí mismo y en su Brooklyn natal.

—No pasa nada, Frank —insistí—. Eso fue hace mucho tiempo.

—Vivian, tienes que dejarme hablar. Tienes que dejarme que te diga cuánto lo siento. Me he pasado años queriendo buscarte para pedirte perdón. Pero no tenía el valor. Por favor, tienes que dejarme explicarte cómo ocurrió todo. Verás, le dije a Walter: «Amigo, no puedo ayudarte». Entonces me lo cuenta todo. Me dice que su hermana se ha metido en un lío gordo. Me dice que tengo que ayudarlo a salvar a su hermana. ¿Qué querías que hiciera, Vivian? ¿Que me negara? Era Walter Morris. Ya sabes lo que eso significa.

Lo sabía. Lo sabía perfectamente.

Nadie le negaba nada a mi hermano.

—Así que le dije que solo podía prestarle el coche si lo conducía yo. Mientras pensaba para mis adentros: «¿Cómo le voy a explicar esa cantidad de kilómetros a mi padre?». Pensaba: «Quizá después de eso Walter y yo nos hagamos amigos». Pensaba: «¿Cómo vamos a marcharnos de la academia sin más en plena noche?». Pero Walter lo arregló todo. Consiguió que el oficial al mando nos diera un permiso de un día, de veinticuatro horas solo, a los dos. Nadie que no fuera Walter habría conseguido un permiso así en plena noche, pero él sí. No tengo ni idea de qué dijo o prometió para lograrlo, pero el caso es que lo hizo. Cuando quise darme cuenta estábamos en el Midtown, y yo metiendo tus maletas en el coche de mi padre y preparándome para conducir seis horas hasta un pueblo del que jamás había oído hablar y por una razón que ni siquiera conocía. Tampoco sabía quién eras tú, salvo la chica más guapa que había visto en toda mi vida.

No coqueteaba en absoluto cuando dijo esto. Se limitaba a exponer los hechos, como buen policía.

—Ya en el coche, mientras conduzco, Walter empieza a hacerte el tercer grado. Nunca había visto a alguien arremeter así contra nadie. ¿Y qué se suponía que tenía que hacer mientras te echaba ese rapapolvo? ¿Dónde me iba a meter? Yo no tenía por qué estar oyendo aquello. Jamás me había encontrado en una situación igual. Soy del sur de Brooklyn, Vivian, que puede ser un barrio difícil, pero tienes que entender que yo entonces era un chico estudioso, un chico tímido. Nunca me metía en peleas. Era de esos chicos que siempre va con la cabeza baja. Cuando pasaba algo y la gente se ponía a gritar, yo me marchaba. Pero de allí no me podía marchar porque estaba conduciendo. Y Walter no gritaba, aunque creo que igual habría sido mejor que lo hubiera hecho. Te estaba poniendo de vuelta y media con la mayor frialdad del mundo. ¿Te acuerdas?

Vaya si me acordaba.

—Y, para colmo, yo era un ignorante en cuestión de mujeres. Esas cosas de las que hablaba Walter y que decía que habías hecho tú eran algo de lo que yo no sabía nada. Esa fotografía de los periódicos de la que hablaba, en la que salías tú liada con dos personas a la vez. Y que una de ellas era una estrella de cine o algo así. Y la otra una corista. En mi vida había oído algo parecido. Pero Walter no dejaba de arremeter contra ti, y tú allí, en el asiento trasero, fumando y aguantando el tipo. Te miraba por el espejo retrovisor y ni pestañeabas. Era como si todo lo que estaba diciendo tu hermano te resbalara. Me di cuenta de que eso lo enfurecía, que no reaccionaras. Lo encendía todavía más. Pero juro por Dios que nunca he visto a nadie tan serena como tú entonces.

—No estaba serena, Walter —dije—. Estaba en shock.

—Bueno, fuera lo que fuera, mantuviste la calma. Casi como si ni te importara. Mientras tanto yo sudaba la gota gorda y me preguntaba si así era como hablabais normalmente. La gente rica.

«Gente rica», pensé. «¿Cómo había sabido Frank que Walter y yo éramos ricos?». Entonces caí en la cuenta: «Por supuesto, igual que nosotros sabíamos que él era pobre. Alguien que ni siquiera merecía nuestra atención».

Frank siguió hablando:

—Y pensaba: es como si no estuviera aquí. Para estas personas yo no significo nada. Walter Morris no es amigo mío. Solo me está utilizando. Y tú... Tú ni siquiera me habías mirado. Cuando te recogimos en el teatro me habías dicho: «Baja esas dos maletas», como si yo fuera un botones o algo así. Walter ni siquiera nos presentó. A ver, sabía que tú estabas en una situación difícil, pero es que a ojos de Walter era como si yo no fuera nadie, ¿entiendes? Una mera herramienta que necesitaba, un conductor. Y yo no hacía más que pensar en cómo dejar de ser tan invisible. Y entonces pensé: me subo al carro. Voy a unirme a la conversación. A intentar actuar como Walter, imitar su manera de hablar y las cosas que te estaba diciendo. Entonces fue cuando lo dije. Entonces fue cuando te llamé aquello. Y quise comprobar el resultado. Miré por el espejo retrovisor y te vi la cara. Vi el efecto que te habían hecho mis palabras. Como si te hubiera matado. Cuando te vi la cara..., era como si acabaran de pegarte con un bate de béisbol. Pensé que decir algo así no significaría nada. Pensé que me haría quedar bien, pero no, fue como gas mostaza. Porque, por muy fea que fuera la manera en que te estaba regañando tu hermano, él no había usado esa palabra. Me di cuenta de que dudó qué hacer cuando la dije yo. Pero luego decidió no hacer nada. Esa fue la peor parte.

—Esa fue la peor parte —me mostré de acuerdo.

—Te juro, Vivian, te lo juro por la Biblia que jamás he llamado eso a nadie. Jamás en la vida. Ni antes ni después de aquel día; no soy de esa clase de hombres. ¿Por qué salió de mi boca ese día? Con los años he repasado la escena en mi cabeza mil veces. Me veo decirla y pienso: Frank, ¿se puede saber qué te pasa? Te juro por Dios que no sé cómo salieron esas palabras de mis labios. Y entonces Walter se calló. ¿Te acuerdas?

—Me acuerdo.

—No te defendió, no me dijo que cerrara el pico. Ahora teníamos que conducir horas en ese silencio. Y yo no podía pedir perdón a nadie porque tenía la sensación de que no debía volver a abrir la boca delante de vosotros. Como si no me hubieran contratado para hablar con vosotros. Ya sé que no estaba contratado, pero tú me entiendes. Entonces llegamos a casa de tus padres, yo no había visto una casa así en mi vida, y Walter ni siquiera me los presentó. Como si no existiera. Durante el camino de vuelta a la academia no despegó los labios. No me dirigió la palabra durante el resto de la instrucción. Actuó como si no hubiera pasado nada. Me miraba como si no me conociera. Hasta que nos graduamos y, gracias a Dios, no tengo que volver a verlo. Pero aun así sigo dándole vueltas a lo ocurrido y al hecho de que nunca podré enmendar mi comportamiento. Entonces, dos años después, me destinan al mismo barco que a tu hermano. Hay que ver cómo es la vida. Ahora es mi superior, como era de esperar. Se comporta como si no me conociera. Y yo tengo que aguantarme. Tengo que revivir lo ocurrido todos los días.

Llegado a aquel punto, Frank pareció haberse quedado sin palabras.

Mientras me contaba su historia y se esforzaba por explicarse pensé que me recordaba a alguien. Entonces caí en la cuenta: me recordaba a mí. Me recordaba a mí aquella noche en el camerino de Edna Parker Watson cuando intenté desesperadamente arreglar con palabras algo que nunca tendría arreglo. Él estaba haciendo lo mismo. Estaba intentando expiar su comportamiento con palabras.

En aquel momento se adueñó de mí la compasión, no solo por Frank sino por mi yo juvenil. Incluso me compadecí de Walter, con todo su orgullo y sus aires de superioridad moral. Cómo debió de humillarle mi conducta y qué atroz debió de ser verse deshonrado delante de alguien a quien consideraba un subordinado; porque para Walter todos eran subordinados. Entonces mi compasión fue creciendo y llegó un momento en que sentí lástima de todo aquel que se ha visto alguna vez en una situación tan fea. Todos esos aprietos en que nos encontramos de pronto los seres humanos, situaciones que no vemos venir, que no sabemos manejar y que no podemos arreglar.

—¿De verdad has pasado todos estos años pensando en ello, Frank? —pregunté.

—Siempre.

—Pues de verdad que lo siento. —Era sincera.

—Tú no eres la que lo tiene que sentir, Vivian.

—En cierta manera sí. Hay muchas cosas relacionadas con ese incidente de las que me arrepiento mucho. Y más ahora después de oírte.

—¿Tú también te has pasado estos años pensando en ello? —preguntó.

—Le di muchas vueltas a aquel viaje en coche —admití—. En especial a tus palabras. Me hicieron sentir muy mal, no te voy a mentir. Pero ya hace años que lo dejé atrás y llevaba mucho tiempo sin acordarme. Así que no te preocupes, Frank Grecco, no me destrozaste la vida ni nada por el estilo. ¿Qué te parece si tachamos ese triste acontecimiento de los anales de la historia?

Se detuvo de pronto. Se giró y me miró con los ojos muy abiertos.

—No sé si se puede.

—Pues claro que sí —dije—. Achaquémoslo a la juventud. A no saber comportarse.

Le puse una mano en el brazo para transmitirle que todo iba a salir bien, que aquello había pasado ya.

De nuevo, igual que el día que nos conocimos, retiró el brazo con brusquedad, casi con violencia.

Esta vez creo que fui yo la que dio un respingo.

«Le sigo dando asco», fue mi interpretación. «Me sigue viendo como una sucia putita».

Al ver mi cara, Frank hizo una mueca de dolor.

—Ay, Dios, Vivian, perdona. Déjame que te explique, no eres tú, es que no puedo... —Se interrumpió y miró a su alrededor con expresión desesperada, como si buscara a alguien que lo rescatara de aquel momento o me explicara a mí cuál era el problema. Se armó de valor y lo intentó de nuevo—: No sé cómo decirte esto, pero... no soporto que me toquen, Vivian. Es un problema que tengo.

—Ah. —Di un paso atrás.

—No es por ti —insistió—. Me pasa con todo el mundo. No soporto que nadie me toque. Me pasa desde esto. —Hizo un vago gesto de la mano para señalar el lado derecho de su cuerpo, donde las cicatrices de quemaduras le subían por el cuello.

—Te hirieron —dije como una idiota. Pues claro que le hirieron—. Perdóname, no lo sabía.

—No pasa nada. ¿Cómo ibas a saberlo?

—No, de verdad que lo siento mucho, Frank.

—Pues no tienes por qué, no es culpa tuya.

—Pero aun así.

—Aquel día hubo más compañeros heridos. Me desperté en un buque hospital con cientos de hombres, algunos con quemaduras tan graves como las mías. Fuimos de los que sacaron del agua hirviendo. Pero muchos están ya recuperados. No lo entiendo. No les pasa esto.

—¿El qué?

—No soporto que me toquen. Ni estar sentado. Tampoco aguanto los espacios cerrados. En el coche puedo ir, siempre que conduzca, pero nada más. Si tengo que estar demasiado tiempo sentado, no puedo. Necesito ponerme de pie.

Por eso no había querido quedar conmigo en un restaurante, ni siquiera sentarse en un banco del parque. No podía estar en un lugar cerrado ni sentado. Y no se le podía tocar. Por eso seguramente estaba tan delgado, por la necesidad de estar siempre caminando.

Dios mío, pobre hombre.

Vi que empezaba a ponerse nervioso, así que le pregunté:

—¿Te gustaría pasear un rato más por el parque? Hace muy buena tarde y me gusta caminar.

—Por favor —dijo.

Así que eso hicimos, Angela.

Caminar y caminar.

30

Pues claro que me enamoré de tu padre, Angela.

Me enamoré de él y no tenía ningún sentido. No podíamos ser más distintos. O quizá es ahí donde mejor florece el amor, en el profundo espacio entre dos polos.

Yo era una mujer que había crecido rodeada de privilegios y comodidades y que había vivido con bastante despreocupación. Durante el siglo más violento de la historia de la humanidad no había sufrido ningún daño, aparte de los pequeños problemas que yo misma me había causado por mi descuido. (Afortunado aquel cuyas únicas penas son autoinfligidas). Sí, había trabajado duro, pero igual que muchas personas, y mi trabajo consistía en la relativamente intrascendente tarea de coser vestidos bonitos para chicas guapas. Y además de todo esto, era una hedonista librepensadora y sin ataduras que había hecho de la búsqueda del placer sexual uno de los motores de su existencia.

Y luego estaba Frank.

Frank era una persona tan seria. Quiero decir que era serio hasta la médula. Alguien cuya vida había sido dura desde el principio. Un hombre que no hacía nada de manera espontánea, sin pensarlo o sin poner cuidado. Procedía de una familia de inmigrantes pobre, no podía permitirse el lujo de equivocarse. Era católico devoto, agente de policía y un veterano de guerra que había pasado por un infierno mientras servía a su país. No tenía nada de voluptuoso. No soportaba que lo tocaran, sí, pero no solo eso. No había en él un ápice de hedonismo. Se vestía con un propósito meramente utilitario. Comía solo para nutrir su cuerpo. No tenía vida social; no salía a divertirse; nunca había acudido a ver un espectáculo. No bebía. No bailaba. No fumaba. No se metía en peleas. Era frugal y responsable. No practicaba la ironía ni la provocación ni hacía payasadas. Siempre decía la verdad.

Y, por supuesto, estaba fielmente casado y con una preciosa hija a la que había dado nombre de ángel del coro celestial.

En un mundo cuerdo o sensato, ¿cómo iban a cruzarse los caminos de un hombre tan serio como Frank Grecco y el de una insustancial como yo? ¿Qué era lo que nos había unido? Aparte de nuestra relación con mi hermano, Walter, una persona que nos había hecho sentir a ambos intimidados y menospreciados, no teníamos nada en común. Y la historia que compartíamos era triste. Habíamos pasado juntos un día espantoso, en 1941, un día que nos había dejado a los dos avergonzados y heridos.

¿Cómo pudo ese día conducirnos a enamorarnos veinte años más tarde?

No lo sé.

Solo sé que no vivimos en un mundo ni cuerdo ni razonable, Angela.

Esto es lo que pasó.

El agente Frank Grecco me llamó a los pocos días de nuestro primer encuentro y me propuso dar otro paseo.

Llamó a L'Atelier ya entrada la noche, pasadas las nueve. Me sobresaltó oír sonar el teléfono de la tienda. Dio la casualidad de que estaba allí porque acababa de terminar de dar unos retoques a un vestido. Me sentía aletargada y somnolienta. Mi plan había sido subir a ver la televisión con Marjorie y Nathan y luego irme a la cama. Estuve a punto de no coger el teléfono. Pero lo cogí y era Frank preguntándome si quería ir a dar un paseo con él.

—¿Ahora? —pregunté—. ¿Quieres ir a dar un paseo ahora?

—Si te apetece. Estoy algo nervioso esta noche, así que pensaba salir de todas maneras y se me ha ocurrido que igual querías acompañarme.

Algo en aquella proposición me intrigó y al mismo tiempo me conmovió. Había recibido muchas llamadas de hombres a aquellas horas de la noche, pero no para pasear.

—Claro —dije—. ¿Por qué no?

—Estaré ahí en veinte minutos. Iré por la ciudad, no por la autovía.

Aquella noche terminamos caminando hasta el East River, atravesando algunos barrios que por entonces no eran demasiado seguros, por cierto, y luego seguimos recorriendo la deteriorada zona junto al río, hasta llegar al puente de Brooklyn. Hacía frío, pero no soplaba viento y el ejercicio nos mantenía calientes. La luna era nueva y casi se podían ver las estrellas.

Aquella fue la noche en que nos lo contamos todo de nosotros.

Aquella fue la noche que supe que Frank se había hecho patrullero por su incapacidad de estar sentado. Patrullar durante ocho horas era lo que necesitaba, dijo, para no subirse por las paredes. Por eso también hacía turnos extra y se ofrecía voluntario para sustituir a los agentes que necesitaban un día libre.

Si tenía la suerte de conseguir un turno doble, igual podía estar dieciséis horas seguidas patrullando. Solo entonces estaría lo bastante cansado para dormir toda la noche. Cada vez que le ofrecían un ascenso en el cuerpo lo rechazaba. Un ascenso significaría trabajar en una oficina y era incapaz.

Me dijo:

—Patrullar es el único trabajo, aparte de barrendero, que soy capaz de hacer.

Pero era un trabajo muy por debajo de sus capacidades intelectuales. Tu padre era un hombre muy inteligente, Angela, no sé si lo sabes, puesto que era tan modesto. Pero era prácticamente un genio. Sus padres eran analfabetos, sí, y había pasado desapercibido entre una colección de hermanos, pero era un prodigio de las matemáticas. De niño, es posible que se pareciera a otros mil niños de la parroquia de Sacred Heart, todos hijos de estibadores y albañiles, nacidos para ser también estibadores y albañiles, pero Frank era distinto. Frank tenía una inteligencia fuera de lo común.

Desde muy pequeño, las monjas se habían dado cuenta de que era especial. Sus padres estaban convencidos de que la escuela era una pérdida de tiempo —¿para qué estudiar cuando se puede trabajar?— y cuando por fin lo mandaron a la escuela fueron tan supersticiosos como para atarle ajos al cuello que ahuyentaran los malos espíritus. Pero Frank destacó en el colegio y las monjas irlandesas que le enseñaban, por desatentas y severas que fueran, además de tener prejuicios contra los niños italianos, no pudieron evitar fijarse en sus aptitudes. Le hicieron saltarse varios cursos, le dieron deberes extra y se maravillaron de su destreza con los números. Destacaba en todo.

No le costó entrar en el instituto técnico de Brooklyn. Terminó primero de su clase. Luego estuvo dos años en la universidad Cooper Union estudiando ingeniería aeronáutica, antes de alistarse en la escuela de cadetes y entrar en la

Marina. ¿Por qué se alistó en la Marina? Le fascinaban los aviones y los estaba estudiando; lo lógico es que hubiera querido ser piloto. Pero entró en la Marina porque quería conocer el mar.

Imagínate, Angela. Imagina un chico de Brooklyn —un sitio rodeado de mar casi en su totalidad— que crece soñando con ver el océano algún día. Porque resulta que nunca lo había visto. O al menos no lo había visto bien. Lo único que conocía de Brooklyn eran calles sucias, manzanas de casas y los muelles mugrientos de Red Hook, donde su padre trabajaba en una cuadrilla de estibadores. Pero Frank tenía sueños románticos de barcos y héroes navales. De manera que dejó la universidad y se alistó en la Marina, igual que hizo mi hermano, antes incluso de que Estados Unidos declarara la guerra.

—Qué desperdicio —me dijo aquella noche—. Para ver el mar, podía haber ido andando a Coney Island. No tenía ni idea de que estuviera tan cerca.

Su intención había sido siempre volver a la universidad después de la guerra, graduarse y conseguir un buen trabajo. Pero entonces atacaron su barco y estuvo a punto de morir calcinado. Y el dolor físico fue lo de menos, a juzgar por cómo lo contaba. Cuando convalecía en Pearl Harbor en el hospital de la Marina con quemaduras de tercer grado en la mitad del cuerpo, lo citaron para un consejo de guerra. El capitán Gehres, capitán del *USS Franklin,* hizo un consejo de guerra a todos y cada uno de los hombres que terminaron en el agua el día del ataque. Afirmaba que eran desertores que habían desobedecido órdenes. Estaba acusando de cobardes a hombres que, como Frank, habían caído al agua envueltos en llamas.

Para Frank aquello fue lo peor de todo. La etiqueta de «cobarde» le quemaba más que las marcas del fuego. Y aunque la Marina terminó por sobreseer el caso y reconocerlo como lo que era (el intento de un capitán incompetente por desviar la atención de sus muchos errores aquel día fatídico culpando a hombres inocentes), el daño psicológico estaba hecho. Frank sabía que muchos de los hombres que habían permanecido a bordo durante el ataque seguían considerando desertores a los que habían saltado al agua. Los otros supervivientes habían recibido medallas al valor. Los muertos eran héroes. No así los hombres del agua, los que habían saltado al mar envueltos en llamas. Esos eran cobardes. Nunca había dejado de sentirse culpable por ello.

Después de la guerra regresó a Brooklyn. Pero, debido a sus lesiones y al trauma (entonces lo llamaban «trastorno neuropsicopático» y no tenía tratamiento), nunca volvió a ser el mismo. Volver a la universidad era impensable. No podía sentarse en un aula. Intentó sacarse el título, pero cada poco tiempo tenía que salir corriendo del edificio e hiperventilar. («No soporto estar en una habitación llena de gente», explicaba). Y aunque hubiera podido sacarse el título, ¿qué clase de trabajo habría conseguido? No podía estar en un despacho. No podía aguantar una reunión sentado. Apenas podía hablar por teléfono sentado sin tener la sensación de que le iba a explotar el pecho de agitación y de miedo.

¿Cómo podía yo, en mi vida cómoda y fácil, entender un dolor así?

No podía.

Pero sí podía escuchar.

Te estoy contando todo esto, Angela, porque me prometí a mí misma que lo haría. Pero también porque estoy bastante segura de que Frank nunca te contó nada.

Tu padre estaba orgulloso de ti y te quería. Pero no quería que conocieras los detalles de su vida. Lo avergonzaba no haber estado a la altura de sus expectativas académicas. Le daba rubor tener un empleo tan por debajo de su capacidad intelectual. Le ponía enfermo no haber terminado sus estudios. Y su trastorno psicológico le suponía una humillación constante. Se despreciaba a sí mismo por no poder estar sentado, ni dormir por la noche de un tirón, ni soportar que lo tocaran ni tener una carrera profesional.

Trataba de ocultarte todas estas cosas porque quería que vivieras tu vida sin que te influyera su doloroso pasado. Te veía como una creación nueva y sin mácula. Pensaba que debía mantenerse a cierta distancia de ti para no infectarte con sus sombras. O al menos eso es lo que me dijo y no tengo ninguna razón para no creerle. No quería que lo conocieras demasiado, Angela, porque no quería que su vida perjudicara tu vida.

Muchas veces me he preguntado lo que significó para ti tener un padre que te quería tanto pero que se distanciaba deliberadamente de tu existencia diaria. Cuando le pregunté si no era posible que desearas que te prestara más atención, dijo que quizá fuera así. Pero no quería acercarse tanto como para hacerte daño. Se consideraba una persona dañina.

O eso me contó.

Creía que era mejor dejarte al cuidado de tu madre.

Hasta ahora no he hablado de tu madre, Angela.

Quiero que sepas que ello no se debe a una falta de respeto, más bien todo lo contrario. No sé muy bien cómo hablar de tu madre o del matrimonio de tus padres. Voy a ir con cuidado para no ofenderte ni herirte. Pero también trataré de ser exhaustiva. Al menos mereces saber todo lo que yo sé.

Tengo que empezar diciendo que nunca conocí a tu madre, ni siquiera la he visto en fotografía, de manera que lo desconozco todo de ella excepto lo que me contó Frank. Tiendo a creer que sus descripciones eran sinceras porque él era una persona sincera. Pero que describiera a tu madre con franqueza no quiere decir que la describiera con exactitud. Solo puedo suponer que era como todos: un ser humano complejo, hecho de algo más que las impresiones de un solo hombre.

Lo que quiero decirte es que es posible que tú conocieras a una persona muy distinta de la que me describió tu padre. Si es así, siento que mi versión discrepe de tu percepción de las cosas.

Pero aun así te la voy a dar.

Por Frank supe que su mujer se llamaba Rosella, que era de su vecindario y que sus padres (también inmigrantes sicilianos) eran propietarios de la tienda de comestibles de la calle donde creció Frank. Por tanto, la familia de Rosella tenía un estatus superior a la de Frank, que era de clase trabajadora.

Sé que Frank empezó a trabajar de repartidor para los padres de Rosella cuando estaba en octavo curso. Siempre le gustaron tus abuelos y los admiraba. Eran personas más amables y refinadas que las de su familia. Y así fue como conoció a tu madre, en la tienda de comestibles. Tenía tres años menos que él. Era muy trabajadora. Una chica seria. Se casaron cuando él tenía veinte años y ella diecisiete.

Cuando le pregunté si Rosella y él se habían casado enamorados, dijo:

—En mi barrio todos nacían en la misma manzana, crecían en la misma manzana y se casaban con alguien de la misma manzana. Yo también. Rosella era buena persona y me gustaba su familia.

—Pero ¿estabas enamorado? —repetí.

—Era la elección adecuada para una esposa. Yo confiaba en ella y ella sabía que la cuidaría. No aspirábamos a lujos como el amor.

Se casaron justo después de Pearl Harbor, igual que muchas otras parejas y por las mismas razones.

Y tú, Angela, naciste por supuesto en 1942.

Sé que Frank no tuvo demasiados permisos durante los últimos años de la guerra, de modo que pasó mucho tiempo sin veros a ti y a Rosella. (Para la Marina no era sencillo enviar a nadie desde el Pacífico Sur hasta Brooklyn; muchos de aquellos chicos estuvieron años sin ver a sus familias). Frank pasó tres Navidades seguidas en un portaaviones. Mandaba cartas, pero Rosella rara vez contestaba. No había terminado la escuela y se avergonzaba de su letra y de su ortografía. Como la familia de Frank era casi analfabeta, era de los soldados del portaaviones que no recibían cartas.

—¿Te resultó doloroso? —le pregunté—. ¿No tener nunca noticias de casa?

—No se lo reproché a nadie —me contestó—. Mi familia no era de escribir cartas. Pero, aunque Rosella nunca me escribía, sabía que me era fiel y que cuidaba bien de Angela. Nunca fue de esas mujeres que se van con otro. Que es más de lo que se puede decir de las esposas de otros miembros de la tripulación.

Entonces ocurrió el ataque kamikaze y Frank sufrió quemaduras en el sesenta por ciento de su cuerpo. (Por mucho que dijera que otros compañeros del barco resultaron tan malheridos como él, lo cierto es que ninguno con quemaduras tan graves como las de Frank sobrevivió. En aquellos días nadie con quemaduras en el sesenta por ciento del cuerpo sobrevivía, Angela, pero tu padre sí). Siguieron meses de dolorosísima convalecencia en el hospital naval. Cuando Frank volvió por fin a casa era 1946. Y él era otro hombre. Un hombre roto.

Tú tenías entonces cuatro años, y solo le conocías por las fotografías. Me contó que, cuando te vio después de tantos años, te encontró tan bonita, inteligente y afectuosa que no podía creer que fueras suya. No podía creer que nada relacionado con él pudiera ser tan puro como tú. Aunque también te asustaba un poco. Claro que ni la mitad de lo que lo asustabas tú a él.

Su mujer también le resultaba desconocida. Durante los años de ausencia, Rosella se había transformado de chica joven y bonita a madre de familia, corpulenta y seria, vestida siempre de negro. Era de esas mujeres que van a misa todas las mañanas y se pasan el día rezando a sus santos. Quería tener más hijos. Pero eso era imposible porque Frank no soportaba que lo tocaran.

Aquella noche, durante nuestro paseo hasta Brooklyn, Frank me dijo:

—Después de la guerra empecé a dormir en un catre en el cobertizo detrás de la casa. Me hice una habitación allí y puse una estufa de carbón. Llevo años durmiendo allí. Lo prefiero. Así no molesto a nadie con mis horarios. Y luego es que a veces me despierto gritando o cosas por el estilo. Ni mi mujer ni mi hija tienen por qué oírlo. Dormir para mí es un desastre. Por eso prefiero hacerlo solo.

Respetaba a tu madre, Angela. Quiero que lo sepas.

Jamás dijo una mala palabra de ella. Al revés, aprobaba por completo la forma en que te había educado y admiraba su estoicismo ante las muchas decepciones que le había deparado la vida. Nunca discutieron. Nunca se tiraron los trastos a la cabeza. Pero después de la guerra apenas hablaban, salvo para resolver algún asunto familiar. Dejaba todas las decisiones en manos de ella y le entregaba su paga sin hacer preguntas. Tu madre se había hecho cargo de la tienda de comestibles de tus abuelos y había heredado el edificio en el que estaba. Frank decía que era una buena mujer de negocios. Se alegraba de que tú, Angela, hubieras crecido en la tienda, charlando con todo el mundo. («La luz del vecindario», te llamaba). Estaba siempre atento por si en algún momento dabas muestra de ser un bicho raro solitario (que es como se veía él), pero parecías normal y sociable. En cualquier caso, Frank confiaba por completo en el criterio de tu madre en lo referido a ti. Pero se pasaba la vida en el trabajo, patrullando o caminando por la ciudad de noche. Rosella estaba siempre en la tienda o cuidando de ti. Estaban casados solo sobre el papel.

Me dijo que hubo un momento en que le ofreció el divorcio, para que tu madre pudiera encontrar un marido mejor. Dada su incapacidad para tener relaciones conyugales y ser un compañero para su esposa, estaba convencido de que les darían la nulidad. Rosella aún era joven. Quizá con otro hombre podría tener la gran familia que siempre había querido. Pero aunque la Iglesia católica los hubiera autorizado a divorciarse, Rosella no había querido.

—Es más católica que la Iglesia católica —me explicó—. No es de esas personas que incumplen una promesa matrimonial. Y en nuestro barrio nadie se divorcia, Vivian, ni siquiera si las cosas se ponen feas. Y entre Rosella y yo las cosas nunca se pusieron feas. Simplemente hacíamos vidas separadas. Lo que tienes que entender de South Brooklyn es que el barrio es como una familia y esa familia no se puede romper. Te lo digo de verdad, mi mujer está casada con sus vecinos. Fueron quienes cuidaron de ella cuando yo estaba fuera. Y siguen cuidando de ella. Y también de Angela.

—Pero ¿a ti te gusta el barrio? —pregunté.

Sonrió con tristeza.

—No tengo elección, Vivian. Ese barrio es quien soy. Siempre seré parte de él. Pero al mismo tiempo ya no, no desde la guerra. Vuelves a casa y todos esperan que seas la misma persona de antes. Yo tenía cosas que me hacían ilusión, como todo el mundo: el béisbol, el cine, yo qué sé. Las fiestas de la Iglesia en la calle Cuatro, las vacaciones. Pero ya no me hace ilusión nada. Me siento fuera de lugar allí. No es culpa de los vecinos. Son buena gente. Estaban deseando ayudar a los hombres que volvían de la guerra. Si tienes un Corazón Púrpura, como yo, todo el mundo quiere invitarte a una cerveza, hacerte el saludo militar, regalarte entradas para algún espectáculo. Pero nada de eso va conmigo. Al cabo de un tiempo aprendieron a dejarme tranquilo. Ahora, cuando camino por esas calles, soy como un fantasma. Pero aun así sigo formando parte del barrio. Es difícil de explicar si no has crecido allí.

—¿Has pensado alguna vez en salir de Brooklyn? —le pregunté.

—Todos los días de los últimos veinte años —contestó—. Pero no sería justo para Rosella y Angela. Y, en cualquier caso, tampoco sé si estaría mejor en otra parte.

Cuando cruzábamos de vuelta el puente de Brooklyn aquella noche, me dijo:

—¿Y qué me dices de ti, Vivian? ¿Nunca te has casado?

—Una vez estuve a punto. Pero me salvó la guerra.

—¿Qué quieres decir?

—Pasó lo de Pearl Harbor, mi novio se alistó y rompimos el compromiso.

—Vaya, lo siento.

—No lo sientas. No era el hombre adecuado para mí y yo habría sido desastrosa para él. Era una buena persona y se merecía algo mejor.

—¿Y nunca has encontrado a otro hombre?

Estuve unos instantes callada pensando cómo responder a aquella pregunta. Por fin me decidí por la verdad.

—He encontrado a muchos otros hombres, Frank. Tantos que he perdido la cuenta.

—Ah —dijo.

Después de eso se quedó callado y no supe cómo le había sentado la información. Era uno de esos momentos en que otra clase de mujer habría elegido la discreción. Pero algo obstinado en mi interior me empujó a ser todavía más clara.

—Lo que estoy diciendo es que me he acostado con muchos hombres, Frank.

—Sí, ya lo había entendido —contestó.

—Y lo seguiré haciendo, espero. Acostarme con hombres, con muchos hombres, es un poco mi manera de vivir la vida.

—Vale —repuso—. Lo entiendo.

No parecía incómodo por lo que le había contado. Solo pensativo. Pero a mí, haberme sincerado así con alguien me puso algo nerviosa. Y, por alguna razón, no podía dejar de hablar del tema.

—Quería contártelo —dije— porque creo que debes saber la clase de mujer que soy. Si vamos a ser amigos, necesito que no me juzgues. Si esa faceta de mi vida va a ser un problema...

Se detuvo en seco.

—¿Por qué iba a juzgarte?

—Acuérdate de cómo hemos llegado hasta aquí, Frank. De cómo nos conocimos.

—Ya veo —respondió—. Lo entiendo. Pero no tienes que preocuparte.

—Bien.

—Yo no soy esa persona, Vivian. Nunca lo fui.

—Gracias. Solo quería ser franca.

—Pues gracias por honrarme con tu franqueza —me dijo, algo que entonces me pareció, y me sigue pareciendo, de lo más elegante que he oído nunca.

—Soy demasiado mayor para ocultar quién soy, Frank. Y también para que nadie intente avergonzarme por ser como soy, ¿me entiendes?

—Te entiendo.

—Pero ¿qué te parece? —pregunté.

Me sorprendía mi insistencia en seguir hablando del tema. Pero no podía evitar preguntar. Su compostura, que no diera muestras de estar escandalizado, me desconcertaba.

—¿Que qué me parece que te acuestes con tantos hombres?

—Sí.

Pensó un momento y a continuación dijo:

—Hay una cosa que he aprendido de esta vida, Vivian, que no sabía de joven.

—¿Y qué es?

—Que la vida no es una línea recta. Creces pensando que las cosas son de una determinada manera. Que hay reglas. Crees que hay una manera en que tienen que ser las cosas. Intentas no salirte del camino recto. Pero al mundo le dan igual tus reglas o lo que tú creas. La vida no es una línea recta, Vivian, nunca lo será. Nuestras reglas no significan nada. La vida es algo que te pasa y ya está. Lo único que pueden hacer las personas es seguir adelante lo mejor que pueden.

—No creo haber pensado nunca que la vida fuera una línea recta —repliqué.

—Pues yo sí. Y me equivocaba.

Seguimos andando. A nuestros pies, el East River, oscuro y frío, proseguía su camino hacia el mar llevando en sus aguas la contaminación de toda la ciudad.

—¿Te puedo hacer una pregunta, Vivian? —dijo al cabo de un rato.

—Por supuesto.

—¿Te hace feliz?

—¿Te refieres a estar con todos esos hombres?

—Sí.

Consideré la pregunta con cuidado. No la había hecho en tono acusador. Creo que de verdad intentaba comprenderme. Y era una pregunta que no estoy segura de haberme hecho yo hasta entonces. No quería tomármela a la ligera.

—Me hace sentir satisfecha, Frank —contesté por fin—. Verás: creo que hay algo oscuro en mí que nadie más intuye. Está siempre ahí, fuera del alcance. Y estar con todos esos hombres satisface esa oscuridad.

—Vale —dijo Frank—. Creo que eso puedo entenderlo.

Nunca había hablado de esa vulnerabilidad mía. Jamás había intentado poner mi experiencia en palabras. Pero aun así tuve la impresión de que las palabras se quedaban cortas. ¿Cómo explicar que por «oscuridad» no me refería a «pecado» ni a «maldad», solo a que en mi imaginación había un lugar tan insondable que la luz del mundo real nunca podía alcanzarlo? Solo el sexo lo había logrado. Ese lugar en mi interior era casi prehumano. Desde luego era precivilización. Un lugar más allá del lenguaje. La amistad no podía alcanzarlo. Mis empeños creativos tampoco. El asombro y la alegría tampoco. Esta parte escondida de mi ser solo era accesible mediante el acto sexual. Y cuando un hombre llegaba a aquel lugar oscuro y secreto de mi interior me sentía como si acabara de aterrizar en el origen mismo de mi ser.

Lo curioso era que en aquel lugar de oscuro abandono era donde me sentía menos sucia y más yo.

—Ahora bien, ¿feliz? —continué—. Me preguntas si me hace feliz. No lo creo. Hay otras cosas en mi vida que sí me hacen feliz. Mi trabajo me hace feliz. Mis amistades y la familia que he formado también. Me hace feliz Nueva York. Estar cruzando ahora mismo este puente contigo me hace feliz. Pero estar con todos esos hombres lo que me hace sentir es satisfecha,

Frank. Y con el tiempo he aprendido que es una clase de satisfacción que necesito, de lo contrario sería desgraciada. No digo que esté bien. Solo digo que así es mi vida y que no es algo que vaya a cambiar. No me causa remordimientos. Como tú dices, la vida no es una línea recta.

Frank asentía con la cabeza mientras me escuchaba. Quería comprender. Quería ser capaz de comprender.

Después de otro largo silencio dijo:

—Bueno, pues creo que tienes suerte.

—¿Y eso por qué? —pregunté.

—Porque no todo el mundo sabe cómo encontrar satisfacción.

31

Nunca he querido a las personas a las que se suponía que tenía que querer, Angela.

Las cosas nunca me han salido tal y como estaban planeadas. Mis padres me empujaron en una dirección concreta: me enviaron a un internado respetable y a una universidad de élite para que pudiera conocer a personas del círculo al que estaba destinada. Pero al parecer no era mi mundo, porque hoy no conservo ni una amistad de aquellos años. Y tampoco conocí a un futuro marido en uno de los muchos bailes de graduación a los que asistí.

Tampoco me sentí nunca hija de mis padres, ni destinada a vivir en el pueblo donde crecí. No sigo en contacto con nadie de Clinton. Mi madre y yo tuvimos una relación de lo más superficial hasta su muerte. Y mi padre, por supuesto, siempre fue para mí poco más que un comentarista político malhumorado sentado a la cabecera de la mesa.

Pero entonces me fui a vivir a Nueva York y tuve ocasión de conocer a mi tía Peg, una lesbiana irresponsable y poco convencional que bebía demasiado, gastaba demasiado y cuya aspiración era campar por la vida en una suerte de feliz «tralarí tralará», y yo la adoraba. Ella me dio un mundo nuevo.

También conocí a Olive, nada adorable en principio pero a quien, sin embargo, llegué a querer. Más de lo que quise nunca a mi padre o a mi madre. Olive no era cálida ni afectuosa, pero sí leal y buena. Fue como una suerte de guardaespaldas para mí. Era nuestra ancla. Me enseñó los valores que tengo.

Después conocí a Marjorie Lowtsky, una adolescente excéntrica de Hell's Kitchen hija de inmigrantes que tenían un negocio de telas. No era de esas personas con las que se suponía que debía hacer amistad. Y sin embargo terminó siendo no solo mi socia, también mi hermana. Llegué a quererla, Angela, con toda mi alma. Estaba dispuesta a hacer cualquier cosa por ella y ella por mí.

Luego llegó el hijo de Marjorie, Nathan, un niñito enclenque y alérgico hasta a la vida misma. Era hijo de Marjorie, pero también mío. De haber seguido mi vida los planes trazados por mis padres, sin duda yo habría tenido mis propios hijos —grandes y fuertes jinetes y futuros magnates industriales—, pero en lugar de ello tuve a Nathan, y eso fue mucho mejor. Yo escogí a Nathan y él me escogió a mí. A él también lo quise.

Este grupo en apariencia arbitrario de personas eran mi familia, Angela. Mi verdadera familia. Te cuento esto porque quiero que entiendas que, en el curso de los años siguientes, llegué a querer a tu padre tanto como las quise a ellas.

Es la mayor alabanza que puedo hacerle. Tu padre llegó a ser para mí una persona tan cercana como las que formaban mi bonita, arbitraria y verdadera familia.

Un amor así es como un pozo profundo de paredes escarpadas.

Una vez caes en él, ya no hay manera de salir: siempre querrás a esa persona.

Varias noches a la semana y durante muchos años, tu padre me llamaba a la misma hora intempestiva y me decía:

—¿Te apetece dar una vuelta? No puedo dormir.

Yo replicaba:

—Tú nunca puedes dormir, Frank.

A lo que él respondía:

—Sí, pero esta noche es peor que de costumbre.

Daba igual en qué estación estuviéramos o la hora que fuera. Yo siempre decía que sí. Siempre me ha gustado explorar esta ciudad y siempre me ha gustado la noche. Además, nunca he sido de dormir mucho. Pero, sobre todo, me encantaba estar con Frank. Así que me llamaba, yo accedía a verlo, venía en coche desde Brooklyn a buscarme e íbamos juntos a algún sitio a caminar.

Pronto recorrimos a pie todos los barrios de Manhattan y pronto también empezamos a explorar los de las afueras. Conocía la ciudad mejor que nadie. Me llevó a zonas de las que no había oído hablar y las recorríamos a pie en la madrugada, sin dejar de hablar. Recorrimos todos los cementerios y los parques industriales. Recorrimos todos los muelles. Paseamos por barrios residenciales y populares. Con el tiempo, cruzamos cada uno de los puentes del área metropolitana de Nueva York. Y eso son muchos puentes.

Nadie nos molestó jamás. Era muy raro. Por entonces la ciudad no era un lugar seguro y, sin embargo, nosotros nos movíamos por ella como si fuéramos intocables. A menudo estábamos tan absortos en nuestra conversación que ni reparábamos en lo que nos rodeaba. Milagrosamente, las calles nos protegieron y la gente nos dejó estar. A veces me preguntaba si nos veían siquiera. Hasta que la policía nos paraba para preguntarnos qué hacíamos y entonces Frank sacaba su placa. Decía:

«Estoy acompañando a la señora a su casa», aunque estuviéramos en un barrio jamaicano de Crown Heights. Siempre me estaba acompañando a casa. Esa era siempre la explicación.

En ocasiones, ya entrada la noche, me llevaba en coche a Long Island a tomar almejas fritas en un sitio que conocía, un restaurante abierto veinticuatro horas donde se podía pedir la comida por la ventanilla del coche. O íbamos a Sheepshead Bay a por chirlas. Nos las comíamos aparcados en el puerto mirando los barcos pesqueros zarpar. En primavera salíamos al campo, a Nueva Jersey, a coger hojas de diente de león a la luz de la luna para preparar ensalada amarga. Un plato que, según me explicó, gusta a los sicilianos.

Conducir y caminar, esas eran las dos cosas que podía hacer sin ponerse demasiado nervioso.

Siempre me escuchaba. Se convirtió en mi confidente más leal. Había transparencia en Frank, una integridad profunda e inamovible. Resultaba reconfortante estar con un hombre que nunca presumía de nada (¡algo rarísimo en los hombres de su generación!) y que nunca pretendía imponer su criterio. Si hacía algo mal o cometía una equivocación, te lo decía antes de que lo descubrieras tú. Y jamás juzgó ni criticó nada de lo que le conté. Mis destellos de oscuridad no lo asustaban; al tener su propio lado tan oscuro no le daban ningún miedo las sombras ajenas.

Pero, sobre todo, me escuchaba.

Se lo contaba todo. Cuando tenía un amante nuevo se lo contaba. Cuando tenía un miedo se lo contaba. Cuando lograba alguna victoria se lo contaba. Angela, yo no estaba acostumbrada a que los hombres me escucharan.

En cuanto a tu padre, no estaba acostumbrado a estar con una mujer capaz de caminar ocho kilómetros con él en plena noche, bajo la lluvia, en Queens, solo para hacerle compañía cuando no podía dormir.

Nunca dejaría a su mujer y a su hija. Eso lo sabía, Angela. No era esa clase de hombre. Y nunca intenté llevármelo a la cama. Aparte del hecho de que sus lesiones y su trauma emocional imposibilitaban una vida sexual, yo no estaba dispuesta a tener una aventura con un hombre casado. No era de esa clase de mujeres. Ya no.

Es más, no puedo decir que fantaseara alguna vez con casarme con él. En líneas generales, la idea de casarme me daba claustrofobia y no era algo que quisiera hacer. Y mucho menos con Frank. No me podía imaginar a los dos sentados a la mesa del desayuno, charlando mientras leíamos el periódico. Planeando unas vacaciones. Esa imagen no se adecuaba a ninguno de los dos.

Por último, no estoy segura de que Frank y yo hubiéramos sentido el mismo grado de amor y ternura el uno por el otro de haber estado el sexo presente en nuestra relación. El sexo es muchas veces una trampa, un sustituto de la intimidad. Una manera de evitar conocer el alma de alguien conociendo solo su cuerpo.

Así que, a nuestra manera, nos queríamos, pero llevábamos vidas separadas. El único barrio de Nueva York que no exploramos juntos a pie fue el suyo, South Brooklyn. (O Carroll Gardens, como después pasaron a llamarlo los agentes inmobiliarios, aunque tu padre jamás usó ese nombre). Era el barrio de su familia, de su tribu, en realidad. Por respeto, no lo pisamos nunca.

No llegó a conocer a mi gente ni yo a la suya.

Le presenté una vez a Marjorie, y, por supuesto, mis amistades sabían de su existencia, pero Frank no podía tener vida social. (¿Qué iba a hacer, organizar una cena y presumir de él? ¿Esperar que un hombre con su trastorno nervioso se pusiera a charlar con desconocidos en una habitación con un cóctel en la mano? No). Para mis amigos, Frank era el caminante fantasma. Aceptaban que fuera importante para mí porque así se lo expliqué. Pero nunca lo entendieron. ¿Cómo iban a hacerlo?

Reconozco que durante un tiempo me hice ilusiones con que Nathan y él llegaran a conocerse y Frank se convirtiera en algo parecido a una figura paterna para mi querido niño. Pero tampoco eso era viable. A duras penas podía ser una figura paterna para ti, Angela, su propia hija, a la que quería con toda su alma. ¿Cómo iba a pedirle que se sintiera culpable respecto a otro niño más?

No le pedí nada, Angela. Y él no me pidió nada a mí. (Aparte de: «¿Quieres ir a dar un paseo?»).

Así pues, ¿qué éramos el uno para el otro? ¿Cómo llamar a lo que teníamos? Éramos más que amigos, eso seguro. ¿Era mi novio? ¿Era yo su amante?

Esas palabras se quedan cortas.

Esas palabras describen cosas que no éramos.

Sin embargo, te aseguro que había un rincón solitario y vacío en mi corazón de cuya existencia yo no era consciente, y que Frank pasó a llenar. Llevarlo en mi corazón me hacía sentir que tenía derecho al amor. Aunque nunca vivimos juntos ni compartimos cama, Frank fue parte de mi vida. Tomaba nota de todo lo que me pasaba para tener cosas que contarle. Le pedía opinión porque respetaba sus valores. Me encariñé con su cara precisamente porque era la suya. Incluso sus cicatrices llegaron a parecerme bellas. (Su piel recordaba a la encuadernación gastada de un libro antiguo y sagrado). Era feliz con las horas que pasábamos juntos y con los lugares misteriosos que visitábamos, tanto en el curso de nuestras conversaciones como en nuestros recorridos por la ciudad.

El tiempo que pasamos juntos transcurría fuera del mundo, así es como lo percibía yo.

Nada de lo que hacíamos era normal.

Siempre comíamos en el coche.

¿Qué éramos?

Éramos Frank y Vivian, que paseaban juntos por Nueva York mientras el resto de la gente dormía.

Frank solía buscarme de noche, pero un día de calor abrasador del verano de 1966 me llamó en plena tarde y me preguntó si, por favor, podíamos vernos enseguida. Parecía agitado y cuando llegó a L'Atelier saltó del coche y echó a andar de un lado a otro delante de la *boutique* más nervioso de lo que lo había visto nunca. Le di lo que estaba haciendo a una ayudante, subí al coche y dije:

—Venga, Frank, vámonos. Arranca.

Condujo hasta el aeródromo Floyd Bennett Field, en Brooklyn, a gran velocidad y sin decir una palabra. Aparcó en un descampado al final de una pista desde donde se veía aterrizar a los aviones de la Reserva Naval. Supe que tenía que estar muy agitado; cuando no había nada más que lo tranquilizara, iba al aeródromo. El rugido de los motores le aplacaba los nervios.

Ni se me ocurrió preguntarle qué le pasaba. Sabía que cuando recuperara el aliento me lo contaría.

De manera que esperamos en el sofocante calor de julio con el coche apagado y escuchamos al motor ronronear y enfriarse. Silencio, luego un avión que aterrizaba, silencio otra vez. Bajé mi ventanilla para que entrara algo de aire, pero Frank ni pareció darse cuenta. Seguía aferrando el volante con los nudillos blancos. Llevaba puesto el uniforme de la policía, que tenía que darle un calor espantoso. Pero tampoco parecía darse cuenta de eso. Aterrizó otro avión y el suelo tembló.

—Hoy he estado en los juzgados —dijo.

—Ya —respondí, solo para que supiera que estaba escuchando.

—Tenía que declarar por un robo ocurrido el año pasado. En una ferretería. Unos chicos drogados en busca de artículos para revender. Pegaron al propietario, así que estaban también acusados de asalto. Yo fui el primer agente en llegar al lugar de delito.

—Entiendo.

Tu padre muchas veces tenía que declarar en los juzgados, Angela, por asuntos policiales. Nunca le gustó (estar sentado en un juzgado abarrotado era un infierno para él, claro), pero nunca había reaccionado con tanto pánico como aquel día. Tenía que haberle ocurrido algo más preocupante de lo normal.

Esperé a que me lo contara.

—Hoy he visto a alguien que conocía, Vivian —dijo por fin. No había quitado aún las manos del volante y estaba sentado recto y con la vista al frente—. Un tipo de la Marina. Sureño. Estaba conmigo en el *Franklin.* Tom Denno. Llevaba años sin pensar en ese nombre. Era de Tennessee, no tenía ni idea de que viviera en Nueva York. Uno se imagina que, después de la guerra, los del sur se habrían vuelto al sur, ¿no? Pues este no. Se vino a Nueva York. Vive casi al principio de la avenida West End. Ahora es abogado. Hoy estaba en el juzgado representando a uno de los chicos que asaltaron la ferretería. Los padres deben de tener dinero. Han contratado a un abogado. Y tenía que ser Tom Denno, precisamente.

—Habrá sido toda una sorpresa.

De nuevo, solo quería hacerle saber que estaba allí.

—Todavía me acuerdo de Tom cuando estaba recién llegado al barco —prosiguió Frank—. No sé la fecha. No me hagas demasiado caso, pero yo creo que fue a principios de 1944. Directo de la granja. Un chico de campo. Si piensas que los chicos de ciudad son duros, tendrías que ver a los de campo. La mayoría viven en una pobreza que ni te imaginas. Yo creía que había crecido pobre, pero lo mío no era nada comparado con lo de esos chicos. En su vida habían visto comida en las cantidades que se servían a bordo. Recuerdo que comían como si estuvieran muertos de hambre. Era la primera vez en su vida que no tenían que compartir la cena con otros diez hermanos. Algunos casi ni estaban acostumbrados a llevar zapatos. Y hablaban con unos acentos rarísimos. Casi no se les entendía. Pero en la batalla eran duros como robles. Eran duros incluso cuando no estábamos combatiendo. Estaban siempre peleándose entre ellos, o provocando a los marines que escoltaban al almirante cuando el almirante estaba a bordo. No sabían hacer otra cosa que pelearse con la vida, no sé si me entiendes. Tom Denno era el más duro de todos.

Asentí con la cabeza. Frank rara vez hablaba con tanto detalle de la vida a bordo del barco o de nadie que hubiera conocido en la guerra. No sabía adónde quería ir a parar, pero sí que era algo importante.

—Vivian, yo nunca fui duro como aquellos chicos. —Seguía aferrado a aquel volante como si fuera un salvavidas, como si fuera la única cosa del mundo que pudiera mantenerlo a flote—. Un día en la cubierta de vuelo, uno de mis hombres, un chico joven de Maryland, se distrajo un momento. Dio un paso en la dirección equivocada y la hélice del avión lo decapitó. Le arrancó la cabeza de cuajo, delante de mis narices. Ni siquiera nos estaban atacando, era un día normal de prácticas en la cubierta de vuelo. Y de repente tenemos un cuerpo sin cabeza y más nos vale darnos prisa y limpiarlo porque cada dos minutos aterrizan nuevos aviones. Hay que mantener siempre la cubierta despejada. Pero yo me bloqueo. Así que va Tom Denno, coge el cuerpo por los pies y se lo lleva a rastras, supongo que de la misma manera que arrastraba un cerdo muerto en la granja. Ni siquiera se inmuta, sabe lo que hay que hacer. Mientras tanto, yo no puedo ni moverme. Así que Tom tiene que venir a quitarme de en medio para que no me maten a mí también. ¡A mí, un oficial! Él, un simple recluta. Te hablo de un chico que en su vida había ido al dentista, Vivian. ¿Se puede saber cómo ha terminado de abogado en Manhattan?

—¿Estás seguro de que era él? —pregunté.

—Pues claro que era él. Me ha reconocido. Vino a saludarme. ¡Por Dios, Vivian, si es uno de los del Club de los 704!

Frank me miró con expresión de dolor.

—No sé lo que es eso —dije con toda la amabilidad de la que fui capaz.

—Los hombres que se quedaron en el *Franklin* cuando nos atacaron, eran setecientos cuatro. El capitán Gehres les puso el nombre de Club de los 704. Los convirtió en héroes. Qué diantre, puede que fueran héroes. Los Supervivientes Heroicos, los llamaba Gehres. Los que no abandonaron el barco. Se reúnen todos los años a revivir sus hazañas.

—Tú no abandonaste el barco, Frank. Incluso la Marina sabe eso. Saliste despedido por la borda envuelto en llamas.

—Eso da igual, Vivian —dijo—. Ya era un cobarde desde mucho antes.

El pánico había desaparecido de su voz. Ahora hablaba con una calma que daba miedo.

—De eso nada. No lo eras —repliqué.

—No hay nada que debatir, Vivian. Lo era. Aquel día llevábamos ya meses de ataques. Yo no lo soportaba. Nunca lo había soportado. Guam en julio del 44, la de bombas que pudimos tirar. Dudo de que quedara ni una brizna de hierba en pie en esa isla cuando terminamos con ella, de todo lo que la bombardeamos. Pero cuando nuestras tropas aterrizaron a finales de julio de pronto aparecieron un montón de soldados japoneses y de tanques. ¿Cómo habían sobrevivido? No lo concibo. Nuestros marines eran valientes, los soldados japoneses eran valientes, pero yo no. No soportaba el ruido de los disparos, Vivian, y ni siquiera me estaban disparando a mí. Fue entonces cuando empezó todo esto. Los nervios, los temblores. Los hombres empezaron a llamarme «San Vito».

—Qué poca vergüenza —dije.

—Pero tenían razón. Era un manojo de nervios. Un día no conseguimos que uno de los aviones soltara una bomba. Una bomba de cuarenta y cinco kilos que se queda atascada en el compartimento para bombas y el piloto tiene que aterrizar así. ¿Te lo imaginas? Entonces, durante el aterrizaje, la bomba se desprende y cae y tenemos una bola de cuarenta y cinco kilos rodando por la cubierta de vuelo. Tu hermano y algunos otros echan a correr y la empujan hasta el borde del barco como si tal cosa y yo estoy petrificado otra vez. No puedo ayudar, no puedo reaccionar. No puedo hacer nada.

—Eso no importa, Frank. —Pero de nuevo fue como si no me oyera.

—Luego en agosto de 1944 —continuó—. Estamos en pleno tifón, pero las misiones de combate siguen y los aviones aterrizan incluso con olas que rompen encima de la cubierta. Esos pilotos, que deben aterrizar en una superficie del tamaño de un sello en medio del Pacífico y en el ojo de la tormenta, es que ni se inmutan. En cambio, a mí no dejan de temblarme las manos y ni siquiera estoy pilotando los aviones, joder, Vivian. A nuestro convoy marítimo lo llamaban «el corredor de los asesinos». Se suponía que éramos los más duros. Pero yo no era duro.

—Frank —dije—, no pasa nada.

—Entonces los japoneses empiezan el bombardeo suicida en octubre. Saben que van a perder la guerra, así que deciden morir con las botas puestas. Acabar con todos los que puedan de nosotros con los medios necesarios. No paraban de atacarnos, Vivian. Cincuenta aviones kamikazes en un solo día. ¿Te imaginas?

—No —contesté—. No me lo imagino.

—Nuestros chicos los iban derribando, uno detrás de otro, pero al día siguiente mandaban más. Sabía que era cuestión de tiempo que uno nos alcanzara. Todos sabíamos que éramos un blanco fácil, a cincuenta millas de la costa de Japón, pero los chicos se mostraban de lo más despreocupado, se paseaban por cubierta como si nada. Y cada noche, en la radio, la Rosa de Tokio diciéndole al mundo que el *Franklin* ya se había hundido. Entonces fue cuando dejé de dormir. No podía comer, no podía dormir. Pasaba cada minuto aterrorizado. Desde entonces no he vuelto a dormir bien. A algunos de los pilotos kamikazes, cuando eran derribados, los teníamos que sacar del agua y hacerlos prisioneros. Uno de ellos, cuando lo acompañaban por la cubierta en dirección al calabozo, se soltó y corrió al borde del barco. Prefirió saltar al agua y morir antes que ser hecho prisionero. Murió con honor ante mis propios ojos. Lo miré a la cara cuando corría al borde, Vivian, y te juro por Dios que no parecía ni la mitad de asustado que yo.

Me daba cuenta de que Frank estaba retrocediendo al pasado a gran velocidad y eso no era bueno. Tenía que traerlo de vuelta, a sí mismo. Al presente.

—¿Qué pasó hoy, Frank? —pregunté—. ¿Qué ha pasado con Tom Denno en el juzgado?

Frank exhaló el aire, pero se aferró más fuerte al volante.

—Se me acerca, Vivian, justo cuando voy a testificar. Se acuerda de mi nombre. Me pregunta cómo estoy. Me cuenta que ahora es abogado, que vive en el Upper West Side, me cuenta en qué universidad ha estudiado, el colegio al que van sus hijos. Me suelta un discurso sobre lo bien que le va. Resulta que estuvo en la tripulación mínima que trajo el *Franklin* de vuelta al astillero naval después del ataque y supongo que ya se quedó en Nueva York. Aunque todavía tiene el acento del campo. Entonces mira mi uniforme de arriba abajo y me dice: «¿Poli de barrio? ¿A eso se dedican ahora los oficiales de la Marina?». Dios, Vivian, ¿qué se supone que tengo que decir? Me limito a asentir con la cabeza. Entonces me pregunta: «¿Te dejan llevar un arma?». Y le contesto alguna estupidez del tipo: «Sí, pero nunca la he usado», y me dice: «Bueno, siempre fuiste un blando, San Vito», y se va.

—Por mí como si se va al infierno —salté. Me di cuenta de que se me cerraban los puños. Se apoderó de mí una furia tal que el ruido en mis oídos, el ruido de mi sangre latiendo, ahogó por un instante el rugido del motor de un avión que aterrizaba delante de nosotros. Tenía ganas de ir a buscar a Tom Denno y rebanarle el cuello. ¿Cómo se atrevía? También quería coger a Frank en mis brazos y mecerlo y consolarlo, pero no podía, porque la guerra le había destrozado de tal manera la cabeza y el cuerpo que ni siquiera soportaba dejarse abrazar por la mujer que lo amaba.

Qué cruel y qué injusto era todo.

Recordé que Frank me había contado en una ocasión que, cuando salió del agua después de salir despedido del barco, se encontró un mundo en llamas. Incluso el agua que lo rodeaba ardía, cubierta de una capa de combustible ardiendo. Y los motores del portaaviones bombardeado no hacían más que avivar el fuego, quemando a los hombres que había en el agua con mayor crueldad. Frank comprobó que, si chapoteaba con fuerza, podía ahuyentar las llamas y crear un pequeño charco en el Pacífico que no ardiera. De manera que durante las dos horas siguientes eso hizo —con quemaduras en casi todo el cuerpo—, hasta que lo rescataron. Siguió ahuyentando las llamas, intentando mantener un trocito de su mundo a salvo del infierno. Tuve la impresión de que, años más tarde, seguía haciendo eso mismo. Seguía tratando de encontrar un perímetro seguro en algún lugar del mundo. Un lugar donde no quemara.

—Tom Denno tiene razón, Vivian —dijo—. Siempre he sido un blando.

Me moría por consolarlo, Angela. Pero ¿cómo? Aparte de estar con él en el coche, aparte de escuchar su terrible historia, ¿qué podía darle? Quise decirle que era heroico, fuerte y valiente y que Tom Denno y el resto del Club de los 704 estaban equivocados. Pero sabía que eso no serviría de nada. No me habría escuchado. No me habría creído. Pero tenía que decirle algo, porque estaba sufriendo. Cerré los ojos y rogué por que se me ocurriera algo. Entonces abrí la boca y hablé sin más, confiando ciegamente en que el destino y el amor me concedieran las palabras adecuadas.

—¿Y qué si es verdad? —pregunté.

La voz me salió más brusca de lo que había sido mi intención. Frank se volvió a mirarme, sorprendido.

—¿Y qué si es verdad, Frank? ¿Y qué si eres un blando? ¿Y qué si es verdad y nunca estuviste hecho para el combate y la guerra te superó?

—Es que es así.

—Pues muy bien. Vamos a suponer que eso es así. ¿Qué significaría eso?

No dijo nada.

—¿Qué significaría, Frank? —insistí—. Contéstame. Y quita las manos del condenado volante. No vamos a ir a ninguna parte.

Quitó las manos del volante, las apoyó con suavidad en el regazo y se puso a mirarlas.

—¿Qué significaría que fueras un blando, Frank? Dímelo.

—Significaría que soy un cobarde.

—Y eso ¿qué significaría? —quise saber.

—Significaría que soy un fracaso como hombre. —Hablaba tan bajo que apenas lo oía.

—No, te equivocas —dije, y nunca he estado tan segura de nada en mi vida—. Te equivocas, Frank. No significaría que eres un fracaso como hombre. ¿Quieres saber lo que en realidad significa? Nada.

Me miró pestañeando, confuso. Nunca me había oído hablarle de manera tan brusca.

—Escúchame, Frank Grecco —proseguí—. Si fueras un cobarde, y vamos a suponer que lo eres, no significa nada. Mi tía Peg es alcohólica. No puede beber. Le destroza la vida y la convierte en un desastre de persona. ¿Y sabes lo que significa eso? Pues nada. ¿Crees que el hecho de que no pueda controlar la bebida la convierte en mala persona? El alcoholismo es algo que le pasa, Frank. A las personas nos pasan cosas. Todos somos como somos, y eso no tiene remedio. Mi tío Billy no era capaz de cumplir una promesa ni de ser fiel a una mujer. Daba lo mismo. Era una persona maravillosa, Frank, y eso que no te podías fiar de él. Era su manera de ser y ya está. No significaba nada. Lo queríamos igual.

—Pero se supone que los hombres tienen que ser valientes —dijo Frank.

—¿Y qué? —casi grité—. También se supone que las mujeres tienen que ser castas y puras y mírame a mí. Me he acostado con innumerables hombres, Frank, ¿y sabes lo que dice eso de mí como persona? Nada. Es como soy y punto. Tú mismo lo has dicho, Frank, el mundo no es una línea recta. Me lo dijiste aquella primera noche. Usa tus propias palabras para entender tu vida. El mundo no es una línea recta. Las personas tienen una naturaleza determinada y es lo que hay. Y les pasan cosas, cosas que no pueden controlar. La guerra fue algo que te pasó a ti. Resultó que no estabas hecho para combatir, ¿y qué? No significa absolutamente nada. Deja de maltratarte.

—Pero los tipos duros como Tom Denno...

—No sabes nada de Tom Denno. Lo que te aseguro es que también a él le pasó algo. ¿Un hombre hecho y derecho que te ataca así? ¿Con esa crueldad? Ten por seguro que también le ha pasado algo. Algo que lo ha echado a perder como ser humano. No es que me importe ese gilipollas, pero no creo que su mundo sea tampoco una línea recta, Frank. Me apuesto lo que quieras.

Se echó a llorar. Cuando lo vi, estuve a punto de llorar yo también. Pero contuve las lágrimas porque las suyas eran más importantes, más valiosas. En aquel momento habría dado años de mi vida por poder abrazarlo, Angela. En aquel momento más que en ningún otro. Pero no podía ser.

—No es justo —dijo entre sollozos que le sacudían todo el cuerpo.

—No lo es, cariño —contesté—. No es justo. Pero es lo que pasó. Las cosas son así, Frank, y no significa nada. Eres un hombre maravilloso. No eres ningún fracaso. Eres el mejor hombre que he conocido. Eso es lo único que importa.

Siguió llorando, a una distancia prudencial de mí, como siempre. Pero al menos había quitado las manos del volante. Al menos había conseguido contarme lo que le había pasado. Allí, en la intimidad del calor sofocante de su coche, en el único rincón de su mundo que no estaba en llamas en aquel momento, al menos había conseguido contarme la verdad.

Me quedaría con él hasta que estuviera mejor. Sabía que me quedaría allí el tiempo que hiciera falta. Era todo lo que podía hacer. Era mi único trabajo aquel día, estar allí sentada con aquel hombre bueno. Mirarlo desde el otro extremo del coche hasta que se hubiera serenado.

Cuando por fin recuperó la compostura, miró por la ventana con la expresión más triste que he visto en mi vida. Dijo:

—¿Y qué vamos a hacer?

—No lo sé, Frank. Puede que nada. Pero estoy aquí contigo.

Fue entonces cuando se volvió y me miró.

—No puedo vivir sin ti, Vivian —dijo.

—Muy bien. Porque nunca tendrás que hacerlo.

Y eso, Angela, fue lo más cerca que estuvimos nunca tu padre y yo de decirnos «Te quiero».

32

Pasaron los años como pasan siempre.

Mi tía Peg murió en 1969, de enfisema. Siguió fumando hasta el último momento. Fue una muerte dura. El enfisema es una forma cruel de morir. Nadie puede seguir siendo quien es con tal grado de dolor y malestar, pero Peg hizo todo lo posible por seguir siendo Peg: optimista, sufrida, entusiasta. Pero poco a poco fue perdiendo la capacidad de respirar. Es horrible ver a alguien luchando por tomar aire. Igual que ver a una persona ahogarse poco a poco. Al final, por doloroso que nos resultara, nos alegró que descansara en paz. No soportábamos verla sufrir más.

He comprobado que solo hasta cierto punto se puede llorar como «trágica» la muerte de una persona mayor que ha tenido una vida plena y el privilegio de dejar este mundo rodeada de sus seres queridos. Después de todo, hay maneras mucho peores de vivir y también de morir. La de Peg fue, de principio a fin, una existencia afortunada y ella lo sabía mejor que nadie. («Somos los afortunados», solía decir). Aun así, Angela, había sido la figura más importante e influyente en mi vida y perderla fue doloroso. Todavía hoy, cuando han pasado muchos años, sigo creyendo que el mundo es un lugar peor sin Peg Buell.

La única ventaja de su muerte fue que consiguió que yo dejara de fumar de una vez por todas, y seguramente sigo viva gracias a eso.

Un regalo más de los muchos que me hizo esa mujer tan generosa.

Después de la muerte de Peg me preocupaba mucho Olive. Había dedicado tantos años a cuidar de mi tía..., ¿en qué ocuparía ahora su tiempo? Pero mis preocupaciones resultaron infundadas. Cerca de Sutton Place había una iglesia presbiteriana en la que siempre necesitaban voluntarios, de manera que Olive se dedicó a dirigir la escuela dominical, a organizar recaudaciones de fondos y, en general, a decir a la gente lo que tenía que hacer. Estaba bien.

Nathan se hizo mayor, aunque no creció mucho en tamaño. Lo mantuvimos en la escuela cuáquera hasta que terminó sus estudios. Era el único entorno lo bastante amable para él. Marjorie y yo seguíamos esperando que encontrara algo que lo apasionara (música, arte, teatro, literatura), pero no era alguien hecho para la pasión. Lo que más le gustaba del mundo era sentirse seguro y arropado. De manera que creamos para él un mundo amable y lo arrullamos en nuestro apacible universo. Nunca le exigimos gran cosa. Lo aceptábamos como era. En ocasiones, que lograra llegar al final del día ya era motivo de orgullo.

Tal y como decía Marjorie:

—No todos están destinados a ir por la vida con una lanza en ristre.

—Claro que no, Marjorie —le contestaba—. La lanza te la dejaremos a ti.

L'Atelier continuó yendo bien incluso cuando la sociedad cambió durante la década de 1960 y disminuyó el número de bodas. Teníamos suerte en una cosa: nunca habíamos sido una tienda de vestidos de novia «tradicional», de manera que, cuando la tradición se pasó de moda, nosotras seguimos a la última. Habíamos vendido vestidos de inspiración *vintage*, mucho antes de que la palabra *vintage* se hiciera popular. Así que cuando llegó la contracultura y los hippies empezaron a usar ropas usadas y estrafalarias, no nos rechazaron. De hecho, encontramos una clientela nueva. Me convertí en la modista de más de una hija de las flores de buena familia. Hice vestidos para todas las hijas hippies de banqueros ricos que el día de su boda querían parecer recién salidas de un prado, aunque hubieran nacido en el Upper East Side y se hubieran educado en la exclusiva Brearley School.

Los sesenta me encantaron, Angela.

Lo lógico habría sido lo contrario. Por mi edad, debería haber sido una de esas viejas cascarrabias y plomizas que no hacen más que lamentarse de la degeneración de la sociedad. Pero yo nunca había sido una ardiente admiradora de la sociedad, de manera que no me pareció mal que se la cuestionara. De hecho, toda aquella insubordinación, rebelión y creatividad me maravillaron. Y, por supuesto, me encantaba la ropa. ¡Era fabuloso que aquellos hippies convirtieran las calles de nuestra ciudad en un circo! Todo me resultaba liberador y divertido.

Pero los sesenta también me dieron motivos de orgullo, porque, en cierta manera, mi entorno ya había predicho todas aquellas transformaciones y turbulencias.

¿La revolución sexual? Yo llevaba tiempo practicándola.

¿Las parejas homosexuales viviendo como cónyuges? Peg y Olive prácticamente lo habían inventado.

¿Feminismo y madres solteras? Hacía siglos que Marjorie había bailado a ese son.

¿Rechazo de la guerra y defensa a ultranza de la no violencia? Les presento a un dulce niñito llamado Nathan Lowtsky.

Podía contemplar con el mayor orgullo las revoluciones culturales y las transformaciones de la década de 1960 y pensar:

«Mi gente lo hizo primero».

Entonces, en 1971, Frank me pidió un favor.

Angela, me pidió que te hiciera tu vestido de novia.

Aquello me sorprendió en muchos sentidos.

En primer lugar, me extrañó muchísimo enterarme de que te fueras a casar. No me encajaba con lo que tu padre me contaba de ti. Había estado muy orgulloso cuando terminaste tu licenciatura en el Brooklyn College y tu doctorado en Columbia..., en Psicología, por supuesto. (Con un historial familiar como el nuestro, solía decir, ¿qué otra cosa iba a estudiar?). A tu padre lo fascinó tu decisión de no abrir una consulta privada y trabajar en lugar de ello en el hospital público de Bellevue, para enfrentarte cada día a las enfermedades mentales más graves y complejas.

Tu trabajo se había convertido en tu vida, decía, y le parecía excelente. Se alegraba de que no te hubieras casado joven, como él. Sabía que no eras una persona tradicional, y sí una intelectual. Estaba orgullosísimo de tu intelecto. Se puso contentísimo cuando empezaste un posgrado de investigación sobre la represión de recuerdos traumáticos. Comentó que por fin los dos teníais algo de que hablar y que a veces te ayudaba a interpretar información.

Solía decir: «Angela es demasiado buena y demasiado considerada para ninguno de los hombres que conozco».

Hasta que, un día, me contó que tenías novio.

Para Frank fue una sorpresa. Para entonces tenías veintinueve años y es posible que pensara que ibas a quedarte soltera para siempre. No te rías, tal vez creyera que eras lesbiana. Pero ahora habías conocido a alguien que te gustaba y querías llevarlo a cenar el domingo. Tu novio resultó ser el jefe de seguridad de Bellevue. Un veterano recién regresado de Vietnam. Un nativo de Brownsville, Brooklyn, que se disponía a volver al City College a estudiar Derecho. Un hombre de raza negra llamado Winston.

A Frank no le disgustó que salieras con un hombre negro, Angela. En absoluto. Espero que lo sepas. Lo admiraban tu valentía y tu seguridad al llevar a Winston a South Brooklyn. Veía las expresiones en las caras de los vecinos. Le complacía ver lo incómodos que les hacías sentir y comprobar que la opinión de los demás no te detenía. Pero, por encima de todo, Winston le gustaba y lo admiraba.

—Bien por ella —dijo—. Angela siempre ha sabido lo que quería y nunca ha tenido miedo de seguir su propio camino. Ha elegido bien.

Por lo que tengo entendido, tu madre no se alegró tanto de lo tuyo con Winston.

Según me contó tu padre, Winston fue el único tema sobre el que Rosella y él discutieron. Frank siempre había respetado el criterio de tu madre sobre lo que te convenía. En esto, sin embargo, no se pusieron de acuerdo. Desconozco los detalles de la discusión. Carecen de importancia. Al final, sin embargo, tu madre cedió. O al menos eso es lo que me dijo.

(De nuevo, Angela, te pido disculpas si lo que te estoy contando aquí no corresponde a la realidad. Me doy cuenta de que, llegado a este punto, te estoy contando tu propia vida, y me da apuro. Sin duda sabes mejor que nadie lo que pasó..., aunque puede que no. De nuevo, no sé hasta qué punto te enteraste de la discusión de tus padres. No quiero dejarme en el tintero nada que puedas ignorar).

Y entonces, a principios de la primavera de 1971, Frank me dijo que te ibas a casar con Winston en una ceremonia íntima y me pidió que te hiciera el vestido.

—¿Es lo que quiere Angela? —pregunté.

—Aún no lo sabe —dijo—. Voy a hablar con ella. Le voy a pedir que vaya a verte.

—¿Quieres que Angela me conozca?

—Solo tengo una hija, Vivian. Y sé cómo es; solo se casará una vez. Quiero que le hagas el vestido de novia. Significaría mucho para mí. De manera que sí, quiero que Angela te conozca.

Entraste en la *boutique* un martes por la mañana, temprano, porque tenías que estar en el trabajo a las nueve. El coche de tu padre aparcó a la puerta y entrasteis juntos.

—Angela —dijo Frank—, esta es Vivian, la vieja amiga de la que te he hablado. Vivian, esta es mi hija. Os dejo.

Y se fue.

Lo peor de todo es que enseguida percibí tu reticencia. Estabas más que reticente, me di cuenta de que estabas profundamente impaciente. Supe que no entendías por qué tu padre, que jamás había interferido en un minuto de tu vida, había insistido tanto en traerte aquí. Y también supe (porque tengo un instinto para esas cosas) que ni siquiera querías un vestido de novia. Habría jurado que los vestidos de novia te parecían algo cursi, pasado de moda y denigrante para las mujeres. Me habría apostado cualquier cosa a que el día de tu boda tenías la intención de ponerte lo que llevabas aquel día: un blusón, una falda vaquera cruzada y zuecos.

—Doctora Grecco —dije —, me alegro mucho de conocerte.

Confié en que te gustara que usara tu título. (Perdóname, pero después de tantos años oyendo cosas de ti, yo también me sentía un poquito orgullosa de que fueras doctora).

Tus modales fueron impecables.

—Lo mismo digo, Vivian —respondiste con la sonrisa más cálida de que fuiste capaz, habida cuenta de que aquel era el último lugar del mundo en el que te apetecía estar.

Me pareciste una mujer de lo más atractiva, Angela. No tenías la altura de tu padre, pero sí su presencia. Tenías sus mismos ojos oscuros e inquisitivos, que denotaban tanto curiosidad como desconfianza. Casi vibrabas de inteligencia. Tus cejas eran pobladas y serias y me gustó que no parecieran depiladas. Y tenías esa energía inquieta de tu padre. (No tan inquieta como la suya, claro —¡por suerte para ti!—, pero aun así era notable).

—Me han dicho que te casas —comenté—. Enhorabuena.

Fuiste directa al grano.

—No soy mucho de bodas...

—Te comprendo muy bien —repuse—. Lo creas o no, yo no soy tampoco mucho de bodas.

—Pues has elegido una profesión un tanto curiosa, entonces —dijiste y las dos reímos.

—Escucha, Angela. No estás obligada a quedarte. No me sentiré en absoluto dolida si no quieres hacerte un vestido de novia.

Entonces pareciste recular, quizá temerosa de haberme ofendido.

—No, si estoy encantada de haber venido —contestaste—. Para mi padre es importante.

—Eso es verdad —convine—. Y tu padre es un buen amigo mío y el mejor hombre que conozco. Pero en mi profesión la opinión de los padres no es algo que me interese demasiado. Tampoco la de las madres, todo sea dicho. Solo me importa la novia.

Al oír la palabra «novia» hiciste una pequeña mueca. Mi experiencia me dice que hay dos clases de mujeres que se casan: mujeres a las que les encanta la idea de ser una novia y mujeres que lo detestan pero que, aun así, lo hacen. Saltaba a la vista cuál de las dos me había tocado.

—Angela, déjame que te diga una cosa —continué—. ¿Puedo llamarte Angela?

Se me hacía tan raro decirte tu nombre a la cara, ese nombre tan íntimo ¡que llevaba años oyendo!

—Claro que sí —respondiste.

—¿Me equivoco si digo que te repugna y te horroriza la idea de una boda al estilo tradicional?

—No te equivocas.

—¿Y que si de ti dependiera harías una visita rápida a la oficina del secretario del condado aprovechando la hora de comer? ¿O que tal vez hasta prescindirías de cualquier tipo de enlace matrimonial, y preferirías tan solo una relación que siguiera su curso sin que el gobierno estuviera de por medio?

Sonreíste. De nuevo aquel destello de inteligencia. Dijiste:

—Me parece que has estado leyendo mi correspondencia, Vivian.

—Entonces es que hay alguien en tu vida que quiere una ceremonia tradicional. ¿Quién es? ¿Tu madre?

—Es Winston.

—Ah. Tu prometido. —De nuevo la mueca. Me había equivocado de palabra—. Tu compañero, quizá debería decir.

—Gracias —contestaste—. Sí, es Winston. Quiere una ceremonia. Dice que quiere que nos declaremos nuestro mutuo amor delante de todo el mundo.

—Qué bonito.

—Supongo que sí. Yo lo quiero mucho, lo que pasa es que me gustaría poder mandar a una sustituta ese día, a que hiciera el trabajo por mí.

—Odias ser el centro de atención —señalé—. Me lo ha dicho tu padre muchas veces.

—No lo soporto. Y ni siquiera quiero ir de blanco. A mi edad me parece ridículo. Pero Winston quiere verme con un vestido blanco.

—Como casi todos los novios. El vestido blanco tiene algo, dejando aparte lo de la dichosa virginidad, que le dice a un hombre que no es un día como cualquier otro. Le demuestra que es el elegido. Para los hombres significa mucho, es algo que he aprendido con los años, ver a la novia caminar hacia ellos vestida de blanco. Les ayuda a calmar sus inseguridades. Y te sorprendería lo inseguros que pueden llegar a ser los hombres.

—Qué interesante —dijiste.

—Bueno. Tengo experiencia.

Llegado aquel momento te relajaste lo bastante para echar un vistazo a tu alrededor. Fuiste hasta uno de los expositores, en el que flotaba una nube vaporosa de miriñaques, satén y encaje. Empezaste a pasar los vestidos con cara de martirio.

—Angela —dije—, te puedo decir desde ya que no te va a gustar ninguno de esos vestidos. De hecho, los vas a detestar.

Dejaste caer los brazos, derrotada.

—Ah, ¿sí?

—Mira, ahora mismo no tengo nada aquí que te pueda ir bien. Y no pienso dejar que te lleves uno de esos vestidos. No le pegan nada a una mujer que, con diez años, ya era capaz de arreglar su bicicleta. Soy una modista chapada a la antigua solo en un sentido, querida: creo que un vestido debe hacer justicia no solo a la belleza de una mujer, también a su inteligencia. No tengo ahora mismo en la tienda nada lo bastante inteligente para ti. Pero se me ocurre una cosa. Ven conmigo al taller. ¿Tienes tiempo para una taza de té?

Nunca había llevado a una novia a mi taller, que estaba al fondo de la tienda y era un lugar caótico y desordenado. Prefería tratar con las clientas en el espacio bonito y mágico que habíamos creado Marjorie y yo a la entrada del edificio, con sus paredes color crema, delicados muebles franceses y motas de luz de sol que entraban por las ventanas de la calle. Verás, me gustaba mantener a las novias en ese espejismo de feminidad, porque es donde a la mayoría les gusta estar. Pero sabía que tú no eras alguien que quisiera vivir en un espejismo. Pensé que estarías más cómoda en el lugar donde se trabajaba. Además, había un libro que quería enseñarte y que sabía que estaba allí.

De manera que fuimos al taller y preparé té para las dos. Entonces te enseñé el libro, un catálogo de fotos de boda antiguas que me había regalado Marjorie por Navidad. Lo abrí por la página de la fotografía de una novia de 1916. Llevaba un sencillo vestido túnica que le llegaba a los tobillos y no tenía ni un solo adorno.

—Había pensado en algo así para ti. No se parece nada a los vestidos de novia occidentales. No tiene volantes, ni florituras. Estarías cómoda y te podrías mover con facilidad. La parte de arriba es casi como un quimono, ¿ves que el corpiño está hecho de dos tiras de tela que se cruzan a la altura del busto? Estuvo de moda a principios de siglo, sobre todo en Francia, a imitación de los vestidos de boda japoneses. La forma siempre me ha parecido preciosa; en realidad es casi tan sencilla como una bata. Y muy elegante. La mayoría lo encontraría demasiado simple, pero a mí me gusta. ¿Ves que tiene la cintura alta y luego lleva una banda de satén con un lazo en un lateral? Igual que un *obi.*

—¿Un *obi*?

Ahora parecías interesada de verdad.

—Es un cinturón japonés para ceremonias. Te haría una versión de este vestido en blanco crema, para complacer a los de gustos más tradicionales, pero con un *obi* en la cintura. Igual podría ser rojo y oro, algo atrevido y alegre que indique el camino poco convencional que has elegido en la vida. Propongo olvidarnos del tópico de «algo prestado, algo azul». Te enseñaría a atarte el *obi* de dos maneras. Según la tradición, las japonesas usan nudos distintos dependiendo de si son casadas o solteras. Tú podrías llevar el nudo de soltera al principio. Y luego, durante la ceremonia, Winston podría deshacer el nudo, y tú volverías a hacer el otro, el nudo de las casadas. De hecho, la ceremonia podría consistir en eso. Si te parece bien, claro.

—Me parece interesantísimo —dijiste—. Me gusta la idea. Me gusta mucho. Mil gracias, Vivian.

—Lo único que me preocupa es que tu padre pueda disgustarse al ver elementos japoneses en el diseño. Por la guerra. Pero no estoy segura. ¿Tú qué crees?

—No creo que le moleste. En todo caso, agradecerá la alusión. Es casi como si me pusiera algo que representa parte de su pasado.

—Sí, sería algo propio de él —me mostré de acuerdo—. De todas formas lo avisaré, para que no le pille por sorpresa.

Entonces pareciste preocupada y tu cara adoptó una expresión concentrada y tensa.

—Vivian, ¿puedo hacerte una pregunta? —dijiste.

—Claro.

—¿De qué conoces a mi padre?

Que Dios me ayude, Angela, no sé lo que reveló mi cara en ese momento. De tener que adivinar, sin embargo, diría que fue una mezcla de culpabilidad, miedo, tristeza y pánico.

—Entenderás mi desconcierto —añadiste, al ver mi incomodidad—, puesto que mi padre no trata con nadie. No habla con un alma. Dice que eres una amiga muy querida, pero eso no tiene ningún sentido. No tiene amigos. Ni siquiera sus viejas amistades del barrio se relacionan ya con él. Y tú ni siquiera eres del barrio, pero sabes muchas cosas de mí. Que arreglaba bicicletas a los diez años. ¿Cómo es posible?

Callaste, esperando una respuesta. Me sentí en inferioridad de condiciones. Eres psicóloga profesional, Angela, una experta en leer a las personas. En tu trabajo habías conocido toda clase de locos y mentirosos. Me dio la impresión de que tenías todo el tiempo del mundo para esperar mi respuesta... y también que sabrías de manera instantánea si te estaba engañando.

—Puedes contarme la verdad, Vivian —dijiste.

Tu expresión no era hostil, pero tu determinación me asustaba.

¿Cómo iba a contarte la verdad? No me correspondía a mí contarte nada, traicionar la confianza de tu padre o hasta es posible que causarte un disgusto justo antes de tu boda. ¿Y cómo explicar lo que había entre Frank y yo? Además, ¿me habrías creído de haberte dicho la verdad, a saber, que durante los seis últimos años había pasado varias noches a la semana con tu padre y que lo único que habíamos hecho era pasear y hablar?

—Era amigo de mi hermano —respondí por fin—. Frank y Walter hicieron la guerra juntos. Coincidieron en la escuela de cadetes y también en el *USS Franklin.* Mi hermano murió en el mismo ataque en el que resultó herido tu padre.

Todo lo que dije era cierto, Angela, excepto la parte de que tu padre y mi hermano hubieran sido amigos. (Se habían conocido, sí. Pero no habían sido amigos). Mientras hablaba era consciente de tener lágrimas en los ojos. No eran lágrimas por Walter. Ni siquiera por Frank. Eran lágrimas por aquella situación, por estar allí a solas con la hija del hombre que amaba, por el hecho de que me gustara tanto y de que no pudiera contarle la verdad. Lágrimas —como tantas otras veces en mi vida— por los dilemas irresolubles a los que a menudo nos enfrentamos.

Tu expresión se suavizó.

—Ay, Vivian, lo siento mucho.

Podrías haberme hecho muchas más preguntas entonces, pero no lo hiciste. Te diste cuenta de que hablar de mi hermano me había entristecido. Creo que eras demasiado comprensiva para mantenerme más tiempo acorralada. Y, en cualquier caso, tenías una respuesta y era bastante plausible. Me di cuenta de que sospechabas que había más, pero, en tu bondad, elegiste creer lo que te había contado, o al menos, no seguir indagando.

Así que para mi alivio dejaste el tema y pudimos volver a ocuparnos de tu vestido.

Y qué vestido tan bonito resultó ser.

Pasé las dos semanas siguientes trabajando en él. Recorrí la ciudad hasta encontrar un *obi* antiguo maravilloso (ancho, rojo, largo y bordado con aves fénix doradas). Costaba un ojo de la cara, pero no había en Nueva York nada parecido. (No se lo cobré a tu padre, ¡no te preocupes!).

Usé un satén color champán ceñido al cuerpo. En el interior le cosí una combinación con un sujetador incorporado para que te recogiera la figura de forma sutil. No dejé que ninguna de mis ayudantes, ni siquiera Marjorie, tocara el vestido. Cosí yo sola cada pespunte y cada dobladillo, encorvada sobre mi trabajo en abnegado silencio.

Y aunque sabía que detestabas los adornos, no pude resistir la tentación. En el punto en que las dos tiras de tela se cruzaban sobre tu corazón, cosí una pequeña perla del collar que había sido de mi abuela.

Un pequeño regalo, Angela, de mi familia a la tuya.

33

En diciembre de 1977 me llegó una carta tuya en la que me contabas que tu padre había muerto.

Ya había presentido que algo muy malo ocurría. Llevaba casi dos semanas sin noticias de Frank, lo que era extrañísimo. De hecho, en doce años de relación nunca había ocurrido. Estaba preocupada, muy preocupada, pero no sabía qué hacer al respecto. Nunca había llamado a Frank a casa y, puesto que se había jubilado, tampoco podía llamar a la comisaría. No tenía amigos a los que yo conociera, de modo que no podía ponerme en contacto con nadie para preguntar por él. Tampoco podía presentarme en su casa de Brooklyn así por las buenas.

Entonces llegó tu nota, dirigida a mí, a L'Atelier.

Todavía la guardo después de todos estos años.

Querida Vivian:

Tengo que darte la triste noticia de que mi padre murió hace diez días. Fue de repente. Estaba dando un paseo de noche por el barrio, como era su costumbre, y se desplomó en la acera. Todo apunta a que tuvo un ataque al corazón, aunque no solicitamos autopsia. Como supondrás, mi madre y yo estamos conmocionadas. Mi padre era frágil, de eso no hay duda, pero no desde el punto de vista físico. ¡Tenía mucha energía! Estaba convencida de que no se moriría nunca. Organizamos una misa íntima en la iglesia donde fue bautizado y lo enterramos en el cementerio de Green-Wood, junto a sus padres. Vivian, te pido disculpas. Hasta después del funeral no caí en la cuenta de que tenía que haberte avisado enseguida. Sé que mi padre y tú erais grandes amigos. Sin duda habría querido que te avisáramos. Por favor, disculpa esta nota tan tardía. Siento ser portadora de tan malas noticias y también no haberte escrito antes. Si hay algo que mi familia o yo podamos hacer por ti, dímelo, por favor.

Cordialmente,
Angela Grecco

Habías conservado el apellido de soltera.

No me preguntes por qué, pero me fijé enseguida, antes incluso de asimilar que tu padre había muerto.

«Bien hecho, Angela», pensé. «¡Nunca renuncies a tu nombre!».

Entonces caí en la cuenta de que Frank había muerto y mi reacción fue la que te puedes imaginar: me tiré al suelo y me eché a llorar.

A nadie le gusta que le cuenten el dolor ajeno (y, además, llega un punto en que el dolor de todos es idéntico), de manera que no entraré en detalles sobre mi tristeza. Solo diré que los años siguientes fueron duros, los más duros y solitarios de toda mi vida.

Tu padre había sido un hombre peculiar en vida, Angela, y también lo fue muerto. Su recuerdo seguía muy vivo. Se me apareciá en sueños y había olores, sonidos y sensaciones de Nueva York que me lo devolvían. Estaba en el olor a lluvia de verano sobre el asfalto o en la fragancia de las almendras garrapiñadas que vendían por la calle en invierno. Estaba en el olor acre y lechoso de los gingko biloba en flor de Manhattan en primavera. En el alegre zureo de las crías de paloma y en el ulular de las sirenas de la policía. Estaba por toda la ciudad. Y, sin embargo, su ausencia sumía mi corazón en un profundo silencio.

Seguí con mi vida.

Después de su muerte, pocas cosas de mi día a día cambiaron. Continuaba viviendo en el mismo sitio. Tenía el mismo trabajo. Pasaba tiempo con amigos y con mi familia. Frank nunca había formado parte de mi rutina diaria, de manera que ¿por qué iba a cambiar nada? Mis amigos sabían que había perdido a alguien muy importante, pero no lo habían conocido. Nadie sabía lo mucho que lo había amado (¿cómo explicar la relación que tenía con él?), de manera que no tuve derecho al duelo oficial que se concede a las viudas. En cualquier caso, no me sentía viuda. Esa prerrogativa le correspondía a tu madre. ¿Cómo iba a ser yo viuda sin haber sido esposa? No había una palabra que definiera lo que éramos Frank y yo el uno para el otro, así que la ausencia que sentí tras su muerte fue algo íntimo y sin nombre.

Se podría resumir así: me despertaba entrada la noche y esperaba a que sonara el teléfono y la voz de tu padre me dijera: «¿Estás despierta? ¿Quieres ir a dar un paseo?».

Hasta Nueva York parecía más pequeña después de la muerte de Frank. Aquellos barrios lejanos que habíamos recorrido juntos a pie ya no estaban a mi alcance. No eran sitios por los que pudiera ir una mujer sola, aunque fuera tan independiente como yo. Y, en la geografía de mi imaginación, muchos «barrios» de la intimidad también me estaban vedados. Había cosas de las que solo había podido hablar con Frank. Había rincones en mi interior a los que solo él había tenido acceso, al escucharme, y a los que yo ya nunca podría llegar sola.

Con todo y con eso, quiero que sepas que he estado bien, a pesar de no tener a Frank. Superé mi dolor, como suelen hacer las personas a su debido tiempo. Encontré la manera de recuperar la alegría. Siempre he sido una mujer afortunada, Angela, en gran medida porque mi temperamento natural no es sombrío ni desesperanzado. En ese aspecto me parezco un poco a mi tía Peg: gracias a Dios no tengo tendencia a la depresión. Y ha habido personas maravillosas en mi vida durante décadas después de que muriera Frank. Amantes excitantes, amigos nuevos, la familia que elegí. Nunca me ha faltado compañía. Pero nunca he dejado de echar de menos a tu padre.

No me malinterpretes, he conocido a personas de lo más amables y cariñosas, pero no eran él. Nadie podría parecerse nunca a aquel hombre insondable, aquel confesonario andante capaz de absorber todo lo que le contaras sin juzgarte ni alarmarse.

Nadie podría tener un alma tan hermosamente oscura, siempre a caballo entre los mundos de la vida y de la muerte.

Solo Frank podía ser Frank.

Has tenido que esperar mucho a que respondiera a tu pregunta, Angela, sobre lo que fui para tu padre, o lo que fue él para mí.

He intentado contestarla de la manera más sincera y exhaustiva que he podido. Pensaba disculparme por haberme extendido tanto. Pero si eres digna hija de tu padre (y así lo creo), entonces sé que te gusta escuchar. Eres de esas personas a las que les gusta conocer la historia completa. Y además, para mí es importante que lo sepas todo de mí, lo bueno y lo malo, lo leal y lo perverso, de manera que puedas formarte una opinión.

Pero tengo que dejarte claro una vez más, Angela, que tu padre y yo jamás nos abrazamos, jamás nos besamos, jamás nos acostamos. Y sin embargo es el único hombre al que he querido de verdad, con toda mi alma. Y él también me quería a mí. Nunca hablamos de ello porque no nos hacía falta. Ambos lo sabíamos.

Dicho esto, sí quiero contarte que al cabo de los años tu padre por fin logró encontrarse tan a gusto conmigo que pudo posar el dorso de su mano en mi palma sin estremecerse de dolor. Podíamos permanecer sentados en su coche, en el suave consuelo de ese contacto, varios minutos.

Fue la persona con quien he visto más amaneceres en mi vida.

Y si al hacerlo, si al cogerle la mano todas esas veces durante la salida del sol, os robé algo a tu madre, o a ti, os pido perdón.

Aunque no creo haberlo hecho.

Pues eso, Angela.

Siento lo de la muerte de tu madre. Te acompaño en el sentimiento. Me alegra saber que tuvo una larga vida. Espero que también fuera buena, y que muriera en paz. Espero que, a pesar del dolor, conserves tu fortaleza de corazón.

También quiero decir que me alegra que consiguieras localizarme. ¡Gracias a Dios sigo viviendo en el edificio de L'Atelier! Es lo bueno de no cambiar nunca de nombre ni de dirección. La gente siempre sabe dónde encontrarte.

Aunque debo decirte que L'Atelier ya no es una *boutique* nupcial, sino un establecimiento que sirve café y zumos y que lleva Nathan Lowtsky. El edificio es mío, eso sí. Marjorie me lo legó a su muerte, hace trece años, sabiendo que yo gestionaría mejor la propiedad que Nathan. De modo que lo puso todo en mis manos y he cuidado muy bien del lugar. Yo fui la que ayudó a Nathan a montar su pequeño negocio. Porque te aseguro que necesitaba ayuda. Nathan es adorable, pero nunca se comerá el mundo. Aun así, yo lo quiero. Siempre me ha llamado su «otra madre». Su cariño y sus cuidados me hacen feliz. De hecho, le debo la escandalosa buena salud de que gozo a mi ya avanzada edad. Y yo también lo cuido a él. Nos portamos bien el uno con el otro.

Y por eso sigo aquí, en el mismo lugar en el que he vivido desde 1950.

Gracias por venir a buscarme, Angela.

Gracias por preguntarme por la verdad.

Te la he contado toda.

Me despido ya, pero hay una cosa más que quiero añadir.

Hace mucho tiempo Edna Parker Watson me dijo que nunca sería una persona interesante. Puede que tuviera razón. No soy yo quien debe juzgar o decidir eso. Pero también me dijo que era una mujer de la peor especie, a saber, una mujer que no puede ser amiga de otra mujer porque siempre «jugará con juguetes que no son suyos». A este respecto, Edna se equivocaba. A lo largo de los años he sido muy buena amiga para muchas grandes mujeres.

Yo solía decir que solo había dos cosas que se me daban bien: coser y el sexo. Pero lo cierto es que me estaba subestimando, porque también soy muy buena amiga.

Esto te lo cuento, Angela, porque te estoy ofreciendo mi amistad, si alguna vez la quieres.

No sé si te interesará mi amistad. Es posible que después de leer esto no quieras saber nada de mí. Que me encuentres despreciable. Lo comprendería. Yo no me considero despreciable (a estas alturas de mi vida no creo que nadie lo sea), pero dejaré que seas tú quien lo decida.

Pero me atrevo a sugerirte que consideres mi oferta.

Mientras te escribía estas páginas te veía siempre en mi cabeza como una mujer joven. Para mí siempre serás esa feminista de veintinueve años resuelta, inteligente y práctica que entró en mi taller de vestidos de novia en 1971. Pero ahora me doy cuenta de que ya no eres esa mujer. Si he hecho bien los cálculos, debes de tener casi setenta años. Y yo tampoco soy joven, evidentemente.

Es algo que he aprendido a medida que me he hecho mayor. Empiezas a perder personas, Angela. No es que falten personas en el mundo, cielos, no. Es solo que, a medida que pasan los años, tu gente empieza a escasear. Tus seres queridos. Los que conocían a tus seres queridos. Los que conocían toda tu historia.

La muerte empieza a arrebatarte a esas personas y es muy difícil sustituirlas. Pasada una cierta edad puede ser complicado hacer nuevos amigos. El mundo puede empezar a parecer un lugar solitario y deshabitado, por mucho que rebose de almas jóvenes y nuevecitas. No sé si has tenido ya esa sensación. Pero yo sí. Y puede que a ti te llegue algún día.

Y quiero terminar diciendo que, aunque no me debes nada y no espero nada de ti, eres alguien muy querido para mí. Y si alguna vez el mundo te parece solitario y deshabitado y sientes que necesitas una nueva amiga, por favor recuerda que estoy aquí.

Claro que no sé durante cuánto tiempo, pero mientras siga en este mundo, mi querida Angela, soy toda tuya.

Gracias por escucharme.

Vivian Morris

AGRADECIMIENTOS

Muchos neoyorquinos generosos (del presente y del pasado) me prestaron su ayuda en la creación de este libro.

La nativa de Brooklyn Margaret Cordi, que ha sido mi querida e inteligente amiga durante treinta años, me orientó en mi investigación, me acompañó en muchos de mis estudios sobre el terreno, localizó fuentes y corrigió estas páginas en un plazo inconcebiblemente corto. Pero también alimentó mi alegría y mi ilusión por este proyecto cuando estaba trabajando contrarreloj y estresada. Margaret, esta historia no podría haberla escrito sin ti. Hagámoslo siempre, esto de estar trabajando juntas en una novela, ¿de acuerdo?

Siempre estaré agradecida a Norma Amigo, la nonagenaria más fantástica y carismática que he conocido, por hablarme de sus días y noches de corista en Manhattan. La sensualidad sin complejos y la independencia de Norma (así como su impublicable respuesta a mi pregunta: «¿Por qué nunca quiso casarse?») hicieron posible desarrollar un personaje tan pleno y libre como Vivian.

Por darme más contexto sobre el mundo del espectáculo en Nueva York en las décadas de 1940 y 1950 también estoy agradecida a Peggy Winslow Baum (actriz), a la difunta Phyllis Westermann (compositora y productora), a Paulette Harwood (bailarina) y a la encantadora Laurie Sanderson (que mantiene viva la llama de Florenz Ziegfeld a través de su fundación).

La ayuda de David Freeland a la hora de comprender y desenterrar una Times Square que nunca volverá a existir resultó esencial y fascinante.

Las aportaciones y la sensibilidad de Shareen Mitchell en lo referido a vestidos de novia, moda y cómo plegarse al servicio de clientas nerviosas dieron forma a esa faceta de la historia de Vivian. Gracias también a Leah Cahill por sus clases de corte y confección. Jesse Thorn resultó ser un valioso contacto de emergencia cuando tuve preguntas sobre la moda masculina.

Andrew Gustafson me descubrió las maravillas del Astillero Naval de Brooklyn. Bernard Whalen, Ricky Conte y Joe y Lucy De Carlo me ayudaron a entender la vida de un agente de policía en Brooklyn. La clientela habitual del D'Amico Coffee en Carroll Gardens me acompañó en el viaje en el tiempo más original que se pueda imaginar. De manera que gracias, Joanie D'Amico, Rose Cusumano, Danny Calcaterra y Paul y Nancy Gentile por contarme vuestra historia. Me hicisteis desear haber crecido en South Brooklyn en vuestros tiempos.

Gracias a mi padre, John Gilbert (teniente en el *USS Johnston)* por asesorarme en lo referente a la Armada. Estoy agradecida a mi madre, Carole Gilbert, por enseñarme a trabajar duro y a superar los reveses de la vida. (Nunca lo he necesitado tanto como en este año, mamá). Estoy agradecida a Catherine y a James Murdock por su excelente trabajo como correctores. Gracias a vosotros, a este libro no le sobran cinco mil comas.

Sin la Billy Rose Theatre Division de la New York Public Library no habría podido leer los papeles de Katharine Cornell, y sin Katharine Cornell no habría podido crear a Edna Parker Watson.

Gracias a mi tía abuela Lolly por darme esos libros de Alexander Woollcott, que me pusieron en el camino de este libro. Pero, sobre todo, Lolly, gracias por tus extraordinarios optimismo, alegría y fortaleza que me hacen querer ser una mujer mejor.

Estoy en deuda con mi equipo de Riverhead —Geoff Kloske, Sarah McGrath, Jynne Martin, Helen Yentus, Kate Stark, Lydia Hirt, Shailyn Tavella, Alison Fairbrother y la querida y recientemente fallecida Liz Hohenadel— por su talento y valentía a la hora de publicar mis libros. Gracias a Markus Dohle y a Madeline McIntosh por invertir y creer en mí. Gracias también a mis amigos y colegas de Bloomsbury —Alexandra Pringle, Tram-Anh Doan, Kathleen Farrar y Ros Ellis— por defender el fuerte con tanta alegría al otro lado del Atlántico.

Dave Cahill and Anthony Kwasi Adjei: no concibo mi día a día sin vosotros y espero no tener que hacerlo nunca.

Gracias a Martha Beck, Karen Gerdes y Rowan Mangan por leer miles de páginas de mi escritura en los últimos años y por arroparme con vuestro inmenso cariño colectivo. Gracias, Glennon Doyle, por sentarte a mi puerta todas esas noches. Lo necesitaba y te lo agradezco.

Gracias a mis hermanas-esposas Gigi Madl y Stacey Weinberg por su amor y dedicación durante un periodo de dolor y pérdida tan grandes. Sin vosotras no habría sobrevivido a 2017.

Gracias a Sheryl Moller, Jennie Willink, Jonny Miles y Anita Schwartz, por su lectura entusiasta de estas páginas. Gracias a Billy Buell, por dejarme usar su maravilloso nombre.

Sarah Chalfant, como siempre, eres el viento que impulsa mis alas.

Miriam Feuerle, como siempre, me encanta volar contigo.

Por último, un mensaje a Rayya Elias: sé lo mucho que querías estar a mi lado mientras escribía esta novela. Todo lo que puedo decirte, cariño, es que lo has estado. Nunca dejas de estar a mi lado. Eres mi corazón. Te querré siempre.

Elizabeth Gilbert es autora de *best sellers* como *Come, reza, ama* y *Libera tu magia*, así como de otros libros de éxito internacional. Ha sido finalista del National Book Award, el National Book Critics Circle Award y el PEN/Hemingway Award. Su anterior novela, *La firma de todas las cosas*, fue elegida como uno de los mejores libros de 2013 por *The New York Times*, *O: The Oprah Magazine*, *The Washington Post*, *The Chicago Tribune* y *The New Yorker*.